阿特拉斯聳聳肩 II

非此即彼

艾茵・蘭德 著
楊格 譯

Ayn Rand

ATLAS SHRUGGED

目錄

第二部

非此即彼

II

非此即彼

EITHER-OR

第一章 地球之子

史塔德勒博士在他的辦公室內踱步，心裡在想，要是不覺得冷就好了。

春天遲遲未來。窗外，山坡上死寂的灰色，看起來像是從髒兮兮蒼白的天空，到鉛黑色河流之間經過塗抹後的過渡。在遠處的山坡上，時而可見像是綠色的一小塊銀黃顯現出來，隨即就又消失。雲層不斷地閃出縫隙，只能透出一縷陽光，然後又漸漸合攏。辦公室並不冷，史塔德勒博士心想，讓人寒冷的其實是外面這幅景象。

今天的天氣還好，寒意是在他的骨子裡——他想——是冬季的幾個月下來的積累，在那段時候，他的工作不得不被對於暖氣不足，和人們談論著節省燃油這類事的風聞所打斷。他想，這種自然事故對人類事務日益增長的影響實在是荒謬：在以前，如果冬天異常寒冷，根本就不算回事；如果洪水沖垮了一段鐵路，也不會有誰必須得吃上兩星期的罐裝蔬菜；如果暴風雪襲擊了哪個電廠，國家科學院這樣的機構不會五天都沒有電。這個冬季裡，五天毫無動靜，偌大的實驗室發動機停轉，時間不可挽回地損失了，而他手下的工作人員可是一直在從事著最重大課題的研究工作。他惱怒地從窗前轉過身——卻停下來又轉了回去。他不想看到放在他桌上的那本書。

他希望費雷斯博士能來。他瞧了一眼手錶：費雷斯博士遲到了——令人吃驚——在和他約好見面的時候遲到——費雷斯博士這個科學的忠實僕人，在面對著他的時候，總是一副恨自己只能有一頂帽子可脫的道歉的神態。

在五月這樣的天氣實在是太過分了，他心中想著，向河裡望去。當然是這天氣，而不是那本書，讓他產生了這樣的感覺。他把那本書放在了他的桌上顯眼的位置，卻注意到他不僅僅是出於厭惡才不願意去看見它，而是因為它裡面帶了一種令人難以接受的感情因素。他告訴自己，他從桌旁站起來不是因為書放在那兒，而只是由於他覺得冷，想要活動活動。他在屋裡踱來踱去，在桌子和窗戶之間徘徊。他想，一和費雷斯博士談完，他就能把那本書扔到它該去的垃圾桶裡。

他望著遠處山丘上的那叢綠色和陽光，在一個似乎沒有花草能夠再如期開放的世界上，它們是春天的承諾。他笑了——而當這一叢綠色和陽光消失的時候，他感到他被自己的渴望，和想要抓住它的迫不及待所帶來的恥辱給刺中。這使他回憶起了去年冬天他和那個著名小說家的採訪。小說家從歐洲趕來寫一篇關於他的文章——而一貫對採訪嗤之以鼻的他卻急切地大講特講了一番，他從小說家的臉上看到了智慧的肯定，感到了一種毫無來由的、迫切的、希望被理解的需要。寫出來的文章通篇是對他的極度吹捧，和對他所表達的想法的曲解與竄改。他當時合上雜誌，正如現在一樣，感到被陽光所遺棄。

好吧——他想，從窗前轉過身來——他可以承認有時孤獨已經開始擊中了他，但那孤獨是他的權利，是他對某些有生命、有思想的心靈的渴望。他在輕蔑的苦楚中想道，那些人實在是讓他受夠了；他對付的是宇宙射線，而他們卻對付不了電力事故。

他感覺到嘴巴在抽搐，如同一記耳光不讓他順著這個思路繼續想。他看著桌上的書，光面的封套閃著簇新的亮光，它是兩星期前出版的。但是我跟它毫無關係！——他對自己叫喊起來，看來，這喊聲在無情的靜寂中絲毫不起作用，沒有任何回答，沒有原諒的回音。書封套上的標題是：你為什麼認為你有思想？

在他心靈法庭的寂靜之中，沒有聲響，沒有同情，沒有辯護的聲音——有的只是他超強的記憶在腦海裡複印下來的幾段話：

「想法是一種原始的迷信。理性是一個不合理的念頭。我們是能夠思考的，這個幼稚的概念歷來是人類所犯的最大錯誤。」

「你所認為的你的那些思想是一種錯覺，產生於你的分泌腺和你的情緒，歸根結抵，它是來自於你胃裡的東西。」

「你如此引以為傲的那個灰色東西，就像是遊戲樂園裡的一面鏡子，除了你永遠無法抓住的扭曲現實的信號，它什麼都不會給你。」

「你對於你的理性結論越肯定，你就越會出錯。你的大腦成為了一台專事變形的儀器，大腦越活躍，變形越厲害。」

「你無比崇拜的思想巨匠們曾教導你大地是平的，原子是最小的物質。整個科學史的過程就是謬論被不斷地戳穿，而不是取得任何成就。」

「我們懂得越多，就越明白我們一無所知。」

「只有最無知愚昧的人才會依然信奉那個陳舊的眼見為實的說法。你所看見的正是首先需要被懷疑的。」

「科學家知道，一塊石頭根本就不是一塊石頭，事實上，它和一個羽絨枕頭一模一樣。這兩樣東西都是看不見的旋轉的相同粒子，只是用了隱藏的外表。可是，你會說，你不能用石頭當枕頭啊！嗯，這只能證明你在真切的現實面前不可救藥。」

「最近的科學發現——比如羅伯特．史塔德勒博士取得的重大成就——已經最終地表明，我們的理性根本無法去應對宇宙間的自然。這些發現將科學家們帶到了人類思想認為不可能、但現實當中的確存在著的矛盾的面前。如果你們還沒聽說過的話，我可愛的朋友們，那麼我告訴你們，現在已經被證明了的就是，理性是愚蠢的。」

「不要指望會有一致性的東西存在。任何東西都是互相矛盾的。存在的只有矛盾。」

「不要去尋找『常識』，對『感覺』的求索恰恰證明了其荒謬。大自然就是沒有意義的，一切全無意義。提倡『感覺』的人，是那種努力找卻沒有男朋友的幼稚老處女，是把宇宙想成了和他小而整齊的倉庫，或心愛的收銀機一樣簡單的過時的雜貨店老闆。」

「讓我們去打破被稱為邏輯的偏見的枷鎖。我們會被一個邏輯推理阻擋嗎？」

「所以你認為你很肯定自己的看法嗎？你對什麼都不能肯定。你會僅僅為了一個錯覺而去破壞你社區的和諧，你同鄰里間的友情，你的地位、威望、良好的名聲，以及財產的穩固嗎？就為了你所相信的海市蜃樓？在我們這樣一個動盪的時代，你會以你稱之為信念的那些你臆想的主張的名義，去提出現存的社會秩序，去冒險、去招來災難嗎？你說你肯定自己是正確的嗎？沒有誰是或者能夠是正確的。你覺得周圍的世界不對勁嗎？你根本就無從知道。人類所看見的一切都是錯的——那麼還計較什麼呢？不要爭了，接受吧。調整你自己，去服從。」

這本書是費雷斯博士所寫，國家科學院出版的。

「我和它沒任何關係！」史塔德勒博士說道。他一動不動地站在桌邊，有一種不舒服的失去時間概念的感覺，不清楚剛才那一刻究竟過去了多久。他的語氣裡充滿了恨恨的諷刺，對著迫使他開口的人大聲地說出了這句話。

他聳聳肩膀，自嘲是一種有道德感的行為，這想法讓他輕鬆了一些，聳肩則等於是一句話後的情緒發洩：你是羅伯特·史塔德勒，別像個神經質的高中生那樣。他在桌後坐下，用手背將那本書掃到一旁。

費雷斯博士遲到了半個小時。「對不起，」他說，「不過我的車在從華盛頓來的路上又拋錨了，我費了好大功夫找人修車——現在路上的車居然這麼少，一半的加油修理站都關了。」

他的話與其說是在道歉，還不如說是在抱怨，隨後便逕自坐了下來。

如果是在其他的行業，費雷斯博士就不會被人認為有多英俊，而在他選擇的這個圈子裡，他總是被稱為「那個漂亮的科學家」。他身高六英尺，四十五歲，卻讓自己看來顯得更高大和年輕。他的儀表無可挑剔，舉手投足間帶著宴會上的優雅，但他的衣著樸素，西服通常是黑或深藍色。他的小鬍子總是修剪得很精心，光亮的黑頭髮，讓科學院裡的男孩子們說他在身體的上下兩頭都打了同樣的鞋油。他常不厭其煩地用調侃的口氣反覆說，一個電影製作人曾說過要他去演一個被冊封過的歐洲舞男。他本來是一名生物學家，但這一點早就被人遺忘；他是靠當上了科學院的首席協調員出名的。

史塔德勒博士吃驚地看了他一眼——缺少道歉在以前可是從未有過的——然後冷冷地說道：「我覺得你在華盛頓花了很多時間啊。」

「但是，史塔德勒博士，你當初不是誇獎我是這座研究院的守護者嗎？」費雷斯博士愉快地說道，「這難道不是我最基本的職責？」

「你該做的事情在這裡看來越積越多了。趁我還沒忘，能不能跟我說說那個油料短缺的爛攤子是怎麼回事？」

他不明白費雷斯博士的臉為什麼變成了一副受到傷害的樣子。「請允許我聲明，這是意料之外，也是還未定論的，」費雷斯博士用隱忍了痛苦、大義凜然的鄭重語氣說道，「在涉及的機構中，還沒有發現應該受到批評的負責人。我們剛剛向經濟計畫和國家資源局遞交了一份詳細的最新工作進展報告，莫奇先生表示他很滿意。在這項工作中，我們已盡了最大的努力，沒有聽到其他任何人稱之為爛攤子。考慮到那一帶的困難、大火造成的危害以及只有短短的六個月時間——」

「你在說什麼？」史塔德勒博士問。

「威特再造計畫呀，你問我的難道不是這個嗎？」

「不是，」史塔德勒博士回答，「不是，我……等等，讓我把這件事搞清楚。我好像記得研究院是在負責搞一個什麼再造計畫。你們到底要再造什麼？」

「石油，」費雷斯博士回答，「是威特油田。」

「那是場大火，不是嗎？是在科羅拉多吧？那是……等一等……是那個人放火燒了他自己的油井。」

「我更相信那是在大眾驚慌之下產生的謠言，」費雷斯博士冷冷地說，「是一個帶有不良的非愛國用意的謠言。我不會太相信那些報紙的報導。我個人認為那是一場事故，而威特死於那場火災裡。」

「哦，現在誰擁有那些油田呢？」

「目前——還沒人。既沒有遺囑也沒有後人，政府已經接管了油田今後七年的經營——這是公眾需要的一個措施。如果艾利斯．威特在這段時間不回來，他就被正式認定為死亡。」

「那麼，對於像採油這樣不太可能的任務，他們為什麼來找你——找我們呢？」

「因為這是有很高技術難度的難題，需要最好的科學人才的參與。你知道，這跟重新建立威特已經採用的特殊的石油提煉方法有關。他的設備還在，雖然狀況很差；他的某些方法是公開的，但不知怎麼回事，一份有關全套運行過程或者基本原理的完整紀錄都沒有，還是得要我們重新開發。」

「那麼進展如何？」

「十分令人滿意。我們剛剛重新得到了一筆更大的撥款。莫奇先生對我們的工作很滿意，同時，緊急委員會的巴爾奇先生，重大供應組織的安德森先生，以及消費者保護組織的帕提波恩先生，也表達了同樣的態度。我覺得我們能做的都做了，這項計畫圓滿成功。」

「你生產出石油了嗎？」

「沒有，但我們成功地從其中一口井裡壓出了一點，有六個半加侖。這當然只有實驗意義，但你得考慮到，僅僅是滅火就要花費我們整整三個月的時間，現在已經是徹底的——幾乎算是徹底地撲滅了。我們面臨著比威特以前遇到過的更艱巨的難題，因為他是從零開始的，而我們還得對付這種惡毒、反社會的破壞所留下的面目全非的廢墟……我的意思是說，這難題是很艱巨，但我們毫無疑問會解決它的。」

「嗯，我其實問你的是院裡的油料短缺。這幢大樓裡整個冬天所維持的溫度水平簡直太過分了。他們告訴我說，必須節省燃油。你本來早就應該過問一下，像油料這種東西對研究院的充足供應，應該處理得更有效率。」

「哦，你想的是這件事嗎，史塔德勒博士？噢，我非常抱歉！」伴隨著這句話的，是費雷斯博士臉上如釋重負的笑容；他那副熱心的樣子又回來了，「你是說溫度低得讓你不舒服嗎？」

「我是說我快被凍死了。」

「這真是不可原諒！他們為什麼不告訴我？請接受我的歉意，史塔德勒博士，請放心，你不會再受此不便了。我唯一能替我們的維護部門辯解的，就是燃油短缺並不是由於他們的疏忽，而是——哦，我想你不用知道這些，這種事不應該占用你寶貴的精力——不過，你知道，去年冬天的油料短缺是場全國性的危機。」

「為什麼？看在老天的分上，你可別跟我說威特的那些油田是全國唯一的石油來源！」

「不，不，但是一個主要供應商的突然消失，對整個石油市場造成了嚴重的破壞。所以政府必須採取控制，實行對鄉村石油的配給制度，以保護重要的企業。我的確是為研究院弄到了一筆很不尋常的大額配給——完全是靠一些非常特殊的關係幫忙——但如果這還是不夠的話，我難辭其咎。請放心，這種情況不會再發生了，只是暫時的緊急狀況。到下一個冬季前，我們會讓威特油田恢復產量，情況就會恢復正常了。另外，就整個研究院來說，我已經做了安排，把我們的爐子改成燒煤，下個月就會做好，不過科羅拉多州的史托克頓鑄造廠事先沒有通知就突然停業了——他們在鑄造我們的爐件，但史托克頓出人意料地突然退休了，現在我們只好等著他的外甥重新讓工廠開工。」

「明白了。那麼，我相信你在忙其他事的時候會把它辦好的。」史塔德勒博士厭煩地聳了聳肩，「這已經變得有點荒唐了——有多少科技企業要研究院為政府去操辦的。」

「可是，史塔德勒博士——」

「我懂，我懂，這是免不了的。對了，X計畫是什麼？」

費雷斯博士飛快地看了他一眼——一種警惕的、怪異而雪亮的眼神，似乎一驚，但並不害怕：「你是從哪裡聽說X計畫的，史塔德勒博士？」

「哦，我是聽你手下兩個年輕人提到過有關它的什麼事，那個樣子還詭祕得像是業餘偵探一樣。他們告訴我這件事很機密。」

「是的，史塔德勒博士，這是政府委託我們做的一個格外保密的研究項目。最重要的是不能讓報界得到一絲風聲。」

「X是什麼？」

「木琴。木琴計畫。那當然是個代碼。內容與聲音有關，不過我肯定你不會有興趣的，這純粹是一項科技任務。」

「沒錯，用不著跟我講這件事，我沒時間關心你的科技任務。」

「我能不能建議嚴禁向任何人說起『X計畫』這個詞，史塔德勒博士？」

「哦，好吧，好吧。我得承認我不喜歡這種談論。」

「當然啦！而且我不會原諒自己讓你花時間在這些事情上。請放心，你可以把這事交給我。」他打算站起來，「假如你就是因為這個想見我的話，那我——」

「不，」史塔德勒博士緩緩地說，「這不是我要見你的原因。」

費雷斯博士再不主動提什麼問題和積極效勞的建議了；他只是繼續坐在那裡，等待著。

史塔德勒博士探過身去，用一隻手把那本書從桌子的一角輕輕地拉到中央，「請你告訴我，」他問道，「這個丟人的東西是什麼？」

費雷斯博士沒有去瞧那本書，而是緊緊地盯著史塔德勒博士的眼睛，過了令人費解的一會兒，然後，他向後一靠，露出了怪異的笑容，說道：「我很榮幸你選擇為我破例看了一本通俗讀物。這本小書在兩周的時間內賣了兩萬本。」

「我讀了。」

「那麼？」

「我希望得到一個解釋。」

「你覺得文字令人困惑嗎？」

史塔德勒博士茫然無措地看著他：「你是否意識到了你選擇的是一個什麼樣的題目，用的又是什麼樣的方式？僅僅是風格，這種風格，這種下流的態度——來對待這樣的一個主題！」

「那你是不是認為這內容值得用一種更有格調的表現方式？」如此毫不做作而流暢的聲音，讓史塔德勒博士竟然聽不出這是不是在嘲諷。

「你是不是意識到你在這本書裡鼓吹了些什麼？」

「既然看來你不贊成它，史塔德勒博士，我倒寧願你認為我這本書寫得很幼稚無知。」

對了，史塔德勒博士心想，這就是費雷斯的舉止裡令人不解的一面：他原以為只要流露出些許的不贊同就足夠，但費雷斯似乎對此無動於衷。

「要是一個喝醉了的蠢人能找出文字來發洩自己，」史塔德勒博士說，「要是他會用媚態來表達仇恨，用語言去展示他根深柢固的野蠻的話——我覺得他就會寫出這麼一本書來，但我發現它居然是出自一位科學家的筆下，是由這個研究院印刷的！」

「但是，史塔德勒博士，這本書本來就不是讓科學家們讀的，它就是寫給那些醉醺醺的蠢人的。」

「你什麼意思？」

「是給老百姓看的。」

「可是，我的上帝！就連最愚蠢的白癡都能看出來你每句話裡明顯的矛盾。」

「這麼說吧，史塔德勒博士，如果誰連這一點都看不出來，那他就活該相信我說的每一句話。」

「但你把科學的威望給了這個簡直不堪一說的東西！如果是賽門．普利切特這樣的無名平庸之輩，胡扯一些糊裡糊塗的神祕主義也就罷了——沒人信他的。可是你讓他們認為這就是科學，科學！你用了偉人取得的成就去詆毀偉人。你有什麼權利把我的成果不負責任而荒謬地濫用在另一個領域，做不合適的比喻，從一個純粹的數學問題中硬要引申出一種畸形的普遍性。你有什麼權利讓這本書看來像是我——我！——同意的？」

費雷斯博士安坐無言，只是靜靜地看著史塔德勒博士，但這平靜使他顯得幾乎像是在贊同稱是。「你看看，史塔德勒博士，你這麼一說就好像這書是給有頭腦的讀者看的一樣。如果的確如此，那他就會關心諸如準確度、正確性、邏輯，以及科學的威信這些方面。但它不是。它是寫給大眾的。你一向認為大眾不會思考。」他頓了頓，但史塔德勒博士沒吭聲，「這本書或許什麼哲學價值都談不上，但它具有很高的心理學價值。」

「是什麼？」

「你看，史塔德勒博士，人們不願意去思考，他們在麻煩中陷得越深，就越不願動腦筋，但他們的某種本能會讓他們覺得應該去想一想，這讓他們很慚愧。所以他們會去祝福和跟隨任何一個給他們理由不去思考的人，只要他讓他們自己的罪惡、弱點和內疚變成一種美德——一種崇高的智慧美德。」

「而你打算去迎合這些？」

「這是會受到歡迎的。」

「你為什麼想要受歡迎？」

費雷斯博士的眼睛像是不經意般地朝史塔德勒博士的臉上掃了一下，「我們是一所公立的研究院，」他穩穩地答道，「依靠的是大眾的資金。」

「因此你就跟人們說，科學是沒用的騙人玩意，應該被廢除！」

「這個結論是可以從我的書中推斷出來。但這不會是他們做出的結論。」

「那麼在那些還剩下的聰明人的眼裡，又會怎麼看待對於我們研究院造成的這種恥辱？」

「我們對他們何必操心？」

假如這句話是用了仇恨、嫉妒或惡毒的語氣說出來的，史塔德勒博士還會覺得它簡直難以想像，但這些情緒的全然不見，這聲音的輕鬆隨意，以及令人不自覺地要笑出來的輕巧，卻讓他恍惚身處在超離現實的另一空間的片刻凝視之下，向他的小腹蔓延下去的是冰冷的恐懼。

「你看到大眾對我這本書的反應了嗎，史塔德勒博士？它深受好評。」

「是的——那才是讓我覺得難以置信的地方。」他得說話，他得像是在進行著一場文明的討論那樣說話，他不能讓自己有時間去領會剛才感覺到的東西。「我無法理解你從所有聲譽卓著的學術刊物那裡得到的注意，他們怎麼會如此鄭重其事地談論你這本書。假如休・阿克斯頓還在的話，就沒有一家學術刊物膽敢把它看成是可以納入哲學範疇的作品。」

「他不在。」

史塔德勒博士感到有些話如鯁在喉──他但願自己在說出這些話之前就結束這次談話。

「從另一方面來講，」費雷斯博士說，「我這本書的廣告──哦，我相信你不會注意到廣告這類東西──引用了我從莫奇先生那裡收到的一封有著高度評價的來信。」

「莫奇先生到底是誰？」

費雷斯博士笑了：「再過一年，就連你都不會再問這個問題了，史塔德勒博士。這麼說吧，莫奇先生就是目前負責調配石油的那個人。」

「我還是建議你做好你的工作，和莫奇先生去打交道，把燃油爐這一部分交給他，但要把思考的這一部分留下給我。」

「倒是很想看看這個界線該怎麼去明確畫分，」費雷斯博士用旁觀者的語氣評論道，「不過如果我們現在說的是我這本書的話，那我們所講的就是公共關係的範疇了。」他轉過身，熱切地指著用粉筆在黑板上寫下的數學算式：「史塔德勒博士，如果讓公關的事情干擾了你去做那些全世界只有你才能做的事，那簡直就是災難。」

史塔德勒博士從這句話裡，不知為什麼聽出了一股諂媚般的順從：「守著你的黑板吧！」他感到被咬了一樣的刺痛，強忍住不去理它，惱火地想著這些總得設法甩掉的猜疑。

「公共關係？」他輕蔑地說，「我在你的書裡看不出任何有用的目的，看不出它想要幹什麼。」

「你看不出嗎？」費雷斯博士的眼睛飛快地向他一瞥，傲慢的神色難以覺察地一閃而過。

「我無法讓自己認為某些事在一個文明社會裡，會成為可能。」史塔德勒博士嚴厲地說。

「太對了，」費雷斯博士歡呼道，「這是不允許的。」

費雷斯博士站了起來，首先表示見面即將結束，「無論院裡發生了什麼使你不舒服的事，請隨時叫我，史塔德勒博士，」他說，「我很榮幸能一直為你效勞。」

史塔德勒博士明白，他必須強調他的權威，把他意識到的他所選擇的讓自己沒面子的另一種想法抑制住，他帶著一種諷刺和無禮的腔調，傲慢地說道：「下次我叫你的時候，你最好把你那輛車弄一弄。」

「是，史塔德勒博士。我會保證不再遲到了，請你原諒。」費雷斯博士像是對台詞一樣地回答，好像他對史塔德勒博士終於學會用現代的交流方式感到很高興。「我的車給我添了不少麻煩，它簡直就快要散成碎片了，我已經訂購了一輛新車，是市場上最好的，一輛哈蒙德的可摺疊式敞篷車——可是上星期，哈蒙德無緣無故、沒有徵兆地倒閉了，因此，現在我被困住了。那些混蛋似乎是在什麼地方藏起來了，必須對此有所行動才行。」

費雷斯走後，史塔德勒博士坐在桌旁，縮著肩膀，只能感覺到一個不能被任何人發現的絕望的念頭。在令他難以分辨的痛苦的迷霧裡，還有一個絕望的感覺，那就是沒有人——沒有一個他所看重的人——會希望再見到他。

他知道他有什麼話沒說。他沒有說他要當眾去抨擊那本書，或者以研究院的名義拒絕去接受它。他之所以沒有講出來，是因為他害怕見到費雷斯對這種威脅會毫不在意，他害怕見到弗雷斯不以為意的樣子，怕自己明白他的話再沒任何威力了。儘管他告訴自己稍後會考慮公開抵制的問題，但他明白他是不會這樣去做了。

他拿起那本書，隨手扔進了廢紙簍。

他的心頭猛然間浮現出一張面孔，清晰得像是能看到上面的每一條紋路，這是一張年輕的臉龐，許多年來，他從不允許自己去回憶它。他想：不，他還沒讀過這本書，他不會看見它的，他死了，肯定是很久以前就死了……那尖銳的疼痛便是他緊接著的發現所帶來的震驚：自己在這個世界上最想見到的人就是他，卻不得不希望這個人已經死去了。

他不明白為什麼——當電話響起，祕書告訴他是達格妮・塔格特小姐打來的時候——他的手急切地抓緊了聽筒，並且注意到他的手在發抖。一年多以來，他始終覺得她再也不會想見到他了。他聽見了清晰而不冷不熱的聲音正在問他能否見個面。「好，塔格特小姐，當然了，當然好了……星期一上午？好啊——這樣，塔格特小姐，我今天有事去紐約，如果你想的話，我可以今天下午順便去你的辦公室……不，不——一點都不麻煩，我很高興……今天下午，塔格特小姐，大約兩點——我是說，大約四點。」

他在紐約沒什麼事。他不給自己時間去想是什麼促使了他這麼做。他看著遠方山坡上的一抹陽光，充滿期待地笑了。

$

達格妮把時刻表上面的九十三號列車畫了一條黑線，對她能平靜地把這件事做完感到了一陣淒涼的欣慰。這個動作是她在過去六個月裡做了許多次的。這一天會來的，她想，到時候她就可以悄無聲息地發出致命的一擊。九十三號列車是專門負責給科羅拉多的哈蒙德村運輸用的貨車。

她知道接踵而來的會是什麼：首先，特殊貨物的運輸沒有了——然後是縮減發往哈蒙德村的車廂數量，把它們像窮親戚一樣可憐地掛在開往其他城市的貨車尾部——然後是日程表上逐漸減少客車在哈蒙德村的停靠次數——接下來的一天，她就可以將科羅拉多的哈蒙德村從地圖上抹去了。這樣的過程，正是威特中轉站和那個名叫史托克頓的城市的翻版。

她清楚——一聽到哈蒙德退休的消息——沒有任何意義再去觀望，再去指望和猜測他的外甥、律師或者當地居民的組織能重開那個工廠。她明白，是到了縮減車次的時候了。

這一切在艾利斯・威特離開後不到六個月就發生了——這段時間曾被一個專欄作家歡快地稱為「小人物的出場」。全國上下每一個做石油生意的人，那些手裡有那麼幾口井，還哭哭啼啼地埋怨威特沒給他留下活路的人，全都一窩蜂衝了過去，填補威特留下的空檔。他們成立了聯盟、合作組織和協會；把各自的資源，甚至信箋上方的抬頭名稱，都集中在了一起。「小人物的重見天日。」那個專欄作家這樣說道。他們的天日就是在威特石油公司的井架中燃燒的熊熊火焰。在火光中，他們圓了自己的發財夢，真是唾手可得，全不費力。隨即，他們最大的客戶，比如那些整車整車喝油、容不得出半點紕漏的電力公司，開始轉燒煤炭了——而小一點的、更能容忍的客戶，則開始紛紛倒閉——華盛頓的那幫傢伙開始對石油施行配給，對雇主們徵收緊急賦稅，用來幫助那些失業的油田工人——然後是一些大的石油公司倒閉——然後那些在陽光下的小人物們發現，曾經是一百元的鑽井零件，現在要花他們五百元，採油設備無處可買，供應商們必須用一台鑽機賺回過去五台鑽機的利潤，否則就會垮掉——然後輸油管道開始關閉，沒人付得起維護費用——然後鐵路被准許調升運輸費率，幾乎沒油可運，油罐車的營運費用壓垮了兩家小型鐵路公司，從此銷聲匿跡——然後，當紅日墜落的時候，他們發現他們所擁有的在以前可以維持六十公頃小油田的日常開銷，也已經伴隨著濃煙灰飛煙滅——而從前這些其實足以維持威特山前方圓數英里的油田。直到他們財富消失、油泵停轉的時候，這些小人物們才意識到，他們用現在這種成本生產出的石油，在全國沒有誰能買得起。接著，華盛頓的傢伙們就為石油的經營者提供補貼，然而，並不是每個賣石油的人都在華盛頓有朋友，隨後出現的情形，大家已經懶得再去盯著和議論了。

史托克頓的境況一直被大家羨慕。煤炭的熱潮使他的肩膀如同挑上了黃金擔：趕在下一個冬季的嚴寒到來前，他讓自己的工廠連軸轉，鑄造出燃煤鍋爐零件。值得信賴的鑄造廠現在剩下的不多了，他成為支撐起全國的地窖和廚房的主要棟樑。這根樑柱在毫無預警的情況下坍塌了。史托克頓宣佈了他退休的消息，把工廠一關便沒了蹤影。關於今後工廠如何處理，以及他的親屬是否有權重開這座廠，他隻字未提。

這個國家的路上還有汽車在跑，但它們就像沙漠中的行者一樣，走過充滿著警告意味、被太陽曬得慘白的馬匹的骨架：它們遇到的是外出辦事壞掉、被遺棄在路旁溝裡的車輛。人們再也不買車了，汽車廠接連倒閉。不過，有人還是能弄到石油，靠的是大家心裡都明白的門路。這些人買車根本不計較價錢。科羅拉多的山崖，被一家工廠巨大的玻璃窗裡的燈光照得通明，成批的卡車和轎車從哈蒙德的流水線蜂擁到了塔格特公司的鐵路支線上。哈蒙德退休的消息完全出人預料，像是在凝重的靜寂中敲出的一記鐘聲，簡短而猝然。當地人組成的委員會正通過廣播傳達他們的呼籲，請求哈蒙德無論在哪裡也要准許他們重新讓他的工廠開工。沒有任何回音。

威特離去的時候，她曾經大喊；史托克頓退休時，她曾經驚得喘不過氣來；但聽說哈蒙德離開的時候，她卻面無表情地問：「下一個是誰？」

「不，塔格特小姐，我無法給你解釋，」她上次在兩個月前去科羅拉多時，史托克頓的妹妹跟她說，「他一句話都沒和我說，就像艾利斯．威特一樣，我甚至都不清楚他現在是死是活。沒有，他走之前的那天沒出什麼特別的事。我只記得最後一天晚上有人來見過他，我從沒見過這個陌生人。他們談得很晚——我去睡覺的時候，安德魯書房的燈還亮著。」

科羅拉多城鎮裡的人們沉默了。達格妮看到了他們走在街上的模樣，看到他們走過小藥房、五金店和雜貨店：似乎他們指望著不停地工作就能避免看到未來的前景。她走過那些街道的時候，也儘量不抬頭，免得看見那些曾經屬於威特油田的煙熏岩石，和已經扭曲變形的鋼鐵。這些情景在很多城鎮中都能見到；當她朝前面望去時，可以遠遠地看到它們。

一口位於山頂上的油井仍在燃燒，誰也無法撲滅。她曾在街道上望見它：一股烈焰直沖上天，似乎想要掙脫而去。她曾在一百英里外的列車窗前，越過漆黑而清澈的原野望見了它：一小團兇猛的火焰在風中搖曳。人們把它稱為威特的火炬。

約翰．高爾特鐵路上最長的火車有四十節車廂，最快的時速是五十英里。火車的引擎必須減少使用：這些燒煤的火車頭早就過了退役的期限。吉姆為了用在彗星號和一些長途運輸的柴油機火車，弄來了燃油。她唯一能夠指望和他打交道的燃料來源，是賓州達納格煤炭公司的達納格。

空蕩蕩的火車在科羅拉多的鄰近四個州之間卡嗒卡嗒地駛過，上面拉著幾車廂的羊，一點玉米和瓜果，以及偶爾可見的一個在華盛頓有門路的農場主人，和他盛裝打扮的一家人。吉姆從華盛頓為每一列運行的火車要到了補貼，這些車不是用來賺錢，只是服務於「社會的平等」。

為了維持火車能夠在需要的路段和仍在生產中的地區運行，她絞盡了腦汁。但在塔格特公司的帳目表上，吉姆為那些空駛的火車要來的補貼金額，卻高於他們最好的貨車從業務最忙的工業地區所帶來的利潤。吉姆吹噓說這是塔格特公司有史以來最興旺的六個月。在他給股東們印刷精美的報告中，利潤裡包括了那筆並非是他賺來的空車補貼，一筆並不屬於他的錢——原本應該支付塔格特公司債券的利息和退休金的這筆債務，卻在莫奇的授意下不用支付了。他吹噓塔格特公司在亞利桑那州有更大的貨運量——丹．康維已經關掉了鳳凰—杜蘭戈鐵路在那裡的最後一部分，然後就退休了；在明尼蘇達州，拉爾金正在用鐵路運輸鐵礦石，大湖區的最後一艘運礦石的貨輪也早就絕跡了。

「你總是把賺錢當成這麼要緊的事，」吉姆怪異地帶著似笑非笑的神情告訴過她，「可在我看來，我比你在這方面可強多了。」

沒有人承認清楚鐵路債券的凍結是怎麼回事，也許是因為大家全都已心知肚明。一開始，在債權人當中還出現過恐慌的跡象，整個輿論也冒出過一種可怕的憤慨的苗頭。隨後，衛斯理又簽發了一條命令，規定申請「必備所需」的人們將能夠獲得債券的解凍：政府一旦認為對於這種需要的解釋確有說服力，就會將債券購買下來。有三個問題既沒有人回答，也無人問過：「什麼可以用來證明？」「什麼是需要的？」「必備的——對誰而言？」

隨後便形成了議論的壞風氣：為什麼有人得到了解凍的款項，而另一個人卻被拒絕了。如果有人問「為什麼」，大家就緊閉著嘴，沉默地掉頭走開。人們開始去描述，而不是解釋，去歸納事實，而不是去評價它們：史密斯先生被解凍了，鍾斯先生沒有，僅此而已。當鍾斯先生自殺後，人們就議論說：「哼，我不知道，如果他真的需要錢，政府就會給他了，可是有些人就是太貪了。」

不該去議論的是一些人被拒絕之後，將自己的債券按面值的三分之一賣給需要的人，而那些買主又神奇般地把這凍結的三十三分錢變成了一整元錢；同樣不該被議論的還有剛出校門的某些聰明的年輕人，所從事的一種新興職業，他們自稱為「解凍者」，提供「幫助你用正確的當代術語草擬申請」的服務，這些年輕人在華盛頓有門路。

在某些鄉下的站台上看著塔格特公司的鐵軌，她發現自己感到的不是曾經有過的無比驕傲，而是一種說不出的犯罪的恥辱感，如同骯髒的鏽蝕長在了金屬上面，但比這還要糟：如同那鏽蝕上沾染了血的氣息。然而，在塔格特車站的候車大廳裡，她看著內特．塔格特的塑像：這是你的鐵路，你創建了它，你為之奮鬥，你沒有在恐懼和厭惡中止步不前——我不會把它拱手讓給那些吸血和腐敗之輩——而且我是唯一一個堅持保衛它的人。

她從沒放棄尋找那個發動機的發明者，這是能使她忍受其他所有工作的唯一一件事，是她目光所及、能讓她的奮鬥具有意義的唯一目標。她有時候曾經疑惑自己為什麼要把那台發動機重新製造出來，有什麼用呢？——似乎有個聲音在問她。因為我還活著，她回答道，但她的尋找依舊渺茫。她的兩個工程師在威斯康辛什麼都沒找到，她讓他們在全國上下去找曾在二十世紀公司工作過的人，去打聽那個發明者的名字，他們一無所獲。她派他們去翻查專利局的檔案，那個發動機的專利從來沒有被登記過。

在她個人剩餘的收藏之中，留下的只有那個帶有美元符號的香菸頭。直到最近一天晚上，在她桌子的抽屜裡發現了它，她才又想起來，並把它送給了她在候車大廳裡擺菸攤的朋友。那個老人很是驚訝，把菸頭用兩根手指小心翼翼地舉起來察看；他從沒聽說過這個牌子，還納悶自己怎麼會把它給漏掉了。「這菸好嗎，塔格特小姐？」「是我抽過的最好的了。」他搖了搖頭，大惑不解。他保證要去找到這菸的出處，然後弄一條來給她。

她嘗試過找一個能想辦法把發動機重新做出來的科學家。她和被推薦為各領域裡的頂尖人物見面談過。第一個人在對殘缺不全的發動機和手稿研究一番之後，用軍訓教官那樣的嗓門宣佈說，這東西不能運行，從來就沒運行過，而且他會證明，這種發動機根本製造不出來。第二個人像是在回答一個無聊的問題那樣，懶洋洋地說他不知道能不能做出來，而且也根本毫不關心。第三個人帶著好鬥的口氣，傲慢地說他可以簽一個十年的合約來嘗試這項任務，每年的合約價值是兩萬五千元——「不管怎麼說，塔格特小姐，如果你想靠這台發動機賺大錢的話，你就應該支付我冒了險賠進去的時間。」第四個，也是最年輕的一個，沉默地看了她一會兒，臉上的線條彎曲著從茫然變成了藐視，「你知道，塔格特小姐，我認為即使有人會做，也根本不該做出這樣的發動機，這實在是太超出我們目前所有的任何東西了，這對那些稍遜一籌的科學家來說太不公平，因為這會把他們取得成果和表現才能的空間給徹底葬送。我認為強者沒有權利去傷害弱者的自尊。」她命令他從她的辦公室裡出去。坐定之後，想到她生平聽過的最惡毒的話，是用一副自以為正義的腔調說出來，她感到不可思議的恐怖。

她決定和羅伯特．史塔德勒博士談談，這是她最後一線指望。

她感到在自己的內心當中，有一個地方像被鎖死的結一般很難突破，她克服著這層阻力，強迫自己打電話給他。她曾和自己辯論，想到：我和吉姆和伯伊勒這樣的人打交道——而他的惡比他們要小——那麼我為什麼不能和他說話呢？她想不出別的答案，只是覺得有一股頑固的極不情願的感覺，只是覺得在全世界所有人當中，她就是不能打電話給史塔德勒博士。

她坐在桌前等候史塔德勒博士，面前是約翰．高爾特鐵路的班次表，她不明白這些年來為什麼科學界沒有湧現出一流的人才。看著面前的班次表上代表著九十三號列車的死屍般的黑線，她沒辦法思索答案。

她想，火車具有運動和目的這兩個生命中的重要標誌，向來是一個具有活力的存在，可是如今，它只是一些僵死的車廂和火車頭。別給自己時間去感覺這些，她心想，儘快去掉壞死的部分，整個系統都需要火車，賓州的達納格需要火車，需要的還會更多，只要——

「羅伯特．史塔德勒博士。」她桌上的內部對講器響了起來。

他笑著走了進來，這笑容似乎更強調著他所說的話：「塔格特小姐，你相不相信，我再次見到你有多高興啊！」

她沒有笑，回答時的神態嚴肅而禮貌：「你能來這裡真是太好了。」她鞠躬示意，瘦削的身體挺得筆直，只是頭部緩慢而正式地點了點。

「如果我向你坦白我只是找了藉口才來這裡的呢？你會不會感到吃驚？」

「我希望儘量別辜負了你的好意，」她沒有笑，「請坐，史塔德勒博士。」

他興奮地環顧著周圍，說：「我還從沒看到過鐵路大老闆的辦公室。我原來不知道它會是這樣……這樣一個嚴肅的地方。這種工作的性質是不是就是這樣的？」

「我想向你請教的事與你此時感興趣的可完全不同，史塔德勒博士。你或許對我請你來覺得奇怪，請聽我解釋一下原因。」

「你希望打電話給我，這本身就是個很充足的理由。我不知道還有什麼能比為你效勞更讓我高興的了。」他的笑容很動人，這笑容屬於世界上的一種人，他們不是用它來掩飾自己所說的話，而是要更加強調對一種誠摯情感的大膽表露。

「我這個難題是技術上的，」她以一個年輕技工在討論複雜工作時的那種清晰、客觀的口氣說道，「我完全明白，在科學的領域裡，你很看不上這一分支。我不指望你去解決我這個難題——這既不是你分內的工作，你也不關心。我只想把這個難題說給你聽，然後只問你兩個問題。我必須來求你的原因是這件事關係到一個人的心，一顆偉大的心，而且——」她用恰如其分的客觀態度說道——「你是現在這個領域裡面僅有的偉人。」

她看不出她的這些話為什麼會擊中了他，她看到他的臉色發僵，眼睛裡突然現出誠懇，誠懇得像是渴望，幾乎是在乞求。隨即，她聽到了他嚴肅的聲音，彷彿在某些情感的壓力下，這聲音變得簡單而卑微：

「你的難題是什麼，塔格特小姐？」

她向他說了那台發動機以及發現發動機的地點，告訴他實在是不可能打聽出發明者的名字，她沒有提尋找的細節。她把發動機的照片和殘留的手稿遞給了他。

他一邊讀，她一邊觀察著他。一開始，她看到他的眼睛在快速的掃視中流露出內行老練的篤定，隨後停了停，更加專注，然後嘴唇蠕動著，如果是別人，也許就是一聲口哨或是一陣氣喘。她看到他停下來許久，不知道凝視著什麼地方，似乎他的大腦正在無數條路上競相飛奔，想跑遍每一條路——她看到他重新翻著稿紙，然後停下，接著又強迫自己繼續往下讀。他似乎是在兩種渴望之間被拉來扯去，既渴望繼續讀下去，又渴望抓住腦子裡不斷閃現出的所有可能。她看到了他沉默中的興奮，知道他已經忘掉了她的辦公室，忘掉了她的存在，忘掉了一切，他的眼前只有看到的成果——看到他能夠有這種反應，她希望還能有喜歡史塔德勒博士的可能。

他們沉默了一個多小時後，他才讀完，然後抬頭看著她。「簡直是卓越非凡！」他那喜悅和驚訝的語氣像是在宣佈一個令她意外的消息。

她多想能對此報以笑容，做分享他喜悅的同伴，但她卻只是點了點頭，冷冷地回答道：「是的。」

「可是，塔格特小姐，這太了不起了！」

「是的。」

「你說這是一個技術上的事嗎？這比技術要大得多得多呀。他寫關於轉換器的那幾頁——你能看得出他是以什麼來做前提的。他已經具備了某種新的能源理念。他捨棄了所有我們常規的想法，要是按那些想法，他的發動機根本就不可能。他設立了自己的前提，解決了把靜止的能量轉換為動力的難題。你知道那意味著什麼嗎？你是否意識到在他能做成發動機之前，得去做多麼難以置信的純粹抽象的科學研究？」

「誰？」她平靜地問。

「你說什麼？」

「史塔德勒博士，這是我想問的兩個問題中的第一個：在十年前你所知道的青年科學家裡面，你能不能想得起誰有可能做成這件事？」

他愣住了；他還沒時間去想這個問題。「沒有，」他眉頭緊鎖，慢慢地說道，「沒有，我想不起有什麼人……真是怪了……像這樣的能力在哪兒也不可能沒沒無聞啊……他這麼一個人，總會有人告訴我的……他們總是把年輕有為的物理學家推薦給我……你說你是在一個普通的商業發動機工廠的實驗室裡發現它的？」

「是的。」

「那就奇怪了。他在那種地方幹什麼？」

「設計發動機。」

「我說的就是這個。一個具備了偉大科學家天賦的人，選擇去當一個商業發明家？我覺得這太離譜了。他想弄個發動機出來，他無聲無息地進行了一場能源科學的重大變革，就為了混口飯吃，並且懶得把他的發現向世人公佈，還繼續做他的發動機。他為什麼要把他的智慧浪費在實際的產品上面？」

「或許是因為他喜歡在地球上生活。」她下意識地回答。

「你說什麼？」

「不，我……對不起，史塔德勒博士，我不是有意要說什麼……不相關的事。」

他移開視線，沉浸在他自己的思路裡，「他為什麼沒來我這裡？他為什麼沒有在他應該去的那些著名的科學機構裡？如果他有頭腦能夠做成這個，他就應該知道他所做的事情的重要性。他為什麼不把他對能源的定義發表出來？我能看出他大致的方向，可他真是該死！——卻沒有最關鍵的部分，結論不在這裡！他周圍肯定有人瞭解足夠的情況，完全可以把他的工作向整個科學界宣佈。他們為什麼沒這樣做？他們怎麼能丟掉，把這種東西就這麼給丟棄了？」

「我找不出答案的正是這些問題。」

「還有，從純粹實用的方面來看，那台發動機為什麼被丟棄在垃圾堆裡？本來你會覺得，任何一個像企業家那樣貪得無厭的傻子都會拿它去賺大錢，不需要任何智力就能看出它的商業價值。」

她頭一回露出了笑容——一個帶著苦澀的慘笑；她什麼也沒說。

「你覺得不可能找到發明者？」他問。

「完全不可能——到目前為止。」

「你認為他還活著嗎？」

「我有理由相信如此，但我不能確定。」

「假如我替他做做宣傳呢？」

「別，不要。」

「可是，假如我在科學刊物上登廣告，並且讓費雷斯博士——」他停住了，發現他們都很快地看了對方一眼。她什麼都沒說，卻迎住了他的目光。他轉開了視線，把那句話冷冰冰地，然而又是堅決地說完，「並且讓費雷斯博士通過廣播說我希望見他，他會拒絕來嗎？」

「沒錯，史塔德勒博士，我想他會拒絕的。」

他沒有去看她。她看到他臉部的肌肉微微繃緊，而與此同時，他臉上的皺紋中像是有什麼東西癱軟了下來；她既說不清楚是什麼樣的光芒在他的身體內黯淡了下去，也不知道她怎麼就會想到了死亡的光芒。

他的手腕隨意、輕蔑地一抖，把手稿甩在桌上，說：「那些為了圖眼前利益而毫不在乎地出賣自己智慧的人，應該多知道一些這個眼前利益的現實情況。」

他略帶一絲挑釁地看著她，似乎準備好了等待一個惱怒的回答。但她的回答比惱怒更可怕：她依舊不動聲色，似乎已經不再在意他的斷言究竟對錯與否。她禮貌地說：「我想問的第二個問題是，能不能請你告訴我在你認識的物理學者中，根據你的判斷，誰有能力試著重做這個發動機？」

他看著他，啞然失笑，這是一個痛苦的聲音。「你是不是也一直被它在折磨著，塔格特小姐？在哪兒都找不到能幹的人？」

「我見了一些被極力推薦的物理學者，發現他們簡直不可救藥。」

他急切地湊近，「塔格特小姐，」他問道，「你請我來，是不是因為你信得過我在科學判斷方面的人品？」這個問題是一個赤裸裸的請求。

「是的，」她不偏不倚地回答，「我相信你在科學判斷方面的人品。」

他身體靠了回去，看起來有些隱藏的笑意正在把他臉上的緊張化開。「真希望我能幫上你，」他像是對夥伴在說話一樣，「我是最最自私地希望我能幫上你的忙，因為，你知道，這一直是讓我最頭疼的問題——儘量為我自己搜羅有天賦的人才。天賦，鬼話！哪怕是有點希望的影子我就知足了——他們推薦的那些人，說句實話，有沒有當出色的修理工的潛力都不好說。我不知道會不會是因為我年齡越來越大、越來越挑剔，還是人類正在退化，但我年輕的時候，似乎沒有過這樣的人才荒。現在，如果你看到我得要去面試的那些人，你就會——」

他戛然止住，似乎猛然間想起了什麼；他沉默不語，像是在考慮著什麼他知道的事情，卻不想告訴她。對此，當他用掩飾逃避的憎恨的口吻把話題草草結束時，她就覺得很肯定了。「不，我不知道有什麼值得向你推薦的人。」

「我要向你問的就是這些了，史塔德勒博士，」她說道，「謝謝你抽時間來這裡。」

他無言地呆坐了半晌，似乎還不想走。

「塔格特小姐，」他問，「你能讓我親眼看看那台發動機嗎？」

她驚訝地瞧著他，「當然了，如果你希望的話。不過它是在我們下面車站隧道的地下室裡。」

「如果你不介意帶我去，我是不會在意的。我沒有特別的用意，只是我個人對此很好奇，想看看——就是這樣。」

當他們站到花崗岩的地下室裡，看到腳下那個裝著殘缺的金屬塊的玻璃櫃，他不由自主地慢慢摘下了他的帽子——她說不清這是他想到了和女士同在一個房間後的習慣性表示，還是面對棺材所做的脫帽致意。

他們無聲地站著，臉上映著玻璃反射過來的唯一的一盞燈光。火車的車輪聲在遠處響起，有時候看起來一陣突然劇烈的震盪，似乎就會喚醒玻璃櫃裡的屍體。

「真是奇妙極了。」史塔德勒博士聲音低沉地說，「看到一個不屬於我的偉大、新鮮、重大的創意，真是太奇妙了！」

她看著他，但願她能確信自己沒有把他給想錯。他以熱切的真誠說著這番話，拋棄了世俗，拋棄了是否該讓她聽到自己對痛苦的承認的顧慮，眼前什麼都沒有，只有一個能夠懂他的女人：

「塔格特小姐，你知道那些三流的人的共性嗎？那就是對別人的成果的憎恨。那些神經兮兮的平庸之輩坐在那兒發抖，生怕人家的成就比他們的更大——他們體會不了到達巔峰之後的那種寂寞。寂寞地盼著同樣的高手——盼著值得尊敬的心靈和值得崇敬的成就。他們從老鼠洞裡鑽出來向你齜著牙，覺得你用自己的光芒讓他們黯淡無光，並以此為樂——而你得花上一年才能看到他們的靈光一現。他們嫉妒成就，夢想著一個所有人都對他們俯首稱臣的世界。他們不知道，這樣的夢想就是平庸最精確無誤的證明，因為那種世界正是創造者難以忍受的。他們根本不可能瞭解他被不如他的人圍著會是什麼感受——恨嗎？不，不是恨，而是無聊——可怕、無望、枯竭、麻木的無聊。讚美和阿諛來自你所看不起的人又能說明什麼呢？你是不是感覺過渴望能夠有個人去崇拜，能夠有什麼讓你不向下看，而是去仰望的？」

「我一輩子都能感覺到。」她說，她不能拒絕回答他。

「我知道，」他說——他的聲音中有一種無情的溫柔之美。「我第一次和你說話的時候就知道了。這就是我今天來這裡的原因——」他略停了片刻，但她卻對這懇求沒有回應，他用了同樣安靜溫柔的語氣把話說完，「嗯，這就是我想看看發動機的原因。」

「我懂。」她柔聲說道，她只能用她的語氣來表達對他的謝意。

「塔格特小姐，」他說著，眼睛一垂，看著下面的玻璃櫃，「我認識一個人，或許能擔當起重造發動機的任務。他不肯為我工作——因此他可能是你想要的人。」

但當他抬起頭，還沒看到她的眼裡充滿他所祈求的崇敬和原諒之情，便用客廳裡那種諷刺的聲音擊碎了他只有片刻的贖罪感，「顯然，那個年輕人不想為社會和科學的利益出力。他告訴我他不會為政府工作。我猜他是想從私人雇主那裡拿到他所希望的更高的工資。」

他轉過頭，不去看她臉上漸漸消失的神情，不想知道它的涵義。「是的，」她的聲音很強硬，「他可能是我想要的那種人。」

「他是猶他理工學院的一個年輕物理學家，」他冷冷地說，「他叫昆廷．丹尼爾斯。我的一個朋友幾個月前把他介紹給了我。他來見了我，卻不接受我給他的工作。我想讓他做我手下的研究人員，他想的是當一名科學家。我不知道他能不能完成你的發動機，但至少他有這個水準去試一試。我想你還能在猶他理工學院找到他。我不清楚他目前在那裡做什麼——他們在一年前關掉了那家學院。」

「謝謝你，史塔德勒博士，我會和他聯繫的。」

「如果……如果你願意的話，我很樂意幫他理論的部分。我打算根據手稿提供的線索，自己做些研究。我很想找到作者發現的能源的核心祕密，我們要找出來的是他的基本原理，如果我們成功的話，至少對於發動機，丹尼爾斯先生應該是會完成的。」

「我非常感謝你願意提供的任何幫助，史塔德勒博士。」

他們踏著一串藍燈下生鏽的鐵軌枕木，默默地穿過車站裡這條死寂的隧道，走向站台遠方的亮光處。

在隧道口，他們看見一個人正跪在軌道上，不明所以而惱火地胡亂敲打著轉換器，另一個人不耐煩地站在旁邊看著他。

「哎，這破東西是怎麼回事？」那個看著的人問。

「不知道。」

「你都折騰了一小時了。」

「是啊。」

「這要弄多久？」

「約翰．高爾特是誰？」

史塔德勒博士退避到一旁，走過了他們之後，他開口說：「我不喜歡那種說法。」

「我也一樣。」她回答說。

「這話是從哪兒來的？」

「沒人知道。」

他們沉默了，隨後他說：「我曾經認識一個約翰．高爾特，只是他早就死了。」

「他是誰？」

「我曾經想過他還活著，不過現在我確信他一定是已經死了。以他那樣的頭腦，如果還活著的話，整個世界現在都會談論著他。」

「可是現在整個世界是在談論他呀。」

他猛地停住，「是啊……」他凝視著這個從未想到過的念頭，緩緩地說道，「是的……為什麼？」話音沉重，帶著恐懼。

「他是誰，史塔德勒博士？」

「我們談他幹什麼？」

「他是誰？」

他不寒而慄地搖了搖頭，厲聲說道：「這只是巧合而已，那個名字一點也不少見，這是個毫無意義的巧合，和我認識的那個人沒半點關係，那個人已經死了。」

他隨後又補上一句話，這句話的真正含意，他不願去想：

「他非死不可。」

$

放在他桌上的訂單上標明了「機密……緊急……優先……經首席協調員辦公室驗明批准的必要需求

……從X計畫的帳戶」──要求他向國家科學院出售一萬噸里爾登合金。

里爾登讀罷，抬眼看了看一動不動地站在他面前的工廠主管。那位主管進來後一言不發地把訂單放到了他的桌上。

「我覺得你應該看看。」他回應著里爾登的目光。

里爾登按了下按鈕，把伊芙小姐叫了進來。他把訂單交給她，吩咐道：「把這個退回原處。告訴他們，我不會把里爾登合金賣給國家科學院。」

格雯．伊芙和主管看著他，互相對視了一眼，然後又回頭看著他。他從他們的眼睛裡看到了祝賀。

「好的，里爾登先生。」伊芙很正式地說道，像拿其他公文一樣地把那張紙片拿了起來，鞠躬離開了辦公室，主管跟著她走了出去。

里爾登淡淡地一笑，算是回應他們的祝賀，根本沒再想那張紙和它可能帶來的後果。

六個月之前，他就像拔掉插頭一樣切斷情感的來源，在心裡斬釘截鐵地告訴自己：先行動起來，維持工廠的運轉，然後再去感覺──這使他能夠靜觀公平分享法的實施。

誰也不知道應該怎麼去遵守這項法案。一開始，他被告知，他的里爾登合金產量不能超過伯伊勒最好的特種合金，更不用說是鋼材的產量了。但伯伊勒最好的特種合金不過是差勁的雜燴，沒人想要。隨後他被告知，里爾登合金可以按照估算的伯伊勒的生產能力進行生產。沒人明白這該如何操作。華盛頓的某人公佈了一個每年的鋼產量數字，沒有任何解釋。大家就都按此執行。

他不知道如何能讓每一個要求合金的客戶都得到平等的一份。儘管他被允許開足馬力生產，現有的訂貨在三年內都不可能全部生產出來。每天都會有新的訂單，它們再也不是過去那樣值得去遵守的貿易概念，它們全都是要求。法案還規定，任何一個沒有得到里爾登合金的公平份額的顧客，都可以起訴他。

誰也不知道如何決定什麼才是公平的份額。隨後，一個大學剛畢業的聰明的年輕人被華盛頓指派過來，擔任他的配送副主任。在和首都之間舉行了多次電話會議之後，那個年輕人宣佈按申請日期的先後次序，每個顧客可得到五百噸合金。沒人對這個數字表示爭議——根本就爭不起來，無論一磅還是一百萬噸都是合理的。那個年輕人在里爾登的工廠裡設了辦公室，有四個女孩子在那裡受理對里爾登合金份額的申請。根據工廠現有的生產能力，這些申請已經排到了下個世紀。

五百噸的里爾登合金不夠塔格特公司鋪設三英里的鐵軌，不夠達納格其中的一個煤礦建支架用。規模最大的企業，里爾登最好的客戶，都被禁止使用里爾登合金，但市場上突然出現了用里爾登合金做成的高爾夫球桿，還有咖啡壺、花園工具，以及浴室的水龍頭。達納格早看出了這合金的價值，並且敢在頂著輿論的暴怒下單訂購，卻被禁止得到里爾登合金。他的訂單被擱置在一邊，被這條新的法令毫無預警地切斷了。那個在最危險的關頭背叛了塔格特公司的莫文先生，則正在用里爾登合金生產著轉換器，然後把它們再賣給南大西洋公司。里爾登看著這些，感情已被抽空。

當有人跟他提到那些眾所周知的、憑藉里爾登合金迅速發財的事情時，他一言不發地轉身就走。「噢，不，」人們在客廳裡談論著，「這不能叫黑市，因為它其實不是。沒人在非法出售合金，他們只是在出售他們的合金擁有權。不能算是賣，而是把它們合併到一起。」他不想去知道那些骯髒而錯綜複雜、將「份額」出賣及合併的交易，不想知道一個維吉尼亞的製造商是如何在兩個月之內，生產出了五千噸里爾登合金鑄成品，也不想知道那個製造商在華盛頓私底下的合作人是誰。他知道他們在一噸里爾登合金上賺取的利潤是他自己的五倍。他什麼都沒說。除了他自己之外，誰都有權利去要這個合金。

那個從華盛頓來的年輕人被煉鋼工人叫做「奶媽」，他在里爾登身邊晃蕩著，毫無掩飾的驚訝和好奇居然也成為一種崇拜的形式。里爾登看著他，感到又噁心又好笑。這個年輕人一點修養也沒有，是大學把他培養成了這副樣子，這使得他身上有一種奇怪的坦率，像野人的無知一樣，既愚昧又憤世嫉俗。

「你瞧不起我，里爾登先生，」他曾經有一次突然而又不帶任何怨恨地開口說，「這很不合實際。」

「為什麼不合實際？」里爾登問他。

這個年輕人看起來很困惑，不知如何回答。他從不知道怎麼回答「為什麼」的問題。他說話向來是平白的肯定腔調。談到人的時候，他會說，「他很落伍」，「他無法被重塑」，「他改不了」，既不猶豫，也不會解釋。因為畢業自鑄造專業，他也會說，「我想，煉鐵似乎需要高溫。」提到物質的自然特性，他只會說些模稜兩可的話；提到人，他就只會說得再絕對不過。

「里爾登先生，」他有一次說，「如果你想給你的朋友們更多的合金——我是說，更大的批量——你知道，這是可以安排的。我們為什麼不用非常急需當理由，去申請一個特別許可呢？我在華盛頓有些朋友，你的朋友們都是很重要的大老闆，所以這個重要需求的辦法應該不難辦到。當然了，會有些花費，華盛頓方面的事，你知道是怎麼回事，事情總是常常會需要有些花費的。」

「什麼事情？」

「你明白我的意思。」

「不，」里爾登說，「我不明白。你幹嘛不給我解釋一下呢？」

那年輕人猶疑地看著他，心裡掂量了一下，然後說了句：「這樣的心態很不好。」

「什麼心態？」

「你知道，里爾登先生，像這種話沒必要說出來。」

「像哪種話？」

「話都是相對的，只是符號而已。如果我們不使用醜陋的符號，就不會有任何的醜陋了。我已經把話的一面都說了，你為什麼還要我去說出另一面來呢？」

「那麼我想讓你說的是哪一面呢？」

「你為什麼想讓我說？」

「因為你說不出口的那個理由。」

那年輕人沉默了一會兒，然後說：「你知道，里爾登先生，世上沒有絕對的標準。我們不能抱著僵硬的原則不放，必須得靈活一些，必須得根據現實不斷調整，因時制宜。」

「去吧，小子，那你就別用僵硬的原則，因時制宜地煉出一噸鋼來試試。」

一種奇怪的、近乎時代風尚的感覺讓里爾登對那個年輕人非常蔑視，卻並不憎恨。那年輕人似乎和周圍的一切很合拍，他們像是被拖回到若干世紀以前——那曾經是那個年輕人的時代，對里爾登來說卻是格格不入。里爾登心想，新的煉鋼爐沒有建成，他現在的所有努力除了能維持舊爐的運轉，將一無所獲；他無法開始對里爾登合金的應用進行新的探索、新的研究和實驗，卻是花費了全部精力去尋找鐵礦石資源：就像在鐵器時代即將到來時的人那樣——他想到——然而希望卻更加渺茫。

他儘量不去想這些，不得不對自己的感受保持著警覺——這就像他身體的一部分變成了一個陌生者，必須被控制在麻木狀態，而他的意志則只好被用來當做不斷監控的麻醉劑。他不清楚這一部分是什麼，只知道萬萬不能去找出它的根源，萬萬不能讓它說出話來。他已經走過了一個危險的時刻，絕不能再回去。

那是在一個冬天的晚上，他正獨自在辦公室，呆呆地看著攤在他桌上的報紙頭版裡那長長的一條通欄規定；那時，他從廣播裡聽到了艾利斯．威特的油田著火的消息。在他想到今後，在災難、震驚、恐懼和反抗的感覺到來之前，他做出的第一個反應是放聲大笑。他在勝利和如獲大赦的狂喜中縱情地歡笑——在心裡感受到而沒有說出的話是：無論你是在做什麼，願上帝保佑你，艾利斯！

當他意味出笑聲後面的含意之後，就明白他現在已經一刻也不能擺脫對自己的警惕了。他像一個倖免於心臟病打擊的病人，知道這是一個警告，知道他已經帶了一個隨時都會爆發的危險。

從那以後，他把它放了下來，一直讓自己內心保持著均勻、小心、有節奏的步伐，但在一段時間內，它再次向他逼近了。當他看到桌子上的那份國家科學院的訂單時，他覺得在紙上移動的光亮不是來自於外面的煉鋼爐，而是來自於油田上正在燃燒著的火焰。

「里爾登先生，」那個「奶媽」聽說訂單被退回了之後，對他說，「你不該那麼做。」

「為什麼不？」

「會有麻煩的。」

「什麼麻煩？」

「這是政府的訂貨，你不能拒絕。」

「為什麼不能？」

「這是一個非常急需的項目，而且是保密的，非常重要。」

「是什麼項目？」

「我不清楚，它是保密的。」

「那麼你怎麼知道它很重要？」

「就是這麼說的。」

「誰說的？」

「你不能對這種事情都懷疑，里爾登先生！」

「我為什麼不能？」

「你就是不能。」

「如果我不能的話，它就變得絕對了，而你說過，絕對是根本不存在的。」

「那不一樣。」

「怎麼不一樣？」

「這是政府。」

「你是說除了政府以外，就不存在任何絕對了？」

「我是說，如果他們說是重要的，那就是重要的。」

「為什麼？」

「我不希望你有麻煩，里爾登先生，可是你也躲不掉了。你問了太多的為什麼，你為什麼要這麼做？」

里爾登瞄了他一眼，撲哧一聲笑了。那年輕人注意到了他剛才說的話，怯怯地咧嘴一笑。但他看起來並不高興。

一個星期之後，來見里爾登的是一個略微年輕、個子瘦高的人，不過，他還嫌自己不夠年輕，不夠瘦和高。他身穿便服和交通警察用的皮靴，里爾登看不出他是來自國家科學院還是華盛頓。

「我知道你拒絕向國家科學院出售合金，里爾登先生。」他用和緩、機密的腔調開口說。

「不錯。」里爾登說。

「這難道不是構成了對法律的明知故犯嗎？」

「那是你的理解。」

「我能問問你的理由嗎？」

「你對我的理由不感興趣。」

「噢，當然感興趣！我們不是你的敵人，里爾登先生。我們想公平地對待你。你不用因為自己是一個大企業家而感到害怕，我們不會以此來反對你。其實我們想把你和最下層的勞動者一樣公平地看待。我們想知道你的理由。」

「把我拒絕的決定登報，任何一個讀者就會告訴你我的理由。它大約一年前就上過所有的報紙了。」

「噢，不，不，不！提報紙幹嘛？難道我們不能把這當成一個友好的私人事情來解決嗎？」

「那要看你了。」

「我們不想登報。」

「不想嗎？」

「不。我們不想傷害你。」

里爾登看了他一眼，問道：「國家科學院為什麼會需要一萬噸合金？X計畫是什麼？」

「哦，那個嗎？那是一項非常重要的科學研究專案，有著很高的社會價值，會給大眾帶來不可估量的利益。但遺憾的是，根據最高政策的規定，我不能向你透露更多的細節。」

「你知道，」里爾登說，「我可以這樣跟你說我的理由，我不想把我的合金賣給那些對我保守用途祕密的人。我生產出了合金，我有道義上的責任去知道經我同意使用的合金被拿去做了什麼。」

「哦，可是你對此不必擔心呀，里爾登先生！我們可以免去你對此承擔的責任。」

「假如我不希望免去呢？」

「可……可這是一種太陳舊而且……純粹理論上的態度。」

「我說過，我可以以此作為理由。但我不會的——因為在這件事上，我還有一個概括了一切的理由。無論是什麼用途，是好是壞，公開還是保密，我都不會將里爾登合金出售給國家科學院。」

「但這是為什麼？」

「聽著，」里爾登緩緩地說道，「在野蠻的社會，一個人要隨時防備敵人來殺死他，並且最大限度地保護自己，這還說得過去。但在任何一個社會，要一個人為殺害他自己的兇手來製造武器，無論如何都是解釋不通的。」

「我覺得用這些詞不太恰當，里爾登先生。我認為這麼想問題是不實際的。不管怎樣，政府不能在執行覆蓋面很廣的國家政策時，還要考慮到你和某些機構的個人恩怨。」

「那就不要考慮了。」

「什麼意思？」

「別來問我理由了。」

「可是里爾登先生，我們不可能對拒絕遵守法律的行為視而不見。你打算讓我們怎麼做？」

「隨你們的便吧。」

「這可絕對是前所未有的，還從來沒有人拒絕把重要的物資出售給政府。事實上，法律不允許你對任何一個顧客拒絕出售你的合金，何況是政府。」

「哦，那你幹嘛不逮捕我？」

「里爾登先生，這是善意的討論，為什麼要說逮捕這種話？」

「這難道不就是你最後的招數嗎？」

「為什麼要提這個？」

「這意思在你說的每句話裡不是已經隱含在內了嗎？」

「為什麼要說破呢？」

「為什麼不呢？」沒有回答。「如果不是因為你的這張王牌，我都不會讓你進我的辦公室，這個事實你是不是不想說出來？」

「可是我沒有說逮捕啊。」

「是我在說。」

「我不懂，里爾登先生。」

「我不想幫你把這假裝成什麼善意的談話。現在你請便吧。」

那人臉上現出奇怪的神情：面對眼前的對抗，困惑得沒有概念，也沒有恐懼，彷彿他一直就生活在它的籠罩之下，完全明白它意味著什麼。

里爾登感受到一種奇特的興奮，覺得他快要抓到某種他從來不明白的東西，彷彿他正走在一條小路上，雖然距離太遠，他還不能知道會發現什麼，但那要比他以前所見過的一切都更加意義重大。

「里爾登先生，」那人說道，「政府需要你的合金，你必須把它賣給我們，因為你一定能意識得到，政府的計畫不會因為你同不同意而被耽擱。」

里爾登不慌不忙地說：「銷售，需要得到賣方的同意。」他站起來走到窗前，「我告訴你該怎麼辦吧。」他指著正被裝進鐵軌貨車的里爾登合金坯塊，「里爾登合金就在這裡，你可以像其他的掠奪者們一樣，開卡車過來，不過你不用冒他們那樣的風險，因為我不會向你開槍的——你也知道我不能。然後想裝多少就裝多少，拉走就是了。別想辦法付給我錢，我不會要的。別給我寫支票過來，我不會去兌現的。想要合金的話，你們手裡是有槍的。那就來吧。」

「我的天！里爾登先生，輿論會怎麼想！」

這是一聲本能的、不由自主的喊叫。里爾登的臉上淡淡地現出了一個無聲的笑。他們兩個都明白這聲喊叫的含意。里爾登帶著嚴肅而毫不緊張的口氣一字一句地說道：「你想讓我幫你，讓這看起來像一個銷售，一樁安全、公平、道德的交易。我不會幫你的。」

那人不再爭論，起身打算離開，只是說了句：「你會後悔你的立場的，里爾登先生。」

「我不這麼想。」里爾登回答。

他知道這事還沒完，也知道X計畫的機密性並不是這些人害怕將它公諸於眾的主要原因。他知道他感覺到了一種少有的、快活輕鬆的自信。他知道在他窺見的那條小路上，他應該就這樣走下去。

$

達格妮閉著眼睛，把身體伸展開，躺在她客廳的椅子裡。今天累了一天，但她知道今晚會見到里爾登。這念頭像一根槓桿，將過去幾個小時毫無意義的醜惡的負荷，從她身上卸了下去。

她躺在那裡一動不動，心滿意足地休息著，只是靜靜等著鑰匙在門鎖裡的聲響。他沒有打電話給她，但她聽說他今天在紐約和生產銅的商家們開會，而他總是要到第二天上午才離開城裡——而在紐約過夜時總是和她在一起。她喜歡為他等候，她需要一段時間，能夠像橋一樣聯結她的白天和夜晚。

她想著，即將到來的這幾個小時就像她和他共度的所有夜晚一樣，要被加進一個人生命當中的儲蓄帳戶裡，那裡面存著曾經生活過的一段段自豪的時間。唯一讓她對工作日感到自豪的並不是它已經過去了，而是它又被堅持下來了。這是錯誤的，她想，一個人如果被迫對生命中的任何一小時做出這樣的評價，都是極端錯誤的，但她現在想不起它來了，她在想著他，想著她所看到的他們過去幾個月來經歷過的掙扎，他為交貨所做的掙扎；她知道她可以幫助他去戰勝，但對他的幫助絕不能只在口頭上說說。

她想起了去年冬天的那個晚上，他走進來，從衣袋裡拿出一個小袋子，向她遞過去，說：「我想給你這個。」她打開它，一塊梨形紅寶石做成的項鍊墜，在首飾盒的白色錦緞上閃爍著耀眼的火紅，她困惑地瞪著眼睛，感到難以置信。它是一種名貴的寶石，全世界也不過有十幾個人有能力買得起，他並不是其中一個。

「漢克……為什麼？」

「也沒什麼特別的理由，就是想看你戴上它。」

「噢，不，不能拿這樣一種東西！為什麼要浪費了它呢？我很少去必須盛裝打扮的場合。我什麼時候才能戴呀？」

他看著她，眼睛從她的腿慢慢移到她的臉上，「我給你看什麼時候。」他說道。

他領她進了臥室，一言不發地脫下了她的衣服，那樣子就像一個主人，脫去別人的衣服而不需要徵得同意。他把項鍊墜掛在了她的胸前，她赤裸著站在那裡，寶石在她的雙峰之間，如同一點閃亮的血滴。

「你覺得男人給他的女人珠寶，除了讓他自己愉悅以外還會有別的目的嗎？」他問。「我就是想讓你這麼戴著它，只為我一個人。我喜歡看著它，美極了。」

她笑了起來；是柔軟的、低低的、喘不上氣來的聲音。她說不出話來，也動彈不得，只是無言地點著頭，表示接受與遵從；她點頭的時候，頭髮隨腦袋大幅度的搖擺而甩動著，然後，她把頭向他深深地鞠下去，便垂下來一動不動了。

她跌落在床上，慵懶地張開身子，頭向後仰去，手臂在身體兩旁，手掌用力按住粗糙的床幔，一條腿彎曲，另一條長腿的線條伸開在深藍色的亞麻床幔上，寶石像傷口一樣在黑暗裡發著光，在她皮膚的映襯下，閃射出一道道星星一般的光芒。

帶著捉弄和知道正在被欣賞的那種勝利的陶醉，她的眼睛半睜半閉，但她的嘴巴卻在難以控制、乞求不已的期盼中微微張開。他站在房間中央看著她，看著她平坦的小腹隨著呼氣深深地凹了下去，看著她會說話似的敏感的身體。他說話了，聲音低低的，專注而又特別地安靜：

「達格妮，如果有畫家把你現在的樣子畫下來，人們就會來看這幅畫，體會他們自己的生命所無法給予的瞬間。他們會把它稱做偉大的藝術。他們不會明白自己感受到的真諦，但這幅畫把一切都展示給了他們——哪怕你不是什麼古典的維納斯，而是一個鐵路公司的副總裁，但這就是它的一部分——哪怕就是我，因為那也是它的一部分。達格妮，他們會感覺得到，在離開後會和碰到的第一個酒女上床——而且他們永遠不會試著去找他們曾經感受的一切。我可不想從畫裡去找，我想得到真實的。在這無望的渴求之中，我不會有自尊，不會去堅持早已死去的夢想。我想擁有它，創造它，和它生活在一起。你明白嗎？」

「噢，當然，漢克，我明白！」她說。「那麼你呢，我親愛的？——你完全明白嗎？」——她心想，但卻沒有大聲說出來。

在一個暴風雪的夜晚，她回到家，發現客廳裡，被雪花吹打的黑漆漆的玻璃窗前，擺放了無數的熱帶鮮花。它們是一株株帶莖的夏威夷火炬薑花，有三英尺高，花瓣構成的碩大的球形花頭，有柔軟的皮革質感，顏色血紅。「我在一家花店櫥窗看見了它們，」那天晚上她進來的時候他說，「我喜歡在暴風雪中看著它們，但實在沒有比把東西放在公共櫥窗裡更浪費的了。」

她開始在她的公寓裡不定期地見到鮮花。送來的花沒有附卡片，有的只是送花者的簽名，鮮花奇妙多姿的形態，鮮豔瑰麗的色彩，以及昂貴的花費。他帶給了她一條金項鍊，許多方形的小金片串在一起，像一片純金的騎士鎧甲，貼護著她的脖頸和肩膀——「搭配黑色的裙子，」他命令道。他帶給了她一副用切割得方方正正的細長水晶柱做成的眼鏡——那出自一位名珠寶商。她給他端上飲料的時候，看著他舉起一個鏡片——似乎他手指所觸摸的質地、飲料的味道，以及視野裡她的面孔，形成了一個不可分離的快樂瞬間。他說：「我以前看見過我喜歡的東西，但我從來不買，好像沒什麼意義，但現在總算是有了。」

在一個冬天的上午，他打電話到她辦公室，說話的口氣不是邀請，而是在下達最高指令：「我們今晚一起吃晚飯。我想讓你穿正式的禮服。你有沒有什麼藍色的晚禮服？就穿那個。」

她穿的是一件貼身的砂藍色束腰長裙，使她看來嬌弱得惹人憐愛，如同一座在夏日的陽光下花園藍色陰影裡的塑像。他拿過來放到她肩頭上的是一襲藍色的狐狸披肩，從下巴一直裹到腳底。「漢克，這太荒誕了，」——她大笑起來——「這不適合我！」「不適合嗎？」他把她拉到鏡子前面，問道。

在龐大的絨毛毯下，她看起來像是在風雪中裹得嚴嚴實實的小孩，華麗的皮毛將裹在裡面淳樸的天真襯托成一種倔強的、對比鮮明的典雅，看上去格外性感。皮毛柔軟的黃棕色被一層藍色的氣息沖淡，這層藍色無法看到，只能像籠罩的霧氣一般被感覺，像是一種色彩的暗示，是要用手而不是眼睛去捕捉，像是不須觸摸就可以體會到把手埋入柔軟的皮毛裡的感覺。披肩把她遮得密密實實，露出來的只有她棕色的頭髮，藍灰色的眼睛，還有她的嘴巴。

她轉向他，帶著亦驚亦狂的笑容：「我……我居然不知道會是這樣的！」

「我知道。」

他開車駛過城市黑暗的街道，她坐在他的身旁。經過街角的路燈時，網一樣灑落的雪便時而閃過眼前。她沒有問他們要去哪裡，身體蜷在座椅上，仰頭看著雪花。毛皮披肩緊緊地裹著她，裡面穿的裙子感覺輕得像是睡袍，而這披肩的感覺則如同懷抱。

她望著在雪幕中逐漸升高、斜斜排列的燈光——然後瞧了他一眼，看著他戴了手套握緊方向盤的手，看著在黑色外衣和白色圍巾裡面的這個嚴峻、挑剔的優雅的身影——她想，他是一座大都市，周圍是經過修飾的人行道與石雕。

車子駛入一條隧道，進入河底下，從回音不絕的瓷磚通道裡飛馳而出，在開闊的夜空之下，沿著向上環繞的高速公路攀升。現在，燈光已經在他們的腳下，鋪灑在方圓數英里的平原上的那些藍熒熒的窗戶、煙囪、起重機的斜臂、紅紅的火堆，以及在長長的、微弱的光線的映襯下，一個扭曲晃動著的工業街區。她想到她曾經有一次看見他在廠裡，額頭沾著煤煙的髒污，身上是一身酸蝕斑斑的工作外罩；他穿著它們，和穿著正式服裝一樣的自然得體。她俯瞰著下方的新澤西州平原，想到他也屬於這裡，周圍是吊車、火焰和嘩嘩滾動的齒輪。

他們來到開闊的鄉間，飛速行駛在一條黑暗的路上，雪花漫捲著從車燈前一閃而過——此時，她想起了夏天他們一起度假時他的樣子：穿了長褲，在一條僻靜的溪谷裡，躺在地上，草枕在他的身下，陽光照在他裸露的手臂上。他屬於鄉村，她想——他屬於每一處地方——他是地球之子。隨即，她想起了更確切的說法：他是擁有地球的那個人，在地球上隨心所欲，掌控一切。那麼——她納悶地想——他為什麼要默默地承受著悲慘的重負，而且接受得如此徹底，以至於他幾乎都忘記了自己是在承受？她明白部分的原因；感到似乎接近了全部的答案，而且在某一天就會抓到了。但她現在不想去思考這些，因為他們正遠離重負而去，因為他們擁有在飛奔的汽車內所凝結著的徹底的幸福。她的頭不自覺地靠了過去，在他的肩膀上挨了一會兒。

車子離開了高速道路，駛向遠處雪地上方光禿禿的縱橫交錯的樹枝後面那一片片亮燈的玻璃窗。接著，他們在面向黑夜和樹木的窗前桌旁坐下。這家小店建在林間的小山丘上，所費不貲，十分隱祕，不凡的品味顯示出它並沒有被那些追求奢侈和注意的人們發現。她幾乎沒注意到有餐廳：它和一種極致的舒適感無形地融為一體，唯一使她注意到的裝飾，便是窗外寒冰裹挾下的亮晶晶的樹枝。

她坐下向外看著，藍色的毛披肩半滑半掩著她裸露的手臂和肩膀。他瞇起眼睛端視著她，帶著一副男人打量著自己作品的滿意神色。

「我喜歡送東西給你，」他說，「因為你不需要它們。」

「不需要嗎？」

「我並不是想讓你得到它們，我是想讓你從我這裡得到它們。」

「那正是我需要它們的方式，漢克，從你那裡。」

「你明白從我這方面來說，這純粹是很惡毒的自我放縱嗎？我不是為了博得你的高興才這麼做，而是為了我自己。」

「漢克！」這完全是不自覺的一聲喊叫，帶著開心、絕望、憤慨和憐憫，「如果你只是為了我高興才送那些東西給我，而不是為了你自己的話，我早就把它們扔回到你臉上去了。」

「是……是啊，那樣的話你會的——而且應該。」

「你把這叫做惡毒的自我放縱嗎？」

「那是他們的說法。」

「噢，是了！那是他們的說法，那麼你管這叫什麼，漢克？」

「我不知道，」他無所謂地說，接著又繼續專心致志起來，「我只知道，如果這是惡毒的話，就讓我去受詛咒吧，但它是我在這世界上最想做的。」

她沒有回答，坐在那裡帶著淡淡的微笑看著他，像是讓他去聽聽他自己說的話。

「我一直很想享受我的財富，」他說，「我不知道該怎麼做，甚至沒時間去瞭解我究竟有多想這樣去做。不過，我知道我煉出爐的所有鋼水，都會變成流動的金子回到我這裡來，金子就該凝結成我希望的任何形狀，而我才是必須去享受這一切的人。只不過我不能，我找不出那樣做有任何目的。現在我找到了。是我創造了財富，而且是我要讓它替我買回我想要的每一種快樂——包括看到我能付得起多少錢——包括把你變成一個奢侈品的荒謬行為。」

「可是，我是一個你早已經買下來了的奢侈品。」她說著，並沒有笑。

「我是怎麼買的？」

「和你買下工廠時所用的方法一樣。」

對於她用語言所表達的這個想法的明顯徹底的含意，她不知道他是否明白；但她知道他在那一時刻所感受到的是理解：她看到他眼裡隱含的笑意及背後的輕鬆。

「我從不鄙視奢華，」他說，「但我向來鄙視那些享受它們的人。我看到被他們稱之為享受的東西，在我對工廠有了感受之後，那些東西對我似乎毫無意義。我過去看著鋼水出爐，成噸的鋼水按照我的命令，流向我指定的地方。後來我去宴會，看到人們在那些金盤子和繡花台桌巾面前凜然發抖，好像他們吃飯的房間成了主人，他們只是些伺候的東西，是被他們的鑽石衣釦和項鍊所創造的東西，而不是反過來。後來我會跑到我能找到的第一個礦渣堆去——而他們會說我不知道如何享受生活，因為我只關心生意。」

他看著這個黯淡的、裝飾著雕刻的漂亮房間，看著坐在桌旁的人們。他們帶著難為情的炫耀之意坐在那裡，像是他們的衣服的昂貴造價和無比精心的打扮，應該融化在這一派富麗顯赫之中，但卻沒有。他們的臉上是咬牙切齒的焦急。

「達格妮，看看這些人。他們按理說是生活中的浪蕩子弟，找樂子和追求奢華的人。他們坐在那兒，等著這地方給他們帶來意義，而不是反過來。但他們總是向我們顯示出他們是物質享樂的享受者——而我們所受的教誨卻是追求物質享受是一種邪惡。享受？他們是在享受嗎？我們所受的教誨中有沒有某種曲解，某種惡毒而重要的謬誤呢？」

「是的，漢克——非常惡毒，而且非常非常重要。」

「他們是紈袴子弟，而我們，你和我只是商人。你能意識到嗎，我們在這個地方所能享受到的遠比他們希望得到的還要多？」

「是啊。」

他以一種引經據典的語氣緩緩說道：「我們為什麼要把它全都給了那些傻瓜們？它本來就是我們的。」她吃驚地看著他。他笑了，「我記得你在那個聚會上對我說的每一句話。我當時沒有回答你，因為我唯一的回答，你的話唯一觸動我的，我覺得會讓你恨我。那就是我想要你。」他看著她，「達格妮，你當時是無意的，但你當時說的就是你想和我上床，對不對？」

「是啊，漢克，當然了。」

他迎著她的目光，然後移開了。他們久久地默默不語。他瞧了瞧他們周圍昏暗的光線，又看著他們桌上兩隻亮閃閃的酒杯。「達格妮，我年輕的時候，在明尼蘇達的鐵礦廠工作時，曾想著有這樣的一個夜晚。不，我當時工作不是為了這個，而且我也沒經常想這些。但每過一段時間，在冬天的夜晚，星星都出來了，天很冷，我因為連做了兩個班而疲憊不堪，只想就原地躺在礦層上好好睡一覺——我就想，有那麼一天我會坐在像現在這個地方，喝一杯酒的錢比我一天的工資還多，我會把這裡的每一分鐘、每一滴酒和桌上的每朵花都賺到，而我會坐在那裡，不為別的，只是為了自己開心。」

她笑著問：「和你的情人一起？」

她發現痛苦閃現在他的眼裡，頓時恨不得她沒說出這句話來。

「和……一個女人。」他回答。她知道那個他沒有吐出來的詞。他繼續說下去，聲音柔和而堅定，「我富有之後，看到富人開心時做的那些事，我覺得我想像過的那個地方是不存在的。我甚至都沒有把它想像得很清晰，不知道它會是什麼樣子，只知道我會有的感覺。我在多年以前就不再對此抱期望了。但是——今晚我感覺到了。」

他舉起他的酒杯，看著她。

「漢克，除了我要做一個……一個讓你開心的奢侈品，我可以把我生活中其他的一切都丟掉。」

他看到她端酒杯的手在顫抖，他平靜地說：「我知道，我最親愛的。」

她驚訝極了，坐著一動不動：他以前從沒說出過那個詞。他把頭向後一揚，臉上露出她從沒看到過的燦爛的歡笑。

「你第一次露出弱點了，達格妮。」他說。

她大笑著，搖著腦袋。他從桌上伸過手去，摟住她裸露的肩膀，像是立刻要扶住她。她輕柔地笑著，像是不經意般地用嘴摩挲著他的手指，那一瞬間，她的頭低下了，而他看到了她眼裡噙著的淚光。

當她抬頭看著他的時候，她的笑容和他一樣的燦爛——隨後的這個夜晚便是他們的慶祝——為了他從礦山上的夜晚一路走過的這些年——為了她從第一個舞會夜晚以來經過的這些年，當時，她在滿目荒蕪中嚮往著一個毫無羈絆的快樂，幻想著燈光和鮮花會讓人們煥發出光彩。

「難道……在我們所受的教誨裡……沒有某種惡毒而重要的謬誤嗎？」在一個淒沉的春夜，她躺在客廳的椅子裡想著他的話，等著他的到來……再往前一點點，我親愛的——她想——再看得遠一點，你就可以掙脫這個謬誤，以及所有你從來就不該承受的無用的痛苦……但是，她覺得她也同樣沒有完全看清前途，不知道前方還有什麼在等待著她去發現……

在走到她公寓的黑暗的街道上，里爾登雙手藏在上衣口袋裡，夾緊了兩臂，因為他不想碰上任何東西，或者蹭到任何人。他還從沒有過這樣的體會——這種劇烈的厭惡感找不到具體原因，卻似乎波及了他身邊的一切，淹沒了整座城市。他可以理解對任何一件事的討厭，而且可以抱著它一定不會長久的健康的憤慨心態去和它搏鬥；但這種全世界都令他噁心得不願停駐的感覺，卻是他前所未有的。

他和產銅的生產商們開了會，他們在一系列的法令封殺之下，即將又銷聲匿跡一年。他沒有什麼建議和解決的辦法可以給他們，他那出了名的智力，總能使生產變得順利的智力也無法挽救他們。他們都知道根本毫無辦法可想；智力是頭腦的優點之一，而在他們遇到的情況面前，頭腦早就被當做不相干的東西扔到了一邊。「這是華盛頓那幫人和銅礦進口商之間的一筆交易，」他們當中的一個人說，「主要是德安孔尼亞銅業公司。」

這只是一個小小的、無關緊要的刺痛罷了，他想道，這是一種失望的感覺，但他本來也不應該抱任何希望才是；他應該料到這才是像法蘭西斯可那樣的人會幹的事——他生氣地想，自己為什麼會覺得有一團明亮而短暫的火苗，在一個漆黑的世界裡淹滅了。

他不清楚究竟是無法逢場作戲讓他產生了這種極不情願的感覺，還是這種極其的不情願使他不想去演戲。兩種都有，他想道；欲望覺得行動會將它實現，行動會覺得欲望值得去實現。假如唯一可能的出路，只是在別人的槍口下活一天算一天，那麼無論行動還是欲望便都不復存在了。

那麼生活呢？他漠然地問著自己。生活，他想，是被定義為運動的。人的生命是有目的的運動；一旦目的和運動被剝奪，生命在鎖鍊的禁錮下，只能在喘息中眼睜睜地看著所有他本來可以實現的宏偉可能，只能呼喊著「為什麼」，然後看到一柄槍口作為僅有的解釋，那生命會是一種什麼樣的狀態呢？他聳聳肩，繼續走著；連答案也不屑去找了。

他漠然審視著自己的漠然所帶來的破壞。無論他過去曾經多麼艱難，他從未到過放棄行動的意志這一最惡劣的地步。受罪的時候，他從未讓痛苦占上風：他從沒有因它而失去自己追求歡樂的欲望。他從未對這世界的本質、對作為它的推動力和核心的人的偉大有過任何懷疑。幾年前，他曾經對歷史上黑暗時期出現在人們中的狂熱教派感到輕蔑和不可理解，那個教派相信，人只是為了受折磨而活在邪惡統治下的惡毒宇宙當中。今晚，他明白了他們對世界的看法和他們曾經有過的感受。假如他眼下所見到的就是他所生存的世界，那麼他一點也不想去碰它，不想去反抗。他置身世外，毫無所求，並不關心能不能活得更久。

達格妮以及他想見到她的希望，是他心裡剩下的唯一例外。這希望還在，可是他突然吃驚地發現，今晚，他沒有和她一起上床的欲望。這股無時無刻不在的欲望——總是極盡無度地自生的欲望，被抹掉了。這是一種奇怪的衰萎，既非他的內心，也非他的身體。他一如既往地感受到它的激情，她是世界上最好的女人；但它帶來只是想要得到她的欲望，一種想要去感覺的願望，而不是一種感覺。這樣的麻木似乎與人無關，似乎根源並不在他或她身上；似乎它是在他身體之外的某個地方的性活動。

「別起來——待在那兒——你顯然是一直在等著我，你的每個樣子我還想再多看看呢。」

他在她的門廳裡說道。他看見她躺在椅子裡；看見她迫不及待的動作，肩膀向前一抬，準備起身；他笑了。

他注意到——他的某一部分似乎正在以游離體外的好奇注視著他的反應——他的笑和他突然感到的快活是真切的。他有了一種他一直就體會著，卻無法辨認出的感受，因為它總是那樣的決絕和不假思索：這是一種禁止他用痛苦去面對她的感覺。它更甚於要掩飾他所受折磨的那種傲氣：這是一種在她面前絕不能承認的受苦的感覺，他們對對方的任何要求都不可以出自於痛苦，不能以獲得同情為目的。他為這裡帶來的，或者想在這裡尋找的，不是痛苦。

「你還需不需要我總是在等著你的證明了？」她問著，聽話地靠回到椅子裡；她的聲音既不嬌柔，也不含乞求，只有歡快和一些捉弄。

「達格妮，有什麼是大多數女人都不會承認，而你卻會的？」

「因為她們從來不能肯定她們是被需要的，我很肯定。」

「我的確很欣賞你的自信。」

「自信只是我話裡的一部分，漢克。」

「那完整的意思又是什麼呢？」

「對我的——還有你的價值觀的信心。」他像是突然想到了什麼似的瞧了她一眼，她笑著又說，「比如吧，我對吸引伯伊勒這樣的人就不會有把握，他根本不會要我，而你會。」

「你是說，」他緩慢地說道，「在你發現我需要你的時候，你是不是會感到自豪？」

「當然了。」

「這可不是大多數人會做出的反應。」

「的確不是。」

「如果被別人需要的話，我也會越來越自信。」

「我覺得如果別人需要我，他們就會依附於我。對你的感覺也是如此，漢克——不管你承認不承認。」

這可不是第一天早晨時我對你說過的話——他低下頭看著她，心裡想道。她懶洋洋地伸著四肢躺在那裡，臉色平靜，眼睛卻明亮而帶有嘲弄的意味。他知道，他們倆的心思已經被彼此猜透。他笑了，沒再說別的。

他半坐半躺在沙發上，看著她在房間裡走過，感到心緒安寧——如同升起了一道臨時的牆，隔在他和他來時的感受之間。他和她說了遇到國家科學院那個人的經過，這是因為雖然他知道這件事存在著危險，但心中依然還有一種奇怪而興奮的滿足感。

他看著她憤慨的樣子，不禁笑出聲來，「犯不著為他們生氣，」他說，「這還能比他們每天都在幹的事糟到哪兒去。」

「漢克，你想不想讓我和史塔德勒博士說說這件事？」

「當然不想！」

「他應該阻止這件事，至少他能做到這些。」

「我寧願進監獄。史塔德勒博士？你不會和他有什麼關係吧？」

「我在幾天之前見過他。」

「為什麼？」

「是有關那台發動機的事。」

「那台發動機？」他喃喃地說道，那樣子像是關於這發動機的念頭突然把他從已經徹底忘掉的一個世界又帶了回來。「達格妮……那個發動機的發明人……他的確還在，對不對？」

「怎麼……當然了。什麼意思？」

「我只是說那……那真讓人高興，不是嗎？就算他現在死了，畢竟他曾經活著，活得那麼好，把那台發動機設計了出來……」

「你怎麼了，漢克？」

「沒什麼，跟我說說發動機的事。」

她跟他說了與史塔德勒博士的會談。她站了起來，邊說邊在房裡走來走去；她無法安靜地躺著，一提到發動機的話題，她總是感到一種希望和急著要去行動的衝動。

他最開始注意到的是窗外城市的燈光：他感到它們像是一盞接一盞地被點亮，組成了他所喜歡的宏偉的天際線；他感受到了，儘管他知道那些燈一直是在那裡的。接著他便明白了，那個回來的東西是在他的身體裡：那一滴接著一滴回歸的是他對這座城市的熱愛。然後他就知道它所以歸來，是因為在他望向這城市的視線裡，有一個挺立而窈窕的女人的身影，她揚著頭，像是急切地在向遠方眺望，她的腳步永遠飛奔不停。他看她的時候，像是在看著一個陌生人，幾乎沒有意識到她是一個女人，但眼前這一切凝聚成了一種感受，用言語表達出來就是：這就是世界，就是世界的核心，正是這一切造就了這座城市——它們是不可分割的，建築上的分明的棱角和只剩下目標的臉龐上面那瘦削的線條——高聳的鋼鐵階梯和一個全神貫注於目標的人的腳步——這才是它們的本來面目，所有那些在生命中發明了電燈、鋼鐵、熔爐、發動機的人們——他們就是世界，他們，而不是那些蜷縮於陰暗一隅的人，那些半是乞討、半是威脅的人，吹噓地展示著他們外表的辛酸，以此作為他們向生命和美德的唯一的索取——只要他知道還存在著一個具有創新勇氣的人，他還能把這世界拱手讓給其他人嗎？只要他發現一個能讓他重新恢復崇拜的景象，他還能相信這世界是屬於心酸、哀嘆和槍砲嗎？發動機的發明者們的確存在，他絕不會懷疑這個現實，他知道自己的想法與現實之間的差異是不可接受的。因此，對於發動機的發明者和他自己來說，這種不得不忠誠於他們所處的這個世界的事實，尤其令人痛恨。

「親愛的……」他說道，「親愛的……」當他注意到她已經停下來不說話了的時候，便如從夢中驚醒了一般。

「怎麼了，漢克？」她輕聲問道。

「沒事……只是你不應該去找史塔德勒。」他的臉上充滿了明亮的信心，聲音聽起來是高興、忠誠和溫柔的；除此以外，她瞧不出其他的。他看起來和往常一樣，只是流露出來的溫柔顯得奇怪，那是以前沒有過的。

「我也覺得不應該，」她說，「可是我不知道為什麼。」

「我告訴你吧，」他身子向前湊了湊，「他想從你那裡得到的是一種確認，認為他仍然是原本的那個史塔德勒博士，但他已經不是了，這他很清楚。儘管他有這些舉動像是，但矛盾的是，他還是想得到你對他的尊敬。他想把你當做他的障眼法，讓他的英名得以保全，而國家科學院則會像沒存在過一樣被遺忘——這些，只有你才能替他做到。」

她驚愕地看著他，他全神貫注地講著，突然覺得感覺異常清晰，像是一股噴出的能量湧進了視野，將所有一半可見、一半可掌握的都融合到單一的形狀和方向之中。

「因為你是受害者。」

「為什麼是我呢？」

「達格妮，他們正在做著一些我們永遠也不明白的事情。他們知道一些我們所不瞭解，但應該去發現的事。我還看不出它的全貌，但我開始看到其中的某些部分了。在我拒絕幫他假裝成一個來買我的合金的誠實買家之後，那個國家科學院的掠奪者害怕了。他非常害怕，怕什麼呢？我不清楚——輿論只不過是他用來這麼說的，但不是全部。他為什麼要害怕呢？他手裡有槍，有監獄，有法律——如果他願意，可以把我的整個工廠沒收，沒人會出來保護我，這些他都知道——那麼，他為什麼還要在意我怎麼想呢？可是他真的很在意。必須要我來告訴他，他不是掠奪者，而是我的客戶和朋友，這就是他想從我這裡得到的，而這就是史塔德勒博士想從你那裡得到的——你得假裝他是個偉人，從沒想去毀掉你的鐵路和我的合金。我不知道他們覺得這樣做會得到什麼——不過他們是想讓我們裝成像他們那樣，假裝去看見這世上的一切。他們需要得到我們的某種認可，我不清楚到底是什麼認可——但是，達格妮，我知道的是，如果我們看重自己的生命，就一定不能把它給他們。即便他們把你放上了刑架，也不要給他們。讓他們把你的鐵路公司和我的工廠毀掉吧，但不要給他們。因為我至少知道：知道那是我們唯一的生機。」

她一動不動地站在他的面前，入神地盯著她也在極力捕捉的一些模糊的輪廓。

「是的……」她說，「是的，我知道你從他們身上看見了什麼……我也感覺到了——但它只是像擦身而過的某種東西，在我還沒意識到看見它的時候，就已經不見了，像是團冷空氣一樣，然後我總是覺得應該把它截住……我知道你是對的。我不懂他們玩的遊戲，但至少這些是對的：我們不能像他們希望的那樣去看周圍的一切。這是一個騙局，非常的古老和龐大——打破它的關鍵在於：對他們教我們的每一個前提進行檢查，去質疑每一個感知的對象，去——」

一個突如其來的想法讓她把身體急轉向他，但與此同時，她停住了這個動作和正說著的話：下面要說的話是她不想對他講的。她站在那裡，帶著漸漸變得歡快的好奇的笑容看著他。

他在內心的某個地方明白她不會說出來的想法，但只是知道大致的雛形，目前還不能把它說得很清楚。此刻，他沒有停下來去琢磨它——因為在他感覺到的潮水般的思緒中，這個念頭的雛形正漸漸清晰，而且已經在他的腦子裡很久了。他站起來向她走去，伸手抱住了她。

他將她全身抱住，緊緊貼住自己，如同他們的身體是兩股共同向上噴湧的激流，每一股都向著一個地方奔去，每一股都攜帶著他們全部的意識，去迎向雙唇的會合。

在這一瞬間，她所有的感受中有一部分是難以名狀的，他們站在高居城市燈火之上的房屋中央，她感覺到他抱住她的姿勢是如此的優美。

他從今晚的發現之中，明白了他重新獲得的對生存的熱愛，並不是隨著他對她的欲望回歸而一起回來的——但當他重新獲得了他的世界、愛情、價值以及世界觀，欲望便回來了——這欲望並不是對她的身體的回應，而是對他自己和他生活下去的願望的祝賀。

他對此並不知曉，他不去想這些，他已經不需要言語，只是在感受著她的身體的回應，同時也對那個還未被承認的感受有了體會，她曾經被他稱做墮落的東西，正是她最高尚的地方——正如他所領悟的那樣，她也具有對生命的歡樂的領悟力。

第二章 靠關係的貴族

在她的辦公室窗外，立在空中的日曆顯示著：九月二日。達格妮疲倦地倚著桌子。每到黃昏降臨，第一個亮起的總是射向日曆的那束光線；這幅泛著光的白紙在樓頂一出現，就加快了黑暗的到來，使得這城市一片模糊。

過去幾個月來，她每天晚上都在望著遠處的這張日曆。你的日子屈指可數，它似乎在說——它似乎是在朝著它知道的某種東西推進，並不斷做著標記，而她卻不知道那是什麼。過去，它曾經記錄下了她修建約翰·高爾特鐵路時的分秒必爭；現在，它在記錄著她和一個不知名的毀滅者之間的較量。

在科羅拉多州建設新興城市的人們，已經一個接一個地離去，消失在某種無人知道的沉寂裡，從此杳無音訊，再也不回來。他們離去後，身後留下的城鎮漸漸衰亡。他們所蓋的工廠，有些依然沒有主人，鐵鎖高掛；其餘的落在了當地政府的手中；無論是哪一種情況，機器設備都靜悄悄的，從未被開動。

她曾感到，似乎有一張科羅拉多州的黑暗地圖像交通控制台一樣擺在了她的面前，有幾處燈光散落在它的崇山峻嶺之間。燈光一個接一個地滅掉了，人一個接一個地消失了。這中間有某種規律，她能感覺得到，但說不清楚；她已經開始能很確定地預測誰將會是下一個，但她卻不能去抓住那個「為什麼」。

曾經在威特中轉站的站台上迎接過她走下火車的那些人裡，只剩下了尼爾森，他還在經營著尼爾森發動機工廠。「泰德，你不會是下一個離開的人吧？」他最近來紐約的時候，她曾經問過他；她問的時候努力地面帶笑容。他冷酷地回答：「我希望不會。」「什麼意思，你希望？你難道不肯定嗎？」他緩慢而沉重地說道：「達格妮，我一直覺得就算去死也不能停下工作。可是那些走了的人也是這麼想的。撤退對我來說簡直是不可能的。但一年前，這在他們看來也是不可能的。那些人是我的朋友，我很清楚他們的離去對我們這些求生的人來說意味著什麼。除非有至關重要的原因，他們不會一聲不吭地就那樣離開，給我們平添一分難以解釋的恐懼。一個月前，馬殊電氣廠的羅傑．馬殊告訴我，他會把自己用鐵鍊綁在桌子上，這樣的話，無論他受到怎樣驚人的誘惑，他都走不掉。他被那些走了的人氣得暴跳如雷，向我發誓絕不會那麼做。『假如是什麼我不能抗拒的事，』他說，『我發誓會保持足夠的理智給你留下封信，讓你能有點頭緒，你就不會像我們現在這樣，因為恐懼而絞盡腦汁。』這就是他發的誓。兩周後，他走了，沒給我留下信……達格妮，無論他們在離開的時候究竟看見了什麼，我無法告訴你當我看見它的時候會怎麼做。」

她似乎覺得某個毀滅者正無聲地行進在大地上，燈光一經他的接觸，便應手而熄——她痛苦地想，有人將出自二十世紀發動機工廠的原理逆轉了回去，他現在正把動能改回到靜態之中。

那才是我要去與之較量的敵人——她坐在暮色降臨的辦公室桌旁，心裡想道。丹尼爾斯的月度報告正放在她的桌上，她目前還不能肯定丹尼爾斯會解開那台發動機的祕密；但這個毀滅者，她想，正快速而堅定地行動，步伐越來越快；她懷疑，當她把發動機重新做出來的時候，這殘存的世界會不會已經沒有它的用武之地了。

從丹尼爾斯進入她的辦公室和她見第一次面起，她就喜歡上了他。他三十出頭，身材頎長，棱角分明的面孔很親切，笑容迷人。他時時給人一種微笑的感覺，特別是在他聆聽的時候；這是一種善意的開心的神情，似乎他正在快速而耐心地把聽到的言語中不相干的部分剔除，趕在說話人之前已經直奔主題。

「你為什麼拒絕在史塔德勒博士手下工作？」她問道。

他的笑意開始生硬，不那麼輕鬆了；他的情感正流露出來，這情感是氣憤。但他不慌不忙地穩穩回答：「你知道，史塔德勒博士曾經說過，『自由、科學的探索』這句話裡的第一個詞是多餘的，他似乎已經把這個忘記了。那麼我要說的是，『政府進行的科學的探索』這話本身就是矛盾的。」

她問他在猶他理工學院擔任什麼職務。「值夜班的。」他回答。「什麼？」她大吃一驚。「值夜班的。」他禮貌地重複了一遍，就像是她沒聽清楚，就像是這沒什麼值得大驚小怪的。

在她的詢問下，他解釋了他並不喜歡現存的任何一家科學機構，他本來是會願意在某個大企業裡的科學研究部門裡工作的——「可如今，它們當中有誰願意去負擔長期的研究專案？而且，它們為什麼要負擔呢？」——因此，當猶他理工學院因資金不足而關閉之後，他便在那裡值夜班，成了唯一留下的人；工資足夠他的日常所需——而學院的實驗室原封不動地還在，可以供他自己不受干擾地使用。

「那麼，你是在自己做研究了？」

「是的。」

「是為了什麼呢？」

「為我自己高興而已。」

「假如你有了具有重大科學意義或商業價值的發現，你打算怎麼辦？你打算向社會推廣它的應用嗎？」

「不知道，我想不會。」

「難道你沒有任何為全人類服務的想法？」

「我從來不說這種話，塔格特小姐。我覺得你也不是這樣的。」

她笑了起來：「我覺得你和我，我們能處得不錯。」

「我們會的。」

她將發動機的事告訴了他，他仔細看了那份手稿之後，沒有講什麼，只是說無論她提出任何條件，他都會去做這個工作。

她讓他自己開出條件。她對他所提出的極低的月薪感到驚訝，並表示反對。「塔格特小姐，」他說，「如果有什麼是我不接受的，那就是它毫無意義。我不知道你得付多長時間的報酬給我，也不知道你從中能不能得到任何回報。我是在用自己的心血去冒這個險，不會讓別人參與進來。我不為了意願而收取報酬，但絕對會為我交出的成果而收錢。如果我成功了，那時候我就會活剝你一層皮，因為我那個時候要的是抽成，而且會很高，不過那對你來說是很值得的。」

他說出自己希望的抽成數字之後，她大笑著說：「這可真是要剝我的皮呀，不過很值得，好吧。」

他們達成了協定，這是她個人的專案，他是她的私人雇員；他們誰都不希望受到塔格特研究部門的干預。他要求留在猶他州，繼續值班，那裡有他所需要的全部實驗設備和私人空間。在他取得成功之前，這個專案的祕密只限於他們倆之間知道。

「塔格特小姐，」他總結說道，「就算能解決的話，我也不知道得用多少年。但我知道，如果我把自己的後半生都花在它上面，並且取得成功，我將死而無憾。」他又補充說：「比解決這個問題更讓我想做的還有一件事：就是能見到發明它的那個人。」

他回到猶他州之後，她每月寄一張支票去給他，而他每月送來一份工作進展報告。現在抱希望還為時過早，不過在她辦公室裡每天混沌的霧氣之中，他的報告便是唯一的光亮。

她讀完他的報告後，抬起頭來，遠處的日曆上顯示著：九月二日。在它下面，城市的燈火正在蔓延和閃動著。她想到了里爾登，他要是能在城裡就好了；她今晚很想見到他。

接著，她注意到了這個日期，突然想起她得趕緊回家穿戴整齊，因為她今晚要去參加吉姆的婚禮。除了在公司裡，她已經有一年多沒在外面見到吉姆了。她還從未見過他的未婚妻，不過從報紙上已經看到夠多有關訂婚的報導了。她從桌旁站起來，對於參加婚禮感到極其厭煩：參加婚禮似乎比不厭其煩地解釋她為什麼隨後就離開要容易得多。

正當她急匆匆地走過車站的候車大廳時，一個聲音帶著急切和勉強，奇怪地叫道：「塔格特小姐！」它一下子讓她停住了腳步；過了幾秒鐘，她才發覺叫喊聲來自那個擺菸攤的老人。

「我等著見到你都等了好幾天了，塔格特小姐，我一直急著想要和你說話。」他的臉上神色古怪，竭力裝作不害怕的樣子。

「對不起，」她笑著說，「我這星期都是來去匆匆的，沒時間停下來。」

他沒有笑，說：「塔格特小姐，幾個月前你給我的那支帶美元符號的菸——你是從哪兒得來的？」

她站在那裡愣了一會兒，「這恐怕說來話長。」她回答道。

「你和那個給你香菸的人能聯繫上嗎？」

「應該能吧——雖然我不很肯定。怎麼？」

「他會不會跟你說他的菸是從哪兒來的呢？」

「我不知道，你為什麼懷疑他不會講呢？」

他猶豫了一下，隨後問：「塔格特小姐，要是你不得不跟人家說一件絕無可能的事，你會怎麼辦？」

她撲哧一笑：「給我菸的那個人說，如果是這樣的話，就一定要對前提進行檢查。」

「他這麼說過？是關於菸嗎？」

「呃，不是，不完全是。不過這是怎麼回事？你究竟想告訴我什麼？」

「塔格特小姐，我全世界都去打聽過了，查了菸草業所有的資訊來源。我對那個菸頭做了化學分析，沒有任何一家工廠生產這種菸紙。我在任何一種菸草混合物裡都找不出它用的香料。那種煙是機器做的，但卻不是出自我所知道的任何一家廠——它們我可都認識。塔格特小姐，就我所知，那種菸不是在這個地球上做出來的。」

$

里爾登站在一旁，心不在焉地瞧著服務員把餐車推出他住的酒店房間。達納格已經走了，房間裡半明半暗。他們晚餐的時候，心照不宣地將燈光調暗了下來，這樣，達納格的面孔就不會被服務員注意到或者認出來。

他們只能像無法見人的罪犯那樣偷偷摸摸地會面。他們不能在他們的辦公室或者家裡見面，只能在人來人往、大家互不相識的城市裡，在他的韋恩．福克蘭酒店套房裡碰頭。一旦他同意向達納格提供四千噸里爾登合金零件的消息走漏出去，他們分別會受到一萬美元的罰款和十年監禁。

吃飯時，他們對那些法案，以及他們的動機和風險都沒有談及。他們只是在談生意。達納格以他開會時素有的清晰冷靜的口吻，解釋了他只有延遲對礦架的修建，延遲對他三個星期前買下的破產的聯盟煤礦公司的重新修繕，他原先一半的訂貨量才夠用來修好即將坍塌的礦道。「這家礦很棒，就是太破舊了，他們上個月出了件大事故，坍塌和煤氣爆炸導致了四十人的死亡。」他換了一副背誦乾巴巴的統計報表般機械的語氣補充道：「報紙正在嚷嚷著說煤炭目前是國家最重要的物資，還說煤炭業者趁著石油短缺的機會大賺暴利。華盛頓有一幫人叫囂著說我擴張得太厲害了，正在形成壟斷，因此應該採取措施來阻止我。華盛頓的另一夥人則叫囂說我擴展得還不夠，應該採取措施讓政府將我的礦沒收，因為我是在貪婪地撈錢，而不想去滿足社會對燃料的需求。根據我目前的利率，我在這家聯盟煤礦公司上的投入要四十七年後才收得回來。我沒有孩子，買下它是因為一個客戶，我不願意看到燃料短缺在它的身上出現，我說的就是塔格特鐵路公司。我總是在想，一旦鐵路癱瘓，會出現什麼樣的後果。」他停了一下，然後又說：「我不知道我幹嘛還要操這份心，但我就是這樣。華盛頓的那些人看來還是不清楚那會是什麼後果，可是我清楚。」里爾登說：「我會把合金給你的。你什麼時候需要另外那一半訂貨，跟我說一聲，我也會交貨的。」

晚飯吃完的時候，達納格用了同樣不動聲色、但清楚自己所說的每個字的語氣，說：「假如你我的手下當中有誰發現了這事，並想私底下勒索的話，我會在合理的範圍內付這筆錢。但是，如果他有華盛頓的朋友，我就不付。這樣的事要是發生了，我就去坐牢。」「那我們就一起去吧。」里爾登說。

站在他這間半暗的房間裡，里爾登覺得自己對於要去蹲監獄毫不在乎。他記得十四歲的時候，他餓得發昏也不去偷路邊攤的水果。現在，如果這頓晚餐成為罪狀，他覺得被送進監獄和被卡車撞上沒什麼區別：只是一件客觀的、沒有任何道德價值的事故而已。

他想道，他被迫像藏匿不可告人的罪行一般，把他一年來唯一覺得開心的這樁生意隱藏起來——想到他正在把他和達格妮共同度過的、唯一令他感到還活著的夜晚，像不可告人的罪行一般隱藏起來。他覺得這兩種隱祕之間有著某種聯繫，某種他必須要找出來的重要聯繫。他對此還無法確定，他找不到言語來形容它，但他覺得一旦到了他發現它們的那天，他生活中的一切問題都將迎刃而解。

他靠牆而立，頭向後仰著，閉上眼睛，想起了達格妮，這時，他就覺得什麼都可以不在乎了。他想到今晚會見到她，幾乎覺得恨恨地，因為明天早晨看來是如此的迫近，到時他將不得不離開她——他不知道他是不是明天該留在城裡，還是不去見她，現在就離開，這樣他就能夠等待，這樣它就總是會在他的前面：在那一時刻，他的雙手攬抱著她的肩膀，低頭看著她的臉龐。你真是瘋了，他想道——但他明白，假如她時刻在他身旁，他依然會是這樣，永遠不會覺得足夠，為了能承受住它，他非得給自己發明出一種喪失意識的折磨方法不可——他知道他今晚會去見她，沒有見到她就離開的念頭讓這快感變得更加強烈，讓一瞬間的折磨更襯托出他對隨後這段時光的堅信。他會讓她客廳的燈一直開著，他想，在床上抱著她，眼前只有一條燈光的曲線從她的腰際流淌到她的腳踝，只有一根線在黑暗中勾勒出她瘦長的全身，然後，他要把她的頭拉到燈光下，去看她的臉，看著她毫無反抗地向後垂下，她的頭髮蓋住了他的手臂，眼睛閉著，臉上帶著疼痛一般的表情，嘴向他張開。

他站在牆邊，等待著，讓這天所發生的一切從他身上脫去，好去感受自由，去知道下一段時間是屬於他的。

當他的房門毫無預兆地被一下子推開時，他一開始似乎沒聽見，也難以相信。他看見一個女人的剪影，接著是一個服務員放下一隻行李箱，然後離去了。他聽到莉莉安的聲音：「怎麼了，亨利！就這麼黑摸摸的一個人？」

她按了一下門邊的電燈開關。她站在那裡，打扮得一絲不苟，一身黯淡的米色旅行裝，使她看起來像是一路上被包在了玻璃盒裡一樣；她面帶笑容，如同回到家一般地正脫著手套。

「親愛的，你是回來過夜呢？」她問道，「還是正打算出去？」

他不知道自己過了多久才回答：「你來這裡幹什麼？」

「怎麼，你難道不記得吉姆．塔格特邀請我們去參加他的婚禮了嗎？是今天晚上。」

「我沒打算去他的婚禮。」

「噢，可是我打算去！」

「我今天早晨走之前你為什麼不告訴我？」

「讓你大吃一驚啊，親愛的。」她快活地大笑起來，「想把你拉到任何一個社交場合去簡直都是不可能的，不過我想，也許在心血來潮的時候你是會去的，就是出去開心一下，結了婚的夫妻都是這樣的。我想你不會在意的——你在紐約過夜已經是家常便飯了！」

他看到不經意的目光順著她時髦的斜帽簷底下瞄了上來。他沒說話。

「當然了，我是在冒險，」她說，「你也許會和誰出去吃晚飯了。」他沒說話。「或者你，也許打算今晚回去呢？」

「沒有。」

「你今晚有安排了？」

「沒有。」

「好吧，」她指了指她的行李箱，「我帶來了晚上要穿的衣服。我能比你穿戴打扮得更快，想不想打賭給我一朵蘭花胸飾啊？」

他想，達格妮今晚會去參加他哥哥的婚禮；這晚對他已經無所謂了。「如果你想的話，我可以帶你出去，」他說，「但不是去這個婚禮。」

「噢，可我就是想去那兒呀！這是當今最荒謬的一件事了，我所有的朋友，大家都已經等了好幾個星期了。我說什麼也不能錯過。城裡沒有比這更好看——或者更轟動的秀了。這場婚禮實在是荒唐透頂，也就只有吉姆．塔格特做得出來。」

她像是要去熟悉一個陌生的地方一樣，在房間裡東張西望地隨意走來走去。「我都好幾年沒來紐約了，」她說，「是沒和你一起，沒在任何正式的場合裡來過。」

他留意到她漫無目的的眼神有一個停頓，在一個裝滿菸頭的菸灰缸那兒短暫地定了定，便又接著移開去。他突然感到一陣厭惡。

她注意到了他的臉色，開心地笑了起來：「噢，可是親愛的，我可不覺得輕鬆！我是失望。我本來是想找到幾個帶著口紅的菸蒂。」

他知道，儘管她用了玩笑來掩飾，但的確承認了自己是在窺探。不過她顯而易見的直率舉動讓他搞不懂她是不是真的在開玩笑；在短暫的一瞬間，他感覺到她說的是實話。他打消了這個印象，因為他覺得這根本不可能。

「我想你永遠做不了凡人，」她說，「所以我相信我沒有情敵。而且就算有的話——我很懷疑，親愛的——我覺得也沒什麼好擔心的。因為如果有誰可以招之即來，不用預約——那麼，大家就都知道那是怎麼樣的一類人了。」

他覺得他得謹慎些；他幾乎就要賞她的耳光了。「莉莉安，我想你知道，」他說，「這種幽默超過了我能忍受的範圍。」

「哦，你這麼當真啊！」她大笑道，「我總是忘記，你對所有事都那麼當真——特別是對你自己。」

隨即，她突然轉到他的面前，笑容不見了。她帶了一副奇怪和懇求的神色，這表情他曾偶爾從她的臉上見過，似乎構成它的是誠懇和勇氣：

「你想認真嗎，亨利？好吧，你想讓我在你生活的最底層待多久？想把我變得多孤獨？我什麼都沒求過你，讓你想怎樣就怎樣。你難道一個晚上都不能夠給我嗎？哦，我知道你討厭聚會，會很無聊。可這對我來說意味著很多。你可以把這叫做空洞的交際虛榮心——我想，哪怕有一回，能和我的丈夫一起露露面。我覺得你從來不會這樣想，但你是個重要人物，被人羨慕、包圍、尊敬和讓人害怕，是一個可以讓女人拿出去炫耀的丈夫。你可以說這是女性虛榮心的一種低級表現，可這就是每一個女人快樂的表現形式。你不是靠這種標準生活，可我是。你難道不能用幾個小時的無聊，把這些給我嗎？你難道不能再堅強些，來實踐你的義務，履行一個丈夫的職責？你難道不能不為自己，不因為你想才去，而是為我，是因為我想去而去嗎？」

達格妮——他絕望地想著——達格妮，她從來沒對他的家庭生活說過一個字，從沒提出過任何要求，發出過一聲責備，或問過一個問題——他無法和他的妻子一起出現在她的面前，無法讓她看見他被當做丈夫而驕傲地拿出來炫耀——此刻，在他答應去做這一切之前，他簡直想死——因為他知道他是要答應的。

因為他已經把這祕密當成了罪過，並且向他自己發了誓去承受它帶來的後果——因為他已經承認權利是在莉莉安那邊，他可以去忍受任何詛咒，但卻不能拒絕對他提出要求的權利——因為他知道，他拒絕去的理由也正是令他無權拒絕的理由——因為他聽到了他心裡乞求的叫喊：「噢，天啊，莉莉安，只要不去那個聚會，去哪兒都行！」而他不能容許自己去乞求同情——他平靜地說，聲音死氣沉沉而且堅決：

「好吧，莉莉安，我去。」

$

在出租房的臥室裡，帶著玫瑰色小圓點花邊的婚紗被地上的某個小東西掛住了，雪麗．布魯克斯小心地把它拎起來，邁著步子，從牆上歪掛著的一面鏡子裡瞧著自己。她在這裡拍了一整天照片，在過去的兩個月裡，她已經拍過許多次了。媒體想為她拍照時，她依然帶著難以相信的感謝的笑容，但她希望他們不要太頻繁了。

當雪麗幾個星期前第一次面對絞肉機一般的媒體訪問時，一個上了年紀、一臉苦相的姐姐就負責照顧著她了，這位姐姐撰寫著賺人眼淚的愛情小專欄，在生活中則有著像女警察一樣痛苦而辛酸的智慧。今天，這位一臉苦相的姐姐把記者們都轟了出去，嘴裡呵斥著：「好啦好啦，滾吧！」對於鄰居們，她就衝著他們劈頭蓋臉地把雪麗的房門猛力關上，然後幫她穿戴起來。她要開車把雪麗送到婚禮上去；她發現沒有人會來做這些事。

婚紗、白色的人造絲長裙、精巧的拖鞋，以及她脖子上的那串珍珠，這幾樣東西的價錢，比雪麗房間裡的全部家當都要貴上幾百倍。房間裡的大部分面積都被一張床所占據，其餘的部分則被一個櫥櫃、一把椅子和掛在一道褪色的簾子後的幾件衣服擠得滿滿的。她走動的時候，禮服上面寬大的裙襬便蹭著牆壁，她那被束得緊緊的長袖緊身胸衣裡的瘦小身體，在裙子的上面搖晃著，反差強烈；這件長裙出自城裡最有名的設計師之手。

「你看，我找到那份廉價商店的工作後，本來可以搬到好一點的房間裡去，」她抱歉地對一臉苦相的姐姐說，「不過我覺得晚上在哪裡睡並不要緊，所以我就把錢攢下來了，因為以後在更重要的地方還用得著——」她停住，笑了，拚命地搖晃著腦袋，「我原以為我會需要的。」她說。

「你看來很不錯，」一臉苦相的姐姐說，「你從那破鏡子裡看不出來什麼，不過你沒問題了。」

「發生的這一切，我……我自己都來不及想明白。可你看，吉姆太好了。我只是個在廉價店裡賣東西的，住在這樣的地方，可他不在乎，不覺得這對我有什麼不好。」

「哦哦。」一臉苦相的姐姐應著，表情冷漠。

雪麗想起了吉姆．塔格特第一次來這裡時的驚奇。在他們第一次見面後的一個月，她已經對再見到他不抱指望了，有一天晚上，他沒打招呼就來了。她窘迫至極，感覺到她像是把太陽裝在了小泥坑裡——但吉姆卻笑了，坐在她僅有的一把椅子上，瞧著她漲紅的臉，環視著她的房間。然後他叫她穿上外套，帶她去了城裡最貴的餐廳吃晚飯。他笑著看她的舉足無措，看她的尷尬，看她拿錯叉子時嚇壞的樣子，看著她眼裡的迷惑。她並不知道他在想什麼，不過，他知道她是被嚇暈了，並不是被這種地方，而是因為他帶了她來這裡；他知道她幾乎沒怎麼去動昂貴的飯菜，知道她不像其他的女孩子那樣，把這頓晚餐當成從有錢的笨蛋那裡白撿的便宜，而是把它當做了她從沒想過會得到的榮耀的獎賞。

兩個星期後，他來找了她，從那以後，他們的約會逐漸頻繁起來。他會在廉價店快關門的時候開車過去，她則看著其他那些售貨的女孩子目瞪口呆地瞧著她，瞧著他的轎車，瞧著穿了一身制服的專職司機為她開車門。他會帶她去最好的夜總會，向朋友介紹她時，他會說：「布魯克斯小姐在麥迪森廣場的廉價店裡工作。」她就看到他們臉上那奇怪的表情，還有吉姆在看著他們時眼裡的那一絲嘲諷。她感激地想，因為他不想讓她感到有假裝的必要或是難堪。她崇拜地想，他有誠實的勇氣，而不在乎別人是不是會贊成他。但有天晚上，她聽到了隔壁桌一個在知識圈裡的政論雜誌工作的女人，對同伴說：「吉姆可真大方啊！」她感到了一股從未有過的、怪異的灼痛。

如果他想，她會把自己唯一能回報他的東西給了他。令她感激的是，他沒有提出過。但她感覺他們的關係是一筆巨大的債，除了默默的崇拜，她再沒有什麼可以用來償還的了。她想，他並不需要她的崇拜。

有些晚上，他來帶她出去，卻留在了她的房間裡和她說起話來，而她則無聲地聽著。一切發生得總是特別的突然而出人意料，似乎他並非有意這樣做，而是有什麼在他的身體裡發作，令他不吐不快。然後他就一屁股坐在她的床上，完全意識不到周圍的一切和她的存在，但他卻不時朝她的臉上掃一眼，像是要確定有一個活著的東西在聽他說話。

「……那不是為了我自己，根本不是為了我自己——他們那些人為什麼不相信我？我必須得同意工會減少火車數量的要求——而且我能做的只有延期償付債券，所以衛斯理才會讓我這麼做，是為了工人，不是為了我自己。報紙都在說我是所有商人的效仿榜樣——是一個有社會責任心的商人。他們就是這麼說的，是真的，對不對……對不對？延期償付怎麼了？我們要是省去一些技術上的環節呢？用意是好的。大家都認為只要不是為了自己，你做的一切都是好的……可她不認為我的用意是好的，除了她自己，她覺得誰都沒用。我妹妹是一個殘忍自負的賤人，只會一意孤行……她和里爾登還有所有那些人，他們幹嘛總那樣看著我？他們怎麼那麼肯定他們就是對的呢？……如果我承認他們在物質方面是優秀的，他們為什麼不在精神方面去承認我呢？他們有腦子，可我有良心。他們有創造富裕的能力，可我有愛的能力。我的能力難道不是更偉大的嗎？它難道不是在整個人類的歷史上都被認為是最偉大的嗎？他們為什麼不認可呢？……他們為什麼那麼肯定他們就是偉大的呢？……況且，假如他們是偉大的，而我不是的話，那他們不恰恰應該因為我並不偉大，而向我彎腰致敬嗎？那不就是真正人道的行為嗎？去尊敬一個值得尊敬的人不需要有好心腸——那只是他應該得到的。給予並非應得的尊敬，那才是仁慈的最大的善意……可是他們沒有慈善的能力。他們不屬於人類。他們不關心任何人的需要或軟弱……漠不關心……毫無憐憫……」

這些她並不太懂，但她明白的是他不開心，有人傷害了他。他看到她臉上溫柔痛惜的神色，看到她對他敵人的痛恨，看到那種只對英雄才會有的目光，她給予了他這種目光，而在目光的背後，她能夠體會到那種感情。

她不清楚他怎麼會覺得，她是唯一一個能讓他訴苦的人。她把這當做特別的榮幸，當做又一件禮物。配得上他的唯一辦法，她想，就是什麼都不去問他。他給過她一次錢，但她拒絕了，她眼中突然表現出了如此鮮明而痛心的生氣，使他不敢再做那樣的嘗試。她氣的是她自己：她懷疑她會不會是做了什麼事情，讓他覺得她是那種人。不過，她不想對他的關心毫不領情，或者因為她的一貧如洗而令他難堪；她想讓他看到她希望向上，而且對他的幫助能有所回報的渴望；因此她告訴他，假如他願意的話，可以幫她找一份更好的工作。他沒有回答。隨後的幾個星期，她一直等待著，但他對這事閉口不提。她責備了自己：她覺得這是把他給得罪了，他把這當成是企圖利用他了。

當他給了她一個翡翠手鐲時，她吃驚得感到難以理解。她千方百計地想著如何別去傷害他，對他懇求說不能收下它。「為什麼不能？」他問，「這又不是像你是個壞女人那樣，要為此付出的代價。你是擔心我會向你提出什麼要求嗎？難道你信不過我？」他看到她結結巴巴的窘樣，大笑了起來。他們晚上去了一家夜總會，她戴上了手鐲，配著她那件破舊的黑裙子，他整個晚上都帶著一種怪異的滿足的笑容。一天晚上，他帶她去了柯尼列絲．波普夫人舉辦的一個盛大招待會，又讓她戴上了那隻手鐲。如果他覺得她還不錯，能夠帶到他的朋友家裡，她想到——那些大名鼎鼎的朋友們，他們的名字出現在她看來高不可攀的報紙社會版裡——她就不能穿這麼寒酸的衣服去丟他的臉。她把一年的積蓄拿出來買了一件鮮綠色的紡綢低領口晚禮裙，一條黃玫瑰的腰帶和一個人造鑽石的帶釦。當她走進那座森嚴的住宅，看到燦爛而冰冷的燈光，和從高樓房頂伸展出去的陽台，她說不清為什麼覺得自己的這身裝束是穿錯了場合。但她挺直了身體，保持著高傲的樣子，像一隻鼓足了信賴勇氣的小貓，看到伸出來玩耍的手那樣地微笑著：聚在一起開心的人們是不會傷害誰的，她想。

過了將近一小時，她微笑的努力已經變成了一副絕望、困惑的哀求。隨即，在她看到周圍的人時，笑容便消失了。她看見那些儀容光鮮、自信的女孩兒們，和吉姆說話時是那麼一副讓人噁心的倨傲態度，她們似乎並不尊重他，而且從來就沒尊重過他。尤其是其中一個叫貝蒂．波普的，她是女主人的女兒，總是對他說些雪麗不明白的話，因為她不能相信她們會說出這樣的話來。

一開始，除了對她的裙子投來的幾瞥驚訝的目光外，沒人注意到她。過了一陣子，她發現他們在看她。她聽到一個上了年紀的女人，用像是因為錯過了結識顯赫家族而著急的口氣問吉姆：「你是說麥迪森廣場的布魯克斯小姐？」她看到吉姆用異常清晰的聲音回答時，臉上露出一種怪異的笑容，「是的──洛麗五分一角店的化妝品櫃台。」接著她發現有些人對她格外地禮貌起來，其餘的則刻薄地走開，大部分都是在一陣困惑之中不由自主地尷尬起來，而吉姆則默默地帶著那怪異的笑在一旁看著。

她試圖閃開，躲開他們的注意。在她沿著房間的一邊溜開時，她聽到一個人聳聳肩膀說：「呃，吉姆．塔格特目前可是華盛頓最有勢力的人其中之一。」他並不是帶著尊重說出這句話的。

在外面的陽台上，光線暗了些。她聽到兩個人在交談，不知道為什麼，她覺得他們肯定是在談論她。其中一個說：「詹姆斯．塔格特能這麼做，假如他願意的話。」另一個則談起了一個叫做卡利古拉的羅馬皇帝的馬的事情。

她看著遠處塔格特大樓孤零零地筆直向上的尖頂──然後覺得她明白了：這些人恨吉姆，是因為他們嫉妒他。無論他們是誰，她想，無論他們的名望和錢財如何，他們誰都沒有能夠和他相提並論的成就，他們誰也沒和整個國家對衝，去修建了一條所有人都認為是不可能建成的鐵路。她頭一次看到她有一些東西是能夠給吉姆的：這些人就和她逃出來的水牛城那裡的人一樣惡毒和卑微；他和她一樣孤獨，她的誠懇是他唯一能找到的認同。

然後，她走回到聚會大廳裡，逕自從人群中插過，在她從後面黑暗的陽台上就竭力忍住的淚水中，此刻只剩下了眼睛裡強烈閃爍著的光芒。儘管她只是個商店賣貨的女孩，如果他希望和她公開地站在一起，如果他希望以此炫耀，如果他帶她來面對他朋友們的憤懣——那麼這就是一個有勇氣的人對他們的看法進行挑戰的姿態；她願意去配合他的勇氣，在這種場合下成為他的旗幟。

但當這一切結束，她在他的車裡，坐在他身旁，在黑暗中駛回家的時候，她感到很高興。她有一種蒼涼的輕鬆感。她拚命的挑戰退落成為一種奇怪的、荒涼的感覺；她努力克制著它。吉姆沒怎麼說話，他坐在那兒臉色沉沉地望著車窗外面；她納悶自己是不是有什麼地方讓他失望了。

在她租的房子前，她淒涼地說：「如果我讓你失望了，很抱歉……」

他半晌沒回答，然後問道：「如果我想讓你嫁給我，你願意嗎？」

她看了看他，看了看他們四周——有一個髒髒的床墊在一戶人家的陽台上搭著，街對面是一個當鋪，他們身邊的小山坡上是一隻垃圾桶——是不會有人在這種地方提出這樣的問題的，她不明白這是什麼意思，回答說：「我想我……我不太會開玩笑。」

「這是在求婚，親愛的。」

他們就是這樣第一次親吻了——眼淚滑落了她的臉頰，這眼淚在聚會時沒有流下來，這眼淚是震驚和幸福，是想到這就應該是幸福了，是聽到了一個低沉而荒蕪的聲音在跟她說，這不是她希望的那樣。

直到吉姆那天叫她去他的公寓之前，她從沒想過上報紙。她發現那裡擠滿了帶著筆記本、照相機和閃光燈的人。當她有生第一次看到她的照片上了報紙——那是一張他們的合影，吉姆的手攬著她——她開心地咯咯笑了起來，自豪地想著是不是城裡的每個人都看見它了。過了一陣子，開心消失了。

他們在一角錢商店的櫃台，在地鐵裡，在出租房子的小山坡上，在她簡陋的房間裡，不斷地對她拍照。她本來現在想拿著吉姆的錢跑開，在他們訂婚的這幾個星期躲到一個偏僻的旅館裡——但他沒有給過她，他似乎想讓她待在她原先的地方。他們把吉姆的照片印出來擺在他的桌子上，放到塔格特車站的候車大廳裡，放在他私人的鐵路專用車廂樓梯前，放在華盛頓的一個正式的宴會上。報紙整版的篇幅，雜誌上的文章，收音機裡的聲音，以及新聞影片全都是眾口一詞地叫喊著「灰姑娘」和「平民商人」。

在她心神不安的時候，她告訴自己不要懷疑；當她感覺受到了傷害，她告訴自己不要知恩不報。這情況只是很偶爾才會出現，她在半夜被驚醒之後，便在她房間的一片寂靜之中躺著，難以入睡。她知道，她需要幾年的時間才能恢復過來，才能釋然和理解。她像中暑一般渾渾噩噩地過日子，眼前只有在吉姆獲得成功的那天晚上，她第一次見到他時的那個影子。

「聽著，孩子，」當她最後一次站在她的房間裡，婚紗的花邊像水晶泡沫般，從她的頭髮一直垂到斑痕累累的木地板上，那位一臉苦相的姐姐對她說道，「你覺得人是由於自身的罪孽才會在生活中受苦——一般來說是這樣的，但是，會有人用從你身上發現的善良設法來傷害你——他們知道那是善良，想要得到它，並且因此去懲罰你。不要因為你看到了這些而自暴自棄。」

「我想我不是害怕，」她說，她目不轉睛地盯著前方，目光裡的真摯融匯在笑容的光彩之中，「我沒有權利去害怕什麼，我太幸福了。你看，我一直認為人們所說的生活只是受苦是毫無道理的，我不會跪倒在它面前並且放棄。我覺得事情可以變得美好和奇妙。我從沒指望過它能在我身上發生——這麼多、這麼快。但我會盡力不去辜負它。」

$

「錢是一切罪惡之源，」詹姆斯說道，「錢買不來幸福，愛會戰勝一切阻礙和社會等級的距離。大夥們，這也許是俗套的說法，但我就是這樣感覺。」

在婚禮結束時，他站在韋恩·福克蘭酒店宴會廳的燈光下，身邊是一圈圍上來的記者。他聽到來賓們的喧鬧聲不時如潮水一般從圈子外面傳來。雪麗站在他身旁，戴了白手套的手拉著他的黑色衣袖，她依然竭力地回想著在婚禮上聽到的那些話，感到無法相信。

「你的感想如何，塔格特夫人？」

她聽到了從環繞著的記者群裡提出的這個問題，像是猛然間恢復了知覺一般：兩個字眼讓這一切變得真實了。她笑了，窒息一般地低聲說道：「我……我非常幸福……」

大廳的另一端，在一身禮服下顯得過於肥胖的伯伊勒，和顯得過於乾瘦的史庫德正在來賓的人群中忙著訪問，他們的想法是一樣的，儘管他們誰也不會承認。伯伊勒隱約地告訴自己，他是在尋找著朋友的面孔，而史庫德則提醒自己，他是在為一篇文章蒐集資料。儘管他們互不相識，卻都在腦子裡把他們看到的面孔畫成了圖表，將人們分成兩類：如果說出來的話，那就是「支持」和「害怕」。有些人的到場表明了對詹姆斯的一種特別的保護，有些則等於是在承認希望能化開他的敵意——有些人代表著一隻伸下來拉他上去的手，有些則代表了一個讓他去爬的拱起的後背。這一天所有人都心照不宣的是，除了代表非此即彼的動機以外，他們所收到和接受的邀請，並非單單來自一個出名的公眾人物。屬於第一類的人大部分很年輕，來自華盛頓。第二類的人則年長些，是生意人。

伯伊勒和史庫德這樣的人是把言詞作為公共工具來使用的，避免它們在別人私密的內心當中出現。言詞是一種承諾，裡面承載著他們不願去面對的含意。他們不需要把語言加到這分圖表中去；分類是通過具體動作來完成的：他們眉毛恭敬地動一動，就等於對著第一類人說出一句帶有情緒的「原來如此！」——他們嘴唇嘲諷地動一動，就等於對第二類人說帶有情緒的「噢，哇！」。有一張面孔使得他們順暢的計算進程遭到了片刻的破壞：他們看見了漢克．里爾登那冷冷的藍眼睛和金色的頭髮，他們做著第二類的登記時，較勁的肌肉等於是在說：「噢，瞧瞧吧！」圖表的彙總便是對詹姆斯的能量的估計，加在一起，總數十分驚人。

看到詹姆斯在他的來賓之間穿梭時，他們明白他對此是心裡有數的。他步履輕快，像摩斯電碼般地急走和稍停，略微有些不耐煩，似乎意識到了他並不喜歡的人的數量，而這讓他擔心了。他臉上的笑意有些幸災樂禍的味道——彷彿知道前來祝賀他的舉動本身就使來的人蒙受恥辱；彷彿他知道這些，而且很享受。

一群人像尾巴一樣，如影隨形地跟在他身後，彷彿他們只是為了讓他能享受到不理不睬的快感。莫文先生曾在這個尾巴裡出現過，還有普利切特博士和尤班克。最執著的一個要算拉爾金。他不斷地沿著圍住詹姆斯的人群繞來繞去，露出渴望的笑臉，只求能被注意到，像是為了曬出顏色而拚命在爭取每一縷不經意灑過的陽光。

詹姆斯的眼睛像行竊的小偷手裡的電筒一樣，不時飛快地偷掃過人群；根據伯伊勒能夠明顯看出的身體速記語言，這表示詹姆斯正在尋找什麼人，但又不想被別人發現。這搜索在洛森走上來和詹姆斯握手講話時停止了，他濕濕的下嘴唇不停地抖著，像是一塊將吐氣減弱的緩衝墊，「莫奇先生不能來了，吉姆，莫奇先生非常抱歉，他特別租好了一架飛機，但要走的時候出了事情，你知道，是全國性的嚴重問題。」詹姆斯一動不動地站著，他沒有回答，皺起了眉頭。

伯伊勒突然爆笑起來，詹姆斯猝然向他轉過身去，尤金不等詹姆斯說話便走開了。

「你幹嘛呢？」詹姆斯厲聲喝道。

「開心，吉姆，就是開心啊，」伯伊勒說道，「衛斯理是你的人，難道不對嗎？」

「我知道有個人算是我的人，可他最好別忘了這一點。」

「誰？拉爾金？哦，不，我覺得你說的不是拉爾金。假如你不是在說拉爾金，我怎麼會覺得你在使用那些帶有從屬意義的代名詞時，應該謹慎一些呢？我不在乎年齡的區分，我知道，我看來比我的年紀要年輕。但我就是對那些代名詞過敏。」

「夠聰明的，可是你別有一天聰明過頭了。」

「假如那樣的話，你隨便怎麼樣都行，吉姆，是假如。」

「做事過火的人最大的麻煩就在於他們的記性太差了。你還是想想是誰為了你把里爾登合金從市場上給壓下去了。」

「當然了，我記得是誰保證過。在那次聚會上，又是誰想盡了一切辦法去阻止發佈那項命令，因為他盤算著他在今後會需要里爾登合金的鐵軌。」

「因為你花了一萬美金給你所指望的人灌迷魂湯，想去阻止債券延期支付的法令！」

「沒錯，我是這麼做了。我的一些朋友就有鐵路債券，另外，我在華盛頓也有朋友。哼，你的朋友在延期償付上占了上風，可我的朋友在里爾登合金上壓過了你的——這我可沒忘。可這又怎麼樣呢？——我都無所謂，做事情就是這樣的，不過你別想唬弄我，吉姆，把這些戲留著讓那些小孩看吧。」

「如果你不相信我一直是盡了最大的努力在幫你——」

「當然，你是這麼做了。考慮到全局，這已經是最好的結果了。只要我手裡還有你用得著的人，你還會繼續做下去——但絕對不會多做一分鐘。所以我只是想提醒你，我在華盛頓有自己的朋友，就和你的那些一樣，是金錢買不走的，吉姆。」

「你明白自己在說什麼嗎？」

「說的就是你正在想的。你收買的那些人一文不值，因為總會有人給他們更多的好處，所以任何人都可以來玩，這就又變成老式的競爭了。但如果你抓住了一個人的心，他就是你的了，就不存在什麼出價更高的人，而你就可以充分信賴他的友誼。嗯，你有朋友，我也有，你有我用得著的朋友，反過來也一樣。這我都覺得沒什麼——管他的呢！一個人總得交換點什麼吧。如果我們不用錢來交換——金錢的時代已經過去了——那我們就用人來交換。」

「你到底想說什麼？」

「怎麼，我只是在說一些你應該記住的事情。現在就說衛斯理吧，在通過機會平衡法案期間，你用國家計畫局助理的位置承諾，讓他背叛里爾登。你有關係可以辦到，而那就是我請求你做的——作為交換，我有關係可以把反對狗咬狗的條例辦好。因此衛斯理做了他該做的事，而你負責把這些都落到了字面上——哦，肯定的，他為了促使那項法案通過而做的交易，同時他為了讓里爾登動彈不得，就用里爾登的錢去反對，我知道你都有白紙黑字的證據。這些交易都很見不得人。如果向輿論曝光的話，莫奇先生的麻煩就大了。因此你遵守了承諾，給他弄到了那份差事，因為你覺得你抓住他了，的確如此，而他的回報也不賴嘛，對吧？不過它也只能管這麼久了。過一陣子，莫奇先生也許勢力就大了，那個醜聞也年代已久，沒人關心他是如何發跡或者背叛了誰。沒有永遠的東西。衛斯理曾是里爾登的人，然後成了你的人，明天他說不定就會成為別人的人。」

「你是在暗示我嗎？」

「哦，不，我只是給你一個善意的警告而已。我們是老朋友了，吉姆，而且我覺得應該這樣保持下去。我想，如果你不對友誼產生什麼錯誤的理解的話，那麼你和我，我們對彼此都很有用處。對我來說——我是相信力量均衡的。」

「是你讓莫奇今晚別來這裡的嗎？」

「呃，也許是我，也許不是。我還是讓你去猜吧。如果我這麼做了，對我是有好處的——沒做的話好處就更大了。」

雪麗的視線隨著詹姆斯穿過人群，不斷在她周圍變換和聚集的面孔似乎是如此的友善，他們的聲音是如此渴望的熱情，她感受到房間裡肯定是沒有任何惡意了。令她不解的是為什麼有些人會和她說起華盛頓來，他們帶著一種滿懷希望和保密的神態，吞吞吐吐，語帶暗示，似乎他們有些事想得到她的幫助，而這些事她是應該明白的。她不知道該說些什麼，但她微笑著，還是儘量回答了。她不能流露出一絲的驚恐，玷污了「塔格特夫人」的名聲。

隨即，她發現了敵人。她高高的個子，身材苗條，穿了灰色的晚禮服，現在已經是她的小姑了。

吉姆受盡折磨的聲音在雪麗的心中積壓成了抑制不住的怒火，她感覺到有一個始終牽動著她的任務還沒有完成：她的目光不斷地轉回到敵人的身上，全神貫注地打量起她來。達格妮·塔格特在報紙上登的照片裡是一個穿長褲的人，或者是一張在斜斜的帽沿和豎起的衣領之間的面孔。現在，她穿了一條灰色的晚禮服，似乎難登大雅之堂，因為它看起來過於樸素，樸素得會從人們的注意力中消失，只會讓人過多地注意到它假意遮蓋下的苗條的身體。灰布料裡泛著一股藍藍的色調，與她眼睛的鐵灰色相配。她沒戴首飾，只是手腕上有一條手鍊，是一串鑄成藍綠色的沉重的金屬鍊。

雪麗等待著，直到看見達格妮獨自站在一邊，便毅然徑直穿過房間，向前衝了過去。她近看著那雙鐵灰色的眼睛，冰冷和熱烈似乎同時都在裡面，那雙眼睛帶著一種禮貌而冷靜的好奇直視著她。

「有些事我想讓你知道，」雪麗說道，她的嗓音緊張而嚴厲，「這樣就不用再裝什麼了，我不會去演親人和睦這齣戲的。我知道你對吉姆都做了些什麼，以及你是怎樣讓他一直痛苦不堪的。我要保護他不再受你傷害，我要讓你明白你的位置。我是塔格特夫人，現在我是這個家裡的女主人。」

「那很好啊。」達格妮說，「而我是男主人。」

雪麗看著她走開，覺得吉姆是對的：他這個妹妹是個冷血惡魔，對她不理不睬，毫無表情，只是稍有一絲看來像是吃驚而又無所謂的開心罷了。

里爾登站在莉莉安的旁邊，隨著她機械地移動著腳步。她想讓人家看到他們在一起，他只是照辦。他不知道是不是有人在看他；他對周圍所有人都視若無睹，心裡只想著他絕對不能見到的那個人。

當他和莉莉安走進這個房間，看見達格妮正望著他們的時候，他還是意識到了。他直直地看著她，準備去接受來自她的視線的任何打擊。此時此地，無論對莉莉安有什麼後果，他都寧願當眾承認他的通姦，而不是逃避達格妮的眼睛，去像懦夫一樣讓面孔毫無表情，向她裝作他並不是有意這麼做的。

但是，打擊並沒有出現。他熟悉達格妮臉上的每一處細微的情感變化；他知道她並沒有感到吃驚；他看見的只是絲毫不為所動的沉靜。她的目光移向了他，似乎在宣示著此次見面的全部意義，但看著他的樣子就像她看著其他任何地方　樣，就像她在他的辦公室或是在她的臥室裡看著他一樣。他彷彿覺得她站在他們的幾步之外，就如同那灰色的晚禮服展現出她的身體一般，簡簡單單、毫不掩飾地把自己展現在他們面前。

她彬彬有禮地向他們兩人頷首示意，他回了禮，看到莉莉安將頭輕輕一點，隨後他看到莉莉安走開了，這才意識到他的頭一直低在那裡很久很久。

他不清楚莉莉安的朋友們和他說了些什麼，而他又是如何回答的。就像一個人只是一步一步地走，儘量不去想這條毫無指望的路會有多長，他只是在熬時間，而腦子裡不去裝任何事情。他聽到了莉莉安傳來的一陣愉快的笑聲，她的聲音裡有一種滿足感。

過了一會兒，他注意到了身旁的女人們；她們全都和莉莉安一樣，有著同樣呆板的打扮，細細的眉毛呆板地高挑著，眼神凝固成呆板的開心神情。他發現她們正和他打情罵俏，而莉莉安在一旁瞧著，對她們這些徒勞的企圖似乎感到很是愜意。他心想，這就是她乞求他給予女性虛榮的快樂了，這些並不是他的生活準則，但卻不得不照顧到。他轉身逃了出來，向一群男人走過去。

從這些男人的交談中，他連一句直截了當的話都聽不到；他們好像正說著什麼，但那話題從來就不是他們真正在談論的。他像一個外國人那樣，聽懂了一些詞，卻不能把它們連成句。一個看起來像酒鬼般傲慢的年輕人搖晃著走過來，呵呵地笑著，大聲說道：「記住教訓了嗎，里爾登？」他不明白這個小無賴話裡的意思；但其他人似乎都明白；他們看起來都大吃了一驚，卻都在暗暗地高興。

莉莉安從他身邊離開，似乎想讓他明白，她不勉強他去做這種表面上的陪伴。他退到房間的一個角落，在這裡，沒人會注意到他或是發現他的目光。然後，他開始向達格妮望去。

他看著她行走時那件灰色長裙的柔軟布料在不停地移動，在靜止的瞬間布料所呈現出的身體曲線，以及暗影和光線。他看到它像一縷藍灰色的輕煙，時而化成長長彎曲的一線，隨著她的膝蓋前傾，然後再回到她足下的鞋尖。撥開這層煙霧，他知道那裡在光線之下會浮現出的每一寸軀體。

他感到一陣陰沉沉的絞痛：那是在嫉妒著每一個和她說話的男人。他從未有過這樣的感覺；但在這裡，除他以外的每個人都可以去走近她，他感受到了。

隨即，他的腦子像是遭到了一記突如其來的猛擊，一時間他的觀察發生了變化，他對自己在這裡所做的一切感到無比驚愕。在這一瞬間，他把他過去所有的日子以及他的信條統統忘記了，他的概念，他的問題，他的疼痛全都不見了；他只是從一個遙遠而清朗的地方獲知，人是為了實現欲望而生存，他奇怪他為什麼會站在這裡，他奇怪的是，當他唯一的欲望就是去抓住這個灰衣下的窈窕身體，並用盡他一生的時間去抱著她時，誰有權利去要求他把生命中不可替代的每一小時都浪費掉。

緊接著，他便感到心智恢復後的戰慄。他感覺到他的嘴唇在繃緊和輕蔑的動作中緊緊地閉上，代表了他向著自己的叫喊：你答應了這個合約，現在就要繼續下去。隨即，他突然想起在商業的交易中，對於一方沒有給另一方帶來任何價值的契約，法庭是不予承認的。他納悶他怎麼會把這個想起來了。這個念頭似乎毫不相干，他沒再多想。

就在詹姆斯碰巧一個人站在一盆棕櫚樹和窗戶之間的黯淡角落時，他看見莉莉安有意無意地朝他溜達了過來。他停在那兒等著她。他猜不出她的來意，但看她的這副樣子，他明白最好還是聽聽她要說的話。

「你喜歡我送的結婚禮物嗎，吉姆？」她問道，然後看他那副尷尬的樣子便笑了起來，「不，不，別去回想在你公寓裡那些東西的清單，想著到底是哪一個了。它不在你的公寓，就在這兒，而且不是一個具體的東西，親愛的。」

他看到她臉上露出一個半帶暗示的笑容，他的朋友們都明白，這樣子就是說她已經成功地瞞過了他；不是想法更勝誰一籌，而是一副比誰更聰明的樣子。他帶著放心和愉快的笑容，小心翼翼地回答：「你的光臨就是你給我的最好禮物。」

「我的光臨，吉姆？」

一時間，他臉上的紋路驚愕地綻開，他知道了她的意思，但沒想到她指的會是這個。

她無所顧忌地笑著：「我們兩個都清楚今晚誰來是對你最有價值的——沒料到的那個。你難道不認為我有功勞嗎？你讓我吃驚了。我還以為你在對於潛在的朋友的識別上是很有天賦的呢。」

他不能暴露自己；他保持著謹慎中立的聲音：「對你的友誼，我難道沒有領情嗎，莉莉安？」

「行了行了，親愛的，你知道我在說什麼。你沒想到他會來，你不會真的認為他怕你，對吧？但讓其他人能這麼認為——這個好處就真的難以估量了，對不對？」

「我……我覺得很驚喜，莉莉安。」

「你難道不該說『感動』嗎？你的這些來賓可是印象非常深刻呀。我簡直能聽到他們在整個房間裡都在想什麼。大多數人在想：『假如他想和詹姆斯．塔格特打交道的話，我們最好還是站過來。』有些人在想：『如果他害怕的話，我們撈到的就會更多。』當然，這是你所希望的——我沒想過搶了你的勝利——但只有你和我明白，這不是你一個人就做得到的。」

他沒有笑；他面無表情，聲音平穩，但帶有一種謹慎衡量過的嚴厲意味：「你用意何在？」

她大笑起來：「本質上——和你一樣啊，吉姆。不過說實在的——根本就沒有任何用意。不過是我幫了你一個忙，而且用不著你還我。別擔心，我不是因為有什麼特別的興趣在這裡遊說你，我沒有非要從莫奇先生那兒搞什麼特別的命令出來，我甚至沒想從你這裡得到什麼鑽石桂冠。當然了，除非是一個非物質的桂冠，比如說你的感謝。」

他第一次正視著她，瞇起眼睛，面孔放鬆成和她一樣的半帶笑容，暗示出他們兩個所想到的，彼此親密無間：那是一種滿足的表示。「你知道我一直很仰慕你，莉莉安，我把你當做是一個真正高尚的女人。」

「我知道。」她流暢的語氣像是上了一層防蟲油漆，瀰漫著細微的難以覺察的嘲弄。

他肆無忌憚地打量著她，「我想朋友之間是允許有些好奇的，對這一點請你務必原諒。」他的口氣中沒有半點抱歉的意思，「我是在想，對於會給你個人利益造成影響的某種經濟負擔——或者損失的可能性，你是從什麼角度來考慮的。」

她聳一聳肩膀：「從一個女騎師的角度，親愛的。如果你有世界上最快的馬，你應該把它的步伐控制在讓你感到舒服的程度，儘管這意味著對牠全部能量的犧牲，儘管看不到牠全速的奔跑，牠的力量被浪費掉。你還是會這樣做——因為一旦你任牠全力飛奔，牠就會立刻把你掀下去……不過，經濟方面並不是我主要的考慮——也不是你的，吉姆。」

「我的確是低估了你。」他緩緩說道。

「哦，這個錯誤我願意幫你糾正。我知道他給你出的那些難題，知道你為什麼怕他，因為你的害怕完全有理由。但是……呃，你既經商又懂政治，我就儘量用你的話來說吧。商人會說他能交出貨，政客的幫手會說他能交出選票，是不是？那麼，我想讓你知道的是，我隨時能把他交出來。你就可以看著辦了。」

根據他朋友們的說法，暴露自己的任何一部分就等於送給敵人一樣武器——但他認可了她的坦白，並跟著說：「但願我對我妹妹也能有這樣的本事。」

她毫不驚訝地看著他；並不覺得這話毫不相干，「是啊，她是挺難對付的，」她說，「她就沒有脆弱的地方？沒有弱點？」

「沒有。」

「沒有談戀愛？」

「別開玩笑了，沒有！」

她聳聳肩，示意要換個話題；她根本不想為達格妮．塔格特這個人費什麼腦筋。「我看還是讓你走吧，這樣你還能和尤班克聊聊。」她說，「他看起來有些擔心，因為你整晚都沒看他一眼，他在想文學是不是在議會裡連一個朋友都找不到了。」

「莉莉安，你真了不起！」他脫口而出。

她笑道：「親愛的，這就是我想要的非物質的桂冠。」

穿過人群時，她的笑容仍留在臉上，她把這舒暢的笑容淡淡地送給了她周圍每一張緊張和無聊的面孔。她漫無目的地走著，享受著人們的目光，蛋黃色的絲裙隨著她高挑的身材，走動時像厚厚的奶油般閃閃發亮。

吸引她注意的是一道藍綠色的光芒：在燈光下，它在一隻纖細裸露的手腕上閃了一閃。隨後，她看到了那個苗條的身體，灰色的裙子，和孱弱袒露的肩膀。她停下來，看著那條手鍊，皺起了眉頭。

達格妮見她走上來，便轉過身來。在令莉莉安討厭的許多東西裡，她最厭惡的就是達格妮臉上這種冷淡的禮貌。

「你覺得你哥哥的婚禮怎麼樣，塔格特小姐？」她笑著隨意地問了一句。

「我對這沒有任何看法。」

「你是說這根本不值得去想嗎？」

「如果你想要具體的話——對，我就是這個意思。」

「哦，可是你沒看出這裡有人情的意義嗎？」

「沒有。」

「你不覺得像你哥哥新娘這樣的人應該得到些關注嗎？」

「哦，不覺得。」

「我羨慕你，塔格特小姐。我羨慕你這樣高傲的超然。我想，這就是為什麼那些普通的凡人，永遠不會有可能在生意上達到你這樣成就的祕密。他們讓自己的注意力分散了——至少是分散到了在其他方面獲得成就的程度。」

「我們在說的是什麼成就？」

「你難道對所有女人在征服中所達到的不尋常的高度，一點也不認可嗎？這不是在工業領域，而是在人類的範疇。」

「我覺得在人類的範疇中根本就不存在像『征服』這樣的詞。」

「哦，可你想想，比如說，假如其他女人除了工作就別無選擇，那麼她們要工作得多辛苦，才能獲得這個女孩通過你哥哥就能得到的一切。」

「我不認為她明白她到底得到了些什麼。」

里爾登看見她們正在一起，便走了過去。他覺得不管有什麼後果，他一定要聽聽。他靜靜地在她們身邊停住。他不知道莉莉安是否看到他來了；他知道達格妮看到了。

「對她還是慷慨一點吧，塔格特小姐，」莉莉安說，「至少關心關心她，對那些沒有你那樣的聰明才智，但發揮著她們自己的才能的女人，你不能看不起她們。大自然總是平等施恩，給予補償的——你難道不這麼認為嗎？」

「我不明白你在說什麼。」

「哦，我肯定你是不願意聽我變得這麼直率吧。」

「為什麼，我願意啊。」

莉莉安氣得聳了聳肩；如果是她的那些女性朋友，她早就會被理解，停下來不用說了；但她從未碰到過這樣的對手——一個拒絕受傷害的女人。她並不介意再說得明白些，但她看見里爾登正看著她。她笑著說：「那麼，想一想你的嫂嫂吧，塔格特小姐，她在這個世界有什麼出頭的機會嗎？根據你的標準——沒有。她不可能在商場獲得職業上的成功，她沒有像你那樣非比尋常的頭腦。此外，男人們會使得這一切對她來說毫無希望。他們會覺得她很誘人，可惜啊，男人沒有像你那麼高的標準，而她就會利用這個事實。她能憑藉的天賦，我想是你瞧不起的。你從來不屑於和我們這些普通女人，在我們這唯一一塊野心的領域裡去爭——就是制服男人的力量。」

「假如你把這叫做力量的話，里爾登太太——那麼，我沒有。」

她轉身要走，但莉莉安的聲音止住了她：「我很想相信你是始終如一的，塔格特小姐，而且全然沒有人們所有的缺陷。我很願意相信你從來不想去奉承——或者去得罪——任何人，但我看出你是在等著亨利和我今晚到這裡來。」

「什麼，不，我想我沒有，我沒看過我哥哥的來賓名單。」

「那你為什麼戴著那條手鍊？」

達格妮故意盯著她的眼睛說：「我一直戴著它。」

「你難道不覺得這是把一個玩笑開大了嗎？」

「這根本就不是玩笑，里爾登太太。」

「那麼，如果我說我希望你把那條手鍊還給我的話，你應該是會瞭解的。」

「我瞭解，但我不會把它還給你。」

莉莉安沉默了一會兒，似乎是在讓她們兩個都認識到她們沉默的涵義。這一次，她看著達格妮的眼睛時沒有笑：「你希望我怎麼想，塔格特小姐？」

「隨你的便。」

「你用意何在？」

「你當初給我手鍊的時候就知道我的用意了。」

莉莉安瞧了一眼里爾登。他面無表情；她看不到反應，看不到有想來幫她或阻止她的意思，只是一副專注的樣子，這讓她覺得她彷彿是站在了聚光燈下。

她的笑容像保護層一樣地又重新回來了，是一種覺得好玩、施恩於人的笑容，想要把這個話題轉回到客廳裡聊天那樣的性質。「塔格特小姐，我肯定你意識到了這有多不妥當。」

「沒有。」

「但你肯定知道你冒的這個風險是很危險、很難看的。」

「不會。」

「難道你不考慮被……誤會的可能嗎？」

「不考慮。」

莉莉安在微笑的責備中搖了搖頭：「塔格特小姐，難道你不認為這件事不能僅僅沉溺在抽象的理論當中，而必須要考慮實際的現實嗎？」

達格妮不笑，說：「我從來就不明白這種話究竟是什麼意思。」

「我是說，你的態度或許是高度理想化的——我肯定它是這樣的——但是很可惜，大多數人並不瞭解你這麼高傲的思想，而且會把你的行為誤解成令你最難以忍受的一種方式。」

「那這責任和風險就是他們的，不是我的。」

「我敬仰你的……不，我不能說『天真』，但能不能說是『純潔』呢？我可以肯定，你從沒想過這些，但生活不是像……像鐵軌一樣筆直而有邏輯。很可惜，但是很可能的是，你的崇高目的會導致人們懷疑到……呃，我想你一定明白，一個卑鄙的、可恥的方面上去。」

達格妮正視著她，說：「我不明白。」

「但你不能忽略那種可能吧？」

「我就是這樣。」達格妮轉身想走。

「哦，假如你沒有什麼好藏的話，幹嘛要避開這個話題呢？」達格妮停住了。「而且，假如你不凡——或者魯莽——你的勇氣允許你拿你的名聲去冒險，你就該忽視給里爾登先生帶來的危險嗎？」

達格妮緩緩地問：「對里爾登先生有什麼危險？」

「我相信你明白我的意思。」

「我不明白。」

「噢，可這絕對沒必要更直接了吧？」

「有必要——如果你希望繼續談下去的話。」

莉莉安看著里爾登的臉，想找出什麼訊息來幫她決定是繼續下去還是就此為止。他不會幫她的。

「塔格特小姐，」她說，「談到哲學，我不是你的對手，我只是個普通的妻子。如果你不希望我去想我可能會想到的，以及你不願意讓我說出來的那些話——請把那條手鍊給我。」

「里爾登太太，你是選擇這樣的方式和場合來暗示我和你的丈夫上床嗎？」

「當然不是！」這喊聲奪口而出；聽起來驚慌失措，像是小偷的手被當場抓住後拚命掙脫一般的條件反射。她帶著老羞成怒的乾笑補充了一句，語調中的諷刺和懇切不情願地承認了她的實際想法，「這是我能想到的最極端的可能了。」

「那麼就請你向塔格特小姐道歉。」里爾登說道。

達格妮的呼吸驟然停住，只剩下微弱的喘息聲。她們都轉向了他。莉莉安從他的臉上看不出任何表情，達格妮看見了折磨。

「沒有必要，漢克。」她說。

「這是──為了我。」他沒有看她，冷冷地回答；他看著莉莉安，似乎這命令是不可抗拒的。

莉莉安略微有些吃驚地打量著他的面孔，但卻沒有焦慮或怒氣，就像一個人遇到了一道無足輕重的謎題一樣。「當然了，」她柔順地說道，聲音又恢復了流暢和信心，「假如我的話讓你感到我在懷疑──懷疑有一種對你不太可能以及（我看他這個意思）對我丈夫絕不可能的關係存在的話，請接受我的道歉，塔格特小姐。」

她轉過身，毫不在乎地走開了，把他們一起留在那裡，似乎是故意為她所說過的話作證。

達格妮靜立不動，兩眼閉上；她想起了莉莉安給她手鍊的那個晚上，他當時是站在了他妻子的一邊；現在，他和她站在一起了。在他們三個人中，只有她徹底瞭解這其中的含意。

「你想對我說再難聽的話都行。」

她聽到他的話，便睜開了眼睛。他正冷冷地看著她，臉色嚴峻，不帶一丁點希望得到原諒的痛苦或者抱歉的表情。

「最最親愛的，別這麼折磨你自己，」她說，「我知道你是結了婚的人，我從沒逃避過這個事實，今晚我沒有因此而不快。」

他感覺到了接踵而至的重擊，其中最具威力的是她吐出的第一個詞：這個詞她以前從未說過，她從未讓他聽到過那樣溫柔的語調。他們獨自在一起的時候，她從沒說起過他的婚姻──然而，她卻在這裡舉重若輕地將它說了出來。

她看見了他臉上的怒氣——那是在抗拒著憐憫——是在輕蔑地告訴她，他並未掩飾過什麼折磨，也不需要什麼幫助——然後他便意識到了他們對彼此的表情都瞭若指掌——他閉上眼睛，頭微微一低，非常安靜地說了句：「謝謝你。」

她笑了，轉身從他身旁走開。

詹姆斯手裡拿著空的香檳酒杯，注意到了尤班克向經過的侍者招手時的急不可耐，彷彿那個侍者犯了個不可饒恕的過錯。隨後，尤班克接著將沒講完的話說下去：

「然而你，塔格特先生，能夠瞭解到人在高處是無法被理解或感知的。在商人統治的世界裡想去爭取對文學的支持——這樣的掙扎真是毫無希望。他們只不過是些自以為是的中產階級暴發戶，或者是像里爾登那樣的爭食的野蠻人。」

「吉姆，」史庫德拍了拍他的肩膀，「我對你最高的褒獎就是你不是一個真正的商人。」

「你是個文化人，吉姆，」普利切特博士說，「你不像里爾登那樣只會挖礦。我不必和你解釋華盛頓對高等教育的幫助是多麼的至關重要。」

「你真的喜歡我的上一部小說嗎，塔格特先生？」尤班克不住地問，「你真的喜歡？」

伯伊勒在房間裡走過時，瞥了一眼這群人，但並沒有停下來。這一眼足以讓他看出這群人的興趣所在了。這倒是挺公平的，他心想，人總得做點交易。他清楚正在交易的是什麼，卻不屑點明。

「我們是在迎接一個新時代的到來，」詹姆斯舉著香檳酒杯說道，「我們正在掙脫經濟勢力的邪惡暴政，將會把人們從金錢的統治下解救出來。我們要擺脫我們的精神追求對於物質財產占有者們的依賴，要解放被逐利者所束縛的文化。我們將建設一個致力於更高理想的社會，要把金錢的貴族變成——」

「靠關係的貴族。」一個聲音從人群外面傳來。

他們四下環顧，站在那兒面對著他們的是法蘭西斯可・德安孔尼亞。

他的臉被太陽曬成棕褐色，眼睛的顏色正如同他曬太陽時的天空一樣。他的笑容令人想起夏日的清晨，他的一身正式穿著使其他人看來都像是穿戴了借來的化裝舞會的道具。

「怎麼了？」他在他們的靜默中問道，「我說了什麼這裡有誰不知道的話嗎？」

「你是怎麼來的？」這是詹姆斯能夠想起的第一句話。

「坐飛機到紐華克，從那裡乘計程車，然後從你頭上的第五十三層我的套房坐電梯下來。」

「我不是說……就是，我的意思是——」

「別那麼吃驚，詹姆斯。如果我人到了紐約，聽說正有個聚會的話，我是不會錯過的，是吧？你不也一直說我只是個派對狂嘛。」

人群正在觀望著他們。

「見到你我當然很高興了，」詹姆斯小心地說道，然後為了找回點平衡，又氣勢洶洶地加了一句，「但是，如果你想要——」

法蘭西斯可不為威脅所動；他讓詹姆斯這句話滑到半空停住，然後客氣地問：「如果我想要怎樣？」

「你很明白我的意思。」

「是啊，我的確明白。要不要我告訴你我想要怎麼樣？」

「這個時候可不太合適——」

「我想你應該向我介紹一下你的新娘，詹姆斯。禮貌在你身上從來就黏不牢——一遇到緊急情況你就把它丟到一邊了，而那是人最需要它的時候。」

詹姆斯轉過身陪他走向雪麗的時候，聽到史庫德發出一絲輕微的聲響，是憋著的偷笑。詹姆斯知道，那些剛才還在他腳下爬著的人，那些對法蘭西斯可恐怕比他更恨的人，還是願意看這個熱鬧，這其中的含意他都懶得講出來。

法蘭西斯可向雪麗躬身施禮，並表達了他最美好的祝福，彷彿她是皇家子孫的新娘一樣。站在一旁緊張地看著的詹姆斯長長地呼了一口氣，並且感到有一點說不出的厭惡，因為其實他是希望這樣的場合，能夠有法蘭西斯可在這短暫的一刻所帶來的莊重的感覺。

他害怕待在法蘭西斯可的身邊，又害怕讓他一個人跑到來賓的人叢裡去。他試著朝後退了幾步，但法蘭西斯可笑著跟了上來。

「作為我童年時的朋友和最好的股東，你不會覺得我會錯過你的婚禮吧，詹姆斯？」

「什麼？」詹姆斯差點透不過氣來，隨即懊悔了起來：這聲音實在是太驚惶了。

法蘭西斯可像是沒注意到，用著快活而單純的聲音說：「噢，我當然應該知道了，我知道在德安孔尼亞銅業公司的股東名單上每一個名字後面的小丑。令人驚奇的是，有這麼多叫史密斯和戈麥斯的人有錢了起來，大塊大塊地擁有這個世界上最有錢的公司——所以，如果我很想知道在少數的股東裡有哪些顯要名人的話，你可怪不得我。看到這份包括了如此之多世界各地政要人物的驚人名單，我看來是很受歡迎的啊——有些是來自你根本不會想到那裡還有什麼錢的國家。」

詹姆斯皺起眉頭，冷冷地說：「有許多原因——是商業上的原因——說明了有些時候為什麼最好不要直接去投資。」

「一個原因是人不想露財。另一個則是他不想讓他們知道他是怎麼有錢起來的。」

「我不知道你這是什麼意思，以及你為什麼要反對。」

「噢，我一點也不反對。我對這很欣賞。太多的投資者——老式的那種——在聖塞巴斯蒂安礦山事件之後放棄了我，他們嚇跑了。但新派的投資人對我更有信心，還是一如既往地在做——憑著信心。我無法表達我的感激之情。」

詹姆斯真希望法蘭西斯可不要講這麼大聲；他希望人們不要圍攏過來。「你做得極其成功。」他用了商界裡誇獎的安全口吻說道。

「對啊，難道不是嗎？德安孔尼亞公司的股票在去年一年內的攀升簡直太棒了，但我覺得對這事還是不應該太驕傲了——這世界上已經沒什麼競爭了，如果有誰偶然暴富的話，沒什麼地方能去投資。而德安孔尼亞銅業公司，是這個世界上最悠久的公司，幾百年以來，一直是最安全的選擇。你就想想它這麼多年是如何能成功地生存下來。因此，如果你們認為它是你們隱藏金錢的最佳地方，認為它垮不了，認為只有最超乎正常的人才能摧毀德安孔尼亞公司的話，那你們就算是選擇對了。」

「那麼，我聽說你已經開始認真負責起來，終於要踏實下來做生意了。他們說你工作得很努力。」

「哦，有人注意到了嗎？以前的投資者才會老盯著公司的總裁在做些什麼。現代的投資者並不覺得這有什麼必要。我不覺得他們曾過問過我的活動。」

詹姆斯笑了：「他們看的是股票交易所裡的價格表，那才是完全真實的，對不對？」

「是啊，是啊，從長遠來說是這樣的。」

「我得說，對你去年沒怎麼吃喝玩樂，我感到很高興。從你的工作上就能看出結果來。」

「能嗎？呃，不，還看不太出來呢。」

「那麼我想，」詹姆斯拐彎抹角地謹慎說道，「你能來這個聚會，我應該感到榮幸才是。」

「哦，我必須要來，我以為你知道我會來呢。」

「不，我沒有……那是，我是說——」

「你應該知道我會來，詹姆斯。這是個盛大而正式的點名活動，被害者們前來是為了表明把他們毀滅掉是很安全的，而毀滅者們在能堅持三個月的永恆友誼下結為聯盟。我不清楚我究竟屬於哪一夥，可我必須得來參加清點人數，對吧？」

「你知道你自己到底在說些什麼嗎？」詹姆斯看到周圍的那些表情緊張的面孔，便怒吼了起來。

「留神些，詹姆斯，如果你假裝聽不懂我說的話，我就要把它說得更明白些。」

「假如你覺得合適說這樣的——」

「我覺得很可笑。過去，人們害怕有人把他們的一些祕密暴露給不知情的同夥們。如今，他們害怕有人把眾所周知的事情說出來。你們這些很現實的人是否想過，只要有人把你們的所作所為原原本本地講出來，你們用法律和槍彈支撐的龐大複雜的體系就會徹底土崩瓦解？」

「如果你認為應該來婚禮這樣的慶典，就是為了侮辱主人的話——」

「怎麼了，詹姆斯，我來這裡是為了感謝你的。」

「感謝我？」

「當然了。你幫了我一個大忙——是你和你在華盛頓的那些人，還有聖地牙哥的那些人。我只是納悶你們怎麼誰都沒費勁告訴我一聲。某些人幾個月前在這裡簽署的那些命令扼殺了這個國家的整個銅礦業，結果就是國家突然要進口更大批量的銅。除了德安孔尼亞公司，究竟在哪兒還會有銅呢？因此你看，我絕對應該非常感謝。」

「我向你保證這件事與我無關，」詹姆斯忙說，「再說，這個國家這麼重大的經濟政策不會取決於像你所說的這些因素——」

「我知道它們是怎麼定下來的，吉姆，我知道這筆交易是聖地牙哥的那幫人起的頭，因為他們幾個世紀以來一直都從德安孔尼亞這裡拿工資——哼，說工資是好聽的，更確切地說，是德安孔尼亞公司幾個世紀以來一直在交保護費給他們，這不就是你們這群歹徒的說法嗎？我們在聖地牙哥的那些人把這個叫做稅。德安孔尼亞公司每賣出一噸銅，他們就能分到一份錢。因此，我的銅賣得越多就越符合他們的利益。但世界正出現越來越多的共產國家，只有這裡的人還沒慘到要靠挖樹根來度日——因此這裡是地球上僅存的市場。聖地牙哥的人想占領這個市場。我不知道他們給了華盛頓的人什麼好處，或者是誰和誰做了什麼交易——但我知道你從某個地方參與進來了，因為你手裡的確握著一大筆德安孔尼亞公司的股票。我肯定，四個月前的那天上午，這些命令發佈的第二天，你看到德安孔尼亞公司的股票在交易所裡那樣的狂漲是不會不高興的，因為它簡直是從行情表上蹦到了你的臉上。」

「是誰讓你編出這種離譜的故事來的？」

「誰都沒有。我對此一無所知，只是在那天上午看到了行情表一直往上竄。一切不就都很清楚了嗎，是不是？另外，聖地牙哥的人在接下來的第二個星期就對銅新加了一道稅，而且對我說我的股票突然猛漲，我就不應該在乎這些了。他們說他們是替我著想。他們這樣說，我幹嘛要去管呢——這兩件事加在一起，我比以前更有錢了。這的確不假。」

「你幹嘛跟我說這些？」

「你為什麼不希望承認這裡有你的功勞呢，詹姆斯？這可不像你，不像你這麼精明的人做事的一貫策略。在這樣一種要靠幫忙、而不是憑自己能力才能生存的年代，人不會拒絕懂得感謝的人，會想辦法把盡可能多的人引到感激的陷阱裡去。難道你不想讓我做一個感激你的人嗎？」

「我不知道你在說些什麼。」

「想想看，我什麼都沒做就收到了這麼一份禮。事先沒人和我商量，沒人告訴我，沒人想起過我，沒有我，一切就全都安排好了——我現在只要把銅生產出來就可以萬事大吉。這真是一份大禮啊，詹姆斯——你要相信，對此我是會報答的。」

法蘭西斯可不等他回答，便猛地掉頭走開了。詹姆斯沒有跟上去；他站在原地，這談話即使是再多一分鐘，他也死都不願意。

法蘭西斯可走到達格妮面前時停了下來，他沒有和她打招呼，只是默默地看了她片刻，臉上的笑容在表示她是他進來後看到的第一個人，而她則是第一個看見他走進來的人。

儘管她心中存在著各種各樣的疑慮和警告，感受到的卻只有快樂的信心；令人費解的是，她感到在這片人群之中，他的身影是一個無法摧垮的安全點。然而，她看見他之後的欣喜才剛在笑容中綻放出來，他卻問道：「約翰．高爾特鐵路獲得了多麼輝煌的成功啊，難道你不想跟我說說嗎？」

她感覺到她在回答時，嘴唇不住地顫抖，同時又咬得緊緊的：「如果我看來還是容易被傷害的話，我很抱歉。你已經到了對任何成就都瞧不起的地步，我是不應該覺得吃驚的。」

「我確實如此，對不對？我確實是很瞧不起那條鐵路，簡直不想看到它走到這一步。」

他觀察到她突然全神貫注起來，像是一股心思沿著通往新方向的缺口衝了出去。他凝視了她一陣，似乎知道她在這條路上將要走的每一步，然後笑著說：「難道你現在不想問我：約翰．高爾特是誰？」

「我為什麼要想，而且為什麼是現在？」

「難道你不記得你當初竟敢叫他來接管你的鐵路嗎？那好吧，現在他接管了。」

他繼續朝前走去，並沒有等著去看她眼裡露出的神情——這神情裡包含了氣憤、困惑，還有頭一回隱約閃現出來的問號。

里爾登從自己臉上的表情意識到了他對法蘭西斯可到來的真實反應：他突然注意到他是在笑，他的面孔鬆弛了下來，一直是在愜意地微笑，注視著法蘭西斯可走入了人群。

他第一次對自己承認了他每想起法蘭西斯可時，就會有欲罷不能的感受，他每每要把這些念頭奮力推開，不願去想自己是多麼希望能再見到他。在他坐在桌旁，爐火漸漸熄滅的黃昏時分，他突然覺得筋疲力盡的時候——在他孤獨地在空曠的田野上步行回家的黑暗途中——在徹夜難眠的靜寂之中——他發現他想到了那個似乎曾說出了他人心聲的唯一的人。他曾把這些記憶推到一旁，告訴他自己：那個人可是比其他人都更壞呀！——同時又覺得這一定不對，但卻說不出他為什麼有這樣確定的感覺。他曾經在報紙上翻找，想看看法蘭西斯可是不是回紐約了——他曾經把報紙一扔，生氣地問著自己：他要是回來了呢？你會去那些夜總會和雞尾酒會裡找他嗎？——你究竟想從他那裡要些什麼呢？

他微笑地瞧著法蘭西斯可在人群之中，心想，這就是他想要的——就是這種包含了好奇、開心和希望的奇特的期待感。

法蘭西斯可看來沒有注意到他。里爾登克制著走過去的欲望，等待著；有了上一次的交談，現在不能過去，他心想——過去幹什麼？我跟他說什麼呢？但接著，他帶著同樣的笑容和輕鬆愉快的感覺，堅信自己應該這樣做，他穿過大廳，向圍著法蘭西斯可的人群走去。

他看著人們，想不明白他們為什麼都湧向法蘭西斯可，為什麼他們的笑臉下面明明就是厭惡，還要去把他圍在人群當中。他們的臉上流露出並非恐懼，而是懦弱才有的表情：一種羞愧而憤怒的表情。法蘭西斯可靠在大理石樓梯的一邊站著，半倚半坐在台階上；隨意的姿勢配上他正式的裝束，使他具有一種無比優雅的氣質。只有他的臉上才是這個歡慶的聚會所該有的無憂無慮的表情和燦爛的笑容；但他的眼睛卻像是有意地不流露出任何神情，沒有一點開心的痕跡，只是像一個報警信號一樣，顯示著他的高高在上。

里爾登不被注意地站在人群的邊緣，他聽到一個戴著巨大的鑽石耳環、臉上的肌肉鬆鬆塌塌但表情不安的女人正緊張地問道：「德安孔尼亞先生，你覺得這世界將要發生什麼？」

「就是它該得的那些報應。」

「噢，多殘忍呀！」

「你難道不相信道德法則嗎，太太？我相信。」法蘭西斯可嚴肅地問道。

里爾登聽到在人群外面的史庫德對一個氣哼哼的女孩說：「別被他攪亂了你的心情，你知道，金錢是萬惡之源——而他就是典型的金錢的產物。」

里爾登覺得法蘭西斯可應該聽不見，但卻看到法蘭西斯可帶著莊重而禮貌的微笑朝他們轉了過去。

「原來你認為金錢是萬惡之源？」法蘭西斯可說道，「你問過金錢的根源又是什麼嗎？金錢是交換的工具，如果沒有了生產出來的商品和生產商品的人，它就無法存在。人們如果希望彼此打交道，就必須用貿易的方式，用價值換取價值，金錢不過體現這個原則的物質形式罷了。金錢不是憑眼淚來向你索取產品的乞丐的工具，也不是巧取豪奪的搶奪者的工具。只有那些生產者才使金錢的存在成為可能。這就是你所認為的罪惡？」

「當你為你的付出接受金錢作為報酬的時候，你這麼做完全是基於你相信會用它換回其他人的勞動成果。賦予金錢價值的不是乞丐和掠奪者。無論是海一樣多的眼淚，還是全世界所有的槍砲，都不會把你皮夾裡的那些紙變成明天你要賴以度日的麵包。那些原本應該是金子的紙，是你對生產者的勞動表示尊敬的一種象徵。你的皮夾就表明了你希望在你周圍的這個世界上，還有人們不會違背這個道德上的準則，它就是金錢的根源。這就是你所認為的罪惡？」

「你知道物質產品的根源在哪裡嗎？看一看發電機，你敢說這是那些沒心智的禽獸，憑著蠢力就能創造出來的？沒有那些最先的發現者留給你的知識，你種一粒麥子出來試試。不依靠任何東西，試試單憑你的身體去把食物弄出來——你會發現人類的心智，才是地球上所生產的一切產品，和存在的一切財富的根源。」

「可你說金錢是強者犧牲弱者才造出來的？你所指的力量是什麼？那不是槍砲和肌肉的力量，財富的創造是因為人能思考。那麼，金錢是不是發動機的發明者犧牲了那些沒發明它的人做出來的？金錢是不是智者犧牲了傻瓜們做出來的？是有能力的人犧牲了無能的人？是有野心的犧牲了懶惰的？在金錢被掠奪和乞討之前，它是每一個誠實的人，竭盡了自己所能才創造出來的。一個誠實的人，知道他的消費不能比他所做的還多。」

「用金錢作為手段來進行貿易是誠實的人們的信條。金錢所依賴的準則就是每個人都有自己的心智和努力。金錢不允許任何力量將你的努力強行定價，只是讓人們自願選擇用他的勞動和你的去交換。金錢允許你把你的成果和勞動給購買它的人，並獲得應得的、而不是多於它的報酬。除了貿易雙方自主決定彼此獲得的利益之外，金錢不允許其他的任何交易。金錢要求你們承認，人必須為自己的利益去工作，而不是讓自己受傷害，是為了得到，而不是失去——人不是負重的動物，天生該去承受你沉重的不幸——你必須要給他們價值，而不是創傷——人與人之間共同的凝聚力不是對彼此所受折磨的交換，而是商品的交換。金錢要求你不要因為人們的愚昧而暴露你的缺點，而是在他們的理智中顯示你的才華；它要求你不是去買他們所給的最次的東西，而是用你的錢購買所能買到的最好的。當人們都以自由貿易為原則——把理智而不是暴力當成他們的最終裁判時，獲勝的是最好的產品、最佳的表現、最優秀的判斷力和能力最強的人——一個人創造力的大小決定了他回報的大小。這就是以錢作為尺度和象徵的生存法典。這就是你所認為的罪惡？」

「然而，金錢只是一種工具，它可以讓你去想去的地方，但不會代替你司機的位置。它會帶來可以滿足你欲望的手段，但它不會為你提供欲望。有些人企圖將因果倒置──試圖掌握頭腦創造的產物並用來代替頭腦──金錢對於他們就是災難。」

「那些不知道自己想要什麼的人，是無法用金錢買來幸福的：如果他不想知道應該要珍惜什麼，金錢不會帶給他對價值的詮釋，如果他不知道該追求什麼，金錢不會向他指出一個目標。蠢人用金錢買不到智慧，懦夫用金錢買不到欽佩，無能的人用金錢買不到尊重。企圖用錢來幫他做判斷，想收買優秀的心智留為己用的人，最後只能成為他自身拙劣的受害者。智者將他拋棄，欺騙和詭詐卻來和他為伍，這是因為有一條他沒有發現的定律：沒有人比他的金錢渺小；有多大本事，就值多少錢。這就是你稱它為罪惡的原因？」

「只有不需要財富的人才會繼承財富──他無論從哪兒開始，都會積累屬於自己的財富。如果繼承人配得上他繼承的錢財，錢就能為他派上用場；否則，錢就會毀了他。但你在一旁看著，並且叫喊著是金錢毀了他。是這樣嗎？還是他把他的錢毀掉了呢？別嫉妒那些無能的後人；他的財富不屬於你，你有了它也並不見得就更好。不要去想你們都應該分得一杯羹；把這世界上的一條寄生蟲變成五十條，也不能讓逝去的美德復活。金錢是有生命的力量，沒有了根，它就會死去。金錢不會聽命於配不上它的頭腦。這就是你稱它為罪惡的原因？」

「金錢是你生存的手段。你所宣稱的謀生的來源，也就是你生活的來源。如果這來源毀掉了，你就詛咒了你自己的存在。你賺錢是依靠欺騙嗎？是靠著利用他人的罪惡或愚蠢？是靠著討好白癡，從而希望得到你力所不及的東西嗎？靠著降低你的標準？靠著替你所不屑的買主做你鄙視的事情？果真如此的話，你的錢將不會帶給你絲毫快樂。而你所買的一切都不會成為對你的獎賞，而是會成為恥辱；不會是成就，而是時刻提醒著你的羞恥。那樣，你就會叫喊著金錢是邪惡。邪惡，就因為它代替不了你的自尊？邪惡，就因為它讓你無法享受你的墮落？這是不是就是你仇恨金錢的根源？」

「金錢會永遠只是作為一個結果，而不會代替你成為原因。金錢是美德的產物，但它不會給你美德，不會補償你的惡行。無論是物質還是精神，金錢都不會讓你不勞而獲。這是否就是你仇恨金錢的根源？」

「也許你是說對錢的愛是一切罪惡的根源？愛一樣東西就是了解和愛它的本質。對金錢的愛就是了解和愛這樣的一個事實，錢是你盡己所能所創造出來的，是你用你的努力和他人最大的努力進行交換的鑰匙。把痛恨金錢叫得最響的人，才會為了一毛錢就出賣他的心靈——他倒是很有理由去恨它。愛錢的人願意為了得到它而去工作。他們知道他們能配得上它。」

「我給你透露一點看透人性的祕訣吧：詛咒金錢的人靠不義手段得到金錢；尊崇金錢的人則自己靠本事去賺它。」

「如果誰告訴你金錢就是邪惡，你趕快離開他逃生吧。這句話是痲瘋病人在強盜逼近時發出的警告。只要人們一起在地球上生活，並且需要彼此交往的手段——那麼，如果他們放棄了金錢，唯一的替代品就是槍砲。」

「但如果你們希望去賺和留住金錢的話，它會要求你們拿出高尚的品德來。那些沒有勇氣、自信、自尊的人，對他們所擁有的金錢的權利沒有道德感，而且不願像捍衛他們的生命一樣去保護它的人，對富裕表示自責的人——不會富裕很久。對於幾百年來待在石頭下面的成群強盜來說，這些人就是天然食餌，一旦他們聞到因為擁有財富而感到罪過、請求原諒的人的氣味，就會爬出來。他們會很快解除他的罪疚感——以及他的生命，這是他自找的。」

「那時你就會看到帶有雙重標準的人開始抬頭——這些人靠武力生活，但又依賴那些靠貿易為生的人，好為他們掠奪來的金錢創造價值——這些人正是假借了美德的名義。在一個道德的社會，這些人就是罪犯，而法令是保護你不受他們的傷害的。但當社會變成犯罪有理，掠奪合法——人們用武力去侵吞解除了武裝的受害者的財產——金錢就開始為它的創造者們復仇了。這些掠奪者相信，一旦通過法律解除了人們的武裝，就可以高枕無憂地去洗劫那些無力反抗的人。但他們的掠奪成為了吸引其他掠奪者的磁鐵，他們會遭到同樣的掠奪。這個競賽就這樣進行下去，獲勝的不是最有能力的生產者，而是最殘酷無情的人。當武力成為準則，殺人犯就會勝過小偷。然後，社會就會在一片廢墟和殺戮中消亡。」

「你想知道這一天是否會來嗎？注意去看錢，錢是社會美德的晴雨表。當你看到貿易不是在自願同意的基礎上，而是被強迫著進行——當你看到你為了能夠生產，必須從什麼都不生產的人那裡得到許可——當你看到錢正流到那些用好處而不是用貨物做交易的人——當你看到那些不是靠工作、而是靠貪污和關係的人變得富有，而你的法律不是保護你，卻是在保護他們——當你看到腐敗得到獎勵，而正直成了一種犧牲的時候——你就知道這個社會已經註定要滅亡了。金錢這樣的媒介太過高貴了，它不會和槍去爭奪，不會和殘忍去交易。它不會允許一個一半靠權貴、另一半靠掠奪的國家繼續存在下去。」

「當破壞者出現在人們當中時，他們首先會摧毀金錢，因為金錢是人們的護身符和道德存在的基礎。破壞者奪走黃金，留給主人一堆廢紙。這就扼殺了一切客觀的標準，把人們置於恣意擺佈價值而形成的武斷統治之下。黃金是一個客觀的價值，與被創造的財富價值相符。紙幣是對根本不存在的財富的抵押物，槍在它的後面撐腰，指向那些要去生產財富的人。紙張是那些合法的強盜們從不屬於他們的帳戶開出的支票：支取的是受害者們的美德。注意看，總有一天它會被退回來，上面寫著：『帳戶透支』。」

「當你用邪惡作為生存的手段，別指望人們還會繼續維持善良。別指望他們還保持著道德，好用他們的生命來養活那些不道德的人。當創造遭受懲罰，掠奪得到獎勵，別指望他們還去創造。不要去問，『是誰毀滅了這個世界？』就是你毀滅了世界。」

「你置身於最偉大的創造性文明所創造出的最輝煌的成就當中，一邊去詛咒維持它生命的血液——金錢，一邊惶恐疑惑地看到它在你四周崩潰。你像眼前的野蠻人一樣去看金錢，還納悶原始的叢林法則怎麼會蔓延到了你居住的城市邊緣。在人類的歷史上，金錢總是被各種強盜所霸占，他們的名稱變來變去，但方法都是一樣的：用武力占有財富，對創造者們進行束縛、榨取、誹謗，並剝奪他們的名譽。從你嘴裡貌似正義但毫不負責地說出的那句金錢是罪惡的話，是出自一個財富被奴隸所創造的年代——有人發現了一種生產方式之後，奴隸便開始進行著幾百年的重複勞動。只要產品被武力所控制，財富可以像戰利品一樣得到，就沒什麼不可以靠武力征服的了。然而在千百年的窒息和飢餓當中，人們把強盜吹捧為佩劍的貴族，天生的貴族，政府貴族，而把創造者鄙視為奴隸、商人、老闆，和企業家。」

「為了人類的光榮，歷史上出現了絕無僅有的金錢之國——我對於美國的敬意和虔誠實在是難以表達，因為它代表了一個充滿了理智、正義、自由、創造和成就的國家。人們的精神和金錢有史以來第一次獲得了自由，沒有征服得來的財富，只有勞動得來的財富，代替了武士和奴隸的，是真正的財富的創造者，是最偉大的工人，最高階段的人——是自我實現的人類——是美國的企業家。」

「假如你讓我說出美國人最值得驕傲的特質，我會選擇這樣一個事實——因為它包含了其他的一切——是他們發明了『創造金錢』這句話。在此之前，沒有哪個語言或者國家曾經用過這樣的說法；人們一直把財富想成了一種靜止不變的數量——而去占有、乞討、繼承、分享、掠奪，或者當成特權一樣得到財富。美國人第一個理解到財富是要創造出來的。『創造金錢』這句話抓住了人類道德的精髓。」

「然而，這句話使美國人遭到了強盜橫行的大陸上的陳腐文化的譴責。現在，強盜的信條讓你們把你們最值得驕傲的成就看成了恥辱的標誌，把你們的繁榮當成罪惡，把你們最偉大的企業家當做無賴，把你們壯觀的工廠當成僅僅是勞工用雙手製造出來的產品和財產，就像被皮鞭驅趕著的奴隸建成的埃及金字塔一樣。我相信，傻笑著說他看不出錢和皮鞭的力量有任何區別的無賴，應該自己去嘗嘗皮鞭的滋味，這樣他就能認識到這些區別了。」

「在你認識到金錢是一切美好的根源之前，你是在自我毀滅。當金錢不再是人們交往的工具時，人們就成了他人的工具。鮮血、皮鞭和槍砲——還是金錢，你選擇吧——除此之外再沒有別的——而你的時間也已經不多了。」

法蘭西斯可說話時沒有向里爾登瞧一眼；但講完後，他的目光直接投向了里爾登的臉。里爾登一動不動地站著，除了站在晃動的身影和氣憤的聲音對面的法蘭西斯可，他的眼裡已經空無一物。

有些人剛剛在聽，現在則急急地走開，有些人則說：「這太可惡了！」——「這不是真的！」——「簡直是惡毒和自私！」——他們既大聲又頗有戒心地說著，似乎希望他們身邊的人能聽到，但又不想被法蘭西斯可聽見。

「德安孔尼亞先生，」戴著耳環的婦人聲明說，「我不同意你說的！」

「假如你能駁倒我所說的哪怕一句話，夫人，我都會洗耳恭聽的。」

「噢，我不能回答你。我沒有答案，我的心裡不是那麼想問題的，但我不覺得你對，所以我知道你是錯的。」

「你是怎麼知道的呢？」

「憑感覺，我不是用頭腦，而是用我的心。你的邏輯也許不錯，但你卻沒有心。」

「夫人，當我們看到身邊有人餓死的時候，你的心對挽救他們毫無用處。而且，我還會沒有心腸地說，當你喊著『但是我不知道啊！』——你是不會被寬恕的。」

那婦人把頭扭開，一陣顫抖掠過她的臉頰，和她聲音中氣憤的戰慄混在一起：「哼，在聚會上這麼講話簡直是太滑稽了！」

一個目光閃爍不定的胖男人大聲說話了，他強裝出來的開心口氣想要告訴人們，他唯一關心的就是不要把事情弄得不愉快：「先生，如果你對金錢是這種看法，那我對我能擁有德安孔尼亞公司的一筆可觀的股票，就覺得非常高興了。」

法蘭西斯可嚴肅地說：「我勸你三思，先生。」

里爾登朝他擠了過去——法蘭西斯可似乎並沒朝他那裡看，卻立刻旁若無人一般地迎了過去。

「你好。」里爾登像是對一個自幼相識的朋友那樣簡單而輕鬆地招呼了一聲；他微笑著。

他從里爾登的臉上看到了自己的笑容，回答：「你好。」

「我想和你談談。」

「你覺得我剛才這十五分鐘是在和誰說話？」

里爾登忍不住笑出聲來，承認對手這一招很奏效：「我以為你沒注意到我。」

「我注意到了，我一進來，這屋子裡只有兩個人很高興見到我，你是其中之一。」

「你這豈不是有點冒失嗎？」

「不——是感激。」

「另一個高興見到你的是誰？」

法蘭西斯可一聳肩膀，隨隨便便地說：「一個女人。」

里爾登注意到，法蘭西斯可已經巧妙而自然地把他帶到了遠離人群的地方，他和其他人都沒有覺得這是有意的。

「我沒想到會在這裡見到你，」法蘭西斯可說，「你本來是不該來這裡的。」

「為什麼不呢？」

「我能問問你為什麼來嗎？」

「我太太很想接受這個邀請。」

「請原諒我這麼說，不過要是她讓你帶她去逛逛妓院的話，就更合適，也不會那麼危險了。」

「你說的危險是什麼？」

「里爾登先生，你不瞭解這些人做生意的方式，以及他們對你在這裡出現是怎麼想的。按照你而不是他們的原則，接受一個人的盛情是一種善意的表示，是在顯示你和主人都溫文有禮。不要讓他們有這樣的感覺。」

「那麼你為什麼來這裡呢？」

法蘭西斯可開心地聳了聳肩膀：「哦，我——我幹什麼是無所謂的，我就是個派對狂而已。」

「你來這個聚會上做什麼？」

「只是想找些戰利品罷了。」

「找到了什麼嗎？」

法蘭西斯可的臉色突然認真了起來，他既嚴肅又鄭重地答道：「是的——是我認為最好最偉大的。」

里爾登情不自禁地惱怒了，他的叫喊聲裡沒有責備，只有絕望：「你怎麼能這樣浪費你自己？」

法蘭西斯可的眼中浮現出一絲笑意，像是遠方升起的一點亮光，他問道：「你願不願意承認你對此很在乎呢？」

「如果你想的話，還會聽到更多的承認。我見到你之前，曾經不明白你怎麼會把你那麼多的財富都浪費了。現在更糟糕了，因為我即使想，卻做不到像以前那樣去鄙視你，但問題卻更可怕：你怎麼能浪費你這樣的心智呢？」

「我不覺得我現在是在浪費。」

「我不知道還有什麼是對你有意義的——但我要告訴你我從未對任何人說過的話。我碰到你的時候，你還記不記得你想對我表示感謝？」

法蘭西斯可的眼裡已經沒有了開玩笑的跡象；里爾登還從未面對過如此尊敬而莊重的神情。「是的，里爾登先生，」他靜靜地說。

「我告訴你我不需要這個，並為此羞辱了你。好吧，你贏了。你今晚的講話——就是你想要給我的，對不對？」

「是的，里爾登先生。」

「這超過了感謝，而我需要感謝；這勝於敬仰，而我也同樣需要；這勝過了我能找到的任何言語，我會用好多天才能想清楚它所給我的一切——但有一件事我是清楚的：我需要它。我從來沒這樣承認過，因為我從沒向任何人尋求過幫助。如果你猜到我很高興看見你，並且這讓你覺得有趣的話，那麼只要你願意，現在你可以好好地大笑一番了。」

「或許我得花上幾年的時間，不過我會證明給你看，我對這些從來不開玩笑。」

「現在就證明——回答一個問題就行：你為什麼不去實踐你所說的？」

「你確定我沒有嗎？」

「如果你說的都對，如果你有這般宏偉的認識，你現在應該已經是世界首屈一指的企業家了。」法蘭西斯可嚴肅地說，就像他對那個胖男人說話時一樣，只是聲音中多了一分奇怪的柔和：「我建議你再好好想想，里爾登先生。」

「我對你已經想得太多了，我找不到答案。」

「我來提示你一下：如果我說得對，那麼在今晚這個屋子裡，誰的罪惡最深？」

「我想是——詹姆斯．塔格特？」

「錯，里爾登先生，不是詹姆斯。不過，你必須要定義什麼是罪惡，然後自己把那個人挑出來。」

「幾年前，我會說就是你。我仍然在想這才應該是我要說的。但我幾乎和那個跟你說話的女人一樣：我所明白的所有道理都告訴我，你是有罪的——可是我卻感覺不到。」

「你和那個女人犯了一樣的錯誤，里爾登先生，儘管你表現得要更高尚些。」

「你指什麼？」

「我指的不僅是你對我的論斷。那個女人和所有像她那樣的人，是在不斷迴避他們心裡明白是好的東西。你一直是在把你認為的邪惡念頭從你的腦子裡推出去。他們那麼做是因為他們不願去付出努力，你這麼做是因為你不允許自己去找任何原諒的藉口。他們不惜一切地沉溺於他們的情感之中，你在解決任何問題時，都會首先犧牲掉情感。他們情願什麼都不承受，你寧願承受一切。他們不斷逃避責任，你總是去承擔。不過你難道看不出最本質的錯誤都是一樣的嗎？一切對現實的拒不承認，無論有什麼原因，後果都是災難性的。罪惡的念頭只有一個：拒絕思考。不要漠視你自己的欲望，里爾登先生。不要把它們犧牲掉。審視它們的緣由，你應該要承受的一切，是有一個限度的。」

「你怎麼知道我是這樣的？」

「我曾經犯過一次同樣的錯誤，不過時間不長。」

「我希望──」里爾登話已出口，又猛然止住了。

法蘭西斯可笑了：「害怕去希望，里爾登先生？」

「我希望能允許我自己去喜歡你。」

「我會給──」法蘭西斯可停了下來；令人費解的是，里爾登看到了一種他難以說清的神情，但很確定地感覺到那是疼痛；他看到法蘭西斯可頭一次躊躇了一會兒，「里爾登先生，你握有德安孔尼亞公司的任何一種股票嗎？」

里爾登迷惑地看著他，說：「沒有。」

「有一天，你會知道我現在正做著什麼大逆不道的事，不過……不要去買任何德安孔尼亞公司的股票，不要和德安孔尼亞公司有任何關係。」

「為什麼？」

「當你瞭解了全部原因之後，你就會知道沒有任何事──或者任何人──對我還能有一點意義，你會知道他們對我來說意味著什麼。」

里爾登皺起了眉，他想起了什麼：「我不會和你的公司打交道的。你不是把他們叫做有雙重標準的人嗎？你難道不是其中的一個強盜，現在靠著法令的手段發達了嗎？」

奇怪的是，這些話並未對法蘭西斯可造成任何羞辱性的打擊，卻使他的面孔恢復了堅定的神情：「你認為是我哄騙那些替搶劫者做計畫的人制定出了那些條令嗎？」

「如果不是，那會是誰？」

「想從我身上撈好處的人。」

「沒經過你的同意？」

「沒告訴過我。」

「我真不願意承認我是多麼想相信你的話──但現在你無法證明。」

「沒有嗎？我十五分鐘之內就能證明給你看。」

「怎麼證明？事實還是你從那些法令中撈得最多。」

「的確如此。我賺的比莫奇先生和他的同夥們想像的還要多。我經營多年之後，他們正好給了我想要的機會。」

「你是在吹牛吧？」

「我當然是了！」里爾登簡直不敢相信法蘭西斯可的眼裡竟然出現了一種劇烈、明亮的目光，這目光說明他絕不是一個派對狂，而是一個實幹家。「里爾登先生，你知道大多數新貴把他們的錢藏到哪裡去了嗎？你知道大多數叫嚷著公平份額的禿鷹們，把他們在里爾登合金上賺來的利潤投資到哪裡去了嗎？」

「不，可是——」

「是投在德安孔尼亞公司的股票裡。安全地轉移，離開了這個國家。德安孔尼亞公司——一家悠久而無懈可擊的公司，富足得能夠承受住再三代人的掠奪，被一個頹廢得什麼都不在乎的花花公子所管理，任他們隨心所欲地利用他的資產，只是為他們去自動賺錢——就像他的祖先一樣。對於掠奪者們，這難道不是一個絕妙的安排嗎，里爾登先生？只是——他們唯獨忽略的一點是什麼呢？」

里爾登瞪著他，問：「你想要幹什麼？」

法蘭西斯可突然大笑起來：「這對那些從里爾登合金上榨取油水的人來說真是太糟糕了。里爾登先生，你不想把你替他們賺的錢都損失掉，對吧？但這世上的確是會發生意外的——你知道他們怎麼說，人只是一個任憑自然災難擺佈的無助的玩物。比方說吧，明天上午德安孔尼亞公司在瓦爾帕萊索的礦石碼頭發生了火災，一場大火把碼頭連同一半的港口建築夷為平地。現在幾點了，里爾登先生？哦，我是不是把時態搞混了？明天下午，德安孔尼亞公司在奧拉諾的礦山會發生滑坡——沒有人死傷，只是礦井本身完了。事後發現那些礦井是廢掉了，因為幾個月來一直是在錯誤的位置開採——對一個花花公子的管理，你還能指望什麼呢？大量的銅礦將會被埋在山底下，就算是塞巴斯蒂安．德安孔尼亞也無法在三年之內將它們回收，至於國家，則永遠無法將此回收了。當股東們開始調查時，他們會發現我們在坎波斯、聖菲利克斯、拉斯海拉斯的礦井，使用的是同樣的採掘方式，一年多來一直是在賠錢生產，只不過那個花花公子在帳目上面做了點手腳，才沒有引起報界的注意。要不要我告訴你在德安孔尼亞鑄造公司的管理上，他們又會有什麼樣的發現？或者是德安孔尼亞的礦石船隊？不過所有這些發現都不會為股東帶來任何好處了，因為德安孔尼亞銅業公司的股票，明天上午就會像燈泡摔到水泥牆上一樣，跌得粉碎，跌得像是一部特快電梯，把那些搭車占便宜的人都甩到水溝裡去！」

在法蘭西斯可勝利般昂揚的聲音中，加入了一個同樣的聲音：里爾登開懷大笑著。

里爾登不知道那一刻過了多久，弄不清他感覺到了什麼，他像是被猛然帶到了另外一個世界的意識當中，然後又猛地回到了他自己的意識——從麻醉中甦醒之後，留給他的只有現實裡從未感受過的無與倫比的自由。他心想，這又和威特的那把火一樣，這就是他那個危險的祕密。

他發現自己正一步步從法蘭西斯可面前向後退去。法蘭西斯可站在原地仔細觀察著他，彷彿在那段不知多久的時間裡，一直在看著他。

「並沒有什麼邪惡的念頭，里爾登先生，」法蘭西斯可柔和地說道，「除了一種：就是拒絕思考。」

「不，」里爾登說；這幾乎是一聲喃喃的低語，他必須壓低他的嗓音，唯恐會聽到他自己的尖叫：「不……假如這就是你的辦法，不，不要指望我會為你歡呼……你沒有勇氣和他們戰鬥……你選擇了最容易、最惡毒的辦法……處心積慮的毀滅……毀滅你還沒有創造的和難以企及的成就……」

「這可不是你明天從報紙上將要看到的。到時候不會有故意毀壞的證據，發生的一切都是由於明顯的無能，非常普通和顯而易見，很好解釋。現在，無能是不應該受到懲罰的，對不對？布宜諾斯艾利斯和聖地牙哥的那些人，很可能會通過慰問和酬謝的方式給我一筆補助金。德安孔尼亞銅業公司的一部分還是保留下來了，儘管很大一部分已經徹底毀了。誰都不會說我是故意這麼做的，你怎麼想是你的事。」

「我認為在這個屋子裡，罪大惡極的那個人就是你，」里爾登安靜而又厭倦地說；甚至他的怒火也已經平息了下去；他感覺到的只是一個巨大的希望破滅後的空虛。「我認為你比我所能想到的任何東西都更惡劣……」

法蘭西斯可看著他，臉上半含著一種奇怪的沉靜的笑容，那是戰勝疼痛後的沉靜。他沒有回話。

在沉默之中，他們聽到了幾步之外兩個人說話的聲音，便轉身去看。

那個矮胖的上了年紀的人，顯然是一個認真謹慎、並不張揚的生意人，他的西裝質地考究，但款式卻是二十年前流行過的，衣縫泛著極淡的綠色調；他很少有機會穿它。他的襯衫鈕釦實在是大得誇張，像家傳的繁複老式手工藝品一樣，和他的生意相仿，似乎都是經過了四代人才傳到他的手裡。他臉上的神情在這些日子裡看起來便是一個誠實的人的標誌：表情困惑。他正看著對方，認真地、無助地、絕望地竭力想要去理解。

和他交談的那人年輕一點，身材更加矮小，皮膚粗糙，胸部前挺，稀疏的鬍子尖尖的向上翹起。他帶著一副強忍著厭倦的語氣說：「嗯，我不知道。你們都在嚷嚷著成本的上漲，這看來都成了現在最多的抱怨了，這是利潤縮水的人常發的牢騷。我不知道，得再看看，我們得考慮考慮是不是要讓你賺到錢。」

里爾登瞥了一眼法蘭西斯可——看到的是一張他完全無法理解的沒有絲毫雜念的面孔：這是一個人所能見到的最冷酷的面孔。他一直覺得他自己很無情，但他知道他到不了這種地步，這種赤裸裸的固執的神情，除了公正，已不能被任何感情所打動。不管他別的做法如何——里爾登心想——能有如此感覺的人就是個巨人。

只是一會兒，法蘭西斯可向他轉過身來，臉色如常，非常平靜地說：「我改變主意了，里爾登先生。很高興你能來這個聚會，我想讓你看看這個。」

隨即，法蘭西斯可像一個毫不負責的人那樣，突然提高了嗓門，用開心、鬆弛和刺耳的聲音說：「你不貸給我那筆錢嗎，里爾登先生？那我可慘了。我必須弄到錢——我必須今晚就弄到——我必須在明天上午證券交易所開門前弄到錢，因為否則的話——」

他用不著再說下去了，因為那位留著鬍子的小個子男人，一把抓住了他的手臂。里爾登從不相信一個人的身體可以眼睜睜地變形，但他看到這個人的體重、姿態和外形都在萎縮，像是他肺裡的空氣都被抽空了一樣，曾經不可一世的統治者突然變成了一塊廢物，不再能威脅到任何人。

「有……有什麼不對嗎，德安孔尼亞先生？我是說，在……在證券交易所那裡？」

法蘭西斯可猛然地把手指伸到他的嘴唇邊上，驚恐地看了一眼，「小點聲，」他低聲道，「天啊，小點聲！」

那個人顫抖著說：「出……事了？」

「你不會正好也有德安孔尼亞銅業公司的股票吧？」那人點點頭，說不出話來。「噢，天啊，這真是糟透了！聽著，如果你發誓不對任何人講的話，我可以告訴你，你不想引起混亂吧。」

「我發誓……」那人喘息著說。

「你最好去找你的股票經紀人，把股票儘快拋出——因為德安孔尼亞公司的情況一直不好，我一直在設法籌錢，但是如果不成功的話，你的每塊錢裡面明天上午能拿回一毛就算你走運了——噢，我的天！我忘了，你在明天上午之前是沒辦法和股票經紀人聯繫上的——唉，實在是糟透了，可——」

那個人跑著衝過房間，像魚雷一樣扎進人群，把擋著他的人推向兩旁。

「看著吧。」法蘭西斯可轉向里爾登，冷峻地說。

那個人隱沒在了人群之中，他們看不見他，搞不清楚他正把這祕密告訴誰，也不知道他是不是還能剩下一些狡猾，去和那些能幫上忙的人做做交易——不過，他們看到他所經過的地方正在醒來，並波及了整個房間，猛然之間，分開人群的切口像是牆上最初的幾道裂縫，隨後便如同加速開裂的大傷口，讓整個牆壁搖搖欲墜，而分裂它的那些空洞的縫隙，並非是人所造成，而是非人的恐怖的呼吸。

伴隨而來的是戛然而止的交談，死水般的寂靜，接著便爆發出各種各樣的聲音：重複問著毫無用處的問題的那些越來越高而歇斯底里的腔調，不自然的竊竊私語，一個女人的尖叫聲，還有努力裝作什麼都沒發生的一些人偶爾強擠出來的幾聲傻笑。

有幾處淤滯像是不斷擴散的麻痺的斑塊一樣，開始在人群的蠕動中出現；突然，像發動機被切斷一樣，一切靜止了下來；隨即，便如同什麼東西在重力的作用和岩石的碰撞下，從山坡上滾落一般，出現了一陣狂亂，驚悸、漫無目的、全無方向的躁動。人們向外跑去，奔向電話，互相撞在一起，把身邊的人胡亂地扯來推去。這些在全國最有權有勢的人，手中握有難以啟齒的權力，能夠決定每一個人的生計和一輩子的幸福。在惶恐的風暴裡，這些人已經變成了一堆瑟瑟作響的瓦礫，一座建築的樑柱被砍斷後殘留下來的瓦礫。

詹姆斯再也無法掩飾人們千百年來早已學會隱藏的醜惡嘴臉，他衝到法蘭西斯可面前尖叫道：「這是真的？」

「怎麼了，詹姆斯，」法蘭西斯可笑著說，「出什麼事了？你怎麼看起來那麼煩？金錢是一切邪惡的根源——我只不過是再也不想要邪惡了。」

詹姆斯跑向出口，對著伯伊勒喊著什麼。伯伊勒不斷地點著頭，彷彿是一個沒做好工作的僕人一樣地誠惶誠恐和羞愧，然後便朝另一個方向飛奔而去。雪麗跟在詹姆斯的身後跑著，頭上的婚紗像水晶般的雲彩一樣飄向半空，在門口追上了他：「吉姆，出什麼事了？」他一把將她推開，她跌撞在拉爾金的肚子上，詹姆斯衝了出去。

有三個人屹立不動，像分佈在房間裡的三根柱子，他們的目光掃過這一片狼藉：達格妮看著法蘭西斯可——法蘭西斯可和里爾登則彼此相望。

第三章 白日敲詐

「幾點了？」

時間不多了，里爾登心想——但他還是回答說：「我不知道，還不到午夜。」然後想起了他的手錶，補充了一句：「還有二十分鐘。」

「我要坐火車回家。」莉莉安說。

他聽到了這句話，但他頭腦的意識裡已經被擠得滿滿的。他站在那兒心不在焉地望著他套房的客廳，這裡到聚會的地方搭電梯只要幾分鐘。過了一陣，他下意識地回答說：「這麼晚嗎？」

「還早，還有很多車呢。」

「你可以留在這裡。」

「不了，我還是想回家。」他沒再說什麼。「你呢，亨利？你今晚打算回家嗎？」

「不，」他又加上一句，「我明天在這裡約好了談生意。」

「隨你吧。」

她一縮肩膀，褪下了晚裝的圍巾，拿在手上，走向他臥室的門，卻又停住了。

「我討厭法蘭西斯可．德安孔尼亞，」她緊張地說，「他幹嘛非得來這個聚會呢？難道他就不懂得閉上他的嘴，至少等到明天早上再說？」他沒有回答。「太恐怖了——他居然能允許自己的公司出這樣的事。當然，他不過是個被寵壞了的紈袴子弟——但是那樣規模的財產終究是一種責任啊，人允許自己怠忽職守應該要有個限度！」他瞥了一眼她的臉：它帶著一種怪異的緊張，五官銳利，使她看起來顯得老了點，「他對股東是有一定的責任的，對不對？……對不對，亨利？」

「我們能不能不談這個？」

她的嘴唇一抿，如同聳了聳肩膀似的朝旁邊撇了撇，走進了臥室。

他站在窗前，望著下面一串串移動的車頂，讓他的眼睛停留在某樣東西上面，視線卻已經斷開了。他的腦子還是沉浸在樓下宴會廳的人群，以及人群裡的兩個人影上。但正如同他的客廳始終在他的視線邊緣一樣，在他意識的邊緣，總感覺到要做些什麼。他回味了一會兒——是得脫掉他的晚禮服了，但在邊緣深處，他感覺到不願意在他的臥室裡，當著一個陌生女人的面脫去衣服，緊接著，他就把這事忘在一邊。

莉莉安走了出來，像她初到時那樣收拾得一絲不苟，米色的旅行服合體地襯托出她的線條，頭上斜戴著帽子，露出一半的波浪鬈髮。她提著行李箱，將它搖擺了一下，似乎表示她可以拎得動。

他機械地伸過手去，從她手中拿過行李箱。

「你幹什麼？」她問。

「我送你去車站。」

「就這樣嗎？你還沒換衣服呢。」

「沒關係。」

「你不用非得陪我去。我自己去沒問題。如果你明天有生意上的約會，最好還是去睡覺吧。」

他沒吭聲，但走到了門前，替她開了門，跟著她向電梯走去。

他們在前往車站的計程車裡沉默無語。她在他身旁的時候，他注意到她坐得筆直，幾乎是在炫耀著她姿勢的完美；她似乎非常警醒和滿足，如同一大早出發，踏上早就準備就緒的旅程。

計程車停在了塔格特火車站的入口。明亮的燈光洋溢在高大的玻璃通道裡，把夜晚時光轉變成為一種活躍而無時不在的安全感。莉莉安輕快地跳下車，說：「不，不，你不用非得下來，直接開回去吧。你明天回家吃晚飯嗎——還是下個月？」

「我會給你電話。」他說。

她對他揮了揮戴著手套的手，消失在入口裡的燈光之中。計程車一開動，他就跟司機說了達格妮公寓的地址。

他進來的時候，公寓裡一片黑暗，但她臥室的門虛掩著，他聽到她在說：「你好，漢克。」

他走了進去，問道：「睡著了嗎？」

「沒有。」

他亮了燈。她躺在床上，腦袋靠著枕頭，頭髮柔順地披到肩膀上，她像是半天沒動，但臉上是一副無憂的樣子。她看起來像個女學生，淡藍睡衣特製的衣領從喉部開始就堅挺地高高立起；睡衣的前面與這種堅挺恰成鮮明對比，是一片看起來極其成熟和女性化的淡藍色刺繡。

他坐在床邊——她笑了，注意到他一身筆挺的西裝，使得他的舉動帶有極其自然的親切。他笑著作為回答。他來此是準備好了退回她在聚會時給予他的原諒，這就像是拒絕一個太過慷慨的對手的幫忙一樣。但是，他突然伸出手，溫柔愛護一般地放在她的前額上，順著她的頭髮撫摸著，突然感到她像孩子一樣的嬌弱，這個生下來就是為了不斷挑戰他的勇氣的對手，應該要得到他的保護。

「你的壓力太大了，」他說道，「而且是我讓你的日子更不好過了……」

「不，漢克，你沒有，而且你也知道這些。」

「我知道你有勇氣不讓它傷害到你，但我沒有權利去要求這樣的勇氣。可我卻這樣做了，我拿不出什麼解決的辦法和補償給你。我只能承認我明白這一切，而且絕不能要求你來原諒我。」

「沒有什麼要原諒的。」

「我沒有權利把她帶到你面前。」

「這並沒有傷害我，只是……」

「什麼？」

「……只是看到你受罪的樣子……實在看不下去。」

「我不認為受罪就可以彌補得了任何東西，但無論我感到了什麼，我所受的罪都還不夠。假如有一件事讓我噁心的話，就是說起我自己所受的罪——那應該除了我以外，和任何人無關。不過假如你想知道，其實你已經知道了——不錯，這對我來說就是地獄，而且我希望它能更加痛苦。至少我不會放過我自己。」

他嚴厲地說著，絲毫沒有感情，像是一紙對他自己的冷冰冰的判決。她笑了，感到一種好笑的傷悲，她拿起他的手，把它放到她的唇邊，把她的臉藏到了他的手裡面，搖著頭不想去聽這個判決。

「怎麼了？」他柔聲問道。

「沒什麼……」她接著抬起頭來，堅決地說，「漢克，我知道你結婚了，我知道我在做什麼，我選擇了這麼做。你什麼都不欠我，你不用考慮任何責任。」

他慢慢地搖頭表示反對。

「漢克，除了你想給我的，我對你一無所求。還記得你曾經把我叫做商人嗎？我希望你來我這裡，除了你自己的享受，不去尋找別的。無論你出於什麼原因，只要你希望保持婚姻，我沒有權利去憎恨它。我的經商之道就是用你從我這裡得到的快樂來償還你給予我的快樂——而不是用你或者我所受的痛苦。我不接受犧牲，而且我不會做出犧牲。假如你的要求超出了你對我的意義，我就會拒絕。假如你要求我放棄鐵路公司，那麼我就會離開你。假如一個人的快樂必須用另一個人的痛苦才能買來，那還是別做這筆買賣了。一個贏另一個輸的買賣就是欺騙。你在商場上沒有這麼做，漢克，不要在你的生活中這樣做。」

像是在她聲音下面的另一個微弱的音軌，他聽到了莉莉安對他說過的話；他看到了這兩者間的距離，看到了她們對他、對生活提出的截然不同的要求。

「達格妮，你對我的婚姻怎麼看？」

「這我沒權利去想。」

「你一定對此不明白過。」

「我是有過……是在我去艾利斯．威特家之前。之後就沒了。」

「你從沒就此問過我任何問題。」

「而且以後也不會。」

他沉默了片刻，然後直盯著她，有意強調著他並不接受她對他的隱私的迴避，說：「我想讓你知道一件事：自從……去艾利斯．威特家之後，我再也沒碰過她。」

「我很高興。」

「你是不是想過我會？」

「我從不允許自己去猜想這事。」

「達格妮，你是說如果我那樣做了，你……你也能接受？」

「是的。」

「你不恨？」

「我的恨將難以言喻。但如果那是你的選擇，我會接受。我要的是你，漢克。」

他把她的手抬到他的唇邊，她感覺到了他身體裡的掙扎，突然，他幾乎是崩潰一般地倒下，嘴貼在了她的肩頭。接著，他用力把她那淡藍色睡袍裡的身體拉了過來，在他的膝蓋前面放倒，沉著臉死死地抓住，他像是恨透了她所說的話，而這又像是他最渴望聽到的。

他伏下身子，和她臉貼著臉，她又一次聽到了他們在過去一年中夜夜出現的問話，總是被他極不情願地擠出來，總是把他不斷遭受的無人知曉的煎熬顯露無遺：「你的第一個男人是誰？」

她用力向後仰，拚命想從他的手裡掙脫出來，但被他抓住了。「不，漢克。」她說，臉色沉了下來。

他笑著稍微抿了抿嘴唇：「我知道你不會回答，但我會一直問下去——因為那是我永遠不能接受的。」

「你問問你自己為什麼不會接受。」

他的手緩緩地撫摸著她的乳房，直到她的膝蓋，像是在強調他對她的占有，又對這樣的占有非常的厭惡，他回答說：「是因為……你同意我做的那些事……我覺得你永遠不會，就算是為了我也不會同意……可你卻做到了，而且做得更多：你對另一個男人也曾同意過，也曾要他如此，曾……」

「你明不明白你在說什麼？你也從沒接受過我對你的需要——就像不接受我曾經會需要他一樣，你從來就不認為我是應該需要你的。」

他低聲說道：「的確是。」

她猛地把身體一扭，從他那裡掙脫開，站了起來，但卻帶著淡淡的微笑低頭看著他，柔聲說：「你知道你唯一真正的罪過是什麼嗎？你應該是最能夠放鬆和享受你自己的，卻從來沒有做到。你總是早早地就把自己的快樂拒之門外，一直甘願承擔太多的負荷。」

「他也是這麼說的。」

「誰？」

「法蘭西斯可．德安孔尼亞。」

他搞不清自己為什麼有種感覺，這個名字讓她一怔，並且遲了一下才答話：「他和你說了這些？」

「我們談的是另一個話題。」

過了一會兒，她平靜地說：「我看到你和他在講話。這次你們倆是誰在羞辱對方？」

「都沒有，達格妮，你覺得他怎麼樣？」

「我覺得我們明天會看到的崩盤——是他故意那樣做的。」

「這我知道，但是，你覺得他這個人怎麼樣？」

「我不知道。我應該覺得他是我所見過的最墮落的人。」

「你應該？但是你不這麼認為？」

「不認為。這我還不肯定。」

他笑了：「這就是他的奇怪之處。我知道他是個騙子，遊手好閒，浪蕩紈袴，是我所能想像得出來的最惡毒和最不負責任的敗類。但當我看著他的時候，我感覺到如果有人能讓我以生命相託的話，那個人就是他。」

她大吃一驚：「漢克，你是說你喜歡他？」

「我是說我不知道這意味著什麼——喜歡一個人，見到他後我才明白我多想如此。」

「老天，漢克，你被他迷住了！」

「是啊——我想是這樣的。」他笑笑，「你為什麼對此這麼害怕？」

「因為……因為我認為他會把你害慘的……你對他越瞭解，就越難以承受……要用很久才能走出來，就算能走出來的話……我覺得我應該警告你，可是我不能——因為我對他一無所知，甚至連他究竟是世界上最高尚還是最低級的人都不知道。」

「我也對他一無所知——我只是知道我很喜歡他。」

「但想想他做的那些事，他傷害的不是吉姆和伯伊勒，是你、我、達納格和所有我們這樣的人，因為吉姆那夥人只會把它轉嫁到我們頭上——這就像威特的那場大火一樣，又將是一場災難。」

「是啊……是的，就像威特的那場大火。但是你知道，我對此並不太擔心。再來一次災難又怎樣？一切都會毀滅，只不過是早晚的事，我們能做到的就是儘量讓船漂得越久越好，然後就和它一起沉沒。」

「這就是他給自己找的藉口？他讓你有了這樣的感覺？」

「不，哦，不！這種感覺在我和他說話的時候就一點都沒有了。真正奇怪的是他的確能讓我產生的那種感覺。」

「什麼？」

「希望。」

她茫然而沮喪地點了點頭，心裡明白她也有同樣的感受。

「我不知道為什麼，」他說，「但我看到人們的時候，他們似乎只有痛苦。他不是。你不是。那種籠罩在我們周圍的可怕的絕望，他一出現就讓我感覺不到了。還有就是這裡。再沒有其他地方了。」

她走回到他身邊，坐在他的腳前，把臉埋到他的膝蓋上，說：「漢克，我們的未來還有很多要去做的，而且現在有這麼多事情要做……」

他看著自己黑衣服前擁著的這片淡藍色的絲綢——俯下身子，用低低的嗓音說：「達格妮……我那天早晨在艾利斯．威特家跟你說的話……我覺得是在自欺欺人。」

「我知道。」

$

透過灰色的濛濛雨幕，樓頂上方的日曆顯示著：九月三日。另一個樓頂上的大鐘指向十點四十分，里爾登此刻正坐車返回韋恩．福克蘭酒店。計程車收音機裡傳出的略帶驚慌的聲音，正在廣播著德安孔尼亞銅業公司崩潰的消息。

里爾登無聊地靠在車座上：這個災難似乎不過是舊聞而已。他一點感覺都沒有，只是覺得自己一大早穿著晚禮服在大街上有些彆扭。他實在不願意從他剛剛離開的那個地方，回到計程車窗外的這個細雨紛紛的世界。

他轉動鑰匙，打開他在酒店套房的房門，一心想儘快回到桌旁，把身旁的一切都拋開。

他被眼前的一切驚呆了：早餐桌；通向他臥室的門開著，看得出床上有人睡過；以及莉莉安的聲音：「早安，亨利。」

她坐在一張椅子裡，身上是她昨天穿過的衣服，只是沒有外套和帽子；她的白襯衫看起來亮麗如新。桌上有吃剩下的早餐。她正吸著菸，一副等了很久的耐心的樣子。

在他呆立著的時候，她不慌不忙地把兩腿一搭，安置得更舒服之後，問道：「難道不想說點什麼嗎，亨利？」

他像一個在正式場合穿了一身軍裝的人，臉上沒有半點表情：「應該是你說。」

「你不打算為自己解釋一下？」

「不。」

「難道你不打算開始向我求情？」

「你沒有什麼理由可以原諒我。我沒什麼可再多說的。你知道真相，現在你看著辦吧。」

她笑了起來，伸展了一下身體，肩膀在椅子背上蹭了蹭。「你難道沒想到遲早都會被發現嗎？」她問，「如果像你這樣的人像修道士一樣待上一年多，難道你不覺得我會開始起疑心嗎？不過可笑的是，你那麼出名的腦子，也不能避免自己這麼簡單地就被逮住了。」她向著房間的裡面和早餐桌，把手一揮，「我就覺得你昨晚不會回到這裡來。今天早上，從酒店的人那裡既不費勁，也不用多少錢就知道了：你過去一年裡從沒在這些房間裡住過一個晚上。」

他什麼都沒說。

「你這個像不鏽鋼一樣的人，」她笑道，「這個滿載著成就和榮譽，比我們都強得多的人！她是在合唱團跳舞呢，還是在為有錢人開的高級美容院裡修指甲？」

他依然沉默。

「她是誰，亨利？」

「我不會回答的。」

「我想知道。」

「你不會知道的。」

「你不覺得這很荒唐嗎，你是想從現在起扮演一個保護女士名聲的紳士，還是其他什麼類型的紳士？她是誰？」

「我說過了我不會回答的。」

她聳了聳肩膀：「不過你說不說都一樣，也就只有那麼一種人而已。我就知道你表面像一個苦行僧，但其實只是一個粗俗的色鬼，在女人身上，你只是想發洩獸欲，我為自己沒有成全你感到驕傲。我就知道你那種自我吹噓的榮耀感總有一天會垮掉，和其他那些不忠的丈夫們一樣，你會熱中於最下賤最廉價的女人。」她一下子笑出了聲，「那個對你崇拜無比的達格妮·塔格特小姐，只因為我表現出她心目中的英雄並不像他那抗鏽蝕的鐵軌一樣純淨，就對我大怒。她居然天真地以為我會懷疑她是那種可以吸引男人發生關係的類型——他們要找的是最沒大腦的。我瞭解你的真實面目和想法，對吧？」他一言不發。「你知道我現在怎麼想你嗎？」

「你想怎麼詛咒我都可以。」

她大笑道：「這個多了不起的人，對生意上靠邊站和倒在路旁的弱者都那麼看不起，因為你們沒有他那樣堅強的性格和堅定的目標！現在你有何感受？」

「我的感受不需要你操心。你有權決定要我怎樣去做，你的一切要求我都答應，只是有一條：別想讓我放棄。」

「噢，我才不會叫你放棄呢！我沒指望你能改變。單憑著天賦從下層的礦山裡發跡，走到了餐桌上的洗手碗和白領結：但是在你自己編織的工業騎士的堂皇表象下，才是你真實的水準。上午十一點回家，那個白領結你戴著還合適嗎？你去採礦吧，那才是你該待的地方——你們這些白手起家的金錢王子們——也就是周末晚上在小酒吧裡，與出差的推銷員和舞廳小姐待在一起！」

「你想和我離婚嗎？」

「噢，這讓你太順心了！這筆買賣真是划算啊！難道我不知道從我們結婚的第一個月起，你就想離婚了嗎？」

「你要是這麼想的話，為什麼和我待在一起？」

她厲色回答：「這個問題你已經沒有權利再問了。」

「沒錯。」他說道，心想，能想出來的也只有她愛著他這個理由，才能解釋她的回答。

「不，我不打算和你離婚。你覺得我會讓你和那個妓女的羅曼史，把我的家庭、我的名聲、我的社會地位給剝奪掉嗎？就算是建立在你不忠誠的虛假基礎上，我也要盡可能保全我生活中的這些東西。你聽清楚了：不管你願意不願意，我永遠不會和你離婚，你是結了婚的，就一直要這樣下去。」

「如果你希望這樣，那我會的。」

「還有，我不會考慮——對了，你為什麼不坐下？」

他站著不動：「要說什麼就請說吧。」

「我不會考慮任何非正式的離婚，比如分居。你還可以繼續你那只屬於地鐵和地下室裡的愛情田園生活，但在全世界面前，我希望你記住，我是里爾登夫人。你說自己熱愛公正，總是說得那麼言過其實——現在讓我看看你被懲罰去過原本就屬於你的偽君子生活的樣子。我希望你能繼續住在家裡，這個家現在是你的，但將來就是我的了。」

「如果你想要的話。」

她懶洋洋地向後鬆弛地一靠，兩腿張開，兩隻手臂搭在椅子的扶手上，完全平行——就像法官一樣，放任自己的懶散。

「離婚？」她冷笑一聲說，「你覺得你能這麼簡單就脫身嗎？你覺得從你的萬貫家財中扔點贍養費出來就完事了？你太習慣於只是簡單地用錢買到你想要的東西，無法理解那些不是商業化、沒什麼可商量、無法用任何交易來解決的事情。你沒有辦法相信還會存在對錢毫不關心的人。你無法想像那意味著什麼。哼，我想你會慢慢懂得的。噢，對了，從現在開始，你當然會答應我的任何條件了。我想讓你在你覺得那麼驕傲的辦公室裡坐著，待在你的寶貝工廠裡面，當個一天工作十八小時的英雄，當個讓全國不停轉的工業巨人，當個天才，高居在普通的一群不住地哀叫、撒謊和欺騙的人類之上。然後我想讓你回到家裡來面對一個人，只有她知道你是誰，知道你講的話、你的信用、你的正直、你自以為是的自尊究竟有多少價值。我想讓你在你自己的家裡，面對這樣一個鄙視你，並且有權利鄙視你的人。無論什麼時候你又建了另一座高爐，或是又煉出了打破紀錄的一爐鋼，或是聽到了掌聲和崇拜，無論什麼時候你為你自己感到驕傲，感到清白，陶醉於自己的偉大，我想讓你看著我。無論你什麼時候聽到了某樁可恥的行為，或者因人類的墮落而憤怒，因某人的惡行而感到輕蔑，或者成為政府又一次敲詐下的受害者，我想讓你看著我──讓你看看，並且知道你其實也一樣，並不比任何人高尚，你沒有資格對任何事進行譴責。我想讓你看著我，明白那個想去蓋通天塔，或是插上蠟翅膀去追太陽的人，或者是你──一個想讓自己完美的人，都會有什麼樣的下場！」

他彷彿不是在用自己的大腦思考，而是在他身體以外的某個地方注意到，她想要他承受懲罰的陰謀裡，除了規矩和大道理，存在著某種缺陷，有一種不能自圓其說的東西，這個致命的失誤一旦被找出來，她這番話就會被徹底推翻。他沒有嘗試去尋找，這個想法如同是在冰冷的好奇裡所做的一段紀錄，要留待遙遠的將來再看。此刻，他的身體裡感覺不到一點興趣或反應。

他自己的頭腦已經麻木，勉強抓住最後的一點正義感去抵抗如潮水般洶湧而來的劇烈反應，這來勢是如此的兇猛，將莉莉安沖得沒了人形，將他克制自己不要有這種感覺的努力徹底淹沒。如果她是勉強的，他想，也是他使她如此的；這是她對付痛苦的辦法──誰都不能規定一個人應該如何去忍受折磨──不論如何，誰都不能對此責備，何況是他造成了這一切。但是，他從她的舉止當中看不出痛苦。他心想，或許這種醜陋是她唯一能用來加以掩飾的。隨後，他也只有這樣繼續忍受這股強烈的厭惡。

她的話停下來後，他問：「你說完了嗎？」

「是的，我想我說完了。」

「那你最好還是現在就坐火車回家吧。」

當他終於動手脫下晚禮服時，他發現身體的感覺如同做了漫長一天的體力勞動，漿硬了的襯衫被汗水浸得軟綿綿的。他的大腦和心裡都空空如也，除了兩者殘留的一個感覺，就是慶祝他要求自己所取得的最大的勝利：莉莉安活著從酒店的套房走了出去。

$

費雷斯博士走進里爾登的辦公室，對此行充滿了信心，臉上甚至掛著慈祥的笑容。他以流暢、歡快的篤定口氣說著；里爾登覺得他的那種自信就像一個打牌作弊的人那樣，花了很大的力氣記住牌型的每一種可能的變化，對每張牌都稔熟於心，便胸有成竹了。

「啊，里爾登先生，」他招呼道，「想不到像我這樣久經沙場，見過無數名人的人，見到一個大名鼎鼎的人物還是如此激動，信不信，我現在就是如此。」

「你好。」里爾登說。

費雷斯博士坐定後，聊了幾句他沿途看到的十月秋色，他這次是專程從華盛頓長途開車來見里爾登的。里爾登沒有說話。費雷斯博士向窗外看去，對里爾登工廠令人振奮的景象感慨了一番，說這裡是全國最有價值的生產企業之一。

「你一年半前對我的產品可不是這麼評價的。」里爾登說。

費雷斯博士輕輕蹙了蹙眉頭，彷彿漏掉了牌型的一個點，幾乎葬送了全局，隨即一笑，像是又重新抓回了它，「那是一年半以前，里爾登先生，」他輕鬆地說，「時代在變化，人也會隨著時代而改變——聰明的人是這樣的。智慧就是知道應該何時記住、何時忘記。堅持不是一種與生俱來的習慣，它是一種智慧，一種人類期望競爭的本能，需要不斷地訓練。」

接下來，他開始談到在這個世界根本就沒有任何貫穿始終的東西，除了彼此妥協讓步的原則之外，沒有什麼是絕對的。他說得很誠懇，但神態又非常的輕鬆隨意，似乎他們兩個都明白這並不是他們此次會面的主要話題；但奇怪的是，他說話的口氣不像是開場白，而像是說完之後的補充，似乎主要的話題早已經談妥了一般。

等到他終於說出「難道你不這麼認為嗎？」時，里爾登便馬上回答道：「請說說你這次約會要講的急事吧。」

一時間，費雷斯博士顯出驚異和茫然的樣子，隨即，他像是記起一件無關緊要、可以隨意拋在一邊的事情一樣，輕快地說道：「哦，那件事啊？是有關要發到國家科學院的里爾登合金的交貨日期的事。我們希望頭一批五千噸能夠十二月一日前到貨，剩下的我們大致上同意可以在新年之後運到。」

里爾登一言不發，坐在那裡久久地看著他；這沉默的每一秒鐘都讓仍在房間上空迴蕩的費雷斯博士那輕快的話語顯得更加愚蠢。當費雷斯博士開始擔心他根本不想回答時，里爾登開口了：「難道你派來的那個穿了皮靴的交通警察沒有向你報告他和我之間的談話嗎？」

「噢，當然了，里爾登先生，不過──」

「除此以外，你還打算聽些什麼呢？」

「可那是五個月之前了，里爾登先生。從那以後發生的某件事，讓我相信你已經改變了想法，就像我們不會給你找麻煩一樣，你也不會給我們帶來麻煩。」

「發生什麼事？」

「什麼事？」

「這事你遠比我知道得更多──不過，你看，儘管你並不希望如此，我還是知道了。」

「既然這是你的祕密，里爾登先生，還是保守這個祕密不好嗎？如今誰沒有祕密呢？比如說，X計畫是一個祕密。你當然明白，我們本來是可以通過不同的政府部門小批量地購買里爾登合金，然後再轉到我們手裡──而你對此也無能為力。但如此一來，我們就得增加許多繁文縟節，」費雷斯博士和藹而坦誠地笑道，「是啊，和你們私人一樣，我們彼此之間也並不喜歡打交道──這就會讓很多其他的官僚接觸到X計畫的機密，目前，我們很不願意這樣。假如我們因你拒絕執行政府的命令而告上法庭的話，新聞界也會對此計畫曝光，我們同樣很不願意。但是，假如你因為另一項更嚴重的指控而走上法庭，這和X計畫與國家科學院無關，牽扯不出其他任何大事，也引不起公眾的同情──那對我們就毫無妨礙了，但它對你的危害可就比你能想到的要大多了。因此，你實際上唯一能做的就是幫我們保守機密，這樣，我們也會保守你的祕密──而且我想你也清楚，只要我們願意，我們完全能夠清除你的道路上的任何麻煩。」

「到底是什麼事，什麼祕密，什麼道路？」

「噢，行了，里爾登先生，別太天真了！當然是指你發給達納格的四千噸合金了。」費雷斯博士輕描淡寫地說。

里爾登沒有回答。

「原則的東西實在是很討厭，」費雷斯博士笑著說，「而且對所有人都是浪費時間。你現在願意去做一個原則的犧牲品嗎——除了你和我之外沒有誰知道你是怎麼回事——對於原則你連一個字都說不出來——你在公眾的眼裡，將不會是一個英雄和出色的合金創造者，不能和行為不齒的敵人去真正地抗衡——你當不了英雄，只能是個罪犯和貪婪的企業主——只是為了賺錢而去犯法，在黑市上敲詐錢財，破壞保障大眾利益的國家制度——一個失去了榮耀和人心的英雄，最後得到的僅僅是報紙第五版上的半欄報導而已——現在你還願意去做這種犧牲品嗎？因為現在事情是明擺著的：你要嘛就把合金給我們，要嘛就和你的朋友達納格一起去蹲十年監獄。」

作為生物學家，費雷斯博士一直沉迷於動物可以嗅出危險的能力；他曾嘗試著讓自己也具備相似的能力。他觀察著里爾登，認為此人早已決定做出退讓了——因為他看不出絲毫的恐懼跡象。

「是誰向你通風報信的？」里爾登問。

「是你的一個朋友，里爾登先生。是亞利桑那州的一個銅礦主，他告訴我們，你上個月買進的銅，超過了法律所規定的里爾登合金產量的每月用銅配額。銅是里爾登合金的成分之一，對吧？這消息對我們來說就足夠了。剩下的很容易就能查出來。你不能太責備那個礦主，你知道，銅的生產商們現在日子很不好過，那個人必須提供點有價值的東西才能得到些好處，以『緊急需要』的名義取消對他的一些規定，讓他能有喘息之機。和他做交易的那個人知道這消息在哪裡最值錢，因此他把它給了我，以此換取了他需要的好處。所以，一切必要的證據以及你今後的十年生活都掌握在我手裡——我是想和你做個交易。我肯定你是不會反對的，因為做交易是你的專長。這個形式或許和你年輕的時候有所不同——不過你是個聰明的商人，一向懂得如何見機行事，這些就是我們目前的情況，對你來說，認清你的利益並依此行事應該不難。」

里爾登鎮靜地說：「我年輕的時候，這就叫做勒索。」

費雷斯博士咧嘴一笑：「正是這樣，里爾登先生。我們已經進入一個更現實的年代了。」

但里爾登想，一個赤裸裸的勒索者與費雷斯博士所表現出來的，有著一種特殊的區別。一個勒索者會對受害人所犯的罪過幸災樂禍，他會暗示出一種對受害人的威脅，以及對兩個人都有的危機感。費雷斯博士則全然不是這樣。他表現得正常自如，暗示出一種安全感，他的腔調中沒有譴責，而是一種戰友般的情誼，一種以自責為主的戰友情誼。里爾登急切而專心致志地向前俯過身子，突然感到在他那模糊的小路上，他又能找到下一步了。

費雷斯博士看到里爾登感興趣的樣子，笑著慶幸自己抓住了要害。對他來說，這場遊戲現在很清楚了，一切都按算計好的形式發生。他想，有的人為了防止把事情說出來可以不惜一切，但這個人卻想把一切說得明明白白，這是他預料之中最難對付的現實主義者。

「你是個現實的人，里爾登先生，」費雷斯博士親切地說，「我不能理解你為什麼想要落在時代的後面，你幹嘛不調整一下自己，好好幹一場呢？你比他們大多數人都聰明，你很有價值，我們早就很需要你了，在我聽說你要和吉姆．塔格特合作的時候，我就知道我們可以得到你。別在詹姆斯身上費勁了，他不值一提，不過是引誘些跳蚤罷了。來做點大事吧，我們可以利用彼此的力量。想讓我們替你壓一壓伯伊勒嗎？他把你整得夠慘的，想不想讓我們收拾他一下？這沒問題。還是想讓我們繼續支持達納格？你瞧瞧你對此一直是多麼的不切實際啊。我知道你為什麼給他合金——因為你需要他提供煤炭，因此你只是為了讓達納格能繼續對你有用，就冒著坐牢和被罰一大筆錢的風險。這就是你所認為的好買賣嗎？現在我們可以達成協定，只是讓達納格明白，如果他不入夥的話，他才會進監獄，但你不會。因為你有的朋友他可沒有——從此你就再也不用愁你的煤炭供應了。這才是現代的經營之道。問問你自己哪條路更實際一些。不論別人怎麼說你，誰也否認不了你是一個成功的生意人，一個固執的現實主義者。」

「我本來就是這樣。」里爾登說。

「我正是這麼想的，」費雷斯博士說，「你在一個大多數人破產的年代發跡，你總能夠衝破阻礙，讓你的工廠能夠運行和賺錢——這就是你成名的地方——那麼現在你不會不講實際，對吧？圖什麼呢？只要能賺錢，你還有什麼好在乎的？把理論和理想留給史庫德和尤班克那樣的人吧——你就是你，回到現實中來。你不是那種會讓感情影響事業的人。」

「不，」里爾登緩緩地說，「我不會的，任何感情都不可能。」

費雷斯博士笑了，「難道你認為我們不知道嗎？」他用向犯罪的同夥顯示他技高一籌的語氣說道，「我們等著抓你的把柄很久了。你們這些正人君子實在是個問題，很傷腦筋。但我們知道你遲早會露出破綻——這正是我們所希望的。」

「你看來對此很高興。」

「我難道沒有理由高興嗎？」

「可是，不管怎樣，我的確是觸犯了你們的法律。」

「哦，你覺得它們是用來幹什麼的？」

費雷斯博士沒有留意到里爾登臉上突然出現的神情，那是一個人看到他所期待的東西第一次出現後才有的震撼。費雷斯博士已經顧不得再看什麼，他正一心一意地向落入圈套的獵物發出最後的猛擊。

「你真的認為我們是想要大家去遵守這些法律嗎？」費雷斯博士說，「我們是希望有人去觸犯它們。你最好搞清楚，你要對付的不是一幫童子軍，這樣的話你就明白這不是做個樣子就完了的。我們要的是權力，而且絕不開玩笑。你們這些人都是膽小的投機者，但我們才知道這裡真正的奧妙，而你們最好放聰明一點。對沒有過錯的人是無法去管理的。任何一個政府，手裡唯一的權力就是鎮壓罪犯的權力。那麼，如果罪犯不夠的話，就把他們製造出來。一個政府把太多的東西都宣佈為犯罪，人們就不可能絲毫無犯地生活下去。有誰是想要自己國家的公民全都遵守法紀的？這樣的國家對大家還能有什麼好處？不過，只要通過一些既不能被遵守、被執行，又不能被客觀解釋的法律，這個國家就立刻到處是罪犯了——然後，你就可以坐收犯罪之利。這就是制度，里爾登先生，這就是遊戲，一旦你明白了，過起來就容易多了。」

里爾登瞧著看著自己的費雷斯博士，突然發現費雷斯博士有一種驚慌來臨之前的不安抽搐，彷彿落在桌上的一張牌是他從來沒見過的。里爾登臉上的明朗和寧靜是由於他突然得到了一個古老陰暗的問題的答案，他的神情既放鬆又專注；里爾登的眼睛裡閃著年輕的清澈，嘴角掛著一絲極其細微的嘲諷。不論這意味著什麼——費雷斯博士都無法破解出來——他唯一能夠確定的是：這張面孔上毫無罪疚的跡象。

「你的制度裡有一個缺陷，費雷斯博士。」里爾登幾乎是輕鬆地平靜說道，「等你因為我將四千噸里爾登合金賣給達納格，而對我進行審判的時候，就會發現有一個很實際的缺陷。」

用了足足二十秒——里爾登能夠感覺到時間在一點點地過去——費雷斯博士才相信他確實聽到了里爾登的最後決定。

「你認為我們是在嚇唬人嗎？」費雷斯博士喝道，他的聲音裡頓時充滿了他研究過多年的動物的味道：聽上去他是在咬牙切齒。

「我不知道，」里爾登說，「是不是我都無所謂。」

「你就這麼不現實嗎？」

「評價某種行為是否『現實』，費雷斯博士，那得看一個人想要幹什麼了。」

「你不是一直把你的個人利益看得高於一切嗎？」

「這正是我現在所做的。」

「假如你認為我們會放過你——」

「請你現在從這裡出去。」

「你覺得你是在耍誰？」費雷斯博士幾乎是在尖叫，「封建的工業時代已經過去了！你手裡有東西，可我們也有你的東西，你要是不按我們的規矩辦事的話，就會——」

里爾登按了一下按鈕；伊芙小姐走進了辦公室。

「費雷斯博士有點迷糊，找不著路了，伊芙小姐，」里爾登說，「請你送他出去，好嗎？」他轉向費雷斯，「伊芙小姐是一個女人，她體重大約一百磅，除了聰穎過人之外，她不具備任何有實際意義的資格。她不能在沙龍裡成為佼佼者，只能在一個像工廠這種不實際的地方才行。」

伊芙小姐的神情看起來和她在記錄一串發貨單據時沒有任何區別，面無表情、規規矩矩地筆直站好，將門打開，等費雷斯博士走過房間後，帶頭走了出去；費雷斯博士跟在她後面。

幾分鐘後，她回來了，難以抑制的喜悅使她笑個不停。

「里爾登先生，」她在笑她對他的畏懼，笑他們所處的危險，笑所有的一切，卻獨獨沒有笑他們此時的勝利，「你到底在幹什麼？」

他用了一種他從來不允許自己做的姿勢坐在那裡，那是他所厭惡的商人最粗俗的標誌——他靠在椅子裡，腳蹺在辦公桌上——而在她看來，這姿勢別有一番高貴，不像是一個自以為是的老闆，而是一個年輕的戰士。

「我認為我發現了一片新大陸，格雯，」他愉快地回答道，「那應該是和美洲一起被發現的大陸，但是卻沒有。」

$

「我非得和你說說不可，」艾迪看著桌子對面的工人說道，「我不知道這為什麼對我管用，但只要知道你在聽，就的確管用。」

時候已經不早了，地下餐廳裡的燈光很暗，但艾迪能夠看到那個工人的眼睛正聚精會神地望著他。

「我覺得好像……好像這個世界上已經沒有人，也沒有人能說的語言了，」艾迪說，「我覺得如果我在大街上叫喊的話都不會有人能聽見……不，這還不完全是我的感覺，應該是這樣：我覺得是有人在大街上尖叫，但人們只是經過，沒有聲音能進到他們的耳朵裡——喊叫的不是里爾登、達納格或者我，但又好像是我們三個一起在叫喊……難道你沒看出應該有人站出來為他們辯護，卻沒有人、也不會有人這麼做嗎？里爾登和達納格今天上午被起訴了——是因為一樁里爾登合金的非法買賣，下個月就要開庭審理。宣讀起訴的時候我就在費城的法院裡。里爾登非常鎮靜——我總覺得他在笑，可他沒有。達納格比鎮靜更可怕，他一個字都沒說，只是像站在空屋子裡一樣……報紙上說他們兩個都應該進監獄……不……不，我沒發抖，我很好，我過一會兒就好了……所以我什麼都沒跟她說，我怕我會發作起來，而且我不想讓她更難過了，我知道她的感受……哦，對了，她和我說起了這件事，而且她沒有發抖，可這更糟——你知道，就是似乎渾然沒有任何感覺的那種僵硬，而且……聽著，我跟你說過我挺喜歡你的嗎？我非常喜歡你——就是因為你現在這個樣子，你能聽得見我們，你理解……她說了什麼？挺奇怪的：她擔心的不是里爾登，而是達納格。她說里爾登有勇氣承受這些，但達納格是不行的。並不是說他沒這個勇氣，而是他拒絕承受這一切。她……她覺得達納格肯定是下一個要走的，就像威特和其他那些人一樣走掉，放棄一切，然後消失……為什麼？嗯，她認為這和一種類似壓力的轉移有關——來自經濟和個人方面的壓力。一旦當時所有的壓力都落到了某一個人的肩膀上——他就像被砍倒的柱子一樣消失了。一年前，全國發生的最壞的事情就是失去了威特，我們失去了他。從那時起，她就說，這就像重心在船失去控制下沉的時候瘋狂搖擺一般——傳給了一行又一行、一個又一個。我們失去一個人之後，就更迫切地需要有另一個人——而我們下一個失去的就是他。哼，現在全國的煤炭供應都被像伯伊勒和拉爾金那樣的人控制著，還有什麼災難能比這更嚴重？煤炭行業裡現在除了達納格，別人的產量都不行。因此她覺得他就好像是已經被圈定了，他現在就如同是被聚光燈罩住，等著被砍倒一樣……你笑什麼？這聽起來也許很荒唐，但我認為的確是這樣的……什麼？……哦，沒錯，她絕對是個聰明的女人！……她說，這還與另外一個東西有關。一個人只有在精神上達到了某種程度——不是氣憤或者絕望，是要比這兩者都大得多——才會被砍倒。她說不出那是什麼，但她知道，早在大火之前，威特就已經到了那種程度，他一定會出事。她今天在法院看到達納格以後，說他對毀滅者已經嚴陣以待了……是啊，她就是這麼說的：他對毀滅者嚴陣以待。你看，她不覺得這是偶然或者是意外，她認為這背後有一套制度，有預謀，有那麼一個人。這個國家裡存在著一個毀滅者，他把支撐的牆壁接二連三地砍倒，讓整個建築向我們的頭上倒塌下來。他是一個懷有某種無法想像的意念的殘忍的東西……她說她不會讓他在達納格身上得逞，她不斷地說她必須要攔住達納格——她想去跟他說，去乞求，去辯解，去把他失去的一切重新找回來，在毀滅者到來之前，把他武裝好。她不顧一切地想要頭一個去見達納格，他謝絕見任何人，已經回到了他匹茲堡的煤礦。但她今天很晚的時候還是通過電話找到了他，約好了明天下午去見他一面……是啊，她明天要去匹茲堡……是啊，她擔心達納格，非常非常擔心……不，她對毀滅者一無所知，一點也不瞭解他的身分，除了破壞的跡象外並沒有他存在的證據。但她對他的存在非常肯定……不，她猜不出他的目的，她說這世界上沒有任何東西可以解釋他。有時候她覺得她在這個世界上最想找到的就是他，甚至超過了那個發動機的發明者。她說要是發現了毀滅者的話，她當場就會開槍把他打死——如果能親手除掉他的話，她寧願連自己的性命都不要了……因為他是至今存在的最邪惡的東西，把世界上一切的頭腦和智慧都吸乾了……我想，即使像她這樣的人，這壓力有時候也實在是太大了。我覺得她根本不允許自己去感覺她有多累。那天早晨，我很早就來上班，發現她在她辦公室的沙發上睡著了，桌上的燈還亮著。她一宿都在那兒，我就站在那裡看著她，就算是整條鐵路都塌了我也不會把她叫醒……她睡著的時候嗎？她看起來就像一個小女孩一樣，似乎非常相信當她醒來時，這世界上沒有誰會去傷害她，似乎她沒有什麼可隱藏和害怕的。慘就慘在這裡——她的臉純淨無邪，身體還是像當初倒下的時候那樣，累得扭曲成一團。她看起來——你幹嘛要問我她睡著的樣子？……對，你說得沒錯，我幹嘛要說這些？我不應該說，我不知道我怎麼就想起這些來了……別理我，我明天就沒事了。我猜我是在法院受到刺激了，總在想：如果像里爾登和達納格那樣的人要被送進監獄的話，那我們究竟是在一個什麼樣的世界裡工作，又是為了什麼呢？地球上還有沒有正義？我太傻了，在離開法院的時候還和一個記者說這樣的話——而他只是哈哈一笑，說，『誰是約翰．高爾特？』……告訴我，我們這是怎麼了？難道就沒有一個有正義感的人了嗎？難道就沒有人去為他們辯護？噢，你聽見沒有？難道就沒有人去為他們辯護？」

$

「達納格先生一會兒就有空了，塔格特小姐，現在有人在他的辦公室，請原諒。」祕書說道。

在前來匹茲堡的兩小時飛行中，達格妮渾身緊張，既說不清為什麼會如此焦慮，又無法將它拋開；儘管不是在一分一秒地搶時間，她卻茫茫然地只想儘快趕到。她一踏進達納格的辦公室，這焦慮就消失了：她見到他了，這中間沒有發生什麼阻礙，她感到了安全，也有了信心，如釋重負。

祕書的話粉碎了這一切。你成了一個膽小鬼——達格妮心想，她對言語所能表達的一切意義感覺到一種毫無來由的恐懼。

「我非常抱歉，塔格特小姐，」她聽到祕書畢恭畢敬的熱情的聲音，才意識到她一直站著沒有回答。「達納格先生馬上就會見你，請坐下好嗎？」這聲音裡流露出不該讓她等候的不安。

達格妮笑笑：「哦，沒關係。」

她坐在一張木扶手椅上，面朝祕書桌的欄杆。她取出一支菸，又停住，在想著有沒有時間把它抽完，最好還是沒這個時間，隨即，她便一下子把它點燃了。

龐大的達納格煤炭公司總部是一幢老式結構的大樓。窗外山坡上的某個地方，便是達納格做礦工時曾經工作過的窯坑，他從沒讓自己的辦公室離開過煤田。

她可以看見深入到山坡裡面的煤礦入口，小小的金屬框架一直延伸進了一個龐大的地下王國。它們似乎很簡陋，毫不起眼地被山上繽紛怒放的橙黃色彩淹沒了……在湛藍的天空和十月下旬的陽光裡，林海看起來像是一片火海……彷彿正一波又一波地洶湧而來，吞噬著煤礦通道脆弱的支柱。她顫動了一下，把頭扭開了：她想起了在去史坦斯村的路上，威斯康辛州那漫山遍野燃燒的樹葉。

她留意到自己的手指間只剩下了煙蒂，便又點燃了一支。

當她向接待室牆上的掛鐘望去時，發現那位祕書與此同時也在朝它看。她約定的時間是三點鐘；掛鐘白色的指標指向了三點十二分。

「對不起，塔格特小姐，」祕書說道，「達納格先生馬上就會好了。達納格先生對約好的事特別守時，請相信我，這還從來沒有發生過。」

「我知道。」她知道達納格對他時間表的刻板程度，絲毫不亞於列車時刻表，人們都知道他曾經因為一個來訪者晚到了五分鐘而取消會面的事。

這位祕書是個獨身的老女人，言談間不苟言笑：彬彬有禮舉止淡然，似乎絲毫不為任何事所動，就像她在充滿了煤灰的空氣中穿著的那件雪白的上衣一樣一塵不染。達格妮覺得有些奇怪，像她這樣剛硬、訓練有素的女人居然顯得有些緊張：她不主動談什麼，坐在那裡一動不動地俯身看著她桌上的幾頁紙。達格妮的半支煙燃光了，她依舊盯著同樣一頁紙在看。

她抬頭瞧了一眼掛鐘：三點三十分。「我知道這無法令人原諒，塔格特小姐。」此時她的語氣中明顯有了擔心的成分，「我也不明白。」

「你能不能告訴達納格先生我已經來了？」

「不行！」這幾乎是一聲大叫；她看見了達格妮驚異的目光，覺得有必要解釋一下，「達納格先生通過內部對講機告訴我說，無論是在什麼樣的情況下，無論有什麼原因，都不能打攪他。」

「他是什麼時候說的？」

瞬間的停頓像是給回話做了個小小的鋪墊：「兩個小時之前。」

達格妮看了看達納格辦公室緊閉的大門，她能聽到門裡面傳來的說話聲，但聲音小得讓她分不出是一個人還是兩個人的談話；她聽不出說的話以及說話的口氣：那聲音只是低低地傳來，似乎很正常，也沒有提高嗓門的叫聲。

「達納格先生的會開了多久？」她問。

「從一點鐘就開始了，」祕書嚴格地說，隨後道歉地加了一句，「這不是時間表裡安排好的，否則達納格先生不會允許這樣的事發生。」

門沒有鎖，達格妮想道；她感到一股毫無原因的欲望，想一把推開它走進去——它不過是幾片木板和一個銅把手，她的手稍一用力就行了——但她移開了目光，她明白做事的規矩，也明白達納格的權力是一道比任何的鎖都更加不可逾越的屏障。

她發覺自己正盯著她留在身邊菸灰缸架裡的菸蒂，不知道為什麼這使她有了一種過敏似的憂懼感。隨即，她意識到她想起了休．阿克斯頓：她寫過信給他，寄到他在懷俄明州的飯館，請他告訴她那支帶著美元符號香菸的來歷；她的信被退了回來，郵局的附條上說明了他已經遷走，沒有留下轉寄地址。

她惱火地告訴自己這和目前的情況沒有任何聯繫，而且她必須壓住火氣。但她的手卻猛地按下煙灰菸上的按鈕，讓那支菸蒂消失在架子裡面。

她抬起頭，眼睛和盯著她的祕書碰個正著，「我很抱歉，塔格特小姐，我真不知道該怎麼辦才好。」這分明是在絕望地懇求了，「我不敢去打攪。」

達格妮像下命令一般，藐視著辦公室內應有的禮儀，緩緩問道：「誰和達納格先生在一起？」

「我不知道，塔格特小姐。那位先生我從沒見過。」她注意到了達格妮的眼睛，突然定住，便又說，「我想是達納格先生小時候的一位朋友。」

「哦！」達格妮長吁了一口氣。

「他沒有預約就進來了，要見達納格先生，還說這次見面是達納格先生和他四十年前就約好了的。」

「達納格先生多大了？」

「五十二歲，」祕書說，她反應過來，用隨意的口吻補充道，「達納格先生十二歲就開始工作了。」

她又沉了一下，說，「奇怪的是，那個人看來連四十歲還不到，他像個三十多歲的人。」

「他告訴你名字了嗎？」

「沒有。」

「他長什麼樣子？」

祕書突然活潑地笑了，似乎要說出一番熱情的讚美之詞，但這笑容猛然間就不見了。「我不知道，」她不自在地說，「他很難形容，臉長得很奇怪。」

她們沉默了許久，時針移向了三點五十分的時候，祕書桌上的信號器響了起來——這是來自達納格辦公室的鈴聲，表示可以進去了。

她們兩個跳了起來，祕書跑上前去，安慰似的笑著趕快將門打開。

達格妮走進達納格辦公室的時候，看到她前面的來訪者出去時用的那扇小門正在關上，她聽到門和側壁碰出的響聲，以及玻璃上發出的輕微嗡嗡聲。

她從達納格的臉上看到了那個走了的人。這不是那張當初在法院的面孔，不是那張她多年來已經熟悉了的有著一成不變、刻板冷漠的表情的面孔——這是一張二十多歲的年輕人可望不可即的面孔，在這張臉上，所有緊張的痕跡全都不見了，佈滿皺紋的臉頰和額頭，以及灰白的頭髮像是被一個新的主題重新安排過，組成了一種充滿希望、迫切和清白無辜的沉靜：這個主題便是得救。

他在她進來的時候並沒有起身——他好像還沒回到此刻的現實中來，忘記了常規的禮數——但他對她笑得是如此的和善，使她不自覺地也露出了笑容。她發現自己在想，每個人其實就應該這樣來打招呼。她丟掉了焦慮，忽然踏實地感到一切都很好，所有的恐懼都無法存在。

「你好，塔格特小姐，」他說道，「原諒我，我想我讓你久等了。請坐。」他指了指桌前的椅子。

「我等沒有關係，」她說，「我很感謝你讓我來見你。我急著和你說一件十分緊急和重要的事。」

他從桌子那邊俯過身來，正如他平時聽到工作上有一件重要的事情那樣，是一副專注的神情；但她卻不是在和一個她認識的人說話，這是一個陌生人。她停下來，不知道是否應該把她準備好的話說出來。

他默默地看著她，然後說：「塔格特小姐，今天天氣多好啊——或許是今年最後一個這樣的好天氣了。

有件事我一直想做，但一直沒有時間。我們一起回紐約去吧，坐一趟環繞曼哈頓島的觀光船，最後看一眼這個世界上最偉大的城市。」

她一動不動地坐著，竭力定住她的眼睛，好讓眼前的辦公室不再搖擺。這就是那個達納格，他從來沒有過私人朋友，從來沒結過婚，從來沒看過戲和電影，除了工作以外，從來不允許任何人侵占他的時間。

「達納格先生，我來這裡想和你說的，是攸關我們今後業務的緊要大事，我是來和你談談對你的起訴案件。」

「哦，那件事啊？別為它擔心了，沒關係。我要退休了。」

她坐著不動，腦子一片空白，木然地想：在一個人聽到他所害怕但又一直不太相信的死刑判決時，是不是就是這種感覺。

她的第一個動作便是猛然地將頭轉向那扇出口的門；她嗓音低沉，嘴巴仇恨地扭曲著，問道：「他是誰？」

達納格大笑起來：「如果你猜到了這些，你就應該猜到我不會回答這個問題。」

「噢，上帝呀，達納格！」她哀嘆著，他的話讓她意識到，在他們之間已經豎起了一道絕望、死寂、沒有答案的籬笆；仇恨只是一道細細的繩子，暫時縛住了她，她奮力掙脫了出來大喊道，「噢，天啊！」

「你錯了，孩子，」他溫柔地說，「我知道你的感覺，但是你錯了，」然後似乎是想起了該有的禮節，似乎依然在兩種現實中調整著自己一般，用更為正式的語氣補充道，「抱歉，塔格特小姐，你來得太巧了。」

「我來得太晚了，」她說，「我就是為了防止它發生才來的。我知道這會發生的。」

「為什麼？」

「不管他是誰，我可以肯定你就是他的下一個目標。」

「你感覺到了？真有意思，我可沒有。」

「我是想來警告你的，想……想讓你對他做好防備。」

他笑了：「相信我說的話，塔格特小姐，這樣你就不會因為時間不湊巧而後悔得折磨你自己了：那是不可能的。」

她感到隨著時間的流逝，他正在離開，隱入遠方，令她再難以企及，不過，他們之間現在還剩了窄窄的小橋，她必須抓緊時間。她的身子向前探了探，非常平靜地開口了，緊張的情緒化成了她聲音中異常的沉穩：「你還記不記得三個小時前你的想法和感覺，你當時是什麼樣子？你還記得你的煤礦對你有什麼意義嗎？你還記得塔格特鐵路公司或者里爾登鋼鐵公司嗎？你能不能想著這些來回答我？你能不能告訴我是怎麼回事？」

「我想回答什麼就回答什麼。」

「你已經決定退休，放棄你的事業嗎？」

「是的。」

「它現在對你沒有任何意義了？」

「它現在對於我遠比以往任何時候都更加意義重大。」

「可是你打算把放棄它了。」

「是的。」

「為什麼？」

「這個，我不會回答。」

「你是那麼熱愛你的工作，尊重的只有工作，對一切漫無目標、被動，以及放棄的行為向來都看不起——你是不是放棄了你所熱愛的那種生活？」

「不，我是剛剛才發現我對它有多麼的熱愛。」

「但你打算既不工作，又沒有任何目標地生活下去。」

「你這是從何說起？」

「你打算在其他的地方做煤礦嗎？」

「不，不是煤礦。」

「那你計畫做什麼呢？」

「我還沒決定。」

「你要去哪裡？」

「這我不會回答。」

她停下來，鼓了鼓勇氣，告誡著她自己：不要去感覺，別讓他看出你有什麼感覺，別讓它把這小橋遮住和毀掉——然後，她用著同樣平靜而均勻的聲音說：「你意識到了你的退休對漢克．里爾登，對我，對我們所有留下的人都會帶來什麼影響嗎？」

「是的，我的認識比你此刻所想到的還要全面。」

「可這對你沒有任何意義？」

「它的意義比你所能相信的要大得多。」

「那你為什麼要拋棄我們？」

「你是不會相信的，我也不會去解釋，但我沒有拋棄你們。」

「我們要在這裡承受更重的壓力，而你明知道自己會眼睜睜看著我們被掠奪者毀掉，卻無動於衷。」

「別太肯定了。」

「肯定什麼？是你的無動於衷還是我們的毀滅？」

「都不是。」

「可你知道，你今天上午還知道，這是一場事關生死的戰鬥，而且是我們——你也是其中一個——去對付那些掠奪者。」

「假如我告訴你我對此很清楚、而你並不明白的話——你會認為我說的話裡面一點意義都沒有。所以你怎麼想都行，這就是我的回答。」

「你能把這意義告訴我嗎？」

「不能，這得要你自己去發現。」

「你情願把全世界拱手讓給掠奪者，而我們不是。」

「別對這兩者都那麼肯定。」

她無可奈何地沉默了。他言談間的怪異之處就是它的簡潔：他說話的樣子似乎完全是自然而然的，而且——貫穿在沒有回答的問題和悲慘的神祕之間——他給人留下的印象是再也沒有什麼祕密，而且任何神祕都沒有存在的必要了。

但就在她觀察著他的時候，她發現他快樂的平靜下面第一次發生了些許變化：她看到某種念頭讓他苦苦掙扎著；他猶豫了一下，鼓起勇氣說：「至於里爾登……你能幫我個忙嗎？」

「當然。」

「能不能請你告訴他，我……你看，我對人從來就不在乎，但他是我向來尊敬的一個人，但我今天才知道我的這種感情是……他是我唯一愛過的人……就告訴他這個，還有，我但願能夠——不，我想我能跟他說的就是這些了……他或許會因為我的離去而詛咒我……但也許他還不會。」

「我會告訴他的。」

聽到他聲音裡那黯淡和隱藏著的苦痛，她感覺到和他靠得是那樣的近，他簡直不可能會帶給她這樣的打擊——她做了最後一次努力。

「達納格先生，假如我跪下來求你，假如還有什麼我能說的——會不會……有沒有任何機會能留住你？」

「沒有。」

過了片刻，她淡淡地問：「你什麼時候走？」

「今晚。」

「你打算——」她指了指窗外的山丘——「把達納格煤炭公司怎麼處理？準備把它留給誰？」

「我不知道——也不在乎。誰也不給，或者誰都給，誰想要就要吧。」

「你不打算處置一下，或者指定由誰來接替？」

「不，為什麼要這樣呢？」

「把它交到好人的手裡。難道你都不去自己指定一個繼承人嗎？」

「我沒有任何選擇，對我來說沒有任何區別，要不要我把它都留給你？」他抓過一張紙，「如果你想的話，我現在就可以寫信指定你為唯一的繼承人。」

她不禁恐懼地搖著頭：「我可不是強盜！」

他樂了，把紙往旁邊一推，說：「你看？不管你知不知道，你的回答都是對的。不用替達納格煤炭公司擔心。無論我指定的是全世界最優秀的繼任人，還是最爛的，或者誰都不指定，都無所謂。交給人也好，任其荒蕪也好，無論現在誰來接管，結果都一樣。」

「可就這麼離開和遺棄……就這麼遺棄……一個實實在在的企業，似乎我們還處在沒有土地的遊牧部落、在叢林裡流浪的原始人時代！」

「我們難道不是這樣嗎？」他對她笑著，那笑容裡半是捉弄，半是同情。「我為什麼偏得留下一個契約或是囑咐呢？我不想幫著那些掠奪者假裝這份私人財產還存在。我完全是在依照他們建立的制度做事。他們不需要我，他們說，他們只需要我的煤炭。那就讓他們拿去吧。」

「那麼，你對他們的制度是接受了？」

「我是嗎？」

她瞧著那扇出口的門，悲傷地嘆息著：「他究竟對你做了什麼呀？」

「他告訴我，我有存在的權利。」

「我難以相信，有誰可以在三個小時之內就讓一個人徹底背離了他五十二年的生活！」

「如果你認為這就是他做的事，或者你認為他告訴了我一些無法想像的事情，我可以理解這對你來說會有多麼困惑。但他沒有。他只是說出了我所賴以生存的東西，每一個人賴以生存的東西——不能和那種人一樣，活著是去毀滅自己。」

她知道這些問題沒有什麼效果。她對他已經是無話可說了。

他看著她低垂的頭，柔聲說道：「你很勇敢，塔格特小姐，我明白你現在所做的一切和你所付出的代價。不要折磨你自己了，讓我去吧。」

她站起身來，正要開口說話——但他突然發現她的眼睛瞪著下面，上前一步，抓過了桌邊的菸灰缸。菸灰缸裡有一個印了美元符號的菸蒂。

「怎麼了，塔格特小姐？」

「這是他……是他抽的嗎？」

「誰？」

「來見你的那個人——這菸是他抽的嗎？」

「怎麼了，我不知道……我想是吧……對，我好像看見他抽過一支菸……我看看……這不是我抽的牌子，那肯定就是他的了。」

「今天辦公室還有其他人來過嗎？」

「沒有，可是為什麼，塔格特小姐？出什麼事了？」

「我能拿走這個嗎？」

「什麼？這個菸蒂嗎？」他茫然不解地瞪著她。

「是的。」

「哦，當然可以——可這是為什麼呢？」

她低頭像看著一件珠寶般地看著手掌裡的菸蒂，「我不知道……我不知道這對我有什麼用，但它是一個線索，」——她苦澀地笑笑——「能夠揭開一個祕密。」

她站在那裡，不願離去，她瞧著達納格的神色就像是最後一眼，看著一個人到另外的一個世界，有去無回。

他猜了出來，笑著伸出手，「我不說再見了，」他說，「因為我很快就會見到你。」

「哦，」她從桌子上方緊緊握住他的手，殷切地說道，「你打算回來嗎？」

「不，你會加入我的。」

$

在建築上空的黑暗中，只能隱約見到一道紅色的氣息，工廠像是在沉睡，但火爐均勻的呼吸和遠處傳送帶的脈動聲，依然顯示著它的活力。里爾登站在辦公室的窗前，兩手撐著窗框，遠遠望去，他的手擋住了半英里的建築，他像是想要把他們抓在手裡。

他看著長長的一片豎帶狀的牆，那是焦炭爐的電瓶。一道窄窄的爐門伴隨著火焰短暫的喘息滑開，一層燒紅的焦炭像是巨大的烤箱架上的一片麵包，順暢地滑了出來。靜待片刻之後，它便轟然破裂開來，碎片紛紛掉進了停在下方鐵軌上的貨車車廂。

達納格煤炭，他心想。他的腦子裡只有這幾個字，餘下的是一種孤獨感，這感覺是如此的浩大，甚至連它本身的疼痛都被這巨大的空虛吞噬了。

昨天，達格妮把她徒勞的努力和達納格的口信都告訴了他。今天上午，他聽到了達納格失蹤的新聞。在徹夜難眠的夜裡和緊張工作的白天，他對這口信的回應不斷敲擊著他的心，這答覆他將永遠沒有機會說出口了。

「我唯一愛過的人。」這話出自達納格，而他平時最親熱的表達也不過是「看這兒，里爾登」。他想：我們為什麼不去管它？為什麼我們倆只要一離開工作，就要被流放到乏味的陌生人中間，而正是他們讓我們放棄了休息、建立友誼和傾聽人類聲音的欲望？我現在能把聽我弟弟菲利普說話的一小時要回來，去給達納格嗎？是誰把接受變成了我們的職責，當成我們工作的唯一回報，讓我們忍受著陰鬱的折磨，假裝去愛那些在我們清醒時只能去蔑視的人？我們這些人為了實現目標，能夠去熔石化鐵，對於我們想從人們那裡得到的，我們為什麼從來沒有去追求過？

他努力把他想說的話塞到他的心中，他知道現在去想這些是徒勞的。但這些話留在原地，彷彿是對死者所說的一樣：不，我不怪你離開——假如你把這個問題和痛苦都一起帶走的話。你為什麼不給我一個機會告訴你……什麼？我同意那樣做？……不，但是，我既不會責備你，也不會學你的做法。

他閉上雙眼，讓他在片刻之間體會著假如他也放棄一切而離開，將會感受到的無比輕鬆。在他對自己的迷失的震驚之下，又感覺到了一絲微微的妒意。不管他們是誰，為什麼不也來找我，把那個難以拒絕的理由給我，讓我走呢？但緊接著，他從自己氣憤已極的顫抖當中明白，他會把這個企圖接近他的人殺死，在聽到那些會令他離開工廠的神祕的話語之前，他就會把他殺死。

天色已晚，他的雇員們都走了，但是他想起回家的那條路，以及等待著他的空虛夜晚就感到可怕。他感覺那個除掉了達納格的敵人，正在工廠火光之外的暗影裡等著他。他不再是刀槍不入了，但他想到，無論那是什麼，無論他從哪兒出來，他在這裡都是安全的，就像待在他身邊劃的一個火圈裡，可以將惡魔抵擋住。

他望著遠處一幢建築漆黑的窗戶上閃耀四射的白光；它們就像陽光映在水面上靜止的波紋。這是從他上面的樓頂霓虹燈反射過去的光亮：里爾登鋼鐵。他想到了那天晚上，他曾經希望在他過往的生活上方也點亮一個標誌：里爾登生命。他為什麼希望如此？想讓誰看到？

在酸楚的驚愕當中他第一次想到，他曾經有過的快樂的自豪感，來自於他對人們的尊敬。他已不再有這種尊敬。他想，他再也不希望把這標誌讓任何人看到了。

他猛地從窗前轉身離開，用粗暴的手勢一把抓起外套，想以此把自己拉回到行動的約束中。他呼地一下把雙層外套披在身上，勒緊了皮帶，然後在走出辦公室的時候，飛快地用手將燈匆匆關上。

他把門拉開——然後停住了。在昏暗的外面房間角落裡，還亮著一盞檯燈。那個坐在桌沿、不經意而又耐心地等著他的人，正是法蘭西斯可．德安孔尼亞。

里爾登怔在那裡，法蘭西斯可沒有動，露出一絲感到有趣的笑意，里爾登頓時感覺到，這像是兩個密謀者在面對彼此心照不宣的祕密時所交換的眼色。這只是一眨眼的工夫，快得不容再想，因為他覺得法蘭西斯可一見到他進來就站起了身，動作禮貌而恭敬。這動作極其鄭重其事，沒有絲毫的放肆——但又強調著一種親密感——他沒有開口打招呼或解釋什麼。

里爾登聲音嚴厲地問：「你在這裡幹什麼？」

「我想你今晚可能想見我，里爾登先生。」

「為什麼？」

「和你在辦公室待這麼晚的原因是一樣的。你不是在工作。」

「你在這裡坐了多久？」

「一兩個小時吧。」

「你怎麼不敲我的門？」

「你會允許我進去嗎？」

「現在問這個問題已經太晚了。」

「我還是走吧，里爾登先生？」

里爾登一指他辦公室的門，說：「進來。」

里爾登打開辦公室的燈，控制著自己不要著急，他想他不能感情用事，但卻感到生活的色彩，在一種他說不出的緊張的安靜期待的情緒中，回到了他的身體裡。他清醒地告誡著自己：小心。

他坐在桌邊上，抱起手臂，看著依然恭敬地站在他面前的法蘭西斯可，然後帶著一股冷冷的笑意問：「你來這裡幹什麼？」

「我的回答你可能不愛聽，里爾登先生，你不會向我或向你自己承認你今晚感到多麼的孤獨。你不必問我，也不必去否認它。不管怎麼樣，你既然清楚，就還是接受它吧：我瞭解這些。」

里爾登像是被拉緊的彈簧，一邊是對於魯莽無理的惱怒，另一邊則是對於坦率的欣賞，他回答說：「如果你希望的話，我會承認。你瞭解這些又跟我有什麼關係？」

「因為我瞭解，並且關心，里爾登先生。在你周圍的人裡面，只有我是這樣。」

「你憑什麼關心？我為什麼今晚會需要你的幫助呢？」

「因為譴責一個對你最有意義的人是很不容易做到的。」

「如果你離我遠一點的話，我就不會譴責你。」

法蘭西斯可的眼睛微微睜大了一點，然後咧嘴一笑，說：「我說的是達納格先生。」

一時間，里爾登簡直像是要賞自己的耳光，隨即輕聲笑了笑，說：「好吧，坐。」

現在，他等著看法蘭西斯可會怎麼來利用這個機會，但法蘭西斯可無聲地聽從了他的安排，臉上的笑容居然像孩子一樣：是勝利和感激交織在一起的神情。

「我不責備達納格。」里爾登說。

「你不？」這兩個字似乎是落在了單一的重音上：說得非常輕，幾乎是小心翼翼的，法蘭西斯可臉上的笑容不見了。

「不，我不去規定一個人應該要承受多少。假如他崩潰了的話，也用不著我去品頭論足。」

「如果他崩潰？」

「是啊，難道他沒有？」

法蘭西斯可把身體向後一靠，笑容又回到了他臉上，但那並不是快樂的微笑：「他的失蹤會使你怎麼樣？」

「我就是得更辛苦一點了。」

法蘭西斯可望著窗外在紅色的蒸汽映襯下黑煙繚繞的鋼架天橋，用手一指，說：「每一條橫樑都有承載的極限，你的是什麼？」

里爾登笑道：「這就是你害怕的嗎？你就是為這個來的？你害怕我會崩潰？你要像達格妮去挽救達納格一樣來挽救我？她想及時趕到他那裡，但卻沒能夠。」

「她去了？這我可不知道。塔格特小姐和我有許多分歧。」

「別擔心，我不會消失的。就讓他們全都放棄，全都不工作吧。我不會。我不知道我的極限，而且我也不在乎。我只知道沒有什麼能阻止我。」

「任何人都是可以被阻止的，里爾登先生。」

「怎麼阻止？」

「只要知道人的動力就可以了。」

「那是什麼呢？」

「這你應該知道，里爾登先生。你是這世上還剩下的最後一批有良心的人中的一個。」

里爾登苦澀地一笑：「怎麼稱呼我的都有，唯獨沒有這個。而且你錯了，你都不知道錯得有多離譜。」

「真的嗎？」

「我應該知道。良心？你憑什麼這麼說？」

法蘭西斯可一指窗外的工廠，說：「憑這個。」

里爾登一動不動地凝視了他許久，然後只是問了句：「什麼意思？」

「如果你想通過物質的形式來看一個抽象的原則，比如道德行為——這個就是了。看看它，里爾登先生，每一根橫樑、每一根管子、線路和閥門，都是在精心的安排下回答著這個問題：正確還是錯誤？你必須要做出選擇，而且必須是你所知道的最佳選擇——是實現你煉鋼目標的最佳選擇——然後繼續下去，擴展你的知識，更加精益求精，你的目標就成為你的價值標準。你必須根據自己的決定去行動，必須有判斷力，對頭腦做出的決定有堅持的勇氣，以及對做對、做好、做到盡善盡美的準則的最純粹和最無情的奉獻。沒有任何事情可以讓你違反你的決定，而且，無論是誰告訴你，加熱爐子的最好方法是把它用冰填滿的話，你都會把它當成是錯誤和罪惡來拒絕。數百上千萬的人，整個國家都不能阻止你生產出里爾登合金——因為你知道它無上的價值，知道這種知識帶來的力量。但里爾登先生，我感到奇怪的是為什麼你和自然打交道時用一種準則，但是在和人打交道時用的又是另外一種準則呢？」

里爾登目不轉睛地看著他，極其緩慢地問出一個問題，好像吐出這句話都會分散他的注意力一般：「什麼意思？」

「你對工廠的目標堅持是那樣明確而不動搖，但對你生活的目標為什麼不能做到同樣的堅持呢？」

「你是什麼意思？」

「你能判斷這裡的每一塊磚對煉鋼這個目的具有多大的價值，你是不是也同樣能嚴格地審查，你的工作和鋼鐵對它們所要達到的目標有多大的價值呢？你傾盡一生去煉鋼是為了達到什麼？比方說，你為什麼要用整整十年的精力去生產里爾登合金？」

里爾登轉開了視線，他肩頭微微地垂落，像是一聲放鬆和失望的嘆息：「如果你一定要問這個的話，那你就不會明白了。」

「假如我告訴你我明白，但你卻不懂——你會把我轟出去嗎？」

「反正我也應該把你轟出去——說吧，說說你是什麼意思。」

「你對約翰·高爾特鐵路感到自豪嗎？」

「對。」

「為什麼？」

「因為它是迄今為止最好的一條鐵路。」

「你為什麼要建這條鐵路？」

「為了賺錢。」

「賺錢有許多容易的方式，你為什麼要選擇最艱難的？」

「這你在詹姆斯的婚禮上已經說過了：為了用我最好的勞動成果，去交換其他人最好的勞動成果。」

「如果這就是你的目的，你達到了嗎？」

剎那間，出現了一刻沉重墜落的沉默：「沒有。」里爾登說。

「你賺到錢了？」

「沒有。」

「在你竭盡所能去創造最好的結果時，你希望因此得到獎勵還是懲罰？」里爾登沒有出聲。「從你所瞭解的正派、正直、公正的任何一個標準來看——你是不是認為你應該因此得到獎賞？」

「是的。」里爾登聲音低低地說。

「如果你反而受到了懲罰——那麼你所接受的又是什麼樣的標準？」

里爾登沒有回答。

「通常人們都認為，」法蘭西斯可說，「生活在人類社會中，要比一個人在荒島上和大自然單打獨鬥容易和安全。那麼現在無論在哪裡，有人需要，或者是使用金屬的時候，里爾登合金讓他的生活更加輕鬆了，它讓你的生活輕鬆了嗎？」

「沒有。」里爾登低聲回答。

「它讓你的生活還和生產合金之前一樣嗎？」

「不——」這個字從里爾登的嘴裡脫口而出，但他似乎又把話嚥了回去。

法蘭西斯可的聲音突然像鞭子一樣向他抽來，命令般地：「說！」

「它讓我的生活更加艱難。」里爾登悶聲說道。

「在你為約翰．高爾特鐵路上的軌道感到自豪的時候，」法蘭西斯可的聲音裡帶著抑揚頓挫的節奏，使他所說的話異常清晰，「你想起了哪種人？你是否希望看到使用這條鐵路的是和你一樣的人——是那些具有偉大創造力的人，比如艾利斯．威特，鐵路可以助他們一臂之力，讓他們獲得越來越高的成就？」

「是啊。」里爾登渴望地說。

「你是否希望看到使用這條鐵路的人雖然頭腦不及你，但和你一樣的正直完整——比如艾迪．威勒斯那樣的人——他們不會發明你那種合金，但會盡其所能，和你一樣地辛勤工作，憑本事吃飯，乘坐在你的鐵軌上，對你為他們帶來的無法同樣回報的一切，會默默地表示感謝？」

「是啊。」里爾登溫柔地說。

「你希望看到使用這條鐵路的是那些只會哀求的無賴嗎？他們從不付出任何努力，還不如一個負責把檔案歸檔的職員，卻要求有公司總裁的收入，什麼都做不成，還指望你替他們買單，認為他們的空想和你的實幹同樣重要，而他們的需要比你的努力更應該得到回報；他們命令你去為他們服務，要求你生活的目標就是為他們服務，要求你在他們的無能面前，去做一個沒有聲音、沒有權利、沒有薪水、沒有酬勞的奴隸。他們宣稱，你所具有的天才註定了你就是奴隸，而他們具有的無能的風度讓他們生來就是統治者，你所有的只能是付出，而他們所有的只能是索取，你有的只能是生產，而他們的就是消費；你不會得到報酬，無論是物質上的還是精神上的，無論是以財富或是認可的方式，還是以尊重或是感謝的方式——這樣一來，他們就可以坐在你的鐵軌上，對你譏笑和謾罵，因為他們什麼都不欠你，甚至連摘下你為他們付錢買的帽子都不幹。這是你想要的嗎？你會為此感到自豪嗎？」

「我會頭一個去把鐵軌炸掉！」里爾登說道，他的嘴唇慘白。

「那你為什麼不去做呢，里爾登先生？在我所講的這三種人當中，哪一種是被毀掉的，而哪一種在今天正用著你的鐵軌？」

在長長的沉默當中，他們聽到遠處工廠傳來的金屬的心跳聲。

「我說的最後一種人，」法蘭西斯可說，「是任何一個把別人勞動得來的每一分錢都占為己有的人。」里爾登沒有回答；他正望著遠方黑黑的視窗裡映出的霓虹燈標誌。

「你對你從不局限自己的忍耐力感到驕傲，里爾登先生，因為你認為你做的是對的。可萬一你不是呢？萬一你把你的美德用於為邪惡服務，並且讓它成為一種工具，毀滅你所熱愛、尊敬和崇尚的一切呢？你在人群之中，為什麼不堅持你在煉鐵爐當中所堅持的價值準則？你不能容忍金屬合金裡存在百分之一的雜質——那麼在你自己的道德準則裡，你能容忍的又是什麼？」

里爾登呆坐不動；他內心的話像是從他一直尋找的小路上傳來的腳步聲；這些話便是他這個被害者的認可。

「你從不向大自然的困苦屈服，而是去征服它，並因此感到快樂和安慰——在落到人們的手裡以後，大家又怎麼看你呢？你從工作當中明白，人只有犯錯才應該接受懲罰——你情願去承受的又是什麼，又因為什麼呢？你這一輩子總是聽到你自己被譴責，不是因為你的缺點，而是因為你崇高的美德。你一直被嫉恨，不是因為你犯的錯誤，而是因為你取得的成就。你最引以為傲的性格裡的那些品質遭到蔑視，你因為有勇氣按自己的想法做事，並只對你自己的生命負責，就被稱為自私；你獨立的思想被稱為傲慢，你絕不妥協的正直被稱為殘酷；你因為有著探索和發現的遠見而被稱為反社會，你追求理想的力量和自我約束被稱為無情，你所具有的創造財富的巨大力量被稱為貪婪；你付出了難以想像的能量，卻被稱為寄生蟲；你在一片只有荒漠和絕望飢餓的土地上創造了富有，卻被稱為強盜；你使他們得以生存，卻被稱為剝削者。你這個在他們當中最純潔、最有良心的人被譏諷為『庸俗的物質主義者』。你是否停下來問過他們：你們憑什麼權利？憑什麼準則？憑什麼標準？沒有，你把這一切都默默忍受下來了。你向他們的規範彎下了腰，從沒有堅持過你自己。你清楚製造一顆金屬釘需要什麼樣的美德，但你卻聽任他們把你打上不道德的標籤。你清楚人和大自然打交道時需要有最嚴格的價值規範，但你卻認為和人打交道時可以不需要這樣的規範。

你就這樣毫無懷疑、糊裡糊塗地把最致命的武器留到了敵人的手上。他們的道德規範就是他們的武器。問問你自己，你對它的接受已經是多麼深入，又有著多少令人害怕的方式；問問你自己，道德價值的規範對於人的生命意味著什麼，人活著為什麼離不開它，假如他接受邪惡就是良善這樣的錯誤準則，他將會如何。要不要我告訴你，為什麼雖然你認為你應該詛咒我，卻還是被我吸引？因為我是第一個給了你全世界虧欠你的東西，給了你在和所有人打交道前就該爭取的東西：一個道德上的認可。」

里爾登忽然轉向他，然後像驚呆了似的一動也不動了。法蘭西斯可像是在危險的飛行中著陸一樣，把身體俯向前去；他的眼神很沉著，但目光中閃爍著緊張。

「你犯了大罪，里爾登先生，這罪行比他們已經告訴你的還要深重，但卻不是他們所鼓吹的那種罪。最大的罪惡就是承認本不是你的罪惡——這就是你一生都在做的事情。你為勒索支付贖金，不是由於你的惡行，卻是為了你的美德。你一直願意去承擔本不該你承擔的重荷——你的善行做得越多，它膨脹得越沉重。但是，支持人們生存的是你的美德。你自己的道德規範——你從未闡明、宣佈，或者保衛的生活準則——就是維護人們生存的準則。如果你因此而受懲罰，那麼懲罰你的人的本性又如何呢？既然你奉行的是生命的準則，那麼他們奉行的又是什麼呢？它的價值標準歸根究柢是什麼？它最終的目的又是什麼？你認為你所面對的只是一樁要侵占你財產的陰謀嗎？你既然清楚財富是怎麼來的，就該明白它更嚴重、更邪惡。你要求我指出什麼是人的原動力嗎？人的原動力就是他的道德準則。捫心自問，他們的準則是要把你引向哪裡，又會為你的目標帶來些什麼？比殺一個人更卑鄙的罪惡就是讓他接受把自殺當成是美德，比把一個人投入祭品的火爐更卑鄙的罪惡，就是要他自覺地跳進他親手做好的火爐。按照他們的說法，是他們需要你，而且不會給你任何回報。按照他們的說法，你必須養活他們，因為他們離開你就活不下去。把他們的無能和需要——是他們對你的需要——當做你受折磨的理由，想想這是多麼的無恥。你願意接受它嗎？你願意付出你無比的堅忍和巨大的痛苦，去讓毀滅你的人心滿意足嗎？」

「不！」

「里爾登先生，」法蘭西斯可的聲音鄭重而平靜，「假如你看到阿特拉斯神用肩膀扛起了地球，假如你看到他站立著，胸前淌著鮮血，膝蓋正在彎曲，雙臂顫抖，但還在竭盡最後的氣力高舉起地球，他越努力，地球就越沉重地向他的肩膀壓下來——你會告訴他該怎麼辦？」

「我……不知道。他……能怎麼樣？你會告訴他什麼？」

「聳聳肩。」

金屬的撞擊聲變得參差不齊，聽不出節奏，不像是機械在運作，倒像是某種有意識的脈動在伴隨每一次突然而強烈的響音，漸漸升高，然後戛然塌落，在齒輪微弱的呻吟聲中慢慢散盡；窗戶的玻璃不時丁丁地振鳴。

法蘭西斯可的眼睛注視著里爾登，如同是在研究彈痕累累的靶子上的子彈痕跡。這痕跡並不明顯：桌子旁邊的瘦削身體昂首挺立著，冷冷的藍眼睛什麼都不表露，凝視著遠方，只是那不屈的嘴角露出了一絲痛苦。

「接著說，」里爾登努力支撐著自己，「繼續吧，你不是還沒說完嗎？」

「我不過才剛開始。」法蘭西斯可的話音凌厲。

「你……想說什麼？」

「這一點你在我說完之前就會明白了。但首先，我想讓你回答一個問題：如果你明白自己為什麼受到壓迫，你怎麼會……」

尖厲的警報聲驟然響起，彷彿是一枚火箭帶著長長細細的尾煙騰空而去。警報聲持續了一小會兒，便降低下來，隨後，聲音便持續高低交錯地起伏著，似乎被嚇得喘不過氣，拚命想叫喊得更大聲些。這是工廠極度痛苦的尖鳴和求救的呼喊，就像一個受了傷，還勉力撐護著靈魂的身體的哭喊。

里爾登一聽到警報就躍向了門口，但發現他還是晚了一刻，因為法蘭西斯可衝在了他的前面。法蘭西斯可在一陣同樣驚愕的反應下，飛奔向大廳，拍了一下電梯的按鈕，卻片刻也不等，便從樓梯衝了下去。

里爾登跟在他的身後，看著電梯的指示燈，他們和電梯同時下到了大樓的一半。這個鐵籠子在一樓剛剛停止了抖動，法蘭西斯可已經一頭鑽了出來，向呼救的地方奔去。里爾登自認為跑得很快，但他無法跟上這個在紅光與黑暗間飛奔而過的迅疾身影，無法跟上這個他厭惡卻又仰慕不已的公子哥。

從鼓風爐側面低處的孔裡湧出的液流並沒有發出火紅的顏色，而是像日光般的白熾耀眼。它沿著地面流動，胡亂任意地蔓延分岔；它流過一片潮濕的水氣，亮閃閃得讓人想起了清晨。這是一道鐵水，它的洩漏引發了警報。

裝料已經停止，洩漏崩開了出渣口，鼓風爐的工頭被擊倒在地，昏迷不醒，白色的鐵流向外噴發，漸漸把出口撕大。人們正拚命用沙子、水槍和耐火黏土擋住放著火光、肆意擴散的鐵流，一切擋住它去路的阻礙都被它化為了嗆人的煙霧。

就在里爾登觀察事故形勢的片刻，他發現一個人影突然出現在了高爐腳下，在身後紅色火焰的映襯之中，他幾乎是中流砥柱；他看到穿著白襯衫的手臂舉起，把一團黑色的物體擲進噴發鐵水的出口裡。這個身影正是法蘭西斯可，他的動作讓里爾登簡直難以相信，居然現在還有人會這種技術。

很久以前，里爾登曾在明尼蘇達州的一個小型煉鋼廠工作，他當時做的就是在鼓風爐出鐵水時，徒手把耐火黏土扔進去，填成堤壩，封住出口。這個工作異常危險，許多人因此喪命；自從多年前發明了消防水槍之後，便不再使用這種方法了；但有些條件不好的工廠，還是在苦苦掙扎著使用過時的設備和方法。里爾登幹過這種工作，但從那以後，他就再沒有見過誰還能做這個。此刻，在蒸汽四處噴射、正在崩潰的高爐前，他看見了這個瘦瘦高高的公子哥正嫻熟地做著這一切。

里爾登立即扒掉外衣，從眼前的一個工人那裡奪過護鏡，和法蘭西斯可一起站到了爐前。刻不容緩，來不及說話、感覺和猶豫，法蘭西斯可朝他看了一眼——里爾登看到的是一張滿是髒污的面孔、黑黑的護鏡和露齒的笑容。

他們站在一條被烘烤得黏滑的泥堆上，腳旁便是流淌著的白色鐵水和噴發的爐口，向扭曲得如同在燃沸著金屬的火舌裡投擲著黏土。里爾登能感覺到的，便是彎腰、舉起、瞄準，然後向下扔出去，在它從眼前消失前，彎腰再來下一次，他腦子裡只想著要盯住手臂的方向，要救下這座高爐，同時，要留神他雙腳的危險姿勢，保護好他自己。除此以外，他什麼都覺察不到，只是對行動，對他自己的能力，對他身體的得心應手感到欣喜。同時，雖然沒有時間去看，但他的直覺跨越了他心靈的禁忌，讓他看見了一個黑色的身影，通紅的火光從他的肩膀、臂彎和帶有棱角的曲線旁照射過來，這火光像長長的聚光燈束，透過蒸汽，跟隨在一個敏捷、熟練、自信的人左右，在此之前，他只有在宴會廳的燈光和晚禮服下見過這個人。

儘管時間來不及讓他找出詞語去思考和解釋，但他知道這才是真正的法蘭西斯可，這才是他第一次看見並愛著的那個人——這樣的詞並未讓他震驚，因為他的心中沒有言語，只有快樂的感覺，像一股能量，和他自己交會在一起。

伴隨著他身體的節奏，感覺著臉上的焦烤和肩胛處的冬夜寒意，他忽然發現這就是他生命中最單純的本質：本能地拒絕屈服於災難，不可抗拒地要和它奮力鬥爭，以及憑著自己的力量能夠獲勝的感覺。他可以肯定，法蘭西斯可也有同樣的感覺，是被同樣的衝動所驅使，也正該有如此這樣的感覺，他們就應該是現在這樣——他瞧見了一張汗流滿面、全心在苦幹的面孔，而這是他所見到過的最開心的面孔。

被管子和蒸汽纏繞著的黑壓壓的高爐聳立在他們的上方；它似乎在喘息，呼出的紅色氣體籠罩在工廠的上空——而他們正在拚命地不讓它因失血而死。鐵水裡的火花在他們的腳邊四下飛濺，在無聲無息地落在他們的衣服和手上後熄滅。鐵水從已經高於他們視線的堤壩上方的缺口處，向外流得漸漸慢了。

這一切發生得太快，里爾登尚未完全明白過來就已經結束——他知道兩個瞬間：第一個是他看到法蘭西斯可的身體猛然地向前一傾，將土塊繼續放到缺口上，然後他看到突然向後的動作失去節奏沒有成功，拚命搖晃著不向前跌倒，一個身影大張著手失去了平衡，他想到，要是從這樣濕滑和搖搖欲墜的泥堆上跳過去，就意味著他們兩個人全都喪命；在第二個瞬間，他跳落在法蘭西斯可身旁，抓住了他的手臂，也同時在泥堆上搖擺不定，腳下便是白色的水窪。里爾登隨後站穩了腳跟，把他拉了回來，並且緊緊地抱著法蘭西斯可的身體待了一會兒，就像抱著自己唯一的兒子一樣。他的愛、他的恐懼和放心都在這一句話裡了：

「小心，你這個傻瓜！」

法蘭西斯可抓起一塊黏土，繼續做著。

在做完了工，裂口封住之後，里爾登覺得他手臂和腿上的肌肉痠疼，身上連動一動的力氣都沒了——儘管如此，他感覺似乎是早晨剛進辦公室一樣，迫不及待地要去解決十個新問題。他看了看法蘭西斯可，才第一次注意到他們的衣服上佈滿了燒黑的窟窿，他們的手上流著血，法蘭西斯可的太陽穴破了一塊皮，一縷紅線順著臉頰淌下來。法蘭西斯可推開眼前的護鏡，對他笑著：這笑容便是黎明。

一個一臉苦相而又粗魯無禮的年輕人跑到他面前，大叫著說：「我沒辦法呀，里爾登先生！」隨後便喋喋不休地開始解釋起來。里爾登二話不說，轉身便把他甩在了腦後。這個年輕人負責協助測量高爐的壓力，剛剛從大學畢業。

在里爾登的印象中，這種性質的事故近來發生得越來越多，原因在於他使用的礦石，但他現在能弄到礦石就不錯了，已無從選擇。他想到他的老工人總是能避免事故的發生；他們中的任何一個人都會從停料中看出問題，並知道如何防止；但他們剩下的已經不多了，他只能有什麼樣的人就雇什麼樣的人。透過身旁一縷縷繚繞的蒸汽，他看到從工廠的四面八方趕來撲堵洩漏的都是那些老工人，他們現在正排隊接受醫務人員的處置。他搞不懂這個國家的年輕人都怎麼了。不過，讓他把疑慮重新吞回到肚子裡的，是眼前這個他實在不願多看的大學生的面孔，是一股輕蔑和無言的想法，假如這就是敵人，他就沒什麼可害怕的了。所有這些念頭向他湧來，接著便消失在外面的黑暗之中；將它們抹去的便是眼前的法蘭西斯可。

他看到法蘭西斯可正向他周圍的人們下著命令。人們不知道他是誰，從哪裡來，卻都在聽著：他們知道他是個行家。看見里爾登走過來聽，法蘭西斯可話說了半截便停住了，然後大笑著說：「噢，請原諒我！」里爾登回答：「接著說吧，到目前為止，你說的都對。」

在黑暗當中走回辦公室的路上，他們彼此沒有說話。里爾登感到心中漾著一陣歡樂的笑，他想有個機會也像一個共犯那樣，朝法蘭西斯可擠個眼，表示他知道了一個法蘭西斯可不會承認的祕密。他不時向他的臉上瞧一眼，但法蘭西斯可卻不看他。

過了一陣子，法蘭西斯可說：「你救了我。」而那句「謝謝」則盡在不言之中了。

里爾登笑了出聲：「你救了我的爐子。」

他們再度恢復了沉默。里爾登覺得每走一步，腳下便越加輕快。在寒冷的空氣裡，他仰起臉，看到了寧靜的夜空，看到一顆孤星高掛在煙囪之上，那裡豎直排列著幾個大字：里爾登鋼鐵。他由衷地感到了生活的快樂。

他沒有料到的是，在辦公室的燈光下面，法蘭西斯可臉上的表情變了。他在高爐旁的火光裡看到過的東西已經蕩然無存。他原以為會看到一副得勝的樣子，看到法蘭西斯可對於從他那裡聽到過的侮辱顯出嘲諷，看到要求他道歉的神情，而里爾登會喜不自禁地馬上滿足他。然而，他看到的是一張被莫名其妙的沮喪弄得死氣沉沉的面孔。

「你受傷了？」

「不……沒有，一點也沒有。」

「過來。」里爾登將他浴室的門打開，命令說。

「你看看你自己。」

「別管，你過來。」

里爾登頭一次感覺到自己是一個長者；很高興這樣對法蘭西斯可發號施令；他感覺到一種自信、好笑和父親一般的關愛。他洗掉法蘭西斯可臉上的污垢，給他的太陽穴、手和燒傷的手肘，敷上抗感染藥和貼上繃帶。法蘭西斯可默默不語地聽從著他的擺佈。

里爾登的聲音裡帶著無比的敬重問道：「你是從哪兒學的這一手？」

法蘭西斯可聳了聳肩膀，「我就是在各種各樣的煉鋼爐旁邊長大的。」他漠然地回答。

里爾登猜不透他臉上的表情：那是非常特別的一種沉靜，彷彿有一幅他自己才知道的神祕景象牢牢地鎖住了他的眼睛，並且讓他抿緊了嘴，流露出一股淒涼、酸楚和痛苦的自嘲。

直到返回辦公室他們才再次開口說話。

「你知道，」里爾登說，「你在這裡所說的一切都是對的，但那只不過是一部分而已。另外的那部分就是我們今晚所做的事，難道你看不出來？我們可以行動起來，他們不能。所以從長遠來看，無論他們把我們怎麼樣，我們都會贏。」

法蘭西斯可沒有回答。

「聽著，」里爾登說，「我知道你的問題出在哪兒，你這輩子從來就不想真正地做一天工。我過去覺得你太自負了，但我現在明白，你根本不知道你有多麼的出色。暫時別去想你的那些財產了，來我這裡工作吧。我可以隨時讓你從一個工頭幹起。也許你不知道這會為你帶來什麼，但幾年後，你就會珍惜並管理好德安孔尼亞公司了。」

他本以為會聽到爆發出的一陣大笑，並且準備好了去爭論一番；然而，他看見法蘭西斯可的頭慢慢地搖著，似乎不相信他自己的聲音，似乎在擔心自己會忍不住同意下來。一會兒後，他說道：「里爾登先生……我想，要是能給你做一年的高爐工頭，這後半輩子不要了我都願意。但是我不能。」

「為什麼不能？」

「不要問了，這是……一件私事。」

在里爾登心目中，法蘭西斯可的形象曾經非常可憎，但又有抵擋不住的誘惑力，他光彩奪目，不知憂愁為何物。此刻他從法蘭西斯可的眼睛裡看到的，是一種平靜的、牢牢控制一切的目光，在忍耐著他所承受的折磨。

法蘭西斯可默默地伸手去取他的外套。

「你不會要走了吧？」里爾登問道。

「我是要走。」

「你不打算把要跟我說的話說完嗎？」

「今晚就不講了。」

「你想讓我回答一個問題的，是什麼？」

法蘭西斯可搖了搖頭。

法蘭西斯可的笑容像是痛苦的呻吟一般，這是他唯一的一次呻吟：「我不是想要問什麼，里爾登先生。我知道答案。」

第四章 被害者的認可

烤火雞花了三十元，香檳二十五元，繡花台布，蠟燭光裡的網狀的葡萄和藤葉彩光效果，花了兩千元；晚餐服務，加上把一位藝術家的設計用藍金兩色烤印在半透明的瓷器上面，花費兩千五百元；銀器餐具上面印有皇家氣派的月桂花環，裡面是LR字樣的姓氏縮寫，花費三千五百元。然而，據說只想到錢和錢所代表的東西便不是高雅了。

一隻農夫的木鞋，鍍了金邊，立在桌子的一角，裡面裝了金盞草，葡萄和胡蘿蔔。蠟燭插在被掏空後刻成笑臉圖案的南瓜上，桌布上面堆著葡萄乾、乾果和糖。

這是感恩節的晚餐，與里爾登共坐一桌的是他的太太、母親和弟弟。

「今晚，要感謝主對我們的賜福，」里爾登的母親說，「上帝一直恩待我們，今晚，在全國的很多地方，有些人家裡還吃不到飯，有些人甚至連家都沒有，他們當中，每天有越來越多的人失業。在這個城裡走一走，我就已經心驚肉跳了。我上星期撞見的除了露茜．賈德森還能有誰——亨利，你記得露茜．賈德森嗎？過去在明尼蘇達的時候住在我們隔壁，那時候你十二歲，她有個兒子和你差不多大。他們搬到紐約後我就和露茜斷了聯繫，算來怎麼也有二十年了。唉，我看到她現在的樣子真是嚇壞了——就是個牙全掉光了的醜老太婆，裹著一件男人的外套，在街邊乞討。我想：如果沒有上帝的恩典，我又何嘗不會如此。」

「那麼，如果要依次感謝的話，」莉莉安興高采烈地說，「我覺得我們不應該忘了新來的廚師葛特茹德，她簡直是個大師。」

「我麼，我就是老套，」菲利普說，「我只想感謝全世界最善良的媽媽。」

「噢，說到這個的話，」里爾登的母親說，「我們有這頓晚餐應該感謝莉莉安，她花了很多心思才把它弄得這麼好。她費了好幾個小時佈置桌子，這一切真的是很新穎別致。」

「最出色的是那隻木鞋，」菲利普側過頭來仔細地欣賞著說，「很有味道。只要用錢，誰都可以弄到蠟燭、銀餐具這些玩意——但這隻鞋，可是得有想法才行。」

里爾登什麼都沒說，燭光在他靜靜的臉龐上閃爍，彷彿是映照著一幅畫像；這畫像表現著一種習慣性的禮貌神情。

「你還沒碰過你的酒呢，」他的母親看著他說，「我想你應該敬酒，感謝這個國家的人民給予了你那麼多。」

「媽，亨利可沒這個心情，」莉莉安說，「我想，感恩節恐怕只是對那些心中無愧的人來說，才算是節日。」她舉起酒杯，但還沒到嘴邊就停下來問道，「你在明天的審判上不會再堅持什麼吧，亨利？」

「我會堅持的。」

她放下酒杯，說：「你要幹什麼？」

「明天你就會看到了。」

「你別夢想還能逃得過去！」

「我不知道你說我要逃避的是什麼東西。」

「你知不知道，對你提出的指控是極其嚴重的？」

「我知道。」

「你承認你把合金賣給了達納格？」

「我承認了。」

「他們可能會判你去坐十年監獄。」

「我認為他們是不會的，但的確有這種可能。」

「你有沒有看過報紙，亨利？」菲利普怪異地笑著問。

「沒有。」

「噢，你應該看看！」

「我應該嗎？為什麼？」

「你應該看看他們把你叫成什麼！」

「有意思。」里爾登說。他是指菲利普笑得很享受。

「我不明白，」他媽媽說，「監獄？你是說監獄嗎，莉莉安？亨利，你要去坐牢？」

「或許吧。」

「這太荒唐了！想想辦法呀。」

「什麼辦法？」

「我不知道，這我一點都不懂。體面的人是不能進監獄的。想想辦法，你做事向來很有主意的。」

「但不是這種事。」

「我簡直無法相信，」她的聲音像是一個被嚇壞了的嬌慣的小孩，「你這麼說可就太惡劣了。」

「他是在充英雄，媽媽，」莉莉安說道。她冷笑著轉向里爾登，「難道你不認為你這種態度沒有任何意義嗎？」

「不認為。」

「你知道，像這樣的案子……從來就不是非得要到審理這一步，是有辦法避免，有辦法把事情圓滿解決的——前提是要找對了人。」

「我不認識這樣的人。」

「瞧瞧伯伊勒，你在黑市上的那一點小動作和他相比，真是小巫見大巫，但他就夠聰明，從來不必上法庭。」

「那麼我就是不夠聰明了。」

「難道你還不認為，現在你應該根據時代的局勢來調整你自己嗎？」

「不認為。」

「好吧，既然如此，我覺得你是沒辦法假裝成某種受害者的樣子了。如果你坐牢的話，那就是你咎由自取。」

「你所說的假裝是指什麼，莉莉安？」

「哦，我明白，你認為你是在捍衛某種原則——但其實那只是你毫不現實的空想而已。你這麼做唯一的原因就是你自以為是。」

「你認為他們是正確的嗎？」

她聳聳肩膀：「我說的就是這種自負——這種對誰是誰非很看重的想法。總是在堅持自己正確，這是最讓人難以忍受的一種虛榮。你怎麼知道什麼是正確的？有誰會知道？這不過是一種自我陶醉的幻覺，你這麼喜歡炫耀自己比別人優越，會傷害到其他人的。」

他認真地看著她，顯現出極大的興趣：「如果那只是幻覺的話，為什麼會傷害到其他人呢？」

「你的這件案子只有偽善，這還用得著我指出來嗎？正因為這樣，我才覺得你的態度很荒唐。正確與否的問題和人類的生存沒有絲毫的關係，而你就是個不折不扣的人——對不對，亨利？你並不比你明天會見到的那些人強。我認為你應該記住，不要去堅持任何原則。也許在這個麻煩裡你是受害者，也許他們是和你耍了花招，可這又怎麼樣？他們這麼做是因為他們是弱者；他們抵擋不住誘惑，拿走你的合金，強占你的利潤，因為他們沒有其他的致富途徑。你為什麼要責怪他們？這只是壓力不一樣而已，是人就都是這塊料，很快就頂不住了。錢誘惑不了你，是因為你賺錢太容易了，但你經不住別的壓力，而且會一樣可恥地墮落，是不是？所以，你沒有權利對他們有任何的義憤和不平。你沒有任何道德上的優越感可以去說或者是捍衛的。如果你沒有的話，那麼進行這樣一場你必輸無疑的較量又有什麼意義呢？我覺得，如果有人能不受指責的話，或許還覺得當一名烈士可以有些滿足感。但是你——你又能去指責誰呢？」

她停頓了一下，觀察有什麼效果。除了他那種認真的興趣更濃了一些，別的什麼都沒有；他如同是被一種客觀而科學的好奇心給抓住，在聽著她說話。這可不是她預料中的反應。

「我相信你明白我的話。」她說。

「不，」他安靜地回答，「我不明白。」

「我認為你應該放棄你自身完美的幻想，你非常清楚這是一種幻想。我認為你應該學著和別人和睦相處。英雄的日子已經一去不復返了，現在是人性的社會，比你所想像的要深刻得多。人類已經不指望有人再去當聖人，或者有人因為罪過而受到懲罰。沒有誰對或是錯，我們和這些人是一個整體，我們都是人——而人是不完美的。你明天去證明他們是錯的，但你得不到任何東西。你應該要很大度地做出讓步，因為這麼做才實際。正因為是他們不對，你才應該緘口不言，他們會感激你的。自己活的同時也給人活路，給予的同時也索取，退讓的同時也進一步，這就是我們這個時代的策略——而且現在你要接受它。別跟我說什麼你比這要好得多。你知道你並非如此，我對此很清楚。」

他的目光全神貫注地盯著空中的某個地方，對她說的話全無反應；他是在回應著一個人曾對他說過的話：「你認為你所面對的只是一樁要侵占你財產的陰謀嗎？你既然清楚財富是怎麼來的，就該明白它比你想像的更嚴重、更邪惡。」

他轉頭看著莉莉安，眼裡看見的是她在他無動於衷之下徹底的失敗。她嗡嗡不絕的侮辱就像是遠方一台興奮的機器發出的聲響，遠而無力，不能觸動他內心的一絲一毫。過去三個月以來，在家裡度過的每個夜晚，他都會聽到她對他罪行的精心提醒，但他的心中毫無罪惡感。她想把恥辱當成折磨來懲罰他，而她真正施加給他的折磨則是乏味。

他想起了在韋恩．福克蘭酒店的那天上午，他曾在一瞬間發現了她的懲罰計畫的漏洞，只是沒去細想。此刻，他頭一次告訴自己，她想把不名譽的痛苦強加給他——他的名譽感才是她手裡唯一的利器；她想迫使他承認自己道德淪喪——但只有他自己的正直才會讓這判決真正有意義；她想用她的蔑視去刺痛他——但如果他不拿她的話當回事，就根本不會有任何感覺；她想用他給她造成的痛苦對他進行懲罰，並把她的這種痛苦當成瞄準他的一把槍，似乎想趁機把他的同情放大成無比的痛苦，但她唯一可以利用的，只是他的善良，他對她的關切，以及他的同情心。她唯一能利用的便是他自己品德的力量，那麼他一旦把它抽走，又會如何呢？

有無罪惡感，要看他是否認可對他判罪的法律準則。他對此並不認可；也從來就沒有認可過。為了懲罰他而說他所需要的一切道德感都來源於另一套準則，建立在另一種標準之上。他感到自己沒有罪責，沒有恥辱，沒有悔恨，沒有什麼不光彩，對她強加給他的判決，他一點都不在乎：他對她的判斷力早就不再尊重了。唯一還束縛著他的只不過是最後剩下的一點同情而已。

但她所奉行的又是什麼樣的準則？是什麼樣的準則把懲罰建立在被害者自己的道德之上？他想，這種準則所摧毀的只是遵守它的人們；這種懲罰只有正直的人才會遭受，而不誠實的人則會安然無恙。把美德降低到苦難的程度，把美德而不是惡行當成受難的根源和動力，還有誰能想出比這更可恥的嗎？假如他的確屬於她拚命讓他自責的那種壞蛋，那麼他的正直和道德也就無從談起；如果他不是的話，那麼她究竟想要做什麼呢？

依賴並利用他的美德作為折磨的工具，把被害者的寬厚當做唯一敲詐的手段去進行勒索，接受一個人的良好願望，卻把它變成毀滅對方的工具……他靜坐不動，思索著這邪惡至極的法則，感到難以置信。他靜坐不動，被一個疑問不斷地敲打著：莉莉安是否瞭解她這個計畫的真實面目？這是不是一個完全清醒的陰謀？他顫抖了；他還沒有恨她恨到相信這是真的。

他看了看她。她此時正專心地切著她面前一個大盤子上擺放的藍色李子布丁，臉龐和含笑的嘴角神采飛揚——她將銀製水果刀插入那一團藍色的火焰之中，手臂的動作熟練而得體。她穿的黑絲絨長袍的一側肩膀上，綴著帶有紅、金、褐三種秋天色彩的金屬亮片，在燭光下熠熠閃亮。

這三個月來，他感到她並未像他揣測的那樣帶著絕望對他進行報復，這使他始終難以釋懷——令他難以相信的是，她很喜歡這樣。從她的舉止中，他看不出一點痛苦的樣子。她獲得了一種嶄新的信心，似乎在家裡終於有了一種如魚得水的感覺。儘管家中的一切都是依她的口味和選擇所佈置的，她卻始終像一個聰明、勤快、帶著怨氣的高級酒店經理那樣，總是對她低主人一等的地位報以苦澀而有趣的笑容。現在笑容依然有趣，然而已經不見了苦澀。她的體重沒有增加，但她的容貌在隱約柔和的心滿意足之中，沒有了那種細微的鋒利；甚至連她的嗓音都似乎變得豐滿了。

他沒有聽到她在說些什麼；她在那團藍色火焰的最後一晃之中笑了起來，而他則坐在那裡反覆思考著一個問題：她是否瞭解？他感到肯定的是，他所發現的祕密遠遠超出了他的婚姻問題，他窺見的這一切絕對比他此刻所能想到的還要遠，在四處氾濫成災，但一旦認定誰在這樣做，就將是無可挽回的災難，他知道，只要他一念尚存，就不會相信有人真會如此。

不——他帶著自己最後的一點寬容看著莉莉安，心想——他不會相信她是這樣的。就憑她身上所具有的哪怕一點點優雅和傲氣——就憑他如同此時在她臉上所看見的開心的笑容，笑得如此的鮮活——就憑他曾經對她產生過的短暫的愛的影子——他不會宣判她是純粹的邪惡。

廚師長將一盤李子布丁推到他的面前，他聽到莉莉安在說：「在這五分鐘裡，還是在整個上個世紀，你的心思都跑哪兒去啦？你還沒回答我呢，連我說的一個字都沒聽見。」

「我聽見了，」他靜靜地答道，「我不知道你到底想表達什麼意思。」

「這算是什麼問題呀！」他母親說，「這還像個男人嗎？她是想從地獄裡把你解救出來——這就是她的意思。」

可能是這樣，他想；出於自然而然幼稚的膽怯，他們如此怨恨的目的是想要保護他，想要迫使他妥協，從而得到安全。這有可能，他想——但他明白他根本就不相信。

「你總是不被人喜歡，」莉莉安說，「這並不單單是因為某一個問題，而是由於你死也不肯讓步的態度。想在你身上下功夫的人清楚你的想法，所以他們才對你採取嚴厲的手段，而卻放過其他人。」

「哦，不，我不認為他們清楚我在想些什麼，我明天會讓他們知道的。」

「除非你讓他們知道你願意讓步和配合，否則你是沒什麼機會的。你實在太難打交道了。」

「不，我一向是太遷就了。」

「可是他們一旦把你送進監獄，」他母親說，「你這個家會怎麼樣？你想過沒有？」

「沒有。」

「你有沒有想過你會讓我們丟多大的臉？」

「媽，你明白這裡面的問題嗎？」

「不，我不明白，也不想明白。都是些骯髒的交易和骯髒的政治。所有的生意都只不過是骯髒的政治，政治也只不過是骯髒的生意。對此，我從來就沒想要去明白什麼。我不管誰對誰錯，但我認為一個男人首先要想到的是他的家庭。難道你不清楚這會為我們帶來什麼嗎？」

「不，媽媽，我不清楚，也不在乎。」

他的母親看著他，目瞪口呆。

「哎，我看你們的態度都太狹隘了，」菲利普突然說道，「你們這兒好像沒人關心這件案子更廣泛的社會意義。莉莉安，我不同意你所說的。我不明白你為什麼說是他們在對亨利耍花招，而他卻做得對。我認為他罪孽深重。媽，我可以很簡單地跟你解釋清楚這個問題，沒什麼特別的，法庭裡這樣的案子太多了。商人藉國難的機會撈錢，他們為了一己之私而違反保護全體大眾利益的規定，在極度短缺的時候，他們騙取了窮人應有的那一份，在黑市上撈油水發財。他們只是憑著赤裸裸的自私貪婪，而追求一種殘忍的、強取豪奪的反社會的做法。對此偽裝是毫無用處的，我們都知道這一點──而且我認為這令人鄙視。」

他用一種隨隨便便的即興態度說這番話，似乎是在向一群青少年解釋一個什麼顯而易見的問題一樣；他的口氣異常堅決，顯示出他的道德出發點的標準完全無庸置疑。

里爾登坐在那裡看著他，似乎是在打量頭一次發現的什麼東西一樣。一個人的聲音在里爾登的內心深處堅定、親切、毅然地迴響著：你們憑什麼權利？憑什麼準則？憑什麼標準？

「菲利普，」他沒有提高嗓門，說道，「要是你再說一遍這樣的話，你現在就會穿著這身衣服，抓著口袋裡這點錢，站到外面的大街上去。」

沒有回答，沒有聲音，沒有動靜。他發現面前這三個人呆愣著，並沒有驚愕的表情。他們臉上的驚詫不是被炸彈突然的爆炸所引起的，而是像那些一直在玩點燃的導火繩的人們。沒有尖叫，沒有抗議，沒有質疑；他們知道他是認真的，也知道它所意味的一切。一個隱隱加重的感覺告訴他，他們早在他明白之前就知道這些了。

「你……你總不會把你自己的弟弟扔到外面的大街上吧？」他的媽媽終於開了口；那不是在命令，而是懇求。

「我會的。」

「可他是你的弟弟……難道這對你沒有任何意義嗎？」

「沒有。」

「那就讓他知道。」

「也許他有時候是有些過頭，可這只是隨便說說，只是閒聊而已，他並不知道自己在說些什麼。」

「別對他那麼狠……他比你年輕，而且……而且弱小。他……亨利，別這麼看著我！我從沒見過你這副樣子……你不應該嚇著他。你知道他是需要你的。」

「他知道嗎？」

「你不能對需要你的人那麼狠心，這會讓你的靈魂今後一輩子都不安的。」

「不會的。」

「你必須寬厚點，亨利。」

「沒必要。」

「你必須有點同情心。」

「我沒有。」

「一個好人懂得如何去原諒別人。」

「我不懂。」

「你不是想讓我認為你是自私的吧。」

「我是這麼想。」

菲利普的眼睛在他們兩人之間看來看去，還以為踏在堅實的花崗石上，卻突然發現那不過是一層薄冰——此刻正在他四周裂開。

「可我……」他試了試，又停了下來；他的聲音像是在試探著冰面的腳步，「我難道沒有任何言論的自由嗎？」

「在你自己家裡可以，在我這裡不行。」

「我難道沒有堅持自己想法的權利嗎？」

「那你就要去承擔後果，而不是我。」

「你難道不能容納不同的意見？」

「不能，因為這一切都是在花我的錢。」

「難道除了錢就沒有別的了？」

「有啊，那就是這是我的錢的事實。」

「難道你不考慮任何……」他本想說「更高的」，卻改口為——「任何其他的層面嗎？」

「不。」

「但我不是你的奴隸。」

「我是你的奴隸嗎？」

「我不知道你是什麼意思——」他停住了口；他知道那是什麼意思。

「不，」里爾登說，「你不是我的奴隸，你想什麼時候離開這裡都行。」

「我……我不是這個意思。」

「我是。」

「我不明白……」

「是嗎？」

「你向來清楚我的……我的政治觀點。你以前從未反對過。」

「沒錯，」里爾登莊重地說，「假如我因此讓你產生了誤解，我應該向你解釋一下。我一直盡力不讓你覺得你是在我的施捨下生活。我認為這是你該去記得的事。我覺得任何一個接受了他人幫助的人，都知道善心是施恩者唯一的動機，也是他應該做出的回報。可是我發現我錯了。你不勞而食，而且認為感情也可以不勞而得。恰恰因為我抓住了你的喉嚨，你就認為在這個世界上，你怎麼向我吐口水都沒事。你認為我不想跟你提這些，我會因為不願意傷害你的感情而捆住自己的手腳。好吧，我們還是說穿了吧：你生活在施捨之下，早就信用無存了。我曾經對你有過的任何感情現在都已不復存在。對於你，對於你的命運和未來，我毫無興趣。我沒有任何要去養活你的理由。如果你離開我的家，你挨餓與否對我來說沒有任何區別。這就是你在這裡的位置，而且我希望你如果想在這裡待下去的話，就記住這一點。否則，就出去。」

菲利普把他的腦袋稍微向肩膀裡縮了縮，沒有絲毫的反應。「別以為我多喜歡待在這裡，」他說，聲音死氣沉沉而刺耳，「如果你覺得我開心的話，你就錯了。我會不顧一切地離開這裡。」這話說得頗有挑釁的味道，但聲音卻有些奇怪的謹慎。「如果你這麼覺得，那我最好還是走吧。」這句話是一次宣言，但說話的聲音卻在結尾處加上了一個問號，並等待著。沒有回答。「你用不著擔心我的將來，我不必靠任何人，我可以自己過得好好的。」這些話是衝著里爾登說的，但眼睛卻看著他的媽媽；她沒有說話；她不敢動一下。「我一直想自己去獨立，我一直想去紐約生活，可以靠近我所有的朋友們。」這聲音慢了下來，有了一種不帶感情色彩的反思的意味，似乎不是對著任何人說，「當然，我會在保持一定的社會地位方面碰到問題……如果我因為自己的姓氏跟一位百萬富翁有關而遭到恥笑，那不是我的錯……我需要錢，讓我能堅持個一兩年……把自己發展成能符合我的——」

「你不會從我這裡拿到錢的。」

「我沒有向你開口要，對嗎？如果我想的話，別以為我就不能從其他地方得到！別以為我離不開這裡！如果我只是替自己著想的話，馬上就會走了。但媽媽需要我，而且我一旦拋下她的話——」

「別狡辯。」

「另外，你誤解了我，亨利。我沒有說任何侮辱你的話，我不是針對任何人說的。我不過是從一個抽象的社會學角度去討論普遍的政治現象——」

「別辯解了。」里爾登說道。他正看著菲利普的臉，那張臉半低著，眼睛向上瞧著他。這雙眼睛全無生氣，像是從沒看到過任何東西；它們裡面沒有興奮的火花，沒有個人的情感；既沒有輕蔑也沒有慚愧，既沒有羞恥也沒有煎熬；它們是一對薄薄的橢圓片，對現實毫無反應，並不試圖去理解，去思考，去得出某種公正的結論——那橢圓片裡面除了陰暗、呆滯、沒有思想的仇恨之外，便是空洞無物。「別辯解了，閉上你的嘴。」

在里爾登別過臉不再看他時，他突然湧上一股憐憫。在一瞬間，他想抓住他弟弟的肩膀，使勁搖晃著他，大聲喊叫：你怎麼能這樣對待你自己？你怎麼能落到除了這些便一無所有的地步？你為什麼放手讓你自己美好而真實的存在溜走？……他看著別處，知道這是徒勞。

在厭倦的輕蔑中，他注意到桌旁的三個人都沉默不語。在過去的日子裡，他對他們的牽掛帶給他的只是他們惡意而理直氣壯的譴責。他們的這股理直氣壯現在到哪兒去了？如果他們的原則存在著哪怕一點點正義，現在便是他們捍衛正義的原則的時候。在他接受他生活中無休止的吵嚷時，他們為什麼不向他拋出那些關於他殘酷和自私的指責？是什麼讓他們一直以來那麼做？他知道他在心裡聽到的話就是答案：被害者的認可。

「別吵了，」他母親說，她的聲音裡沒有愉快，含混不清，「今天是感恩節。」

當他向莉莉安望去的時候，他從她的眼神斷定她已經盯著他看了很久：那眼神慌亂無措。

他站起身來，「現在請原諒我。」他對著整個桌子的人說。

「你要去哪裡？」莉莉安厲聲問道。

他站著，有意看了她一會兒，像是確認她將從他的回答裡聽出他的意思一樣：「去紐約。」

她跳了起來：「今晚嗎？」

「現在。」

「你今晚不能去紐約！」她的聲音並不大，但卻帶著尖叫的急迫和絕望，「你現在不能這麼做。我是說，你不能拋下你的家人。你應該好好想想保持清白了。現在你不能縱容自己去做任何你心裡清楚的墮落的事。」

憑什麼準則？里爾登心想——憑什麼標準？

「你為什麼今晚想去紐約？」

「我想，莉莉安，就是為了你想阻止我的那個原因。」

「明天是你開庭的日子。」

「我就是這個意思。」

他起身欲走，她提高了嗓音：「我不想讓你去！」他笑了。這是過去三個月來他對她第一次笑；這並不是她想看到的那種笑容。「我禁止你今晚離開我們！」

他轉身離開了房間。

坐在他汽車的方向盤後面，看著平靜冰凍的道路以六十英里的時速迎面撲來，然後鑽入車輪下，他不去想他家裡的那些事——他們臉孔的畫面也隨著路旁光禿禿的樹和零落的建築一起，被吞噬進了速度的深淵裡。路上車輛稀少，遠方駛過的城鎮燈火寥落；死氣沉沉的空曠便是節日的唯一標誌。每隔很遠才會透過霧氣看到工廠屋頂上空的一團隱約閃亮的煙霧。冷風呼嘯著掠過車身縫隙，抽打著鋼鐵車架上的帆布篷。

他腦中對家人的想法漸漸隱去，形成對照並取而代之的是他想起了他和那個華盛頓派駐到他工廠裡、綽號叫做「奶媽」的那個年輕人的會面。

在他受到起訴時，他發現這個人知道他和達納格之間的交易，但卻沒有透露給任何人。「你為什麼不把我的事向你那幫朋友告發？」他曾經問道。

那人看都沒看他一眼，率直地回答：「不想說。」

「留意這種事不就是你分內的工作嗎？」

「是啊。」

「而且，你的朋友聽到這樣的事會很高興的。」

「我知道。」

「難道你不知道這消息有多值錢嗎？而且你可以和你以前向我推薦過的那些華盛頓的朋友做成一筆巨大的交易——還記得嗎——朋友們不是總要有些『額外花費』的嗎？」那個年輕人沒答話。「這能讓你平步青雲的，別跟我說你不清楚這點。」

「我清楚。」

「那你為什麼不利用它？」

「我不想。」

「為什麼？」

「不知道。」

年輕人悶悶不樂地站在那裡，像是在躲避他內心當中的某種不解一樣，迴避著里爾登的目光。里爾登笑了起來：「聽著，你是在玩火，趁著這個阻止你變成告密者的原因還沒纏上你，趕緊去殺人吧——否則它會毀了你的仕途。」

年輕人沒有答話。

那天上午，儘管辦公大樓的其他地方都關了，里爾登依舊照常去了他的辦公室。午飯的時候，他來到軋鋼車間，驚訝地發現「奶媽」正一個人孤零零地站在角落裡瞧著工作的進行，臉上帶著孩子般的陶醉。

「你今天來這裡幹嘛？」里爾登問他，「你不知道今天放假嗎？」

「哦，我讓那些女孩走了，我來就是把一些事情做完。」

「什麼事？」

「哦，幾封信，還有……哦，嗨，我簽了三封信，削好了我的鉛筆，我知道沒必要今天做這些事，可我在家沒事幹，而且……我離開這裡就會覺得孤單。」

「你難道沒有家人嗎？」

「不……說不上。你呢，里爾登先生？難道你沒有家人？」

「我想是──說不上吧。」

「我喜歡這裡，我喜歡待在這兒……你知道，里爾登先生，我以前學的專業就是冶金。」

走開的時候，里爾登回頭瞧了一眼，發現「奶媽」像一個小孩看著他童年最喜歡的冒險故事裡的主角那樣，正在望著他的背影。上帝幫幫這個可憐的小混蛋吧──他想道。

上帝幫幫所有人吧──他駛過一個小鎮黑暗的街道，帶著蔑視的憐憫，借用了他們相信，但他從不願說的一句話。他看到在鐵架子上貼出的報紙用了頭版醒目的黑體字對著空蕩蕩的街角尖叫著：「鐵路大災難。」那天下午，他從收音機裡聽到了新聞：塔格特鐵路公司的一條主幹線，在懷俄明州的洛克蘭附近出了事故；斷裂的鐵軌使一列貨車撞到了一條峽谷的邊緣。發生在塔格特主幹線上的事故正日益頻繁起來──鐵軌磨損報廢了──就在不到十八個月之前，達格妮還在計畫重建這條鐵軌，承諾讓他坐在自己生產的鐵軌上橫跨大陸。

她用了一年時間，從各地擱棄的鐵路線上找了些舊鋼軌，修補主幹線的軌道。她費了幾個月的時間去說服詹姆斯的董事會成員們，他們堅持說全國的緊急情況只是暫時的，用了十年的鐵軌再堅持一個冬天，到春季應該沒問題，到時候，情況就會像莫奇先生所說的那樣好轉了。三個星期前，她說服他們授權採購了六萬噸新鐵軌；這區區的分量只夠在全國情況最嚴重的幾個地區修修補補，但已經是她能從他們那裡爭取到的極限。她不得不把錢從那些被嚇呆了的人們手裡搶下來：運輸的收入急劇下降，理事會的成員們愣愣地面對著詹姆斯所說的塔格特歷史上最繁榮的一年，已經開始顫抖了。她不得已訂購了普通鋼軌，弄到批准購買里爾登合金的「緊急需求」是不用指望了，也根本來不及再去求誰。

里爾登把視線從報紙的大標題移向了天邊的亮光，那裡便是遠處的紐約城；他的手不覺緊緊地握了一下方向盤。

到了市區已經是九點半。他用鑰匙打開達格妮公寓的房門走進去的時候，裡面是黑暗的。他拿起電話打到她的辦公室，她的聲音回答道：「塔格特鐵路公司。」

「難道你不知道今天過節嗎？」他問。

「嗨，漢克，鐵路上可不過節。你從哪兒打過來的？」

「從你這兒。」

「我再過半小時就忙完了。」

「沒事，待在那兒，我過去找你。」

他走進她辦公室接待處的時候，裡面一片黑暗，只有艾迪的玻璃隔板裡的燈亮著，艾迪正收拾桌子準備離開。他疑惑而驚訝地看著里爾登。

「晚安，艾迪。你們怎麼這麼忙啊——是因為洛克蘭的事故嗎？」

艾迪嘆了口氣：「是啊，里爾登先生。」

「我來找達格妮正是為了這件事——和你們的鋼軌有關。」

「她還在呢。」

他向她的門口走去，艾迪在他身後遲疑地叫道：「里爾登先生……」

他停了下來：「怎麼？」

「我是想說……因為明天你就要開庭了……而且無論他們對你怎麼樣，都會打著全體人民的名義……我只想說我……那並不是我的意願……儘管除了告訴你這個，我幫不上什麼忙……儘管我知道這也沒什麼意義。」

「這意義比你想到的要大得多，或許比我們任何一個人想到的都要大。謝謝，艾迪。」

里爾登走進辦公室的時候，達格妮從桌上抬起頭來。他看到她正注視著他一步步走近，看到她眼中的疲憊不見了。他跨坐在辦公桌邊上，她向後一仰，拂去垂在臉上的一綹頭髮，肩膀在薄薄的白上衣裡面放鬆了下來。

「達格妮，關於你訂購的鋼軌，我有些事要告訴你，我想今晚就讓你知道。」

她認真地注視著他；臉上的表情也跟隨著他一起安靜和嚴肅下來。

「我應該在二月十五日向塔格特公司交付六萬噸的鋼軌，這夠你鋪設三百英里的鐵路。在這筆貨款不變的情況下，你會收到八萬噸鋼軌，夠你鋪設五百英里。你明白比鋼更便宜更輕的材料是什麼。你的鐵軌要用里爾登合金，而不是鋼。不要和我爭，說反對還是同意就行了。我並不是在徵求你的批准。你本來是不應該批准或者知道這件事的。這件事是我做的，由我一個人來承擔後果。我們要計畫一下，讓你手下已經知道了你訂購鋼材的人不知道你收到的是里爾登合金，讓那些知道你收到里爾登合金的人不知道你沒有准購許可。我們得在帳目上做做文章，這樣的話，一旦事情敗露，除了查到我，抓不住任何人的把柄。他們也許會懷疑我賄賂了你的人，也許會懷疑你也參與了，但他們無法證實。我希望你向我保證，無論發生什麼事，你都絕不去承認。這是我的合金，如果有什麼風險的話，應該由我去冒這個險。我從接到你訂單的那天就在籌畫這件事，我已經從一個絕不會出賣我的地方訂購了生產所需的銅。我本來打算晚一點再告訴你，但我改變主意了。我想讓你今晚就知道——因為明天我就要因同樣的罪狀上法庭了。」

她聽的時候，一動也不動。他說完最後一句話時，看到她的臉頰和嘴唇抽動了一下；那並不完全是在笑，但卻是她對他全部的回答：痛苦、敬仰、理解。

隨即，他看到她的目光變得更柔弱、更痛苦、更有了幾分危險的活力——他抓過她的手腕，似乎在用他緊握的手指和嚴肅的目光，把她所需要的支援傳遞了過去——他嚴肅地說：「不要謝我——這不是什麼恩惠——我這麼做是為了讓我自己能接著工作下去，否則我就會像達納格一樣崩潰。」

她輕聲地說：「好吧，漢克，我就不謝你了。」她的語調和眼神卻明明傳達了另一個意思。

他笑了：「照我說的保證。」

她把頭一點：「我向你保證。」他鬆開了她的手腕。她依舊低著頭，又補充道，「我唯一要說的就是如果他們明天判你入獄，我就不幹了——用不著等任何毀滅者來提醒我。」

「你不會的。而且我認為他們不會判我的刑，我想他們會從輕發落，對此，我有一種假設——等我驗證以後再跟你說吧。」

「什麼假設？」

「約翰．高爾特是誰？」他笑著站了起來，「就這樣，今晚我們不再談關於我開庭的事了。你辦公室裡是不是沒有什麼東西喝呀？」

「沒有，不過我想我的交通部門經理在他櫃子的一層佈置了個小酒吧。」

「要是他沒上鎖，能不能幫我偷點喝的出來？」

「我試試。」

他站在辦公室裡，看著牆上的內特．塔格特的肖像——是一個高昂著頭的年輕人。這時，她帶著一瓶白蘭地和兩隻酒杯走了回來。他默默地將杯子倒滿。

「你知道，達格妮，感恩節是勤勞的人們為慶祝他們的勞動而設立的。」

他端起酒杯，手臂舉向那幅肖像，轉向她，轉向他自己，再舉向窗外城市的建築。

擠滿法庭的人們早在一個月前就從報紙上得知，他們要看到的這個人是一個貪婪成性的社會公敵；但他們此刻看到的卻是里爾登合金的發明人。

他聽從法官的命令站了起來。他身著一套灰西裝，有著淡藍色的眼睛和金黃色的頭髮；使他看起來冰冷執拗的並不是這些色彩，而是他的西裝散發出的如今少見的華貴簡約的氣息，是在闊綽公司森嚴豪華的辦公室裡才能見到的氣派；是他的這副文明時代的舉止，與他周圍環境的格格不入，讓他看起來冷淡。

人們從報紙上知道，他代表著冷酷富有的魔鬼；就像他們一邊讚美著純潔的情操，然後蜂擁著去看用半裸女人做海報的電影一樣——他們來這裡看他；至少魔鬼不會有誰都不相信，但誰都不敢質疑的庸俗陳腐的絕望。他們看著他的時候，已經沒有了敬仰——敬仰是他們很久以前就喪失的感情；他們好奇地圍觀，而且對那個勸他們應該去仇恨他的那個人，感到隱隱的不屑。

幾年前，他們會嘲笑他這副對財富自信滿滿的表情。但今天，法庭的窗外是石板一般灰暗的天空，預示著一個漫長難熬的冬季的第一場雪即將來臨；全國的最後一點石油就要用光了，在對冬季供應的瘋狂搶奪之下，煤礦已經力不從心。法庭裡的人們還記得，就是因為這個案子，他們已經失去了達納格。有傳言說，達納格煤炭公司的產量在一個月之內顯著下降；報紙上說，這只不過是在調整，達納格的表弟正在重組他所接管的公司。上星期，頭版報導了正在建設中的一項房屋專案所發生的災難：劣質的鋼樑倒塌，造成了四名工人的死亡；報紙上沒有提，但人們知道，這些鋼樑是伯伊勒的聯合鋼鐵公司製造的。

他們坐在法庭裡，在壓抑的靜寂之中看著這個高大的灰色身影，他們沒有抱著希望——他們漸漸地不會希望什麼了——只是冷冷地旁觀，心裡抱著模模糊糊的疑問；這疑問便是針對他們這些年來聽到的所有動聽的口號。

報紙叫囂說，國家所面臨的問題，原因正像這件案子所表明的，就是富有企業主自私的貪欲；食品短缺，溫度下降，屋頂裂縫，這都是因為有了像里爾登這樣的人；要不是因為他們破壞制度、阻礙了政府計畫的施行，早就已經實現繁榮了；里爾登這樣的人純粹就是在逐利。這最後一條不帶任何解釋和修辭，似乎「逐利」這樣的字眼已經就是終極罪惡最明顯的標籤了。

人們還記得，同樣是這些報紙，在不到兩年前曾經叫嚷著要禁止生產里爾登合金，因為它的生產者只顧滿足自己的貪念，將會危及人民的生活；他們還記得這個穿灰衣的人曾經坐了第一列火車在他自己生產的鐵軌上行駛；現在，曾因向大眾市場推出合金而被認為犯下貪婪罪行的他，因為向大眾隱瞞並保留了一部分合金，從而又以貪婪的罪狀被告上了法庭。

按照規定的程序，裁決這種類型的案件的人不是陪審團，而是經濟計畫及國家資源局指定的三名法官；規定宣稱，該裁決程序將是非正式的和民主的。為此，費城的老法院撤掉了法官席，在木製審判台上放了一張桌子來代替；這使得屋子裡有了一種主持人居高臨下來面對心智遲鈍的人們的氣氛。

作為代理起訴人的一名法官宣讀了起訴。「現在，你可以提出你的申辯請求。」他宣佈道。

里爾登面向審判台，聲音平穩、異常清晰地回答：

「我沒有申辯。」

「你——」法官一時張口結舌；他沒想到事情會這樣簡單。「你是想任憑本法院發落了嗎？」

「我不認為這個法庭有權審理我。」

「什麼？」

「我不認為這個法庭有權審理我。」

「但是，里爾登先生，這個法庭是被專門指派來審理這種類型的犯罪的。」

「我不認為我的行為是犯罪。」

「但你已經承認，你違反了我們針對你的合金銷售所制定的管理法規。」

「我不認為你們有權管理我的合金銷售。」

「我是否應該向你指出，這裡並不需要知道你是怎樣認為的？」

「不用了，我對此完全明白，而且是在遵守。」

他注意到了屋子裡的沉寂。依照人們為了各自的利益而表現出的假惺惺的做法，他們應該認為他這樣做是完全不可理解的愚蠢；應該會出現驚訝的騷動和嘲笑；但卻沒有，他們靜靜地坐著；他們心裡明白。

「你的意思是說你拒絕服從法律？」那個法官問。

「不，我是一絲不苟地在遵守法律。你的法律規定，我的生命、我的工作，以及我的財產都可以不經過我的同意就被處理掉。很好，你現在就可以不經過我而把我處理了。我不會為自己辯護，一切申辯都是徒勞的，而且我不會裝出是在和正義的法庭交涉的假象。」

「可是，里爾登先生，法律明確規定了要給你機會去表達你的意見，並為自己申辯。」

「被帶到法庭上的囚犯之所以能夠為自己辯護，是因為他的法官認可一種客觀的正義原則的存在，這個支持著他權利的原則不能被他們所侵犯，而他則可以施行。你們用來審判我的法律認為原則根本就不存在，認為我沒有任何權利，你們對我可以為所欲為，那麼好，來吧。」

「里爾登先生，你所詆毀的法律是建立在最高的原則之上的——就是大眾權益的原則。」

「誰是大眾？它所掌握的權益是什麼？人們曾經相信，『權益』要通過道德的價值規範來定義，任何人都沒有權利去損人利己。假如現在大家相信為了他們自己的利益，可以把我隨意犧牲掉的話，假如他們相信他們只是因為想要我的財產，就可以動手奪走的話——哼，這就和強盜想的一樣了。唯一的區別就在於：強盜想做什麼是不會來問我的。」

法庭的一邊特地為從紐約趕來旁聽庭審的重要人士預留了一些座位。達格妮紋絲不動地坐在那裡，臉上只有一副嚴肅認真的神情，她仔細地聽著，心裡明白他所說的話將會決定她的生活。艾迪坐在她旁邊，詹姆斯沒有來。拉爾金向前彎著身體坐著，因恐懼而發尖的臉像動物的鼻吻一樣突出去，那上面現在充滿了歹毒的憎恨。他身邊的莫文先生則傻乎乎的還不大明白；他的害怕簡單得多；他在困惑和憤慨當中聽著，對拉爾金耳語道：「老天，他現在居然這麼做！現在他可是讓全國都認為所有的商人都成了大眾權益的敵人了！」

「是否可以這樣認為，」那位法官問，「你把你本身的利益放在了大眾利益之上？」

「我認為這種問題只有在食人族的社會才會有。」

「什麼……什麼意思？」

「我認為在一個沒有不勞而獲和相互排擠的人群裡，並不存在利益衝突。」

「是否可以這樣認為，假如大眾覺得有必要削減你的利潤，你不認為他們有這樣做的權利？」

「他們當然有了。大眾隨時都可以削減我的營利——拒絕買我的產品就行了。」

「我們是在說……其他的方式。」

「其他任何削減營利的方式都是掠奪者的方式——我就是這樣看的。」

「里爾登先生，沒有人這樣為自己辯護的。」

「我說過了我不會為自己申辯的。」

「可是這簡直是聞所未聞！你是否意識到對你的指控有多嚴重？」

「那些我根本不在乎。」

「你是否能意識到你這種態度可能導致的後果？」

「完全能夠。」

「本法庭認為，控方陳述的事實似乎沒有迴旋寬大的餘地，本法庭有權對你做出極其嚴厲的處罰。」

「請吧。」

「你再說一遍？」

「宣判吧。」

三名法官面面相覷，隨後他們的發言人轉向了里爾登，「這前所未見。」他說。

「完全是亂來，」第二個法官說，「法律要求你提交為自己的申辯，你其他的唯一選擇就是正式聲明你完全聽從法庭的判決。」

「我不會的。」

「可是你必須如此。」

「你的意思是，你希望我去做的，是某種主動自願的行動？」

「對。」

「我不主動做任何事。」

「但法律規定辯護一方的意見必須要記錄在案。」

「你是說你需要我來幫忙把這個程序合法化？」

「呃，不是……是……是完成手續。」

「我不會幫你的。」

第三個法官，也是最年輕的、作為控方的法官不耐煩地喝道：「這太荒唐和不公平了！你是不是想讓人覺得像你這樣的名人，是因為不實罪名入獄，而不必——」他收住了他的話。坐在法庭後面的一個人發出了一聲長長的噓聲。

「我是想，」里爾登莊嚴地說，「讓這個程序顯現它的本來面目。如果你要我幫忙去掩蓋——我不會幫你。」

「但我們是在給你一個機會去為自己辯護——是你拒絕了這個機會。」

「我不會假裝我還有機會，從而幫你們的忙，我不會在權利沒有得到認可的情況下，幫你們維持一種公正的樣子，我不會在最終要靠武力來說話的時候和你們辯論什麼，幫你們維持一種講道理的形象，我不會幫你們假裝在主持正義。」

「但法律是在強迫你必須主動提出申辯！」

法庭的後面傳出了笑聲。

「那就是你們的理論中的漏洞了，各位先生們，」里爾登莊重地說，「我不會幫你從裡面擺脫出來。你們可以選擇使用強制的手段和人打交道。但你們會發現，在更多的情況下，你們要依靠被你們迫害的人的主動配合。而你們的受害人將會認識到，正是你們所強求不到的屬於他們自己的意志，才讓你們得逞。我的立場始終如一，而且我會服從你們的要求。無論你們希望我怎樣，我都會在武力的脅迫下去做。假如你們判我進監獄，你們必須全副武裝地把我押進去——我不會主動進去。假如你們要罰我的錢，就必須得先沒收我的財產才能拿到罰款——我是不會主動繳的。假如你們相信有權對我進行強制——就光明正大地亮出你們的武器來。我不會幫著去掩蓋你們行為的本來面目。」

最年長的那位法官把上身從桌子那邊前傾，聲音裡帶著溫和的嘲諷：「你這麼說，好像是在堅持某種原則，里爾登先生，但實際上，你所捍衛的只是你的財產，對不對？」

「是的，那當然。我是在捍衛我的財產。你知道那代表著一種什麼樣的原則嗎？」

「你裝出一副自由鬥士的樣子，但那自由不過是為了能讓你去追逐錢財。」

「是的，那當然。我想要的就是賺錢的自由。你知道這種自由意味著什麼嗎？」

「當然，里爾登先生，你不會希望你的態度被人誤解吧，人們普遍認為你沒有社會的良知，毫不關心下屬的利益，就是為了自己的利益在工作，你不想再就此加深別人對你的印象吧。」

「我就是為了自己的利益在工作，這是我賺來的。」

他身後的人群一片譁然，卻不是憤慨，而是驚嘆。他所面對的法官們啞口無言。他繼續平靜地說下去：「不，我不希望我的態度被人誤解。我很樂於把它正式宣佈出來。我對報紙上關於我的一切事實報導完全同意——我同意的是事實，而不是評價。我就是為了自己的利益在工作——為了這個目的，我把產品賣給願意買，並且可以買的人。我不是為了他們的利益而花自己的錢去生產，他們也不是為了我的利益而花自己的錢來買我的產品；我們彼此都不會為了對方去犧牲各自的利益；我們做的是雙方同意和互惠的公平交易——我對用這種方式所賺的每一分錢都感到自豪。我很富有，對我擁有的每一分錢都很自豪。我賺錢是通過自己的努力，是通過和我做交易的每個人自願同意下的自由交換——我剛開始工作時我的雇主的自願同意，現在為我工作的人們的自願同意，我的買主的自願同意。我想把你們不敢問我的那些問題在此公開回答一下。我是不是想付給我的工人們比他們為我帶來的價值更高的報酬？我不想。我是不是想以低於我的顧客們願意出的價格賣出產品？我不想。我是不是想賠本賣出我的產品，或者是白送？我不想。假如這就是罪惡，你們可以按照你們的任何標準，隨意處置我好了。這些都是屬於我的，我像每一個正直的人所必須做的那樣，是在憑我自己的本事生活。對於我的存在，以及我必須為養活自己而工作這樣的事實，我拒絕認為是一種罪過。對於我有能力做到這一點，並且能做得很好這樣的事實，我拒絕認為是一種罪過。對於我能夠做得比大多數人更出色這樣的事實——實際上我的勞動比我鄰居的更有價值，更多的人願意付錢給我——我拒絕認為這是一種罪惡。我拒絕因為我的能力而道歉——我拒絕因為我的成功而道歉——我拒絕因為我有錢而道歉。假如這是罪惡，那就隨便吧。假如大眾發現這損害了他們的利益，就讓大眾來消滅我吧。這就是我的準則——其他的我概不接受。我本來可以告訴你，我為大家所做的一切你連想都不敢想——但我不會這樣說，因為我不想把別人的福祉作為我可以生存的通行證，也不認為他們的利益是可以霸占我的財產或毀掉我的生活的理由。我不會說其他人的利益就是我的工作目標——我自己的利益才是我的目的，而且我鄙視那些放棄自己利益的人。我可以告訴你，你沒有權利得到大眾的利益——任何人都不能用犧牲他人的方式謀求自己的利益——你一旦侵犯了一個人的權利，你也就侵犯了所有人的，一群權利無存的生靈註定會走向滅亡。我可以告訴你，除了毀滅世界之外，你不會，也不能達到任何目的——這是一切掠奪者在無人可搶之後的必然下場。這些我可以說，但我不會。我要挑戰的並不是你們的某項政策，而是你們的道義的前提。假如人真的可以通過將其他一些人變成犧牲的動物，從而獲得自己的利益，假如為了某些要靠我的血才能生存下來的東西而要求我去犧牲，要求我服務於一個遠離我之外、凌駕我之上、違反我個人利益的社會——我會斷然拒絕。我會把它當成是最卑鄙的惡魔一樣去抵制，盡我全部的力量和它抗爭。哪怕在我被殺死之前還有一分鐘，我也要和全人類去對抗到底，我會帶著自己鬥爭的信念，帶著生命有權利生存的信念去抗爭。一定不要對我有任何誤解，如果大家稱自己為公眾，相信需要有人去當犧牲品，那我就要說：公眾利益去死吧，我和它沒有絲毫關係！」

人群中爆發出一片喝彩聲。

里爾登環顧四周，比法官們還要吃驚。他看到了在極度興奮之中的笑臉，看到了渴求幫助的面孔；他看到了他們靜寂的絕望終於爆發出來；他看到了和他一樣的怒火和憤慨，在藐視的歡呼聲中得以宣洩；他看到了滿懷敬仰和希望的神情。這裡也有垂著嘴巴的年輕人和不懷好意、邋遢齷齪的女人，也就是只要在新聞影片裡看到有商人的鏡頭出現，就帶頭起鬨的那種人；對眼前的這股陣勢，他們沒有試圖去撲滅；他們鴉雀無聲。

在他望向人群時，人們從他的臉上看到了法官的威脅都無法喚起的東西：他流露出的第一縷感情。過了一陣子，他們聽到了槌子在桌上惱怒的敲打聲，和一個法官聲嘶力竭的喊叫：

「——否則我將把所有人從法庭裡肅清出去！」

轉身面向審判桌的時候，里爾登的眼睛掃過了旁聽席。他的視線在達格妮那裡略停了一下，這停留只有她感覺得出來，似乎他是在說：成功了。她本應該是很鎮靜的，只是她的眼睛已經瞪大得似乎面孔都承受不住了。艾迪在笑著，這笑容是一個男人淚水的奪眶而出。莫文先生一臉驚駭。拉爾金愣愣地盯著地板。史庫德的臉上表情木然——莉莉安也是如此。她蹺著腿坐在一排座位的盡頭，一條貂皮披肩從她的右肩膀垂到了左臀；她看著里爾登，沒有動。

在一片紛亂之中，他還是能察覺出有一絲惆悵和盼望：有一張面孔他一直希望能夠看見，他從一開始就在找，在他周圍的所有面孔之中，他更希望他的出現。但是，法蘭西斯可．德安孔尼亞沒有來。

「里爾登先生，」年紀最大的那位法官充滿了慈祥和責備，笑著張開手臂，「非常遺憾，你完全誤解了我們的意思。問題就在這裡——商人拒絕以一種信任和友誼的態度和我們接近。他們似乎把我們想像成了他們的敵人。你怎麼會說起什麼人的犧牲？是什麼使你如此的極端？我們從沒想過要奪取你的財產或是毀滅你的生命。我們沒有想要傷害你的利益。對你的卓越成就，我們完全瞭解。我們唯一的目的就是平衡一下社會壓力，為所有人主持公道。這次聽證會其實並不打算作為庭審，只是為了達成雙方的諒解和合作而進行的一次友好的談話。」

「我在槍口下是不會合作的。」

「談槍做什麼？這件事還沒嚴重到那個地步。我們完全清楚，本案主要的責任者是帶頭觸犯法律的達納格先生，他把壓力都推給了你，他為了逃避審判而失蹤就是對罪行的承認。」

「不對，我們是在平等、互惠、自願的協議下做這件事。」

「里爾登先生，」第二個法官開口說，「你可能不同意我們的一些想法，不過當一切完成的時候，我們都是在為同樣的目的而努力，是為了人民的利益。我們知道，你是鑑於煤礦的緊急情況和燃油對於大眾利益的緊要性，才忽略了法律上的技術環節。」

「不對。我是出於我個人的營利和個人利益。它對於煤礦和公眾利益所起的影響是你們要去估量的。那不是我的動機。」

莫文先生茫然地看看四周，悄聲對拉爾金說：「這簡直是瘋了。」

「噢，閉嘴！」拉爾金厲聲說。

「我相信，里爾登先生，」年紀最大的法官說，「你並不是真的認為——大家也同樣不是——我們希望把你當做犧牲品來對待。假如有誰一直因為這樣的誤解而難受的話，我們非常希望證明事情並非如此。」

法官們退了席去討論他們的判決。他們出去的時間並不長，便回到了在不安的寂靜中等待的法庭——宣佈對里爾登罰款五千元，但處罰暫緩施行。

一陣陣嘲笑夾雜在將法庭淹沒的掌聲之中。這掌聲是衝著里爾登的，嘲笑則給了法官們。

里爾登站立著不動，他沒有轉向人群，幾乎沒聽到掌聲。他站立著看那幾個法官，臉上沒有勝利，沒有得意洋洋，只有在蔑視著眼前這情景時所顯露出的沉寂的緊張，他這股痛苦的困惑幾乎就像是恐懼。他看到用極惡的暴行摧毀世界的敵人竟是如此的渺小。他感到這就像經過了長年跋涉，穿過一片片災難留下的大地，走過了規模浩大的工廠的廢墟、威力強大的發動機的殘骸、和無敵於天下的人們的屍體後，他來到了掠奪者的面前，以為會發現一個巨人——卻發現了一隻剛聽到人的腳步聲就慌忙逃竄躲避的老鼠。假如就是牠吃掉了我們，他想，那就是我們的罪過了。

猛然間，他被身邊擠過來的人群拉回到了法庭裡。他微笑著面對他們的笑臉，面對他們瘋狂的、在悲慘之中熱切盼望著的面孔；他的笑中有一絲悲傷。

「上帝保佑你，里爾登先生！」一個上了年紀、頭上裹著破舊圍巾的女人說，「難道你不能救救我們嗎，里爾登先生？他們把我們給活活地吞掉了，還說什麼他們只是針對有錢人，這根本騙不了人——你知不知道我們究竟出了什麼事？」

「你聽聽，里爾登先生，」一個像是工人模樣的人說，「是有錢人出賣了我們，告訴那些急著把什麼都扔掉的有錢的混蛋們，在他們把自己的宮殿扔掉的時候，就是在扒掉我們的皮。」

「我知道。」里爾登說。

是我們的罪過，他想。假如我們作為人類的推動者、生產者和恩人，情願讓邪惡的烙印印在我們身上，並且無聲無息地為我們的美德承受懲罰——我們還能指望這個世界有什麼「善」呢？

他看著圍在身旁的人群，他們今天為他歡呼了；他們曾經在約翰．高爾特鐵路旁為他歡呼過。但明天他們會向莫奇呼籲發佈新的規定，會在伯伊勒的鋼樑砸倒在他們的頭上後，還向伯伊勒要求得到一個免費的住房專案。他們會這麼做的，因為他們會被告知，要把他們為漢克．里爾登歡呼這回事當做一宗罪過給忘掉。

他們為什麼能夠把一生中最清醒的時刻詆毀為罪過？他們為什麼願意背叛最美好的東西？是什麼使他們相信這個世界是個罪惡的王國，絕望才是他們自然而然的命運？他說不清理由，但他知道這理由必須搞清楚。他覺得它像是法庭裡的一個巨大的問號，而他有責任去回答它。

他想，這是真正加諸在他身上的命題——去找出究竟是什麼想法，一個單純的人所能得到簡單的想法，竟使得人類接受了導致自我滅亡的教條。

$

「漢克，我不會覺得絕望了，永遠也不會了。」達格妮在庭審後的那天晚上說，「我再也不會有撤出的念頭。你證實了正義總是能行得通，總是能獲得勝利——」她停住，然後又說，「當然還要有人知道什麼是正義。」

莉莉安在第二天晚餐的時候對他說：「你贏了，對不對？」她的聲音很隨便，沒有再說別的；她如同是在研究一個謎一般地觀察他。

「奶媽」在工廠裡問他：「里爾登先生，什麼是道德的前提？」「就是會讓你有很多麻煩的東西。」這個小伙子皺了皺眉，聳聳肩膀，笑著說：「老天呀，那場演出太精彩了！你可是把他們痛打了一頓，里爾登先生！我坐在收音機旁邊，簡直是狂笑。」「你怎麼知道這是頓痛打？」「呃，就是呀，難道不對嗎？」「你能肯定？」「我當然肯定了。」「讓你肯定的就是道德的前提。」

報界一片沉默。在對這個案件給了過分的渲染之後，他們表現得像是這次開庭根本不值得關注一樣。他們在不起眼的報紙上刊登了簡短的報導，措詞溫吞，讓讀者根本看不出這個爭議事件的絲毫痕跡。

他在商場上接觸到的人，看起來想要迴避他出庭這件事。有些人絕口不提此事，轉過頭去，臉上努力地顯示出無所謂的樣子，用以掩飾一股特別的憎恨，他們似乎在害怕，只要有看他一眼的動作就會被理解為表明了某種立場。另外一些人則大膽表示：「在我看來，里爾登，你這是極其的不明智……我覺得現在絕不是樹敵的時候……我們不能再引起反感了。」

「誰的反感？」他問。

「我不認為政府會喜歡這樣。」

「你看見了那樣的後果。」

「這個，我不知道……大眾不會接受的，肯定會非常憤憤不平。」

「你看見大家對這事的態度了。」

「這個，我不知道……我們一直避免提供把柄給那些對於自私貪婪的指責——而你自己卻送給了敵人彈藥。」

「對敵人所說的你對自己的營利和財產都沒有權利，你寧願贊同嗎？」

「噢，不，不，當然不是了——可是為什麼要那麼極端呢？總是有中間立場的嘛。」

「一個你和謀害你的人之間的中間立場？」

「為什麼要這麼說？」

「我在法庭上講的，是不是事實？」

「那是會被錯誤地引用和理解的。」

「是不是事實？」

「大眾太愚鈍了，抓不住這種事情的要害。」

「是不是事實？」

「在大眾挨餓的時候，最好不要去大肆宣揚你多麼有錢。這會刺激他們把所有的東西都搶光。」

「可是告訴他們你的財產權不在你的手上，而是屬於他們的——這就會阻止他們嗎？」

「這個，我不知道……」

「我不欣賞你在法庭上所講的那番話，」另一個人說，「我的意見完全和你不一樣。從個人角度來說，我對自己能夠堅信是在為公眾利益工作，而不僅僅是為我個人而感到驕傲。我寧願認為我有一些更高的目標，而不僅僅只是在賺一天三頓飯和我那輛哈蒙德轎車。」

「對於沒有規定和控制的想法我不能苟同，」另一個說，「我同意，他們的確有些瘋狂和過頭，但——

完全沒有控制？這我無法同意。我認為還是應該有些控制，還是應該保護大眾的利益。」

「對不起，先生們，」里爾登說，「我忍不住想要搶救你們和我的腦袋。」

以莫文先生為首的一批商人，沒有對審判發表任何看法。但一周後，他們以驚人的高曝光度宣佈，他們要為失業者的孩子修建一個遊樂場。

史庫德在他的專欄裡沒有提及審判一事，但過了十天，他在一篇雜談專欄的文章中寫道：「里爾登先生對公共價值觀的一些看法可能是有感於這樣的事實，在所有的社會團體中，他在他自己的那個生意圈子裡似乎是最不受歡迎的。他那種老式的殘忍，即使對那些掠殺成性的權貴們來說，似乎也太過分了。」

十二月的一天晚上，里爾登房間窗外的街道被聖誕前夕的車流和人流擠滿，汽車喇叭聲像是從堵住的嗓子裡發出的一陣陣咳嗽——他坐在韋恩．福克蘭酒店的客房裡，正在跟一個比厭倦或恐懼更可怕的敵人鬥爭；和人的交往讓他感到極度的厭惡。

他如同被鎖在椅子上和房間裡，一點也不想到城裡的街上走走，一動也不想動，只是坐著。幾個小時以來，他一直在努力讓自己忘掉那種思鄉般的牽掛：他知道，他唯一想去見的那個人就在這裡，就在這家酒店，就在高出他幾層的房間裡。

他發現自己在過去的幾周內，無論是進入還是離開這家酒店，總是徒勞地在大廳的郵件櫃台或報架前徘徊，望著匆匆的人流，希望從中能發現法蘭西斯可．德安孔尼亞。他發現自己在韋恩．福克蘭酒店的餐廳獨自吃著晚餐，眼睛一直盯著入口處的簾子。此刻，他發現自己坐在房間內，腦子裡在想著他們之間只有幾層樓的距離。

他站了起來，發出憤然自嘲的嗤笑；他想，他正在扮演的就像是一個等電話的女人，強忍著不先採取行動，以結束這種煎熬。他心想，如果他就是要去見法蘭西斯可的話，就沒有任何理由不去。但當他告訴自己要去的時候，他從自己強烈的解脫中，感覺到自己的妥協存在著某些危險。

他向電話走了過去，想打電話到法蘭西斯可的套房，但又停了下來。這不是他想要做的；他想不打招呼，就這麼走進去，如同法蘭西斯可走進他的辦公室一樣；似乎這樣才能夠顯示出他們給予彼此未聲明的特權。

走向電梯的時候，他想：他不會在的，或者如果他在的話，也許是和什麼鶯鶯燕燕正在調情，那你就是活該了。但這念頭似乎難以令人相信，他無法把它與自己親眼見到的站在爐口的那個人聯繫起來——他信心十足地站在電梯裡，抬頭向上望著——他信心十足地走在走廊裡，感覺到他的苦楚化解成了歡快——他敲響了房門。

法蘭西斯可叫道：「進來！」聽起來顯得草率而漫不經心。

里爾登打開門，便呆立在了門口。地板的中央擺放著一座酒店裡最昂貴的人造絲燈罩檯燈，它投射出的一圈光亮照在周圍一片寬幅的草稿紙上。法蘭西斯可的袖子高高挽起，臉上垂掛著一縷頭髮，他支著手肘趴在地上，嘴裡咬著一根鉛筆，正入神地琢磨著眼前百思不得其解的難題。他沒有抬頭，似乎忘記了敲門這回事。里爾登仔細地看了看設計圖：它看起來像是熔爐的某一部分。在吃驚的好奇當中，他站住端詳起來；如果他能夠把他自己對法蘭西斯可的印象還原到現實當中的話，這就是他所見到的情景：一個企圖心十足的年輕工人專心做著艱巨工作的身影。

過了一陣子，法蘭西斯可抬了抬頭，頓時，他的身體猛地抬起，變成了跪著的姿勢，臉上露出了難以置信的笑容，看著里爾登。隨即，他一把抓過設計圖，低著頭，忙不迭地把它們扔到一旁。

「我打擾你了嗎？」里爾登問。

「沒什麼，進來吧。」他高興地露齒笑了。里爾登突然很確定地感覺到，法蘭西斯可也在等待著，而且對等來的這個勝利他原本並沒有抱什麼希望。

「你在做什麼呢？」里爾登問。

「只是自己消遣罷了。」

「讓我看看。」

「不。」他站起來將設計圖踢到了一邊。

里爾登注意到，如果說他曾經討厭過法蘭西斯可在他辦公室裡的那一副反客為主的樣子，此時他自己也應該感到同樣的慚愧——因為他沒有表明來意，而是像到了家一樣，走過房間，隨隨便便地就在一張椅子裡坐了下來。

「你為什麼不繼續來做你沒做完的事？」他問。

「沒有我的幫助，你已經接著做得很出色了。」

「你是指我出庭那件事？」

「我指的就是你出庭的事。」

「你怎麼知道的？你又不在那兒。」

法蘭西斯可笑了，因為這句話等於承認了：我當時在找你。「難道你不覺得我能從廣播裡聽到它的全部過程嗎？」

「你聽了？那你聽到我把你的話從廣播裡講出來，感覺如何？」

「你沒有，里爾登先生，那不是我的話。那些難道不是你生活中一貫的信念嗎？」

「是的。」

「我只是希望你看到，你應該為生活中能有這樣的信念而自豪。」

「你能聽到它，我非常高興。」

「講得太好了，里爾登先生——只是大約晚了三代人。」

「什麼意思？」

「假如當時哪怕一個商人能有這樣的勇氣，說出他只是為了自己的利益在工作——並且是自豪地講出來——他就能把整個世界挽救過來了。」

「我還沒覺得這個世界到了不可救藥的地步。」

「它沒有，也永遠不會。可是上帝啊！它本來可以更好的！」

「嗯，我看，我們無論生在什麼時代，都必須要奮鬥。」

「是啊……你知道，里爾登先生，我建議你去弄一份你出庭時的講話紀錄，然後看一看你是不是始終完全地貫徹它。」

「你是說我沒有？」

「你自己看吧。」

「我知道，在工廠我們被打斷的那天晚上，你有很多話要對我說。你為什麼不把要說的話說完呢？」

「不，時候還太早。」

法蘭西斯可的舉止之間，像是並不覺得這次登門拜訪有什麼不尋常的地方，似乎是處之泰然——一如他在里爾登面前所表現出的樣子。但里爾登注意到，他並不像是希望自己這麼平靜；他在房間裡來回走著，似乎將他不願坦白的一種情緒釋放了出來；他忘記了那盞燈，它是房間裡唯一的光亮，依舊擺放在地上。

「你在通向發現的道路上承受了非常大的打擊，是不是？」法蘭西斯可說，「你對你的那些商人同行們的表現有何感想？」

「我覺得這是意料之中的。」

法蘭西斯可的聲音中充滿了憤慨：「十二年了，我還是不能夠對此視若無睹！」這句話聽起來極不情願，彷彿他是在壓抑著感情，從嘴裡擠出了這幾個字。

「十二年——自從什麼時候？」里爾登問。

在片刻的停頓後，法蘭西斯可還是平靜地回答道，「自從我明白那些人做的都是些什麼，」他又添了一句，「我知道你此時的處境……以及今後將會出現的情況。」

「謝謝。」里爾登說。

「謝什麼？」

「謝謝你這麼沉得住氣。不過別為我擔心，我還能經受得住……你知道，我來這兒不是為了要談論我自己，甚至不是想談那次的開庭。」

「只要能讓你來這裡，你說什麼我都會同意的。」他帶著禮貌的玩笑語氣說；但這語氣掩飾不住；他說的是心裡話。「你想談的是什麼？」

「你。」

法蘭西斯可怔住了。他看了里爾登一會兒，輕聲回答說：「好吧。」

假如里爾登的感受能夠擺脫他內心的抑制，直接轉化成言語，他就會大叫出來：別讓我失望——我需要你——我在和他們所有的人抗爭，我已經奮鬥到了極限，而且註定還要奮鬥下去——我需要這個我唯一能夠信任、尊敬和欽佩的人，他的頭腦是我僅有的武器。

但他卻說得平靜而極其簡單——這一番直率和並不單純出自理性的話，顯得十分真誠，以至於聽者也顯得同樣誠懇，如此的語氣便是他們二人在一起時的唯一流露——「你知道，我認為一個人對他人所犯的真正的道德罪行，是用他的言語或行動去製造一種矛盾的印象，一種不可能，一種非理性，從而動搖被他所傷害的人的理性觀念。」

「不錯。」

「如果說，你正是讓我陷入了這樣一種困境當中，你能不能幫我回答一個私人方面的問題？」

「我試試看吧。」

「我都沒必要和你說了——我認為你是知道這個問題的——你是我遇到過的心智最高的人。我開始接受這樣一個雖然不對，但至少是可能的事實，那就是你不願意把你偉大的才華在當今這個世界上施展出來。但一個人出於絕望所做的事情，並不一定能反映他的性格。我一直認為人的性格只有在他追求快樂的時候，才能真正表現出來。而這就是我百思不解的地方：無論你放棄過什麼，只要你還想活著，你怎麼會熱中於把你如此有價值的生命，浪費在拈花惹草和愚蠢的享樂上？」

法蘭西斯可看著他，神情中露出一絲好笑，彷彿在說：不對吧？你不是不想談論你自己嗎？現在你不是正在承認，自己已經孤獨得將我的性格當成了頭等重要的問題嗎？

這神情融化在善意的輕聲一笑之中，似乎這個問題對他來說算不了什麼，觸及不到什麼痛苦的隱祕。

「有個辦法可以去解決每一個那樣的困境，里爾登先生。審查你的前提。」他在地上坐了下來，高興而不拘禮節地準備進行一場饒有趣味的對話，「是你自己下的結論，認為我有很高的智力嗎？」

「是的。」

「是你自己親眼看見我把時間都花在追女人上面嗎？」

「你對此從沒否認過。」

「否認？我費了好大的勁才給人造成這樣一種印象。」

「你是說這不是真的？」

「我在你眼裡是那種可憐巴巴的低劣之徒嗎？」

「我的天啊，絕對不是！」

「只有那種人才會把一輩子都用於追女人。」

「什麼意思？」

「你還記得我對於金錢和試圖顛倒因果定律的人說的那番話嗎？就是企圖用思想的成果來取代思想的那些人？哼，看不起自己的人會企圖從性刺激上尋求自尊——這是辦不到的，因為性不是原因，而是一個後果，是人對於自身價值感的表達。」

「這你得解釋一下。」

「你有沒有想過，這是同一回事？那些認為財富源自於物質而沒有智慧或意義的人，也同樣認為性是生理上的能力，獨立於人的思想、選擇或價值標準之外。他們認為是你的身體產生了一股欲望，並替你做出了選擇，就像鐵礦石可以自己把自己轉化為鐵軌一樣。他們說，愛是盲目的；性沒有道理可講，任何思想家在它面前都無能為力。但實際上，男人對於性的選擇是一種結果，集合了他最基本的理念。跟我說一個人感覺到什麼對他有性的吸引力，我就會告訴你他生活的全部哲學。讓我看看和他睡在一起的女人，我就會告訴你他對自己的評價。無論他接受過怎樣拙劣的無私美德的教育，性在所有行為當中，依然是最最自私的，這種行為唯一的目的就是讓自己得到享受——你試想一下以無私的慈善精神做這件事又會如何！這種行為不可能貶低自我，只會提升自我，只能在充滿欲望、尊重欲望的心靈之中才會有。正是這種行為促使他裸露了他的靈魂和軀體，接受他真實的自我作為他的價值標準。他總是會迷戀於可以讓他看到最真切的自我的女人，這樣的女人對他的依順能夠讓他體會——或者意會到一種自尊的感受。對自己的價值抱有驕傲的肯定的男人，會想去努力得到最極致的女人，是那種他所傾慕的、最堅強、最難征服的女人——因為只有擁有這種條件的絕代女子，而不是什麼沒腦子的蕩婦，才能給他成就感。他不是要……怎麼了？」他看到里爾登臉上顯露的凝重絕非只是對一場泛泛而論的談話感興趣而已，便問道。

「說下去。」里爾登緊張地說。

「他不是要獲取他的價值，而是要把它表現出來。他心目中的標準和他的身體欲望並不衝突。但一個自認無用的人則會被一個他所鄙視的女人吸引——因為她會反射出他自身的隱祕，她會把他從在客觀現實裡的欺騙角色中解脫出來，她會給他短暫的擁有自身價值的幻覺，讓他暫時逃離譴責他的道德規範。看看大多數人的性生活過得一塌糊塗——看看他們所堅持的、作為他們道德哲學的混亂衝突，一個接一個。愛是我們對最高價值的回應——而不是其他任何東西。讓一個人破壞掉他的價值和他對於存在的看法，讓他去聲稱，愛不是自我享受，而是自我否定；構成道德的不是自尊，而是憐憫、痛苦、軟弱或者犧牲；最高貴的愛不是出自仰慕，而是出自憐憫；回應的不是價值，而是缺陷——他就會把自己一分兩半。他的身體不會順從他，將毫無反應，使他在他聲稱愛著的女人面前疲軟無力，並把他引向他能發現的最低級的蕩婦。他的身體總是要服從他內心最深處信念的邏輯；如果他相信缺陷就是價值，他就是把存在詛咒為惡魔，並只能被惡魔所吸引。他已經詛咒了他自己，並且會感到他只配去享受墮落。他已經把美德等同於痛苦，並且會感覺邪惡成了他唯一的享樂。然後，他就會痛苦地叫喊著他的身體中有了他的頭腦不能戰勝的邪惡欲望，叫喊著性就是罪惡，真愛只不過是一種純粹的精神上的情感。然後他就會困惑，為什麼愛只是讓他感到厭煩，而性只是讓他感到羞辱。」

里爾登失神地望著某個地方，沒有意識到他把自己所想到的說了出來：「至少……我從沒有接受過這另外一種信條……我從沒有覺得賺錢是有罪的。」

法蘭西斯可沒有領會他所說的頭兩個字的含意；他笑了笑，熱切地說：「你的確看到它們是一回事了？不，你永遠也不會接受他們惡毒的信條。你無法把它強加在自己身上。如果你試圖去把性詛咒為邪惡，你仍然會違背自己的意願，以正確的道德前提為行動準則。你會被遇到過的人品最高尚的女人所吸引，總是想找個女中豪傑。你做不到自輕自賤，不相信存在就是邪惡，不相信你是絕望宇宙之中的一個無助的生命。你會終其一生根據自己的想法去改變事物，你知道，如同沒有轉變成實際行動的想法是應該遭到鄙視的空想一樣，純粹精神的愛戀也是如此——如同沒有思想的行動是傻瓜的自欺欺人一樣，性一旦脫離了人的價值準則也是如此。這是一回事，你能明白這一點，你的神聖的自尊感能明白這一點。你對自己瞧不起的女人產生不了欲望，只有那些把沒有欲望的愛吹捧為純潔的人才能產生沒有愛的欲望。但看一看，大多數的人都是被切作了兩半的生命，不斷地在二者之間搖擺。其中的一半鄙視金錢、工廠、摩天高樓和他自己的身體，他把自己對於無法想像的東西的模糊情感，奉為生活的意義和他所宣稱的美德。他絕望地叫喊，因為他對於自己尊敬的女人沒有感覺，卻發現他和自甘墮落的女人有著難以抗拒的感情。他被人們稱為理想主義者。人的另一半被稱為現實，他藐視原理、抽象概念、藝術、哲學，以及他自己的心靈，把獲取物質的東西當成存在的唯一目標——他才不去考慮它們原來是怎麼回事，他希望它們能給他帶來快感——而且他納悶為什麼得到的越多，就越覺得太少。他是那種把時間花在追女人上面的人。看看他對他自己所犯的三重罪。他不會宣稱自己需要自尊，因為他對道德價值這樣的概念嗤之以鼻；但他對自己極其貶低，因為他認為他只是一堆行屍走肉。他不會宣稱，但卻知道性是證明個人價值的實際表現。因此他竭力想通過實際的行動獲知性的根源到底為何物。他試圖從依附他的女人那裡得到一種他自身的價值——而他忘了，他選擇的女人既沒有個性和判斷力，又沒有價值標準。他告訴自己他要的只是生理上的快感——但可以看到，只不過是一星期，或是一晚，他就對他的女人沒了興趣，他看不上職業妓女，喜歡想像著自己能夠勾引到貞潔的女孩子，她為了遷就他而做出巨大的讓步。他追求卻永遠得不到的是成就感。征服一個沒有心靈的身軀能有什麼光彩？這就是你所說的花花公子，這些形容是不是符合我？」

「天啊，絕對不是。」

「那麼你用不著問我，自己就可以來判斷我這輩子做了多少勾引女人的事。」

「可是，在過去的十二年，對吧，瞧瞧你在報紙頭版上都幹了些什麼？」

「我為我能想到的最俗不可耐的浮華聚會花了很多錢，用了難以計數的大量時間讓人看到我和那類女人們在一起。至於其他的——」他頓了頓，隨後說道，「我有些朋友知道這些，但你是頭一個讓我把這事破例透露出去的人：我從來沒和那些女人們上過床，碰都沒碰過她們。」

「真是怪了，我居然相信你說的這些。」

法蘭西斯可把身體向前傾了傾，放在他身邊地上的檯燈在他的臉上投射出細碎的光亮；他的臉上是一副清白和饒有趣味的神情：「如果你願意瞧瞧那些頭版新聞，就會發現我向來是一句話都沒有說過。是那些女人們迫不及待地想上新聞，覺得讓人家看見和我在一起就是多麼浪漫的事情。除了像花花公子那樣——從被自己征服的男人的數量和名氣，來獲得她們自身的價值之外，你覺得她們還能追求別的什麼嗎？只是，它還要更虛假一些，因為她們所尋求的價值連事實都不是，不過是其他女人的印象和嫉妒而已。我就把她們想要的給了她們，但我給的只是她們表面提出來的，沒有她們所預想的做作，這種做作使她們看不到自己真正想要什麼。你覺得她們是想和我，或者隨便什麼人上床嗎？她們不可能有這樣真切誠實的欲望。她們想填滿自己的虛榮——我就滿足她們，讓她們能有機會在她們的朋友面前吹噓，能在報紙的醜聞版面上看到自己扮演著引誘的角色。可你知不知道，這和你在法庭上所達到的效果完全一樣。如果你想粉碎任何一類惡毒的欺詐——就不折不扣地照它說的辦，不要用你自己的東西蓋住它的真實面目。那些女人明白這一點，她們知道自己是否能從別人對她們的羨慕中感到任何滿足。她們和我浪漫史的公開，給她們帶來的不是自尊，而是自卑：她們每個人都明白，自己白忙了一場。假如把我拉上床就是她公開的價值標準，那她很明白她是無法依照它來生活的。我認為那些女人比地球上的其他任何人都恨我。不過，我的這個祕密很安全——因為她們每個人都覺得失敗的只是她自己，而別人都得手了，於是她就對我們的浪漫史更加的信誓旦旦，永遠不會對任何人說出真相。」

「可是你的名聲又怎麼樣了呢？」

法蘭西斯可聳了聳肩膀：「我敬重的那些人遲早都會知道真相的。其他的人嘛，」——他的臉色嚴峻了起來——「其他的人認為我真實的一面才是邪惡，還是讓他們把我看成是頭版新聞上的那副樣子吧。」

「可這一切是為什麼？你為什麼要這麼做？就是為了教訓教訓他們？」

「我才不是呢！我想讓大家都把我當成是花花公子。」

「為什麼？」

「花花公子就是花錢如流水的那種人。」

「你為什麼想要扮演這種醜陋的角色？」

「偽裝。」

「為什麼？」

「為了我自己的目的。」

「什麼目的？」

法蘭西斯可搖了搖頭：「這我還是別跟你說了。我已經和你說了一些不該說的話，剩下的部分，反正你很快就會明白的。」

「如果是不該說的話，你為什麼要告訴我呢？」

「因為……你讓我這麼多年來第一次有點性急了。」他的聲音裡又出現了竭力抑制的情緒，「因為我從不想把我的真相告訴任何人，但卻很想讓你知道。因為我知道，你和我一樣對花花公子這類人是最鄙視的。花花公子？我這輩子只愛過一個女人，現在依然如此，而且永遠都會愛著她！」他情不自禁地喊道，隨即，他聲音低低地補充了一句，「這件事我從沒向任何人承認過……連跟她都沒有承認過。」

「你失去她了嗎？」

法蘭西斯可坐在那兒，凝視著空中；過了一陣，他帶著呆板的聲音回答：「我希望沒有。」

檯燈的光線從下方射向他的面孔，里爾登看不見他的眼睛，只看到他的嘴巴堅忍地抿緊了，同時有一種奇怪的莊重的放棄。里爾登明白，這個傷口是不能再去碰了。

法蘭西斯可旋即改變了心情，說道：「噢，好吧，再一陣子就行了！」然後笑著站了起來。

「既然你信任我，」里爾登說，「那麼作為交換，我也想把我的一個祕密告訴你。我想讓你知道的是我在來這裡之前，就已經對你非常信任了，並且我以後可能還需要你的幫助。」

「你是這裡我唯一願意幫助的人。」

「我對你有很多的不理解，但我可以肯定一點：你並不是和那些掠奪者狼狽為奸。」

「我不是。」法蘭西斯可的臉上似乎是含蓄地露出一絲自嘲的笑容。

「正因為這樣，如果我告訴你，我只要有可能就還會繼續按照我的計畫，把里爾登合金出售給我選擇的客戶的話，就不擔心你出賣我了。目前我正準備生產一批訂單，相當於他們審判我的那批貨的二十倍數量。」

坐在幾步外的椅子裡，法蘭西斯可向前俯了俯身子，眉頭緊鎖，默默地看了他許久：「你認為你這樣做就是在和他們抗爭了嗎？」他問。

「不然，你把這叫什麼？合作嗎？」

「你過去為了他們而生產里爾登合金，情願丟掉自己的利潤，失去自己的朋友，餵肥了那些仗著關係來洗劫你的混蛋們，並且承受他們的虐待，只是為了能養活他們。現在，你寧願當罪犯，冒著隨時坐牢的危險——就是為了維持這個靠著被它迫害的人、靠著執法犯法才能生存下來的制度。」

「這不是為了他們的制度，而是為了那些客戶，我不能眼睜睜地讓他們落到這個制度的手裡——我想戰勝它——無論他們怎麼折磨我，我不會被他們所阻攔——就算最後只有我一個人，我也不想把這個世界拱手給了他們。目前對我來說，那個非法的訂單比整個工廠都重要。」

法蘭西斯可緩緩地搖著頭，沒有答話；隨後他問道：「這次你打算讓你的哪一位銅礦朋友有幸去告發你啊？」

里爾登笑了：「這次不會了。這一次和我打交道的人，我信得過。」

「真的嗎？是誰？」

「你。」

法蘭西斯可一下子坐正了，「什麼？」他的聲音低得幾乎成功地掩飾了他的驚訝。

里爾登笑瞇瞇的說：「你難道不知道我現在是你的客戶了嗎？這是靠了一兩個幫手和化名辦成的——不過我需要你的幫助，不要讓你手下的人太多過問此事。我需要銅，需要它按時到貨——只要能完成這次，我不在乎今後會被他們抓起來。我明白你已經對你的公司、財產和事業都漠不關心了，因為你不願意和詹姆斯以及伯伊勒這樣的強盜打交道。但是，假如你對於你教導我的一切都是認真的，假如我是最後一個能讓你尊敬的人，你就會幫我闖過去，打敗他們。我從不求人，我是在求你幫忙，我需要你，信任你。你總是聲稱你很敬佩我，好吧，如果你想要的話，我的小命現在就在你的手裡了。一批德安孔尼亞的銅此刻正在發運的途中，是十二月十五號離開聖胡安的。」

「什麼？」

這是一聲徹徹底底的驚叫。法蘭西斯可跳了起來，已經顧不上再掩飾什麼：「十二月十五號？」

「是啊。」里爾登茫然地說。

法蘭西斯可奔向了電話，「我告訴過你，不要和德安孔尼亞銅業公司做生意！」這聲絕望的喊叫一半是呻吟，一半是暴怒。

他的手朝電話伸了過去，又突然縮了回來。他緊緊抓著桌子的一邊，像是要阻止自己去拎起話筒，垂首而立，他和里爾登都不知道他就這樣站著過了多久。里爾登看到一個男人僵立著苦悶掙扎的情景，呆住了。他不知道這掙扎究竟是怎麼回事，只知道當時法蘭西斯可完全能夠避免它發生，但卻不會那樣做。

法蘭西斯可抬起頭來的時候，里爾登看到了一張臉被折磨得扭曲著，幾乎可以聽得到它痛苦的哭喊，更可怕的是，這張臉上有了一股決絕的神情，彷彿做了一個決定，而這就是決定的代價。

「法蘭西斯可……怎麼了？」

「漢克，我……」他搖著頭，停住了話，然後站直了身體，「里爾登先生，」他的聲音中帶著勇氣、絕望，以及明知無望卻仍然在懇求的特殊的尊嚴，「就算是你會咒罵我，懷疑我說的每一個字……但我向你發誓——以我所愛的女人的名義——我是你的朋友。」

三天後，里爾登在令他眩暈的失望與仇恨的震驚之中，回想起了法蘭西斯可當時的那副面孔——儘管他站在辦公室的收音機旁，想到他現在必須離韋恩．福克蘭酒店遠遠的，否則他會當場殺了法蘭西斯可，他還是忘不了這件事（從他聽到的廣播中，它一再地回到他的腦海）。他聽到，三艘德安孔尼亞公司從聖胡安開往紐約的貨船，遭到了拉格納．丹尼斯約德的襲擊，沉入了海底——它一再地回到他的腦海中，儘管他知道，對他來說，有比銅貴重得多的東西，隨著那些船一起沉了下去。

第五章 透支的帳戶

里爾登鋼鐵公司自成立以來第一次失信，訂單第一次沒有遵守承諾交貨。但到了二月十五日塔格特鐵軌交貨的日子，這一切已經對任何人都無關緊要了。

冬天在十一月最後幾天就早早到來了。人們說這是紀錄上最嚴寒的冬天，對於大雪造成的異常嚴酷的自然環境，誰也不能責怪。對於以前，他們不願意記起，那時的暴風雪可沒有像現在這樣，不受任何抵抗地肆虐，掃蕩沒有燈光的道路，吹垮沒有暖氣的屋子，也沒有阻斷火車的運行，沒有凍死數以百計的人。

達納格煤炭公司對塔格特公司的燃煤運送第一次晚了，直到十二月的最後一個星期才姍姍來遲，達納格的表弟對此的解釋是他也無能為力；他不得不把每天的工作時間減少到六個小時，才能提起工人們的士氣，他們不像他表哥達納格在的時候那樣賣力了；他說，工人們正變得越來越無精打采和打混，因為他們被以前那種嚴格的管理給累垮了；如果一些在公司工作了十年到二十年的主管和工頭們無緣無故地請辭走人，他也束手無策；儘管他新雇的管理人員比以前那些只知道奴役工人的老傢伙們更加開明，但工人們看來還是和他們之間有些摩擦，他又能有什麼辦法；他說，這不過是需要再做些調整罷了。如果計畫給塔格特公司的貨物在發貨的前夜，被全球救濟署轉而調運給了英國，他也沒辦法；這是緊急狀況，英國所有的國有工廠都關了，人民正在挨餓——而塔格特小姐簡直是不可理喻，那不過是晚交貨一天而已。

只是晚了一天，就造成裝有五十九節車廂的生菜和橘子、從加州開往紐約的三八六號貨車晚發了三天，三八六號貨車不得不在裝煤車站的支線上等候著遲遲未到的燃煤。火車一到紐約，便只好把生菜和橘子倒進東河：因為條令規定貨車裝載不能多於六十節車廂，這些果菜在加州的貨倉裡耽擱的時間太久了。加州的三家柑橘種植園主人，和帝國山谷的兩家生菜農場主人破產了，而這些事只有他們的朋友和同行才知道；沒人注意到代理紐約一家鉛業公司的經紀行的倒閉，這家經紀行積欠了向鉛業公司供貨的鉛管批發商的貨款。報紙上說，當人們挨餓的時候，用不著理會商業公司的倒閉，那些只不過是為私人營利的私人企業。

全球救濟署遠渡大西洋運送的煤，並沒送到了英國：拉格納．丹尼斯約德把它截獲了。

一月中，達納格煤炭公司對塔格特公司的燃煤輸送第二次晚到，達納格的表弟在電話中咆哮著，說他可管不了這麼多：由於缺少機械潤滑油，他的煤礦已經停工三天，對塔格特公司的煤炭供應也晚了四天。

從康乃狄克州遷到科羅拉多的昆氏滾珠軸承公司的昆先生，等了一個星期，運送他訂購的里爾登合金的貨車到達的時候，昆氏滾珠軸承公司的工廠已經關閉了。

沒人留意到密西根州一家發動機工廠的倒閉，它等待一批滾珠軸承到貨的期間，機器閒置，工人照拿工資；奧勒岡州的一家鋸木機器廠因為等待缺少的新發動機而倒閉了；愛荷華州的一家伐木場因為斷了機器供應倒閉了；伊利諾州的一家住宅承包公司因為得不到木材而破產，契約被終止，他的房屋買主們徘徊在大雪瀰漫的路上，尋覓著再也無法找到的新家。

一月底的大雪封住了通往洛磯山的路口，塔格特公司的主幹線上堆起了三十英尺高的皚皚冰雪。試圖清理鐵道的人們弄了幾個小時就放棄了：旋轉鏟雪機一個接一個地壞掉：鏟雪機在已經超過了使用壽命的過去兩年內，維修一直很不穩定。新的鏟雪機還沒送到；生產商從伯伊勒那裡得不到所需的鋼材，乾脆不幹了。

三列西行的火車困在了高高坐落在洛磯山上的溫斯頓車站支線上，塔格特公司的主幹線就是從這裡穿越科羅拉多的西北角。他們連續五天得不到任何援助。火車無法穿過暴風雪接近他們，哈蒙德製造的最後一輛卡車在山間高速公路冰凍的山坡上拋錨了。曾經是桑德斯製造過的性能最優越的飛機被派了出去，卻永遠飛不到溫斯頓車站，它們已經年久失修，無力對付風暴。

困在車上的旅客們透過密密垂落的雪網，望著外面溫斯頓那些簡陋小屋裡的燈光。第二天晚上，燈光便熄滅了。到了第三天晚上，列車上的照明、暖氣和食品已經消耗殆盡。在風雪的短暫間歇之中，密密的白網不見了，在它的身後，沒有燈光的大地和沒有星光的天空混合成了漆黑一片的空曠——旅客們能夠看到，在遙遠的南面，有一團小小的火舌正在風中晃動，那就是威特的火炬。

到了第六天上午，火車能夠開動了，順著猶他州、內華達州、加州的山路下行，車上的人們看見了沒有煙火的煙囪，和道路旁小工廠關閉的大門，它們奄奄一息，行將倒閉。

「風暴是上帝之作，」史庫德寫道，「對於氣候，沒有人能夠負社會責任。」

莫奇宣佈要控制用煤，允許每家每天供暖三小時。沒有木柴可燒，沒有鋼鐵可用於造新的爐子，沒有可用來打穿牆壁安裝新設備的工具。教授們把他們的藏書扔進用磚頭和油罐做成的暫時代用品裡焚燒，種果樹的人則焚燒他們果園裡的樹。「貧困會磨練人的精神，」史庫德寫道，「並且鑄造了社會約束力的良好結構。犧牲就是水泥，把人的磚石凝聚成為社會的宏偉大廈。」

「這個曾經堅信偉大是通過生產創造去實現的國家，現在被灌輸的是要通過貧窮去實現偉大。」法蘭西斯可在一次記者訪問中談道，但報紙對這句話隻字未提。

那年冬天唯一興隆的生意要算是娛樂業了。人們從緊縮的食品和取暖費中摳出錢來，空著肚子擠進電影院。用幾個小時去忘記自己淪落到了和動物一樣的可怕處境，顧及的只是最基本的生存需要。在一月份，莫奇下令，為節省燃料，所有的電影院、戲院、夜總會和保齡球館一律關門。「享樂並非是生存的必需。」史庫德寫著。

「你一定要學著用一種哲學的態度。」普利切特博士在講課中間，對一個突然失聲痛哭不止的年輕女學生說道。她剛剛參加完在蘇必略湖的一次自願救助安頓旅行；她目睹了一位母親抱著已經長大，卻死於飢餓的兒子的屍體。「沒有絕對，」普利切特博士說，「現實只是一個假象，那個女人怎麼知道她的兒子死了？她怎麼知道他曾經存在過？」

眼含乞求、面帶絕望的人們湧進帳篷，裡面的福音傳播者帶著得意的滿足在叫喊著人類無法對付大自然，人類的科學是欺騙，人類的思想一無是處，因為人類所犯下的驕傲的罪惡，因為他相信自己的智慧，人類受到了懲罰——只有對冥冥之中神祕力量的信仰才能保佑軌道不會出現裂縫，保佑他僅有的一輛卡車的最後一隻輪胎不會爆炸。通向這神祕的鑰匙就是愛，就是為了他人的需要所付出的愛和無私的犧牲。

伯伊勒為他人的需要做出了一個無私的犧牲。他把計畫向南大西洋鐵路公司提供的一萬噸結構鋼件賣給了全球救濟署，發往德國。「做出這個決定很不容易，」他帶著一種感傷而猶豫不決，但又充滿正義的表情，對驚恐萬狀的南大西洋公司總裁說，「但在我的權衡之下，你是個富有的公司，而德國正處於一種苦不堪言的慘境，因此我根據優先解決需要的原則做出了決定。在有疑問的情況下，必須要考慮的是弱者，而不是強者。」南大西洋公司的總裁聽說，伯伊勒在華盛頓最有影響力的朋友有一個德國供應部的朋友。但這究竟是不是伯伊勒當初的動機或者犧牲的原則，誰都說不清楚，也已經無關大局了：假如伯伊勒是一個利他主義的虔誠信徒，這件事他也會原封不動地照做的。這使得南大西洋公司的總裁啞口無言；他沒有膽量承認他對自己的鐵路比對德國的人民更加關心；他沒有膽量在犧牲的原則面前去爭辯。

整個一月份，密西西比河的水在風暴的襲擊下不斷上漲，大風把河水變成洶湧不息的流動碾磨，衝擊著擋在它道路上的一切東西。剛剛進入二月份的第一個星期，在一個雨雪交加的夜晚，南大西洋鐵路橫跨密西西比河的大橋，在一列客車通過的時候發生了坍塌。機車和前五節臥鋪車廂隨著斷裂的橋樑一起，從八十英尺的高處墜入黑暗和翻捲的漩流之中，列車的其餘部分停在了大橋殘存下來的前三個橋拱之上。

「事情不可能是兩全齊美的。」法蘭西斯可說。代表著大眾聲音的媒體對他譴責的怒吼，頓時超過了他們對河上慘狀的關注。

人們在私底下談論說，南大西洋鐵路公司的總工程師，對於遲遲得不到他需要加固大橋用的鋼材感到失望已極，六個月前就辭了工作，並告訴了公司那座大橋不安全。他曾致信紐約最大的報社，向大眾發出警告；但這封信沒有被刊登出來。有傳言說，大橋的前三個橋拱沒有坍塌是因為它們被里爾登合金的鋼件加固過了；但在公平分配法案的限制之下，鐵路只能分配到五百噸合金。

根據官方的調查結果，在密西西比河上的兩座隸屬於小型鐵路公司的大橋被廢止使用。其中的一家鐵路公司因此倒閉；另外那家停下了一條支線，將軌道拆掉，在塔格特公司的密西西比河大橋上鋪了一條鐵軌；南大西洋鐵路公司也是如此。

塔格特公司在伊利諾州貝德福特市的那座雄偉的大橋，還是內特奈爾．塔格特建造的。他曾經和政府爭執了數年之久，因為法庭根據河道運輸者的訴訟，判定鐵路是運輸行業中的破壞性競爭，因此就是對公共利益的威脅，認為橫跨密西西比河的鐵路橋是一種物體障礙，應予禁止；法庭曾命令內特奈爾．塔格特拆掉他的大橋，用船把他的乘客運過河去。他在最高法院獲得了多數的支持，打贏了那場官司。今天，他的大橋成了連通兩岸的唯一主要途徑。他的後代立下了嚴格的規矩，其他都可以不管，但要讓塔格特大橋始終保持完好的狀態。

全球救濟署經過大西洋運去的鋼材沒能送達德國，它在途中被拉格納．丹尼斯約德攔截了——但這個消息除了救濟署裡的人，外人並不知曉，因為報紙對丹尼斯約德的活動早已不再提及。

直到大家開始注意到短缺的日益嚴重，隨後像電熨斗、烤箱、洗衣機這類電器產品全都在市場上銷聲匿跡之後，才開始紛紛質疑，並且聽到了傳言。他們聽說，德安孔尼亞公司的運銅船沒有一艘能到得了美國的港口，它過不了丹尼斯約德這一關。

在霧氣重重的冬夜，水手們在碼頭上低聲談論著丹尼斯約德總是搶劫運送救濟的船隻，對銅則碰都不碰：他用船上的貨物把船鑿沉，放船員們乘救生艇逃生，但那些銅就沉入了海底。他們一提起這事，就像是在講無人能夠解釋的黑暗傳說一般；誰都不明白丹尼斯約德為什麼不把銅拿走。

在二月份的第二個星期，為了節省銅纜和電力，一紙法令規定在二十五層以上禁止使用電梯。建築的高層不得不騰空，還未粉刷的辦公隔板便在樓梯間裡立了起來。通過特別許可——在「必要需求」的名義下——還是給了幾家更大型的企業和更高級的酒店一些破例的允許。城市的上半截被砍掉了。

紐約的居民們過去從來不會注意天氣。雨雪天氣只是會令人討厭地延緩交通，在燈火通明的商店門口留下些泥水而已。人們穿著雨衣、皮衣和晚間活動的拖鞋，逆風而行，覺得風暴是城市裡的闖入者。現在，面對橫行在狹窄街道上的陣陣風雪，人們感到了隱隱的恐懼，彷彿他們自己才是臨時闖了進來的客人，風雪才是真正的主人。

「現在對我們來說反正都是一樣了，別想它了，漢克，沒關係。」當里爾登把無法交付鐵軌的消息告訴她時，達格妮說道；他一直無法解決銅的供應。「算了吧，漢克。」他沒有答聲。里爾登鋼鐵公司的首次失敗令他難以釋懷。

二月十五日夜裡，在距離科羅拉多州溫斯頓市半英里的鐵路交接處，一塊斷裂的鋼板導致機車脫了軌，而這一段本來是應該鋪設新鐵軌的。溫斯頓車站的代理人嘆了口氣，叫來了吊車；在他的路段，這不過是三天兩頭就會發生的小事故而已，他對此都快習慣了。

那天晚上，里爾登高豎起大衣領，帽子低低地斜壓在眼睛上方，踩著及膝的積雪，跋涉在賓州被人遺忘的角落裡的一座廢棄露天煤礦的礦坑周圍，指揮著他派來的卡車偷偷裝煤。這個礦不屬於任何人，也沒有人能承受得了在此採掘的成本。但一個聲音粗魯、長著一雙烏黑憤怒的眼睛的年輕人，從一個填不飽肚子的地方來到這裡，組織起一些失業的人，和里爾登談妥了運煤的條件。他們夜間開採，把煤藏在暗溝裡，他們接受現金作為酬勞，彼此不多問任何問題。他們和里爾登帶著要活下去的強烈願望，像野人一樣做著非法的交易，他們沒有權利、稱呼、合約或者保障，靠的只是相互間的理解和對承諾的絕對恪守，里爾登甚至不知道這個領頭的年輕人的名字。看著他向卡車上裝煤，里爾登在想，這個小伙子如果早生一個年代，一定會成為一個了不起的企業家；但如今，可能再過幾年他就會像不折不扣的罪犯一樣結束他短暫的一生。

那天晚上，達格妮在應付塔格特公司理事會召開的會議。

在一間堂皇考究而暖氣不足的高層會議室裡，他們圍著一張精美的桌子坐下。這些人在幾十年的職場生涯中，素來要仰仗空洞的面孔、含混的言詞和毫無瑕疵的衣著來保護自己，現在則全都走了樣，高領毛衣裹著他們的肚皮，脖子上裹著圍巾，咳嗽聲像突突的機關槍一樣此起彼伏，不時打斷談話。

她注意到吉姆失去了他平素表現出的從容。他縮著頭坐在那裡，眼睛飛快地在人們臉上轉來轉去。

從華盛頓來的一個人和他們一起坐在桌前，誰都不清楚他的確切工作和職務，但這毫無必要：他們知道他是從華盛頓來的。他是威澤比先生。他的兩鬢花白，面孔瘦長，嘴巴看起來似乎是靠著臉部肌肉的用力拉扯才能闔上；這使得他的面孔除了呆板以外，再也看不出別的表情。理事們不清楚他究竟是以來賓、顧問，還是主持人的身分出席會議；他們認為還是不知道的好。

「我看，」會議主席說道，「我們首先要考慮的問題是，我們主幹線的軌道出現了就算不說是危急，也是很惡劣的狀況——」他頓了頓，謹慎地附上一句，「而我們現有的唯一一條優質鐵路就是約翰．高爾特——我是說——里約諾特鐵路。」

另一個人等了等，看是否有別人打算接過他的話說下去，帶著同樣小心翼翼的語氣說：「如果我們考慮到設備的嚴重短缺，而且考慮到我們是把它作為一條支線來虧損營運，從而繼續損耗的話——」他停了下來，沒有把考慮到這些之後將會發生的後果說出來。

「依我看，」一個身材單薄、面色蒼白、留著一撮端正的小鬍子的人說，「里約諾特鐵路看來已經成為了公司難以支持的財政負擔——就是說，除非採取某種調整措施，就是——」他沒有說完，而是看了一眼威澤比先生。對此，威澤比先生看起來似乎並沒有留意到。

「吉姆，」主席說道，「我想你能夠把情況向威澤比先生解釋一下。」

詹姆斯的聲音依舊保持著刻意的從容，但這種從容已經是在破裂的玻璃物體上繃緊的一塊布，時而可以看見鋒利的邊緣從上面穿過。「我想，普遍認為的是，影響到全國每家鐵路的主要因素是企業裡反常的破產率。而我們都意識到了，當然，這只是暫時的，只是目前而已，它使得鐵路的情況接近了一種完全可以被稱做危急的地步。特別是塔格特運輸系統範圍內倒閉的工廠數量之多，已經對我們的整個財務結構造成了破壞。一直為我們帶來穩定收入的地區和分支系統，現在呈現實際的業務虧損。為大批量運輸所制定的火車計畫，連三家貨主都無法維持住，可是過去一直都是七家。至少，我們不能給他們提供同樣的服務;這就我們目前的費率來看……是不可能的。」他瞄了一眼威澤比先生,但威澤比先生似乎沒有看到。

「在我看來,」詹姆斯說,本來就尖銳的話在他的嗓音裡變得更尖利了,「我們貨主採取的立場是不公平的,他們大多數人一向對他們的競爭者有怨言,並且在當地通過了各種各樣的措施清除了他們特有領域內的競爭。目前,他們之中的大部分實際上都獨自占有了各自的市場,但他們卻不肯認識到,鐵路公司不能把建立在整個地區產品基礎上的運輸費率給單獨一家工廠。我們是為了他們在虧損營運,可他們卻反對任何……任何費率的上漲。」

「反對任何上漲?」威澤比先生溫和地說,裝出一副很驚訝的樣子,「這可不是他們採取的立場。」

「假如我不想相信的某些傳言是真——」主席的話還沒說完,聲音裡就已經明顯是驚恐萬分了。

「吉姆,」威澤比先生愉快地說,「我覺得我們最好還是不要再提漲費率的事。」

「我現在並沒有建議實際上漲。」詹姆斯忙說,「我提到它,只是為了說明情況。」

「可是,吉姆,」一個老者顫巍巍地說,「我以為你的影響力——我是說,你和莫奇先生的交情——會保證……」

他止住了話,因為其他的人都在嚴厲地看著他,譴責他違背了一條不成文的戒律:不能提及這樣的失利,不能談論吉姆強有力的友誼的神通廣大,或者它們為什麼不管用。

「事實是,」威澤比先生輕鬆地說道,「莫奇先生派我來這裡,是要討論一下鐵路工會工資調漲的要求,以及貨主們降低運費的要求。」

他的語調隨意而堅決;他知道這些人對此都很清楚,這些要求已經在報紙上討論了數月之久;他知道這些人心裡害怕的不是這件事實,而是他把它講了出來——似乎事實並不存在,但他的話卻有力量讓它存在了;他知道他們一直在等著看他是否會把使用這力量;他想讓他們知道一下他是會這麼做的。

這種情形足以讓他們爆發一片反對之聲;然而沒有;沒人回答他。隨後,詹姆斯開口了,他那充滿刺痛和不安的語調本想表達出氣憤,但卻只是承認了他的猶疑不定:「我不想對全國貨主理事會的布茲·

瓦特的重要性誇大其詞，他一直在華盛頓大造輿論，不惜重金延請了很多人，但我建議還是別把這太當回事。」

「噢，我不知道。」威澤比先生說。

「聽著，克萊蒙，我確切地知道莫奇上個星期沒有答應見他。」

「沒錯，莫奇是個大忙人。」

「而且我知道洛森在十天前舉辦大型聚會時，基本上所有的人都到了，但瓦特沒有被邀請。」

「這樣啊。」威澤比先生的口氣變溫和了。

「因此我不會把寶押在瓦特身上，克萊蒙，並且不會為他擔什麼心。」

「莫奇為人公正，」威澤比先生說，「他一心想的都是公共職責。只有他不偏不倚地去考慮問題，才符合國家的整體利益。」詹姆斯坐直了身體，這句話是他所瞭解的最糟糕的一個危險信號。「不可否認的是，吉姆，莫奇對你評價很高，他把你當成是一個進步的商人、重要的顧問和他最親密的私人朋友之一。」詹姆斯迅速瞥了他一眼：這簡直是更糟糕了。「然而一旦涉及公眾的權益，莫奇會毫不猶豫地犧牲掉他個人的感情和交情。」

詹姆斯的面孔一片茫然；他的恐懼從不訴諸言語或表情。從與自己向來不承認的一個念頭的搏鬥中，他感到了恐懼：很久以來，在很多各種各樣的事情中，他自己一直就是「公眾」，他明白，一旦這個沒人敢去反對的神奇聖潔的頭銜，連同它所有的「福利」一起被轉交給瓦特的話，會意味著什麼。

但他急匆匆地問的卻是：「你不是在暗示我把個人的利益置於大眾權益之上吧？」

「不，當然不是，」威澤比先生幾乎像是在笑一樣地說道，「肯定不是，不是指你，吉姆。你具有的公眾意識態度——以及領悟——已經是眾所周知了。正因為如此，莫奇希望你能全面地看問題。」

「是，那當然。」詹姆斯困惑地說著。

「那麼，就替工會想一想吧。也許你沒錢給他們漲工資，但生活費用如此之高，他們怎麼生存呢？他們得吃飯吧，對不對？不管有沒有鐵路，這都是頭等大事。」威澤比先生的口氣裡透出一種沉著的正義感，似乎他正在背誦一條要表達另外的意思、同時他們也都知道的公式；他直視著詹姆斯，特意強調著弦外之音。「鐵路工會幾乎有一百萬名會員，算上家人、傭人，還有窮親戚——現在這日子誰還能沒有些窮親戚？就是差不多五百萬張選票，我說的是人。對此，莫奇必須要考慮。他必須要想著他們的心理狀況，然後去考慮大眾。你目前徵收的運費是大家都在賺錢的時候制定下來的，但依眼下的情形來看，運輸的成本已經變成了誰都負擔不起的壓力，全國各地的人對此都是怨聲載道。」他正視著詹姆斯；他只是看著他，但目光卻像是在使眼色，「人實在是太多了，讓他們不滿意的事情實在是太多了。很多人會感激政府把鐵路的運費降低的。」

回答他的是一陣沉默，寂靜得彷彿一個幽幽的深洞，東西掉下去便再無聲息。詹姆斯和他們所有人一樣，非常清楚莫奇先生將會怎樣無私地隨時犧牲掉他個人的友誼。

對於這樣的沉默和事實，達格妮原本並不想說什麼，她來這裡是想解決問題而不是空談，但終於忍無可忍，這使得她的聲音聽來響亮而嚴厲：

「得到你們這些年來想要的了，先生們？」

這突如其來的聲音頓時吸引了他們的目光，讓他們不由自主地一起向她看去，但是，他們明白了這聲音的意味後，便迅速把視線轉開——低頭看著桌子底下，看著牆，只是不要看到她。

在接下來的沉寂中，她感到他們的仇恨正像漿糊一樣使屋裡的空氣顯得凝結而沉重，她知道這仇恨並不是衝著威澤比先生，而是衝她來的。哪怕他們僅僅是不理睬她的問話，她都還可以承受；但令她感到氣憤的是他們的陽奉陰違：既假裝不在乎她，又用他們自己的冷漠來回擊她。

主席的眼睛不去看她，聲音明顯是不置可否，但同時又故意地說：「本來沒事，本來一切都可以得到很好的解決，但偏偏出了像瓦特和莫里森這樣竊得高位的人。」

「哦，我不擔心莫里森，」一臉蒼白、留著小鬍子的人說，「其實他在上層沒什麼關係。最壞的要算霍洛威。」

「我不認為這局面就沒希望了，」一個裹著綠圍巾的胖子說，「鄧菲、黑澤頓和莫奇的關係極其密切，如果他們的影響能占上風的話，我們就沒事了。但是，查莫斯和霍洛威很危險。」

「我能搞定查莫斯。」詹姆斯說。

這個房間裡，只有威澤比先生不介意看到達格妮；但他的目光無論什麼時候停留在她身上，都發現不了任何東西；她是這個房間裡他唯一看不透的人。

「我在想，」威澤比先生看著詹姆斯，隨意說道，「你或許能幫莫奇一個忙。」

「莫奇知道我向來是靠得住的。」

「嗯，我的想法是，如果你能答應工會的加薪要求——我們或許可以暫時把降低運費的問題先擱著。」

「我做不到！」這簡直是帶著哭腔，「反對加薪是全國鐵路聯盟採取的一致立場，要求每一名成員都回絕這樣的要求。」

「我正是這個意思，」威澤比先生溫和地說，「莫奇需要一個打破這個聯盟的切入點，如果像塔格特這樣的鐵路公司讓步的話，其他人就都好辦了。你這是在幫莫奇一個很大的忙：他會很感謝的。」

「可是，老天爺啊，克萊蒙！根據聯盟的規定，我這樣是會上法庭的！」

威澤比先生笑笑：「什麼法庭？這就交給莫奇去辦好了。」

「可是，克萊蒙，你清楚——你和我一樣很清楚——我們對此無力負擔呀！」

威澤比先生聳聳肩：「那是你要解決的問題。」

「這又能怎麼解決？」

「我不知道，這是你的事，和我們無關。你不會是想讓政府開始告訴你怎麼去經營鐵路吧？」

「不，當然不是！可是——」

「我們的職責只是保障人們得到合理的報酬和良好的交通運輸。這需要你來實現。不過，當然了，假如你說你做不了，那為什麼——」

「我從來沒說過！」塔格特急忙嚷道，「我根本就沒說過！」

「很好，」威澤比先生愉快地說，「我們知道你一定能找出辦法來。」

他看著詹姆斯；詹姆斯則正在瞧著達格妮。

「好吧，這只是個想法而已，」威澤比先生說著，向椅子裡一仰，擺出一副謙虛地要退出的樣子，「只是個讓你去仔細研究一下的想法，我只是這裡的客人，不想打斷你們。我想，這次會議主要是討論……支線的情況？」

「是啊，」主席嘆了口氣，說道，「是的，現在，是不是有誰要提出什麼建設性的建議——」他等了等；沒人搭腔，「我相信我們對局面都很清楚了。」他等了等，「看來大家都認為我們不能繼續負擔某些支線的營運了……特別是里約諾特鐵路……並且，因此，似乎要採取某種行動……」

「我認為，」一臉蒼白、留小鬍子的人帶著出奇自信的聲音說，「我們現在應該聽一聽塔格特小姐的意見了。」他的身子向前傾了傾，顯出了一副滿懷希望的狡猾神情。達格妮只是轉向了他，並未答話，他問：「塔格特小姐，你有何見解？」

「沒有。」

「對不起，你再說一次？」

「我想說的都在吉姆已經向你們宣讀過的報告裡。」她平靜地說，聲音清晰而平穩。

「但你沒有給出任何建議呀。」

「我沒有建議。」

「可是，不管怎樣，作為營運副總裁，你對這家鐵路的政策有著舉足輕重的影響。」

「我對於這家鐵路的政策沒有發言權。」

「噢，可我們迫切地想聽聽你的看法。」

「我沒有看法。」

「塔格特小姐，」他用了流暢而正式的命令口吻說，「你不可能不知道我們的支線正在以災難般的赤字運作著——而且我們希望你能夠讓它們營利。」

「怎麼營利？」

「我不知道，這是你的工作，不是我們的。」

「我在報告裡指明了現在回天無力的原因。假如我忽略了什麼事實的話，請說出來。」

「哦，這我不會知道。我們是希望你能找出辦法來。我們的職責只是確保股東們能得到合理的利潤。這需要你去完成。你不會是想讓我們認為這工作你做不了吧，並且——」

「我做不了。」

那個人張口結舌；他困惑不解地看著她，不明白他這一套怎麼就失靈了。

「塔格特小姐，」裹著綠圍巾的人說，「你在報告中是不是暗示了里約諾特鐵路的情況很嚴重？」

「我清楚地寫了它已經沒希望了。」

「那麼你建議採取什麼措施？」

「我沒有建議。」

「你是在逃避責任嗎？」

「你們覺得你們現在是在幹什麼？」她面向他們所有的人，冷靜地說，「你們想指望著我說你們沒有責任，說不是你們的狗屁政策讓我們走到今天這個地步？我現在就說了。」

「塔格特小姐，」主席責備的語氣裡隱含著請求，「我們之間不應該有什麼不愉快，現在埋怨誰又有什麼用呢？我們不要再為過去的錯誤爭吵了，必須團結成一體，使我們的鐵路渡過這個危機。」

一個頭髮花白、風度高貴的人自始至終沒有說話，他冷眼看著這一場於事無補的鬧劇，絕望地瞧了一眼達格妮。他壓抑著內心的憤怒，然而一開口說話，嗓門依然不由自主地提高了：「主席先生，假如我們要考慮切實可行的對策，那麼我提議，我們應該商榷一下對火車長度和速度的限制。在所有的措施當中，它所帶來的危害最為嚴重。廢除這項限制雖然不會解決所有的問題，但可以發生極大的緩解作用。在火車頭嚴重不足和燃油極度短缺的情況下，能掛一百節車廂、三天即可跑完全程的列車只能掛上六十節車廂，要用四天才能到，這簡直像是在犯罪一樣。我建議去計算一下，我們運輸的過失、不足和拖延毀了多少客戶和地區，然後我們——」

「想都別想，」威澤比先生厲聲打斷了他的話，「別夢想能廢除任何限制，對此我們是不會考慮的，我們對這樣的話題連聽都不會聽。」

「主席先生，」花白頭髮的人平靜地問道，「我能接著說下去嗎？」

主席把手一攤，露出無可奈何的笑容回答：「這是不可行的。」

「我認為我們還是把討論集中到里約諾特鐵路上來吧。」詹姆斯大聲說。

長時間的沉默。

裹著綠圍巾的人轉向了達格妮，「塔格特小姐，」他一臉悲苦、小心翼翼地問，「你是不是認為——這只是個假想的問題——假如我們能有像里約諾特鐵路那樣的材料設備，就會解決主幹線的運輸需求？」

「會有幫助。」

「里約諾特鐵路的鐵軌，」面色蒼白、留著小鬍子的人說，「全國沒有任何一個地方可以相比，目前根本買不到。這條鐵路的軌道有三百英里長，這就等於是超過四百英里的里爾登合金鐵軌。塔格特小姐，你是不是覺得，我們再也不能把這麼好的鐵軌浪費在沒有什麼運輸業務的支線上了？」

「這要你們來決定。」

「我這麼說吧：如果我們亟須整修的主幹線能有這樣的鐵軌，是不是有意義？」

「會有幫助。」

「塔格特小姐，」那個說話聲音顫抖的人問道，「你覺得，里約諾特鐵路現在還有剩下什麼重要的客戶嗎？」

「有尼爾森發動機工廠的尼爾森，別的沒有了。」

「你是不是認為里約諾特鐵路的營運費用，可以用來緩解系統其他部分的財政緊張狀況？」

「會有幫助。」

「那麼，作為營運副總裁……」他停住了；她望著他，等待著；他說，「怎麼樣？」

「你的問題是什麼？」

「我想說的是……就是，呃，作為我們的營運副總，難道你得不出任何結論嗎？」

她站了起來，看著桌旁的一張張面孔，「先生們，」她開口說，「我不知道你們怎麼會如此自欺欺人，認為如果是我把你們想做的決定說出來，承擔責任的人就會是我。也許你們相信，假如我說出了這最後搞砸了的決定，我就成了兇手──因為你們知道這是一齣拖了很久的謀殺案的最後一擊。我實在想不出你們覺得這樣裝聾作啞最後能得到些什麼，但我不會讓它發生。就像其他那些事一樣，這最後的打擊要由你們去完成。」

她轉身就走。主席忙起身，絕望地問：「可是，塔格特小姐──」

「請坐，請繼續商議──然後進行我不會表態的投票，我棄權。假如你們希望的話，我可以在一邊看著，但僅僅是以雇員的身分，我不會假裝自己是別的身分。」

她再次轉身欲走，但花白頭髮的人的聲音讓她止住了腳步：「塔格特小姐，這不算是正式的提問，只是我個人好奇而已，你能不能告訴我，你對塔格特公司今後的前景是怎麼看的？」

她理解地看著他，聲音緩和了一些，回答說：「關於未來或者鐵路系統，我已經停止去想了。我的打算是，只要還有可能，我就會繼續讓火車開下去。但我覺得這樣的日子已經不長了。」

她離開了桌子，走到窗前，站在一旁，讓他們沒有她的加入而繼續進行。

她望著這城市。吉姆得到了許可，塔格特大樓的樓頂依然可以用電。從高高的房間望去，城市宛如一片平坦的遺跡，只有依稀的幾處玻璃窗還亮著燈，高聳在黑漆漆的夜空之中。

她沒有聽身後那些人在說些什麼，不知道他們時斷時續的爭執在她身旁吵了多久——他們推來推去，自己竭力退縮，把別人推出去——爭鬥的不是要如何表明自己的意願，而是要從不情願的受害者那裡擠出一點主張——爭鬥著要讓失敗者而不是勝利者去宣佈這個決定：

「我看……我認為，這是……在我看來，它必須……如果我們應該……我只是在表示……我不是在暗示，但……如果我們考慮雙方……我看，這是毫無疑問的……在我看來這是確切的……」

她不知道這是誰的聲音，但她聽到了這聲音在說：

「……因此，我建議關閉約翰．高爾特鐵路。」

她想，不知道是什麼讓他叫起了這條鐵路的正確名字。

你在多少代以前，也不得不忍受這些——並且對你是一樣的艱難，一樣的惡劣，但你沒有被它阻擋——那個時候真的是像現在這樣糟，這樣醜陋嗎？算了吧，表現的方式不一樣，但都只是痛苦，但無論你承受的是哪一種痛苦，你都沒有被它壓倒——你沒有屈服——你沒有向它妥協——你面對了它，而這些就是我必須去面對的——你鬥爭了，而我也要去鬥爭——你戰勝了它——我會努力的……在自己的內心裡面，她聽到了平靜而強烈地被捧出的詞語——直到片刻之後，她才回味過來，她是在內心和內特．塔格特說話。

隨後，她聽到了威澤比先生的聲音：「大夥們，停一下，你們有沒想到過，在關閉鐵路的一條支線以前，你們需要得到批准？」

「我的天啊，克萊蒙！」詹姆斯驚恐萬狀地叫嚷著，「這肯定不會有任何麻煩的——」

「這我可不敢肯定，不要忘了，你是一個公共服務行業，不管賺不賺錢，都應該提供交通服務。」

「可你明知道這是不可能的！」

「那麼，如果你關了那條鐵路，你沒事了，你的問題解決了——可這對我們會怎麼樣？讓一個像科羅拉多這樣的州徹底沒有交通運輸？這會引起公眾什麼樣的情緒？不過，當然了，假如你能給莫奇一些回報，來平衡一下的話，假如你允許工會加薪——」

「我不能！我已經向國家聯盟承諾了！」

「你的承諾嗎？好吧，你看著辦。我們不想給聯盟施加壓力，更願意讓事情自然而然地發生。但這段日子很艱難，不知道會發生什麼事。人人都在破產，稅收驟減，我們或許會——事實是，我們掌握了百分之五十以上的塔格特債券——我們也許在六個月之內，就只好要求對這些鐵路債券實現兌付了。」

「什麼?!」詹姆斯尖叫起來。

「也許更快。」

「你不能這麼做！哦，天啊，你不能這樣！當初的延遲支付規定的可是五年！這是合約，是契約！我們還指望它呢！」

「契約？你這不是太落伍了嗎，吉姆？除了眼前的需要，根本就沒有什麼契約。這些債券的原始擁有者們也在指望著拿到錢呢。」

達格妮忍不住笑了起來。

她停不下來，控制不住，她實在不能放過這樣一個為艾利斯．威特、安德魯．史托克頓、勞倫斯．哈蒙德，以及其他所有人報仇的機會。她簡直要笑死了，說：「謝謝你了，威澤比先生！」

威澤比先生吃驚地看著她，冷冷地問：「是嗎？」

「我知道我們得以某種方式來還這些債券，我們現在就是在還。」

「塔格特小姐，」主席嚴厲地說，「難道你不覺得事後再來說這些一點兒用也沒有嗎？說這些我們如果不那樣做就會如何如何的話，純粹是理論上的猜測。我們不能沉溺在理論裡，必須應付眼前的現實。」

「沒錯，」威澤比先生說，「你們就該這樣——現實。我們現在答應和你們做交換，彼此為對方做些事情，你們給工會加薪，我們允許你關掉那條鐵路。」

「好吧。」詹姆斯哽塞地說。

她站在窗前，聽著他們對決議投票。她聽到他們宣佈，將於六周之內，三月三十一日前，關閉約翰．高爾特鐵路。

只不過是要挨過後面的這段日子而已，她想著；把接下來的這些日子對付過去，接著是再後面的，一次對付一些，過一陣子就會容易多了；過一陣子，你就會挨過去的。

她給自己在下一刻的任務，就是穿上大衣，頭一個離開這個房間。

接著的任務是坐上電梯，穿過高大而安靜的塔格特大樓到下面，再來的任務就是走過黑暗的大廳。

走到大廳一半的時候，她停住了。一個人倚牆而立，正專心等待著——他等的就是她，因為他直直地向她望了過來。她沒能一下子認出他來，因為她沒有想到會在此時此刻見到這張面孔。

「嗨，鼻涕蟲。」他輕聲叫著。

她摸索尋找著曾經是屬於她的那段遙遠的日子，回答道：「嗨，藩仔。」

「他們是不是終於把約翰．高爾特害死了？」

她努力按時間的順序將這一時刻排列好，這個問題是現在問的，但那張嚴肅的面孔卻是來自哈德遜河畔小山上的那些日子。那個時候，無論什麼問題，他都能理解，都能給她解釋。

「你怎麼知道他們今晚會這樣做？」她問。

「這在好幾個月前就已經很明顯了，他們下次開會要做的下一件事就是這個。」

「你來這裡幹什麼？」

「想看看你對此事的看法。」

「是想看笑話嗎？」

「不，達格妮，我不是想對這事看笑話。」

她從他的臉上看不出任何開心的跡象；她信任地回答說：「我不知道我對此是怎麼想的。」

「我知道。」

「我對此已經預料到了，我知道他們要這樣做，所以現在只不過是要挨過」——今晚，她本來想這麼說的，但卻說道——「所有的工作和細節。」

他拉過她的手臂，說：「我們找個地方，一起喝點什麼。」

「法蘭西斯可，你怎麼不嘲笑我？你一直是在嘲笑那條鐵路。」

「我會的——明天吧，等我看見你又繼續那些工作和細節的時候。今晚不會。」

「為什麼？」

「好啦，現在你根本沒辦法談這個。」

「我——」她想去反對，但是卻說，「對，我想我現在是這樣。」

他把她領到大街上，她發現她默默地隨著他腳步的穩健節奏走著，他握著她手臂的手指並不使勁，但很牢固。他向駛來的計程車打個手勢，為她打開了車門。她聽著他的指揮，沒有問問題；卻像游泳的人停住掙扎，感到了輕鬆。眼前這個沉穩可靠的男人，是在她忘掉了希望還存在的時候拋向她的救命繩索。這股輕鬆並不是因為放棄了責任，而是由於看到了一個可以把它肩負起來的人。

「達格妮，」他看著計程車窗外掠過的城市景象，說，「想想第一個想到了要製造鋼樑的人，他對他所看到、想到和他要去得到的一切都很清楚，他不會說『它在我看來』，而且他不會服從那些說什麼『根據我的意見』這種話的人。」

她笑出了聲，對他的準確不禁稱奇：他猜到了令她厭惡至極的那種感覺的實質，就是她非得從沼澤中逃離的感覺。

「看看你的周圍，」他說，「城市是人類的勇氣被凝固後的形狀——這是那些第一次想到用各種螺釘、鉚釘和發電機把它建造出來的人們的勇氣，這勇氣敢於說『它是』，而不是『它在我看來』——並且敢於用生命對他的決定負責。你不是只有一個人。那樣的人是存在的，他們一直都存在著。人類曾經蜷縮在山洞裡，聽憑瘟疫和風暴的擺佈。像你們理事會的那些人能把人類領出山洞，讓他們來到這裡嗎？」他指了指城市。

「上帝，絕對不可能！」

「那麼這就證明了另外一種人確實存在。」

「是的，」她急不可待了，「是的。」

「想想他們，忘掉你的理事會吧。」

「法蘭西斯可，這另外一種人——現在他們在哪裡？」

「現在沒人需要他們了。」

「我需要他們，天啊，我太需要他們了！」

「你需要的時候，就會找到他們的。」

直到他們在一個燈光昏暗的小廳裡的桌旁坐下，她打量著手中長長的酒杯腳柄，他才開始問起約翰．高爾特鐵路的事，她也才說了起來。她幾乎沒留意是如何來到這裡的，這裡很安靜，裝潢豪華，看起來像是個祕密的隱居地；她看到手下小巧亮澤的桌子，背後圓椅上的皮墊，一面深藍色的鏡子將他倆與眼前的一切快樂和煩惱隔開，其他的一切也都隱藏在鏡中了。法蘭西斯可向前俯著身，抵住桌子，正望著她，她感到自己如同是在依靠著他那沉著而專注的目光。

他們沒有談那條鐵路的事，但她的眼睛低垂，盯著杯子裡的液體，突然說：

「我在想那個晚上，內特．塔格特被告知要捨棄他正建造的大橋，跨過密西西比河的大橋。他當時急需錢——因為害怕那座橋，認為修建它是不切實際的冒險。那天上午，他被告知河上的蒸汽輪船公司已經起訴了他，認為大橋是對公共利益的破壞，要求拆除。大橋在河面上已經蓋好了三個橋拱。同樣是那天，一群當地的暴徒襲擊了蓋好的建築，在木腳手架上放起火來。他手下的工人拋下他逃了，有些是出於害怕，有些是收了蒸汽輪船公司的錢，大部分的人是因為他已經好幾個星期發不出工資了。在那一整天裡，他不斷聽說買了塔格特公司股票的人們紛紛要求取消購買。傍晚時分，他賴以獲得支持的最後兩家銀行組成的委員會前來見他，就是去了他在河邊的工地上，在他每天居住的破舊車廂裡，敞開的大門外即是燒焦的廢墟，木頭餘燼的黑煙還在扭曲的鐵架上空飄著。他和那些銀行談好了一筆貸款，但還沒有簽合約。委員會通知他，他必須放棄那座大橋，因為他的官司註定要輸，等他把橋建好的時候，拆掉大橋的命令也就會下來了。他們說，如果他願意放棄，並像其他鐵路公司那樣用船把他的旅客運過河去，合約就可生效，他就可以拿到錢，繼續在河對岸建他的鐵路；否則，就取消貸款。他們問他對此怎樣回答。他一句話都沒講，一把抓起合約並撕掉，然後遞給他們，走了出去。他沿著修好的橋拱走到最前面的橫樑跟前，跪在地上，拾起工人們扔下的工具，開始一點點地清除鋼架上燒焦的廢燼。他的總工程師看到他手裡拿著錘子，獨自一人在寬闊的河面上，在他的身後，夕陽正在西沉，他的鐵路也將要鋪向那裡。他在那裡工作了通宵，到了早晨，他醞釀出了一個計畫，就是如何去找合適的人，這些人要有獨立的判斷力——然後找到他們，說服他們，籌集起資金，繼續建大橋。」

她聲音低沉、語調平緩地講述著，同時低頭看著杯中的液體表面的光芒，它隨著她的手晃動著杯柄，閃閃發亮。她不露聲色，但聲音中充滿著祈禱者一般的虔誠：

「法蘭西斯可……如果他能挺過那天晚上，我有什麼權利去抱怨？我此時的感受又算得了什麼呢？他建成了那座大橋，我必須為了他去守住。我不能讓它像南大西洋公司的大橋那樣倒塌。我幾乎覺得他會知道，如果我聽任這一切發生，他獨自在河上的那天晚上就會知道……不，這太荒唐了，但這就是我的感覺：所有理解內特・塔格特那天晚上感受的人們，所有現在還活著，並且能夠理解它的人們——如果我任其發生的話，我背叛的就是他……我不能。」

「達格妮，假如內特・塔格特現在還在，他會怎麼做？」

她一下子苦笑出來，脫口而出，「他連一分鐘也受不了！」——隨即糾正著自己，「不，他會的，他會想出辦法和他們鬥的。」

「怎麼鬥？」

「我不知道。」

她注意到，他把身子俯向前來問話的時候，認真地盯著她的眼神裡有某種緊張和謹慎的意味：「達格妮，你們理事會裡的那些人根本不是內特．塔格特的對手，是不是？他們用什麼方式都戰勝不了他，他一點也不用害怕他們，就是把他們全加在一塊，無論是思想、意志，還是力量，都不及他的萬一。」

「對，當然不及。」

「那麼，在人類的整個歷史當中，為什麼總是能夠成功地創造世界的內特．塔格特，卻總是又把它輸給了那些董事會員們呢？」

「我……不知道。」

「連對天氣都不敢表明態度的人，怎麼能夠和內特．塔格特較量呢？如果他決心捍衛自己的成果，他們怎麼可能去霸占？達格妮，他用盡了渾身解數去和他們鬥爭，但卻沒有用最重要的一個。如果我們──他和我們其餘的人──把這世界拱手相讓的話，他們就不可能得逞了。」

「是啊，是你把它給了他們，艾利斯．威特是這樣，達納格是這樣，我不會。」

他笑了：「是誰為他們建造了約翰．高爾特鐵路？」

他看到的只是她嘴角輕微的抽動，但他知道，這個問題像是給了一個傷口重重的一擊。然而，她平靜地回答道：「是我。」

「就是為了這樣的結果？」

「是為了那些沒有堅持、沒有鬥爭、然後放棄了的人。」

「難道你看不出只有這一條出路嗎？」

「不。」

「你還願意去承受多少不公正的待遇？」

「直到我鬥爭不下去了為止。」

「你現在打算怎麼辦？明天呢？」

她直視著他，略顯驕傲地有意顯示出自己的鎮定，平靜地說：「開始拆鐵路。」

「什麼？」

「就是約翰．高爾特鐵路，要像我親力親為的那樣，嚴格按我的要求把它完好地拆下來。先做好關閉的準備，然後把它拆掉，用拆下來的部分去加固橫貫全國的主要鐵路。要做的事有很多，我會非常忙。」她的聲音有了一點細微的變化，原先滴水不漏的鎮靜稍稍鬆動了，「你知道，我一直就預料到會有這一天，令我欣慰的是，我可以親自去做這件事。也正因如此，內特．塔格特那天晚上一直不停地在工作著，人只要有事情做，就還沒那麼糟糕。並且我知道，至少我是在挽救主幹線。」

「達格妮，」他非常冷靜地問——而她不知道自己為什麼有一種感覺，她的回答似乎攸關著他個人的命運。「要是你不得不把主幹線也拆掉呢？」

她脫口而出，「那我就會讓最後一台火車頭從我身上碾過去！」——但緊接著又說，「不，這不過是自暴自棄而已，我不會那樣做。」

他輕柔地說：「我知道你不會的，但你卻希望能那麼做。」

「是啊。」

他笑了，眼睛沒在看她；這嘲弄的笑容裡飽含著痛楚，更是對他自己的諷刺。她不知道自己為什麼這麼肯定，但她對他的臉龐是如此的熟悉，儘管再也猜不出原因，依然總是能夠察覺到他的感受。她想道，她熟悉他的臉，就如同她對他身體的每一片肌膚都瞭若指掌一樣，如同在這個曖昧的隔間裡，她還能看見，還能忽然間感覺得到他近在咫尺的衣服下面的身體一樣。他把頭轉向她，眼睛裡的變化使她清楚，他已經知道了她此時所想。他轉開了視線，端起酒杯來。

「好吧——」他說道，「致內特．塔格特。」

「也致塞巴斯蒂安．德安孔尼亞？」她問道——隨即感到懊悔不已，因為這聽起來像是諷刺，也並非她的本意。

但是，她看見他的眼睛裡出現了一種異常明亮的清澈，他的臉上掛著淡淡的驕傲的笑容，堅定地回答道：「是的──也為塞巴斯蒂安．德安孔尼亞。」

她的手不禁一抖，幾滴酒灑在了深色閃光塑膠桌面上的方形花邊紙桌布上面。她看著他將杯中酒一飲而盡；他手上粗獷而簡短的動作看起來像是在莊重地宣誓。

她猛然想到，這是他十二年來頭一回主動來找她。

他彷彿是自信地掌控著局面，像是他的信心注入給了她，讓她也把信心重拾起來，他讓她根本無暇去想他們是否應該在一起。此刻，她難以解釋地感覺到，他固有的矜持不見了，那不過是幾個蒼白的沉默瞬間，和他把頭扭開時靜止不動的前額、下巴和嘴部的輪廓──但她感覺到，似乎他才是在掙扎著要重新去找回什麼東西。

她不清楚他今晚懷著什麼樣的企圖──並且發現他的目的或許已經達到了：他支撐著她度過了最糟糕的時刻，看到一個活生生的智者聆聽並理解她的感受，這是他對她的絕望最有力的回擊。但他為什麼要這麼做？在帶給了她這麼多年的痛苦之後，他為什麼要對她的絕望表示關心？她如何對待約翰．高爾特鐵路的滅亡和他有什麼關係？她注意到，她在塔格特大樓的大廳時，就沒有問過他這個問題。

這就是維繫在他們之間的紐帶，她想道：她不會在她最需要他的時候為看見他的到來感到吃驚，他總是很清楚應該在什麼時候出現。危險就在這裡：儘管知道這只是某種新的圈套，儘管對他向來是背叛那些信任他的人記憶猶新，她還是會信任他。

他雙臂交叉，撐在桌上，身體俯向前，凝視著前方，突然看也沒看她就開口說：

「我正在想塞巴斯蒂安．德安孔尼亞為了等待他心愛的女人所花的十五年；他不知道是否還能再找到她，她是否還在人世……她是否還會等著他。但他知道，她不能在他的搏鬥中生活，在勝利之前，他不能迎接她回來。因此他用他的愛填補了希望失去後留下的空白，等待著。但當他抱著她跨過門檻，把她視為這個新世界裡的第一位德安孔尼亞夫人時，他知道他勝利了，他們得到了自由，她已不受威脅，再不會有什麼能傷害到她。」

在他們陶醉在幸福中的那些日子裡，他從沒暗示過會把她想成是德安孔尼亞夫人。在一瞬間，她不清楚自己是否知道她在他心中的位置。但這一瞬間消失在一股看不見的戰慄之中：她不相信這過去的十二年能夠讓她剛剛聽到的這些還存在什麼可能。這是個新的陷阱，她想。

「法蘭西斯可，」她厲聲問道，「你對漢克．里爾登做了些什麼？」

他愣了，這個時候她還會想到這個名字。「怎麼？」他問。

「他曾告訴過我，你是他所喜歡的唯一一個男人。可我上次見到他的時候，他說他只要見到你，就會把你殺了。」

「他沒告訴你為什麼？」

「沒有。」

「他對此什麼都沒和你說？」

「沒有。」她看到他怪異地笑了，笑容裡帶著傷感、感激和嚮往。「他告訴我你是他唯一喜歡的男人時，我警告過他，你會傷害他的。」

他像是驟然發作一般地吼道：「除了一個人以外，只有他可以讓我付出生命！」

「除了誰？」

「我已經交託出生命的那個人。」

「什麼意思？」

他搖搖頭，似乎他已經說得太多，沒有回答。

「你對里爾登做了什麼？」

「我以後會告訴你，現在不行。」

「你是否對那些……對你很重要的人，總是如此？」

他看著她，露出了一股顯得格外無辜、痛苦而真誠的笑容，「你知道，」他輕柔地說，「我可以說他們才總是這樣對待我的。」他補充道，「但我不會，這些所作所為——還有這些想法——是我自己的。」

他站起身來說：「我們走吧？我送你回家。」

她站起來，他拿起了她的大衣；這件衣服很寬鬆，他用手將衣服緊緊地裹住了她的身體，她感覺到他的雙手在她的肩頭多停留了一刻。

她轉過頭去看他，而他正奇怪地呆立著，目不轉睛地向桌子看去。他們起身的時候，把帶花邊的紙桌布碰到了一邊，她在塑膠桌面上看到一行刻痕。儘管被人試圖抹掉，但痕跡猶在，如同某個不知名的醉鬼在絕望中發出的無法磨去的聲音：「約翰．高爾特是誰？」

她惱火地一把將桌布拉回原位，蓋住了字跡，他不禁莞爾一笑。

「我可以回答這個問題，」他說，「我能告訴你約翰．高爾特是誰。」

「真的嗎？好像每個人都認識他，但每個人所講的故事都不一樣。」

「關於他的故事，你所聽到的都是真的。」

「那麼，你的故事又是什麼？他是誰？」

「約翰．高爾特是改變了想法的普羅米修斯。作為對他把火帶給人類的懲罰，他一直飽受著兀鷹啄食的折磨，數百年後，他掙脫了鎖鍊——並且從人們手裡收回了火，直到人們撤走他們的兀鷹為止。」

$

一排排枕木轉過花崗石的拐角，在科羅拉多的群山之間盤旋起伏。達格妮雙手插在大衣口袋裡，沿枕木走著，雙眼望著毫無意義的遠方；只有在枕木之間邁著的熟悉的步子，讓她還真切地感受到鐵路上才有的律動。

一團灰色棉球般的形狀，既不像霧，又不像雲，懸掛在天空和群山之間陰沉沉的空隙中，使得天空看來像是一個破舊的床墊，向山的兩側撒落著填充的棉絮。地上覆蓋了一層硬硬的積雪，卻不是來自冬天，也不屬於春季。空氣中飄浮著網一樣細密的潮濕，她的臉上不時有冰冷的針扎一般的感覺，既不是雨滴，也不是雪花。天氣似乎不敢明確表態，只是含混不清、曖昧不明地擺盪著；這天氣和董事會一樣，她想。昏暗的光線令她難以分辨這時候究竟是三月三十一日的下午還是晚上。但她非常確定的是，這一天是三月三十一日；這絕對不會錯。

她和里爾登一起來到科羅拉多，購買倒閉的工廠裡還能找得到的任何設備，這就像趁著沉船還沒完全沒入水底，對它匆匆地進行搜查一樣。這事本可以讓手下人去做，但在並未表明的共同目的驅使之下，他們親自來了：他們忍不住想來搭乘這最後一班列車，這就如同人們明白這只是對自己的折磨，卻還是抑制不住地想來葬禮做最後的訣別。

他們在令人生疑的賣主們所進行的並不完全合法的出售中將設備買下來，沒有人說得清楚誰才有權利處置這些完好無損的閒置設備，也沒人對這樣的買賣表示質疑。在被毀的尼爾森發動機工廠，他們把能搬走的東西全部買了下來。尼爾森在聽到鐵路將被關閉的通知一周後便放手不幹，然後消失了。

她覺得自己像一個撿垃圾的，不過不斷地搜找還是讓她把這幾天撐了下來。當她發現離最後一班列車的發車還有三個小時的空閒時，她便逃離了城鎮裡的死氣沉沉，來到郊外散步。她漫步閒逛，獨自一人走在遍佈岩石和積雪的崎嶇山路上，竭力用思考驅走心中起伏的情緒，她明白她必須熬過這一天，不要去想她搭乘首班列車時的那個夏季。然而，她發覺自己又走回了約翰．高爾特鐵路線——並且知道她是有意這樣做的，這正是她出來散步的目的。

這是一條已經被拆掉的丁字支軌，信號燈、轉軌器、電話線統統都不見了，只有地上還躺著的長長一串木頭——沒有鐵軌的枕木像是脊椎的殘骸——在一個廢棄的斜坡交叉口上，立著一根柱子，這便是它孤獨的守望者，柱子上寫著：「停，看，聽。」

她來到工廠的時候，暮色夾雜著霧氣已經早早降臨在山谷裡。一塊閃閃發亮的牌子掛在工廠正門的牆上，寫著「羅傑．馬殊，電子零件」，她想起為了不離開這裡，曾經要把自己綁在辦公桌上的那個人。建築完好無損，像是一具屍體，剛剛閉上眼睛，人們還等著看到它們再一次睜開。她覺得燈光隨時都會從一扇扇巨大的窗戶和長長的平坦頂棚下亮起。然後她看到了被魯莽的小孩子用石頭敲碎的一扇窗戶，看到大門口台階上長起的一株又高又乾的野草。她心中突然騰起一股盲目的憤恨，對野草如此的猖狂憤憤不平，因為她明白這代表著一種什麼樣的敵人，她跑向前去，跪在地上把野草連根拔起。隨後，她跪在工廠的台階上，望著暮靄沉沉中的寂靜山脈，心裡想：你這是在幹什麼啊？

當她走完了枕木路，又回到馬什維爾的時候，天幾乎快黑了。馬什維爾在過去幾個月中一直是這條鐵路的終點；開往威特中轉站的列車早已取消；費雷斯博士的再開發計畫也在這年冬季中止了。

街燈亮了，它們高懸在十字路口的半空中，順著馬什維爾空曠的街道，形成了一長串漸遠漸暗的黃色亮球。所有像樣一些的住宅都已空置——這些造價合適、整潔而耐用的房屋建造並維護得很好；草坪上插著褪了色的「出售」標誌。但她看到了廉價和俗不可耐的房屋裡還亮著燈光，僅僅幾年的光景，這些房子便衰敗而凋落，淪為貧民窟裡的小破屋；這些人家沒有搬走，過著朝不保夕的日子。在一座屋頂塌陷、牆壁開裂的房子中，她看見亮著燈的房間裡有一台大螢幕的電視機。她不知道他們還指望科羅拉多的電力公司會存在多久。隨即，她搖了搖頭：那些人從來就不知道這些電力公司的存在。

馬什維爾最大的街道兩側是一排又一排店鋪倒閉後的黑暗空洞的櫥窗。所有高檔的商店都撤走了——她望著店鋪的標誌，心裡想道；隨之她打了個冷顫，意識到她現在所想的高檔，最貧困的人也曾經能伸手可及，可是現在倒真的成為奢侈場所了：乾洗店——電器商店——加油站——藥鋪——五分一角店。剩下來的只是雜貨店和理髮店。

火車站的站台上人群熙攘，耀眼的弧光燈像是要把它從群山裡剔出來，加以孤立和聚焦，如同一個小小的舞台，在深邃的夜色中，在那些看不見的觀眾席面前，赤裸裸地上演著一舉一動。人們推著行李車，抱著孩子，在售票視窗前大肆地討價還價，從他們讓人喘不過氣來的惶恐舉動之中看得出來，他們其實就是想倒在地上，充滿恐懼地尖叫。這恐懼是帶有一種逃避意味的內疚：他們之所以害怕，並不是因為瞭解了情況，而是因為他們拒絕去瞭解。

最後一班車停靠在站台上，一長排燈光通明的車窗顯得格外形單影隻。從火車頭裡重重喘出來的蒸汽，在車輪的四周彌漫，沒有了以往因為春天的到來而能量四溢的歡快聲音；它的喘息聲讓人不忍多聽，更不忍不聽。在亮著燈的一排車窗的末端，她看到一個小紅燈掛在了她的車廂上。紅燈之後，只有無盡的黑暗。

列車裡面滿滿的，人們茫然無措，聲嘶力竭地尖聲叫嚷著，企圖在連接處和通道找塊落腳的地方。有的人並不走，只是無聊而好奇地站在周圍看熱鬧；他們趕來，好像知道這是社區裡，甚至是他們的有生之年所能親身經歷的最後一件大事了。

她儘量不主動去看任何人，匆匆地自人群中穿過。有的人知道她是誰，大多數則一無所知。她看見一位肩披破圍巾、滿臉風霜的老婦人，眼神裡流露出的是絕望的乞求。一個鬍子邋遢、戴了副金邊眼鏡的年輕人站在照明燈下的木箱上，沖著過往的人們大叫道：「他們怎麼居然說沒生意！看看這趟火車！全坐滿了！生意多好啊！只不過是他們不賺錢了，所以才會讓你們敗落下去，這些貪婪的寄生蟲！」一個披頭散髮的女人手裡揮舞著兩張車票，向達格妮衝了過來，叫喊著日期搞錯了。達格妮不得不竭力推開人群，向列車的尾部擠去——但一個面容憔悴的人瞪著一雙兇狠而茫然的眼睛，衝上前來，喊叫著：「這下你可好了，你有好大衣穿，有私人車廂，可你卻不讓我們有火車坐，你，還有所有的那些自私——」他的話戛然而止，眼睛朝她身後的人看去。她覺得有一隻手抓住了她的手臂：原來是里爾登。他拉著她的手，帶她向她的車廂走去；她瞧著他的表情，才明白人們為什麼會給他們閃開了一條路。在站台的末端，一個面容慘白的胖男人正在那裡對一個啜泣的女人說著：「世道本來就是這樣的，只要還有那些富人，就沒有窮人的活路。」高懸在城鎮漆黑的夜空之上的，便是威特的火炬，它像一個尚未冷卻的星球，在風中閃爍著火焰。

里爾登走進了她的車廂，但她還停留在車門的台階旁，延長這最後告別的時刻。她聽到「全體上車！」的喊聲，望著留在站台上的人們，她彷彿是看到一群人在目送著最後的救生艇離他們而去。列車長站在最下方的車梯上，一手拎著信號燈，一手握著錶。他瞧了一眼手裡的錶，便抬頭看著她。她閉上眼睛，無聲地點了點頭。轉身離開的時候，她看見了他的信號燈在空中揮了起來——她拉開門，走進了車廂，面前出現的里爾登，讓她對車輪在里爾登合金軌道上啟動的感覺輕鬆多了。

$

詹姆斯從紐約打電話給莉莉安：「哎，沒有——沒有什麼事，只是不知道你近來怎麼樣了，是不是來過城裡——都好久沒見到你了，我想你下次來紐約的時候，也許我們能一起吃個午飯。」——她明白，他心裡肯定是有什麼特別的理由。

她懶洋洋地回答說：「噢，我看一下——今天是什麼日子了？四月二日？我看看我的記事本——啊，正巧我明天要去紐約買點東西，你幫我省了午飯的錢，我當然很高興了。」——他清楚，她根本不是要買什麼東西，促使她進城來的理由正是這次午餐。

他們會面的地點是一家顯赫而豪華的餐館，這裡的名氣和價位遠遠使得跑花邊新聞的記者沒了興趣，並不是一向熱中於出鋒頭的詹姆斯習慣去贊助扶持的那種場所，她因此認為，他是想避開人們的注意。

她臉上帶著半是會意、半是神祕的好笑神情聽他聊著他們認識的朋友，劇場上演的劇目，以及天氣，藉此來小心翼翼地營造出一種無關緊要的氣氛。她很優雅地坐著，卻並不端正，似乎是向後稍稍仰著，欣賞他完全多餘的表演和他的這番苦心。她忍著好奇心，等著探破他的意圖。

「儘管麻煩這麼多，情緒還能如此振作，」她說道，「我真覺得應該鼓勵鼓勵你，或者給你個獎章什麼的，吉姆。你不是剛剛關掉了你最好的一條鐵路支線嗎？」

「哦，那不過是經濟上的些許挫折罷了，僅此而已。這樣的壓縮總是免不了的。考慮到全國目前的形勢，我們還算不錯，比其他人還是要好些。」他聳聳肩，又說，「另外，里約諾特鐵路是不是我們最好的支線還不能一概而論，這不過是我妹妹的想法而已，那是她最賞識的專案。」

她從他故意放慢的說話聲中聽出了隱含的快意，便笑著說：「明白了。」

詹姆斯的眼睛從低垂的額頭下方向上瞄著她，似乎格外希望她能理解他的意思，問道：「他對此反應如何？」

「誰？」她明知故問。

「你先生。」

「對什麼的反應？」

「關閉那條鐵路。」

她愉快地笑了起來：「你的猜測和我一樣，吉姆——我猜得可是很準的啊。」

「什麼意思？」

「你知道你妹妹的反應，也就已經知道他的了。你的烏雲過後，可是雙倍的陽光燦爛呀，對不對？」

「他過去幾天裡都說了些什麼？」

「他這一個多星期以來一直在科羅拉多州，所以我——」她停了下來；她本來沒當回事，但注意到詹姆斯的問題格外明確，而語氣又過於隨意，她意識到他開始切入這次午餐的真正主題了；她在最短的停頓後，依然以更為輕鬆的口吻，繼續說道，「所以我不知道。不過他就快要回來了。」

「你是不是認為他的態度還是可以算作頑固不化？」

「當然了，吉姆，這還用說嘛！」

「希望發生的這些也許能讓他做事更成熟一些。」

她對他還看不清她此刻的認識感到好笑，「哦，是啊，」她懵懂地說，「要是有什麼事能改變他就太好了。」

「他是在給自己造成極大的困難。」

「他向來如此。」

「但是事情總是會讓我們的心態變得更圓滑的，遲早會這樣。」

「我聽說過對他的性格的種種說法，不過從來沒有『圓滑』這個字眼。」

「呃，事情在變化，人隨著它們在改變。無論怎樣，自然的法則就是動物必須要適應他們的環境。而且我要補充的是，現在，適應力已經不僅僅是自然法則的迫切要求了。我們將會遭遇一個非常困難的時期，我實在不願意看到你因為他的固執態度而受罪。作為你的朋友，我不願意看見你陷入他所奔赴的危險之中，除非他學會合作。」

「你真是個好人，吉姆。」她悅耳地說道。

他說話的時候謹慎地放慢了速度，字斟句酌，同時又平衡著語調，力求達到一個在清晰和朦朧之間的效果。他想讓她明白，但又不想讓她把一切都徹底搞清楚——因為這種他駕輕就熟的語言的本質，就是從來不會讓包括說話者在內的任何人徹底明白。

不用說，他對威澤比先生比較瞭解。上次去華盛頓的時候，他懇求過威澤比先生，降低鐵路的運費對他將會是致命的打擊；漲工資的要求已經答應了，但報紙上還是在傳出降低運費的聲音——塔格特明白，如果莫奇先生允許這樣的聲音存在，這意味著什麼；他明白刀子還是架在他的脖子上。威澤比先生沒有回答他的請求，只是帶著一副漫不經心的旁觀者的口氣說：「讓莫奇棘手的問題太多了，在錢的問題上，如果他對每個人都寬限一點，就不得不採取一些你多少也能想到的緊急措施。但你知道，這會遭到全國保守勢力多大的反對。比如，像里爾登這樣的人。我們可不想讓他曾經幹過的那種事再發生了。莫奇會給那些能夠控制里爾登的人很多好處，只是這一點我想還沒人能夠做到。不過，也許我是錯的，你對此可能更清楚，吉姆，因為里爾登也算是你的朋友，還參加過你的聚會之類的活動。」

詹姆斯望著桌子對面的莉莉安，說：「我發現友誼是生活中最寶貴的東西——沒有讓你看到我的友誼的見證，這就是我的不對了。」

「但我對此從未懷疑過。」

他壓低了嗓音，帶著不祥的警告口氣說：「儘管事關機密，作為對朋友的幫助，我想我還是應該告訴你，你先生的這個態度現在正在被高層所議論——是相當有權力的高層，你一定明白我的意思。」

這就是詹姆斯恨莉莉安的地方，他心想：她明明知道遊戲規則，卻總是出人預料地玩她自己的花樣。她此刻突然看著他，當著他大笑，絕對是違反遊戲的常理——在這副天真無知的表現過去之後，她又顯出什麼都明白的樣子，直率地說：「啊，親愛的，我當然明白你的意思了。你的意思是，這麼好的一頓午飯的目的並不是說你要來幫我，而是要我去幫你。你的意思是你現在很危險，可以用我幫的這個忙去和高層做交易，得到更多的好處，而且你是在提醒我以前答應過要幫你的事。」

「他在法庭上的那場表演可算不上是我認為的幫忙，」他惱火地說，「當時，我從你那裡可沒想到會是那樣。」

「噢，當然了，那不是，」她沉著地說，「那肯定不是。不過，親愛的，他表演了那麼一齣戲後，你覺得我會不知道高層對他非常注意嗎？你還真覺得這是個祕密，值得你特地告訴我嗎？」

「可這是真的，我聽說了對他的議論，所以覺得應該告訴你。」

「我知道這是真的，也知道他們會去議論，我還知道他們要是有對付他的辦法，法庭審理一結束就會下手了，我的天啊，他們巴不得能下手呢！因此，我知道在你們這些人裡面，這個時候只有他還算安全，我很清楚他們害怕他。我對你的意思瞭解得夠清楚吧，親愛的？」

「既然這樣，假如你是這麼認為的話，那我不得不說你真是把我搞糊塗了，我不懂你是在做什麼。」

「嗨，我只是把話挑明而已——這樣你就可以明白，對於你是多需要我的幫助，我心裡是清楚的。現在這些已經說開了，該輪到我跟你說說事情的真相了：我並沒有背叛你，只不過是我失算了。對於他在庭審時的表現——我的預想一點也不比你多，甚至更少，我原以為不會那樣。但事情有點不對勁，我不知道哪裡出了問題，正在想辦法找。一旦找到，我會守信用的。到那時，你就可以把這些都算作你的功勞，告訴你的那些高層的朋友們，是你解除了他的武裝。」

「莉莉安，」他窘迫地說，「剛才我說很想將我的友情證明給你看，我是認真的——如果有什麼事用得上我——」

她笑了起來：「沒有。我知道你是認真的，但你幫不上我的忙。我不需要什麼好處，不做交易，我是個純純粹粹不帶商業色彩的人，什麼回報都不要。只能碰運氣，吉姆，你也只好指望我了。」

「可既然如此，你為什麼想這麼做？你從中能得到什麼呢？」

她向後一靠，笑了：「就是這頓午飯，就是在這裡看到你，知道你非得來找我不可。」

詹姆斯隱藏的眼神裡燃起了一股怒火，隨後，他的眼皮慢慢地瞇了起來，他也向椅子上一靠，臉上的表情鬆弛下來，有了一絲嘲諷和滿足。即使從代表著他價值規範的那個從未挑明、從未說出、從未明確定義的混亂觀點來看，他也還是能認識到在他們之中，誰對對方更有依賴性，誰又是更卑鄙的。

他們在餐廳門口分手後，她去了里爾登在韋恩．福克蘭酒店的套房，他不在的時候，她有時會待在那裡。她思考著，在房間裡踱了半個小時，然後像是隨意地拿起了電話，卻已經是下了決心。她打電話到里爾登的辦公室，問伊芙小姐他預計什麼時候會回來。

「里爾登先生明天坐彗星號快車到紐約，里爾登夫人。」伊芙小姐用清晰、禮貌的聲音說道。

「明天？太好了，伊芙小姐，能幫我個忙嗎？能不能告訴我家的葛特茹德別等我回來吃晚飯了？我今晚就住在紐約。」

她掛上電話，看了看手錶，給韋恩．福克蘭酒店的花房撥了電話，「我是里爾登夫人，」她說，「我想訂兩打玫瑰花，送到里爾登先生乘坐的彗星快車的車廂……是的，今天，下午，等彗星快車到芝加哥的時候……不，什麼卡片都不要——只要花就行……太感謝了。」

她打電話給詹姆斯：「吉姆，能不能給我一張到你的旅客站台的票？我明天想到車站去接我先生。」

她在尤班克和史庫德之間猶豫了一下，決定還是選尤班克，給他打了電話，約好今晚一起吃晚飯，然後去看音樂劇。隨後她去洗澡，放鬆地躺在浴缸的熱水裡，讀起一份專門談政治經濟方面問題的雜誌來。

下午很晚的時候，花房打來了電話，「我們的芝加哥店報告說他們不能送花，里爾登夫人，」他說，「因為里爾登先生沒有坐彗星快車。」

「你確定？」她問。

「非常確定，里爾登夫人。我們的人在芝加哥車站沒有發現用里爾登先生的名字訂的包廂，為謹慎起見，我們和塔格特公司紐約辦公室做了核對，他們說里爾登先生不在彗星快車的旅客名單內。」

「我明白了……那就請把訂單撤了吧……謝謝你。」

她眉頭緊鎖，在電話機旁坐了一會兒，然後打電話給伊芙小姐：「請原諒我有點失神了，伊芙小姐，剛才我有點著急，沒有記下來，現在記不清你說的了。你是說里爾登先生明天回來，坐彗星快車嗎？」

「是啊，里爾登夫人。」

「你沒聽說他的計畫有什麼延後和變動嗎？」

「哦，沒有。其實我一小時前剛和里爾登先生通完話。他是從芝加哥的車站打過來的，還說他得趕緊上車，因為彗星快車要開了。」

「明白了，謝謝你。」

她一放下電話，就立刻站了起來。她開始在屋裡兜圈子，腳步變得凌亂而沉重。隨即，一個突如其來的念頭讓她停了下來。只有一個原因會讓一個男人用假名預訂列車的座位：他不是獨自一人。

她臉上的肌肉漸漸變成一個滿意的笑容：這可是一個她沒有想到的機會。

$——————

在終點站的站台上，莉莉安站在靠近整列火車中間的位置，看著從彗星快車上走下來的旅客。她的嘴角隱隱浮著笑意，沒有生機的眼睛裡閃爍靈動；她像一個女學生那樣笨拙急切地來回轉動著腦袋，視線從一張又一張面孔間掃過。她想看看當里爾登帶著他的情婦，看到她站在這裡時，臉上會是什麼表情。

她滿懷希望地掃視著每一個從列車上走下來的衣著華麗的年輕女人。很難看得清：頭幾個人才下車不一會兒，列車宛如傷口崩裂，一股濃濃的氣流像是被吸塵器吸了出來一樣，衝著一個方向噴了出來，瀰漫了整個站台；她幾乎辨認不出誰是誰。燈光刺眼，在塵土飛揚、油膩不堪的黑暗中射出一束光柱。她必須努力站穩，抵擋著這股無形的壓迫。

她從人叢當中第一眼看見里爾登的時候，不禁愣了：她並沒有看見他從車廂下來，但他此時正從遠遠的列車尾部向她這個方向走來。他獨自一人，邁著他那目的明確的步伐，雙手插在風衣的口袋裡，身邊沒有女人，除了一個行李員匆匆地拎著一個她認識的皮箱以外，沒有任何人伴隨。

在一陣難以置信的失望所帶來的暴怒之下，她瘋狂地在他身後尋找著任何一個單獨的女子身影，她絕對相信自己可以認出他找的這個女人。她的尋找一無所獲。隨後，她看出列車的最後是一節私人車廂，看見一個人站在車門的旁邊，正和車站的官員說話——這個人穿戴的不是貂皮大衣和面罩，而是一件粗獷幹練的運動上衣，在一副身為車站的主人和中心的自信舉止下，襯托出她那苗條身材的無比優雅——她正是達格妮．塔格特。隨即，莉莉安便全明白了。

「莉莉安！出什麼事了？」

她聽到了里爾登的說話聲，感覺到他的手抓住了她的臂膀；她發現他看著她的樣子就像是一個人在看著一個突然出現的緊急情況一樣。他看到的是一張面無人色的臉龐，和茫然失散的恐怖眼神。

「出什麼事了？你在這裡幹什麼？」

「我……嗨，亨利……我就是來接你……沒有特別的事……我只是想來接你。」她臉上的恐怖不見了，但她說話時，聲音卻變得奇怪的平淡，「我想見你，就是一陣衝動，突然的一陣衝動，我忍不住，因為——」

「可是你看起來……看起來像是病了。」

「沒有……沒有，可能我有點頭暈，這兒太擠了……我實在忍不住要來，因為這讓我想起了那些你見到我就很高興的日子……這是我給自己重新製造出的片刻幻覺……」這些話聽起來像是在背誦。

她知道，當她正拚命地在心裡琢磨這次發現的全部含意時，嘴上必須要說著話。她本來打算等他發現車廂裡的玫瑰，然後看見她的時候，再來講出這些話的。

他沒有回答，站在那裡看著她，蹙起了眉頭。

「我想你，亨利。我知道我這是在承認什麼：但我不希望它對你再有任何意義。」這些詞語和那張緊繃的臉格格不入，嘴唇費力地擠著，眼睛在不斷朝他身後的站台裡面張望。「我想……我只是想讓你吃驚。」精明和心計又在她的臉上恢復了。

他拉起她的手臂，但她立即抽了回來。

「你難道一句話都不打算和我說嗎，亨利？」

「你想讓我說什麼？」

「你妻子到車站來接你——你難道就這麼厭煩？」她向站台後面瞄了一眼，達格妮正朝他們走過來，而他沒有看見她。

「走吧。」他說。

她不動，「你是不是？」她問。

「什麼？」

「是不是很厭煩？」

「不，我不煩，我只是不明白。」

「說說你這趟旅行吧，我想你肯定是很開心了。」

「好啦，我們可以回家去說。」

「我和你在家裡有過說話的機會嗎？」她懷著他所想像不出來的目的，像是故意拖延時間一般慢吞吞地說著。「我曾經希望能讓你注意到我——就像現在這樣——從火車、業務開會，和所有那些把你的白天和黑夜都占滿的重要事情中，從你的那些了不起的成就中，比如……你好啊，塔格特小姐！」她響亮而高亢地尖聲喊道。

里爾登騰地轉過身，達格妮正從他們身邊走過，但她停了下來。

「你好。」她對莉莉安點了點頭說，面無表情。

「真對不起，塔格特小姐，」莉莉安笑著說，「請你務必原諒，發生這樣的事，我不知道該如何安慰。」她留意到達格妮和里爾登沒有互相打招呼，「實際上，你是從你和我先生的孩子的葬禮上剛回來，對不對？」

達格妮的嘴角露出一絲驚訝和輕蔑。她一低頭，接著走開了。

莉莉安死死地盯著里爾登的臉，似乎是在有意強調著。他不為所動地看著她，大惑不解。

她不再說話了，當他轉身走開的時候，她一言不發地跟著他。坐在去韋恩・福克蘭酒店的計程車裡，她依舊沉默，扭著臉不去看他。他看到她的嘴巴咬得緊緊的，感覺到她的內心之中一定有某種不同尋常的劇烈波動。他還從來沒見過她的情緒如此的強烈過。

一到了他的房間裡，她便倏地轉過頭來面對著他。

「看來這就是那個人了？」

他猝不及防，看著她，幾乎不敢相信他的感覺。

「達格妮・塔格特是你的情婦，對不對？」

他沒有吭聲。

「我偶然發現了那趟列車上沒有你的訂位車廂，這樣我就知道你過去的四天晚上都是在哪兒睡的了。你是打算承認呢，還是想讓我派偵探去問她火車上的員工和她家的傭人？到底是不是達格妮・塔格特？」

「是。」他平靜地回答。

她的嘴巴抽搐著，難看地發出一聲乾笑，眼睛盯著他身後的遠處：「這我早就應該知道，早就應該猜到了，難怪不管用！」

他一臉困惑地問：「什麼不管用？」

她退後一步，似乎才想起了他的存在：「你們——她來我們家那次聚會的時候——你們是不是，那個時候就……」

「沒有，是從那以後。」

「這個了不起的女商人，」她說，「無可指責，挑不出一點女性應該有的缺點，一個非凡的頭腦，對肉體毫無興趣……」她啞然一笑，「那條手鍊……」她目光凝滯地說著，這些話聽起來像是從她激盪的內心不小心掉了出來，「那就是她對你的意義，那就是她給你的武器。」

「假如你真的能理解你所說的話——那麼就是這樣。」

「你覺得我能就這麼放過你嗎？」

「放過……」他帶著冰冷吃驚的好奇，難以相信地看著她。

「難怪呢，在你出庭的時候——」她停住了。

「我出庭的時候怎麼了？」

她顫抖著，說：「你當然明白，我絕對不會讓它繼續下去的。」

「這和我上法庭有什麼關係？」

「我絕不會讓你得到她，誰都可以，但不能是她。」

他等了一會，才平和地問道：「為什麼？」

「我絕不允許！你必須放棄！」他看著她的神色之中沒有任何表示，但他牢牢地盯著她的那雙眼睛便是他最令人害怕的回答。「你要放棄這一切，你要離開她，永遠不再去見她！」

「莉莉安，假如你想商量這件事的話，就得明白：我是絕對不會放棄的。」

「但我要求你放棄！」

「我告訴過你，你可以提出任何要求，唯獨這件事不行。」

他看到她的眼中泛起一股異樣的惶恐：對眼前的一切，她並不是不能夠理解——她似乎想把她發狂的情緒變成一道霧的屏障，不僅希望它讓她看不到現實，更希望現實能夠因此而不存在。

「但是，我有權利要求你這麼做！你的生活是我的！它是屬於我的財產，這可是你保證過的。你對我的幸福發過誓，不是你的——是我的幸福！你為我做過什麼？你什麼都沒給過我，從沒做出過任何犧牲，你對一切都漠不關心，心裡只有你自己——你的工作，你的工廠，你的才能，你的情婦！可我呢？我才是第一個有權索取的人，現在我要求兌現它！你是我名下的帳戶！」

他臉上的表情迫使她不斷提高了嗓門，一聲比一聲尖利，到了恐怖的地步。她看到的不是憤怒、痛苦，或者慚愧，而是一個大義凜然的對手：無動於衷。

「你替我想過沒有？」她衝著他的面孔咆哮道，「你想沒想過你這麼做會把我怎麼樣？如果你知道你和那個女人每一次上床都是在把我推下地獄的話，你就沒有權利再繼續下去了！我受不了，我一想到這些就無法忍受！你要為了自己那動物的欲望而把我犧牲掉嗎？你有那麼狠毒和自私嗎？你能把自己的快樂建立在我的痛苦之上嗎？如果這些就是我要忍受的，你還會如此嗎？」

他的心中除了一種空蕩蕩的驚訝之外，感覺不到任何其他的東西，他觀察著他過去只是短暫地留意過的這個東西，現在它已經把虛無的猙獰完全展露了：它帶著仇恨的咆哮，用威脅和要求，乞望得到憐憫。

「莉莉安，」他非常平靜地說，「就算這會要了你的命，我也還是要這麼做。」

她聽到了，比他預想的還要清楚，比他自己聽得還要真切。讓他吃驚的是她並沒有因此尖聲叫喊，他看到的卻是她洩氣般地平靜了下來。「你沒有權利……」她喃喃自語著，尷尬的絕望如同一個人明白自己再說什麼也沒用了。

「無論你對我有什麼樣的要求，」他說，「沒有人能夠忍受一個要毀滅自己的要求。」

「她對你就這麼重要？」

「遠比這還要重要。」

她又恢復了若有所思的神態，但臉上掛著幾分狡黠，沉默不語。

「莉莉安，我很願意讓你知道真相，現在你可以完全清楚地做出選擇了。你可以和我離婚——也可以要求保持現狀。這是你唯一的選擇，我也只能答應你這一條。我想，你知道我想和你離婚，但我不勉強你做出犧牲。我不清楚你從我們的婚姻中能得到什麼安慰，但假如你確實能得到的話，我不會要求你放棄它。我不知道你現在為什麼抓住我不肯放，不知道我對你究竟還有什麼意義。我不清楚你想要的是什麼，你幸福的概念是什麼，以及你還想從這種在我看來我們倆都無法忍受的情況裡得到些什麼。要是依我的標準，你早就應該和我離婚了，要是依我的標準，維持我們的婚姻就是一場惡毒的騙局。但我和你的標準不同。我不明白你的標準，從來就沒明白過，但我會接受它們。假如這就是你愛我的方式，假如『我的妻子』這個名義能帶給你某種滿足，我不會把它從你那裡剝奪走。是我違背了我所說過的話，所以我會盡我最大的限度去彌補。你當然知道，我可以買通某一位法官，隨時得到一紙離婚的裁決，但我不會那樣做的。如果你希望如此的話，我可以遵守諾言，但我能幫的僅限於此。現在你來選擇吧——不過，假如你決定不放我走的話，你再也不能和我提起她，不能對她流露出你已經知道了這件事。如果你今後遇見她，我的這部分生活絕對不允許你去碰一下。」

她一動不動地站在原地，抬頭看著他，身體垂著，癱軟無力，彷彿這副無精打采的樣子是一種不服，彷彿不想為了他恢復端莊的儀態。

「達格妮．塔格特小姐……」她輕笑著說，「這個普通妻子不會懷疑的女強人，這個除了生意什麼都不關心，和男人們打起交道來像男人一樣的女人，這個精神強大，只是為了你的天賦、你的工廠和你的合金就對你產生柏拉圖式愛慕的女人！」她嗤笑道，「我早該知道她不過是個婊子，她想得到你的方式是和所有的那些婊子們都一樣的——因為如果讓我來評判這樣的事，那你床上的功夫和你在辦公桌前的能力都是一流的。不過她對此可比我要欣賞多了，因為她崇拜任何一種高超的技藝，因為也許她每得到一段鐵軌，就會被壓倒一回！」

她停下不說了，因為她有生以來第一次看到一個會去殺人的人是什麼樣子。但他並沒有在看她，他究竟有沒有看她，或有沒有聽見她的話，她無法確定。

他聽到的是他自己的聲音，在艾利斯．威特家中陽光斑駁的屋子裡說著她說的話。他看到的是他度過那些夜晚以後，他的身體和達格妮分開時她的臉龐，她靜靜地躺著，臉上煥發著比笑容還要燦爛的光芒，那神情如此青春，如同清晨一般，由衷地感激著生命的存在。而且他看到了曾經在他床上的莉莉安的面孔，毫無生氣，帶著逃避的眼神，嘴角掛著微微的嘲弄，如同是懷了猥褻的罪惡一般的神情。他看到了是誰正在控訴，又是誰在被控訴——他看到了淫穢把癱軟無能奉為純潔，同時把生命的力量詛咒為罪惡。在猛然的驚悸之中，他清楚地看到了這種可怕的醜陋——那是他曾經相信過的。

這只是一瞬間的事，是一個不需要言語的信念，是一個在他的內心之中沒有封住的感知。這驚悸把他拉了回來，看到了眼前的莉莉安，聽到了她說話的聲音。對他來說，她突然只是某種毫無意義的存在，需要從眼下打發過去而已。

「莉莉安，」他的語氣平淡至極，甚至對她沒有一點點惱怒，「你不能在我面前提到她。如果你再這樣的話，我對你的回答就和對強盜的沒有兩樣了：我會把你痛打一頓。無論是你還是其他人，都不能去議論她。」

她看了他一眼，「真的？」她說，聲音顯得輕鬆而不可思議——似乎她把話隨手一扔，剩下一副鉤子還掛在心裡。突然間，她像是在打著什麼如意算盤。

他帶著厭倦的驚訝，平靜地說：「我還以為你願意把事情給弄清楚，我以為，你出於對我的愛也好，尊敬也好，總還是想知道我對你的背叛並不是隨隨便便，不是為了什麼賣唱女子，而是為了我生命中最純潔、最認真的感情。」

她不由自主，猛地衝他轉過身來，臉上的怨恨再無法掩飾：「啊，你這個白癡！」

他一言不發。

她再一次保持鎮靜，帶著隱隱的神祕而愚弄的笑意，「我猜，你是在等我的回答？」她說，「不，我不會和你離婚的，這你就別指望了。我們保持現狀——假如這就是你所答應的，而且你認為可以繼續的話。我倒要看看你能不能蔑視一切道德的原則，而且逃脫得了！」

她伸手去拿大衣，對他說她要回家的時候，他沒有聽見。他幾乎沒注意到她出去後關上門的聲音。他呆呆地站著，渾身籠罩在一種從未有過的感覺裡。他知道，他隨後必須要好好想想，把頭緒理清，但此刻，他什麼都不想做，一心要好好感受一下他奇怪的感覺。

這是一種自由的感覺，彷彿他一個人置身於無邊無際的清純空氣之中，只是記得有某些負擔從他的肩頭卸了下去。這是一種妙不可言的被釋放的感覺，他意識到無論莉莉安有什麼想法，她的痛苦和一切對他毫無影響，不僅如此，他更加清醒而無愧地意識到，他本來就沒必要受它影響。

第六章 奇蹟合金

「可是我們這麼做行嗎？」衛斯理．莫奇問道。憤怒使他提高了嗓門，恐懼卻又使他的聲音變細了。沒人出聲。詹姆斯坐在椅子邊不動，從額頭下方抬眼看著他。伯伊勒惡狠狠地朝菸灰缸彈了彈雪茄上的菸灰。費雷斯博士笑著。威澤比先生的嘴唇和雙手都疊在了一起。美國勞工聯合會的弗瑞德．基南停下在辦公室內的踱步，兩手交叉，坐在窗台上。正俯身坐著的尤金．洛森心不在焉地擺弄著玻璃矮桌上的插花，憤憤地抬起身體，向上瞧了瞧。莫奇坐在他的桌子後，拳頭下面是一張紙。

洛森回答了：「在我看來這麼做不行。我們不能讓固有的困難動搖信念，這項宏偉的計畫完全是為了公共福利，是為人民著想的，人民需要它，這需要是第一優先的，因此我們沒必要考慮其他事情。」

沒人反對或者搭腔；他們這副樣子倒像是洛森使得討論更難進行下去了。然而，有一個身材瘦小的人，他坐在房間裡最好的扶手椅上，和眾人分開，很滿意大家都未注意他，同時十分清楚，他們誰都不可能忽視他的存在。他看了看洛森，又瞧了瞧莫奇，然後帶著歡快的語調說：「就這麼說，衛斯理，讓它低調一點，再粉飾一下，然後讓你的新聞界去製造輿論——你用不著擔心。」

「好的，湯普森先生。」莫奇悶悶不樂地說。

作為一國首腦的湯普森先生從不引人注目。和任何三個以上的人在一起，他就普通得難以辨認；而他一個人的時候，似乎身邊能聚集起無數和他同樣的一群人。全國人民都說不太清楚他的模樣：他的照片在雜誌封面的曝光率和他前任一樣，但人們向來不清楚哪些是他的照片，哪些又是報導普通人的文章登出來的「郵局員工」或者「白領員工」的照片——只不過湯普森先生的衣服領子通常是皺巴巴的。他的肩膀寬闊，身材瘦小，長著細線般的頭髮和寬寬的嘴巴，年齡看上去跨幅很大，既像是憂心忡忡的四十多歲，又如同是精力充沛的六十歲。儘管已經大權在握，他還是不斷有計畫地擴充權力，因為那些把他推到這個座位上的人希望他這麼做。他有著不聰明的人所具備的狡猾，和懶人發瘋後的能量。他走上自己生涯頂峰的唯一祕訣就是機會，這一點他很明白，對於其他的東西他也不抱任何指望了。

「很顯然是要採取一些措施，果斷的措施，」詹姆斯說，他並不是對著湯普森先生，而是衝著莫奇，「我們不能讓事態再這樣發展下去了。」他顫抖的聲音很不服氣。

「放鬆點，吉姆。」伯伊勒說。

「必須要做點什麼，而且要快！」

「別看我，」莫奇大聲說，「我無能為力，如果人們不合作的話，我也沒辦法。我現在放不開手腳，需要有更大的權力才行。」

莫奇以朋友和他個人顧問的名義把他們都召集到了華盛頓，針對全國危機開了這個私下的非正式會議。不過，瞧他這副樣子，他們說不出他是在給他們施加壓力，還是在向他們發牢騷；是在威脅他們，還是在求他們幫忙。

「實際情況是這樣的，」威澤比先生用報告資料一般乾巴巴的聲音拘謹地說道，「截至今年元旦為止的過去十二個月當中，企業的破產率與之前的十二個月相比翻了一倍；從今年的頭一天開始至今，破產率已經上升了三倍。」

「一定要讓他們相信錯在他們自己身上。」費雷斯博士輕描淡寫地說。

「哦？」莫奇的目光投向了費雷斯博士。

「無論你做什麼，就是不能道歉，」費雷斯博士說，「要讓他們自己感到慚愧。」

「我不想道歉！」莫奇喊道，「我不想去指責誰，我需要更多的權力。」

「但這的確是他們自己的錯，」洛森頗有挑戰意味地對費雷斯博士說，「是他們缺乏社會意識，他們不肯承認生產並非是由個人決定的，而是一種公共責任。無論出現什麼情況，他們都沒有權利失敗。他們必須繼續生產下去，這是一個社會的使命。一個人的工作不是他個人的事，而是社會的事。根本就不存在什麼個人的事情——或者個人的生活。這才是我們必須讓他們明白的。」

「洛森明白了我的意思，」費雷斯博士笑了一下說，「儘管他還沒有意識到這一點。」

「你認為你是什麼意思？」洛森提高了嗓門問。

「好了。」莫奇喝令道。

「我不在乎你打算怎麼做，衛斯理，」湯普森先生說，「我也不在乎商人是不是會大發牢騷。只是你一定要控制住媒體，一定要注意這一點。」

「我已經控制住了。」莫奇說。

「一個編輯不合時宜地胡說八道，比十個不滿的百萬富翁給我們造成的危害還要大。」

「沒錯，湯普森先生，」費雷斯博士說，「不過，你能說出有哪個編輯知情嗎？」

「我想是沒有了。」湯普森先生說；聽起來他覺得很滿意。

「無論我們要去依賴誰，為誰做出規畫，」費雷斯博士說，「有一句過時的話我們完全可以不必去顧慮：就是說什麼要依賴那些有智慧和誠實的人。我們不必考慮他們，他們已經過時了。」

詹姆斯向窗外看了一眼。在華盛頓寬闊的街道上方，四月中旬的天空露出了幾塊淡淡的藍色，幾道陽光射透了雲層。遠處一座挺立的紀念碑在陽光照耀下泛出光亮：這是一座高大的白色石塔，聳立在那裡，正是它所紀念的人說過費雷斯博士剛才引用的話，這座城市便是以他的名字命名的。詹姆斯移開了視線。

「我不欣賞教授所講的話。」洛森陰沉著臉，高聲說道。

「冷靜點，」莫奇說，「費雷斯博士談的可不是理論，而是實際。」

「哦，說到實際的話，」基南說，「那我要告訴你，這種時候我們不能去管商人，我們必須要考慮的是就業，給人們更多的工作機會。在我的工會裡面，每個工人要養活五個沒工作的人，這還沒算上他那群餓肚子的親戚。如果想聽我建議的話——哦，我知道你不會這麼做的，這只是一個想法而——發佈一條命令，強制全國的每一家發薪機構再多雇三分之一的人。」

「老天爺！」詹姆斯叫了出來，「你瘋了嗎？我們連現在的工資都快發不出來了！我們現有的人手已經是過剩了！再多三分之一？他們根本就沒工作可幹！」

「誰在乎你有沒有工作讓他們幹？」基南說，「他們需要工作，首先要考慮的是——需要——對不對？而不是你的利潤。」

「這不是利潤的問題！」詹姆斯急忙叫嚷著，「我從來沒說過什麼利潤，你沒有任何理由來誣衊我。問題只是在於，我們有一半的火車都是在空跑，要運的貨連一節車廂都裝不滿，我們到底要從哪裡才能弄到錢給你們那些人發工資。」他忽然想起了什麼，小心地放慢了說話的語速，「不過，我們確實理解工人的困難，並且——這只是個想法——假如允許我們把運輸費上漲一倍的話，或許我們可以增加一定的人手——」

「你瘋了吧？」伯伊勒叫道，「你現在的運費已經快讓我破產了，每次貨車從工廠裡進出，我都渾身發抖，我的血都被它們榨乾了，我已經負擔不起了——還要再翻倍？」

「你能不能負擔得起並不要緊，」詹姆斯冷冷地說，「你必須做好犧牲的準備，大眾需要鐵路，需要是第一位的——比你的利潤更重要。」

「什麼利潤？」伯伊勒叫嚷著，「我什麼時候有過利潤？誰也不能指責我是在營利！瞧瞧我的財務報表就行了——然後再看看我的那個競爭對手的，他獨占了所有的客戶和原料，占盡了技術上的便宜，壟斷著祕密的配方——然後再跟我說誰是營利的人！……不過當然了，大眾的確是需要鐵路，也許我能克服一定的運費上漲，只要我能——這只是個想法——只要我能得到一筆補貼，幫我把今後這一兩年挺過去，等到我調整過來，就——」

「什麼？你還要？」威澤比先生顧不得再一本正經，脫口叫了出來，「你從我們這裡已經弄了多少貸款，又延期、停付和緩付了多少回？你連一分錢都沒有還過——你們這些人都在破產，稅收受了這麼大的衝擊，你從哪兒再指望我們給你弄錢去做補貼？」

「有人還沒有破產嘛，」伯伊勒慢吞吞地說，「只要還有人沒破產，你們就沒有道理讓這樣的需求和慘狀蔓延到全國各地。」

「我是愛莫能助！」莫奇嚷道，「對此我一點辦法也沒有！我需要更多的權力！」

他們不清楚湯普森先生怎麼會想到要來參加這次會議。他言語不多，卻一直很注意地聽著，此時，他看來已經瞭解得差不多了，站起身來，愉快地笑著。

「去做吧，衛斯理，」他說，「執行第一〇—二八九號命令，你不會有任何麻煩的。」

他們全都沉著臉，不情願地跟著站了起來。莫奇低頭瞧了一眼他的那張紙，生氣地說：「假如你想讓我這麼做的話，你就得宣佈全國進入緊急狀態。」

「只要你準備好了，我隨時可以宣佈。」

「這有一定的困難，是——」

「我就交給你了，你想怎麼處理都可以，這是你的職責。明後天把草案拿給我看看，但我不想看什麼細節。半個小時後我還得做一個廣播演講。」

「最主要的困難是，我不敢肯定我們執行一〇—二八九號命令的某些條款是得到法律授權的。我擔心會遭到反對。」

「哦，行了吧，我們已經頒佈這麼多緊急法案，如果你從中仔細找找，肯定能找出支持它的東西。」

湯普森先生帶著親切的笑容轉向其他人，「餘下的細節我就讓你們去商量了，」他說，「很感謝你們來華盛頓幫我們解決這些問題。很高興見到你們。」

他們等著他走出去，門關上之後才重新就座；彼此誰都不去看誰。

他們沒有聽說過一〇—二八九號命令的具體條文，但他們知道這裡包含的內容。他們早就知道有這麼一道命令，但卻以他們特有的方式，無聲而意會地保守著祕密。此刻，他們還是同樣希望不要親耳聽到這項命令的具體條文。他們內心的複雜機關就是為了避免這種時刻的到來而設計的。

他們希望這項命令能夠實施，希望它既能夠實施，又不必明說出來，這樣他們對自己的所作所為就可以裝作不知道。誰都沒有公開宣稱過一〇－二八九號命令便是他的終極目標，但通過過去幾代人的努力，它已經成為可能，而在過去的幾個月裡，無數的演講、文章、說教和評論已經為它每一款細則的實施做好了準備，只要有誰說出了他們的目的，就會招致十足的惱怒叫囂。

「現在形勢是這樣的，」莫奇說，「國家的經濟狀況前年好過去年，去年好過今年。顯然，照這麼發展下去，我們是無法再堅持一年的。因此，我們現在唯一的目標就是必須挺住，堅持到我們能調整過來，達到徹底的穩定。自由已經被證明是失敗的，因此，有必要採取更多嚴厲的控制。既然人們不能，也不願意主動地解決他們的問題，就必須強迫他們這樣去做。」他頓了頓，拿起了那頁紙，用稍微放鬆一些的口氣補充道，「見鬼，現在居然成了我們只能維持現狀，卻動彈不得了！所以我們一定要停下來！我們一定要停下來，一定要讓那些混蛋停下來！」

他的腦袋縮進了肩膀，他看著他們，一臉怒氣，彷彿在宣佈說國家面臨的問題就是對他個人的侮辱。那麼多想從他這裡撈到好處的人都怕他，而此刻，他表現得彷彿他的怒氣是一切問題的解決之道，彷彿他的怒氣可以所向披靡，彷彿他只要發怒就可以了。然而，圍坐在他桌前的人們搞不明白的是，房間裡的這股怒氣究竟是他們自己的情緒，還是這個聳肩弓腰站在桌子後面的人發出的被困住的老鼠一樣的恐慌。

莫奇長了一張長方臉，梳理過的頭髮使扁平的頭頂更加明顯，他的下唇陰沉地鼓起，灰暗的褐色眼球像蛋黃一樣蒙在混濁的眼白當中。他臉上的肌肉突然抖動了起來，這抖動隨即倏然而止，沒有傳遞出絲毫的表情。從來沒有人看見他笑過。

衛斯理．莫奇出身的家庭世代以來都說不上是窮還是富，毫無特色；不過，它一直有著自己的傳統：就是一直受著正統的大學教育，因此對商人一向很瞧不起。家裡的牆上總是掛著畢業證書，表現出對這個世界的不滿，因為這些證書並沒有自動帶來與它們被證明了的精神價值對等的物質回報。在家裡的眾多親戚裡，他有一個富有的叔叔。他一生與錢為伴，在他孤單的晚年，從一大群的侄子侄女中唯獨看中了衛斯理，因為他是這一大群人中間最不起眼的一個，因此朱利斯叔叔覺得他最可靠。朱利斯叔叔不喜歡聰慧的人，也對打理自己的錢財不勝其煩，所以他就把這件事交給了衛斯理。等到衛斯理從大學畢業時，便已經淪落到無財可理了。朱利斯叔叔把這些歸咎於衛斯理的狡詐，捶胸大叫著衛斯理這個管家實在太不會計畫。實際上，也從來就沒有過任何計畫；衛斯理根本說不出錢都到哪裡去了。在高中時，衛斯理是成績最糟糕的學生之一，一直特別嫉妒那些成績好的學生。大學則教會了他根本不必去嫉妒他們。畢業後，他就職於一家生產劣質的腳雞眼治療藥物公司的廣告部門。藥物很暢銷，他升任了部門的頭頭。他不再做這個產品，轉而去做生髮劑的廣告業務，然後又做獲得專利的乳罩，再之後是新型的肥皂、飲料——隨後，他當上了一家汽車企業的廣告部副總。他沿用推銷雞眼藥物的方法去推銷汽車，結果賣不出去。他抱怨自己的廣告費用不夠。公司的總裁建議他去找里爾登，是里爾登介紹他去了華盛頓——里爾登對他派到華盛頓的人應該去如何工作一點也不懂。是詹姆斯把他安排進了經濟計畫和國家資源局——條件是要他捨棄里爾登，轉而幫助伯伊勒去整垮丹·康維。從那時起，人們就開始扶持莫奇步步高升，和朱利斯叔叔當初所想的原因一樣：他們相信庸才才是可靠的。坐在他桌前的這些人所接受的理論，便是因果律是一種迷信，人在面對現狀時無須追根溯源。根據目前的形勢，他們認為莫奇的手腕異常的高超和巧妙，因為無數的人都嚮往得到權力，只有他得到了。他們根本想像不到的是，莫奇只不過是各種勢力互相爭鬥之下的一個平衡點。

「這只是一份一〇—二八九號命令的草稿，」莫奇說，「洛森、克萊蒙和我先把它趕了出來，好讓你們有個大致的概念。我們想聽聽你們的意見和建議——因為你們代表著勞工、企業、運輸和各界的專業人士。」

基南離開窗台，坐在椅子的一隻扶手上。伯伊勒把他的雪茄吐了出來。詹姆斯低下頭瞧著自己的手，似乎只有費雷斯博士還很自在。

「從大眾的幸福出發，」莫奇唸道，「為了保障人民的利益安全，實現完全的公正和徹底的穩定，特別規定在國家緊急狀態期間——」

「第一點，所有工人、領取薪水的人，以及一切雇員，即日起應繼續工作，不得離開、被解雇或變換工作，違者將被處以刑罰。刑罰的處決由聯合理事會做出，理事會由經濟計畫和國家資源局的指定人選組成。所有年滿二十一歲者應向聯合理事會報到，並根據理事會的意見，分配到最符合國家利益和需要的地方去。」

「第二點，所有的工業、貿易、製造及一切商業機構，即日起保持營業，以上機構的所有人不得退出、離開、退休，不得關閉、出售、轉讓他們的企業，違反的企業及他們的一切財產將一律收歸國有。」

「第三點，與一切設備、發明、配方、程式和工藝相關的任何專利及著作權，將作為愛國的緊急贈禮，由專利和著作權的所有人自願簽署禮品券，交給國家。聯合理事會將本著公正和不含歧視的原則，批准申請者使用上述專利和著作權，以此消除壟斷行為，杜絕廢餘產品，使其最大限度地滿足全國的需求。一律不得使用任何商標、品牌及著作權名稱。所有以前的專利產品必須標以新的名稱，所有的製造商在出售時均使用相同的名稱，該名稱由聯合理事會選定。一切私人的商標和品牌自此作廢。」

「第四點，自命令發佈之日起，不得生產、發明、製造和銷售目前尚未上市的設備、發明、產品及一切物品。專利和著作權局自此取消。」

「第五點，涉及任何生產行為的一切設施、機構、公司及個人，即日起應嚴格按照基本年份的產量，生產同等數量的產品。該基本年份，或者稱為標準年份的年度截止日期，為本命令的發佈日期。超額或不足的生產將受到處罰，該處罰由聯合理事會決定。」

「第六點，任何人，不分年齡、性別、出身和收入，即日起將每年購買物品的花費嚴格控制在與基本年份的購買額相等的標準。過多和過少的購買將受到處罰，該處罰由聯合理事會決定。」

「第七點，所有薪水、價格、工資、紅利、利潤、利率及一切收入，於命令發佈之日起，凍結在目前的標準。」

「第八點，所有因本命令而起的糾紛，以及本命令未涉及到的規定，由聯合理事會審理和裁決，該裁決將為最終裁決。」

即使是這四個在聽著的人，也還殘留著一些人的自尊，這自尊使得他們呆若木雞，感到痛苦難耐。

詹姆斯首先說話了。他的嗓音很低，但帶著不由自主的號叫般的劇烈顫抖：「好啊，當然可以了，如果我們沒有的話，他們憑什麼就應該有？他們怎麼就該站在我們頭上？假如我們完蛋的話，那就一定要讓他們一起完蛋。我們一定不要給他們任何活下去的機會！」

「對這樣一個造福所有人的實用計畫，這麼說也太可笑了吧。」伯伊勒面帶驚恐地看著詹姆斯，刺耳地說。

費雷斯博士啞然失笑。

詹姆斯的眼睛似乎有了神，他提高了說話的音量：「當然了，這計畫很實用，很及時，而且公正。它會解決所有人的問題，會給所有人都帶來安全感，帶來調整的機會。」

「它會使人們安全，」洛森說，他張嘴笑著，「安全——這才是人們需要的。如果他們需要的話，他們為什麼不應該得到呢？就因為有幾個有錢人反對嗎？」

「要反對的不是那些富人，」費雷斯博士懶洋洋地說，「富人可比誰都更希望有安全感——難道你們沒發現嗎？」

「那好，誰會反對呢？」洛森不耐煩地說。

費雷斯博士挖苦地笑了笑，沒有回答。

洛森把視線一轉：「讓他們見鬼去吧！我們幹嘛要擔心他們？我們一定要為小人物撐腰。就是因為太聰明才給人類帶來了所有這些麻煩。人的思想是一切罪惡的根源。現在是心靈做主的時候了。我們必須要關心的只能是那些軟弱、溫順、生病和謙遜的人。」他的下嘴唇柔軟而挑逗般地抽動著，「那些大人物就是要為小老百姓服務的，如果他們不肯盡他們的道德義務，我們就必須迫使他們就範。曾經出現過一個理智的時代，但我們已經走過去了，現在是愛的時代。」

「閉嘴！」詹姆斯喊道。

他們全都瞪著他，「上帝呀，吉姆，你怎麼了？」伯伊勒顫抖著說。

「沒什麼，」詹姆斯說，「沒什麼……衛斯理，能不能讓他安靜點？」

莫奇不太願意地說：「但我沒看出──」

「你讓他安靜點就是了，我們又沒必要聽他的，對吧？」

「是啊，可是──」

「那好，我們接著說。」

「這算什麼？」洛森抗議道，「我很討厭這樣，我絕對──」然而，他從周圍的臉上沒有看到有誰表示支持，便停住了，他的嘴巴垂了下去，顯得恨恨不平。

「我們繼續吧。」詹姆斯精神好了起來。

「你是怎麼回事？」伯伊勒竭力忘掉自己為什麼會害怕，掩飾地問。

「天才是一種迷信，吉姆，」費雷斯博士帶著一種特別強調的口吻，慢吞吞地說著，好像知道他說出了他們心裡未曾說出的話一樣，「智力這東西壓根兒就沒有。人的大腦是社會的產物，匯聚了他從周圍的人得到的影響。沒有誰能發明任何東西，他只是把飄盪在社會空氣中的東西體現出來而已。天才只是一個聰明的撿破爛的人，把原本就屬於社會的主意和想法，貪婪地占為己有，一切想法都是偷來的。如果我們能消滅私有財產，財富的分配就會更公平，如果消滅天才，想法的分配就會更公平。」

「我們在這裡是談正事，還是互相取樂？」基南問。

他們轉向了他。他肌肉結實，五官粗獷，但他臉上令人稱奇的細微線條使他的嘴角向上翹起，看起來總是有一絲聰明、嘲諷的笑意。他兩手插口袋，跨坐在椅子的扶手上，帶著警察盯著小偷的冷酷笑容看著莫奇。

「我唯一要說的就是你最好把我的人安排到聯合會裡，」他說，「朋友，你最好把這事辦妥──否則，我就讓你的那個第一點徹底完蛋。」

「我當然是想讓工會能有個代表進入聯合理事會，」莫奇冷淡地說，「就像代表著工業、各個職業，以及各個交叉部分的——」

「沒有交叉部分，」基南穩穩地說道，「只有工會的代表，就這樣。」

「什麼！」伯伊勒嚷了起來，「這不全成了你們的人嗎？」

「沒錯。」基南說。

「可這麼一來，全國的所有企業就都受你的控制了！」

「那你認為我想要什麼？」

「這不公平！」伯伊勒叫道，「我絕對不支持！你沒有權利！你——」

「權利？」基南顯出一副不懂的樣子，說，「我們討論的是權利嗎？」

「可是，我是說，不管怎樣，總還是有些最基本的所有權吧——」

「聽著，朋友，你想得到第三點，對不對？」

「這個，我——」

「那你現在最好別玩這套所有權的把戲，把它收起來。」

「基南先生，」費雷斯博士說，「你不能犯這種太一概而論的錯誤吧，我們的政策必須要靈活，沒有絕對的原則能——」

「這些話還是留著和吉姆講吧，博士，」基南說，「我很清楚我說的話，因為我從來沒上過大學。」

「我反對，」伯伊勒說，「你這種獨裁的方式——」

基南背對著他說：「聽著，衛斯理，我的人是不會欣賞第一點的，如果讓我來管的話，我就可以叫他們忍著，如果不讓的話，門都沒有。你就自己拿主意吧。」

「這——」莫奇哽住了。

「看在上帝的分上，衛斯理，那我們怎麼辦？」詹姆斯叫道。

「如果想說動理事會的話，」基南說，「你就來找我，但我要控制這個理事會，只有我和衛斯理。」

「你覺得全國人民會答應嗎？」塔格特吼道。

「你別拿自己開玩笑了，」基南說，「全國人民？如果一切準則都不再存在的話——我覺得博士說得對，因為如果這個遊戲根本就沒有規矩，純粹是互相掠奪的話，肯定就沒有準則了——那麼就是把你們全算上，我的支持者也比你們的要多，雇員總是比雇主多，這你們可別忘了！」

「這個態度太荒唐了，」詹姆斯傲慢地說，「不管怎麼說，這項措施都不是為了工人或雇主的私利，而是為了大眾的普遍利益。」

「好吧，」基南笑道，「那我們就按你的話來說。誰是大眾？如果你說的是品質——那你不是，吉姆、伯伊勒也不是。如果你說的是數量——那絕對就是我，因為我有的就是數量。」他收斂了笑容，突然帶著一副厭煩的痛苦表情補充道，「只不過，我不會說什麼我是為了大眾的利益在工作，因為我知道我不是。我知道我是在壓榨那些窮光蛋，說穿了就是這麼回事。他們心裡也明白。但他們知道，假如我想坐穩的話，就必須經常讓他們嘗到些甜頭，但和你們這些人，他們可是連半點機會都得不到。所以，假如他們非得被鞭子趕著的話，他們寧願是我來拿著鞭子，而不是你們——你們這些只會淌著口水、騙取同情、唯唯諾諾地說什麼大眾利益的混帳東西！你們是覺得外面有一群傻子可以讓你們這些從大學出來的精英隨意唬弄嗎？我是在敲詐金錢——但我知道這一點，我的人也都知道，而且他們清楚我早晚有一天會還清這筆債。並不是說我的心地有多善良，我一分錢都不會少拿，但至少他們還能有指望。不錯，這讓我時常覺得噁心，我現在就對此很厭惡，但把現實弄成這個樣子的並不是我——是你們——所以我就按照你們設計好的規則來玩這場遊戲，而且會奉陪到底——反正我們誰也玩不了多久了！」

他站了起來。沒有人搭腔，他的目光從每個人的臉上逐一掃視過去，停在了莫奇的身上。

「理事會給不給我？衛斯理？」他輕鬆地問。

「圈定具體人選只不過是技術問題，」莫奇愉快地說，「我們能不能隨後再談，只有你和我？」屋子裡的人都明白，這實際上等於是答應了。

「好吧，朋友。」基南說，他走回到窗前，坐在窗台上，點了根菸。

剩下的人不約而同地看著費雷斯博士，似乎是想得到一些指點。

「不要受這番話的影響，」費雷斯博士流利地說，「基南先生是個很不錯的演說家，但對現實的狀況一點考慮都沒有，他沒有辦法辯證地思考。」

又一陣沉默後，詹姆斯突然開口：「我不管，這無所謂，他必須要把局勢穩住，一切都要保持現狀，和現在一樣。誰都無權改動任何事，不過──」他猛地轉向了莫奇，「衛斯理，根據第四點，我們必須要關閉所有的研究部門、實驗室、科技基金，以及類似的機構，他們都是非法的。」

「對，沒錯，」莫奇說，「這我倒是還沒想到，得把這些內容加上。」他找出一支鉛筆，在那頁紙的空白處飛快地寫了幾筆。

「這樣可以避免帶有浪費性質的競爭，」詹姆斯說，「我們就不必為了一些還不知道的東西而彼此競爭，用不著擔心新發明會讓市場造成恐慌，用不著只是為了趕上野心太大的競爭對手，而把錢扔到沒用的實驗裡去。」

「對，」伯伊勒附和著，「在保證大家都有了充足的舊東西之前，不允許任何人浪費錢搞新的。把該死的實驗室都關掉，越早越好。」

「是的，」莫奇說，「我們會關掉它們，全都關掉。」

「國家科學院也要關嗎？」基南問。

「哦，不！」莫奇說，「那不一樣，那是政府部門。再說，它是個非營利機構，所有的科學研究有了它就完全夠了。」

「足夠了。」費雷斯博士說。

「你把所有的實驗室都關掉以後，那些工程師和教授怎麼辦？」基南問，「所有其他的工作和企業都凍結了，他們靠什麼生活？」

「哦，」莫奇說，他搔了搔頭，轉向了威澤比先生，「是不是讓他們去領救濟金，克萊蒙？」

「不行，」威澤比先生回答，「為什麼要這樣？他們這麼少人，掀不起什麼大浪，用不著操心。」

「我想，」莫奇轉向了費雷斯博士，「你們應該可以吸收他們的一部分人，佛洛德？」

「是一部分，」費雷斯博士慢條斯理地說道，似乎在玩味著他的答話裡的每一個音節，「就是那些可以合作的人。」

「其他人呢？」基南問。

「他們就只能等了，直到聯合理事會能給他們找出點事情去做。」莫奇說。

「他們在等待的過程中吃什麼呀？」

莫奇聳了一下肩膀：「在國家處於緊急狀態的時候，總有些人會成為受害者。這是沒有辦法的事。」

「我們有權這麼做！」詹姆斯突然喊叫起來，打破了屋裡沉悶的氣氛，「我們需要這樣做，難道不對嗎？」沒有人應聲。「我們有權保障我們的生計！」沒有人表示反對，但他繼續用顫抖和懇求的語氣堅持說道，「幾百年來，我們頭一次能夠這樣高枕無憂。人人都清楚他和別人的位置和工作——並且我們不會受制於每一個會冒出新主意的人。誰都不能把我們從生意場上趕出去，偷走我們的市場，靠低價排擠和擠垮我們。沒人再會過來兜售什麼可惡的新玩意，讓我們決定的時候進退兩難，把它買下來就會傾家蕩產，如果我們不買，但是被別人買走了，還是會傾家蕩產！我們不用再去做決定，任何人都無權決定任何事。決定只有這麼一回，一切就這樣了。」他帶著乞求的目光，逐一望著眼前一張張面孔。「現有的發明已經夠多了——已經可以讓每個人都滿意了——為什麼還允許他們繼續發明？我們為什麼允許他們讓我們總是不得安寧？我們為什麼總是生活在永遠的動盪不安裡？難道就因為有那麼一些不老實的、野心勃勃的冒險者嗎？我們應不應該因為幾個不安分的人的貪婪，而犧牲掉全人類已有的滿足？我們不需要他們，根本就不需要他們。但願我們能丟掉那種對英雄的崇拜！英雄？他們從古至今做的只是破壞，驅趕人們瘋狂地角逐，沒有喘息，不得安息，無法放鬆，失去安全，跑著去趕上他們……總是如此，沒有盡頭……我們剛剛趕上，他們又領先了好多年……一點機會都不給我們……從來就不給我們任何機會……」他的眼珠不停地亂轉；他瞧了一眼窗外，但馬上便轉移了視線：他不願意看到遠處的那座白色的尖塔。「我們不用再和他們糾纏，我們勝利了。這是我們的時代，我們的世界。幾百年來的頭一次——我們將要有保障了——這是自從工業革命以來的第一次！」

「呃，我認為這個嘛，」基南說，「是和工業革命唱反調的。」

「你怎麼敢說出這種話！」莫奇厲聲說道，「我們絕對不能對大眾這麼說。」

「別擔心，兄弟，我對外不會這麼說的。」

「這純粹是謬論，」費雷斯博士說，「是無知的說法。所有的專家早就認為，一個計畫下的經濟可以達到最大限度的生產效率，集權制度會帶來超級的工業化。」

「集權會驅散壟斷的陰影。」伯伊勒說。

「它還能如此嗎？」基南一副懶洋洋的樣子。

伯伊勒沒有覺察到話裡的譏諷，認真地回答道：「它會驅散壟斷的陰影，帶來工業的民主。讓所有人都能豐衣足食。就拿現在來說，鐵礦這麼緊缺，既然有更好的金屬可以生產，我把錢、人力和國家的資源浪費在生產老式鋼材上還有意義嗎？這種金屬人人求之不得，但誰都得不到。那麼這算得上是良性的經濟、完美的社會效益，或者民主的法制嗎？為什麼不允許我生產這種金屬，為什麼當人們需要的時候不該得到它呢？難道僅僅就因為一個自私的個人壟斷？難道我們應該在他的個人利益面前犧牲我們的權利嗎？」

「算了吧，兄弟，」基南說，「我在同一份報紙上早就讀了你說的這些了。」

「你這種態度我很不喜歡，」伯伊勒突然以一種正義的口吻說，他此時的眼神如果是在酒吧裡，就會預示著一場拳腳決鬥。此刻，報紙泛黃頁面上的段落在他的心裡清晰可見，並讓他坐正了身體：

「在公眾迫切需要之際，我們是否要把來自於社會的努力，浪費在生產毫無用處的產品上面？我們是否允許讓許多人繼續生活在貧困之中，而同時卻允許極少數人獨占更好的產品與服務？對於專利權的迷信是否應該令我們止步不前？」

「私人企業無法應對當前的經濟危機，這難道還不明顯嗎？比如說，我們對於里爾登合金的尷尬短缺局面還能忍受多久？里爾登已經難以滿足公眾高漲的需求呼聲。」

「我們打算何時才停止經濟上的不公正待遇和特權？為什麼只允許里爾登一個人生產里爾登合金？」

「我不喜歡你的態度，」伯伊勒說，「我們尊重工人的權益，但我們也希望你尊重企業家的權益。」

「是哪一位企業家的什麼權益呀？」基南慢條斯理地問。

「我更認為，」費雷斯博士急忙說道，「第二點或許是唯一的當務之急。我們必須遏制企業界人士退休和失蹤的罕見現象，一定要阻止他們，這對我們的整個經濟造成了嚴重的破壞。」

「他們為什麼這麼做？」詹姆斯忐忑不安地問，「他們都到哪兒去了？」

「沒人知道，」費雷斯博士說，「我們始終找不到一點消息或解釋。但這一定要停止。在危急時刻，為國家提供經濟上的服務就和服兵役同等重要，任何放棄的人都應被視為逃兵。我已經建議對那些人處以死刑，但衛斯理不同意。」

「放鬆點，朋友，」基南用著怪異緩慢的聲音說道，他突然抱著兩臂，一動不動地坐定，盯著費雷斯的那股神情讓全房間的人忽然意識到了費雷斯是在建議殺人。「別讓我再聽見你說什麼企業裡要有死刑這樣的話。」

費雷斯博士無奈地聳聳肩膀。

「我們沒必要走極端，」莫奇匆匆說道，「我們不要嚇唬人，我們是想讓他們站到我們這邊來。我們的首要問題是，他們……他們是否能接受？」

「他們會的。」費雷斯博士說。

「我有點擔心，」洛森說道，「是關於第三和第四點。控制專利沒問題，沒人會替企業家抱不平。但我擔心對著作權的控制。這會引起知識分子的反感。這很危險，涉及的是精神的層面。第四條的意思是不是說從現在起就禁止寫作和出版新書了？」

「對，」莫奇答道，「是這個意思，但我們不能對圖書出版業破例，它和其他行業是一樣的。如果我們說了『禁止新產品』，就必須要做到『禁止新產品』。」

「可這事關精神領域呀。」洛森說。他的聲音裡並非是理智的尊敬，而是流露出一種迷信般的敬畏。

「我們不是在影響任何人的情緒，但是只要把書印到了紙上，它就成了物質商品——而我們一旦為一種商品破了例，就沒法控制其他的，就什麼都管不住了。」

「是的，的確如此，不過——」

「別傻了，洛森，」費雷斯博士說，「你不想讓頑抗分子藉機發表長篇大論，把我們的整個計畫給毀掉吧？如果你現在說出『審查制度』這種字眼，他們就會狂呼說這是殘忍的謀殺。他們現在還沒準備好接受。但你如果閉口不談精神，只把它看成是一個簡單的物質範疇——和思想無關，只涉及紙、墨和印刷出版——你就能更加順利地達到目的。你只要確保危險的東西不被印刷和傳播——沒人會計較物質上的事情。」

「對，可是……可是我覺得作家是不會贊成的。」

「你有把握嗎？」莫奇問，幾乎是笑著瞄了他一眼，「不要忘了，根據第五點，出版業必須按基本年份的產量出版同等數量的書。既然沒有新書，他們就得再版重印，老百姓就得買些舊書。有很多值得一看的書還一直沒得到公平的機會呢。」

「噢，」洛森應道。他想起自己兩個星期前曾見到莫奇和尤班克一起吃午餐。然後他搖了搖頭，皺起了眉頭說：「不過，我還是擔心。知識分子是我們的朋友，我們千萬不能失去他們，他們可是很能製造麻煩的。」

「他們不會，」基南說，「你們那類知識分子只會沒事的時候瞎嚷嚷——一有風吹草動就老實了。多少年來，他們始終唾棄那些養活他們的人——卻對甩他們巴掌的人舔指乞憐。不就是他們，像現在這裡發生的一樣，把歐洲的國家一個接一個地拱手交給了一群蠢貨嗎？不就是他們拚命嚷嚷著取消警報，打開門鎖，放那些暴徒進來嗎？從那以後，你聽他們再吭過一聲嗎？不就是他們嚷嚷著說自己是勞工的朋友嗎？而對於歐洲國家裡的鐵鍊黨、奴役營地、十四小時的工作日，以及死於敗血症的人，你聽他們提高嗓門說過什麼沒有？沒有，可是你卻能聽到他們對那些忍受皮鞭之苦的人們，說什麼飢餓就是繁榮，奴役就是自由，受刑室就是兄弟的友愛，而且，假如那些可憐的人對此無法理解，那就是他們咎由自取，要怨就怨那些監獄地牢裡血肉模糊的屍體，而不是仁慈的領袖！知識分子？你也許會擔心任何一種人，但絕不用擔心現在的知識分子；他們什麼都能吞得下去。碼頭工會裡最差勁的搬運工都沒法讓我放心：他能突然想起他還是個人——然後我就管不住他了。可知識分子呢？他們早就把這忘得一乾二淨了。我想，他們所受的一切教育的目的都是為了讓他們把它忘掉。對知識分子你可以為所欲為，他們會忍耐的。」

「終於有一次，」費雷斯博士說，「我與基南先生的意見一致了。就算我不贊成他的感受，但至少同意他所講的事實。你用不著對知識分子擔什麼心，衛斯理。你就讓他們之中的一些人領著政府的工資，然後派他們出去把基南先生剛才所提到的再原原本本地去宣傳一下：也就是說，受害者只能怪自己。給他們的工資夠用就行，頭銜一定要響亮——這樣他們就會把著作權的事扔到腦後，工作起來，效果能超過一整隊的執法人員。」

「是啊，」莫奇說，「我明白。」

「我所擔心的危險是來自另一個地方，」費雷斯博士沉思著說，「你的那個『自願禮品券』的做法可能會給你造成很多麻煩，衛斯理。」

「我知道，」莫奇沉著臉說道，「我原本是想讓湯普森先生就這一點來幫幫我們，但我猜想他不行。我們其實沒有沒收專利的合法權力。哦，可以勉強變通一下用來支援它的法律條文倒是不少，但都不夠確切。只要有哪個企業大亨想試試的話，我們就很可能不是對手。況且，我們必須保持表面上的合法性——否則大眾是不會買帳的。」

「說得很對，」費雷斯博士應道，「最關鍵的是要讓那些專利自願地交到我們的手上。即使有法律允許我們施行完全的國有化，也還是把它們當成禮物收過來更好。我們要讓人們感覺他們還是掌握私有產權的。大多數人是會就範的，他們會在禮品券上簽字，只不過會大肆渲染這是愛國的職責，不肯簽字的人便是貪婪至極，而他們會簽字。不過——」他停住了。

「我知道，」莫奇說，他顯然越來越不安起來，「我想，總會有一些死腦筋的混帳傢伙不肯簽字——可他們不是主流，影響不夠，沒人會聽他們的，他們自己的社交圈和朋友會因為他們的自私而背棄他們，因此這不會給我們帶來任何麻煩。再怎麼說，我們只要掌握這些專利就行了——而那些人既沒膽子，也沒錢去嘗試和我們打官司：但是——」他停住了。

詹姆斯往椅子上一靠，望著他們；他開始感到這番對話很有意思了。

「是啊，」費雷斯博士說，「我也在想這個問題。我想起了某個能把我們炸成碎片的大亨。我們是否能把碎片再找回來都不好說。在目前這種瘋狂的時候，情況如此的錯綜微妙，誰知道會出什麼樣的事情？什麼都可能會被掀翻，讓一切的努力全泡湯。假如有誰想這麼幹的話，那就是他了。他既想這麼做，也能做得到。他知道事情的關鍵在哪裡，清楚什麼是不能說的——並且他不怕把這些說出來。他知道有一樣危險的、致命的危險武器。他是我們的死敵。」

「誰？」洛森問。

費雷斯猶豫了一下，聳聳肩膀回答說：「清白無辜的人。」

洛森茫然地瞪大了眼睛：「什麼意思，你說的是誰呀？」

詹姆斯笑了。

「我的意思就是，讓人投降的辦法只有一個，」費雷斯博士說，「就是讓他感到罪惡，用他已經承認了是罪惡的東西。如果誰曾經偷過一毛錢，你把對搶銀行的懲罰方式加在他身上他也會認罪。他會忍受任何形式的不幸，不會指望得到什麼更好的結果。如果世界上的罪惡太少的話，我們就必須造一些出來。如果我們灌輸給一個人，觀賞春天的花是罪惡的，而且他相信我們，可還是那樣做了——我們就可以隨便治他了。他不會為自己申辯，不會覺得申辯對他還有什麼用處，不會頑抗。不過，我們還是別惹我行我素、問心無愧的人，這樣的人我們鬥不過。」

「你說的是里爾登嗎？」詹姆斯問，他的聲音異常的清亮。

這個他們一直不願說出口的名字，頓時使他們陷入了一刻沉默之中。

「如果我說的是他呢？」費雷斯博士小心翼翼地問。

「哦，沒事，」詹姆斯回答，「只不過，如果你說的是他，我就可以告訴你，把里爾登交給我好了，他會簽字的。」

他們用不著說什麼，全都明白了——從他的語氣來看——他不是在吹牛。

「天啊，吉姆！不會吧！」莫奇大吃了一驚。

「沒錯，」詹姆斯說，「當我知道了——我所瞭解到的事情後，我也驚呆了。我沒想到，無論如何沒想到是這樣。」

「聽到這個我感到很高興。」莫奇謹慎地說道，「這個消息很有積極的意義，事實上，它可能非常有價值。」

「有價值——對，」詹姆斯愉快地說，「你打算什麼時候實施這項命令？」

「哦，我們得抓緊行動，不能走漏一點風聲。我希望你們都嚴守機密。我想，再過一兩個星期我們就可以向他們公佈了。」

「你難道不認為在所有價格被凍結之前，可以考慮調整一下鐵路的費率嗎？我是在想能夠上調，一個很小，但的確是最急需的上調。」

「你和我，我們再商量一下這件事，」莫奇很和氣地說，「這可以解決。」他轉向了其他人；伯伊勒的臉色陰沉著。「還有許多細節要敲定，但我可以肯定的是，我們這項計畫不會遇到任何重大的困難。」他拿出了演講的聲調和姿態；聲音聽來很活躍，甚至是興高采烈，「總會碰到些問題，假如一件事行不通，我們就試著去做另一件事。嘗試和出錯是行動的唯一實用準則。我們會不斷地嘗試。如果出現了什麼困難的話，要記住它是暫時的，只是在國家緊急狀態期間。」

「那麼，」基南說，「如果一切都停滯了，如何去結束緊急狀態呢？」

「別太認真了，」莫奇不耐煩地說，「我們必須得對付眼前的情況，只要我們政策大的框架是清楚的，就別糾纏細節了。我們會有這個能力，我們將能解決一切困難，解答所有的問題。」

基南輕笑道：「約翰・高爾特是誰？」

「不要說那句話！」詹姆斯喊叫起來。

「我對第七點有個問題，」基南說，「它規定自命令之日起，所有的薪水、價格、工資、分紅、利潤等等都要凍結。稅收也是一樣嗎？」

「哦，不！」莫奇喊道，「我們怎麼知道今後在哪裡有用錢的地方呢？」基南像是在笑。「這麼說？」莫奇不耐煩了，「怎麼了？」

「沒什麼，」基南說，「我剛才已經問過了。」

莫奇往椅子上一靠，說：「我要跟大家說的是，我很感謝你們來這裡把意見告訴了我們，這很有幫助。」他向前一伏身，趴在桌上，一邊擺弄著鉛筆，一邊盯著桌上的日曆看了好一會兒。隨即，他手裡的鉛筆落下，戳在一個日子上，畫了個圓圈。「一〇—二八九號命令將於五月一日正式生效。」

所有人都點頭表示同意，誰都不看身邊的人。

詹姆斯站起身，走到窗前，放下百葉窗簾，擋住了外面的白色尖塔。

$

達格妮一醒來，就吃驚地發現眼前濛濛的藍天下面是和以往不一樣的高樓尖頂。接著，她看見了自己腿上捲起邊的薄絲襪，感到腰扭得很難受，她意識到她正躺在辦公室的沙發上，桌上的鐘指向六點十五分，曙光給窗外的高樓鍍上了一道銀亮的輪廓線。她能想起來的最後一件事便是當窗戶一片漆黑，時鐘走到三點半的時候，她倒臥在沙發裡，當時是想小憩十分鐘。

她掙扎著爬起來，感到異常的疲倦。桌上檯燈的微亮在晨光下淡得很不起眼，依舊照著她尚未處理完的一堆索然無味的檔案。她要過幾分鐘再去想這些工作，此時，她拖著疲憊的身軀，走過辦公桌，進了她的洗手間，把冰涼的水澆在臉上。

她走回辦公室的時候，疲勞已經一掃而光。無論前一天晚上如何，她在清晨總能感覺到一種靜悄悄的興奮，這使得她的身體有了繃緊的能量，心中充滿了躍躍欲試的渴望——因為這是一天的開始，是她的生命中的一天。她俯瞰著城市，街道上依然還很清靜，這使它們顯得寬敞了許多，在春天明亮清新的空氣中，它們彷彿期待著已承諾要在它們身上發生的轟轟烈烈事情的到來。遠處的日曆顯示出：五月一日。

她坐在桌前，面對枯燥的工作，不屑地笑了。她討厭這些必須去讀完的報告，但這是她的工作，這是她的鐵路公司，而現在是清晨。她點了一支菸，想著在早餐之前能把這些處理完畢；她關上檯燈，拿起了文件。

這裡有來自塔格特系統四個地區總經理的報告，他們因為設備故障而發出的絕望哭訴，經由打字機的鍵盤，躍然紙上。有一份報告是關於科羅拉多州溫斯頓附近的事故。有一份業務部門新的預算報告，是在吉姆上個星期獲得增加運費的批准後重新修訂的。她強忍著絕望的憤怒，慢慢地檢查著預算列出的數字：所有的計算依據都是運輸量保持不變，而上漲的運費則在年底前會帶來更多收入；她知道貨運量會縮減，提高運費只是杯水車薪，到年底，他們的虧損將會是前所未有的巨大。

當她從公文中抬起頭來的時候，發覺鐘已經指到了九點二十五分，不覺微微地吃驚。她一直能隱約聽到外面房間的雇員們，早上來上班時發出的走動和說話聲；她感到不解的是，怎麼會沒有一個人進她的辦公室，而她的電話也一直沒響過；通常，這段時間可是最忙的時候。她看了看自己的日曆，上面記著，今天上午九點鐘，芝加哥的麥克尼爾車廂鑄造廠會打電話給她，討論塔格特公司已經等了六個月的新貨車車廂的事情。

她啪的一聲打開了內部對講機，叫她的祕書。那個女孩猛然一驚地回答說：「塔格特小姐！你是在你的辦公室裡嗎？」

「我昨天又是在這兒睡的，雖然沒想，可還是睡在這兒了。有沒有麥克尼爾車廂鑄造廠打來的電話？」

「沒有，塔格特小姐。」

「他們一來電話，馬上給我接過來。」

「好的，塔格特小姐。」

她關掉對講機，搞不清楚究竟是她多心，還是那個女孩的聲音裡確實有什麼不對：聽起來有不自然的緊張。

她覺得有點餓得頭腦發暈，覺得應該下去弄杯咖啡，但還有一份總工程師的報告沒看完，於是她又點了一支菸。

總工程師此時正外出，檢查用從約翰．高爾特鐵路上拆下的里爾登合金對主幹線的重修進展；她選擇的是最急需整修的路段。翻讀著他的報告，她覺得有一股難以相信的怒火——他把在科羅拉多州溫斯頓山區路段的工程停了下來，建議修改計畫：他提出把用在溫斯頓的鐵軌，轉去整修華盛頓到邁阿密的分支，並列舉了他的理由：上周，那條支線發生了脫軌事故，正在旅行的華盛頓的霍洛威先生和他的一群朋友延誤了三個小時；總工程師得到報告說，霍洛威先生對此表示出非常不滿。總工程師的報告寫道，雖然從純技術的角度來看，邁阿密的支線路況要好於溫斯頓路段，但不要忘了，從社會的角度出發，邁阿密支線所運載的顯然是更重要的旅客；因此，總工程師建議讓溫斯頓再多等一些時候，為了這條「會產生塔格特公司難以承受的負面印象」的支線，他建議犧牲不為人知的山區軌道。

她邊看邊怒不可遏地在紙的空白處用鉛筆做著批註，心裡想著，她今天要做的第一件事，就是必須制止這種頑劣的瘋狂行為。

電話響了起來。

「喂？」她抓過話筒問道，「麥克尼爾車廂鑄造廠嗎？」

「不是，」祕書的聲音傳了過來，「是法蘭西斯可．德安孔尼亞先生。」

她看著話筒，怔了怔：「好吧，接過來。」

她隨即聽到了法蘭西斯可的聲音：「看來你還和平時一樣待在辦公室裡。」他說道，聲音顯得狡黠，刺耳，並且緊張。

「不然你認為我應該在哪兒？」

「對新出爐的這個禁令，你有何感想？」

「什麼禁令？」

「對心智的封鎖。」

「你在說什麼？」

「難道你沒看今天的報紙嗎？」

「沒有。」

一陣靜默之後，他換了副口氣，低沉地緩緩說：「最好去看看，達格妮。」

「好吧。」

「那我等一下再給你打電話吧。」

她掛上電話，按了下桌上的通話器，「給我份報紙。」她對祕書吩咐道。

「好的，塔格特小姐。」祕書答話的聲音很勉強。

艾迪走了進來，把報紙放在了她的桌上。他臉上的表情和她從法蘭西斯可的聲音中捕捉到的一模一樣：預示著某種難以想像的災難。

「我們誰都不想第一個把這件事告訴你。」他靜靜地說完，便走了出去。

等到過了一陣子，她從桌後站起來的時候，感到身體還聽使喚，但卻意識不到自己身體的存在。她感覺得到自己是在雙腳站立著，但又似乎是全身筆直地浮在了半空。屋裡的每一樣東西都格外的清晰，她卻對周圍一概視而不見，但她知道如果有必要的話，她會看得清蜘蛛網的絲線，就如同她會像夢遊者那樣，可以穩步行走在屋簷之上。她所不知道的是，此時她打量起房間來就像是一個已經失去了懷疑的能力和概念的人，留在身體裡面的只有簡簡單單的一種知覺和目的。她不知道這個如此強烈，但感覺起來卻像是身體裡一種凝固而陌生的平靜的東西，其實便是她能夠徹底肯定的力量——這股令她身體發抖的憤怒，使她無論是去殺人還是去死都一樣無動於衷的憤怒，便是她對公正的摯愛，是她這一生之中唯一得到的摯愛。

她手裡握著報紙，出了辦公室，向大廳走去。她穿過外面房間的時候，知道她的員工們全都把臉轉向了她，但他們看來是如此遙遠。

她步履輕快地走過大廳，依然是腳不沾地的感覺。她搞不清楚自己來到吉姆的辦公室之前走過了多少個房間，或者是不是經過了什麼人。她按著自己該走的方向，把門推開，不打招呼就徑直走向了他的辦公桌。站在他面前的時候，她手裡的報紙已經捏成了一團。她把它朝他的臉上甩了過去，擊中他的下巴，落在了地毯上。

「這是我的辭呈，吉姆，」她說道，「我不會像奴隸一樣工作，也不會去奴役別人。」

她沒有聽到他吃驚的喘息聲，它被淹沒在了她轉身離去時，身後大門關上的聲音裡。

她回到了她的辦公室，經過外面房間的時候，示意艾迪跟她進來。

她聲音平靜而清晰地說：「我已經辭職了。」

他無聲地點了點頭。

「現在我還不知道以後要做什麼，我要離開這裡，好好想一想再做決定。如果你想跟我一起走的話，可以去伍茲塔克的木屋找我。」那是位於波克夏山區的一處很老的狩獵木屋，她從父親的手裡繼承了下來，已經很久沒去過了。

「我想跟你走，」他喃喃地說道，「我想不幹了，嗯……可我不能。我不能允許我自已這麼做。」

「那能不能幫我個忙？」

「當然。」

「以後別跟我提鐵路公司的事，我不想聽。除了里爾登以外，不要告訴任何人我在哪裡，如果他問的話，就把木屋和如何去的路線告訴他。但不准告訴其他人。我誰都不想見。」

「好吧。」

「你保證？」

「當然了。」

「我一旦決定今後怎麼辦，就會告訴你的。」

「我等著。」

「就這樣吧，艾迪。」

他明白，這裡說的每個字都是經過了斟酌的，此時，他們之間能說的也只有這些了。他將所有未道盡的話都凝聚在微微的頷首之中，然後走出了辦公室。

她看見總工程師的報告還攤開在她的辦公桌上，想到她必須要馬上命令他恢復對溫斯頓路段的施工，然後又想起這些事已經再也用不著她去操心了。她感覺不到痛楚。她知道，痛楚將會隨後而至，並且將會是撕裂般的劇痛，而此刻的麻木是讓她在痛苦降臨之前（而不是隨後）能夠歇息一下，做好去承受的準備。不過這沒有關係，如果必須如此的話，那我就去承受這一切——她心裡想道。

她坐在辦公桌前，撥通了里爾登在賓州工廠的電話。

「嗨，我最親愛的。」他簡單而清晰地問候著，似乎他覺得這才是真切和正確的話，而他需要面對現實並堅持正直的理念。

「漢克，我辭職不幹了。」

「我知道。」他像是早有預料地說道。

「沒有誰來說服我，沒有毀滅者，也許其實根本就沒什麼毀滅者。我不知道下一步該怎麼辦，但我必須躲開，這樣我才能有段時間，不必看見他們。然後我會決定以後該怎麼做。我知道你現在沒辦法和我一起離開。」

「現在還不行，他們限我兩個星期之內簽署他們的禮品券。我就是要在這裡等著兩個星期的時限過去。」

「這兩個星期——你需不需要我留下來？」

「不，你的情況比我更糟，你手裡沒有能和他們抗衡的武器，可我有。我想他們這麼做也好，可以直截了當地決鬥了。不用替我擔心，好好去休息，首先把這些都拋開。」

「好的。」

「你要去哪裡？」

「去鄉下，我在波克夏有一處木屋。如果你想見我，艾迪會把去那裡的路線告訴你。我兩個星期之內趕回來。」

「能不能答應我一件事？」

「好啊。」

「在我來找你之前不要回來。」

「可是當這一切發生的時候，我想要在這裡。」

「把它都交給我好了。」

「無論他們要怎樣對付你，我也想受到和你一樣的對待。」

「把它交給我，最親愛的，你還不明白嗎？我想，我現在最想做的事情和你一樣：就是對他們一概不見。但我還要留下來再待一陣，因此，我知道他們至少對你無能為力，就會感到寬慰。我想在心裡保留下一個純淨的地方來依靠。用不了多久我就會來找你的，明白嗎？」

「明白，我親愛的，再見了。」

走出辦公室，穿過塔格特公司長長的大廳，是如此的一身輕鬆。她看著前方，邁著均勻而不慌不忙的堅定步伐向前走去。她的表情平靜，但因自己平和地接受著這一切而露出了一絲驚訝。

她走過車站的候車大廳，看見了南森內爾．塔格特的塑像，但她從中沒有感到一絲痛苦和恥辱，只是感受到她心中的愛正漸漸地充盈著，只是感到她將要與他匯合在一起，並不是去迎接死亡，而是匯入他曾有的生活。

$

第一個從里爾登的工廠退出的是湯姆．科比。他是軋鋼車間的工頭，也是里爾登公司工會的負責人。十年來，他一直備受來自全國各地的譴責，因為他那個工會是「公司的聯盟」，他從沒有參與和管理層的任何劇烈衝突。事情的確如此：本來就沒有衝突的必要；為了達到他的要求，里爾登支付的工資要高於全國任何一家工會制定的工資水準，因此，他手下這支工人隊伍的素質之優，也是獨一無二的。

科比告訴他辭職的消息後，里爾登點了點頭，什麼也沒說，什麼也沒問。

「我自己不會在這種條件下工作，」科比平靜地補充說，「也不會去讓手下的人這麼工作。他們信任我，我這隻領頭羊不會去做猶大，把他們領入重重包圍。」

「你以後打算靠什麼生活？」里爾登問。

「我的積蓄能讓我撐上一年。」

「那以後呢？」

科比聳了聳肩膀。

里爾登想起了那個眼裡帶著憤怒、在夜晚如同罪犯般挖煤的年輕人。他想起了全國各地的漆黑一片的道路、小巷和院落，最優秀的人們正是在那裡憑藉最原始的交換，冒著風險，用不為人知的方式來滿足彼此的需要。他想到了路的盡頭。

科比似乎明白他在想些什麼，「你那條路和我的結果是一樣的，里爾登先生，」他說，「你打算把你的心血讓給他們嗎？」

「不。」

「那麼然後呢？」

里爾登聳了聳肩。

科比被爐火烤得黝黑的臉上佈滿了煤煙刻下的皺紋，他用那雙黯淡而精明的眼睛打量了他好一會兒：「多少年來，他們總是跟我們說你在和我作對，里爾登先生。其實並非如此，和你我作對的是伯伊勒和基南。」

「我知道。」

那個「奶媽」從沒進過里爾登的辦公室，彷彿感覺到那個地方他沒有權利進入。他總是在等著里爾登到外面來的機會。這項命令使他成為了工廠超產或低產的正式監督人。幾天之後，他在一排排平爐之間的通道內叫住了里爾登，他的臉上帶著一種奇怪的激烈情緒。

「里爾登先生，」他說，「我想告訴你的是，假如你要以十倍於限額的產量去生產里爾登合金、鋼材、生鐵，或者其他任何東西，私下以任何價錢把它們賣給任何地方的任何人——你儘管放手去幹好了，我來善後。我可以在資料上做手腳，偽造報表，找假證人，編造口供，我來作偽證——這樣你就用不著擔心，不會有任何麻煩！」

「你為什麼要這麼做？」里爾登笑著問，但他一聽到年輕人誠懇的回答，臉上的笑容便不見了。

「因為我想做一回有良心的事。」

「這可不是有良心的做法。」里爾登剛一開口，便止住不說了，他意識到了這正是應有的做法，也是唯一的做法，意識到了這個年輕人要戰勝精神上的多少重重磨難，才能得到這個重大發現。

「看來這詞用得不對，」年輕人怯聲說道，「我知道這是個陳詞濫調：我不是這個意思。我的意思是——」猛然響起了一股絕望的令人難以置信的憤怒吼叫，「里爾登先生，他們沒有權利這麼做！」

「什麼？」

「從你手裡搶走里爾登合金。」

里爾登笑了笑，感到一種絕望的同情，說：「別想它了，本來就不存在什麼絕對，也就沒有權利。」

「我知道沒有，可我是說……我是說他們不能這麼做。」

「為什麼不能？」他忍不住笑了。

「里爾登先生，不要簽這個禮品券！為了原則，不要去簽。」

「我不會簽的。不過，根本就沒有什麼原則。」

「我知道沒有。」他像一個認真的學生那樣的誠實，極其懇切地重複道，「我知道一切都是相對的，沒有人能無所不知，理性是一種假象，而現實根本就不存在。可我說的是里爾登合金。不要簽字，里爾登先生，不管什麼良心不良心，原則不原則，只要別去簽這個字——因為這不對！」

沒有別人當著里爾登的面提起這道命令，沉默成了工廠裡一道新的景象。當他出現在車庫的時候，人們不和他交談，他發現，他們彼此之間也是默默無語。人事部門沒有接到正式的辭呈，但每天早晨都會有一兩個人不見，並從此不再露面。當向他們的家中詢問時，便發現他們已經搬家而去。人事部門沒有依照命令上報他們逃跑；然而，里爾登發現在工人中間開始出現了陌生的、在長期的失業下扭曲而疲憊不堪的面孔，並且聽到人們稱呼他們時，用的是那些離開了的人的姓名。對此，他沒有過問。

全國上下一片沉默。他不清楚有多少企業家在五月一日和二日放棄了工廠，從此離去和消失。他自己的客戶當中就有十個，其中包括芝加哥麥克尼爾車廂鑄造廠的麥克尼爾。他無法瞭解別人的情況，報紙上沒有相關的報導。猛然之間，有關春天的洪水、交通事故、學校野餐和金婚慶典等等的報導，充斥著報紙的頭版。

他自己的家裡沉寂無聲。莉莉安於四月中到佛羅里達度假去了，這樣古怪的做法令他感到驚異：自從結婚以來，這還是她頭一次單獨出門旅行。菲利普在躲著他，看起來有些驚慌失措。他的媽媽帶著一臉的責備和困惑對他怒目而視；她什麼都不說，卻總是在他面前涕淚橫流，似乎是在提醒他，無論她預感到有什麼樣的災難即將降臨，她的眼淚才是他首先要考慮的因素。

五月十五日這天上午，他坐在辦公桌後面，眼前的廠區一覽無遺，他望著五顏六色的煙塵在晴朗蔚藍的天空中升騰。某些透明無色的煙塵如同熱浪一般，雖然看不見，卻使得它們後面的建築物微微顫動不止；在空中的是一道道紅色的煙霧，緩慢騰曳的黃色煙柱，輕飄飄的螺旋狀藍色煙霧——以及正濃烈噴吐著的圓圈，看起來如同捲起來的絲綢一樣的螺栓，在夏日的照耀下，散發著珍珠牡蠣般的粉紅光澤。

他桌上的蜂鳴器響了起來，傳出了伊芙小姐的聲音：「佛洛德．費雷斯博士要見你，他沒有預約，里爾登先生。」儘管她的語氣仍舊嚴謹莊重，但卻像是在問：我是不是要把他轟出去？

里爾登無動於衷的臉上微微有一絲驚訝：沒想到來者居然是他。他淡淡地回答說：「讓他進來吧。」

費雷斯博士向里爾登的辦公桌走來的時候，臉上沒有一點笑容，但他的神情似乎是在表示，他此刻足可以笑著進來，里爾登也完全清楚這一點，因此他就用不著做得那麼明顯了。

他不等別人請，便一屁股坐在了桌前的椅子上；他把隨身攜帶的公事包放到膝蓋上面；舉止之間彷彿再說什麼已經純屬多餘，因為他在這間辦公室裡的再一次出現已經說明了一切。

里爾登坐在原地，在耐心的沉默之中打量著他。

「因為過了今晚午夜，簽署國家禮品券的期限就將過期，」費雷斯博士像是給了顧客好大面子的銷售員一樣說道，「我是來這裡拿你的簽字的，里爾登先生。」

他頓了頓，表示按理說現在應該要聽到回答了。

「接著說，」里爾登說，「我聽著呢。」

「是啊，我想我應該解釋一下，」費雷斯博士說，「我們想今天早一點得到你的簽字，這樣就可以在全國的新聞廣播裡公佈這件事了。儘管禮品券的計畫進行得很順利，還是有幾個頑固分子沒有簽字——其實他們都是些小角色，手裡的專利沒有什麼價值，但我們不能讓他們逍遙法外。你能理解，這是個原則問題。我們相信，他們是在等著看你下一步怎麼走，你的號召力很強啊，里爾登先生，遠遠超出了你所懷疑或能加以利用的範疇。因此，你簽署的聲明將打破他們頑抗的最後一線希望，並且會在凌晨之前帶來最後一批簽字，從而使計畫如期完成。」

里爾登明白，假如費雷斯博士不是胸有成竹的話，是絕不會說出這番話來的。

「接著說，」里爾登淡淡地說，「你還沒說完呢。」

「你知道——正如你在出庭時所表現出來的那樣——讓受害者主動把財產交給我們是多麼的重要，原因也很清楚」費雷斯博士打開了他的公事包，「這是禮品券，里爾登先生。我們已經把它填好了，只需要你在下面簽上名字。」

他放在里爾登面前的這張紙看起來像是小一號的大學畢業證書，裡面的內容用老式的花體印刷，然後用打字機敲好了個別的項目。這件東西的上面寫著，亨利．里爾登將有關「里爾登合金」的全部權利特此上交給國家，該合金從此可由任何人生產，並根據人民代表的建議，改名為「奇蹟合金」。里爾登瞧著這張紙，搞不懂這究竟是對法令的有意諷刺，還是低估了他們這些受害者的智商，設計人竟然在這份檔案的背景底色上，淡淡地勾勒出了一幅自由女神像。

他的目光慢慢地移到了費雷斯博士的臉上，「按理你是不會來的，」他說，「除非你手裡有對付我的什麼王牌，那又是什麼？」

「當然，」費雷斯博士說，「我就料到你會想到這一點，所以就不必再多費口舌了。」他打開公事包，「你想見識一下我的王牌嗎？我這裡有幾件樣品。」

就像打牌作弊的老手可以啪的一聲單手揮出一長串牌一樣，他在里爾登面前擺了一排照片。這些照片是從旅店和停車場的登記簿上直接翻拍影印而成，上面是里爾登的筆跡，登記用的是史密斯夫婦的名字。

「這你當然清楚了，」費雷斯博士輕聲說道，「不過，你也許還想看看我們是不是知道這個史密斯夫人就是達格妮．塔格特小姐。」

他從里爾登的臉上看不出任何表情。里爾登並沒有向前俯身去瞧那些照片，而是臉色凝重地坐在那裡低頭看著，似乎離得遠些他就能從中發現一些他所不知道的東西。

「我們還掌握了其他的大量證據，」費雷斯博士說，然後把一張珠寶商的紅寶石項鍊墜付款影印件照片甩到了桌上，「你應該不稀罕再看公寓的門房和夜班人員的證詞了吧——除了會告訴你有多少證人知道你過去兩年來是在紐約的什麼地方過夜，其他對你來說沒什麼新鮮的。對他們你可不能過於責怪。像我們這種時代的一個有意思的特點就是，人們開始不敢去說他們想說的東西了——而且一旦被問到，對他們本不願說的違心之言也不敢不說。這是意料之中的事。不過，如果你知道是誰最先把線索告訴我們的話，一定會大吃一驚的。」

「我知道是誰。」里爾登說，他的聲音平淡無奇。對他來說，莉莉安出門去佛羅里達旅行這件事已經不再費解了。

「我的這張王牌對你個人構不成任何傷害，」費雷斯博士說，「我們清楚，你不會在任何一種個人傷害面前讓步。所以，我坦率地告訴你，這件事一點也傷不著你，它只會傷害塔格特小姐。」

里爾登現在正直直地看著他，但不知為什麼，費雷斯博士總覺得這張安詳而不露痕跡的面孔，是在朝著一個遙遠的地方凝望著。

「如果你們這件緋聞傳遍全國的話，」費雷斯博士說，「就算史庫德這樣的誣衊老手，也不可能對你的名聲造成什麼實質上的損害。頂多不過是在更加熱鬧的交際場合會有人好奇地多看你一眼，吃驚地瞪瞪眼睛罷了，你完全可以輕鬆過關。這樣的事對男人來說算不得什麼稀奇，事實上，這反而會提高你的聲望，會在女人和男人中間為你增添一分浪漫的魅力，在人們羨慕豔遇的本性驅使下，它會給你帶來某種威望。但對於塔格特小姐——她的名聲向來清白，從不涉足醜聞，在男性化十足的商界裡占有了女人特殊的一席之地——會給她造成什麼樣的後果，會讓每一個見到她的人怎麼去想她，會聽到與之打交道的每個男人怎麼去說——這些，我還是讓你自己去想像和考慮吧。」

除了感到極其鎮定和清醒，里爾登已經渾然無覺。彷彿有個聲音正在嚴厲地對他說著：時候到了——舞台的燈打開了——看看吧。他赤身裸體地站在強烈的燈光之下，看起來平靜而莊重；他身上所有的恐懼、痛苦和幻想都不復存在，只剩卜求索的渴望。

一聽到他緩緩地開口說話，費雷斯博士感到很吃驚，他的語氣十分冷靜，語句簡單得不像是在與他的聽眾對話：「不過，你們之所以有這樣的算計，都是因為塔格特小姐是一個貞節的女人，而不是你們所謂的蕩婦。」

「是的，當然了。」費雷斯博士說。

「再有就是，我對此絕不是隨便玩玩而已。」

「沒錯。」

「如果她和我就是你們所說的下三濫，你的王牌就不起作用了。」

「對，完全沒作用。」

「如果我們的關係就是你們所謂的墮落，你就傷不著我們的一根毫毛。」

「對。」

「那我們就在你們的勢力範圍之外了。」

「的確——是這樣的。」

里爾登與之交談的並不是費雷斯博士，他眼前是自柏拉圖那個年代以來出現的一長串人，他們的子孫後代和最終的產物便是一個軟弱無能的小教授，長著一副吃軟飯的小白臉，懷著一顆宗教兇手的心肝。

「我曾經給過你機會，讓你加入我們，」費雷斯博士說，「你拒絕了。現在你看到後果了吧。我想像不出，你這樣聰明的人居然認為可以如此簡單地獲得勝利。」

「可是，假如我加入了你們，」里爾登依然心不在焉，彷彿說的和他自己無關，「我又能從伯伊勒身上找到什麼值得搶的東西呢？」

「哦，嗨，這世上可以被剝削的傻瓜多得是。」

「是像塔格特小姐，像達納格、威特，和我這樣的？」

「是所有不現實的人。」

「你是說生活在地球上就是不現實了？」

他不知道費雷斯博士是不是回答了他的話，他再也不去聽了。他的面前浮現出伯伊勒下垂的臉和那上面像豬一般瞇著縫的小眼睛，出現了莫文先生像麵團一樣的臉，對於任何一個說話者或者事實，他的眼睛總是在閃避——從大猩猩憑藉力氣學會模仿的不連貫的重複動作裡，他看到他們正同樣地比劃著製造里爾登合金，卻根本不知道，也不可能知道里爾登鋼鐵公司的實驗室在十年當中，經過了怎樣不懈而痛苦的努力。他們現在把它稱做「奇蹟合金」倒是恰如其分——對於那十年，以及孕育了里爾登合金誕生的才華，奇蹟是他們所能想出的唯一的名字——這種合金在他們的眼裡只能用奇蹟來概括，這種金屬不被知曉，無法得知它的由來，不過是自然存在的一樣東西，用不著去解釋，只是像一塊石頭或一根野草那樣被占有，成為他們的就可以了——「我們是否允許大眾繼續生活在貧困之中，而同時卻允許極少數人獨占更好的產品與服務？」

假如我不懂得生命是要依靠我的思想和努力的話——面對著排列在數百年間的一長串的人們，他無聲地說道——假如我不是把盡自己最大的努力和最大限度地發掘自己的頭腦，當成最高理想的話，你們從我的身上就找不到任何可以掠奪，任何可以維持你們自己生存的東西：你們用來迫害我的不是我的罪過，而是我的良心——是你們親口承認的我的良心，因為你們自己的生命要依賴它，因為你們需要它，因為你們並不想毀掉我的成就，而是要占有它。

他記起了那個科學的寄生蟲對他說過的話：「我們追求的是權勢，的確是這樣的。你們這些人都是膽小鬼，但我們知道真正的訣竅。」我們並不追求權勢——他對寄生蟲精神的後輩繼承者們說道——而且我們不靠我們所唾棄的手段去生活。我們把生產創造力奉為美德——並且根據一個人的道德水準去衡量他應得的回報。我們不會利用罪惡來牟取利益——不會因為要開銀行而要求有銀行搶劫犯，或者因為想有自己的家就去要求有強盜，為了保護我們的生命就去要求有殺人的兇手。而你們明明需要人的聰明智慧所創造出的產品——卻又把生產創造力宣稱為罪惡，根據一個人創造力的大小來決定他該蒙受多大的損失。我們靠的是我們所堅信的善，懲罰的是我們所認為的惡。你們靠的是你們口口聲聲譴責的罪惡，懲罰的是你們心裡明白的善。

他想起了莉莉安試圖用在他身上的懲罰模式，他曾經不相信會有如此狠毒的方法——然而現在，他看到它作為一種思想體系和生活方式，已經是無所不在地徹底運行了起來。原來如此：這種懲罰需要利用被害者自己的高尚道德，作為支持它運轉的動力——他發明的里爾登合金被用來當做壓榨他的理由——達格妮的正直人品以及他們之間的親密關係，被用來當做勒索的工具，如此的勒索對無恥之徒則全然不起作用——在歐洲，束縛成百上千萬人所利用的正是他們求生的欲望，正是他們在奴役之下被耗盡的力氣，是他們可以養活主人的能力，是把他們對孩子、妻子和朋友的愛扣留下來作為抵押的制度——利用他們的愛心、能力和快樂，使之變成威脅的彈藥和勒索的誘餌，把愛和恐懼、能力和懲罰、雄心和霸占緊緊連在了一起，訛詐成了法律，一切的努力和成就帶來的回報根本談不上是在追求快樂，卻只是為了能掙脫苦難——利用人們具有的求生的力量，和在生命中尋找到的一切歡樂來奴役他們。這就是全世界都接受的規範，這個規範的關鍵就在於：把人們對生存的熱愛與備受折磨的工作綁在一起，如此一來，只有無所貢獻的人才會無所畏懼，為生命帶來活力的美德和為生命賦予了意義的價值，便成了毀滅生命的代理人，如此一來，人的專長成了折磨人的工具，而人生活在地球上就變得極不現實了。

「你接受的是生命的準則，」他無法忘記一個人的聲音，「那麼他們接受的又是什麼呢？」世界為什麼會接受它？他心裡在想。被迫害的人怎麼會認可這樣一部將他們的存在宣判為有罪的法典呢？……隨即，一些景象猛然間出現在他的眼前，帶給他內心的劇烈震盪令他徹底地呆坐不動了：他過去難道不也是這麼做的嗎？對於自我詛咒的法典，他過去不也是認可的嗎？達格妮──他想著──還有他們對彼此的深情……這種對無恥之徒不起作用的訛詐……他不也曾經稱它是下流無恥的嗎？這些人中的敗類，此時正威脅著要在大庭廣眾面前對她進行的侮辱，他不也曾經是第一個對她侮辱過嗎？他過去不是把他發現的最大幸福當成是罪過嗎？

「你不能容忍金屬合金裡存在百分之一的雜質，」那個難以忘懷的聲音在對他說，「那麼在你自己的道德準則裡，你能容忍的又是什麼？」

「怎麼樣，里爾登先生？」費雷斯博士的聲音傳了過來，「現在你明白我的意思了嗎？是把合金給我們呢，還是把塔格特小姐的臥房公開展示給大家看看？」

他對費雷斯博士視而不見，眼前的視野無比清晰，彷彿是一道探照燈，為他揭開了所有的謎團，他看到的是與達格妮初次相遇的那一天。

那是她擔任塔格特公司副總裁的數月之後，他聽說鐵路是由吉姆．塔格特的妹妹在掌管，對這個傳聞他半信半疑。那年夏天，對於塔格特為一條新鐵路所下鐵軌訂單的一再拖延和前後矛盾，他感到很惱火，塔格特對這個訂單總是一會兒要下，一會兒要改動，一會兒又要取消。有人告訴他，假如他想弄清楚塔格特公司的事，最好還是去和吉姆的妹妹談。他打了預約電話給她的辦公室，堅持要在當天下午就去。她的祕書告訴他，塔格特小姐那天下午正在位於紐約和費城之間米爾福特站的新線路工地上，如果他願意的話，她很想在那裡見他。他憤憤地前去赴約；他對自己以前遇到過的商界女人很反感，並且覺得鐵路公司可不是讓一個女人來玩的；他猜想她是個繼承了家業，驕縱無比，憑著她的名聲和女人的姿色作為資本，眉毛拔得光禿禿的濃妝豔抹的女人，就像是百貨商場的女主管那樣。

他從一列長長的火車的最後一節車廂下來，離米爾福特站的站台還有很遠一段距離。在他的周圍，滿是鐵道的支線、貨車車廂、吊車，以及不斷噴出的蒸汽，從主軌道沿著峽谷的山坡一直延伸下去，人們正在那裡鋪設新線路的路基。他順著支線向車站走去，然後便停住了腳步。

只見一個女孩站在一節平底貨車裝載的一堆機器設備上面，抬頭向山谷望去，縷縷頭髮在風中四下飛舞。她那件樸素的灰色套裝像是一層薄薄的金屬，包裹著她站在灑滿陽光的藍天之下的苗條身軀。她姿態輕盈，於不經意間將她高傲純粹的自信表露無遺。她在觀察著施工的情況，眼神專注而執著，充滿了對自己明察秋毫的能力的欣賞。看上去，此時此地乃至整個世界都彷彿為她所擁有，彷彿陶醉和享受便是她的天性。她的臉是活躍而有生命力的智慧的生動體現，這張年輕女孩的臉上有著一個成熟女人的嘴巴，她似乎對自己的身體毫無意識，只是把它當做一個繃緊的工具，隨時依照她的意願，為她服務。

假如他剛才問過自己，他心目中是否有過他所希望看到的女人的形象，他一定會說沒有；然而看見她之後，他知道這便是他心日中的形象，並且已經在他心中埋藏了許多年。但他看她的目光並不是像看一個女人那樣。他全然忘記了自己置身何地和來此的目的，他頓時陷入了孩子一樣的喜悅裡，陷入這出乎意料的發現所帶來的興奮之中，令他感到驚訝的是，他意識到對於自己所看見的東西，他難得這般真心地喜歡，喜歡得如此徹底而毫無保留。他帶著淺淺的笑容，如同在看一尊雕像和一幅風景那般，仰起頭望著她，他感受到的只是眼前的愉悅，是他從未體會過的最具美感的愉悅。

他看見一個扳道工走了過來，於是用手一指，問道：「她是誰？」

「達格妮·塔格特。」那人答了一句，繼續往前走著。

里爾登覺得這幾個字似乎擊中了他的喉嚨，他感到一股氣流先是讓他窒息，過了一陣，才緩緩地湧入他的身體，帶來一種沉甸甸的，把一切都吸得乾乾淨淨的沉重，讓他動彈不得。他異常清醒地明白自己是在什麼地方，明白這個女人的名字以及它所代表的全部意義，但這一切像潮水一樣向四周退落，並形成一股壓力，把他作為這道圓圈的意義和本質，獨自留在了中央——對他來說，唯一真實的就是想要得到這個女人的欲望，就在此時此地，就在陽光普照著的那節貨車的車廂頂上——二話不說地就去占有她，以此作為他們見面的第一個行動，因為它已包含了所有要說的話，因為他們早該如此了。

她轉過頭，眼睛慢慢地環顧，直到看到了他的眼神，便停了下來。他肯定她是瞧出了他眼裡的欲望，並被它緊緊抓住了，然而，她沒有對自己露出這一點。她的眼睛接著便移開了，他看到她向一個站在車廂邊上、手裡正拿著本子做紀錄的人交代著什麼。

有兩樣東西令他感到震驚：他重新回到了正常的現實之中，隨之而來的還有罪疚感所帶來的巨大衝擊。一時間，他覺得自己接近的是一種沒有人能在徹底體會後還安然無恙的感受：那就是憎恨自己——更糟糕的是，他的某一部分對此並不願意接受，這就讓他的罪惡感更強烈了。它不是能夠用語言逐步表達出來的，而是情緒在一瞬間做出的判斷，告訴他：這就是他的本性，這就是他的下流——他一直難以抑制的可恥欲望，在他所發現的唯一的美好面前，向他襲來，他從沒想到它的來勢是如此的兇猛，他現在能做的只能是把它掩蓋住，並去鄙視自己，但是，只要他和這個女人還活在這個世上，它便無法被拋棄掉。

他不清楚自己在那裡站了多久，這段時間對他的內心造成了多麼大的破壞。他還能守住的意志便是決心一定不能讓她知道他的想法。

他一直等到她下到地面上，那個手拿紀錄本的人離開之後，才向她走去，冷冷地說：

「是塔格特小姐吧？我是亨利．里爾登。」

「噢！」只是稍稍停頓之後，他聽到的便是平靜自如的「你好，里爾登先生」。

儘管不對自己承認，但他知道這個停頓是出自和他一樣的感覺：她欣喜的是，這張她喜歡的臉龐屬於一個她可以敬仰的人。他和她一談起公事來，就比和任何一個男性客戶交往時的態度更加嚴厲和粗暴。

此時，他的目光從記憶當中那個車廂頂上的女孩，回到了放在辦公桌上的禮品券，他感到這兩者撞擊到了一起，把他在它們之間曾經有過的一切疑問和日子都熔化一空，憑藉著這爆發出的耀眼光亮，他看清了最終的結果，找到了對他的所有問題的解答。

他在想：我是有罪的嗎？這罪比我知道的要大，更遠遠超出了我曾經想到的，我的罪行便是將我一生中最美好的東西咒罵為罪惡，我所咒罵的是自己的身心合一、身體與心靈相呼應的一個事實。快樂是存在的核心，是每一個生命的動力，正像它是人的精神目標一樣，它也是人身體的需要，我的身體不是一堆僵肉，而是一架機器，能讓我體會到無上的歡樂——可以把靈魂和肉體結合在一起，可我曾經詛咒這樣的事實。正是被我詛咒為可恥的那種能力，使我對蕩婦毫不動心，卻給了我欲望，讓我對一個了不起的女人做出回應。那個被我詛咒為下流的欲望，並非是出於看到了她的身體，而是因為我知道我所看到的這個可愛的外表，體現了我所看到的精神——我想要的不是她的身體，而是她這個人——我一定要擁有的不是那個穿著灰衣的女孩，而是那個掌管鐵路公司的女人。可我卻對自己的身體能夠表達心中的感受加以詛咒，把我能夠獻給她的最好禮物貶低成了對她的侮辱，這正如他們所貶低的我有把心裡的想法轉化為里爾登合金的能力一樣，正如他們所詆毀的我有讓一切為我所用的力量一樣。我遵照他們的授意，接受了他們的準則，並且相信人的精神價值必須保持成一種無力的幻想，而不靠行動去體現，不轉化為現實，與此同時，人的身體必須要愚蠢而可恥地生活在苦難之中，那些試圖享受它的人則要被看成是低等的動物。

我打破了他們的框框，但卻落入了他們設下的圈套，那裡面的框框是已經設計好要被打破的。我並未因自己的反抗而感到自豪，我把它當做了罪責，我沒有去詛咒他們，我詛咒的是自己，我沒有詛咒他們的準則，我是在詛咒存在——而且把自己的快樂當做可恥的隱祕隱藏起來。我應該光明正大地生活，把它作為我們的權利——或者讓她能夠名副其實地成為我的妻子。可我卻把我的幸福看成是罪惡，讓她蒙受了恥辱。他們現在想要對她做的那些事情，我已經先做了，是我成全了他們。

在那樣去做的時候，我懷著的是對最下賤的女人才有的憐憫之心。這也是他們的準則，而我接受了它。我曾經相信一個人對另一個人負有無須償還的義務，對於一個什麼都無法給我，悖逆了我的一切生活追求，要把她的幸福建立在我的痛苦之上的女人，我還相信過有責任要去愛她。我曾經相信愛是一種不會改變的禮物，一旦得到了，就無須再去努力——正如同他們相信對財富的擁有是一成不變的，只要搶到手，就不用再費什麼勁了。我把愛當做是賞賜，而不是努力應得的回報，正如同他們相信他們有權不勞而獲地去占有財富。他們相信只要是他們想要，就可以去占有我的能量，與此相同的是，我曾經相信，因為她沒有得到幸福，所以我應該把一生全都給她。我忍受了十年的自我折磨，為的不是公正，而是憐憫。我把憐憫放到了我自己的良心之上，這就是我所犯下的罪的核心。這個罪行在我對她說這番話的時候就已經犯下了：「要是依我的標準，維持我們的婚姻就是一場惡毒的騙局。但我和你的標準不同。我不明白你的標準，從來就沒明白過，但我會接受它們。」

此刻，那些我曾經糊裡糊塗地接受了的標準就躺在我的桌子上，這就是她愛我的方式，我對這樣的愛從不相信，卻企圖去忍耐。這就是不勞而獲的最終產物，我曾經以為只要受苦的只有我一個，那麼不公正也沒什麼不對的，但實際上，沒有任何理由可以為不公正開脫。這就是接受自我犧牲這個可怕的惡魔之後所受到的懲罰。我以為只有我是受害者，其實我是把最高尚的女人犧牲給了最卑鄙的東西。當一個人違背了公正，靠著憐憫去行事的時候，他是在為邪惡而懲罰善良；當一個人把罪犯從苦難中拯救出來，他就是在逼迫無辜的人們去受苦。什麼都逃不開公正，無論是物質還是精神，普天之下沒有不付代價就能白得的東西——如果有罪的人不去支付，這個代價就要由無辜的人去支付了。

打倒我的不是那些小小的財富掠奪者——而是我自己。他們沒有卸下我的武器——是我把自己的武器給扔掉了。我只能赤手空拳地去進行一場難以取勝的較量——因為敵人唯一的力量是來自於人們良心中的愧疚——而我所接受的準則，使我把自己雙手的力量看成是一種罪惡和污點。

「給不給我們合金啊，里爾登先生？」

他的眼睛離開了桌上的禮品券，向那個記憶當中貨車上的女孩看去。他捫心自問，能不能把當時看見的那個光彩奪目的人，交給那些思想的掠奪者和媒體的殺手們。他能夠讓無辜的人們繼續承受懲罰嗎？他能讓她站到那個原本是他該站上去的審判台嗎？在她，而不是自己，將要蒙受恥辱的時候——在所有的污穢都將朝她，而不是朝自己潑過去的時候——在她不得不去抗爭，而他卻會倖免的時候——他能對敵人的規則發出挑戰嗎？他能將她的生活投進這個只有她獨自去忍受的地獄嗎？

他坐在那裡，一動不動地望著她。我愛你，他對那個貨車上的女孩默默地說出了四年前那時就想表達的心意，儘管他的第一次表白是出現在如此的情況之下，他依舊從這幾個字當中體會出了莊嚴的幸福。

他看了看眼前的禮品券。達格妮，他在想，如果你知道的話，一定不會讓我這樣做，你聽說後一定會因此而恨我——但我不能讓你去替我還債。錯是我犯的，我不能把自己要受的懲罰推給你。即使我現在別的什麼都沒有，至少還有這些：我看清了真相，不再被他們的罪責困擾，我現在可以在自己的眼前堂堂正正地站起來，我生平第一次徹底地清楚了，我沒有錯——我會永遠忠實於我從未違背過的準則：做一個自食其力的人。

我愛你，他對貨車上的女孩說，似乎感到了那年夏天的陽光照到了他的額頭上，似乎覺得他也站在遼闊的天空下，面對著平坦無垠的土地，拋開了自己以外的一切。

「怎麼樣，里爾登先生？你打算簽字嗎？」費雷斯博士問。

里爾登的眼睛轉向了他。他忘記了費雷斯還在這裡，不知道費雷斯剛才是在說話，爭辯，還是在無聲地等候著。

「哦，這個啊？」里爾登說。

他拿起一支筆，不再多看，像百萬富翁簽寫支票一般，自在地將自己的名字簽在了自由女神像的腳下，然後將禮品券從桌面上推了過去。

第七章 大腦停轉

「你最近跑到哪兒去了？」艾迪在地下餐廳問那個工人，然後又接著說，他的笑容裡已經帶著懇求、抱歉，以及承認自己的絕望的神情，「哦，我知道，是我自己好幾個星期都沒來了。」他笑得很勉強，像是變成殘疾的小孩，試圖去做一個再也不能做好的動作。「我的確來過一次，大約是兩個星期前吧，可你那天晚上不在這裡，我還擔心你是走掉了……這麼多的人一聲招呼都不打就消失了。我聽說有成百上千的人在全國飄忽不定，警察因為他們擅離職守而一直在進行搜捕——人們稱他們為逃亡者——但他們的人數實在太多，監獄也養不起，所以——後來就誰都不管了。我聽說逃亡的人們只是在四處流浪，打著零碎的雜活，有的甚至更慘——這陣子，誰又能有什麼零工讓他們去做呢？……我們失去的是最棒的人手，都是在公司做了二十年以上的人。為什麼一定要把他們拴在工作上呢？那些人根本就沒打算過要離開——可如今，他們稍不滿意就走人，不分白天還是夜晚，隨時把手裡的工具一扔就走了，把各種各樣的爛攤子丟給了我們——那些人在過去只要是公司有需要，就會跳下床跑著趕過來……你應該瞧瞧我們現在為填補空缺招來的那些廢物。有些人心眼還算不錯，卻膽小怕事。剩下的都是些我沒想過還會存在的渣滓——他們把工作搞到手之後，知道一旦進來了，我們就不可能開除他們，因此就明目張膽地表現出他們根本不打算為了薪水而工作。他們是那種喜歡現狀的人——只想要是現在這樣子。你能想像得到居然還會有人喜歡這樣嗎？可是，就是有……你知道，我覺得簡直無法相信——看看這些日子發生在我們身上的這些事。就這樣發生了，可我不相信。我總在想，瘋狂的狀態指的是人分辨不出什麼是現實，現在倒好，現實就是瘋狂——如果我承認它是真的，我不就是精神錯亂了嗎？……我繼續去工作，不斷對自己說，這裡是塔格特公司。我一直在等著她——等著她回來——等著門隨時被打開——哦，老天，我不該這麼說！……什麼？你知道？你知道她已經走了？……他們把這事當成祕密，但我想人人都知道了，只是誰都不敢去說而已。他們跟人家說她請了假，她的職位仍然是主管營運的副總裁。我想，只有吉姆和我知道她徹底辭職了。吉姆生怕她辭職的事一旦傳開，他在華盛頓的那些朋友會為此責怪他。地位顯赫的人物如果辭職的話，對公眾的信心會有災難性的影響，吉姆可不想讓他們知道，他自己家裡就出了一個逃亡者……可是光這些還不算，吉姆害怕的是股東、員工，以及和我們有生意來往的人一旦知道她走了，就會失去對塔格特公司的最後一點信心。信心！你會覺得這已經無足輕重了，因為他們誰都對此束手無策。但吉姆明白，我們必須得撐起一些塔格特公司曾經有過的輝煌的門面。他也清楚這最後的一點輝煌已經隨她遠去了……不，他們不知道她在哪裡……對，我知道，但我不會告訴他們。只有我一個人知道……哦，對了，他們也一直想知道，絞盡了腦汁讓我開口，但是這沒用。我不會告訴任何人……你該去瞧一瞧坐在她位置上的那個人——我們的新副總。哦，當然了，我們是有一個——也就是說，我們有，同時又沒有。這就和他們現在做的事情一樣——似是而非。他叫克里夫頓．洛西——是吉姆的親信之一，四十七歲，聰明穩當，又是吉姆的朋友。他只是臨時代替她，但他坐在她的辦公室裡，我們就都知道他是新的營運副總。他發佈命令——其實他不想讓人看到他的確是在下達命令，他盡力避免去做任何決定，這樣就沒什麼事情能怪到他的頭上。你看，他不是想要管理鐵路公司，而只是為了能有一份工作。他不願意去管火車——他是想討好吉姆。他才不管火車是否還在運行，一心想的只是要給吉姆和華盛頓的那幫人留下一個好印象。目前為止，洛西先生已經陷害了兩個人：一個是位年輕的第三助理，因為他沒有把洛西先生從未下達的命令給傳達出去——還有一個貨運經理，因為他簽署了一個確實是洛西先生下達的命令，只不過那位貨運經理無法去證明這一點。他們兩個都被聯合理事會正式下令開除了……在風平浪靜的時候——這種時刻從來不會超過半小時——洛西先生就會提醒我們：『現在可不是塔格特小姐在的那個時候了。』一有風吹草動，他就把我召到辦公室裡問——有意無意地像是在扯閒話一般——塔格特小姐過去在這樣的緊急情況下是怎麼做的，我就會盡我所能地告訴他。我對自己說，這是塔格特公司，而且……而且我們的決定，關係著幾十列火車上的成千上萬條性命。在風波的間隙裡，洛西先生就對我變得極其無禮——因此我想他是用不著我了。他已經表明，對於一切無關緊要的事情，他要改變她過去的做法，但對於要緊的事，他小心翼翼地一點也不敢改動。唯一麻煩的是，這兩者他總是不能分得很清楚……進她辦公室的頭一天，他告訴我說把內特・塔格特的畫像掛在牆上不太好──『內特・塔格特，』他說，『屬於黑暗的過去，屬於那個自私貪婪的年代，確切來說，他算不上是我們這個現代、進步政策的標誌，所以這會產生很壞的印象，讓人們把我和他混為一談。』『不，他們不會。』我說──但我把畫像從牆上摘了下來……什麼？……不，她一點都不知道這件事，我沒和她聯繫過，一次都沒有。她叫我不要聯繫她……上星期，我幾乎想要辭職，那是因為齊克專車的事情。華盛頓的齊克・莫里森先生，誰知道他是幹什麼的，到全國做巡迴演講──由於各地的情形都很糟糕，他講的就是這項條令，並想鞏固和提高人們的信心。他要求給自己和隨從配備一趟專車──要有一節臥鋪車、一節會客車廂和帶有酒吧和休息室的餐車。聯合理事會批准他的火車速度可以達到每小時一百英里──准許令上寫著，這是鑑於該旅行是非營利的。哼，這倒不假。走這麼一趟，不過是為了勸人們繼續拼了命地賺錢來養活他們這群高高在上、還有理由白吃飯的傢伙們。這下好了，在洛西先生命令為他的專車配上柴油火車的時候，麻煩就來了，我們沒有火車頭可以給他。我們的每台火車頭都在用著，拉的是彗星特快車和橫跨全國的貨車，整個系統裡，連一台也騰不出來，除非是──哼，有關例外的話，我可不想跟洛西先生去提。洛西先生大發雷霆，對我們咆哮著說莫里森先生的要求是不能拒絕的。我不知道是哪個白癡最後跟他說了，我們在科羅拉多的溫斯頓還有一台多餘的柴油機，就停在隧道口上。你現在知道我們這些柴油機是怎麼壞的，它們都是堅持到了最後一口氣──這樣你就明白那台多餘的柴油機為什麼要停在隧道了。我把這個情況向洛西先生做了解釋，跟他好話壞話都說了，我告訴他，她已經嚴格規定，在任何時候，溫斯頓車站都要有一台備用的柴油機。他要我記住他不是塔格特小姐──好像生怕我忘了似的！還說這項規定太荒唐，這麼多年來一直沒出過事，因此一兩個月裡溫斯頓應該沒問題，他不會為了某種理論上以後會發生的災難，而去闖下莫里森先生當下就會對我們發怒的這樣實實在在的大禍。好吧，莫里森的專車弄到了柴油機。科羅拉多分公司的主管辭職了。洛西先生把這個差事給了他的一個朋友。我想過要辭職，我還從來沒那樣想辭職過。可我沒有……不是，我沒聽到她的消息，從她走後，我就沒聽到過她的半點消息。你幹嘛總問我她的事？別想了，她不會回來的……我不清楚我在指望什麼，也許什麼都沒有吧。我只是過一天算一天，儘量不去想以後的事。一開始，我還指望能有人救救我們，我以為這個人就是里爾登。但他妥協了。我不清楚他們是怎麼迫使他簽字的，但那一定非常可怕。大家全都這麼想，都在議論紛紛，不知道對他施加的壓力究竟有多大……不，誰都不清楚。他沒有公開講話，任何人都一概不見……不過，你聽著，我想告訴你現在大家都在傳的另一件事。你能不能靠近一點？我可不想說那麼大聲。他們說伯伊勒好像很早以前就知道那項法令了，應該是幾個星期或是幾個月之前，因為他根據生產里爾登合金的需要，已經開始悄悄地在他的一家小型鋼廠裡祕密改造高爐了，那是個在緬因州沿海一帶的一個十分偏僻的地方。他做好了合金生產的一切準備，只等里爾登在那份敲詐信上面——我是說那張禮品券——簽字了。不過——你聽著啊——在伯伊勒準備開工的前一天晚上，他的工人們正在海岸邊的工廠裡預熱爐子，他們聽到了一個聲音。誰也不知道這聲音究竟是從飛機、收音機，還是某種大喇叭裡傳出來的，但那是一個人說話的聲音，說限他們十分鐘之內離開這裡。他們便撤出了工廠，一路都不敢停下來——因為那個聲音自稱是拉格納．丹尼斯約德。半小時之後，伯伊勒的工廠被夷為平地，被毀得連一塊完整的磚頭都沒了。他們說，這一定是從大西洋深處發射過來的遠程海軍飛彈。沒有人看見丹尼斯約德的船……人們都在私下議論這件事，報紙對此隻字不提。華盛頓的人說這不過是嚇破膽子的商人們在以訛傳訛……我不知道這是真是假，我想它應該是真的，我希望這是真的……你知道，在我十五歲的時候，還想不明白為什麼有人會成為罪犯，根本就不能理解。現在——現在我為丹尼斯約德轟掉那座工廠感到高興。願上帝保佑他，無論他是誰，在什麼地方，但願他們永遠找不到他！……是啊，這就是我的感覺，那麼，他們認為人應該能承受多少呢？……白天對我來說還不算太糟糕，因為我可以一直忙碌著不去想這些事，可晚上我就躲不過去了，我在床上躺著幾個小時都難以入睡……是啊！你如果非要問——不錯，因為我是在擔心她！生怕她出什麼事。伍茲塔克只是個荒無人煙的小地方，而塔格特的木屋還要沿著蜿蜒的小路向荒僻的森林裡再走二十英里。現在，全國各地像波克夏這樣荒涼的地方，晚上都會有一幫人在四處遊蕩，我怎麼知道她一個人在那裡會出什麼事呢？……我知道我不該想這些，我知道她能照顧好她自己。我只是希望能有她的一點消息，希望我能到那裡去，可她不讓我去，我跟她說我會等的……你知道，你今晚在這裡讓我覺得很欣慰，和你聊聊……哪怕只是看見你在這兒，對我都是幫助。你不會像其他人那樣消失不見吧……什麼？下個星期？……哦，是休假。多長時間？……一個月的假期又怎麼能用錢來計算呢？……我但願自己也能這樣——自己花錢請一個月的假。可他們不讓……真的嗎？我太羨慕你了……幾年前我還不會羨慕你，但現在——現在我就想走得遠遠的，現在我真的很羨慕——你在過去十二年，每年夏天都能有一個月的休假。」

$

道路漆黑一片，但它卻通往新的方向。里爾登走出工廠，沒有回家，而是向著費城的方向走去。這段距離走起來十分漫長，可是今晚，他希望像過去一個星期的每天那樣，把它走完。空曠黑暗的鄉間使他感到安寧，除了他身旁黑暗的樹影，沒有其他的東西，除了他的身體和風中擺動的樹枝，沒有任何動靜，除了在籬笆間幽幽閃爍的螢火蟲，沒有一絲光亮。從工廠到城市間這兩個小時的距離，便是他的休息時間。

他從家裡搬了出來，住進了費城的一所公寓。他沒有給母親和菲利普任何解釋，只是告訴他們，如果他們願意，可以繼續在那座房子裡住，伊芙小姐會負責處理他們的帳單。他請他們轉告莉莉安，讓她回來後不要去找他。他們被嚇壞了，只能呆呆地瞪著他。

他給自己的律師簽了一張空白支票，對他說：「幫我辦離婚，用什麼樣的理由和代價都可以。我不管你用什麼手段，收買多少他們的法官，甚至設計圈套讓的我妻子上當，你怎麼做都行。但是，絕不能產生贍養費和財產分割的問題。」律師的臉上掛著心領神會和悲哀的笑容，似乎這件事他早有預料。他說：「好吧，漢克，這事沒問題，不過需要些時間。」「越快越好。」

誰都沒有對他在禮品券上簽字提出任何疑問。但他注意到工廠裡的人看他的時候帶有一種好奇的審視目光，簡直就如同他們想在他的身上找到某種受過折磨的傷疤一樣。

他沒有任何感覺——只是體會到了一種均勻、寧靜的黃昏時的感受，如同散佈在熔化的金屬表面的一層渣滓，慢慢地變硬，吞噬著它的下面最後迸發出的那一點燦爛所閃耀的白色光芒。想到那些掠奪者們將要去生產里爾登合金，他已經沒有了感覺。他曾一心想要守住他的權利，自豪地成為合金獨一無二的生產者，並以此來作為他對手下工人們的敬意，作為對自己和他們以誠相交的信念的敬意。這樣的信念、尊敬和想法已經不復存在了。人們在生產和銷售些什麼，他們從哪裡買到他的合金，甚至他們是否知道那曾經是他的合金，他對這些已經不再關心了。在城市的街道上，從他身邊經過的那些人影成為毫無意義的現實物體。而在鄉村——黑暗洗去了人類活動的一切痕跡，剩下的只是一片他曾經能夠去面對的大地——這才是真實的。

他聽從巡警的建議，在口袋裡放了一把手槍；他們警告過他，現在只要天一黑，沒有一條道路是安全的。他懷著一絲抑鬱，覺得有點好笑，其實這把槍應該是在工廠裡，而不是在這樣平和安全、孤獨的夜晚，才會派上用場；和那些自稱為保護他的人搶走的東西相比，飢餓的流浪漢又能搶走他什麼呢？

他輕快地走著，這樣自在的行走讓他覺得很放鬆。他想，這段時間是他面對孤單的鍛鍊；他得學會在生活中不去意識到別人，這樣的意識現在讓他感到十分厭惡。他過去白手起家，創造了自己的財富；現在，他必須用一無所有的靈魂去重建他的生活。

他會留給自己一小段時間用來鍛鍊，他心想，然後他就要去索取仍然留在他心中的那一份什麼都比不上的寶物，那個一直純潔而完整的欲望：他要去見達格妮。他的心裡形成了兩個信條；一個是一份責任，另一個是一種激動的願望。第一個是永遠不讓她知道他向掠奪者屈服的原因；第二個就是把他第一次見到她時就該明白，在艾利斯．威特家的走廊上就該對她說的話說出來。

在他走著的時候，只有夏夜明亮的星光能給他指引方向，不過，他認得出高速公路，還有在前方鄉間十字路口處石頭圍牆的斷垣。這道圍牆已經沒什麼要守護的了，那裡只有一片雜草，一株垂向道旁的柳樹，以及遠處一座殘破的農舍，星光從屋頂漏了進去。

他一邊走一邊想，即使是眼前的這幅景象，依然保留著價值的力量：它讓他相信，很多地方還沒有受到人類的侵襲。

路上突然閃出了一個人，他肯定是從柳樹後出來的，但身影之快，倒像是從高速公路的中央跳了上來。里爾登的手摸向口袋裡的槍，但隨即便停住了：那個站在開闊地的傲然身形，那在星光燦爛的夜空襯托下的筆直肩膀，讓他明白這人不是強盜。那人一開口，他便知道他不是乞丐。

「我想和你談談，里爾登先生。」

這聲音聽上去堅定而清晰，並有一種習慣發號施令的人才有的特殊禮貌。

「請吧，」里爾登說道，「只要你不是打算要我幫忙或者要錢。」

那人的外套很舊，但還是非常整潔，他穿著深色的長褲，一件深色的風衣緊緊地扣在喉嚨處，使他瘦高的身軀顯得更加頎長。他戴了一頂深藍色的帽子，在夜裡，看得見的只有他的雙手、臉龐和額頭上的一縷金黃色的頭髮。他的手上沒有武器，只是端了一個裹著麻布的小方塊，大小和一條香菸相仿。

「不，里爾登先生，」他說，「我不是來向你要錢，而是要把它還給你。」

「還錢？」

「是的。」

「什麼錢？」

「是很大一筆欠債中的一小部分還款。」

「是你欠的？」

「不，不是我，這只是象徵性的付款罷了，但我希望你能把它作為一個證明接受下來，如果你和我壽命夠長的話，那筆債款就會分文不少地還給你。」

「是什麼債款？」

「就是從你手裡奪走的那筆錢。」

他把麻布打開，將小方塊遞給了里爾登。里爾登發現，星光像火焰一般，沿著它鏡子般光滑的表面不斷地閃動著。從分量和質地上感覺，他知道此時手裡拿著的是一塊金條。

他的目光從金條轉向那人的面孔，但那張面孔似乎比金屬的表面更加堅硬和不露聲色。

「你是誰？」里爾登問。

「孤獨者的朋友。」

「你來這裡就是想給我這個嗎？」

「是的。」

「你是說你晚上在一條沒人的路上跟著我，不是要搶我，而是要給我一塊金條？」

「對。」

「為什麼？」

「一旦搶劫像今天這樣憑藉著法律在光天化日下公然進行，所有正直的行為和賠償就不得不隱藏在地下了。」

「你憑什麼認為我會接受這樣一份禮物？」

「這不是禮物，里爾登先生，這是你自己的錢。不過，我要求你幫個忙。這是個要求，不是條件，因為根本就不存在什麼帶附加條件的財產。金子是你的，隨便你怎麼用。但我今晚是冒著生命危險把它給你送來了，所以我請求你，就算是幫個忙，請把它留作後用，或者是花在你自己身上，只是為你自己的快樂和享受才去把它花掉。不要把它送人，最重要的是，不要把它用在你的生意上。」

「為什麼？」

「因為除你以外，我不想讓任何人得到它的好處，否則，我就會違背很久以前所發過的誓——這就好比今晚我和你講話已經是把我給自己立下的所有規矩都給破了。」

「你在說什麼？」

「我花了很長時間為你蒐集了這筆錢，但我當初並沒有打算見你，跟你講這件事，或者把它交給你，後來才改了主意。」

「那你為什麼要來呢？」

「因為我實在忍不下去了。」

「忍什麼？」

「我原以為我什麼都見過，不會有任何事能讓我看不下去。但是，當他們從你手中奪走里爾登合金的時候，對我來說，這實在是太過分了。我知道你眼前並不需要這塊金子，你需要的是它所代表的正義，以及知道天底下還有在乎正義的人。」

里爾登竭力壓制住從自己的驚愕中湧上來的一股情感，把所有的疑慮扔到一邊，試圖從那人的臉上找到一些能幫他理解這一切的線索。可是，那張臉上毫無表情；在說話的時候沒有絲毫的變化；那人看來像是早就失去了感覺的能力，留在他臉上的似乎只是固執和已經死去的面容。里爾登渾身一顫，想到這張臉並不是屬於人類的，而是屬於一個復仇天使。

「你為什麼要操心？」里爾登問，「我對你又有什麼意義呢？」

「這意義比你此刻的懷疑理由還要多得多。而且我有個朋友，你不會知道你對他來說有多麼重要，本來他今天會不顧一切地來到你的身邊，可是他不能來。所以我替他來了。」

「哪個朋友？」

「我最好還是不說他的名字。」

「你剛才是不是說你花了很長時間為我籌了這筆錢？」

「我籌集的遠比這多得多，」他指了指那金子，「我是以你的名義在保管它，時候到了，我會把它還給你的。這只是個樣本而已，是作為它存在的證明。等你發現自己的最後一筆財產也被搶掠一空的時候，我希望你記住你還有一個巨額存款的銀行帳戶。」

「什麼帳戶？」

「假如你好好想一想，所有從你手中被搶走的那些錢，你就明白你的帳戶的總數是多麼可觀了。」

「你是怎麼蒐集的？這金子是從哪兒來的？」

「是從搶劫你的那些人手裡拿過來的。」

「是誰去拿的？」

「我。」

「你是誰？」

「拉格納．丹尼斯約德。」

里爾登呆呆地注視了他許久，隨後，金條從他的手上掉了下去。

丹尼斯約德對掉落的金條瞧也不瞧，眼睛裡沒有絲毫變化，一直緊盯著里爾登。「你難道希望我是個守法的公民嗎，里爾登先生？如果是這樣的話，我應該遵守的是哪一條法律呢？是一〇—二八九號命令嗎？」

「拉格納．丹尼斯約德……」里爾登喃喃道，彷彿過去的整整十年又在他的眼前歷歷出現，好像他正在看著這十年間的滔天罪行，全部都凝聚在這個名字裡了。

「再看清楚些，里爾登先生。現在，我們之中只有兩種生活狀態：要嘛做一個去搶劫手無寸鐵的受害人的掠奪者，要嘛就做一個受害者，為掠奪他的人工作。我沒有選擇去做任何一種人。」

「你的選擇和他們那些人一樣，是靠武力生活。」

「不錯——坦率地說是這樣，如果你覺得這是實話也未嘗不可。我沒有搶奪那些被捆住手腳、窒息得要死的人，我沒有要求我的受害者幫助我，我沒有對他們說我的所作所為是為他們的利益著想。我每次遇到他們都是冒了生命的危險，而他們也有機會用他們的武器和大腦跟我進行公平的戰鬥。這公不公平？我是在對抗著一個有組織的力量，對抗五大洲的槍砲、飛機和軍艦。假如你想做的是一個道義上的判決，里爾登先生，那麼在我和衛斯理・莫奇之間，誰更有良心？」

「我給不了你答案。」里爾登嗓音低低地說。

「你為什麼覺得震驚呢，里爾登先生？我只不過是遵從了他們建立起來的制度而已。如果他們相信武力是彼此交往的正確方式，我做的正是他們所要求的。假如他們確信我的生活目的就是要為他們服務，那就讓他們強制執行他們的信條試試看。假如他們相信我的頭腦是他們的財產——那就讓他們來拿吧。」

「可是你選擇的是怎樣一種生活？你給予自己頭腦的是什麼樣的目標？」

「是為了我所熱愛的東西。」

「那是什麼？」

「正義。」

「要靠當海盜來履行嗎？」

「是努力為了有一天我可以不再當海盜。」

「那一天是什麼時候？」

「就是當你可以自由地靠里爾登合金賺錢的時候。」

「噢，上帝呀！」里爾登絕望地大笑著，「這就是你的野心？」

丹尼斯約德的臉色絲毫未變：「是的。」

「你打算在有生之年看到那一天的到來嗎？」

「不錯，難道你不這麼想嗎？」

「不。」

「那你所希望的又是什麼呢，里爾登先生？」

「什麼都沒有。」

「你是在為什麼工作？」

里爾登斜看了他一眼：「你為什麼這麼問？」

「是想讓你明白我為什麼這樣做。」

「別指望我會對一個罪犯表示贊成。」

「我沒有指望，不過我想幫你看清一些東西。」

「就算你說的都是事實，你為什麼要選擇去當強盜？你為什麼不直接站出來，就像——」他停住了。

「像艾利斯．威特，里爾登先生？像安德魯．史托克頓？像你的朋友肯．達納格？」

「對！」

「你贊成這麼去做嗎？」

「我——」他被他自己所說的話驚得哽住了。

隨之而來的震驚是看到丹尼斯約德的笑容：這就像是在冰山林立的荒原上看到第一眼春的綠色。里爾登忽然頭一回感覺到，丹尼斯約德的臉龐豈止是英俊，它的完美簡直令人驚嘆——剛強驕傲的容貌，如古典雕像般含著蔑視的嘴角——但他卻沒注意到，即便那張臉上死亡一般的恐怖，根本就不允許對它進行無禮的審視，那笑容卻依然是如此的燦爛生動。

「我對此是贊成的，里爾登先生，但我選擇了自己的特殊使命。我不放過我想要消滅的人，他在幾百年前就死了，但是在他最後一點蹤影從人的心裡被抹掉之前，我們不會有好日子過的。」

「他是誰？」

「羅賓漢（編按：小說中的俠盜）。」

里爾登一臉茫然，不解地看著他。

「他是劫富濟貧的人，我呢，我是劫貧濟富——或者，再確切點說，我是打劫偷竊的窮人，再把東西還給生產和創造的富人。」

「你到底是什麼意思？」

「要是你還記得報紙停止刊登我的消息之前，對我所做的那些報導，你就會知道我從沒搶過一艘私人的船隻，從沒動過私人的任何財產。我也沒搶過一條軍事船隻，因為軍事船隊是為了保護付錢的民眾免受傷害，這也是一個政府應盡的職能。但是，我洗劫了駛過我範圍內的每一條掠奪者的船隻，洗劫了所有政府的救援船、補給船、借貸船、禮品船，以及發運給不勞而獲者的、裝載著從人們手裡強奪下來的貨物的船隻。我把帶有我所反對的主張的船隻截獲下來：這主張就是，要求人們崇尚神聖的需要並做出犧牲——就是要我們大家都必須把我們的工作、希望、計畫和努力放在屠刀之下，聽憑發落——就是說人越是才能出眾，就越危險，因此成功者的頭被按到了絞架上，而失敗者反而有權去拉絞繩。如此的恐怖就是羅賓漢會生生不息的一種正義的理想。據說他是在反抗橫徵暴斂的統治者，然後把搶走的財物歸還給被掠奪的人們，然而延續至今的並非是這個傳說的原意。在人們的記憶中，他代表的並不是財富，而是需要，他不是被搶的受害人的衛士，而是貧窮的救濟者。他拿並非自己所有的財產去行善，拿並非他自己生產的東西去送人，強迫別人來為他的慷慨憐憫付帳，以此成為了頭一位戴上道義光環的人。他代表著一種觀念，那就是權利取決於需要，而不是成就，我們用不著去創造，只要坐享就可以，我們接受的不是憑本事吃飯的勞動者，而是什麼都不做的人。每一個平庸之輩都以他當做藉口，這些人自己養活不了自己，卻要求有權去處置遠比他們強的人的財產，他們不過是宣稱自己情願把生命貢獻給比他們更下流的人，而那些比他們更優秀的人則會因此付出橫遭搶奪的代價。正是這群最骯髒的東西——這些欺貧詐富的兩面寄生蟲——被人們當做了道德的理想，這使得在我們這個世界裡，人生產創造的越多，他自己的權利就喪失得越多，直到有一天，假如他有足夠才能的話，他就會變成連半點權利都沒有、被所有的索取者分食的犧牲品——而與此同時，人要是想凌駕於權利、準則和道德之上，想要為所欲為，甚至能夠掠奪和殺人，他只要提出要求就可以了。我們身邊的這個世界正在分崩離析，對此你是否感到很奇怪？這就是我正在搏鬥和抗爭的東西，里爾登先生。在人們能夠瞭解代表人類的一切象徵和意義之前，羅賓漢是最不道德、最卑鄙的象徵，地球上將不會有正義，人類將難以生存。」

里爾登聽著的時候感到渾身僵硬，不過，在僵硬的下面，他覺得像是有粒種子正在破土而出，令他體會到一種難以言傳，但似曾相識的心情，這心情是如此的遙遠，彷彿是他許久以前曾經體味並放棄了的某種東西。

「里爾登先生，我其實是一名警察，保護人民不受罪犯的危害正是一名警察的職責——罪犯就是那些強行去霸占財產的人。警察應該找回被盜的財物，並把它還給主人。可是，一旦搶劫變成了法律的目的，警察的職責不再是保護，而是變成了對財物的掠奪——那麼此時罪犯就成了警察。我一直在把自己得來的貨物賣給這個國家裡的一些特殊客戶，他們是用黃金支付的。同時，我也把這些貨物賣給歐洲一些走私和黑市的販子。你瞭不瞭解那些國家的現狀？由於生產和貿易——而不是暴力——被定為犯罪，歐洲最優秀的人才在走投無路之下只好去當罪犯。在那些國家中，奴役人民的傢伙們手裡還掌著權力，依靠的就是像這裡一樣還沒被榨乾的國家的掠奪者給他們送去的救濟。我不讓這些救濟能夠到達他們手裡。我把貨物以最高的價格賣給歐洲的違法者，讓他們付給我黃金。黃金是客觀的價值，是保存一個人的財富和未來的手段。在歐洲，任何人都被禁止擁有黃金，但那些滿口博愛、為虎作倀的人卻是例外，他們口口聲聲地說是為了受他們迫害的人的利益才去花那些金子。這些金子就是被我的那些搞走私的客戶弄來支付我的。怎麼弄來的呢？這和我得到貨物的手段一樣。然後，我把黃金還給貨物被盜走的那些人們——還給你，里爾登先生，以及像你這樣的人。」

里爾登想起了他已經忘記的那種心情。這心情他曾經體驗過，那是在他十四歲領到他生平第一份薪水的時候——是他二十四歲當上礦山主管的時候——是在他擁有礦山後，用他自己的名義向當時最好的二十世紀發動機公司，發出第一張設備訂單的時候——這是一種莊重而歡欣的興奮，是感覺到他在自己所尊崇的世界裡贏得了一席之地，獲得了他所仰慕的人們的首肯。在那之後的將近二十年裡，這份心情已經被埋葬在了山一般的廢墟之下，歲月將他灰暗的蔑視、憤慨和掙扎一層又一層地加在上面，他掙扎著強迫自己不去理會周圍，不去瞧一眼和他打交道的人，不對人再抱任何希望，他但願能像他獨自面對辦公室的四壁一樣，保留對這個他曾經盼望與之成長的世界的感覺。然而此刻，他覺得自己的興致又穿透了廢墟，漸漸浮了上來，他忍不住想要聽一聽那充滿了理性光芒的聲音。這聲音可以讓人與之交流和相處，並結伴一生。但這卻是一個海盜的聲音，他講述的是暴力，並試圖以此來代替那個理性而正義的世界。對此，他無法接受；他無法丟掉依然保留在心中的那個殘缺不全的視野。他希望自己在聽這些話的時候可以逃走，但他明白，他連一個字都不想漏掉。

「我把黃金存在了一家銀行——一家有著黃金一般高標準的銀行，里爾登先生——放到了有權擁有它的主人們的帳戶下。這些主人們的才華非凡，憑藉著自己的努力，是在自由貿易裡，而不是靠著強迫和政府的幫忙，積累起了他們的財富。他們是卓越的受害者，貢獻的最多，受到了最不公正的折磨。他們的名字都記在了我的還債簿上。我把帶回來的每一批黃金都在他們之間做了分配，然後存到他們的帳戶裡。」

「他們都是誰？」

「你是其中的一個，里爾登先生。在暗藏的稅收和種種規定裡面，在浪費的時間和努力下面，在為克服人為的障礙所花費的精力之中，我計算不出有多少錢財從你的身上被搶走，我難以算出總數，但假如你願意看看這個數字有多麼龐大的話——就看看你的周圍吧。這種慘狀波及了曾經是一片繁榮的國度，它的影響程度就是你所忍受的不公正對待的程度。假如人們不願意還欠你的債，那麼這就是他們所要償還的方式。不過，其中有一部分債務是經過了計算，並且有根據可查。我就是對這一部分進行了蒐集，並把它歸還給你。」

「哪一部分？」

「你的個人所得稅，里爾登先生。」

「什麼？」

「你在過去十二年所繳納的個人所得稅。」

「你打算把它退還給我嗎？」

「一分不少，並且是黃金，里爾登先生。」

里爾登忍不住縱聲大笑起來；他笑得像一個小男孩，覺得實在是滑稽，欣喜得難以置信。「我的天啊！你既是警察，又是國稅局收稅的？」

「不錯。」丹尼斯約德一臉肅穆地說。

「你說這些不是當真的吧？」

「我像是在開玩笑嗎？」

「可這簡直太荒謬了！」

「比一〇—二八九號法令還要荒謬嗎？」

「這不是真的，絕不可能！」

「只有邪惡才是真的，才有可能嗎？」

「可是——」

「里爾登先生，你是不是在想只有死亡和繳稅才是我們無法改變的事實呢？好吧，我對第一個的確是愛莫能助，但如果我把第二個的負擔減輕，也許人們就會發現這二者之間的關聯，就會發現他們能夠活得更長壽，更快樂。他們或許就會把生命和創造——而不是死亡和繳稅——作為他們的絕對真理和道德規範的基礎。」

里爾登凝視著他，不再笑了。在風衣的襯托下，這個瘦瘦高高的身形顯得那樣訓練有素，孔武敏捷，活脫脫便是一個強盜；大理石般冷峻的面孔如同是一位法官；冷漠而清晰的聲音則如同一位辦事俐落的會計員。

「不光是掠奪者保留著你的紀錄，里爾登先生，我也一樣。我的檔案中有你過去十二年間的完稅證明影印文件，同時也有我所有其他客戶的。我在你料想不到的地方有些朋友，為我弄到我需要的影印文件。我是按照他們被搶走的金錢比例，把錢分配到他們的帳戶上去。我大多數帳戶上的錢已經付給了他們的主人，你的是需要處理的最大的一筆。等你決定領取的時候——也就是當我清楚它的一分一釐都不會再用於支持那些掠奪者的時候——我會把你的帳戶交給你。在那之前嘛——」他低頭瞧了一眼地上的金條，「把它撿起來，里爾登先生。它不是偷來的，是你的。」

里爾登一動不動，一聲不響，沒有去低頭看。

「還有比這更多的正在銀行裡躺著呢，是在你的名下。」

「哪家銀行？」

「當然記得。」

「你記得芝加哥的麥達斯·穆利根嗎？」

「我所有的帳戶都存在了穆利根銀行。」

「芝加哥現在根本沒有穆利根銀行。」

「不是在芝加哥。」

里爾登稍稍停了停：「在哪裡？」

「我想你過不了多久就會知道了，里爾登先生，但我現在還不能告訴你。」他又補充道，「但是，我必須告訴你，對此事負責的只有我一個人，這是我個人的使命。除了我和我的船員，沒有任何人和這件事有牽連，就連我的銀行，也只是替我存錢而已，別的一概不知情。我的許多朋友並不贊同我選擇的這種方式，但對於同樣的戰鬥，我們所選擇的方式都不同——這就是我的方式。」

里爾登嘲諷地一笑：「你不也是一個混帳的利他主義者，把全部時間都用於非營利事業，冒著生命的危險，只不過就是為了去伺候別人嗎？」

「不，里爾登先生。我是把我的時間投資在我自己的未來當中。當我們獲得了自由，需要從廢墟上重建的時候，我希望能看到這個世界儘快地重生。如果那時候能有一些資金掌握在應該掌握它的人手裡——掌握在我們最出色、最有創造力的人們手裡——就會替我們其他人省出許多年的時間，也就會為國家的歷史節省出幾百年。你不是問過你對我來說究竟意味著什麼嗎？意味的就是我所崇拜的一切，就是當地球恢復自由生機的時候，我所希望成為的一切，就是我願意去與之相處的一切——即使目前我只能這樣對你，只能為你效勞至此。」

「為什麼？」里爾登輕聲問道。

「因為我唯一所愛的，唯一願意為之生活下去的價值——人的才能，從來不被這個世界所珍愛，從來沒有得到過認可，也沒有朋友和捍衛者。這就是我為之效力的愛——假如我應該獻出生命，還有比這更好的理由嗎？」

這個人是失去了感覺嗎？里爾登心想，他知道在這頑石般冷酷的面孔下面，是約束極嚴的異常敏銳的感知力。那個平淡的聲音繼續毫無感情地說著：

「我希望你知道這些，我希望你現在就知道，此刻你一定覺得你是被拋進了深淵，周圍都是人類僅存下來的半人半獸。我希望你知道，在你最無助的時刻，救贖日的到來遠比你所認為的還要快。我之所以必須和你說這些話，並且提前告訴你我的祕密，是因為一個特別的原因。你聽說過伯伊勒在緬因州海岸的鋼鐵廠出的事嗎？」

「聽說了，」里爾登說——並且驚訝地聽到他內心忽然急不可待地拋出的那句話，「我不知道是真是假。」

「一點不假，是我幹的。伯伊勒先生不能在緬因州的海岸生產里爾登合金，他在哪兒都不能生產。其他所有認為仗著法令就可以霸占你的智慧的吸血蟲也不能去生產。無論誰想要生產這個合金，他會發現爐子起火、設備被炸、發運的貨物失事、工廠被燒——對於企圖一試的人來說，是會出許多事情的，人們就會說這是遭了詛咒的，用不了多久，全國就找不出工人還願意進生產里爾登合金的工廠大門。假如伯伊勒之流覺得他們只需要用武力就可以去掠奪比他們更強的人——就讓他們看看，一旦一個比他們強的人選擇了訴諸武力的話，會怎麼樣。我想讓你知道，里爾登先生，他們誰也別想生產你的合金，誰也別想從它身上賺到一毛錢。」

因為他感到了內心正歡躍得想要放聲大笑——這和他聽說威特的那把大火和德安孔尼亞銅業公司垮台的消息時，便想放聲大笑一樣——並且知道一旦他笑出來，令他害怕的那個東西就會抓住他，這次就不會再放過他，而他就再也見不到他的工廠了——里爾登便收斂著，緊緊地將嘴巴閉緊了好一會兒，以免出聲。等一會兒過去了，他帶著堅決和死一樣的聲音，安靜地說：「拿走你的金子，從這裡滾開，我不會接受罪犯的幫助。」

丹尼斯約德的臉上毫無反應：「我不能強迫你接受這黃金，里爾登先生，但我不會把它拿回來。如果你願意的話，就把它留在地上吧。」

「我不想要你的幫助，也無意保護你。如果我能找到電話，我就會叫警察，如果你再試圖來找我的話，我就會這麼做。為了保護我自己——我會這樣做。」

「我完全明白你的意思。」

「你知道——我本應該唾棄你，但因為我聽了你所講的話，因為你也看到了我想聽這些話，我沒有那樣做。我不能唾棄你或者任何一個人。人們賴以生存的準則已經沒有了，因此，對於他們現在的作為，或者他們是用什麼樣的方式來挺過這無法忍受的一切，我不想評論。如果這就是你的方式，那我就讓你自己下地獄吧，但我不想沾這個邊，我既不想鼓勵你，也不願意做你的同謀。哪怕你的銀行帳戶真的存在，也永遠別指望我會接受。還是用它給你自己多買些盔甲吧——因為我要向警察報告，把我知道的線索都告訴他們，讓他們可以抓到你。」

丹尼斯約德既沒有動也沒有回答。一列貨車在遠處的黑暗中轟隆隆地駛過；他們看不見，但能夠聽到車輪的撞擊聲填滿了寂靜的空間，這列火車似乎離他們很近，像是被拆得只剩下了一串聲音，在黑夜裡經過他們。

「你想在我最絕望的時候來幫我？」里爾登說，「假如我落到自己的保衛者只是一個海盜的地步，那我也就不再需要保護了。你說的算是現在還僅存的人話，就衝著這一點，我要告訴你，我現在已經不抱任何希望，但我心裡清楚，等到末日降臨的時候，我就用我最後的日子去恪守我自己的準則，哪怕恪守這些準則的只有我一個。我在這個我成長的世界裡生活過了，我要和它一起消亡。我想你不會理解我，可——」

一束強烈的燈光猛地射到了他們身上。火車的鏗鏘聲掩住了汽車發動機的聲音，他們沒聽見有一輛汽車從農舍後面的岔路上閃了出來，駛向他們。他們並沒有擋住汽車的路，然而，隨著兩盞車燈後響起的刺耳煞車聲，那輛車一下子停住了。里爾登情不自禁地向後一跳，隨即驚訝地看了看那個和他在一起的人：身手敏捷的丹尼斯約德將自己定在原地，紋絲未動。

停在他們旁邊的是一輛警車。

司機探出了身子，「哦，原來是你呀，里爾登先生！」他說著，把手抬起來向帽沿上一碰，「晚安，先生。」

「你好。」里爾登強自控制著他聲音中不自然的突兀。

車的前排坐著兩名巡警，他們的臉色嚴峻，全然不見平時停下車來閒聊的善意。

「里爾登先生，你從工廠裡出來的時候，走的是不是艾奇伍德路，而且經過布萊克史密斯灣？」

「對呀，怎麼了？」

「你在這一帶有沒有看見過一個走路很慌張的陌生人？」

「在哪兒？」

「他不是走路就是坐了一輛外表破破爛爛的車，但那輛車的發動機卻價值上百萬元。」

「是什麼人？」

「是個高個子，金黃色的頭髮。」

「他是誰？」

「我告訴你你也不會相信的，里爾登先生。你見過他嗎？」

里爾登根本沒意識到自己在問些什麼，只能感覺到他是在費力地從喉嚨裡擠出些聲音來。他直視著面前的警察，卻似乎覺得自己是在盯著旁邊，看得最清楚的便是丹尼斯約德注視著他的面孔，那上面全無表情，不見絲毫的反應。他看到丹尼斯約德的手臂自然地垂在身體兩旁，雙手放鬆，看不出有要拿武器的意思，他那高大挺拔的身軀毫不戒備，從容坦然——彷彿是在坦然地面對著行刑隊。在燈光下，他發現那張臉比他想像的要年輕，那雙眼睛像天空一樣湛藍。他覺得把目光直直地轉向丹尼斯約德很危險——於是他把目光聚集在那個警察身上，盯著那件藍警服上的銅釦子，但不斷湧入他意識的卻是丹尼斯約德的身體，遠比眼前看得見的東西更強而有力，這具在衣服包裹下的赤裸軀體，將會不復存在。他聽不見自己說的是什麼，因為他心裡不斷地聽到一句話，他覺得這句話沒頭沒腦，但卻是他唯一在乎的：「如果我應該獻出生命，還有比這更好的理由嗎？」

「你見過他嗎，里爾登先生？」

「沒有，」里爾登回答，「我沒見過。」

那警察失望地聳了聳肩膀，雙手回到了方向盤上：「你沒發現什麼可疑的人嗎？」

「沒有。」

「也沒有陌生的汽車從你身邊經過？」

「沒有。」

那警察伸手向車子的起動器：「他們得到消息，今晚有人看見他在這一帶的岸上活動，他們在五個郡都布下了搜查網。我們不能說出他的名字，是不想嚇著大家，不過，全球懸賞了三百萬元要他的腦袋。」

他按了起動器，發動機「轟」的一聲響亮地轉了起來，這時，另一個警察向前探了探身子。他一直在盯著丹尼斯約德帽子下面金黃色的頭髮看。

「他是誰，里爾登先生，」他問道。

「我的新保全。」里爾登回答。

「哦……真是個明智的措施，里爾登先生，尤其是這種時候。」

「晚安，先生。」

車子向前開去，紅色的尾燈在遠處的路上慢慢消失。丹尼斯約德望著它離去之後，有意地看了看里爾登的右手。里爾登發現，他面向警察站著的時候，手裡一直握著口袋裡的槍，隨時準備用上它。

他急忙鬆開手指，把手抽了出來。丹尼斯約德笑了，笑容裡閃爍著開心的光芒，這顆純淨、年輕的心用無聲的笑容迎接著能夠生活下去的美好。這副笑容讓里爾登想起了法蘭西斯可，儘管他們兩人並無相像之處。

「你沒有撒謊，」丹尼斯約德說，「我就是你的保鏢，我會在你目前還不知道的許多方面做個稱職的保鏢。謝謝了，里爾登先生，再見吧——我們的再次見面會比我預想的還要快。」

不等里爾登回答，他就不見了，他像來的時候一樣突然和悄無聲息，消逝在石頭圍牆的後面。等里爾登轉過身再去看那片田野的時候，夜色中已經沒有他的蹤影以及任何走動的跡象。

里爾登站在空蕩蕩的路邊，孤獨的感覺比以前更加強烈。隨後，他看到了腳邊用麻布包著的一樣東西，露出的一角在月色下熠熠閃光，這光芒和海盜頭髮的顏色正是一樣的。他彎下腰，把它撿起來，繼續走下去。

$

火車劇烈地搖晃著，基普・查莫斯的雞尾酒灑了一桌，他猛地傾向前方，手肘撐在濕答答的桌子上，便破口大罵起來：

「老天該去懲罰這些鐵路公司！他們這些鐵軌究竟是怎麼搞的？只要他們肯把賺到的錢吐出一點，我們也不至於像坐在乾草車上的農夫一樣顛個不停！」

他的三個同伴都懶得出聲。夜已經深了，他們待在休息室裡消磨著最後一絲精力，然後才會回到自己的車廂睡覺。休息室的燈光在充滿酒氣的煙霧繚繞下如同舷窗一樣慘澹。這是查莫斯為了自己的出行特意要來的一節私人包廂；它掛在彗星特快車的最後一節，當彗星特快車在山嶺間穿梭起伏的時候，它便像一隻惶恐不安的動物的尾巴一樣擺個不停。

「我要為鐵路的國有化去做宣傳，」查莫斯邊說邊不服氣地瞪著一位頭髮灰白的小個子，那人正興味索然地望著他，「這就會是我的講台，我必須得有一個講台。我不喜歡詹姆斯．塔格特，他就像沒煮透的蛤蜊一樣。讓鐵路公司都見鬼去吧！該是我們接管的時候了。」

「假如你想在明天這場大活動中還能有點人樣，」那人說道，「就去睡覺。」

「你認為我們能成功嗎？」

「你必須把它做成。」

「我知道我必須要做好，不過我覺得我們不可能按時到達。這個該死的像蝸牛一樣爬的超級專車已經誤點好幾個小時了。」

「你必須到那裡去，查莫斯。」那人帶著固執而毫無變化的語氣陰森森地說，他的腦子裡只想著目的，根本不考慮如何才能做到。

「你去死吧，難道你認為我不明白這一點嗎？」

查莫斯長了一頭金色的鬈髮和一張難看的嘴。他出身的家庭只是略有些錢和名氣，但他對於金錢和名望的鄙視，卻顯示著只有最高貴的名門望族才會有的憤世嫉俗和漠然。他所畢業的大學便擅長培養這類的貴族。學校讓他懂得，思想就是為了愚弄那些愚蠢的思考者。他進入華盛頓就像飛簷走壁的盜賊那樣身手從容，如同順著搖搖欲墜的大樓的邊沿層層直上，他從一個部門爬到了另一個部門。他的職位並未到頂，但那副氣派卻讓不明就裡的人們覺得他和衛斯理．莫奇沒什麼兩樣。

查莫斯根據他自己的策略，決心投身政壇，競選成為加州議員，除了聽說過電影業和海灘俱樂部外，他對這個州一無所知。他的競選經理人替他做好了前期準備，現在，查莫斯正在趕往舊金山的途中，準備在明晚參加一場人潮爆滿的集會，和他未來的選民們見面。他的經理曾經要他早一天動身，但查莫斯還是待在華盛頓參加了一個酒會，然後搭了最晚的一趟火車。直到這天晚上他發現彗星特快車誤點了六個小時之後，他才頭一回對這次活動操心起來。

他的三位同行可不管他的情緒如何：他們喜歡的是他的酒。他的競選經理萊斯特・塔克個頭不高，上了些年紀，臉像是被誰一拳打得陷了下去，而且再也沒有反彈回來。他是個律師，如果在早年，他辯護的對象就會是商店的小偷，以及在有錢的大公司地盤上故意製造事故的人，如今，他發現為查莫斯這樣的人當代理人更加合算。

蘿拉・布萊德福特是查莫斯現在的情婦。他喜歡她的原因是，她的前任是莫奇。她是個電影演員，能夠從演技出眾的演員拚命成為蹩腳的明星，她靠的不是和製片大亨們上床，而是抄了捷徑，去和官僚們上床。她在接受媒體採訪時，完全是一種三流小報的義正詞嚴的好鬥模樣，閉口不提時尚，而是談經濟問題，她所談論的經濟中離不開「我們必須幫助窮人」。

吉伯特・濟斯—沃森是查莫斯邀請的客人，至於原因他們兩個卻誰也說不出來。他是享譽全球的英國小說家，曾在三十年前風靡一時，但從那以後，就沒有人再有興趣看他寫的東西了，但大家都把他當做一位活著的古典大師。他曾被認為思想十分深刻，能夠說出這樣的話來：「自由？我們還是不要說什麼自由了，自由是不可能的。人永遠擺脫不了飢餓、寒冷、疾病，以及身上的意外。人永遠無法在大自然的嚴酷下獲得自由。既然如此，他為什麼要反對政治上的獨裁暴政呢？」當全歐洲施行起他所鼓吹過的思想後，他移居到了美國生活。這些年來，他的寫作風格和身體狀況日趨衰弱。在他七十歲的時候，已經成了一個頭髮要經過整飾的肥胖老人，憤世嫉俗的舉止之間，總愛引用在瑜伽修行者關於人類所有的努力都是徒勞的說法。查莫斯邀請他來是想顯得更有面子，吉伯特應邀前來是因為他也沒什麼地方可去。

「這些該死的鐵路公司！」查莫斯說著，「他們是故意這麼做的，他們想把我的競選活動給攪亂了，我不能錯過這次集會！我的天啊，萊斯特，想想辦法呀！」

「我試過了。」萊斯特說。火車到達上一站的時候，他試著打過長途電話，想用飛機來完成他們的行程，可是這兩天都沒有民用航班。

「如果他們不能讓我準時到的話，我就會剝了他們的頭皮，占了他們的鐵路！難道就不能讓列車長快點嗎？」

「你已經告訴他三遍了。」

「我要開除他。他除了搬出一大堆討厭的技術問題搪塞我以外，什麼都給不了我。我要的是交通，不是託詞。他們不能把我當成一個普通車廂的乘客，我是要他們隨時把我送到我想去的地方。難道他們不知道我在這趟列車上嗎？」

「他們現在已經知道了，」蘿拉說，「閉上嘴吧，基普，你都讓我煩透了。」

查莫斯把他的酒杯倒滿。列車的顛簸使吧台架子上的玻璃杯盤叮噹作響。繁星密佈的夜空裡，投在車窗上的光影在不停地晃動，星星彷彿正向彼此眨著眼睛。從車廂後方的觀察窗看出去，他們看不見草坡的後面還有些什麼，只能看見列車末尾標誌的紅綠尾燈發出的小小光暈，和一小段向後閃退著、延伸到黑暗中的鐵軌。一片岩壁在和列車賽跑。高高掩映在空中的科羅拉多山巔的缺口處，時而閃現出星星。

「高山……」吉伯特十分滿足地說道，「正是這樣的奇觀讓人感覺到了人的微小。用那些粗笨材料如此得意地建成的不知天高地厚的小小鐵軌，如何比得了這永恆的雄偉？只不過是女裁縫在大自然的外衣邊上綴出的幾線針腳而已。假如那些巍峨的巨石有一個想要倒下的話，它就會葬送掉這列火車。」

「它幹嘛想要倒下？」蘿拉漫不經心地問。

「我覺得這趟該死的火車越走越慢了，」查莫斯說，「儘管我已經告訴他們了，這群混蛋還是在慢了下來！」

「這……這是因為山，你知道……」萊斯特說。

「該死的山！萊斯特，今天幾號了？該死的時差，讓我分不清……」

「五月二十七日。」萊斯特嘆了口氣。

「五月二十八日，」吉伯特看了一眼手錶，說道，「現在已經過了凌晨十二點鐘了。」

「我的天！」查莫斯驚叫起來，「這麼說那個集會就是今天？」

「沒錯。」萊斯特應道。

「我們來不及了！我們——」

火車劇烈地一晃，他的酒杯一下子脫了手。它在地上摔裂發出的脆響，和車輪邊緣在急轉彎的鐵軌上摩擦的尖嘯聲交織在了一起。

「我說，」吉伯特不安地問，「你的鐵路安全嗎？」

「那還用問，當然了！」查莫斯說，「我們有這麼多的規定、制度，那些混蛋敢讓它不安全！……萊斯特，我們還有多遠？下一站是哪裡？」

「在到鹽湖城之前，火車是不會停的。」

「我是說，下一個車站是哪兒？」

萊斯特拿出了一張皺巴巴的地圖，自從天黑下來之後，他每隔幾分鐘就會看一看。「溫斯頓，」他說，「科羅拉多州的溫斯頓。」

查莫斯又伸手拿過一隻酒杯。

「霍洛威說莫奇說過，如果這次競選不能獲勝的話，你就完了。」蘿拉說。她懶散地躺在椅子裡，目光越過查莫斯，對著休息室牆上的一面鏡子端詳著自己的臉。她實在覺得無聊，而刺激他發脾氣讓她覺得很好玩。

「哦，他是這麼說的嗎？」

「嗯，莫奇不想讓——他叫什麼名字——就是你的競選對手——進入議會。假如你沒獲勝，莫奇就痛苦死了，霍洛威說。」

「該死的混帳東西！他最好還是看好他自己的腦袋吧！」

「哦，這我可不清楚，莫奇對他很欣賞。」她又補充說，「霍洛威不會允許什麼破火車讓他錯過重要會議的，他們可不敢誤他的事。」

查莫斯坐在那兒，直愣愣地盯著酒杯，「我要讓政府把所有的鐵路統統沒收。」他低低地說道。

「真的，」吉伯特說，「我就不明白你為什麼不早這麼做，全世界現在只有這個國家還落後到允許私人擁有鐵路。」

「嗯，我們正在向你看齊。」查莫斯回答。

「你們國家簡直太天真了，實在不合潮流。你們所說的那些自由和人權——我從我高祖父那一輩起就再沒聽說過了，那只是富人才會津津樂道的東西。窮人的生活無論是被企業家還是政客支配，對他們來說沒有任何區別。」

「企業家的時代已經結束了，現在是——」

他們覺得車廂一晃，彷彿空氣猛然地把他們向前推了出去，而腳下的地板卻絲毫沒動。查莫斯跌倒在地毯上，吉伯特從桌子上面摔了過去，打翻了燈。玻璃杯從架子上面紛紛撞落下來。車廂四面的鋼板嘎吱作響，像是要被掀開，遠處的一聲巨響彷彿是一陣痙攣，順著列車的車輪傳了過來。查莫斯把頭抬起來的時候，發現車廂一動不動地停住了；他聽到了同伴們的呻吟和蘿拉發出的第一聲歇斯底里的驚叫。他沿著地板爬到門口，一把將門扭開，跌跌撞撞地下了火車。他看到遠遠的前方拐彎處有不停晃動的手電筒和一團紅光，而火車頭已經不見了。他在黑暗中蹣跚地走了過去，不時撞見一些還來不及穿好衣服的人，在徒勞地揮著手中點燃的火柴。他看見道路旁有一個拿著手電筒的人，便過去一把抓住了他的手臂。這人是列車長。

「出什麼事了？」查莫斯喘息道。

「鐵軌分岔，」列車長冷冷地回答說，「火車頭出軌了。」

「出……？」

「側翻了。」

「有人……死嗎？」

「沒有，機師們都沒事，司爐工受傷了。」

「鐵軌分岔？你說的鐵軌分岔是什麼意思？」

列車長的臉上浮現出一種奇特的神情，那是冷酷、譴責和漠然。「鐵軌被磨損壞了，查莫斯先生，」他用一種奇怪的加重語氣回答道，「特別是在拐彎的地方。」

「你們難道不清楚鐵軌已經磨損了嗎？」

「我們清楚。」

「那麼你們為什麼不換新的？」

「本來要換，但洛西先生把這個計畫取消了。」

「這個洛西先生是誰？」

「就是我們現在的營運副總。」

查莫斯有點納悶，為什麼列車長那樣看著他，彷彿這場事故和他犯的錯有關似的。「那……那你們不打算把火車頭重新弄上軌道嗎？」

「那個火車頭看來是徹底不能再上軌道了。」

「可是……它得拉我們走啊！」

「它已經不行了。」

透過幾點晃動的光亮和低沉的喊叫聲，查莫斯突然覺得再也不想看這一片黑黝黝的高山，這方圓數百里荒無人煙的死寂，以及凸出在峭壁和深淵之間的岩層。他把拉住列車長手臂的手抓得更緊了。

「可是……我們該怎麼辦？」

「司機已經去向溫斯頓打電話了。」
「打電話？怎麼打？」
「沿鐵路下去再走一兩英里的地方有個電話。」
「他們會把我們從這裡弄出去嗎？」
「他們會的。」
「可是……」他想到了過去和將來的事，終於扯開嗓子叫了出來，「我們要等多久？」
「我不知道。」列車長說，他掙開查莫斯的手，走開了。
溫斯頓車站的夜班員接完電話，扔下話筒就衝上了樓，把車站的代理主管從床上搖醒。這個遊手好閒的代理體形壯碩，脾氣暴躁，是分公司的新主管十天前才任命的。他迷迷糊糊地坐起來，但一聽值班員說的話，腦子便立刻醒了過來。
「什麼？」他驚叫著，「天啊！彗星特快？……好了，別站著發抖了！給銀泉站打電話！」
銀泉站的分公司總部調度員聽到消息後，便打電話通知科羅拉多分公司的新任主管大衛·米契。
「彗星特快？」米契倒吸了一口氣，他的手把聽筒緊緊地按在耳朵上，一下子便翻身下了床，「火車頭報廢了？是那台柴油發動機嗎？」
「是的，先生。」
「哎呀，上帝！萬能的上帝呀！我們可如何是好啊？」他隨即記起了自己的身分，便繼續說道，「好吧，把那列快不行的火車派出去吧。」
「我已經派了。」
「通知雪伍德的值班員把所有列車都停下來。」
「我已經通知了。」
「你的班次表上有哪些車？」

「西去的軍隊特別貨車，不過誤點了，四個小時以後才會到。」

「我馬上下來……等等，聽著，叫比爾、森蒂和克拉倫斯，必須和我一起到。這回可有好戲看了！」

米契總是抱怨不公，因為他說總是輪到他倒楣。他在對此做解釋的時候，就惡狠狠地說這都是那些大人物的陰謀，他們從不給他一點機會，然而，他卻沒有解釋他所說的「大人物」究竟是什麼人。資格老是他抱怨時最愛提到的一個話題，也是他看事情的唯一標準，他在鐵路公司工作的年資比許多升到他頭上的人都長，他說，這就是社會體系不公正的證據——儘管他從沒解釋過他所說的「社會體系」是指什麼。他在許多鐵路公司都工作過，但沒有在任何一家待久過。他的雇主們並沒有他的什麼特別把柄，但最後就是不要他了，因為他常把「沒人讓我這麼做」掛在嘴邊。他並不知道他現在的這個職位是詹姆斯和莫奇所做的一筆交易的結果：詹姆斯把他妹妹私生活的祕密告訴了莫奇，以此交換了運費上漲。按照他們討價還價時一定要榨乾對方的習慣，莫奇讓他再答應幫一個忙，就是解決米契的工作。米契是全球發展盟友組織的主席史拉根霍普的妹夫，莫奇認為這個組織對公眾的意見可以發生積極的影響。詹姆斯把為米契找工作這個責任，推給了洛西。洛西則在科羅拉多分公司的主管辭職後，立刻就將米契推了上去。前任的主管辭職就是因為溫斯頓車站備用的柴油機，派給了莫里森的專車。

「這可如何是好？」衣冠不整的米契一邊叫著，一邊在睡意中暈頭轉向地衝進了辦公室，列車總調度、列車主管和鐵路的司機領班已經等在那裡了。

這三個人都沒有出聲。他們都是在鐵路上幹了多年的中年人。一個月前，不管出現什麼緊急情況，他們都會主動進言，但現在已經開始意識到情況變了，多說話多危險。

「我們究竟應該怎麼辦？」

「有一件事是肯定的，」總調度比爾說，「我們不能讓燃煤的火車頭鑽進山洞。」

米契的眼睛陰沉了下來，他清楚這是他們三個人的一致看法，他但願比爾沒把它講出來。

「那，從哪兒弄柴油機？」他惱怒地問。

「我們弄不到。」鐵路領班說。

「可是我們絕不能讓彗星特快在支線上等一晚上！」

「看來也只能如此了，」列車主管說，「說這個還有什麼用，大衛？你知道全分公司上下都找不出一台柴油機了。」

「萬能的主啊，他們怎麼會讓我們沒有發動機呢？」

「塔格特小姐沒這麼做，」鐵路領班說，「是洛西先生。」

「比爾，」米契帶著求救的口氣問，「難道今晚進站的長途列車，就沒有一趟是用柴油發動機的嗎？」

「第一個到站的，」比爾恨恨地說，「是二三六號車，是從舊金山開來的最快的貨車，到達溫斯頓的時間是早晨七點十八分。」他又補充道，「這是離我們最近的一台柴油機，我已經查過了。」

「那麼軍隊的專車呢？」

「最好別想，大衛，根據軍隊的命令，它在鐵路上有最優先權，彗星特快也不及。他們還是誤點了——因為檔箱兩次失火。他們運送的是給西海岸軍火庫的軍需品。你還是祈禱你的地段上別出什麼事讓它停下來吧。你覺得我們延誤彗星特快就是大禍臨頭，但這和讓那趟專車停下來相比就算不上什麼。」

他們陷入了沉默。夏天的晚上，窗戶都開著，他們能聽到樓下調度室的電話正在響，信號燈在荒蕪的調車場上空一閃一閃，而那裡曾經是分公司最繁忙的一個地方。

米契望著下面的火車頭庫房，在微弱的光線下，隱約可見幾台蒸汽火車黑沉沉的身影。

「山洞——」他張了張嘴，又停了下來。

「——有八英里長。」列車主管的聲音顯得特別刺耳。

「我只是在想，」米契不耐煩地說。

「最好還是別想了。」比爾輕聲說。

「我什麼都沒說呀！」

「你在迪克．霍頓辭職之前和他談了什麼？」鐵路領班故作不懂地問，好像這是個完全無關的話題，「你們是不是在說那個快不行了的隧道通風系統？難道他沒說那條隧道現在連柴油機進去都不安全嗎？」

「你提這個幹嘛？」米契打斷了他，「我什麼都沒說！」霍頓是分公司的總工程師，在米契到任三天後就辭職不幹了。

「我只是順便提一提。」鐵路領班一臉無辜狀。

「大衛，」比爾知道米契就是再耗一個鐘頭也拿不出什麼主意，便說道，「你知道，能做的只有一件事：讓彗星特快堅持到早晨，等二三六號車一到，用它的柴油火車頭把彗星車拖出隧道，然後從另一頭給它掛上我們現有的最好的燃煤火車頭，好讓它能接著走完全程。」

「可是這會讓它延誤多久？」

比爾聳聳肩膀：「十二個小時——也許十八個小時——誰知道？」

「十八個小時——彗星特快？天啊，這還從來沒有過！」

「現在出的這些事都是以前從沒發生過的，」比爾說這話的時候，機敏幹練的聲音中顯露出一絲令人吃驚的厭倦。

「可他們會在紐約怪罪我們！他們會把全部責任都推到我們頭上！」

比爾聳了聳肩膀。一個月前的時候，他會覺得這樣不公平的事情是難以想像的，但現在，他的心裡明白了許多。

「我想……」米契哭喪著臉說，「我想也沒有更好的辦法了。」

「沒有，大衛。」

「哦，上帝呀！這事為什麼要發生在我們身上？」

「約翰．高爾特是誰？」

兩點半的時候，彗星特快在一台老式調車火車頭的牽引下，停靠在溫斯頓車站的一條支線上。查莫斯張口結舌，惱怒地望著窗外荒山腳下的幾幢孤零零的房子，以及破舊的車站小屋。

「現在又要幹嘛？他們為什麼要停在這裡？」他大聲喊著，按了鈴叫列車長過來。

看到一切又動了起來，重新感到了安全之後，他的恐懼變成了怒氣。他幾乎認為自己是被騙了，才會平白無故地受到如此驚嚇。他的同伴們都還聚在休息室的桌旁，他們渾身顫抖著，無法入睡。

「多久？」列車長在答話時冷淡地說，「要到早上，查莫斯先生。」

查莫斯驚呆地瞪著他：「我們要在這裡停到早上？」

「是的，查莫斯先生。」

「在這裡？」

「對。」

「可是我晚上要去參加舊金山的聚會！」

列車長沒有答話。

「為什麼？我們為什麼非得停在這兒？究竟為什麼？出了什麼事？」

列車長耐著性子，輕蔑而不失禮貌地把現在的情況向他慢慢地如實講了一遍。但是早在許多年前，從小學、中學，一直到大學，查莫斯所學的都是人不會，也沒有必要按理性去生活。

「讓你們的隧道下地獄去吧！」他尖叫著，「你覺得我會因為什麼破隧道就讓你們把我滯留在這裡嗎？就為了一條隧道你就想讓國家的重要計畫泡湯嗎？告訴你們的工程師，我今晚必須趕到舊金山，他必須把我送到那裡！」

「怎麼送？」

「那是你們的事，我管不著。」

「這沒辦法。」

「那就找出辦法來，你這個該死的！」

列車長沒有答話。

「你覺得我會讓你們這些糟糕的技術毛病妨礙重要的社會問題嗎？你知道我是誰嗎？讓那個司機趕快發車，除非他不想幹了！」

「司機有命令。」

「去他的命令吧！現在我才是下命令的！讓他立刻開車！」

「這你可能要和車站的代理談，查莫斯先生。即使我想，也沒有權力來回答你。」列車長說完便走了出去。

查莫斯一下子跳了起來。「哎，基普……」萊斯特不安地說，「也許真是這樣……也許他們不能這樣做。」

「他們非做不可！」查莫斯厲聲喝道，不顧一切地走向車門。

以前在大學的時候，他學會了迫使人們行動唯一管用的辦法就是讓他們感到害怕。

在破舊不堪的溫斯頓車站辦公室裡，他所面對的人一個睡眼惺忪、面孔疲憊而懈怠，另一個則坐在值班員的桌子後面，已經被嚇壞了。他們一言不發，呆呆地聽著他們聞所未聞的污言穢語向他們劈頭而來。

「——我可管不著你們怎麼把火車弄過隧道去，那是你們的事！」查莫斯最後說道，「但是假如你們不給我找出火車頭來開這趟火車，你們的飯碗、工作許可證，還有這一整條該死的鐵路就會全都完蛋。」

車站的代理並不知道查莫斯這個人以及他的職位，但他知道，眼下正是這些從沒聽說過，也說不清是幹什麼的人掌握生殺大權的時候。

「這我們也做不了主呀，查莫斯先生，」他哀求道，「我們下不了這個命令，命令是從銀泉方面來的，你應該給米契先生打電話，然後——」

「米契先生是誰？」

「他是銀泉的分公司主管，你應該告訴他去——」

「我和一個分公司的主管囉嗦什麼！我要去找詹姆斯——這才是我要做的！」他不等車站的代理有時間解釋，便一轉身對那個年輕人命令道：「你——把我的話記下來，馬上發出去！」

要是在一個月前，車站代理絕不會答應任何乘客發出這樣的消息，因為這是規定所禁止的，可他現在卻不敢肯定還有沒有什麼規定存在。

紐約市的詹姆斯．塔格特先生，由於你的員工無能並拒絕提供火車頭，我在科羅拉多的溫斯頓被困在彗星特快車上。今晚將在舊金山參加重要國務會議，若不立即發動我的列車，請自行斟酌後果。

基普．查莫斯

等年輕人將文字變成電碼，通過一根根像衛士一般守護著塔格特鐵路的電線桿發出——等查莫斯回到他的車廂去等回音之後——車站的代理給他的好朋友大衛．米契打了電話，向他讀了這條電報的內容。他聽到米契發出了呻吟般的嘆息聲。

「我覺得應該告訴你，大衛，我以前從沒聽說過這個人，但是他可能是個什麼重要人物。」

「我不知道！」米契嘆道，「基普．查莫斯？你一天到晚都能在報紙上看到他的名字和那些有頭有臉的人物出現在一起。我不知道他是幹什麼的，不過他要是從華盛頓來的話，我們就一點也大意不得。老天呀，這可如何是好？」

我們可不能大意——塔格特公司的紐約值班員心裡想著，然後給塔格特的家中打電話，把電報內容轉述了一遍。此時的紐約將近早晨六點，一晚上沒睡好的詹姆斯被叫醒了。他聽著電話，臉便垂了下來。他和溫斯頓的代理出於同樣的原因，也感到了害怕。

他打電話給洛西，把無法向查莫斯發洩的怒火全都傾洩到了電話另一頭的洛西身上，「想辦法出來！」塔格特叫著，「我才不管你怎麼辦，這是你的責任，不是我的，一定要讓火車開出來！究竟是怎麼搞的？我還從沒聽說彗星特快停下來過！你就是這麼管理你的部門嗎？列車上的重要乘客把消息發到我這裡來可就非同尋常了！至少我妹妹管事的時候我沒有因為愛荷華州的一顆釘子壞了，就被人在半夜叫醒──噢，我是說科羅拉多。」

「我很抱歉，吉姆，」洛西老練地回答道，語氣中既有道歉和保證，也帶著恰到好處的信心。「這不過是場誤會，是某些人做的傻事。別擔心，我會解決的。我本來還在床上，但我馬上就去處理。」

洛西並沒在睡覺，而是剛剛在一個年輕女郎的陪伴下從夜店轉了一圈回來。他讓她等著，然後趕到了塔格特公司的辦公室。他的夜班員工誰都說不清他怎麼會親自來，可是也不能說是沒必要。他在好幾間辦公室裡匆忙地進進出出，讓很多人都看得見他，給人一種相當忙碌的感覺。忙了半天的結果，就是用電報給科羅拉多分公司的主管大衛·米契發出了一道命令：

「立即給查莫斯先生派出一台火車頭，讓彗星特快安全啟程，不得有任何不必要的拖延。如果你無法履行你的職責，我將在聯合理事會面前要你承擔一切後果。克里夫頓·洛西。」

隨後，他打電話叫他那位女朋友，和他一起開車去了一家公路邊的旅館──確保後面的這幾個小時沒人會找到他。

銀泉的調度員被他轉交給米契的這道命令搞糊塗了，然而米契心裡很明白。他知道，鐵路公司的命令從來不會說出要把火車頭給一位乘客這樣的話，他清楚整件事就是在演戲，並猜想著這究竟是怎樣一齣戲，一意識到誰會被陷害成這齣戲的替罪羔羊，他便感到渾身冒出了冷汗。

「怎麼了，大衛？」列車主管問。

米契沒有應聲。他抓住電話筒的手抖個不停，哀求著要接通紐約的塔格特公司的電話員，他看起來像是一頭掉進陷阱的野獸。

他求紐約的接線員替他接通洛西家裡的電話，接線員試了，沒有人接聽。他請求接線員接著試，給每一個有可能找到洛西先生的地方打電話。接線員答應了他，米契才放下了話筒，但他知道乾等或是找洛西先生部門裡的其他人都沒有用。

「出了什麼事，大衛？」

米契把命令遞了過去——從列車主管的臉色上，他看出這個陷阱正像他所懷疑的那樣非常不妙。

他打電話給位於內布拉斯加州奧馬哈市的塔格特地區總部，請求和地區總經理談一談。電話線上沉寂了片刻後，奧馬哈的接線員告訴他，總經理已經在三天前辭職並消失了——「是因為和洛西先生的一點小矛盾。」電話中的聲音又補充說。

他請求和分管他地段的總經理助理通話；但那位助理周末出城去了，現在聯繫不上。

「給我找其他人！」米契喊了起來，「任何一個，管哪個地區的都行！天啊，找個人來告訴我該怎麼辦吧！」

另一頭接過電話的人，是分管愛荷華至明尼蘇達地區的總經理助理。

「什麼？」他剛聽米契說了幾個字就叫道，「是科羅拉多州的溫斯頓？那你找我幹什麼？……不，別跟我說出了什麼事，我不想聽！……不，我說過了！不！你別想把我拉進去，無論這是怎麼回事，無論我管還是不管，我以後都得去解釋當初為什麼要那麼做。這不關我的事！……和地區的總管去講吧，別找上我，我和科羅拉多有什麼關係？……哦，算了吧，我不知道，把總工程師找來，去和他談！」

負責中部地區的總工程師不耐煩地回答說：「是嗎？什麼？你在說什麼？」米契慌忙解釋了一遍。當總工程師聽說沒有柴油機的時候，便一下子打斷了他，「那當然就要停住火車了！」當他聽說關於查莫斯先生的事情後，他忽然克制起自己的聲音，「嗯……查莫斯？從華盛頓來的？……這個，我不知道。這事就要由洛西先生來決定了。」當米契說道，「洛西先生命令我解決這件事，可——」總工程師如釋重負地將他的話打斷，「那就照洛西的話去辦吧。」隨即掛了電話。

米契小心翼翼地放下了電話，他再也不叫了，而是像在偷看一樣，躡手躡腳地走到椅子前坐好，對著洛西先生的命令看了很久。

隨後，他迅速抬頭看了看屋子裡面。調度員正忙著講電話，列車主管和道路領班還在那兒，但他們卻裝出一副不是在等候命令的樣子。他希望總調度比爾回家去，而比爾正站在角落裡看著他。

比爾個子不高，瘦瘦的身體有著一副寬肩膀；四十歲的他看起來卻很年輕；那張和坐辦公室的人同樣蒼白的臉上，有著一副牛仔一樣硬朗和清瘦的面容。他是整個系統裡最優秀的調度員。

米契握著洛西的命令，突然站起身，上樓去了他的辦公室。

米契對於理解工程和交通方面的問題並不在行，但他明白像洛西這樣的人，他明白紐約的頭頭們玩的這種把戲，明白他們現在要對他怎麼樣。這個命令沒有說明讓他給查莫斯先生一台燃煤火車頭——只是說「一台火車頭」。在以後回答責難的時候，洛西先生難道不會憤怒而震驚地說，他以為分公司的主管應該懂得命令裡指的只能是柴油機嗎？命令中說，他必須要讓彗星特快「安全地」啟程——難道分公司的主管還不清楚安全的含意嗎？——「不得有任何不必要的拖延」。什麼才是「不必要」的拖延？假如有可能會出重大事故，那麼一個星期或是一個月的延誤，不就應該被看做是必要的嗎？

紐約的大頭們才不在乎這些呢，米契心想，他們不在乎查莫斯先生是不是能按時趕去開會，鐵路上是不是發生了空前的大事故——無論出現哪一種情形，他們關心的只是一定不能讓自己受到責怪。如果他扣住列車不放，他們會把他作為給查莫斯先生息怒的替罪羊，假如他讓火車開走，而它沒能到達隧道的西邊，他們就會責怪他不稱職——無論他怎樣做，他們都會宣稱他違反了他們的命令。他又能證明什麼？又能向誰證明呢？面對一個政策不清、程式混亂、缺乏證據的規定和具有約束力的法庭，一個人什麼也證明不了——聯合理事會就是這樣的法庭，它沒有任何界定犯罪與無辜的標準，是否有罪全憑它隨意定奪。

米契對於法律的原理一竅不通，但他知道，一旦法庭不受任何規矩的約束，它也就不會接受任何的事實，法庭的聽證便會失去正義，而成為個人的決定，決定你命運的不是你所做的事，而是你所認識的人。他問自己，在這樣一個聽證會上，當他面對著塔格特先生，洛西先生，查莫斯先生，以及他們那些有權有勢的朋友，他還能有幾分勝算。

米契這輩子都是儘量繞開去做決定，他過去向來是等著接受命令，從來不對任何事抱肯定態度。此時，他腦子裡都是對於不公所發出的憤憤不平的抱怨。他想，命運如此不公平地單單讓他遇上這麼多倒楣的事：在這個他所做過的最好的差事上，他正在被他的上司設計陷害。他永遠無法理解的是，他能得到這份工作以及他所受的這個陷害都是一個整體裡難以分割的部分。

看著洛西的命令時，他曾想過留下彗星特快，只用火車頭掛著查莫斯先生的車廂，讓它獨自開進隧道。但剛一這樣想，他便搖了搖頭：他清楚，這會迫使查莫斯先生意識到所面臨的是什麼樣的危險，他是不會願意的，而會繼續提出要一台安全可靠和並不存在的火車頭。這還不算，這樣一來，他米契就會承擔責任，要承認他知道危險，就會失去所有的保護，去說明事情的真實情況——這種行為正是他的上司們在制定策略時，所要竭力避免自己去做的，這正是他們遊戲的關鍵。

米契不是那種敢於和自己的以前決裂，或者質疑當權者的道德準則的人。他選擇的不是去挑釁上司的政策，而是聽從。比爾能夠在任何有關技術方面的比賽中戰勝他，但在這樣一種較量中，他可以不費吹灰之力地戰勝比爾。曾經有一段時間，人們要想生存就特別需要比爾這樣的才能，而現在，他們需要的是米契這樣的才能。

米契坐在他祕書的打字機前，用兩根手指頭小心謹慎地敲出了兩份命令，分別下達給列車主管和鐵路領班。頭一份命令是要列車主管立即召集起一班機組人員，但僅僅將原因描述為「緊急情況」；第二份是要鐵道領班「將現有最好的火車頭送到溫斯頓，隨時準備聽候緊急使用」。

他把命令的複寫件放進自己的口袋，然後打開門，將夜班調度員叫了上來，遞給他要交給樓下那兩個人的命令。夜班調度員是個認真負責的年輕人，他信任自己的上司，並且知道紀律是鐵路上的首要規矩。他雖然驚訝米契只隔著一層樓還要用寫好的命令，但卻沒有多問。

米契緊張地等待著。過了一陣子，他看到鐵路領班的身影穿過了調車場，向火車庫房走去。他感到一陣輕鬆：這兩個人沒有上樓來對他當面質疑，他們已經明白了，而且會像他那樣來玩這個遊戲。

鐵路領班低頭望著腳下的地面，走過了調車場，他心裡想著的是他的妻子、兩個孩子，還有他花了一生的心血掙下的房子。他清楚他的上司們想要幹什麼，並且在考慮他是不是應該回絕他們。他從不害怕丟掉自己的工作；出於對自己能力的相信，他知道假如和一個雇主發生爭執的話，他總能找到另外一個雇主。而現在，他擔心起來，他無權辭職或是另找工作，假如他招惹了雇主，他就會被遞交到一個毫不負責的理事會手裡，如果理事會處決他的話，就意味著他被宣判了去忍受飢餓帶來的漫長死刑：這會讓他再也不能得到雇用。他知道理事會會對他進行處罰，他知道解開理事會做出反覆無常決定的黑暗奧祕的鑰匙，就是人際關係的神祕力量。他和查莫斯先生作對，能有希望嗎？過去，他的雇主出於對其自身利益的考慮，要求他使出全部的才能，現在，再也不需要才能了。過去是要求他盡其所能，並因此得到獎勵。現在，如果他想憑良心的話，就只能受到懲罰。過去，他需要去思考。現在，他們不希望他思考，只要他順從。他們不希望他有良知。那他幹嘛還要站出來說話？這樣做又是為了誰呢？他想到了彗星特快上的三百名乘客，想到了他的孩子們。他有個上高中的兒子，還有一個芳齡十九，令他感到萬分驕傲的女兒，因為她被公認為城裡最漂亮的女孩。目睹了那些失業者的家庭居住在飽受動盪衝擊的地區，居住在關閉的工廠附近的安置區和廢棄的鐵路沿線，他問自己是不是要讓孩子們也遭到失業者的孩子那樣的命運。他驚懼地發現，他現在不得不在他孩子的性命和彗星特快旅客的性命之間做選擇。如此棘手的矛盾在以前是從來不可能出現的。正是由於他過去對於旅客安全的維護，才使他得以保障了自己孩子們的安全；做好一件事，另外的事情也就得到了解決，不會發生利益上的衝突，不會需要有人受害。現在，如果他要去挽救旅客，就必須以他孩子的生命作為代價。他隱約想起了曾經聽說過的宣傳，崇尚自我犧牲，為了他人而捨棄自己最心愛的一切。他不懂那些道德哲學，使得他突然明白的並不是語言，而是他感受到的黑暗、憤怒而野蠻的切膚之痛——如果這就是美德，他寧願一點也不要。

他走進火車庫房，命令一台龐大而陳舊的燃煤火車頭做好開往溫斯頓的準備。

列車主管伸手去拿調度室的電話，打算依照命令召集車組人員，但他的手抓在話筒上停住了。他忽然意識到自己是在找人去送死，單子上列出的二十個人中，有兩個人的性命將是被他挑選斷送的。他只覺得渾身發冷，除此便再無知覺；他並不覺得擔心，只是有一絲困惑而漠然的驚詫。他從沒做過叫人去送死的事，從來都是去叫人賺錢養家的。這真奇怪，他心想，而且奇怪的是他的手停了下來，迫使它停下來的那種感受彷彿是二十年前就有的——不對，他想，那只不過是一個月前的事情，而不是更久以前。

他四十八歲，沒有成家，沒有朋友，孑然一身。與其他人將熱情任意地投入到不同的地方不一樣，他把全部的愛都給了比他小二十五歲、由他一手帶大的弟弟。他送弟弟上了一所技術學院，跟所有的老師一樣，他知道這孩子冷酷而年輕的臉上長了一個刻有天才標誌的大腦。與他哥哥的全心全意如出一轍的是，這個孩子對於運動、聚會和女孩子這類事一概不關心，只對學習和他想做發明家的夢想感興趣。他畢業後離開了這裡，進入了麻塞諸塞州一家有名的電子企業的研究部門，領著在他這個年齡很少有的高薪。

今天是五月二十八日，列車主管想到。一〇一二八九號法令是五月一日頒佈的，就是在五月一日的晚上，他得到了消息，他的弟弟已經自殺了。

列車主管聽到人們說這項法令對於挽救國家很有必要。他不知道事實是不是如此，他無法知道什麼才是挽救這個國家所必需的。但在某種他說不出來的感情的驅使下，他曾經跨進了當地報紙編輯的辦公室，要求他們把他弟弟的死訊公諸於眾。對此，他能給的全部理由只有「人們一定要知道這件事」。他難以表達的，其實是他內心備受創傷的情感所做出的無言決定：如果這件事是出自人們的意願，那麼人們就必須知道它，他不相信如果他們知道會這樣的話，還能這樣做。編輯拒絕了這個要求，他說這會打擊全國人民的情緒。

列車主管對政治哲學一竅不通，但他知道，從那時開始，他已經對任何人、乃至國家的生死徹底不關心了。

他握著話筒，想到他也許應該警告一下他要通知的人。他們信任他，絕不會想到他會故意讓他們去送死。但他搖了搖頭：這麼想已經過時了，這是他去年的想法，是從他也同樣信任他們的那個時候殘留下來的想法。現在已經無所謂了。他的腦子在緩慢地思考著，彷彿他正在把思想拉進真空裡，引不起任何感情的激勵，他想到，如果警告他們的話就會帶來麻煩，就會引起某種爭鬥，而他只有鼓足了勇氣才能挑起這場爭鬥。他已經想不起來還有什麼是值得要去爭鬥的，是真理、正義，還是兄弟手足之情？他不想費這個勁，他很累。如果他警告名單上所有的人，就沒有人會去開那台火車，這樣，他就可以挽救這兩個人和彗星特快上三百人的生命。然而，他的內心對這些數字全無反應，「生命」只是一個詞，沒有絲毫意義。他提起話筒，撥了兩個號碼，叫一名機師和一名司爐工立即前來報到。

米契下樓來的時候，三〇六號火車頭已經開往了溫斯頓。「給我準備一輛軌道動力車，」他命令道，「我要去費爾蒙特。」費爾蒙特是沿鐵道向東二十英里以外的一個小站。人們點了點頭，沒有問任何問題。比爾不在他們之中。米契走進比爾的辦公室，他正在那裡，靜靜地坐在椅子上，似乎是在等待著。

「我要去費爾蒙特，」米契說，他的語調顯得過於隨便，像是在暗示著不用回答。「他們那裡一兩個星期前來過一台柴油火車頭……知道吧，是緊急修理什麼的……我要過去看看我們能不能用。」

他停下來，但比爾什麼也沒說。

「看這情形，」米契不去瞧他，逕自說著，「我們不能讓那趟列車一直停到早晨，不管怎樣都得去試一試。我現在覺得這台柴油火車或許還行，但這是我們能試的最後一台了。所以，如果半小時後你還沒聽到我的消息，就簽署命令讓三〇六號去拉彗星特快車。」

無論比爾心中曾經怎樣想過，他都不相信自己所聽到的這些話。他沒有馬上答話，隨後才十分平靜地開口說：「不。」

「不？你什麼意思？」

「我不幹。」

「你不幹是什麼意思？這是命令！」

「我不幹。」比爾的口氣堅決得沒有絲毫情緒。

「你是在拒絕執行命令嗎？」

「沒錯。」

「可你沒有權利拒絕！我也不會就這一點進行什麼爭論。這是我決定的事，是我的責任，而且我不是在徵求你的意見。你的任務就是接受我的命令。」

「你會給我一份書面命令嗎？」

「怎麼，你這該死的，你是說你不相信我？你是不是……」

「你幹嘛一定要去費爾蒙特，大衛？如果你認為他們有柴油火車，為什麼不打電話去問？」

「我怎麼工作用不著你來管！用不著你坐在那裡質問我！收起你那套把戲，按我吩咐的去做，否則我會給你機會講話——讓你去跟聯合理事會說！」

從比爾那張牛仔一樣的臉上很難察覺出他的情緒，但米契看見了一種令他難以置信的恐怖神情，只是這恐怖並非出於對他所說的話，而是由於發現了他的某種東西，它並不是害怕，絕非米契所希望的那樣。

比爾知道，到明天早上的時候，這件事就會變成他和米契的是非之爭，米契會否認下達過這個命令，米契會給大家看他寫好的證據，證明三〇六號機車只是被派去「待命」，還會找出證人來證明他去了費爾蒙特找柴油火車，米契會宣稱這個致命的命令是總調度比爾簽發的，他要負全部責任。這件事本來算不上什麼，根本經不起仔細的推敲，但這對於聯合理事會已經足矣，他們唯一不變的政策就是不允許對任何事情去仔細推敲。比爾知道他完全可以如法炮製，把這事栽贓給另一個受害的人，他知道自己的腦筋夠用——但是他寧願去死也不會那樣做。

讓他在恐怖中呆坐不動的並非是眼前的米契，而是他意識到了他找不出任何人去揭露和制止這件事——沿著科羅拉多到奧馬哈直至紐約，他找不出一個合適的上司來。他們全都有份，做的都是同樣的事，他們給米契提供了榜樣和方法。此時和這家鐵路公司穿同一條褲子的是大衛．米契，不是他比爾．布蘭特。

就像比爾僅僅對單子上的幾個數字瞥上一眼，就能對全分公司的系統了然於心一樣——他現在能夠看見他整個的生活以及他正在做的決定的全部代價。他直到過了自己的青年時期才開始戀愛；三十六歲時才找到了自己想要的女人。他已經和她訂婚四年；他不得不等下去，因為他要撫養他的母親和一個帶著三個孩子的離婚的姐姐。他從沒怕過負擔，因為他清楚他有能力承擔它們，而且對於自己辦不到的事，他從不會承諾。他一直在等，為此攢著錢，現在終於到了他認為能夠自由地享受幸福的時候。再過幾個星期，到六月份他就要結婚了。他坐在桌旁看著米契的時候便想起了這些，但這想法沒有使他產生絲毫的猶豫，只是有點遺憾和淡淡的傷感——之所以那樣平淡，是因為他不願意讓它靠近現在這個時刻。

比爾對於知識論一無所知，但他知道，人必須要依靠理性的感知來生活，不能違背它，也不能逃跑，不能找出任何東西去替代它——他知道這是他生活的唯一選擇。

他站了起來，「不錯，只要我還幹這份工作，我就不能違背你的命令，」他說，「但如果我不幹了，我就可以。因此我現在就不幹了。」

「你現在要怎樣？」

「從現在起，我不幹了。」

「你沒有權利不幹，你這個該死的無賴！難道你不知道嗎？難道你不清楚我可以因為這個把你送進監獄嗎？」

「如果你想讓警察早上去抓我，我會在家裡。我不會逃跑，也沒有什麼地方可去。」

米契身高六尺二寸，有著拳擊手一樣的體格，但他站在比爾那脆弱的身軀面前，卻又氣又怕地渾身顫抖。「你不能走！這是法律禁止的！我有法律！你不能從我這裡走開！我不會放你出去的！我不會讓你今晚離開這房子！」

比爾走向房門：「你能當著大家的面把你給我的命令再說一遍嗎？你不說？那我會去說。」就在他拉開房門時，米契朝他迎面便是一拳，把他擊倒在地。

房門開處，站著的正是列車主管和鐵道領班。

「他不幹了！」米契叫喊著，「這個混蛋這個時候不幹了！他違法了，而且是個懦夫！」

比爾慢慢地從地上抬起身子，從流到眼裡的一片鮮血模糊之中，他抬頭看著那兩個人。他看出他們明白了眼前發生的一切，但他們卻神情冷漠，並不願意捲入其中，甚至怨恨他將他們置於這個要公正表態的境地。他便什麼都不說了，站起來走了出去。

米契的眼睛迴避去看其他人，「嘿，你，」他叫著，向正從房間裡走過的夜班調度員晃了晃腦袋，「過來，你得馬上接手。」

關上門後，他把對比爾說的費爾蒙特有柴油機的故事又對那個人講了一遍，同樣說如果半小時後沒有聽到他的消息，就去下令用三〇六號火車頭把彗星特快拉走。那人已經頭腦一片空白，張口結舌，什麼都想不明白了：他眼前不斷出現他一直崇拜的比爾那淌滿鮮血的臉。「是，先生。」他木然地答應道。

米契動身去了費爾蒙特，在登上軌道動力車前，他把要去為彗星特快找柴油機的事，嚷嚷得讓他看見的每一個車場職工、扳道工和清潔工都知道了。

夜班調度員坐在桌前盯著鐘和電話，心裡禱告著電話響起來，讓他聽到米契先生的消息。但半個小時無聲無息地過去了，到了只剩三分鐘的時候，他感到一種說不出的恐懼，但他知道，這個命令是他無論如何也不願意去下的。

他轉身看著列車主管和鐵路領班，猶豫不決地問：「米契先生走之前給我下了命令，可我不知道應不應該把它發出去，因為我……我覺得這樣不對。他說——」

列車主管把頭轉開了，他感覺不出絲毫的同情：這個年輕人和他弟弟當時的年齡一樣大。

鐵路領班喝斷了他的話：「就按米契先生的吩咐去做，你胡思亂想什麼。」說完便從屋裡走了出去。

詹姆斯和洛西逃避掉的責任，此時落在了一個惶惶不安的年輕人肩上。他遲疑不決，接著又覺得不應該對鐵路公司高層主管們的誠信和能力產生質疑，並以此來為自己打氣。他並不知道，他對公司和高層們的看法已經是上個世紀的事了。

半小時一到，他便以一個鐵路人應有的認真守時的態度，在通知彗星特快用三〇六號火車頭做牽引的命令上簽下了自己的名字，並把命令傳給了溫斯頓車站。

車站代理看到命令的時候渾身戰慄，但他不會質疑上司。他對自己說，或許隧道並不像他所想的那麼危險。他告訴自己，目前最好的做法就是不要去想。

他把命令的複件遞給了彗星特快的列車長和司機，列車長的目光把屋子裡每個人的面孔都慢慢地掃視了一遍，摺好那張紙，放進自己的衣袋，一言不發地走了出去。

司機站著看了一會兒那張紙，便把它一丟，說：「這我是不會幹的。如果鐵路當局居然能下出這種命令來，我也不會為它工作下去了。就當做我已經退出不幹了吧。」

「但你不能不幹！」車站代理叫嚷著，「他們會因此逮捕你的！」

「要是他們能找到我的話。」司機說，隨即便走出車站，消失在山區夜裡的茫茫黑暗之中。

從銀泉站將三〇六號火車頭運送過來的司機，此時正坐在屋子的一個角落裡，他啞然一笑，說道：「他害怕了。」

車站的代理轉向了他：「你願意去嗎，喬？你願意上彗星特快嗎？」

喬．史考特此時醉醺醺的。在過去，鐵路員工上崗時如果有一絲的酒氣，就會被看成是染了天花的醫生還給人看病一樣。但喬卻身分特殊。三個月前，他因違反安全規則並導致一場重大事故而被開除；兩星期前，聯合理事會下令恢復了他的工作。他是基南的朋友；他在工會裡為了保護基南的利益，便和會員而非雇主作對。

「當然，」喬說，「我可以上彗星特快，如果我開得夠快，可以讓它通過。」

三〇六號機車的司爐工一直待在他的火車頭車廂內沒出來。他惴惴不安地看著他們過來把火車換到了彗星特快的車頭，他抬頭向遠在二十英里山路以外隧道口上掛著的紅綠信號燈望去。但他的性格沉穩而隨和，是個優秀的司爐工，從不指望自己能升作司機，他一身健壯的肌肉便是他的所有資本。他覺得他的上司們肯定是心中有數，所以他也就不冒失地問什麼問題了。

列車長站在彗星特快的車尾。他看了看隧道處的燈光，然後看著彗星特快上面一長串的車窗。有幾處窗戶亮著燈，但大部分是從低垂的百葉窗邊緣透射出的幽暗的藍色夜燈。他想他應該將乘客們叫醒，對他們發出些警告。他曾經把乘客的安全看得比自己的生命還重要，那並不是因為他愛這些人，而是因為那是他所接受並為之自豪的這份工作的責任。現在，他感到了悻悻然的冷漠，一點也不想去救他們。他們要求並且接受了一〇─二八九號法令，他心想，他們繼續過著他們的日子，對於聯合理事會針對毫無反抗的受害者通過的決議，他們裝聾作啞──他現在為什麼不該對他們也視而不見呢？如果他救了他們，聯合理事會因為他違反命令，製造混亂，誤了查莫斯先生的事而處罰他的時候，他們誰都不會為他辯解。他可不想為了讓人們可以安全地沉溺在他們毫不負責的罪惡行為之中，而去犧牲自己。

時間一到，他舉起信號燈，示意發動列車。

「看見了吧？」當腳下的車輪一顫，向前滾動時，查莫斯得意地對萊斯特說，「恐懼是對付人唯一管用的方式。」

列車長跨上了最後一節車廂，誰也沒有發現他從另外一側的踏板跳下了火車，消失在群山的黑暗之中。

一個扳道工站在路旁，做好了把彗星特快從支線切換到主軌道的準備，他看著彗星特快慢慢地朝他駛來。它看起來只是個耀眼的白色亮球，射出的一道光束高高地越過他的頭頂，使他腳下的鐵軌在悶雷般的隆隆聲中顫動。他清楚他不該去切換軌道，他想起了十年前的那個夜晚，他曾經在洪水中不顧性命地救下了一列火車，使之免受滅頂之災。然而，他知道已經是今非昔比了。在他扳動了轉換開關，看見車頭大燈猛地朝旁邊一晃時，他心裡明白，他今後一輩子都會憎恨自己的這個工作。

彗星特快從支線上伸展開來，駛入了一條狹長筆直的鐵軌，車頭大燈的光束如同延伸出的手臂，指引著方向，向山裡駛去，車尾休息室觀察視窗的燈光漸漸地消失了。

彗星特快上的一些旅客已經醒了。當列車開始盤旋爬升時，他們在車窗外黑暗的下方，看到了溫斯頓車站的一簇簇細小的燈光，接著依然又是黑暗，但窗戶的上方出現了隧道口的紅綠信號燈。溫斯頓的燈光越來越小，隧道的洞口越來越大。窗外不時飄過一陣陣黑煙，將燈光遮擋得更加昏暗：這濃煙是燃煤火車散發出來的。

接近隧道的時候，他們看到南面遠遠的天邊之下，有一團火焰在看不見的山上隨風舞動。他們不知道那是什麼，也懶得理它。

據說災難的發生純屬意外，有些人可能會說彗星特快上的旅客，對於發生的事情是完全無辜、沒有責任的。

坐在一號車廂的A臥鋪裡的是一位社會學教授，他所教導的理念是個人的能力微不足道，個人的努力徒勞無功，個人的良心是無用的奢侈品，個人的智慧、性格或成就根本就不存在，一切都是集體的成績，真正有用的是大眾，而不是個人。

在二號車廂的七號小間裡的是一位記者，他曾經寫過，「出於善良的原因」而使用強制手段是適當並且道德的，他相信他有權對別人施暴——為了他自己認為的從「一個善良的原因」中所產生的想法——就可以去毀滅生命、扼殺雄心、窒息欲望、違背信念，去拘禁、掠奪、謀殺，甚至連想法都不必有，因為他從未定義過他自己所認定的善良是什麼，並且聲明了他只是順從著「一種感覺」——一種不受任何知識羈絆的感覺，因為他認為感性要高於知識，他只信賴於自己「良好的願望」和槍彈的力量。

位於三號車廂十號小間的婦女是個上了年紀的教師，她這一輩子把一批又一批無依無靠的學生變成了可憐的膽小鬼，她教導他們說，大多數人的意志才是分清善與惡的唯一標準，大多數就可以為所欲為，他們絕不能有自己的主張，必須跟隨大多數人。

正在四號車廂B休息室的是一位報紙的發行人，他相信人性本惡，不適合享有自由；如果對人不加約束，他們的基本興趣就是撒謊、搶劫和彼此殺害——因此，為了強迫人們去工作，教導他們具有道德，並使他們遵守法律和秩序，就必須用同樣的謊言、搶劫和兇殺手段來讓人就範，並使這些手段成為統治者所掌握的特權。

在五號車廂的H臥鋪的商人，是在機會平衡法案的幫助下，靠政府的貸款開始了他的礦場生意。

正在六號車廂A休息室的是一位金融家，他是靠著買下「被凍結」的鐵路債券，然後通過華盛頓的關係再去「化凍」而發達的人。

坐在七號車廂五號座位上的那位工人相信，無論他的雇主是否想要他，他都有「權利」工作。

在八號車廂六號小間的婦女是個演說家，她相信的是，無論鐵路公司是不是願意提供交通服務，作為消費者，她都有「權利」享用。

在九號車廂二號小間的經濟學教授鼓，吹廢除私人財產，他解釋說，人的智慧在工業化的生產中沒有一席之地，人的思想有賴於物質工具的幫助，只要有了機器設備，經營工廠和鐵路是任何人都可以做到的事情。

十號車廂D臥鋪裡的是一位母親，她把兩個孩子放到頭頂的床上睡覺，小心翼翼地給他們蓋好被子，讓他們不受風和晃動的驚擾。她的丈夫在政府部門負責推行法令的實施，對此，她辯解道：「我不在乎，他們打擊的只是那些富人。再怎麼樣，我都必須為我的孩子們著想。」

在十一號車廂三號小間裡的人不時神經兮兮地啜泣著，他在他寫的那些廉價的小劇本當中，加入了一些卑劣的下流材料，以此達到將商人一律刻畫成惡棍的社會效果。

十二號車廂九號小間裡的是一位家庭主婦，她相信自己有權選出一些她毫不瞭解的政客，讓他們對她一無所知的龐大工業進行控制。

十三號車廂F臥鋪內的是個律師，他曾經說過：「我嗎？我在任何一種政治制度下都能找出適應的辦法。」

在十四號車廂A臥鋪裡的是一位哲學教授，他所教授的便是沒有心智存在——你怎麼會知道隧道是危險的呢？——沒有現實——你如何能證明那隧道的存在？——沒有邏輯——你為什麼聲稱列車沒有動力就無法穿過隧道？——沒有原則——你為什麼應該被因果定律所束縛呢？——沒有權利——你為什麼不應該強迫人們工作？——沒有道德——管理鐵路有什麼道德可言嗎？——沒有絕對——生與死對你來說究竟又有多大的區別呢？他所教授的便是我們一無所知——幹嘛去違抗上司的命令？——我們對什麼都不能確定——你怎麼知道你就是對的？——我們必須要權宜行事——你不想冒著丟掉工作的風險吧？

在十五號車廂B休息室裡的是個繼承了遺產的人，他總是重複著一句話：「憑什麼只允許里爾登一個人生產里爾登合金？」

在十六號車廂A臥鋪裡的是個人道主義者，他曾經說：「有能力的人？我才不管他們是不是痛苦，為什麼痛苦。為了支持弱者，就必須懲罰他們。坦率地說，我不在乎這是不是公平，在可憐那些有需要的人時，令我感到驕傲的就是我不關心能幹的人是否得到公正的對待。」

這些就是醒著的乘客；他們的觀點多多少少被火車上的人們所贊同。當列車駛入隧道的時候，威特的火炬便成了他們在地球上看到的最後一樣東西。

第八章 以我們的愛

陽光躍上了山坡上的樹梢，在藍天的映襯下，樹冠顯出藍藍的亮銀色。達格妮站在小木屋的門口，額頭上映著第一縷晨曦，腳下是綿延數里的森林。樹葉飄落，從銀色、碧綠，一直落到小路上的樹影裡，變幻成了霧藍色。光線從枝葉間灑落，一觸到地上的叢叢苔蘚，便驟然反射向上，那苔蘚就宛如變成了泛著綠光的噴泉。看著陽光在一片靜寂之中的律動，她感到十分愜意。

和每天早晨所做的一樣，她在釘在牆上的一張紙記下了日子。如同放逐在荒島上的囚犯所做的紀錄一般，日子在紙上的推移，便是她凝固的生活中唯一的變化。這天早晨的日期是五月二十八日。

她本想利用這些日子得到一個結果，但她不知道自己是否達到了目的。來這裡的時候，她給自己下了如同是三道命令一般的任務：休息；學著去過沒有鐵路的生活；擺脫痛苦——她說過，是要把它擺脫掉。她覺得像是和一個受傷的陌生人拴在了一起，他隨時會進攻，將她淹死在他的喊叫聲中。她對這個陌生人沒有憐憫，只是有些輕蔑的不耐煩；她不得不和他搏鬥、消滅他，這樣才能掃清她的道路，去決定她想要做的事情；只是，這個陌生人並不好對付。

休息的任務則容易一些，她發現她喜歡自己獨處的日子。早晨醒來時，她感到愛心充盈，覺得可以勇往直前，什麼都能夠去面對。在城市裡，她一直生活在無休止的壓力之下，要去承受惱怒、氣憤、厭惡和鄙視帶來的衝擊。這裡對她唯一的威脅只不過是一些身體上的不適，然而相形之下已經簡單和容易多了。

這間木屋人跡罕至，仍舊保持著她父親留下的風貌。她從山邊撿來木頭，用燒柴的爐子來煮飯。她打掃了牆下的灰塵，重新翻蓋了房頂，將門和窗框粉刷一新。雨水、野草和塵土，讓木屋通向山上的一條石階小徑模糊難辨。她把石階清除乾淨，鋪上石頭，用大圓石頭將鬆軟的泥土路兩側圍起來，重新修好了石徑。她興趣盎然地用廢鐵和繩子做成複雜的槓桿和滑輪結構，然後搬起遠非她力量所及的山石。她灑了些金蓮花和牽牛花的種子，看著它們在地上慢慢地蔓延成了一片，爬上了樹幹，看著它們成長，看著這慢慢發生的點滴變化和生機。

勞動給了她所需要的平靜；她沒有注意到她是怎樣開始、如何開始的；一切都是在不知不覺之間，但她看得到它在她的雙手下滋長，拉著她向前，帶給她一種癒合的安寧。這時她便明白，無論大小和形式如何，她需要的是有目的的行動，是一步一步、通過一段時間逐步到達設定目標的行動。

煮飯這種事如同封閉的圓圈，做完便罷，不會再怎麼樣，但修理小路卻要一點一點去做。每一天的工作都有意義，所有前面的工作便是下一天的起點，並在不斷到來的下一天之中獲得永生。她想，對於客觀自然來說，做圓周運動並無不妥。他們說，環繞著我們的靜止宇宙所做的只是圓周運動，但人的標誌是直線，是建成公路、鐵道和橋樑的幾何學上抽象的直線，是穿過大自然彎彎曲曲的徘徊，是從起點筆直奔向終點的直線。她想，煮飯如同給火車頭裡添煤，為的是讓它跑得飛快，但假如它無法跑，再去給它添煤會給它帶來一種多麼愚蠢的折磨呢？她想到，人的生活不該是一個圓圈，或者是如同零一樣留在身後的一串圓圈——人的生活必須和一條筆直運動的直線一樣，從一個目標到達下一個目標，不斷向前，到達逐漸累積的終點，就好比走在鐵軌上面，從一站到下一站，再到——唉，別去想了！

別去想了——她默默地對自己嚴厲說道，將那受傷的陌生人發出的叫喊聲壓了下去——別去想這些，別想那麼多，專心修你的小路就是了，別去看山腳以外的東西。

她開車到過幾次二十英里以外的伍茲塔克，去店裡買些日用品和食物。這座於數十年前被人們因某種原因和希望建起來的小城，現今已經被人遺忘，一片敗落凋敝。這裡沒有鐵路運輸，沒有電力，只有一條高速公路，也是一年荒蕪過一年。

鎮上唯一的一家店鋪是間小雜貨屋，牆角佈滿了蜘蛛網，地板中央的一塊木條已經被從屋頂漏下的雨水浸得腐爛。店主是個身材肥胖、面色蒼白的女人，雖然走動起來很吃力，她卻不以為意。這裡的食品有一些滿是灰塵、貼紙已經褪色的罐頭，一點穀類，以及門外陳舊的櫃子上擺的幾棵正在腐爛的蔬菜。「你為什麼不把蔬菜從太陽底下搬回來？」達格妮曾問她。那個女人一臉茫然地望著她，似乎不明白怎麼還會有這樣的問題，「它們一直就是放在那兒的。」她無動於衷地答道。

開車回木屋的路上，達格妮抬起頭，看著一條山澗順著一片花崗岩石重重地跌落，懸掛的水花在陽光下宛如一片霧氣濛濛的彩虹。她想到可以建一座水電站，只要能給她的小木屋和伍茲塔克提供電力就足夠了——伍茲塔克可以生產出更多的東西——她在山坡上發現的數量罕見的大片野蘋果樹，都是過去的果園留下的——假如有人再把它蓋起來，然後建一條通向最近的鐵道線的山路——唉，別去想了！

「今天沒有煤油了，」她再一次去伍茲塔克的時候，店主告訴她，「星期四晚上下了雨，一下雨，路就淹水了，卡車沒法從費爾福德大壩上過來，運煤油的卡車直到下個月才會再來這裡。」「如果你們知道每次下雨道路都會淹水，為什麼不去修一修？」那個女人回答道：「那條路一直就是那樣的。」

在回去的路上，達格妮在山頂停住，俯瞰著腳下連綿起伏的田野。她看見郡城的公路，在費爾福德水庫附近低於河面的沼澤地上蜿蜒穿行，陷在兩座山之間的裂縫中無路可走。繞過這些山其實很簡單，她想，可以在河對面修一條路——伍茲塔克的人們無所事事，她可以教他們——建一條直通西南方向的路，這樣就近了許多，然後接上州高速公路，在貨運倉庫——唉，別去想了！

天黑後，她把煤油燈放在一邊，坐在燭光照亮的木屋裡，聽著從一個小小的手提收音機傳出來的音樂。她想找交響樂聽，只要聽到新聞廣播那刺耳的聲音，她就飛快撥過去；她不想聽到城裡的任何事情。不要去想塔格特鐵路公司了——她來到木屋的第一天晚上就對自己說過——除非你聽到它的名字時，能夠像聽到「南大西洋公司」或者「聯合鋼鐵公司」一樣。但幾個星期過去，傷口仍遲遲不肯結痂。

她像是跟自己腦子裡那無法預料的殘酷在戰鬥。她會躺在床上，昏昏沉沉地入睡——然後發現自己忽然在想，印第安那州柳彎輸煤站的傳送帶已經破損，這是她上次去那裡時隔著車窗看見的，她必須告訴他們要進行更換，否則他們就——隨即，她就會從床上坐起來叫喊著，別去想了！接著她便不再去想，卻是徹夜難眠。

日落時分，她會坐在木屋門口，看著晃動的樹葉在黃昏裡漸漸安靜下來——隨後，她會看到從草地裡升起的螢火蟲的亮光，在每一處黑暗的角落裡明滅閃動，閃得很慢，似乎是在發出短暫的警告——它們像是夜晚在鐵路上閃爍的信號燈——別去想了！

讓她感到害怕的是那些停不下來的時候，她如同身體疼痛一般地站不起來，這樣的疼痛連著她的心——她就會倒在木屋或樹林裡的地上，把臉埋在椅子或者石頭上，一動不動地靜坐，掙扎著不讓自己喊出聲來，這樣的時刻如同情人的身體，忽然間如此靠近，如此真切：是兩條鐵軌在遠處相交到了一點，是火車頭帶著TT這兩個字母破空而至，是她車廂地板下面發出的帶有沉重節奏的車輪滾動聲，是候車大廳裡的內特．塔格特塑像。她拚命不去想它們，不去感覺到它們，她的身子僵直，只有臉還埋在手臂裡不停地滾動，她要用盡還存留在她意識中的全部力氣，無聲而單調地去重複這幾個字：忘掉它。

當她可以像思考工程中的難題那樣冷靜而清晰地面對她的問題時，她便能保持長時間的平靜。她知道，只要她說服自己，她對於鐵路的這種瘋狂的思念，是毫無道理或是不對的，這情緒就會消失。但這思念來自於她堅信真理和權利是屬於她的——敵人是不合理和不真實的——當完全屬於她的成就不是輸給了超強的力量，而是喪失給了那些在軟弱和無能的控制之下的、令人作嘔的邪惡之徒時，她便無法再去為自己樹立另一個目標，為了實現它而激發出她的熱情。

她可以放棄鐵路，她想；她可以在這片森林中得到滿足；但就算她可以修好這條小徑，然後走到下面的路上，重修那條路——接著她可以一直走到伍茲塔克的店主面前，那也就到頭了，那張木然而冷漠地面對著這個世界的空洞蒼白的面孔，便是她努力的極限。為什麼？她聽到了自己的吶喊。沒有回答。

她想，那麼你就待在這裡，直到找出答案為止。你無處可去，你不能動，你不能就這樣開始去鋪路，除非……除非你可以清楚地選好一個終點。

在漫長寂靜的夜晚，她在想念里爾登的孤獨之中，靜靜地端坐，望著南方隱約的光線之外，遙不可及的那片夜空。她希望看到他那張絕不退縮的面孔，那張含著笑意、充滿信心地看著她的面孔。但她知道，在她尚未取得勝利之前，不能去見他。她必須無愧於他的笑容，這笑容是留給一個可以用勇氣和他交換的對手，而不是讓一個滿是痛苦的可憐蟲去從中尋找安慰，那樣就失去了他的本意。他能幫助她活下去，但他無法幫她去選擇她希望繼續活下去的目的。

自從那天早晨，她在自己的日曆上記下了五月十五日，她便有一股隱隱的焦慮感。她強迫自己偶爾去聽一聽新聞廣播，但沒有聽見他的名字。她與這個城市間的最後一絲聯繫便是她對他的擔心，這使得她不斷地將目光投向南方的天空和山腳之下。她發覺她自己在等著他的到來，發覺她是在傾聽汽車的聲響，但時而會讓她空歡喜一場——那只是一些大鳥突然穿過樹林，衝向天空時拍打翅膀的聲音。

還有一條與過去相關的聯繫，依然像一道沒有得到解答的問題：那就是昆廷·丹尼爾斯，以及他試圖重新製造的發動機。到了六月一日，她就應該寄給他每月一張的支票了。她該不該告訴他，她已經辭職了，那台發動機她再也不需要，也沒人會再需要了？她該不該告訴他停下來，把那台發動機的殘骸扔到像她當初發現它的那堆垃圾裡，任它消失？這件事她做不到，這比讓她離開鐵路公司還要困難。她想，那台發動機並不是連接著過去：那是她與未來的最後一絲聯繫。毀掉它似乎不是殺害，而是自殺：她如果下令停止的話，就是確信今後她不再有可以繼續尋找的終點了。

但不會是這樣——五月二十八日的這天上午，她站在木屋的門口，心想——人類智慧的完美成就不會被未來所不容，永遠都不會這樣。無論有什麼困擾，她一直毫不動搖地堅信邪惡是反常和暫時的。這天早晨，她的這種感覺比以往更清晰：她堅信，那些城裡人們的拙劣，和她所忍受的痛苦是短暫的巧合——而她看到陽光普照的森林時，她內心感到充滿希望的微笑，那種前途無限的感覺，才是永久和真實的。

她站在門邊抽菸。身後臥室的收音機裡傳出了她祖父時代的一首交響曲。她沒有留心去聽，只覺得那流淌著的音符似乎是應和著嫋嫋盤繞的煙霧，應和著她的手臂時而將香菸送到嘴邊所劃出的弧線。她閉上眼睛，靜靜地站著，感覺著陽光照在身上。這就是成就，她心想——去享受這一刻，不讓創痛的記憶麻痹她此刻的感知；只要她還能保留這樣的感覺，她就有前進的動力。

她幾乎沒有察覺出伴隨著音樂而來的微弱噪音，這聲音像是老唱片轉動時發出的摩擦。她一下子意識到自己的手猛地將香菸揮到了一旁，與此同時，她意識到這越來越響的噪音是汽車的馬達聲。這時她才發覺她多麼盼望聽到這個聲音，多麼期待著里爾登的到來。她聽見自己壓低了聲音的傻笑，彷彿不願去打斷這個金屬不停地轉動所發出的嗡嗡聲響，毫無疑問，這聲音來自一輛沿著山路開上來的汽車。

她看不到山路——她的視線裡只有位於山腳樹冠下面的一小段而已——但她通過馬達在爬坡時越加響亮的緊張而迫切的聲音，以及輪胎轉彎時發出的尖叫，看到了這輛車開上山來。

汽車在樹下停住。她不認識這輛車——不是那輛黑色的哈蒙德，而是一輛長長的灰色敞篷車。她看見了走下來的人：她做夢也想不到是他。來的人是法蘭西斯可·德安孔尼亞。

令她震驚的並不是失望，而更像是一種與失望毫不相干的感情。這份迫切令她奇怪地佇立在原地，她突然間確信，一定是發生了什麼她所不知道的極其重大的事情。

法蘭西斯可快步向山上走來，他抬頭向上張望，看見上面的她正站在木屋門口，便停下了腳步。她看不清他臉上的表情。他佇立良久，朝她仰起頭，然後接著走了上來。

幾乎就像是她期待過的那樣，她感覺他們回到了童年的情景。他向她走來，不是跑著，而是帶著勝利而自信的渴望向上走著。不，她心想，這不是他們的童年——這是她在將來像等待掙脫牢籠一樣地等待著他的時候，會看到的情景。如果她所希望的生活可以實現，如果他們兩個走過的路正如她所一直確信的那樣，此刻便是他們今後將會有的某個早晨。她被好奇心緊緊地抓住，一動不動地站著望向他，在她看來，此時並非現在，而是對過去的致意。

當他走得近些，讓她能看清他的表情時，她發現他肅穆的表情下洋溢著抑制不住的歡樂，顯示出心底純淨的人才會有的無比輕鬆。他一邊笑一邊吹著口哨，口哨的旋律悠揚，如同他大步向上邁出的輕快腳步。這旋律她聽起來有些耳熟，讓她覺得很適合此時的情境，但她也覺得這中間有些奇怪，一定有什麼重要的東西，只是此刻她想不起來。

「嗨，鼻涕蟲！」

「嗨，藩仔！」

她知道——他打量她的眼神，他眼皮那一瞬間的閉闔，他微微努力向後仰起的頭，他的嘴唇流露出的無奈而輕鬆的淡淡笑意，他抓住她的時候突然用力的手臂——這一切都是不由自主的，絕非出自他的刻意，對他們倆來說，沒有比這更恰當的了。

他抱緊她，他的嘴唇壓在她的唇上使她感到疼痛，他的身體向她快樂地敞開，這絕不是一時的衝動——她知道，身體上的飢渴不可能讓一個男人如此瘋狂——她知道，此刻她聽到了他從未說過的那句話，這是一個男人對於愛情所能做出的最大表白。

不管他是怎樣毀掉了他的生活，他還是那個能讓她驕傲地獻身的法蘭西斯可．德安孔尼亞——不管她在這世間遇到過什麼樣的背叛，她對生活的理念依然未變，而其中堅不可摧的某些部分仍然存在他的身體之中——想到這些，她的身體便有了反應，她的手臂緊緊地擁抱著他，嘴唇親吻著他，袒露了她的欲望，袒露了她早就給了他，並永遠會給他的感情。

接著，他後面的這些日子回到了她的記憶當中，他越是出類拔萃，所做的自我毀滅就越加罪惡深重，想到這兒，她感覺被深深地刺痛了。她從他的懷裡掙脫出來，搖著頭，同時對自己和他說「不」。

他站在那裡，帶著坦然的微笑看著她：「是還沒到時候，你要先原諒我很多事情才行。但現在我可以把一切都告訴你。」

她從沒有在他的聲音裡聽到過如此低沉和令人壓抑的絕望。他努力控制著自己，笑容裡幾乎帶有一絲像小孩請求原諒一般的歉意，但同時也有一股成年人的自嘲，如同是在大笑聲中表明他無須掩飾自己的掙扎，因為正和他角力的是幸福，而不是痛楚。

她從他的身旁向後退了幾步；她似乎覺得感情跑在她自己的意識前面，疑問現在才追趕上她，摸索著適當的詞彙。

「達格妮，過去一個月來你在此受的那種折磨……你一定要誠實地回答我……你認為你十二年前能承受得住嗎？」

「不能。」她回答；他笑了。「你為什麼問這個？」

「補償我十二年的生命，對此我不必後悔。」

「你在說什麼？而且，」——她心中的疑問終於湧了出來——「而且你怎麼知道我在這裡受折磨？」

「達格妮，你還沒發現我對此一清二楚嗎？」

「你怎麼……法蘭西斯可！你上山時嘴裡的口哨吹的是什麼？」

「哦，我是在吹嗎？我不知道。」

「你吹的是理查．哈利的第五號協奏曲，對不對？」

「噢……！」他吃了一驚，自我解嘲地笑了笑，接著便嚴肅地說，「這我以後會告訴你。」

「你怎麼找到這裡來的？」

「這我也會告訴你的。」

「是你逼艾迪說的。」

「我都一年多沒見過艾迪了。」

「只有他知道我在這裡。」

「告訴我的那個人不是艾迪。」

「我不想讓任何人找到我。」

他慢慢地打量著四周，她發現，他的眼睛在她鋪砌的石徑、栽種的花和整飭一新的屋頂上停留了片刻。他啞然一笑，似乎理解了，又似乎受了傷害，「你不該跑到這裡來待了一個月，」他說，「天啊，你怎麼會這樣！這是我頭一次在不想失算的時候失算了。我沒想到你準備好退出了，要是知道的話，我就會成天盯著你。」

「真的？為什麼？」

「就不會讓你——」他一指她做的這些活兒，「去做這些了。」

「法蘭西斯可，」她嗓音低沉地說，「如果你關心我所受到的折磨，難道你不明白我不想聽你提起這些，就因為——」她頓住了；這些年來，她從沒在他面前抱怨過什麼；她只是冷冷地說了句，「——就因為我不想聽嗎？」

「是因為這世界上只有我沒有權利說這些？達格妮，假如你認為我不知道我對你的傷害有多深的話，我可以告訴你我這些年來……不過這都過去了，噢，親愛的，都過去了！」

「是嗎？」

「原諒我，我還不能這麼說，這要等到你來說。」他極力控制著他的聲音，但那歡樂的神情卻是溢於言表。

「你是不是因為我失去了一生為之奮鬥的一切才這麼高興？好吧，如果你來就是想聽這個的話，那我說：我最先失去的就是你——現在你看到我失去了其他的一切，是不是就覺得開心了？」

他直直地盯著她，瞇著的眼睛裡帶著如此強烈的渴望，這目光幾乎是一種威脅，而她明白，無論這些年對他意味著什麼，「開心」可不是她應該說的。

「你真的這麼認為？」他問。

她低聲說道：「不。」

「達格妮，我們永遠不會失去我們所追求的東西。如果我們犯過錯誤的話，有時候也許就要改變一下它們的形式，但我們可以採取任何方式，目標還是一樣的。」

「這就是我這一個月來對自己所說的，但是，通向目標所有的道路都已經不存在了。」

他沒有應聲。他坐在木屋門邊的一塊石頭上望著她，彷彿不想放過她臉上一絲一毫的反應。「你現在對那些離開並消失的人們怎麼看？」他問。

她聳了聳肩膀，淡淡的笑容裡有一點無可奈何的傷感，坐下來在他身邊的地上。「你知道，」她說，「我曾經以為是某個毀滅者不肯放過他們，逼得他們放棄。但看來並沒有。在過去的這一個月，我有時幾乎希望他也會來找我，但卻沒有人來。」

「沒有嗎？」

「沒有。我曾經以為他給了他們一些想像不到的理由，使他們背叛了自己鍾愛的一切。可這沒有必要。我知道他們的感受，再也不能去責怪他們。我不知道的是，從這以後，如果他們當中還有人活著的話，又是如何生存下來的。」

「你覺得你背叛了塔格特運輸公司嗎？」

「不，我……我覺得如果繼續在那裡工作的話才會背叛它。」

「你會的。」

「假如我同意為掠奪者效勞，那……那我送到他們手裡的就是內特・塔格特。我不能，我不能把他和我的成果葬送在掠奪者的手裡。」

「對，你不能這樣做。你認為這是冷漠無情嗎？你是不是覺得你不如一個月前那樣熱愛鐵路了呢？」

「我想，為了能在鐵路上再做一年，我可以獻出自己的一生……但我不能再回到那裡去了。」

「那你就明白他們的感受了，你就明白所有放棄的人，他們放棄的是怎樣的一種愛了。」

「法蘭西斯可，」她垂著頭，沒有看他，問道，「你為什麼要問我十二年前我會不會放棄它呢？」

「難道你不知道，此刻我正像你一樣，心裡想著的是哪一個晚上嗎？」

「我知道……」她低聲說著。

「就是我放棄了德安孔尼亞銅業公司的那天晚上。」

她慢慢地將頭艱難地抬起來看著他。他的臉上是她十二年前的那個次日清晨所看到過的表情：是他嚴峻的臉上看來卻是在微笑的表情，是勝利壓倒痛苦之後的平靜表情，是他為自己付出代價，並且認為值得付出而感到自豪的表情。

「但你沒有放棄它，」她說，「你沒有離去，你依然是德安孔尼亞銅業公司的總裁，只不過它現在對你全無意義罷了。」

「它現在對我的意義和那天晚上同樣重要。」

「那你怎麼會讓它四分五裂呢？」

「達格妮，你比我幸運得多。塔格特公司是一架精密準確的機器，沒有你的話它就堅持不了多久，它不可能讓被奴役的勞工來管理。他們會替你把它仁慈地毀掉，而你不會看著它去為掠奪者服務。但銅礦是個簡單的工作，德安孔尼亞銅業公司可以在掠奪者和奴隸們的手裡存在幾十年，儘管那是殘忍、悲慘和愚蠢的——但它會持續下去，並且會幫助他們繼續存活。我必須親手把它毀掉。」

「你——什麼？」

「我是在有意識地、故意地、通過計畫和我自己的雙手毀滅德安孔尼亞銅業公司。我必須像創造財富一般地慎重計畫和努力工作——就是為了不讓他們發覺和阻止我，為了不讓銅礦在徹底被毀之前落到他們的手裡。我付出了曾經希望傾注在德安孔尼亞公司的全部心血，只是……只是為了不讓它成長。我要把這個餵養著掠奪者的公司的最後一塊，我的財富的最後一分錢和每一盎司的銅都毀掉。我不會把我發現的一切留下來——我要把它原原本本地還給塞巴斯蒂安．德安孔尼亞——要讓他們再也沒法依賴他和我，自己去生存！」

「法蘭西斯可！」她驚叫道，「你怎麼能這麼做？」

「是憑著我和你一樣擁有的愛，」他安靜地回答，「是我對德安孔尼亞公司，對曾經塑造了它的精神的摯愛。曾經是那樣——將來有一天，它還會是那樣。」

她呆坐無語，用已經被震驚得麻木的大腦竭力去理解這一切。收音機裡的交響曲在寂靜裡繼續演奏著，音樂像是邁著緩慢而莊嚴的腳步向她走來，她在掙扎之中，眼前立刻浮現出了這十二年來的日日夜夜：那個痛苦地伏在她胸前求救的小伙子——那個坐在客廳的地上，邊玩彈珠邊對大企業紛紛被摧毀表示嘲笑的男人——那個一邊喊著「親愛的，我不能！」，一邊拒絕去幫助她的男人——那個在陰暗的酒吧間裡，為了塞巴斯蒂安．德安孔尼亞曾經苦苦等待的那些年，而舉杯痛飲的男人……

「法蘭西斯可……我對你做出過種種猜測……我從沒想到……我從沒想到你是那些放棄了的人當中的一個……」

「我是最先放棄的那一個。」

「我以為他們總是消失……」

「嗯，我不就是如此嗎？我讓你看到了一個俗氣的花花公子，而不是你所熟悉的法蘭西斯可．德安孔尼亞，這難道不是我對你做過的最惡劣的事情嗎？」

「是的……」她輕聲說，「但最糟糕的是我不相信……我從來就沒信過……每次遇見你，我看到的依然是法蘭西斯可．德安孔尼亞……」

「我知道，我知道這會讓你受到怎樣的打擊。我試過想要幫你去理解，但當時告訴你還太早。達格妮，在那天晚上，或者在你因為聖塞巴斯蒂安礦來譴責我的那天——假如我告訴你我不是個胸無志向、遊手好閒的人，我是要讓德安孔尼亞公司、塔格特公司、威特石油公司、里爾登鋼鐵公司，以及我們視為神聖的所有一切加速滅亡——你會覺得更容易接受嗎？」

「會更難，」她低聲說，「即使現在，我對你和我各自的放棄都不一定能接受……可是，法蘭西斯可，」——她突然抬起頭看著他——「如果這就是你的祕密，那麼在被你傷害的一切當中，我是……」

「是的，我親愛的，對，你才是受傷最深的！」在這絕望的叫喊聲中，伴隨著歡笑和輕鬆，表明他想要把所有的痛苦都一掃而光。他抓起她的手，把他的嘴貼了上去，然後將臉埋在上面，不讓她看出他這些年所有的感受。「如果這無法作為補償……無論我做了什麼傷害你的事，這就是我為之付出的代價……我清楚那會讓你受到什麼樣的傷害，並且不得不那樣去做……然後就是等待，等待著……但這都過去了。」

他抬起頭，露出了笑容，從他臉上流露的溫柔關愛裡，她明白自己的絕望被他看到了。

「達格妮，別想它了。我不會用我所受的痛苦當藉口。不管我當初為什麼要那樣做，我清楚我所做的那些事，清楚我深深地傷害了你。我會用許多年來彌補這些。忘掉……」——她明白他指的是他剛才在擁抱中所表露出來的——「忘掉我還沒有說出來的話吧。在我要跟你說的所有話裡面，我要把它留到最後去說。」然而，他的眼睛，他的笑容，他抓住她手腕的手指卻在不聽話地訴說著。「你已經承受了太多的苦難，為了扔掉那些本不該你去承受的傷疤，你必須要去瞭解和弄清楚許多事情。現在最關鍵的是你可以自由地恢復，我們兩個都自由了，不用再擔心那些掠奪者，他們已經威脅不到我們了。」

她開口，聲音平靜而悲涼：「這正是我來這裡的目的——想要把事情想明白。但我做不到。把所有的東西都丟給掠奪者，在他們的統治下生活，這實在是太可怕了。我既不能放棄也不能回去，既不能無所事事地活著，也不能像服苦役的奴隸。我過去總以為只要不放棄，怎麼樣去戰鬥都是對的。現在我覺得在應該去和他們抗爭的時候，我們兩個的離開也不一定是對的。但是沒有辦法去和他們鬥。我們離開是投降，留下來也是投降。我已經再也分不清什麼是對的了。」

「檢查一下你的前提，達格妮，矛盾是不存在的。」

「可是我無法找到答案，我不能詛咒你所做的一切，但我感到的是恐怖——既佩服又恐怖。你作為德安孔尼亞的子孫，完全能超越你那些偉大的祖先，但你卻把無與倫比的才能用於毀滅。而我呢——橫跨全國的一個鐵路系統，正在一群趨炎附勢的小人手裡垮掉，我卻在玩石頭和修屋頂。你和我是能夠決定天下命運的人，如果我們任其這樣下去，就一定是我們自己的罪過。可是，我看不出我們做錯了什麼。」

「是啊，達格妮，那就是我們自己的罪過。」

「是因為我們做得還不夠？」

「是因為我們做得太多——收的太少。」

「什麼？」

「我們從來沒要回過這個世上欠我們的那筆債——我們讓這筆最豐厚的報酬落入了人群中的敗類手裡。這個錯誤在幾百年前便已鑄成，犯錯的便是塞巴斯蒂安·德安孔尼亞、內特·塔格特，以及每一個供養著全人類，卻得不到一聲感謝的人。你還不知道什麼是對的嗎？達格妮，這不是一場物質利益之戰，它是有史以來最嚴重的，也是最後的一場道德危機。罪惡在我們這個時代到達了頂峰，我們必須要徹底結束它，否則滅亡的就是我們——有頭腦的人。這是我們自己的罪過，我們創造了世界上的財富——卻讓我們的敵人書寫著它的道德準則。」

「可是我們從來就沒有承認過他們的準則，我們是以我們自己的標準在生活。」

「對——並且在為此付出贖金！這贖金包括了物質和精神兩個方面——要說金錢，我們的敵人不該得到但卻得到了；要說榮譽，我們應該得到卻沒有得到。我們情願付出，那就是我們的罪過。我們養活著人類，但我們卻允許人們鄙視我們，卻去崇拜毀滅我們的人。我們允許他們去崇拜無能和殘暴，崇拜不勞而獲和肆意揮霍的人。由於我們接受了對我們的美德而非罪惡所做的懲罰，我們便背棄了我們的準則，而讓他們有了可乘之機。達格妮，他們的那一套是綁架者的道德，他們把我們對美德的熱愛當做人質。他們知道，你為了能工作和創造，願意去忍受一切，因為你把成就當做人的最高道德追求，離開它就無法生存，你熱愛美德就像在熱愛你的生命。他們就希望你去承受這些重荷，他們就希望你覺得，為了愛所做的努力是永遠不夠的。達格妮，你的敵人是借助你自己的力量來把你摧垮。你的寬容和忍耐是他們僅有的武器。你不求回報的正直便是他們唯一能利用的工具。他們瞭解這一點，而你並不瞭解，他們最害怕的就是有一天你會發現它。你一定要學著去瞭解他們，不做到這一點，你就逃不出他們的手心。而你一旦做到了，你就會理直氣壯地憤怒，乃至會把塔格特公司的每一根鐵軌都炸光，也不會讓它為他們服務。」

「但是會把它留給他們！」她哽咽了，「扔掉它……扔掉塔格特公司……它是……它簡直就是一個活生生的人……」

「它過去的確是，現在再也不是了。給他們留下吧，它對他們一點用處都沒有。讓它走吧，我們用不著它。我們可以重新修建一個，他們不行。我們可以不靠它生活，他們活不下去。」

「但我們卻落到了放棄和退縮的地步！」

「達格妮，只有我們這些被人類靈魂的劊子手們稱做『物質至上者』的人，才明白物質的價值和意義是多麼微不足道，因為正是我們創造了它們的價值和意義。為了換回更珍貴的東西，我們可以短暫地捨棄它們。我們是靈魂，而鐵路、銅礦、鋼廠和油井就是身體——只要它們不離開我們，只要它們一直作為成就的表達、獎賞和財產而存在，它們就像我們的心一樣鮮活，每時每刻都在跳動，莊嚴地支撐著人的生命。離開了我們，它們便是一堆死屍，生產的不是財富和糧食，而是會將人們瓦解成一群群吃腐肉的遊民的毒藥。達格妮，看清你自身力量的本質，你就能解開你身邊的那些矛盾。不是你一定要依賴於任何的物質，是它們要去依賴你，你創造了它們，你擁有這僅有的一件創造工具。無論你走到哪裡，你總是能去創造。但那些掠奪者——按他們自己所說的理論——則一輩子都擺脫不了他們先天就有的需要，只能聽任物質的隨意擺佈。你為什麼不相信他們的話？他們需要鐵路、工廠、礦山和發動機，但他們既造不出來，也不會管理，離開你，你的鐵路對他們又有什麼用？是誰能夠讓它運轉，是誰讓它能有活力？是誰一次又一次地去挽救了它？是你哥哥詹姆斯嗎？是誰在養著他？誰在養著那些掠奪者？誰為他們製造了武器？誰把奴役你的工具給了他們？不可思議的是天才創造出來的一切，卻掌控在無能的小人手裡——是誰促使了它的發生？是誰支援你的敵人，打造了捆綁你的鎖鍊，毀滅了你的成果？」

她像是被無聲的吶喊刺激得一下挺直了身體，他則像彈簧一般騰地站了起來，聲音依舊是得勝般地冷酷無情：

「你現在開始意識到了，對不對？達格妮！給他們那些已經死掉的鐵路，給他們那些生鏽的鐵軌、腐爛的枕木和報廢的發動機——但不要把你的心智留給他們！不要把你的心智留給他們！它關係到今後這個世界的命運！」

「各位女士們，先生們，」收音機的交響曲被廣播員驚慌失措的聲音打斷了，「現在我們中斷此次廣播，帶給你們一條特別消息。今天凌晨，在位於科羅拉多州溫斯頓市的塔格特鐵路公司的主軌上，發生了鐵路史上最嚴重的事故，著名的塔格特隧道遭到了徹底的毀壞！」

她的驚叫簡直就像是在最後一刻從隧道的黑暗之中發出來的一樣，這聲音一直在他的耳旁迴響。他們衝進木屋，呆呆地站在收音機前，她的眼睛愣愣地盯著收音機，他的眼睛則一直盯著她的臉。

「事故的詳情從盧克．比爾那裡獲悉，他是塔格特公司豪華列車彗星號上的司爐工，於今早在隧道的西端被發現時，已經昏迷不醒，看來他是這場災難中唯一的倖存者。據初步分析，向西開往舊金山的彗星特快令人吃驚地違反了安全規程，在燃煤蒸汽火車的牽引下駛入了隧道。塔格特隧道全長八英里，由南森內爾．塔格特的孫子在使用柴油電力火車的無煙時代所修建，它貫穿了洛磯山的山峰，被認為是當今工程史上一項無與倫比的偉大成就。隧道通風系統的設計並不適合煙氣排放量很大的燃煤火車——而該地區的每一位鐵路員工都知道，列車用這樣的火車頭牽引進入隧道，將會導致車上所有人窒息喪生。儘管如此，彗星特快仍然接到了這樣的命令。根據司爐工比爾所說，列車進入隧道三英里後，便已經感覺到了煤煙的作用。列車司機喬．史考特將節氣閥徹底打開，拚命想提高車速，但很長的車身帶來的重量以及上坡行駛令年久老化的火車頭力不從心。司機和司爐工只能勉強維持這台滲漏的蒸汽火車以四十英里的時速穿過不斷加重的濃煙——此時，某位已經毫無疑問地感覺呼吸困難的乘客拉下了緊急制動閘。突如其來的煞車顯然折斷了火車的進氣管，因為列車已經無法再次啟動。車廂裡傳出人們的驚叫聲，乘客們紛紛將車窗砸碎。司機史考特發瘋一般地拚命想要啟動發動機，但終因吸入煤氣過多，倒在節氣閥前。司爐工比爾從火車上跳下逃跑。當他已經可以看見隧道的西口時，便聽到爆炸的巨響，馬上就昏了過去。我們從溫斯頓車站的鐵路員工那裡瞭解了事件的發展狀況：一列向西行駛、滿載著爆炸物品的軍隊貨運專車沒有得到彗星特快就在前方的警告信號。這兩趟列車都已經慢點。據稱，由於隧道的信號系統出了故障，貨運專車接到了在行進時可不必理睬信號的命令。據稱，儘管有限速的規定，並且明知道通風系統經常會出現故障，但所有的火車司機在經過隧道時仍舊會心照不宣地全速行駛。根據掌握的現有情況來看，彗星特快正好停在了隧道急轉彎的前方。據信，車上的乘客那時都已死亡。很難相信貨運專車的司機在以八十英里的時速轉彎時，能夠及時發現彗星特快尾部的觀察窗，該視窗的照明在離開溫斯頓車站時非常醒目。現在知道的情況是，貨運專車撞上了彗星特快的尾部。專車上貨物的爆炸震碎了五英里之外的農舍窗戶玻璃，並使得隧道上方的岩石大量塌落，救援人員現在只能前進到距離任何一趟列車三英里以外的地方。沒有人指望能發現倖存者，塔格特隧道也不可能再次重建。」

她呆呆地站著，似乎眼前看到的不是身邊的房間，而是科羅拉多的現場。突然，她渾身痙攣般地一顫，像夢遊似的四處轉身找她的手提包，彷彿那是現在唯一還剩下的東西，她抓過它，旋風一樣地衝到門口，跑了出去。

「達格妮！」他拚命叫著，「不要回去！」

這喊聲彷彿是從遠遠的科羅拉多山脈另外一邊發出來的，她根本就聽不見。

他從後面追了上來，一把將她的兩隻手臂同時拉住，喊道：「不要回去！達格妮！為了你認為的神聖的一切，不要回去！」

她像是根本不認識他一樣，如果單比力氣，擰斷她的手臂對他來說簡直是易如反掌，但她像是個拼死求生的動物一樣，猛地從他的手裡掙脫，同時讓他失去了平衡。等他站穩腳跟時，她已經向山下跑去——像他當初聽到里爾登工廠裡的警報聲那樣，她直奔停在下面路上的汽車。

$

他的辭呈就放在他身前的桌子上面——詹姆斯躬身坐在那裡，咬牙切齒地盯著它。他似乎覺得他的敵人不是上面的這些話，而是將言語呈現出來的這張紙和墨水。他一向認為思想和言語起不了什麼決定作用，但一個實實在在的東西卻是他這輩子都在竭力逃避的：那就是承諾。

他還沒有下決心辭職——還沒有完全決定，他心想：他寫這封信的目的對他來說就是「預防萬一」。他覺得這封信是一種防範；但他還沒在上面簽名，這是他對這種防範所採取的防範措施。讓他痛恨的是那些使他無法繼續這樣下去的事情。

他今天上午八點得知這場災難；中午的時候，他來到了辦公室。儘管他實在不願承認理智帶給他的直覺，但直覺還是告訴他，這次他必須要到場。

在這樣一場他熟知的牌局裡，被他當成王牌的那些人都不見了。克里夫頓．洛西憑著醫生的診斷聲明躲了起來，醫生說，洛西先生由於心臟狀況不佳，現在不能受打擾。詹姆斯的一位高級助理，據說是第一天晚上就去了波士頓，另一個出人意料地被一個說不出名字的醫院叫去，看護他那個平白冒出來的父親。總工程師家裡的電話無人接聽，負責公關的副總人也不見了。

在來辦公室的路上，詹姆斯看見了街上特大新聞的黑體字。走在塔格特公司的走廊裡，他聽見了從某人辦公室的收音機喇叭裡傳出的說話聲，通常，從暗無燈光的街角才會聽到這樣的聲音：它在高喊著要將鐵路收歸國有。

他穿過走廊的時候，腳步聲很響，為的是讓人能看見他，同時又很急，因為不想被誰攔住問問題。他鎖上了辦公室的門，吩咐祕書他不見任何人，不接任何電話，並告訴所有訪客，詹姆斯先生正忙著。

然後，他懷著蒼白的恐懼，獨自坐在桌前。他感覺自己被困在地下室裡，上了的鎖再也無法打開了；又覺得他是被綁在陳列架上，全城的人都在下面看著他，便希望那把鎖能永遠不被打開。他不得不來到辦公室，這是對他的要求，他不得不無聊地坐在這裡等著——等待他所不知道的事情降臨在他身上並且決定他的行動——他既害怕有人會來找他，又害怕這個無人到來的事實，沒人告訴他該怎麼辦。

外面辦公室響起的電話鈴聲聽起來像是在求援。他看了看大門，惡毒而得意地想著那些聲音都被他祕書和善的身軀擋在了外面，這個年輕人唯一擅長的就是逃避，這麼做的時候一點也不臉紅。這些聲音，詹姆斯心想，是來自於科羅拉多，來自塔格特系統的各個中心，來自這座大樓裡的每一間辦公室。只要他用不著去聽，他就還算安全。

他的想法已經在身體裡凝結得如同一個凝固、結實、不透明的球，對此，管理塔格特系統的人們誰都無法參透，他們只是一群需要被哄騙的對手而已。令他感到更加害怕的是那些董事會裡的人，但他的辭職信可以讓他從火中逃生，而讓他們在火裡糾纏。最讓他害怕的是想到那些在華盛頓的人。如果他們打來電話，他就不得不接——他的那個善於見風使舵的祕書，能聽得出誰的聲音可以不受他命令的約束。但華盛頓方面沒有打電話來。

恐懼在他的體內一陣陣發作著，使他口乾舌燥。他不知道他怕的是什麼。他知道威脅並非來自那個收音機裡說話的人。他從這個咆哮的聲音裡體會到的更像是一種他已經預感到的恐懼，如同他會穿剪裁合體的禮服去發表午餐演講一樣，那是他的位置帶來的職責上的恐懼。但在這恐懼的下面，他感到有一絲微弱的希望，偷偷摸摸地像是蟑螂飛快而隱蔽的爬行一般：假如那個恐懼真的出現，一切就都解決了，他就不用去做任何決定，不用寫辭呈……他不再會是塔格特公司的總裁，可別人也不會……別人也不會……

他坐在那裡盯著辦公桌，把眼睛和大腦的注意力分散開來，就如同他是沉浸在一團迷霧之中，拚命不想讓它突顯出任何形狀。對於能夠辨認的東西，他可以拒絕去辨認，從而對它視而不見。

他沒有分析科羅拉多發生的事情，沒有試圖去弄清事情的起因，不想考慮這些事情的後果，他不去思考。情感結成的球如同是他胸腔內沉甸甸的一塊東西，填充著他的意識，使他能夠放下思考的責任。這個球是仇恨——仇恨便是他僅有的答案，便是這個唯一的現實。仇恨得沒有對象，沒有原因，沒有開始和結束，仇恨便是他對全世界的要求。仇恨就是正義、權利，就是絕對。

電話在寂靜之中叫了起來。他知道，這並不是在向他求助，而是在向被他竊取的這個實體請求。這個實體正在被求救聲從他的身邊拉走，他彷彿感到鈴聲不再是聲音，變成了不斷的擊打，向他的腦殼上砍來。仇恨的對象似乎在鈴聲的召喚下開始成形，結實的圓球在他的體內炸開，把他摔得像一隻無頭蒼蠅。

他衝出辦公室，對周圍的人一臉不屑，一直跑到走廊另一頭的營運部，進了營運副總辦公室的外間。辦公室的門開著：越過空蕩蕩的桌子，他看到了巨大的玻璃窗外的天空。隨後，他看到身邊的工作人員，以及艾迪從玻璃隔間裡露出的金黃色的頭頂。他直奔艾迪而去，一把將玻璃門拉開，站在門口，當著全屋人的面前，喊道：

「她在哪兒？」

艾迪慢慢地站了起來，用一種奇怪的順從眼神看著詹姆斯，彷彿在所有他見過的奇蹟當中，這又是一個值得讓他去好好看看的。他沒有回答。

「她在哪兒？」

「我不能告訴你。」

「聽著，你這個頑固的小混蛋，現在還沒到慶祝的時候呢！如果你想讓我覺得你不知道她在哪裡的話，我根本就不會信！你知道，而且必須告訴我，否則我會把你告到聯合理事會去！我會向他們發誓你知道——到了那個時候，你再證明你不知道試試看！」

艾迪回答的聲音裡帶著隱隱的驚訝：「我可從來沒想要表示我不知道她在哪裡。我知道，但我不會告訴你。」

詹姆斯因為失算，嗓門一下子高得刺耳而有氣無力：「你清不清楚你在說些什麼？」

「怎麼了，當然清楚。」

「你要再重複一遍嗎，」他朝房間裡把手一揮，「當著這些證人的面？」

艾迪略微提高聲音，嗓門沒有加大多少，但更加準確清晰：「我知道她在哪裡，但我不會告訴你。」

「你承認你是個幫助了擅離職守者的同謀？」

「那是你這麼說。」

「這是犯罪！這是對國家的犯罪。難道你不明白嗎？」

「不。」

「這是違法的！」

「對。」

「現在正處於全國緊急狀態！你無權隱藏任何個人祕密！你是在隱瞞重要的情況！我是鐵路的總裁！我命令你告訴我！你不能拒絕執行命令！這種行為是要受到懲罰的！你明白不明白？」

「明白。」

「你還要拒絕嗎？」

「對。」

憑著多年經驗，詹姆斯能不露痕跡地觀察出身邊每個人的反應。他發現周圍的員工神情緊張而嚴峻，沒有一個站在他那邊。大家臉上都帶著絕望，但只有艾迪不是這樣。只有這個塔格特公司的「世代奴隸」似乎毫不為這場災難所動，他萬念俱灰地望著詹姆斯，像是一位學者遭遇了一個他一直不願面對的問題。

「你知不知道你是個叛徒？」詹姆斯吼著。

艾迪靜靜地問道：「背叛的是誰？」

「是人民！包庇逃跑者就是對國家的叛逆！就是對經濟的叛逆！養活人民才是你的首要責任，高於其他一切！所有法律都是這樣規定的！難道你不清楚嗎？難道你不知道它們會怎樣處罰你嗎？」

「難道你看不出我對些根本就無所謂嗎？」

「哦，是嗎？我會把你說的這些話告訴聯合理事會！這些證人都可以作證你說過——」

「別為證人的事操心了，吉姆，用不著讓他們出頭露面，我會寫下我所說過的話，並簽上名，然後你可以拿著它去理事會。」

詹姆斯像是挨了一個巴掌那樣突然咆哮了起來：「你以為你是誰，竟敢對抗政府？你一個小小的辦公室裡的可憐蟲又算得了什麼，也敢對國家政策品頭論足，還敢有自己的看法？你覺得國家會理睬你的看法、你的願望，或者你那點寶貴的良心嗎？一定得教訓教訓你——還有所有你們這些人！——所有你們這些被慣壞了的、自我放縱的、沒有紀律的、又什麼都不是的小職員們，整天神氣活現，好像你們的那點權利有多重要似的！得讓你們明白，現在可不是內特．塔格特那個時候了！」

艾迪一句話也不說。他們隔著桌子，互相對視著。詹姆斯的臉已經驚恐得走了形，艾迪的臉上則依舊沉著嚴肅如初。詹姆斯實實在在地看到了像艾迪這樣的人的存在；艾迪則難以相信這世上會存在著像詹姆斯這樣的人。

「你認為國家會在乎你和她怎麼想嗎？」詹姆斯叫喊道，「她有責任回來！她有責任去工作！我們管她想不想工作幹嘛？我們需要她。」

「你需要她嗎，吉姆？」

出於本能的自我保護，詹姆斯在艾迪異常平靜的聲音面前不禁倒退了一步。但艾迪沒有逼上來，他依然站在桌子後面，保持著在一間辦公室裡所應有的樣子。

「你找不到她，」他說，「她不會回來的，我為她高興。你可以走投無路，可以關了鐵路公司，可以把我送進監獄，可以槍斃我——那又怎麼樣？我不會告訴你她在哪裡。就算我看見整個國家都崩潰了，我也不會告訴你。你找不到她。你——」

房門猛地開了，他們一下子轉過頭去，只見達格妮正站在門口。

她穿了一件發皺的棉布裙，在數小時的開車奔波之後，她的頭髮一片蓬亂。她在周圍目光的注視下停了停，彷彿是在重新審視這個地方，但她的目光掃過房間，彷彿只是在飛快地清點屋裡的東西，對所有人都視若無睹。她的面容變了，使她顯出幾分蒼老的並不是皺紋，而是一副冷若冰霜、全然沒了半點惻隱之情的冷酷。

人們還未來得及感到震驚和詫異，一股如釋重負的氣氛已經頓時傳遍了整個屋子。這氣氛傳染到了每個人的臉上，唯獨沒有傳染給艾迪。剛才還異常鎮靜的他，頹然坐下，臉一下子垂到了桌上；他沒有出聲，但卻肩膀一抖一抖地啜泣著。

她的臉上沒有向任何人打招呼或問候的表示，彷彿她不可避免地要出現在這裡，根本用不著再說什麼。她徑直向她的辦公室門口走去，經過祕書的桌子時，她的嗓音不溫不火，如同是辦公機器發出的聲音：「叫艾迪進來。」

詹姆斯第一個動起來，像是害怕她從視線裡消失一樣。他跟在她後面衝了進去，嚷道：「我是無能為力呀！」隨即他便回過神來，恢復了常態，叫著：「都是你的錯！這是你幹的！要怪你！因為你走了！」

他在納悶他的叫喊是不是他自己耳朵裡的幻覺。她面無表情，但向他轉過了身，看起來她似乎聽到了聲音，卻沒有聽到他說的話，沒有覺得他是在和她交流。一時間，他從沒有像現在這樣真切地感覺到自己的不存在。

接著，他注意到她的神情有了些許細微的變化，那也只是表明她的眼裡看到了有人出現而已，不過她的目光從他的身上越過，他轉身一看，艾迪已經走進了辦公室。

從艾迪的眼裡仍然看得出淚水的痕跡，但他並沒有試圖去掩飾，而是挺直了身子站著，似乎他和她一樣，都認為眼淚或是窘迫，乃至因此而感到的抱歉都與他們毫不相干。

她說：「打電話給瑞恩，告訴他我在這裡，然後讓我和他說話。」瑞恩曾是公司中部地區的總經理。

艾迪像是警告她似的沒有立即答話，然後用像她一樣平穩的聲音說：「瑞恩已經走了，達格妮，他上星期辭職。」

他們就如同沒有留意到身邊的擺設一樣，對詹姆斯毫不理睬。她甚至連命令他離開她辦公室這樣的示意都不給他。他像是個中風的病人，鼓起勇氣，挪著不聽使喚的身子溜了出去。但他確定了現在要做的第一件事，就是跑回他的辦公室，把他的辭呈撕毀。

她望著艾迪，壓根兒沒注意到他的離開。「諾蘭在嗎？」她問。

「不在，他走了。」

「安德魯呢？」

「走了。」

「麥奎爾呢？」

「走了。」

接著，他靜靜地把近一個月來已經辭職，同時又是她此刻最需要找的那些人一個個向她說了一遍。她聽著，沒有流露出絲毫的驚訝，彷彿是聽著在戰鬥中全體陣亡者的名單一樣，誰先倒下已經不重要了。

他說完後，她沒有再說什麼，卻問：「今天早晨到現在，都做了什麼？」

「什麼也沒做。」

「什麼都沒做？」

「達格妮，今天就算是個普通的辦事員下了一道命令，大家都會乖乖服從的。但就算是個辦事員，他的心裡也清楚，今天誰先動一下，等到開始互相推諉的時候，他就要為往後、現在和過去所出的事負責了。他挽救不了整個系統，等到他救活了一個分公司，他的工作也已經保不住了。什麼都沒做，一切全停了。要是有什麼還在動的話，也只是在瞎忙——因為在底下鐵路上的人不知道是應該接著做還是應該停下來。部分列車停在了站裡，其餘的還在走，還在等著開到科羅拉多之前能被停下來，這全憑當地調度員的一句話。樓下終點站的經理已經取消了今天所有的長途車班次，也包括今晚的彗星特快。我不知道舊金山的經理在做什麼。目前，只有在隧道的營救人員還在工作。他們現在離出事地點還很遠呢，我覺得他們根本到不了事故現場。」

「給下面終點站的經理打電話，通知他立即按計畫恢復所有的長途列車通行，包括今晚的彗星特快，然後回這裡來。」

他回來後，她正伏身於攤在桌子上的一張地圖面前，隨後，她一邊說，他一邊飛快地記錄著：

「命令所有在內布拉斯加州科比市以南的西行列車，繞道走通往哈斯汀的支線，接上去堪薩斯州勞力爾的西堪薩斯鐵路線，然後在奧克拉荷馬州的賈斯珀接上南大西洋的鐵路線，向西走到亞利桑那州的福拉斯塔，然後向北沿福拉斯塔至侯姆戴爾的鐵路線到猶他州的艾金，向北到米德蘭，到通往鹽湖城的瓦薩其鐵路線向西北走。瓦薩其是一家沒人要的窄軌道鐵路公司，把它買下來，把軌道擴成標準寬度。要是賣主因為出售不合法而害怕的話，付他雙倍的價錢，然後就開始做。堪薩斯的勞力爾到俄克拉荷馬的賈斯珀之間沒有鐵道——是三英里，艾金到米德蘭之間沒有鐵道——是五英里半，把鐵軌鋪上。命令建築隊立即開工——雇用所有當地的人，給他們規定的雙倍、三倍工資，答應他們的任何條件——命令三班輪換——用一個通宵把活兒做完。至於鐵軌，可以把科羅拉多州溫斯頓和銀泉，猶他州里茲和內華達州本森的支線拆掉。要是聯合理事會在當地的小走狗們出來阻止的話，找你信得過的當地人去買通他們。這筆錢不要通過財務部，記到我的帳上，我會付的。如果他們發現行不通的話，讓他們告訴那些小走狗，一〇—二八九號法令沒有對地方法令做出規定，如果他們想阻攔我們的話，就得搬出當地的法規，並且得告我才行。」

「是這樣的嗎？」

「我怎麼知道？又有誰知道呢？等他們明白過來，決定好怎麼辦時，我們的鐵軌就已經修好了。」

「我懂了。」

「我會把單子再看一遍，然後告訴你我們在當地的負責人的名字——假如他們還在的話。等今晚的彗星特快到內布拉斯加州科比市的時候，鐵道就已經準備好了。這樣一來，長途列車的時間會增加三十六個小時——但至少可以有一個長途車的時刻表了。然後，讓他們替我找出在內特·塔格特的孫子修建隧道前的那份老的路況地圖。」

「這……什麼？」他雖然沒有提高聲音，但語氣還是流露出了他盡力掩飾的情緒。

她神情依舊，只是聲音裡多了一分柔和而非責難的成分，對他說：「是隧道建成以前的老地圖。我們要從頭來了，艾迪，但願我們能做到。不，我們不是要去重修隧道，現在根本辦不到。但穿過高山的那條舊坡路還在，可以重新利用。只是在上面鋪鐵軌會很困難，也很難找到人。尤其是找人這件事。」

他早就知道她看見了他的眼淚，儘管她清晰而單調的聲音和毫無變化的面孔讓他感覺不出什麼，但她並不是對此無動於衷。她的舉止裡有某種他說不出的東西，但如果把他的感覺表達出來的話，就好像是她在對他說：我知道，我明白，如果我們能生動自由地去感受的話，我會感覺到真心的同情和感激，但我們不能，對不對，艾迪？我們是在像月亮一樣死氣沉沉的星球上，必須動著，根本不敢停下來去呼吸一下我們的感受，因為我們會發現沒有空氣可以讓人呼吸。

「我們有今天和明天的時間可以把事情完成，」她說，「我明天晚上去科羅拉多。」

「如果你要飛過去，我得給你租一架飛機，你的飛機還在修理廠，他們弄不到替換的零件。」

「不，我坐火車，我必須要親自看看這條鐵路線，我坐明天的彗星特快去。」

兩個小時後，在連續講著長途電話的間隙，她忽然問了他頭一個與鐵路無關的問題：「他們把漢克·里爾登怎麼樣了？」

艾迪發現自己稍稍將視線移開了，他強迫自己重新看著她的眼睛，回答說：「他讓步了，在最後關頭，他在禮品券上簽了字。」

「噢，」這聲音裡既沒有震驚，也沒有責難，只是如同一個聲音的標點那樣，表示接受了一個事實。「有沒有昆廷·丹尼爾斯的消息？」

「沒有。」

「他沒給我寫信或者帶口信？」

「沒有。」

他猜出了她的擔心，同時想起了一件事情還沒有說：「達格妮，自從你五月一日離開之後，全系統上下出現了另外一個問題，就是凍結的列車。」

「什麼？」

「我們發現一些列車被遺棄在荒無人煙的地方，就那樣停在鐵道上，通常是在夜間——車組人員都走得精光。他們就這樣把火車扔下，然後便消失了。事先從來沒有任何警告，也不是因為什麼特別的原因，就像傳染病一樣，突然傳到誰，他就走了。其他鐵路公司也有同樣的現象。誰都解釋不清楚。但我想大家心裡都明白，這是那個法令幹的好事，我們的人就是用這種方式來表示抗議。他們在儘量撐著，然後突然就再也撐不下去了。對此我們又能怎麼樣呢？」他聳聳肩，「唉，約翰．高爾特是誰？」

她若有所思地點點頭；看來她並不吃驚。

電話響了起來，裡面傳來她的祕書的聲音：「是華盛頓的衛斯理．莫奇先生，塔格特小姐。」

她像是冷不防碰到蟲子一樣繃緊了嘴唇，「肯定是找我哥的。」她說。

「不，塔格特小姐，是找你。」

「好吧，接過來。」

「塔格特小姐，」莫奇說話的聲音帶著主持雞尾酒會的主人那樣的腔調，「聽說你的身體康復，我簡直太高興了，想親自對你的回來表示歡迎。我知道你的身體狀況需要長期休息，我很欣賞你如此愛國，在這樣緊急的情況下縮短了你的假期。我想向你保證，無論你現在想採取什麼措施，我們都會配合。我們會提供全力的配合、協助和支持。假如你有任何……特殊和例外的要求，請放心，它們會得到批准的。」

儘管他中間稍稍停頓了幾次，想聽聽她的回答，她卻讓他繼續說下去。當他再次停了很久時，她說道：「如果你讓我和威澤比先生講話的話，我將非常感激。」

「啊，當然了，塔格特小姐，隨時都可以……這個……就是……你是說現在嗎？」

「對，就是現在。」

他明白了，但說道：「好的，塔格特小姐。」

威澤比先生從電話中傳來的聲音顯得小心謹慎：「塔格特小姐嗎？有什麼需要我為你效勞的？」

「你告訴你的上司，他很清楚我是辭職不幹了，假如他不希望我再次辭職的話，就再也不要打電話給我或是和我講話。你們這夥人有什麼要告訴我的，就讓你來說。我可以和你講話，但不會和他。你或許可以告訴他，我的理由就是因為他當初在里爾登手下的時候，對里爾登做的那些事，即使其他人都把它忘了，我可沒忘。」

「我的職責就是隨時協助國家的鐵路工作，塔格特小姐。」聽起來，威澤比先生像是不想讓人知道他所聽到的這些話，不過，他的聲音裡突然潛藏了感興趣的腔調，他帶著狡猾的戒備，意味深長地緩緩問道：「我可不可以這樣理解，塔格特小姐，就是說在所有的官方事務中，你只希望和我一個人打交道？我是不是可以把這理解為你的原則？」

她發出了一聲短促的冷笑，「接著說吧，」她說，「你可以把我當成是你的獨家財產，利用我和你的特殊關係作為手段，然後拿我在華盛頓到處去做交易。但我不知道這對你能有什麼好處，因為我不會去玩這套把戲，我不會拿好處做交易，現在，我只不過是要開始破壞你們的法律而已——如果你覺得可以的話，就來逮捕我好了。」

「我相信你對法律的理解還停留在老式的觀念上，塔格特小姐。為什麼要提什麼僵化、不能打破的法律呢？我們現代的法律是有伸縮性的，可以根據……情況來具體理解。」

「那現在就開始伸縮吧，因為我和鐵路的災難可不是這樣的。」

她掛了電話，然後像是在分析一件已經過去的事情那樣，對艾迪說：「他們暫時不會來管我們。」她似乎沒有留意到辦公室裡的變化：內特．塔格特的畫像不見了，洛西先生擺放的新玻璃咖啡桌，以及為訪客準備的最出名的一些人道博愛雜誌，封面上醒目地印著文章的大標題。

她臉上的神情像是一部可以錄音，但沒有反應的機器，認真地聽艾迪敘述著公司一個月來所發生的事情。她聽了他對於這次事故的分析報告。面對著慌慌張張、手忙腳亂地不斷在她辦公室進出的人們，她的臉上依然是一副超然的樣子。他想，她已經變得對什麼都無動於衷了。然而，就在她一邊踱著步子，一邊向他口述一份鋪設鐵軌所需的物資清單，以及可以從哪裡非法地弄到這些物資時，她突然停住，低頭看著辦公桌上的雜誌。那上面有這一些大標題：「新的社會良知」，「我們對於貧困下層人民的責任」，「需要與貪婪」。她的手臂猛地一揮，那股兇狠是他從未在她身上看見過的，便將雜誌從桌上掃了下去，然後繼續口述，毫不停頓地背了一串數字出來，彷彿她的大腦她身體的劇烈動作，完全是不相關的兩回事。

到了傍晚，她趁著辦公室裡沒有別人，撥通了里爾登的電話。

她將自己的名字通報給他的祕書──隨即她聽到他匆忙抓過話筒，同樣匆忙地說道：「達格妮？」

「喂，漢克，我回來了。」

「在哪兒？」

「在我辦公室。」

她從電話裡的短暫沉默中聽出了他沒有說出來的話，隨即，他說道：「看來，我得馬上買通人去弄礦石，好開始讓你打造鐵軌。」

「對，越多越好。不一定非要用里爾登合金，可以是──」她的聲音幾乎令人難以覺察地稍頓了一下，她在想：不用里爾登合金做成的鐵軌，難道要回到粗重的鐵軌之前的時代？也許是退回到包鐵皮的木頭軌道時代？「可以是鋼的，只要是你能提供的，多重都可以。」

「好，達格妮，你知不知道，我已經把里爾登合金交給他們了，我簽了那份禮品券。」

「是的，我知道。」

「我妥協了。」

「我怎麼能怪你呢？我不也一樣嗎？」他沒有答話，她說，「漢克，我覺得他們才不在乎今後留在這世界上的是鐵路還是高爐，可我們在乎。他們利用我們的熱情挾制我們，然而，哪怕只剩下一個象徵著人類智慧的車輪可以轉動，只要還存在一線的希望，我們就會繼續付出。我們會像舉著落水的孩子那樣把它舉過水面，一旦洪水淹了上來，我們會與這最後的車輪和最後的三段論法一起沉沒。我知道我們付出的是什麼，然而──代價已經不再是重要的了。」

「我知道。」

「別為我擔心。漢克，明天早上我就會沒事了。」

「我從來就不擔心你，親愛的。我們今晚見。」

第九章　無痛無懼無疚的面孔

她的公寓如同她一個月前離去時那樣原封未動，寧靜如初，這使她走進客廳的時候感到既輕鬆又淒涼。寧靜讓她恍然又有了是這裡主人的私密感，眼前的景物則讓她想到，正如同她不能令時光倒流一樣，她已無法再重新獲得這裡的一切。

窗外尚有一線天光。她實在打不起精神去處理可以拖到明天再辦的事情，因此提前在三點離開辦公室。她以前從沒這樣過——在公寓比在辦公室裡更覺得像回家一樣的自在，這感覺是她從未有過的。

她沖了個澡，長久地站在水流下，什麼都不想，任水從她的身體上流過，但是，當她意識到她想沖掉的不是一路駕車的灰塵，而是辦公室裡的感覺時，便急忙跨了出來。

她穿好衣服，點上一支菸，走進了客廳，站在窗前，像她今天早晨眺望鄉間那樣，望著這城市。

她曾說過她會再在鐵路上做一年。她回來了，但現在並沒有工作的喜悅，有的只是完成了一個決定之後清醒、冰冷的平靜——以及沉靜的、她不願去想的痛苦。

雲層遮住天空，變成霧氣沉降，籠罩了下面的街道，彷彿天空正在將城市吞噬。她看到整個曼哈頓島是一個長長的三角形，插進了看不見的大海。它看起來像一隻正在下沉的船首，幾座高樓依然像煙囪般聳立在上面，但其餘的正消失在灰藍色的霧靄裡面，慢慢地在水汽瀰漫的天空裡沉沒了下去。它們就是這麼消失的——她想——亞特蘭提斯，這座葬身海底的城市，以及其他所有消失了的王國，在人類的各種語言裡留下了同樣的傳說，同樣的渴望。

此刻，她的感受就如同那個春天的夜晚，她在約翰．高爾特鐵路公司搖搖欲墜的辦公室裡，頹坐在桌前——她感受並看到了屬於她自己的一個永遠無法靠近的世界……你，她想——無論你是誰，我都一直在愛著你，雖然我永遠找不到。我盼望著能在天邊之外的鐵路盡頭看到你，我總是能在城市的街道上感覺到你的存在，並希望建設出一個你的世界。支持我一直不停歇的正是我對你的愛、我和你在一起的渴望，以及當我和你面對面站在一起時，能夠無愧於你的那個希望。現在我明白我永遠找不到你——你不可企及，或者從不存在——但我的餘生依然屬於你，儘管我永遠不會知道你的名字，我依然會繼續以你的名義抗爭，儘管我永遠不可能勝利，我依然會繼續為你付出，我會繼續下去，只為了當我遇見你的那一天，我能夠配得上你，儘管這是不可能的……她從沒接受過絕望，但她站在窗前，對著霧氣瀰漫下的城市所說的，便是她對於一份得不到回應的愛的自我表白。

門鈴響了。

她轉過身，毫不驚訝地將門打開——一看見門外的法蘭西斯可，她知道自己早該想到他會來。她並不覺得吃驚和抗拒，而是臉色鎮定，毫不動容——她抬起頭面對著他，故意慢慢地動了動腦袋，似乎是在向他表明，她已經做出了決定，而且並不掩飾她的立場。

他的臉色莊重而平靜，快活的神情已經不見，但那種玩世不恭的態度並沒有重新回來。他彷彿摘掉了所有的偽裝，正視著她，目光堅定而專注，就像她曾經希望的那樣，看來他對自己的一舉一動都胸有成竹——他從沒像現在這樣魅力十足——她忽然意外地感到，他從未拋棄過她，而是被她拋棄了。

「達格妮，現在能談談嗎？」

「要是你想談的話，可以。進來吧。」

他簡單地環顧了一下客廳，這是他頭一次來她的家，接著，他的目光便重新回到了她的身上。他緊盯著她，似乎知道她這副從容淡定的樣子是他最不想看到的。即使那傷痛曾經像火一樣，也已經被這一片沙土撲滅，再難重生。

「坐吧，法蘭西斯可。」

她依然在他面前站著，似乎有意讓他看到她並不想去掩飾什麼，並不在乎他看到她疲憊的模樣，她今天所做的一切，以及她對此的毫不在意。

「如果你已經做出了選擇，」他說，「看來我沒辦法再阻攔了，但我不會放過阻止你的任何機會。」

她緩緩地搖了搖頭說：「沒有機會。而且——為什麼呢？法蘭西斯可。你已經放棄了。我是跟著鐵路一起滅亡還是離開它，對你來說又有什麼區別？」

「我並沒有放棄將來。」

「什麼將來？」

「就是掠奪者滅亡，而我們依然存在的那一天。」

「假如塔格特公司會和掠奪者一起毀滅的話，我也就同樣不存在了。」

他的目光一直盯著她的臉，沒有回答。

她的聲音裡不帶有一絲感情：「我以為我能離開它，但我不能。我再也不會那樣做了。法蘭西斯可，你是否還記得？我們當初都相信這世界上唯一的犯罪就是去我做壞事。我依然相信這一點。」她的聲音在顫抖中第一次流露出了感情，「我不能眼看著他們把隧道弄成那樣子，無法接受他們都接受的事實——法蘭西斯可，把災禍當成是一個人理所當然的命運，只能忍受而不去抗爭——這就是你和我曾經都認為是罪惡的東西！我不承認屈服、不承認絕望、不承認放棄。只要還有鐵路在，我就會去管理。」

「是為了去支撐這個掠奪者的世界？」

「是為了維護我的最後一絲尊嚴。」

「達格妮，」他和緩地說，「我懂得人為什麼熱愛工作，我明白鐵路這份工作對你的意義，但你是不會去開空火車的。達格妮，每當你想起行駛中的列車，你會看到些什麼？」

她望著外面的城市：「我看到的是一個有才能的人的生命，在那場災難之中毀掉了，但是，它能逃出下一場我要去避免的災難——他的心裡從不妥協，抱負遠大，並且對他自己的生活充滿了愛……這就是當初你和我的樣子。你放棄了他，我，卻不能放棄。」

他的眼睛微微閉了一會兒，微笑便浮上了抿緊的嘴角，這微笑取代了他感到有趣而又痛苦所發出的呻吟。他莊重而柔和地問道：「你認為做鐵路能為那樣的人服務嗎？」

「能。」

「好吧，達格妮，只要你還認為沒有什麼能夠阻止你，那我不攔你。等到有一天你發現你所做的不僅無助於那個人的生命，反而加速了他的毀滅，你就會停止。」

「法蘭西斯可！」她驚訝和絕望地叫了起來，「你真的能夠理解，你知道我說的是怎樣的人，你也能看見他！」

「噢，對呀，」他只是口氣輕鬆地說著，目光凝視著屋裡空間的某一點，幾乎像是真的看見一個人在那裡一樣。他又補充說：「你這麼吃驚幹嘛？你說過，你我曾經和他是一樣的，我們還是我們，但其中有一個人已經背叛了他。」

「不錯，」她厲聲說道，「我們之中的一個是背叛了。我們不能用放棄來幫助他。」

「我們不能用和毀滅他的人討價還價這樣的方式來幫他。」

「我沒有和他們討價還價，他們需要我，這他們心裡很清楚，我要他們接受我的條件。」

「就是和他們玩遊戲，讓他們得到好處，從而去傷害你自己嗎？」

「我唯一希望的就是讓塔格特公司能夠維持下去。我幹嘛要在乎他們是不是要我為此付出代價呢？他們想怎樣就怎樣吧，我只要塔格特公司。」

他笑了。「你這麼認為嗎？你認為他們需要你，你就安全了？你認為你能滿足他們的要求？不，看樣子除非親眼看見並且搞清楚他們的真正目的，你是不會走的。達格妮，你知道一直以來，我們都受著神和權貴統治一切的教育。或許他們的神會答應這樣，但你說的那個我們所敬佩的人——他可不答應。他不允許忠誠被割裂，不允許思想和行動分家，不允許價值和行動之間出現鴻溝，不允許供奉權貴，他不允許有權貴存在。」

「這十二年來，」她柔聲說道，「我一直認為很難想像有一天我會讓自己跪下來請求你的寬恕，現在我覺得有可能。假如我發現你是對的，我就會那樣做，但在此之前是絕不可能的。」

「你會那樣做的，只不過不是跪著。」

他望著她，儘管眼睛始終沒離開她的臉，卻似乎是在看著她那站在自己眼前的身體，他的目光告訴了她，他眼裡看見了今後她會有怎樣一種謝罪和服輸的方式。她看出他想儘量轉開視線，看出他不想讓她看到或洞察他的目光，在這張她再熟悉不過的臉上，幾塊繃緊的肌肉將他內心默默的掙扎坦露無遺。

「直到那時以前，達格妮，記著，我們都是對手。我不想跟你說這個，但你是頭一個幾乎已經邁進天堂卻又重返現實的人。你已經看見了太多的東西，因此你必須清楚這一點。我對付的是你，不是你哥哥詹姆斯或者莫奇，我必須要打敗的是你。我馬上就會把你認為最重要的東西都毀掉。在你拚命要去挽救塔格特公司的同時，我會去毀掉它。別想從我這裡要到錢和幫助，理由你很清楚。現在你可以恨我了——以你的立場來說，也理應如此。」

她微微地抬了抬頭，除了意識到自己的身體以及它對於他的意義之外，她整個的姿態看不出有什麼變化，但她說的一句話卻是女人味十足，只不過從她微微強調的一字一句之間，可以感覺出不服氣的意味：「那會對你怎麼樣？」

他看著他，心裡明白得很，然而，對於她想逼迫自己招認的那樣東西，他卻不置可否，「這是我自己的事。」他回答。

她軟了下來，但話一出口，已經意識到它是更加殘忍：「我不恨你。很多年來，我曾經想過要去恨你，但我今後永遠不會，無論我們兩個誰做了什麼。」

「我知道。」他壓低了聲音，如此一來，她聽不出話裡的痛苦，但它似乎直接從他的身上反應到了她的內心。

「法蘭西斯可！」她不顧一切地叫了出來，不想讓他受到自己如此的傷害，「你怎麼能這麼做？」

「是因為我深深地愛」——他的眼睛在說，愛著你——而聲音在說，「愛著那個沒有在你的災難中死亡的人，那個永遠不會死亡的人。」

她默默無語地肅立了片刻，像是在表示敬意。

「我真希望自己能夠讓你不去做那些事，」他說道，他聲音裡的溫柔似乎在說著：你要同情的那個人不是我。「但我不能那樣做。我們每個人都要自己去走這條路，但這條路是相同的。」

「它通向哪裡？」

「什麼？」她吃驚地問。

他笑了笑，彷彿面對一個他不想去回答的問題：「通向亞特蘭提斯。」

「難道你忘了？就是那個只有英雄的靈魂才能進入的已經消失的城市。」

如同一個她總也無暇細想的隱隱的焦慮，她猛然聯想起了從早晨開始一直在她心裡的困惑。她早知道是這麼回事，但她一直以為這只是他的個性使然，是他個人的主意，也一直以為他獨來獨往。此時，她想起了一個更大的危險，感覺到了她所面對的那個巨大的、無影無形的對手。

「你是他們其中的一個，」她慢慢說道，「對吧？」

「你說的是誰？」

「在達納格辦公室的那個人是不是你？」

他笑笑：「不是。」但她注意到他並沒問她這話是什麼意思。

「有沒有——你肯定知道——這世上是不是真的有一個毀滅者？」

「當然有了。」

「他是誰？」

「你。」

她聳了聳肩膀，但臉色變得嚴峻起來：「那些走掉的人，他們究竟是活著還是死了？」

「他們死了——至少對你來講是如此。但世界會迎來第二次文化復興，我將等著它的到來。」

「不！」她這聲音裡突如其來的激動便是對他充滿情緒化的回答，回答了他希望她從他的話裡聽到的兩樣東西之一。「不，不要等我！」

「我會一直等著你，無論我們兩個誰做了什麼。」

他們聽到了鑰匙在門鎖裡轉動的聲音，門一開，里爾登走了進來。

他的腳步在門口遲疑了一下，接著慢慢地走進客廳，邊走邊把手裡的鑰匙放進褲袋裡。

她明白，他在看到她之前，首先看到的是法蘭西斯可。他瞄了她一眼，但目光又回到了法蘭西斯可那裡，彷彿這是他此時唯一能看見的面孔。

她不敢去看法蘭西斯可的臉。她必須要鼓起全身的力氣，才能勉強將目光朝向那移動的腳步。法蘭西斯可帶著德安孔尼亞家族訓練有素的禮貌，下意識地不慌不忙地站了起來。里爾登從他的臉上看不出任何表情，但她卻看到了比她所擔心的更糟糕的東西。

「你在這裡幹什麼？」里爾登問，他的口氣像是逮住了一個不該出現在客廳裡的僕人。

「看來我是沒資格問你同樣的問題了。」法蘭西斯可說道。她明白他是用了多大的努力才讓自己的聲音依然保持著清晰和平靜。他的目光不斷地掃向里爾登的右手，似乎仍然看得見他手裡的鑰匙。

「那就回答吧。」里爾登說。

「漢克，你有什麼問題的話，應該問我才是。」她說。

里爾登似乎當她不存在一樣，「回答問題。」他再次問道。

「你有權得到的只有一個回答，」法蘭西斯可說，「所以我可以回答你，我並不是為那個來的。」

「你到任何一個女人家裡都只能有一個原因，」里爾登說，「我指的是對你來講的任何一個女人。你認為你以前對我所做的坦白，以及對我說的那些話，我現在還會相信嗎？」

「我是給了你不能相信我的理由，但那和塔格特小姐無關。」

「別跟我說你在這兒沒有機會，別說什麼以前沒有，今後也不會有。我明白這一套。可我早就該發現你會來這裡——」

「漢克，假如你想責怪我的話——」她話沒說完，里爾登便突然朝她轉過身去。

「天啊，不，達格妮，我不是這意思！可是你不該和他說話，不該和他有任何關係。你不瞭解他，我可知道。」他轉向法蘭西斯可，「你到底想幹什麼？你是想把她也當成你的那種戰利品，還是——」

「不！」這情不自禁的叫喊聲聽起來是如此的無力，那充滿感情的真摯，便是唯一的、不能被接受的證明。

「不？那麼你來這裡是談公事嗎？你是像當初對我做的那樣在設圈套嗎？你想對她耍什麼兩面三刀的把戲？」

「我來……不是……為了公事。」

「那麼是什麼？」

「如果你還願意相信我，我只能告訴你，這件事和……背叛無關。」

「你覺得你在我面前還有資格談背叛嗎？」

「我以後會回答你，現在我不能回答。」

「你不想提起這件事，對不對？你後來一直躲著我，對不對？你沒想到在這裡看見我？你不想面對我？」不過，他知道沒有人能做到法蘭西斯可現在面對他的樣子——他看到那雙眼睛直對著他的目光，那副面孔裡沒有表情，沒有辯解和求饒，做好了承受一切的準備——他看到了坦白而毫不設防的無畏神情——這是一張他曾經愛過的人的面孔，這個人曾使他從罪責的困擾中擺脫出來——而且，他發現自己的心裡依然很矛盾，在所有事情之中，在他迫不及待地想見到達格妮的這一個月裡，他依然忘不了這張面孔。「如果你沒什麼可遮掩的，為什麼不辯解？你來這裡幹什麼？見到我進來你為什麼吃驚？」

「漢克，別再說了！」達格妮大叫起來，隨即又止住了，她明白此時最危險的就是火上澆油。兩個男人一起轉向了她，「請讓我來回答吧。」法蘭西斯可靜靜地說。

「我跟你說過我希望再也不會見到他，」里爾登說，「這一切發生在這裡，我感到很抱歉。這與你無關，但有些事情他是逃不掉的。」

「如果這就是……你的目的，」法蘭西斯可竭力控制著自己，「你不是已經……如願了嗎？」

「這是怎麼了？」里爾登的臉冷若冰霜，嘴唇幾乎動都不動，但卻像是在譏笑他，「你就是這樣來求饒的嗎？」

法蘭西斯可怔了一下，用著更大的毅力克制著自己，「假如你這樣認為……就算是吧。」他回答說。

「當初我被你握在手心裡的時候，你原諒過自己嗎？」

「你怎麼去想我都不過分，但既然這和塔格特小姐無關……現在能否允許我先告辭了？」

「不行！你想像那些膽小鬼一樣躲開嗎？你想逃？」

「無論什麼時間，什麼地點，只要你要求我就會來，我只是不願意有塔格特小姐在場。」

「為何不呢？我就想當著她的面，因為這是個你無權進來的地方。我在你面前已經是手無寸鐵了，你比掠奪者更能搶奪，所到之處，玉石俱焚，但是，有一樣東西你不能去碰。」他明白，法蘭西斯可臉上毫無表情的僵硬恰恰證明了他有感情，證明了他是用非同尋常的努力在控制——他清楚這是一種折磨，而他自己則是受著折磨的快感的盲目驅使，只不過，他現在已經說不清他折磨的是法蘭西斯可還是他自己。「你比那些掠奪者更惡毒，因為你完全明白你正在背叛的東西是什麼。我不知道你的動機裡有著什麼樣的墮落——但我要讓你明白，有些東西是你無法得到的，也是你的夢想和惡毒所無法染指的。」

「你現在……對我已經沒什麼可擔心的了。」

「我要讓你明白，你休想去想、去看、去靠近她。在所有人當中，只有你休想出現在她的面前。」他清楚，讓他像發瘋一樣暴怒的正是他對這個人的感情，他必須要去踐踏和摧毀的便是這依然存在的感情。「不管你的意圖如何，我必須保護她，不讓她和你有任何的接觸。」

「假如我向你保證——」他停住了。

里爾登冷笑著：「我知道這是什麼意思，你所說過的保證、信念、友情，以及以你唯一的女人的名義所發的誓——」他停住了，他們全都和里爾登一樣，明白了這裡面的意思。

他朝著法蘭西斯可跨了一步；他用手指著達格妮，嗓音低沉，奇怪得不像他自己在說話，這聲音彷彿既不是來自一個活生生的人，也不是在對任何一個活生生的人問話：「她就是你愛的那個女人嗎？」

法蘭西斯可閉上了眼睛。

「不要問他這個！」達格妮喊了出來。

「她就是你愛的那個女人嗎？」

法蘭西斯可看著她，回答道：「是的。」

里爾登的手舉了起來，向下一揮，重重地甩在了法蘭西斯可的臉上。

達格妮發出了一聲尖叫，等到她像是自己的臉上被打了一樣能再次看清楚時，她首先盯住了法蘭西斯可的手。這位德安孔尼亞的後裔抵著一張桌子，身體向後仰去，他用力抓住桌邊，並不是要去支撐自己，而是為了壓抑住自己的拳頭。她看見他的身體僵住不動，雖然挺得筆直，但腰部稍稍不自然的彎曲和雖然僵硬卻彎在身後的雙臂，卻使它看起來像是折斷了一般——他站在那裡，彷彿是在拚命克制住自己，與他身體裡的那股兇猛的力量對抗，彷彿他所抵抗的那股力量，如同撕裂的創痛一般遊遍了他全身上下的肌肉。她看見了他青筋暴起的手指死死地抓著桌邊，她已經不敢說那塊木頭和這個人手上的骨頭哪一個會先折斷，但是她知道，里爾登的性命便懸在這一線之間。

當她的視線上移，看到法蘭西斯可的面孔時，她發現那上面沒有露出任何掙扎的痕跡，只能看見他緊的額頭，臉頰凹陷得似乎比平時更深，這使他的臉龐看起來坦白、單純、年輕。她感覺到了恐懼，因為，雖然他那乾涸的眼睛炯炯有神，她卻看得見他的眼裡從未有過的淚水。他正看著里爾登，但眼裡看到的卻不是里爾登，而是屋子裡出現的另一個人，他的眼神似乎在說：假如這就是你對我的要求，即使我必須忍受的這個要求是你提出來的，我也只能做到這一步了，但我還是為自己能做到這一步而驕傲。她看見了——他喉嚨下的血管隨著脈搏跳動，嘴角湧出了一抹粉紅色的泡沫——他為自己的奉獻而喜不自禁，那神情簡直就是在微笑，她知道，自己正在目睹法蘭西斯可最輝煌的時刻。

當她感覺到自己的顫抖，聽見自己說的話還在和剛才她的那聲尖叫的迴響碰撞時——她意識到這一切都是發生在如此短暫的一瞬間。她的聲音如同嘶吼，直接撲向了里爾登：

「你還怕他傷害我？在你還沒——」

「住口！」法蘭西斯可猛地朝她轉過頭來，這聲斷喝積蓄了所有他未能發洩出的力量，她也明白這個命令她必須得聽從。

法蘭西斯可一動不動，只是慢慢向里爾登轉過頭去。她發現他的雙手已經鬆開桌子，放鬆地垂在身邊。現在他眼裡看見的是里爾登，除了努力過後的疲憊外，法蘭西斯可的臉上一無表情，但里爾登突然明白了，這個人曾經愛他愛得是多麼的深。

「就你所知道的情況而言，」法蘭西斯可靜靜地說，「你是對的。」

他既不等待，也不允許有任何回答，轉身就要走。他朝達格妮一躬身，點了點頭，似乎表示向里爾登告辭，似乎表示他對她的接受，然後便離開了。

里爾登站在原地，望著他的背影，他知道——無須任何理由，而絕對確定地知道——他寧願用生命來挽回他剛才的衝動。

當他朝達格妮轉過身來的時候，臉色看起來枯乾、緩和而略帶關切，像是他不會去追問她脫口想喊出的那句話，而是等著它們自己被說出來。

她的身體內湧起了一陣悲憫，令她搖頭不已：她不清楚這悲憫是向著這兩個男人中的哪一個，卻使她說不出話，只是一遍又一遍地搖著頭，彷彿是在拚命打消這個巨大、無情、讓他們都備受創傷的折磨。

「如果有話要說，就說吧。」他悶聲說道。

她有意無意地衝著他的臉叫喊了起來，聲音中半是嘲笑，半帶哽咽——那裡面沒有報復的欲望，但那股不顧一切要討回公道的感覺使她的聲音裡飽含著痛心的酸楚：「你想知道另外那個男人是誰嗎？想知道那個和我上過床的，我的第一個男人嗎？他就是法蘭西斯可．德安孔尼亞！」

她看到他的臉在這樣的打擊之下頓時一片蒼白。她知道，如果她要討回公道的話，目的就已經達到了——因為這一擊遠比他的那一下更狠。

說出了他們三人之間不得不說的話，她忽然覺得安靜了下來。一個無助受害者的絕望從她的身上離去了。她不再是一個受害者，她進入了競爭者的行列中，願意擔負起行動所帶給她的責任。她站在他的面前，等待著他會給她的任何回答，認為該輪到她去嘗嘗他暴力的滋味了。

她不清楚他正在忍受的是一種什麼樣的折磨，不清除是什麼正在他的心裡坍塌下來，只把他一個人留在了他的視野裡。她從他的臉上看不出任何警告；他就彷彿只是一個人站在屋子中央，吞嚥著自己不願吞嚥的事實。接著，她發現他依舊保持著最初站立的姿勢，甚至連手都還是垂在身邊，手指還是一直微微彎曲的樣子，她似乎能感覺得到血液停在指尖上的那種沉重的麻木感——這是她唯一能發現的他正在受的痛苦，但這告訴了她，這股麻木已經使他無力再去感受到其他，甚至感覺不到他自己身體的存在。她等待著，心中的憐憫漸漸消退，變成了尊敬。

接著，她看到他的眼睛慢慢地從她的臉順著她的身體向下移去，她清楚他現在所選擇忍受的折磨是什麼，因為他無法在她面前隱藏那目光裡的本性。她知道他正在看著她十七歲時的樣子，看著她正和他所恨的對手在一起，看著他們在那時就如同現在這樣在一起，這情景令他既無法忍受，又難以抵抗。她發現，他那層保護用的自我控制的面具，正慢慢地從他的臉上褪落下去，但他根本不介意把自己活生生的面孔裸露在她的眼前，因為除了一些類似仇恨的東西深埋在他的心裡之外，他臉上已是什麼都看不出來了。

他抓住了她的肩膀，她做好了他會殺掉她，或者把她打得不省人事的準備，就在她剛剛確切地感覺出他想到了這一點時，便覺得她被他猛地拉了過去，他的嘴唇朝著她的嘴唇壓了下來，那動作來得遠比打她一頓還要粗暴。

在驚恐之下，她不停地扭動著身體反抗，在狂喜之中，她的手臂環繞了他，抱住了他，把她嘴唇上的鮮血傳到了他的嘴唇上，她知道自己從沒像此時這樣想得到他。

當他把她按倒在沙發上的時候，隨著他身體的起伏，她明白他這麼做是在表明他戰勝了對手，也是在表明他對對手的征服，這表明了他的主人身分被他所藐視的那個人，拉入了令人難以忍受的激烈衝突之中，表明他把那個人所熟知的那種對快感的憎恨，轉變成了他自己強烈的快感，他用她的身體戰勝了那個人——她通過里爾登的心感到了法蘭西斯可的存在，似乎覺得她是把自己交給了兩個男人，交給了他們兩個身上共同具有的令她崇拜的東西，交給了她品格中最本質的東西，是它把她對他們每一個人的愛變成了對兩個人都有的忠誠。她還知道，這是他對於他們周圍世界的反抗，反抗它對墮落的推崇，反抗那些浪費掉的日子和不見光明的掙扎帶給他的苦悶——這就是他想要說明的，和她獨自高居於滿眼瘡痍的城市上空的晦暗之中，去握住的最後一份屬於他的財富。

激情之後，他們靜靜地躺在一起，他的臉趴在了她的肩膀上。遠處的信號燈光在她頭頂的天花板上微弱地閃爍著。

他把她的手拉過來，將她的手指壓在臉下，讓他的嘴貼在了她的手掌裡，溫柔得讓她感覺到了他的心思，雖然她幾乎感覺不到他的觸摸。

過了一陣子，她起身點了一根菸，然後舉到他的面前，詢問般地稍稍抬了抬她的手；他點點頭，依舊半躺在沙發上；她將菸放到他的兩唇之間，然後又給自己點燃了一根。她感覺到了他們彼此享有的無比安寧，感到這些親密的舉止儘管毫不起眼，卻傳達了他們沒有向對方說過的重要的話。一切盡在不言中，她心想——但知道一切還是在等待著被說明。

她看見他的眼睛不時會向門口望去，並且久久地停在那裡，似乎他還在看著那個已經離開的人。

他平靜地說：「他隨時都可以把真相告訴我，將我擊垮，他為什麼沒那樣做？」

她聳了聳肩，在無奈的悲哀中將兩手一攤，因為這答案他們兩個都知道。她問道：「他對你很重要，是不是？」

「是的。」

他們菸頭的兩點亮光慢慢地移到了手指尖上，寂靜中只有偶爾閃起的亮光和漸漸掉落的菸灰，這時，門鈴響了起來。他們知道，來的不是他們希望卻又無法指望回來的那個人，她忽然氣沖沖地皺起眉頭，過去將門打開。端詳了好一陣，她才認出這個彬彬有禮，掛著一臉標準的迎賓笑容，正向她鞠著躬的和善的人是公寓的經理助理。

「晚安，塔格特小姐，我們很高興看到你回來。我只是來上班，聽說你回來了，就想來親自問候你。」

「謝謝你。」她站在門口，沒有移開身子讓他進來。

「我這裡有封一星期前寄給你的信，塔格特小姐，」他說著，將手伸進了衣袋，「信看起來像是挺重要的，但上面寫著『私人』的字樣，顯然是不想寄到你的辦公室，而且，他們也不知道你的地址——因此不知道該轉給哪裡，我把它保存在保險櫃裡，想說還是親手送給你比較好。」

他遞給她的信封上寫著：航空掛號——特殊郵寄——私人信件，寄信人的地址是：猶他州阿夫頓市，猶他理工學院，昆廷・丹尼爾斯。

「噢……謝謝你。」

經理助理注意到她的輕嘆聲是禮貌性地掩飾著驚呼，發現她在久久地低頭盯著那個寄信人的名字，便在又問候了一句之後離開了。

她一邊朝里爾登走去，一邊打開了信封，然後便停在房間中央讀著信。信是用打字機打在紙上的，他能透過透明的信紙看到一塊塊的黑色段落，並且能看見她讀信時的面孔。

他預感到她一讀完就會這樣：她衝向了電話，聽到了瘋狂的撥號聲，還有她急得發抖的聲音：「接線員，請接長途……幫我接通猶他州阿夫頓市的猶他理工學院！」

他走過來，問道：「怎麼了？」

她把信遞了過去，看也不看他一眼，雙眼緊盯著電話，彷彿她能逼它說話似的。

信裡寫道：

親愛的塔格特小姐：

我已經為此奮鬥了三個星期，我不願意這麼做，我知道這會給你帶來怎樣的打擊，並且知道你會如何來說服我，因為我已經用所有這些理由說服過我自己了——但在此我要告訴你，我辭職了。我無法在一〇—二九八號法令的條件下工作——儘管這並非出自它的始作俑者預想的原因。我明白，他們對一切科學研究的廢除在你我眼裡根本就不值一提，你希望我能夠繼續下去。但我必須退出，因為我再也不希望取得成功了。

我不希望在一個把我當做奴隸的世界裡工作，我不希望對人有任何的價值。假如我成功地將發動機重新製造出來，我不會允許你用它來為他們服務，將我的智慧創造用於他們的享受，這是我的良知所無法接受的。

我知道我們一旦成功，他們便會急不可耐地將發動機沒收。屆時，你和我將不得不接受我們已成為罪犯的局面，並在他們可以隨時隨意地逮捕的威脅下生活。即使我可以忍受其他的一切，這卻是我無法接受的：為了給那些人帶去難以估量的巨大利益，我們卻要成為他們的犧牲品，如果不是因為我們，這些好處他們根本就想像不到。或許其他事情我都可以原諒，但每念至此，我就會說：願你們不得好死，我寧願看著他們統統餓死，甚至連我自己也包括在內，也不會為此去原諒他們，或者允許它的存在！

說句真心話，我和以前一樣希望成功，希望揭開這台發動機的祕密。因此，我會在自己的有生之年，完全出於自己的興趣來繼續研究它。但假如我解開了這個難題，它就會成為我個人的祕密，我不會讓它用於任何商業用途。有鑑於此，我不能再拿你的錢。營利主義被認為是可恥的，因此他們所有的人都應該完全支援我的決定——幫助那些鄙視我的人，我對此已經是厭惡透頂。

我不知道我還能活多久，或者今後將會做些什麼。就目前來看，我打算留在這所學院繼續做這份工作。但是，如果有哪位理事或者校方的人物認為我現在只能去做清潔工，我就會辭職離開。

你給了我一生中最有意義的機會，可我現在卻給你帶來了痛苦和打擊，我或許該請求你的原諒。我認為你和我一樣熱愛著自己的工作，因此你會明白我做出這樣的決定有多麼的艱難，可我必須如此決定。

寫這封信的時候有一種奇怪的感覺。我並不打算死，可是我正在放棄世界，感覺這像是一封自殺前的遺書。因此我想說的是，在所有我認識的人當中，令我辭別時感到抱歉的，只有你。

昆廷．丹尼爾斯敬上

他從信紙上抬起頭來，聽到她仍然在對電話說著，嗓音越來越高，一次比一次絕望：

「繼續撥，接線員！……請繼續撥！」

「你又能和他說什麼呢？」他問，「該說的理由都說過了。」

「我連和他說話的機會都沒了！他這會兒已經走了。這是一星期以前的信，他肯定是走了，他們把他拉走了。」

「是誰把他拉走了？」

「對，接線員，我會等的，接著找！」

「如果他接了電話，你會和他怎麼說？」

「我會求他收下我的錢，不附加任何的限制和條件，這樣他才能有條件繼續下去！我會向他保證，如果他成功的時候我們還生活在掠奪者的世界裡，我就不會讓他把發動機交給我，甚至可以不把這祕密告訴我。不過，假如那時候我們自由了——」她停住了。

「假如我們自由了……」

「我現在只是不想讓他和……和其他那些人一樣放棄和消失。如果還不算太晚的話，我不想讓他們把他拉走——噢，天啊，我不想讓他們拉走他！……對，接線員，繼續撥！」

「就算他繼續做下去，又對我們有什麼好處呢？」

「我只求他做一件事——就是繼續做下去。也許我們將來永遠都沒機會去用這台發動機，但我想讓自己知道的是，在這世界的某個角落裡，仍然還有一個充滿智慧的頭腦在做著偉大的嘗試——而且我們將來還會有希望……假如那台發動機被遺棄的話，那麼等著我們的就只有史坦斯村了。」

「是啊，我明白。」

她把聽筒用力地貼在耳朵上，手臂由於努力著不去發抖，已經變得僵硬。她等待著，他在寂靜之中聽到無人接聽時的嘟嘟撥號聲。

「他走了，」她說，「他們帶走了他，一個星期的時間對他們來說綽綽有餘。我不知道他們怎麼能把時間算得那麼準，但這個——」她指了指那封信，「這就是他們的時間，他們是不會錯過的。」

「誰？」

「代表毀滅者的人。」

「你現在開始相信他們真的存在了？」

「對。」

「真的？」

「我是認真的，我見過他們其中的一個。」

「誰？」

「我以後再告訴你。我不知道他們領頭的是誰，但我會在這段時間搞清楚的。我要去搞清楚，否則我就完了，要是讓他們——」

她吃驚地把話止住；他發現她的臉色一變，隨即便聽到了遠遠的、對方提起話筒的聲音，接著從電話中傳來了一個人的聲音：「喂？」

「丹尼爾斯！是你嗎？你還活著？你還在那裡？」

「對呀，你是塔格特小姐嗎？出什麼事了？」

「我……我還以為你走了呢。」

「哦，對不起，我才聽到電話響。我剛才正在後院收胡蘿蔔呢。」

「胡蘿蔔？」她如釋重負，笑得上氣不接下氣。

「我在外面種了片菜園，那裡以前是學院的停車場。你的電話是從紐約打來的嗎，塔格特小姐？」

「是啊，我才收到你的信，剛剛收到。我……我出去了一陣子。」

「哦，」他停了片刻，平靜地說，「關於那件事還真沒什麼可說的，塔格特小姐。」

「告訴我，你是要離開這裡嗎？」

「不。」

「你沒打算要走？」

「沒有，去哪兒？」

「你想繼續留在學院？」

「對呀。」

「留多久？永遠待下去嗎？」

「是啊——至少我是這麼想的。」

「有沒有人找過你？」

「為了什麼？」

「關於離開的事情。」

「沒有。他是誰？」

「聽好了，丹尼爾斯，我不想在電話裡和你講這封信的事，但我必須和你談談。我要去見你，我會儘快去你那裡的。」

「我不希望你這樣做，塔格特小姐。我不希望你明知道沒用還去費這麼大勁。」

「給我個機會吧，好不好？你不用答應我去改變想法，不用對自己承諾去做任何事——只要你能聽我說一說。如果我要來，我就會自己承擔這個風險。有些話我要告訴你，我只請求你給我個機會，讓我能把它說出來。」

「你是知道的，我永遠都會給你這樣的機會，塔格特小姐。」

「我馬上就去猶他，今晚就走。但我要你答應我一件事，你能否答應等我？能否保證我到的時候你還在那裡？」

「怎麼……當然了，塔格特小姐，除非我死，或者發生一些我力所難及的事——但我覺得不會。」

「除非你死了，否則無論出什麼事你都會等我嗎？」

「當然。」

「你是否願意親口保證你會等我？」

「是的，塔格特小姐。」

「謝謝你了，晚安。」

「晚安，塔格特小姐。」

她放下電話，卻不停手地馬上又抓了起來，然後迅速地撥了個號碼。

「艾迪？……叫他們留住彗星特快，等著我……對，就是今晚的彗星特快。下命令叫人把我的車廂掛上，然後馬上到我這裡來。」她瞧了一眼手錶，「現在是八點十二分，我還有一個鐘頭的時間。我想應該不會讓他們等太久。我一邊收拾一邊再和你說吧。」

她掛上電話，轉向里爾登。

「今晚？」他說道。

「我不得不如此。」

「我看也是，你不是反正也要去科羅拉多嗎？」

「對，我本來打算明天晚上走，但我想艾迪能處理好我辦公室的事，我還是現在就動身。路上要花三天的時間，」——她想了起來——「現在要花五天才能到猶他，我必須坐火車去，在路上還要見一些人——這也是不能耽擱的。」

「你要在科羅拉多待多久？」

「很難說。」

「到了那裡給我來電，好嗎？如果時間會很久的話，我就過去找你。」

他心裡憋著話，一直想要對她說，一直在等待著，本想到了這裡之後再說，現在，他比任何時候都想把它說出來，但他所能表達出來的僅僅如此，他知道這話今晚絕對不能講。

從他隱隱透出了一絲莊重的語氣中，她明白他已經接受了她的坦白，做出了他的讓步。她問道：「你從工廠裡走得開嗎？」

「是要花幾天時間去安排一下，但我可以。」

她的話一出口，他便明白她已經認可並原諒了他：「漢克，你為什麼不過一星期到科羅拉多和和我會合？如果你坐你的飛機去，我們可以同時到那裡，然後一起回來。」

「好啊……我最親愛的。」

$

她一邊在臥室匆忙地收拾行裝，一邊口述著一系列要做的事情。里爾登已經離開了這裡，艾迪此時正坐在她的梳妝台上記錄著。他看來還是像往常那樣注意力集中，彷彿根本就看不見什麼香水瓶和粉盒，把梳妝台當成了辦公桌，而把這房間不過當做是辦公室而已。

「我會從芝加哥、奧馬哈、福拉斯塔和阿夫頓這幾個地方打電話給你，」她把內衣往箱子裡一扔，說道，「要是在這中間需要找我，就打電話給沿線的車站話，讓他們給列車發信號。」

「發給彗星特快嗎？」他口氣緩和地問。

「沒錯！就是彗星特快。」

「好。」

「如果有什麼要緊的事，一定告訴我。」

「好吧，不過我想應該不用非找你不可。」

「這可以辦到，我們可以用長途電話聯繫，就像當初我們——」她止住了。

「——像當初我們修建約翰．高爾特鐵路那樣？」他靜靜問道。他們對視了一眼，便不再說什麼了。

「建築隊的進展情況如何？」她問。

「一切順利。你剛離開辦公室，我就得到消息，從堪薩斯的勞力爾到俄克拉荷馬的賈斯珀的路基鋪設已經開工，從銀泉送過去的鐵軌已經發運。這都沒問題。最難找到的是——」

「是人？」

「對，管事的人。麻煩的是西部的艾金到米德蘭這一段。我們能指望的人都走光了，不管是從我們公司還是從別處，我都找不出人能負起這個責任。我甚至試過去找丹．康維，可——」

「丹．康維？」她停下來，問道。

「對，我是想試著找他。你還記得他在那一帶曾經能以每天五英里的速度鋪鐵軌嗎？嗯，我知道他完全可以恨死我們了，可是現在又有什麼別的辦法嗎？我找到了他——他現在住在亞利桑那州的一個農場裡。我親自和他通了電話，請求他幫幫我們，只是去負責用一個晚上鋪好五英里半的鐵軌的工作。五英里半呀，達格妮，我們就差這麼一點——而他是現存的最棒的鐵道建築工了！我跟他講，我是在求他幫忙，哪怕他覺得是在可憐我們都行。你知道，我想他理解了我的意思，他沒有生氣，口氣聽起來很同情，但他不肯做。他說不應該把人再從墳墓裡拉出來……然後祝我好運。我覺得他真這麼想……你知道吧，我覺得他不屬於被掠奪者打垮的那些人，我覺得他是自己垮掉了。」

「是啊，我知道他的確是如此。」

艾迪發覺了她臉上的神情，急忙把身子一挺，「哦，我們最後終於找到了一個能夠在艾金負責的人，」他極力讓自己的聲音聽上去像是很有信心的樣子，「別擔心，鐵軌在你還沒到之前就會早早鋪好的。」

她眼裡含著微微的笑意，看了看他。別擔心，想到她曾經也無數次對他講過同樣的話，想到他對她說出這句話時，需要付出多大的勇氣。他察覺到了她的目光，回應似的笑了笑，裡面有一點靦腆的歉意。

他回頭看著自己的記事本，對自己有點生氣，因為他感覺出他違背了埋在自己心裡的命令：不要讓她更難過了。他想，他不該把丹．康維的事告訴她，他不該提那些讓他們或許會感到絕望的事情。他不知道自己是怎麼了：他覺得不能原諒自己僅僅因為這個房間不是辦公室就鬆懈了對自己的要求。

她繼續說下去——他把頭埋在筆記本裡，一邊聽一邊不時記上幾筆，他再也不能讓自己去看她一眼了。她打開衣櫥的門，從衣架上抓下一套西裝，快速地疊起來，與此同時，她所說的話則是有條不紊。他沒有抬頭去看她，只是憑著她飛快的動作所發出的聲音，和張弛有度的說話聲感覺到她在那裡。他知道他是哪裡不對勁了，他心想；他不願意讓她走，在短暫的重聚之後，他不想再次失去她。但他清楚目前鐵路是多麼需要她到科羅拉多去，在此時沉溺在任何個人的孤獨情感裡，這是他以前從未做過的叛逆舉動——他隱約感到了一種充滿淒涼的內疚。

「吩咐下去，彗星特快在每一個分區站點都要停車，」她說道，「而且每個分區主管都要給我準備出一份報告，是有關——」

他抬頭瞧了一眼——隨即，他的目光便定住了，後面的話再也沒有聽見。他看見打開的衣櫥門背後，掛了一件男人的睡衣，在深藍色的睡衣胸部的口袋上，是白色的HR縮寫字母。

他想起了以前是在哪裡曾看見過這件睡衣，他想起了在韋恩．福克蘭酒店，坐在早餐桌對面的那個人，他想起了在感恩節的晚上，沒打招呼，很晚來到她辦公室的那個人——他意識到，自己早該明白這兩股不同的顫動其實是源自同一個地震：伴隨它到來的感覺，如此瘋狂地叫喊著「不！」，這叫喊，而不是他眼前的情景，使得他的內心徹底塌陷。這個新發現固然讓他大吃一驚，但更可怕的是他在震驚之下所發現的自己。

他腦子裡只有一個念頭：一定不能讓她看出他注意到了什麼，以及因此給他帶來的變化。他感到這股窘迫被放大成了肉體上的摧殘，讓他害怕的是這相當於侵犯了她的隱私兩次：知道了她的隱祕，又暴露了他自己的。他伏在筆記本上，只能先全神貫注地做好一件事：不要讓鉛筆發抖。

「……要修建的五十英里山路，除了我們自己的物資以外，什麼都不能指望。」

「請再說一遍，」他的聲音低得幾乎讓人聽不到，「我剛才沒聽清楚你說的。」

「我說的是，我要每一個主管都準備好一份自己分區內可用的鐵軌和設備報告。」

「好的。」

「我要一個個和他們談，讓他們到我彗星特快的車廂裡見我。」

「好的。」

「傳話下去——不用太正式——為了補回停車耽誤的時間，司機可以開到時速七十、八十，或者一百英里，怎麼樣都可以，而且我會……艾迪？」

「嗯，好的。」

「艾迪，你怎麼了？」

他不得不抬起頭來面對著她，走投無路地說了平生的第一個謊話：「我……我擔心法律會給我們帶來麻煩。」

「別管它，難道你還看不出已經沒有法律了嗎？只要不出事，做什麼都行——現在，是我們說了算。」

她收拾妥當後，他幫她提行李箱上了計程車，然後經過塔格特終點站的候車廳，到了她在彗星特快的最後一節車廂。他站在站台上，看到列車身體晃動了一下，向前駛去，她那節車廂後的紅色標誌漸行漸遠，隱沒在長長的出口隧道的黑暗之中。當它們消失以後，他感到了失落，那是一個人在夢想已離去時才猛然發覺的失落。

他身旁站台上的人數寥寥，他們走路的時候顯得格外緊張，似乎有種災難來臨的預感盤踞在鐵軌和頭頂的橫樑上面。他冷冷地想到，經過了一個世紀風平浪靜的生活後，人們又一次將列車的遠去看成了一場用生死做賭注的事件。

他想起自己還沒有吃晚飯，又覺得一點胃口也沒有，但塔格特車站的地下餐廳，遠比已經被他當成公寓的那個空空的格子間更像個家——於是他走向了餐廳，因為他也實在沒別的地方可去了。

餐廳裡幾乎空無一人——但他一進來就看到了一縷薄薄的青煙，那個工人手裡拿著菸捲，正坐在昏暗的角落裡。

艾迪胡亂拿了些吃的，端著托盤來到工人的桌旁，招呼了句「嗨」，便坐了下來，不發一言。他瞧著面前攤開的餐具，一時想不明白它們究竟是幹什麼用的，他記起了叉子的用途，想試著用它吃東西，卻發現已經不知如何下手了。過了會兒，他抬頭一看，發現那個工人的眼睛正仔細端詳著他。

「不，」艾迪說，「不，我沒事……噢，對了，是發生了不少的事情，可現在這些又能怎麼樣？……對，她回來了……你還想要我說什麼？……你怎麼知道她回來了？唉，算了，看來用不了十分鐘，整個公司就都知道了……不，我不清楚她回來了我是不是高興……當然了，她會挽救鐵路的——能讓它再撐個一年或是一個月……你想讓我說什麼呢？……不，她沒有。她沒告訴我她指望的是什麼。她沒告訴我她的想法和感受……哼，你怎麼知道她應該有感覺？這些對她簡直糟透了——好吧，對我也一樣！只不過我這種糟糕只能怪我自己……不，沒什麼，這我不能講——還要講？我連想都不能想，我必須停止去想，不去想她還有什麼——就是她。」

他沉默不語，讓他覺得奇怪的是這個工人的眼睛——那雙似乎總是能看穿他內心的眼睛——今晚怎麼會讓他覺得很不自在。他看了看桌上，發現工人盤子裡的剩飯周圍滿是菸頭。

「你也有麻煩嗎？」艾迪問道，「哦，你今晚在這裡坐了很久了，對不對？……為了我嗎？你為什麼想等我呢？……你知道，我一直以為你根本不在乎是否看見我或者任何人，你似乎很喜歡獨來獨往，所以我才喜歡和你說話，因為我覺得你總是能夠理解，但又沒什麼能傷得了你——你看起來像是從沒受過什麼傷害——這讓我覺得很自在，好像……好像這世上沒有痛苦……你知道你臉上有什麼特別之處嗎？看起來你好像從來就不知道什麼是痛苦、恐懼或是內疚……對不起，我今天來得太晚了。我得送她走——她坐彗星特快剛走……對，今天晚上，剛剛走……是啊，她走了……對，這是突然決定的——就在一個鐘頭之前。她本來計畫明天晚上走，但出了些意外，她必須要馬上動身……對，她要去科羅拉多——那是以後……她先要去猶他……因為她收到了昆廷·丹尼爾斯的信，說要辭職了——她不會放棄，也放棄不下的就是發動機。你還記得，就是我跟你說過的，她找到的那個發動機的殘骸……丹尼爾斯是誰？他是個物理學家，他在猶他理工學院為解開發動機的祕密和重新製造，已經工作了一年……你為什麼那樣看著我？……不，我以前沒跟你說起過他，因為這是個祕密。這是她自己的一個保密專案——而且再怎麼說，和你又有什麼關係呢？……我想我現在可以說一說，因為他已經不幹了……是的，他跟她講了原因。他說他不願意把他的心血留給一個把他看成是奴隸的世界。他說他不會為了給人們帶來巨大的利益而犧牲自己……什麼——你笑什麼？……別笑了，行不行？你幹嘛要那樣笑？……全部的祕密？你什麼意思？如果你是指發動機的全部祕密，他還沒發現呢。不過他看來做得還不錯，還是很有希望的。現在希望沒了，她趕去找他，想懇求和挽留他，讓他繼續做下去——但我覺得沒用。他們一旦停了，就不會再回頭，他們全都是如此……不，我不在乎，再也不在乎了，我們受的損失太多，我已經開始習慣了……噢，不！我受不了的不是丹尼爾斯，是——不，還是不說這個了。別問我這個問題。全世界都四分五裂了，她還在拚命去挽救它，而我——我卻坐在這裡為了本來不該我知道的事去罵她……不！她沒做任何該罵的事，什麼都沒有——而且，再說這也不關鐵路的事……別拿我說的當真，不是這樣的，我罵的不是她，是我自己……聽著，我一直知道你和我一樣熱愛塔格特公司，它對你有特別的意義，成了你的一部分，所以你才願意聽我說起它。可這事——我今天知道的這件事情——和鐵路一點關係都沒有，對你一點都不重要。忘了它吧……只是我以前不瞭解她罷了，就是這樣……我是和她一起長大的。我以為我瞭解她，可我並不瞭解……我不知道我在希望什麼，看來我只是覺得她沒有任何私生活。對我來說，她不是一個人，而且，不是……不是個女人。她就是鐵路公司。而且我覺得所有人都不可能把她看成別的樣子……唉，我是自找的，別想了……我說過，別想它了！你為什麼這麼問我？這只是她的私生活，干你什麼事了？……看在上帝的分上，別說了！難道你看不出來我沒辦法講這件事嗎？……什麼都沒發生，我什麼事都沒有，我只是——唉，我為什麼要撒謊呢？我沒法對你說謊，你好像總是能看透一切，這比我對自己說謊還難受！……我確實對自己說了謊。我不知道我對她的感情。鐵路嗎？我就是個偽君子。如果她對我只是意味著鐵路的話，我就不會這麼吃驚，不會覺得我想要去殺了他！……你今天晚上是怎麼了？幹嘛那樣看著我？……噢，我們這是怎麼了？為什麼每個人都只有不幸的事情？我們為什麼要受這麼多的折磨？我們不想這樣。我總以為我們所有的人都是想快活的。我們是在幹什麼？我們失去了什麼？一年前，我不會因為她找到了自己想要的而去責罵她，可我知道他們兩個都難逃厄運，我也一樣，每個人都一樣，我只有她了……那有多好啊，那麼有生氣，那麼充滿希望，我不知道我是那麼的愛著這一切，這就是我們的愛，屬於她，屬於我，也屬於你——但這世界正在滅亡，我們對此卻阻止不了。我們為什麼要毀滅自己？誰能把真相告訴我們？誰會來拯救我們？噢，約翰·高爾特是誰？！……不，沒用。現在已經沒用了。我幹嘛要操心她做什麼呢？我為什麼要在意她和漢克·里爾登睡覺？……噢，天啊！——你怎麼了？別走啊！你要到哪裡去？」

第十章 美元的標誌

她一動不動地仰頭坐在列車的車窗旁，只希望可以永遠不必再動彈。電線桿在窗外飛快地掠過，但列車彷彿迷失在了一片褐色的原野和陰沉厚實的灰色雲層之間的真空裡。黃昏籠罩著天空，蒼茫之下，沒有半點落日餘暉的蹤跡，它看起來更像是一具貧血的身軀，正在耗盡它最後的幾滴血和光彩。列車正在西行，彷彿它也是被拖拽著去追隨隱沒的光線，無聲地從地球上消失。她僵坐著，一點也不想再去掙扎了。

她希望自己聽不到車輪的聲響，它們發出的撞擊聲節奏均勻，每四次便有一聲重音——在她聽來，在逃命般慌亂而徒勞的奔跑之中，那重音的敲擊聲便像是敵人無情進逼的腳步。

以前看到原野的時候，她從來沒有如此憂鬱的體驗，從沒覺得鐵軌只是一根脆弱的線，被拉長在無盡的虛空裡，像受傷的神經一樣已經快要折斷。她曾經認為自己是推動火車前進的力量，從沒想到她此刻就像一個孩子或原始人，只會坐在這裡盼著列車走，盼著它不要停，讓她能按時到達那裡——這種盼望不是來自她的意志，而像是在向黑暗的茫然做出乞求。

她想到了在一個月裡所發生的變化，她從車站裡人們的臉上已經看出了這一點。那些軌道工、扳道工和車場的工人們，曾經在任何地方見到她都會向她問候，會因為認識她而露出得意和高興的笑臉——而現在，他們卻是小心翼翼，面色陰沉，只會面無表情地看她一眼，然後便把臉扭開了。她曾經想對他們抱歉地喊叫：「並不是我讓你們變成了現在這個樣子！」然後便想了起來，她已經接受了這樣的事實，他們有權利恨她，她既被人奴役，又在奴役著別人，全國上下所有的人都是如此，人們彼此之間只有仇視。

隨後的兩天，列車駛過了一座座城市——工廠、橋樑、電動的信號，以及住戶屋頂上豎起的廣告牌——這裡是擁擠、髒亂、活躍而人口密集的東部工業區。車窗外的這些景象，讓她找回了一些信心。

然而城市被拋在了後面，列車現在正駛入內布拉斯加的平原，聯結車廂的掛鉤像是因為寒冷而發出了顫抖的聲響。她看到昔日的農田如今已是冷清空曠，只矗立著幾處像是舊時農舍模樣的房屋。就在幾代人以前，從東部迸發出的能量像火花一樣飛濺，流淌過了這片荒蕪的土地，它們有些已經不見了，但有些仍然還在。一座小鎮的燈火突然從她的窗前掠過，令她吃了一驚，那簇燈光漸漸遠去，車廂內顯得更加黑暗。她不想去開燈，還是坐著不動，望著窗外零星的村鎮。只要有偶爾的一線光束閃過她的臉龐，她就覺得彷彿是在向她打招呼。

她從簡陋建築的牆壁和被煤煙燻烤的房頂，從細長煙囪的下方和水塔彎曲的罐壁四周，看見了一個又一個名字：雷諾收割機、梅西水泥、君蘭及瓊斯苜蓿花、克勞福德床墊之家、班傑明威利穀物飼料，這些字眼如同是在空曠的黑夜中舉起的一面面旗幟，靜靜地展現出行動、努力、勇氣和希望，在一切都將消亡的關頭，記載著那些曾經能自由創造的人們經歷過的輝煌。她看見了相隔很遠、互不干擾的人家，看見了小小的商店和電燈照亮了的寬敞街道，如同幾道閃亮的筆觸，縱橫交叉地分佈在這片漆黑的荒野之上；她在破敗的城鎮之間看到了幽靈的身影，看到了工廠廢墟上面搖搖欲墜的煙囪，櫥窗破爛的商店殘骸，歪歪斜斜、掛著幾根斷線的電線桿；她突然感到眼前一亮，那是很少能見到的加油站，這個渾身是玻璃和金屬的雪白耀眼的小島，出現在沉重而深邃的黑暗時空裡；她看到前面的街角上方有一個霓虹燈做的霜淇淋圓錐筒，它下面停了一輛斑駁不堪的汽車，方向盤後面是個年輕的小伙子，一個女孩從車上下來，夏日的風正輕拂著她的白裙子——她看著他們倆，不禁顫抖著，心想：因為我知道是靠什麼才換來了你們的青春，換來了這個夜晚和這輛車，以及你們馬上要用二十五美分買下的這筒霜淇淋，所以我不忍心這樣看著你們；在遠遠的城鎮的另一邊，她看到一幢樓裡發出陣陣灰藍色的閃光，那是她喜歡的工廠發出來的亮光，窗戶內閃現出機器的輪廓，黑暗的房頂上豎立著一塊廣告牌——突然之間，她的頭埋進了臂膀，她渾身顫抖地坐在那裡，對著這夜晚，對著她自己，對著一切還活著的人無聲地哭喊著：不要失去它！……不要失去它！……

她突然站了起來，將燈打開。她一動不動地站著，努力控制住自己，她清楚地知道，這種時候對她是最危險的。城鎮的燈光不見了，此時她的窗外是一片空茫的長方塊，她在寂靜之中，聽到了一下又一下的第四聲敲擊，敵人的腳步聲仍在繼續，既沒有加快，也沒有停止。

她渴望看見一些生命和活力，便決定不把晚餐叫到自己的車廂來，而是過去吃晚飯。有個聲音彷彿在強調和戲弄著她此刻的孤寂，又回到了她的腦海裡：「但是你不會去開空火車。」一把它忘掉！她惱火地對自己說，同時忙向她車廂的門口走去。

快到前面的門廊時，附近傳出的一個聲音令她吃了一驚。當她將門拉開的時候，聽到了一聲大喝：「滾下去，該死的東西！」

一個上了年紀的流浪漢正在她門廊的一個角落裡棲身。他坐在地上，那副樣子表明他已經沒有力氣站起來，也顧不得是不是被逮住了。他看著列車長，眼神敏銳而清醒，但沒有絲毫反應。列車由於軌道情況不好而減慢了速度，列車長在冷風呼嘯中將車門打開，向著外面飛馳而過的茫茫黑暗把手一揮，命令道：「滾！怎麼上來的就怎麼下去，否則我一腳把你的腦袋踢下去！」

流浪漢的臉上沒有驚訝，沒有反抗，沒有憤怒，沒有希望；似乎他對於人的一切行為，早就司空見慣，懶得去想了。他用手扶著車廂牆上的鉚釘，順從地站了起來。她發現他只是朝她掃了一眼，目光便飄移開去，彷彿她只是火車上另一個固定的零件。他似乎並不覺得她和他自己有太大的區別，他不過是機械地服從著命令，儘管這意味著他將必死無疑。

她看了一眼列車長，他的臉色漠然，流露出的只是一股在盲目痛苦下的怨毒，積鬱太久的怒氣在碰到一個可以發洩的對象後，便不顧三七二十一地發作了。在他們彼此的眼裡，對方已經不再是人。

流浪漢的衣服上佈滿了精心縫製的補丁，破舊的布料已是乾硬油亮，讓人擔心它一彎之後，便會像玻璃一般脆裂。不過，她注意到了他襯衫的領口：無數次的洗滌已經將它磨白，但外形還沒走樣。他已經吃力地站了起來，面無表情地看著那個被打開的漆黑的洞口，外面是荒無人煙的曠野，不會有人聽到他的聲音，看見他血肉模糊的屍體，但他唯一流露出的令人關切的舉動，便是將一個又小又髒的包袱抓得更緊了一些，似乎這樣他就不會在跳下列車時丟掉它。

正是這洗過無數次的衣領和他對自己所擁有的最後一點財產的珍視，猛地將她內心中的某種情感點燃了，「等一等。」她說。

兩個人朝她轉過身來。

「把他交給我吧，」她對列車長說，然後為流浪漢打開了她車廂的門，命令道，「進來。」

流浪漢就像聽從列車長的命令一樣，隨她走了進去。

他抱著包袱，站在她的車廂中間，用同樣敏銳但沒有反應的目光打量著周圍。

「坐下。」她說。

他服從了——並且看著她，像是在等待她的下一個命令。他的舉止裡帶有一絲尊嚴，毫不掩飾他的無怨無求，不聞不問，彷彿此時他不得不接受即將發生的一切，並且已經準備好了去接受。

他大約五十歲出頭，骨架和寬鬆的外衣顯示出了他曾經健壯結實的肌肉；那雙了無生氣的冷漠眼睛，無法徹底掩蓋住它們曾經閃爍出的睿智光芒；臉上的皺紋刻畫著難以名狀的酸楚，卻依舊抹不去那上面特有的誠實慈祥。

「你上次吃飯是什麼時候？」她問。

「昨天，」他說，然後又加了一句，「我記得是。」

她按鈴叫來了侍者，吩咐讓餐車把雙人份的晚餐送到她的車廂來。

流浪漢默不做聲地看著她，但侍者一走開，他便把他唯一能說的話說了出來：「夫人，我不想給你惹麻煩。」

她笑笑：「有什麼麻煩？」

「你是不是和某個鐵路大亨一起出門？」

「不，就我一個人。」

「那你是他們當中某一位的太太？」

「不是。」

「哦。」她看出他露出了幾分欽佩的神情，像是在彌補他剛才做出的不恰當的理解。她笑了起來。

「不是，也不是那個。我想我自己就是一位大亨了。我叫達格妮．塔格特，在這家鐵路公司工作。」

「哦……我聽說過你，小姐——那是在過去了。」很難說什麼才是他所指的「過去」，不知道那是一個月或一年以前，還是他失業之後的那段時間。他帶著一種對過去才有的興致看著她，似乎是在想著在那段過去的歲月裡，她會是他願意看到的那種人。「你就是那位管鐵路公司的小姐。」他說。

「對，」她說，「我就是。」

他對於她的搭救並未表現出任何詫異，似乎在經歷了無數的磨難之後，他已經對理解、信任和期待再不抱任何希望了。

「你是什麼時候上車的？」她問。

「是在到了分區站的時候，小姐，你的門沒有上鎖。」他又補充道，「我猜想因為這是節私人車廂，早上之前應該沒人會注意到我。」

「你要去哪裡？」

「我不知道。」隨即，他似乎覺得這聽來太有乞憐的味道，便又說，「我只是想一直走下去，直到一個什麼地方，能讓我覺得有機會找到工作。」他想自己儘量把這個責任擔起來，而不是把漫無目標的沉重扔給她去可憐他——他的這種努力與他注意自己的襯衫領子，出發點完全一致。

「你想找哪種工作？」

「現在已經不是能挑工作了，小姐，」他淡淡地說，「他們只要能找到工作就行了。」

「你打算去哪個地方？」

「哦……這個嘛……我想應該是有工廠的地方吧。」

「那你不是走錯方向了嗎？工廠是在東邊。」

「不，」他極其肯定地說，「東部的人太多了，工廠受的限制也太多。我想在人少、規矩少的地方，機會可能多一些。」

「哦，逃跑啊？你是個逃犯？」

「不是過去所說的那種，小姐，不過看現在這副樣子，我算是吧。我是想工作。」

「什麼意思？」

「東部已經是什麼工作都沒有了，而且就算人家有工作，也不能給你——你這麼做就要坐牢，會被拘禁起來。不通過聯合理事會是找不到工作的。聯合理事會自己就有一群熟人在等著要工作呢，他們那些熟人比百萬富翁的親戚還多。不過，我嘛——我兩邊都沒人。」

「你上一個工作是在哪兒？」

「我已經在全國各地遊蕩六個月了——不對，應該更長——大概快一年了吧——我也說不清了——大部分是白天的工作，多數是在農場。不過現在沒什麼用了。我明白農民是怎麼來看你的——他們不願意看到人挨餓，可他們自己也快要挨餓了，他們沒什麼工作可給你，也沒有吃的，無論他們省下什麼東西，不是被收稅的收走，就是被強盜給搶走——你知道，就是在全國到處搶掠、被稱為逃亡者的一群人。」

「你認為西部情況會好一些？」

「不，我不這麼想。」

「那你為什麼要去那裡？」

「因為我還沒去那裡嘗試過，也就只剩這塊地方可以去試試運氣了，我總不能停下來……你知道，」他突然又說，「我不覺得這有什麼用，不過待在東部也只能坐著等死，我現在對死倒不是太在乎，死了反而就輕鬆了。但我覺得如果一點嘗試都不做，只是坐下等死的話，就實在太罪過了。」

她猛然想起了從境在大學裡出來的那些寄生蟲，他們只要提起對別人應該如何去關心的陳腔濫調，就越發帶有一種自以為是的正義感。流浪漢說的最後一句話是她所聽過的最深刻的一句道德宣言——但說者卻是無心的，他只是用他那平淡和有氣無力的聲音，把它當成一個簡單而枯燥無味的事實說了出來。

「你是哪裡人？」她問。

「威斯康辛。」他回答說。

侍者送來了他們的晚餐，他恭恭敬敬地將一張桌子和兩把椅子擺好，對眼前的這一切絲毫不以為意。她看了看飯桌，心想，只花上幾塊錢，漿洗得硬挺的餐巾和裝滿冰塊的冰桶就可以隨著餐點一起上來，供旅行的人們享用，人之所以還能有如此的閒暇和心情，就是因為到現在為止，維持人生命的吃喝還未被當成罪行，還不必擔心這會是生命中的最後一餐——然而就連這些，也會像在山溝裡雜草叢生的廢棄車站那樣，很快就將不復存在了。

她注意到這個流浪漢儘管連站起來的力氣都沒了，但面對擺在他面前的晚餐仍然不失風度。他並沒有一頭撲向食物，而是竭力將動作放慢，打開了餐巾，用顫抖的手和她步調一致地拿起了叉子——他似乎依然很清楚，無論他們受過怎樣的侮辱，這是人應具備的禮貌舉止。

「你過去做的是哪一類工作？」她等侍者離開以後問道，「是在工廠裡，對嗎？」

「對，小姐。」

「是什麼行業？」

「熟練車床工。」

「最後一次做這工作是在哪裡？」

「在科羅拉多，小姐，是在哈蒙德汽車公司。」

「哦……」

「怎麼了，小姐？」

「沒有，沒什麼。在那裡做了很久嗎？」

「不，小姐，只做了兩個星期。」

「怎麼回事？」

「嗯，為了做這份工作，我在科羅拉多等了一年。哈蒙德汽車公司也是讓找工作的人排隊等著，但他們不會照顧熟人和資格老的人，他們看的是一個人過去的紀錄：我的紀錄很好。但我才工作了兩個星期，勞倫斯·哈蒙德就放棄不幹了，他這一走就是徹底消失。他們就把工廠關了。後來，有個市民委員會重新讓工廠開工，我就被招了回去。但也就五天而已，他們幾乎馬上就論年資開始裁員，所以我只能走人。我聽說那個市民委員會只維持了三個月就撐不住了，因此他們只好徹底關掉了工廠。」

「你在那之前是在什麼地方工作？」

「我幾乎在東部各州都工作過，小姐。但每次都做不了一兩個月，工廠就接二連三地關門停業。」

「你每次工作都遇到這種情況嗎？」

他看了看她，像是知道她問話的意思，「不，小姐。」他回答說，但她從他的聲音裡第一次聽出了幾分驕傲。「我的第一份工作做了二十年，不是同一種工作，但是在同一個地方，我是說，我做到了車庫的領班。那是十二年前的事了。後來那個工廠的老闆死了，他的後人接管工廠以後，把它搞得破產了。那時的日子可不好過，但從那之後就到處都在崩潰，而且越來越快。從那以後，好像無論我走到哪裡，哪裡就完蛋。一開始，我們還以為只是一兩個州如此，我們有好多人認為科羅拉多州能挺住，但它也完了。不管你幹什麼或者接觸什麼，最後全都垮了。所有你能看到的地方，工作停了，工廠停了，機器停了——」他像是見到了令自己害怕的某種神祕的東西一樣，又壓低聲音慢慢地說，「發動機……停下來了。」他提高了嗓門道：「哦，天啊，誰是——」然後突然停住了。

「——約翰·高爾特？」她問。

「對，」他一邊說一邊用力搖著腦袋，像是要把眼前看到的什麼東西趕走一樣，「只不過，我不喜歡說這句話。」

「我也一樣。但願我能知道人們為什麼總是把它掛在嘴邊，還有是誰開的這個頭。」

「這就對了，小姐，我怕的就是這個。最先說這句話的可能就是我。」

「什麼？」

「就是我和其他那六千個人，可能是從我們開始的，我覺得就是我們。但願我們是錯的。」

「你在說什麼啊？」

「是這樣，我工作過二十年的那個工廠裡曾經發生過一件事，那是在老廠主過世、他的後人接管的時候。他有兩個兒子，一個女兒，他們在管理工廠時改用了新章程，也讓我們對此投票表決，並且所有人──幾乎是所有人──都表示了贊同。我們當時不懂，認為那主意還不錯。不，這麼說也不對，我們覺得當時必須認可那是個好主意。這個方案就是工廠要每個人根據自己的能力去工作，但領薪水的時候是根據每個人自己的需要。我們──怎麼了，小姐？你的臉色怎麼變成這樣了？」

「那個工廠的名字叫什麼？」她問道，聲音細得幾乎聽不到。

「二十世紀發動機公司，小姐，在威斯康辛州的史坦斯村。」

「接著說。」

「我們是在一次大會上對那個方案表決的，我們六千多個工廠員工當時都在場。史坦斯的兒女就這個方案長篇大論地講了一通，說得並不是很明白，可誰也沒提任何問題。我們誰都不知道這個方案是否行得通，可大家都覺得別人都聽懂了，只有自己不明白。假如有誰對此懷疑，他就會慚愧得閉上嘴巴──因為他們讓大家覺得要是誰反對這個方案，誰就是像禽獸一樣黑心。他們跟我們說，這樣的方案會實現崇高的理想。哼，我們怎麼知道這根本就不可能呢？我們不是一輩子都聽大家在這麼說嗎？我們的父母、學校的老師，還有神父們這麼說，我們讀的每份報紙、看的每部電影、聽的每個演講也是這麼說。人們不是一直在告訴我們這就是公平和正義嗎？或許在那次會議上我們是能找些藉口出來，但不管怎樣，我們還是表決通過了這個方案——我們這是自作自受啊。你知道，小姐，在我們當中，凡是在二十世紀發動機工廠經歷了那四年的人，全都無法洗脫罪名。地獄該是什麼樣子？是邪惡——是最清楚不過的、赤裸裸的、獰笑的邪惡，對不對？好啊，我們算親眼看見了，而且是我們把它變成了這個樣子——我覺得我們每個人都遭到了天譴，而且我們或許這輩子也不會被饒恕。」

「你知不知道這個方案怎麼進行，對人又造成了什麼影響？你可以試著往放了出水管的水桶裡灌水，水流出去的速度總是比你灌的速度快，你往裡面每加一瓢水，管子就跟著加寬一寸，你做得越多就越要多做，你一星期四十個小時就站在那裡舀吧，然後就成了四十八小時，五十六小時——這一切都是為了讓你鄰居有晚飯吃——給他太太做手術——給他孩子治麻疹——給他媽媽買輪椅——給他叔叔買襯衫——讓他的外甥能上學——為了隔壁的嬰兒——為了還未出生的孩子——為了你身邊任何地方的任何一個人——從尿布到假牙，他們就該得到一切——而你就該沒日沒夜，月復一月，年復一年地工作，留給你的只有汗水，你看見的只是他們的享樂，一輩子不得休息，不見希望，永無休止……最能幹的為最需要的去奉獻……」

「他們跟我們說，我們是一個大家庭，要同甘共苦。但他們可沒舉著槍每天一站就是十個鐘頭，也沒有和我們一起忍著腹痛幹活。這裡面誰是能幹的，又應該先解決誰的需要呢？吃大鍋飯的時候，誰都無法說他究竟需要什麼，對不對？如果你能說清楚自己需要些什麼，他就會說他還需要一艘遊艇呢——假如你只是去顧及他的感受，他甚至還能給你拿出證明來。為什麼不？既然我只有在把自己累死，給全世界所有的懶人和窮人都掙出一輛汽車之後，才能得到我自己的汽車，那麼趁著我還沒倒下去之前，他幹嘛不再向我要一艘遊艇呢？你說不行？他不能這樣做？那為什麼在他家的客廳沒有重新粉刷好之前，他甚至不允許我在咖啡裡加點奶精？……算了吧……好了，不管怎樣，反正誰都無權評價自己的需要和能力。我們對此進行了表決。是的，小姐，我們在一年兩次的集體會議上對此投票，這事還能怎麼解決呢？你想不想知道這種會議上會發生什麼事？只開了一次這樣的會，我們就發現自己已經變成了乞丐——大家全都是哭哭啼啼的窮光蛋，因為誰都要不回自己應得的薪水，誰都既沒有權利，也沒有薪資，他做的工作不算是他做的，而是屬於整個『大家庭』，而大家什麼都不欠他，他唯一能對大家要求的就是他的『需要』——因此，他不得不像一個討厭的叫花子，當著大家的面，把他所有的麻煩和難處，甚至是要補的抽屜和老婆的頭疼發燒都一一羅列出來，指望這個『大家庭』能施捨給他一些救濟。他必須要強調他有多麼的慘，因為現在有用的不是你做了哪些工作，而是你的悲慘處境——於是這就變成六千多個叫花子在互相爭奪了，每個人都號稱他的需要比他同伴的更急切。這事還能怎麼解決呢？你想不想猜猜後來怎麼樣了，是哪種人害羞得始終一言不發，又是哪種人像中大獎一樣滿載而歸？」

「但這還不算，我們在那次會議上還發現了其他的東西。就在那頭半年，工廠的產量下滑了百分之四十，因此認定有某些人工作沒有『出盡全力』。是誰？這你怎麼能說得清呢？『大家庭』對此也進行表決。他們表決出誰是最能幹的，然後就罰這些人在今後六個月裡每天晚上加班。是無償加班——因為你的薪水不由你所花的時間和工作決定，只能取決於你的需要。」

「後面的事還用我告訴你嗎——還用我說如果我們以前還算是人的話，後來就慢慢變成什麼了嗎？我們工作時開始留一手了，開始磨磨蹭蹭，唯恐自己比身邊的人做得快、做得好。既然已經知道我們一旦為『大家庭』盡心盡力，不僅得不到感謝和獎勵，反而會受懲罰，我們還能怎麼樣呢？我們知道，不管是因為我們懶得去管造成的疏忽還是純屬他的無能，反正只要有個笨蛋弄壞了一組發動機，讓公司賠了錢，那把晚上和星期天的時間都賠進去做補償的可就是我們了，所以我們儘量要讓自己無能和平庸。」

「一開始，有個聰明的年輕人，他沒上過學，但腦子卻出類拔萃，他對這個崇高的理想充滿了熱情。頭一年，他研究的操作流程節省了我們幾千個工時。他把它貢獻給了『大家庭』，但沒有為此而要求什麼，他也不可能提任何要求。不過他並不在意，他說他是為了理想。可當他發現，我們還沒從他身上撈夠油水，就把他選為最能幹的人，並因此罰他通宵工作的時候，他就閉上嘴巴，不去動那個腦子了。到了第二年，你就知道他絕對不會再提任何主張了。」

「他們總是跟我們說為了賺錢，就會產生惡意競爭，人們就會爭著要去超過別人。可這又怎麼了？這就是惡意嗎？那好，現在他們看到我們比著把工作做壞是什麼樣子了。毀掉一個人最有效的辦法就是逼他收起他最能幹的一面，讓他日復一日地不去把事情做好。要是毀起人來，這比讓他酗酒、無所事事，甚至當強盜都要快。但是，我們除了裝傻之外，也做不了別的了。我們只擔心人家懷疑我們很能幹，才能這東西就像抵押貸款一樣，一輩子也還不完。那還在那裡幹什麼？你知道，不管你工不工作，都還能拿到一點最微薄的收入——被稱為你的『住房和食物補貼』——除此之外，你就是再怎麼做也得不到任何東西。你根本不能指望明年會買件新衣服——他們也許會發給你『服裝補貼』，也許不會，這要看是不是有人的腿骨折了，是不是有人要動手術或者生小孩。如果錢不夠給每個人都買一件新衣服的話，你的那件也就沒了。」

「有一個人工作向來是勤勤懇懇，因為他一直想送他的兒子念大學。那孩子在念高中的第二年就畢業了——但『大家庭』卻連一點大學的『補貼』都不給孩子的父親。他們說在有錢送所有人的兒子去上大學之前，他的兒子還不能上——而且我們首先必須保證所有的孩子都能念完高中，但現在連這錢都還拿不出來。隔年，那個父親在酒吧裡因為和人持刀鬥毆死於非命——類似的械鬥開始不斷地在我們這群人裡發生。還有個老頭，自從妻子死後他就孑然一身，有個蒐集唱片的嗜好。我看這就是他生活的全部內容了。過去，他常常為了買古典音樂的新唱片而省吃儉用。這下好了，他們不給他一點買唱片的『補貼』——他們說這屬於『個人奢侈品』。可就在同一次大會上，有個什麼人的又醜又刁鑽的女兒，叫米莉，她只有八歲，經過投票給自己的暴牙弄了一副金牙套——這算是『醫療的需要』，因為心理醫生說過，如果她的牙得不到矯正的話，這個可憐的小女孩就會患上自卑症候群。那個喜歡音樂的老頭便轉而酗酒，並且一發不可收拾，再也看不見他有清醒的時候。不過，有一件事似乎還是讓他耿耿於懷。有天晚上，他在街上蹣跚地走著，看見了米莉，便揮起拳頭，把她嘴裡的牙打落了一地，一顆都沒剩。」

「我們自然全都多多少少地開始喝起酒來，別問我們喝酒的錢是哪兒來的。正道不能走，就總能找到邪門歪道。平時，你不可能天一黑就去雜貨店裡行竊，也不會為了買古典交響樂的唱片或者漁具而偷你同事的錢包，可一旦醉得啥都不記得了——你就會這麼做。漁具？獵槍？照相機？個人愛好？可是誰都得不到任何『娛樂補貼』啊，他們最先砍掉的就是娛樂。如果人家讓你放棄自己的享樂，難道你好意思去反對？就連我們的『菸草補貼』也被砍得一個月只剩兩包煙了——他們說這是因為必須要保證嬰兒有喝牛奶的錢。在所有的生產中，只有嬰兒的數量不僅沒有減少，反而越來越多——因為人們沒別的事可做；依我看，也是因為他們用不著擔心，嬰兒又不會拖累他們，這個包袱是『大家庭』去背的。其實，要想加薪或者喘口氣的話，『嬰兒補貼』是最好的辦法，要不就只能生一場大病。」

「沒過多久，我們就明白這是怎麼回事了。老老實實的人啥都別想得到。他的樂趣都沒了，菸不敢多抽五分錢，口香糖也不敢嚼，生怕別人會更需要這五分錢。每吃一口飯，心裡都明白這飯不是自己賺來的，會慚愧地想，不知道這又是誰辛苦加夜班的血汗，於是難受得恨不能是自己吃虧上當，也不願意去坑別人，吃飯可以，但不能吸血。他不會結婚，不會幫家裡人回到這裡，他不想給『大家庭』多增添負擔。另外，假如他還有些責任心的話，就不能結婚生子，因為他什麼都無法計畫，什麼都保證不了，什麼都指望不上。相反的，那些偷懶和不負責的人可算是如願了。他們不顧女人受罪，拚命生孩子，把在全國各地所有沒用的親戚和未婚先孕的姐妹都叫過來住；為了弄到額外的『殘疾補貼』，他們換著花樣生病，連醫生也沒辦法，他們隨便糟踐自己的衣服、傢俱和房子——管它的，反正是『大家庭』來出錢！他們找到『需要』的辦法我們連想都想不到——並由此衍生成為一種特別的本領，這也是他們能夠表現出來的唯一的本事。」

「願上帝救救我們，小姐！你明白我說的了吧？他們給我們規定了要遵守的法律，管它叫道德法律，懲罰的卻是守法的人——就因為他們遵守了它。你越想要遵守它，受到的摧殘就越厲害；你越是欺騙，得到的好處就越多。你的誠實成了詐欺的人手裡握著的工具，誠實的人付出，詐欺的人收取，誠實的人輸了，詐欺的人贏了。好人生活在如此顛倒是非的法律之下又能好多久？我們這些人一開始都還不錯，並沒有多少騙子。我們對工作在行，對幹這個感到自豪，並且是在全國最好的工廠裡工作，老史坦斯雇的人都是從全國挑選出來的。新政策實行了僅僅一年，我們當中便一個誠實的人都沒有了。這才是邪惡，這才是牧師們過去用來嚇唬你、你從來就不相信能親眼看見的地獄裡的邪惡。並不是說這個政策僅僅是扶持了幾個惡棍而已，而是它把好人變成了惡棍，這就是它所做的一切——這樣的主意居然還被稱為高尚的！」

「我們應該想要為誰而工作呢？是為了我們的兄弟之情？那又是什麼兄弟呢？是為我們周圍的那些閒人、懶漢和行乞勒索的人？也不管他們究竟是欺騙還是無能，是不願意還是不能夠——可這對我們又有什麼區別？假如一輩子都無法從他們的無能之中擺脫出來，那我們繼續向前的願望又還能保持多久？我們看不出他們的能力，又無法控制他們的需要——我們只知道自己像不堪重負的牲畜一樣，在這個又像醫院，又像牧圈的地方盲目地掙扎——這地方能產生出來的只有殘疾、災難和疾病——牲畜到了這裡，無論什麼人隨便說一句誰需要什麼，都只能聽憑擺佈。」

「兄弟之情？正是在那時候，我們才第一次知道了兄弟間彼此的仇恨，我們開始恨他們吃下的每一口飯和擁有的每一點享受，恨人家穿新衣服，恨人家的妻子有帽子戴，恨他們全家人出去玩，恨他們重新粉刷房子——這些是從我們的手中被奪走的，是用我們的貧困、反抗以及忍飢挨餓換來的。我們開始互相監視，都想抓住別人為了騙取需要而撒謊的把柄，這樣下次開會時就能分得一點『補貼』。我們開始有了通風報信的偵探，他會報告說某人在某個星期天，從黑市上給家裡弄了一隻火雞，錢的來路很可能是賭博。我們開始侵入彼此的生活空間，為了把某人的親戚轟出去，我們會挑動家庭糾紛。只要看到有人和一個女孩開始在一起約會了，我們就不讓他有好日子過。我們拆散了好多婚事，因為我們可不希望任何人結婚，再增加更多的負擔了。」

「過去，誰要是有了小孩，我們會去慶祝，如果他當時正好缺錢，我們會集體湊錢幫他付醫院的費用。現在，小孩一生出來，我們可以好幾個星期都不去理睬孩子的父母。嬰兒在我們的眼裡，已經成了農夫眼裡的蝗蟲。過去，如果誰家裡有人患了重病的話，我們會去幫忙。現在——我只給你舉一個例子吧。有個人的母親已經和我們在一起十五年了，她是個善良的老太太，人很樂觀，腦子也聰明，能叫得出我們每個人的名字，大家都挺喜歡她——過去我們挺喜歡她。有一天她在地下室的台階上滑倒，把屁股摔骨折了。我們都很清楚她那個年紀，這種意外會意味著什麼。工廠裡的大夫說她必須到城裡的醫院去接受昂貴的長期治療。在進城的頭一天晚上，老太太死了。死因一直沒有公佈。不，我不知道她是不是被害死的，誰也沒那麼說，大家都不願意說這件事。我知道的就是——這我忘不掉——我發現我也希望她死。願上帝保佑我們吧——這就是新政策帶給我們的兄弟之情、生活保障和豐衣足食！」

「有人對這麼恐怖的東西倍加推崇，這其中會有什麼道理嗎？有沒有人從中謀利呢？有，這就是史坦斯的後代們。但願你不會說他們是犧牲了一大筆財富，把工廠送給了我們。我們也被這給迷惑住了。不錯，他們是捨棄了工廠，但是小姐，謀利與否就要看你圖什麼了。錢可買不來史坦斯的後人們想得到的東西，在它面前，錢實在是太純潔了。」

「他們之中年齡最小的那個艾瑞克．史坦斯是個軟骨頭，什麼都不敢做。他設法讓自己當上了公關部的主任。這個部門什麼事都不幹，他為了不用天天來上班，就找了個人來，無所事事地待在辦公室裡。他的薪水——哦，我不應該管它叫『薪水』，我們都是無薪的——他分得的補助不多，大概是我的十倍吧，但算不上富裕。艾瑞克不在乎錢——就算有錢也不知道該怎麼用。他整天和我們混在一起，以顯示他是多麼的平易可親。他好像很希望自己能受人愛戴，為此，他總是跟我們嘮叨說他把工廠都給了我們，簡直煩死人了。」

「傑拉德．史坦斯是我們的生產主任——我們從來就不知道他到手的贓物——也就是他的補貼——究竟有多少，這得需要一群會計才算得出來，還得有一群工程師才能查清楚那些贓物是通過什麼管道，明裡暗裡地流進了他的辦公室。那不是給他的——全都是公司的花銷。傑拉德有三輛車、四個祕書、五部電話，他在過去舉辦的大型聚會上揮金如土，全國上下，守規矩的大老闆沒有一個能像他那樣花錢。他一年的花費就已經超過了他父親在世的最後兩年裡賺的錢。我們看到傑拉德的辦公室裡有厚厚的一百磅重的雜誌——那可是我們量過的——上面登的是我們的工廠和這個高尚的計畫，還有傑拉德的大幅照片，稱他是一個偉大的社會改革家。傑拉德喜歡在晚上到車場裡來，他總是穿得一身筆挺，手腕上晃著足有五分錢那麼大的鑽石袖釦，把雪茄的菸灰彈得到處都是。一個只剩下錢來炫耀的吝嗇鬼就已經夠可惡的了——他不會假裝那錢不是他的，而你不理他也就完了——但當傑拉德這樣的混蛋口口聲聲說什麼他不在乎錢，他只是為了『大家庭』做貢獻，他要那些好東西不是為了自己，而是為了維護公司和高尚計畫的形象，是為我們大家的利益著想——你就明白什麼是咬牙切齒的痛恨了。」

「但他的姐姐愛芙更壞。她的確不稀罕錢財，拿的補貼不比我們多，總是穿著一雙破舊的平底鞋和襯衫走來走去——就是為了顯示她有多麼的無私。她是負責分配的主任，我們的需求都握在這個女人的手上，卡我們脖子的就是她。當然，分配應該由人們的表決來決定。但要是六千多人都開始什麼都不管、不講道理地吵起來，要是沒了規矩，人人都可以要任何東西，卻又什麼權利都沒有，人人都管不了自己，卻有權干預別人的生活，那就會像那時候一樣，愛芙就成了人們的代表。到了第二年的年底，我們以『生產效率和節約時間』為理由，取消了這個徒有其表、一次要開十天的『大家庭會議』——所有的申請一律要送到愛芙的辦公室。不對，不是送過去，是每個申請人都要把自己的理由向她親自陳述一遍。然後，她整理出一份分配名單，開個四十五分鐘的會，唸給我們聽，讓我們投票表決。我們表決後，議程裡有十分鐘的時間來討論和提出反對意見。我們不提什麼反對意見，那時候大家看得更清楚了，誰都不可能毫無標準地就把工廠的收入分給好幾千人。她的標準就是要會阿諛奉承。無私？他父親在的時候，從來不去理睬那些最會拍馬屁的人，而她居然要求我們技術最棒的工人以及他們的妻子大拍馬屁。她長了一雙暗灰的眼珠，給人一種很多疑、陰冷、死氣沉沉的感覺。你要是想見識一下什麼是真正的魔鬼，就應該看看當她瞧著人們聽到自己除了基本補貼一無所得時，她眼睛那種閃閃發光的樣子。看到了這個，你就明白為什麼有人要鼓吹這樣的口號了：『最能幹的為最需要的去奉獻。』」

「這就是全部的祕密。一開始，我總覺得納悶，既然這種錯誤顯然可惡得離譜，為什麼那些受過教育、有教養、有名氣的人還會去犯，並對它極力推崇。現在我明白他們不是搞錯了，這麼大的錯誤絕不是無意中造成的。既然行不通也解釋不通，還要這樣繼續喪心病狂下去的話——那就是因為他們有著不可告人的目的。我們在第一次開會投票通過那項政策時，也不見得就多清楚。之所以那樣做，並不僅僅是因為我們相信了他們的胡說八道，而是因為別的原因，只不過是用他們的鬼話去自欺欺人罷了。這鬼話給了我們一個冠冕堂皇的藉口來掩飾心中的羞愧。每個投贊成票的人都很清楚，這麼一來，他是在把更能幹的人創造的利益硬生生地占為己有——每個富有和聰明的人都會想到總有人比他更富有、更聰明，這項政策能讓他瓜分到本來只屬於能人的那部分財富和心血。不過，他在想著占他上面的人的便宜時，卻忘記了他下面的人同樣會占便宜，正如他壓榨比他強的人那樣，所有那些不如他的人也會把他給榨乾。工人們一心想著有輛他們老闆那樣的好車，是自己天經地義的需要，卻忘了這地球上所有的懶人和乞丐都會叫囂說他們連冰盒都應該和他的一模一樣。那才是我們表決的真正動機——這是事實——可我們不願意這麼想，越是不願意，我們就越要嚷嚷自己是多麼關心大家的利益。」

「現在可好，我們要的東西到手了，等發現是怎麼回事以後，已經為時已晚，我們陷在了裡面，無法脫身。新政策實行的第一個星期，最能幹的人們就離開了工廠，我們失去了最優秀的工程師、主管、領班和技術最熟練的工人。有自尊的人是不會任人宰割的。有些能幹的人還想再忍忍，但也沒能忍多久。我們的人手不斷流失，他們就像躲瘟疫一樣紛紛從工廠裡逃走——到最後，一個能幹的人都沒了，剩下的都是要這要那的人。」

「幾個還有點用的人之所以依然留下來，也不過是因為他們在那裡待的時間太久了。過去，從來沒人會從二十世紀公司辭職——而且不知道為什麼，我們很難接受它已經名存實亡的事實。再過一陣子，我們就是想換地方都不行了，因為沒有別的雇主願意接收我們——這我也不能怪人家。任何一個正經點的人或企業都不會和我們有來往。我們常去的那些小店，全都開始匆匆撤出了史坦斯村——最後只剩了酒館、賭場和向我們高價販賣次級品的混蛋。我們拿到的補貼越來越少，但維持生活的費用卻越來越高；向工廠提要求的人名單越拉越長，但工廠的客戶名單卻逐漸萎縮，能夠用於給不斷增加的人們分配的收入越來越少。過去，二十世紀發動機的標誌曾經像金子一樣值錢，我不知道史坦斯的兒女是怎麼想的，也許他們連想都沒想過，不過我認為他們和所有的規畫者以及野蠻人一樣，把這塊金字招牌當成了有巫術魔力的圖騰，覺得它會像對待他們的父親那樣，也能讓他們一直發財。哼，等我們的客戶們發現我們不能按時交貨，生產出的發動機總是有毛病的時候，這塊神奇圖騰便開始反其道而行之了：標著二十世紀公司的發動機就是白送都沒人要。後來，剩下的那些客戶要不就是從來不付錢，要不就是根本不打算付錢。可是傑拉德還以為他的名氣很大，於是就火冒三丈地到各處去，用他那種居高臨下的正義腔調，要求人家給我們下訂單，倒不是因為我們的發動機有多好，而是因為我們實在是太需要訂單了。」

「事情到了這個地步，那些大教授們世代以來假裝看不見的東西，就連村裡的傻瓜都瞧出來了。要是因為我們發動機的缺陷，造成電廠的發電機停轉，我們嚷嚷的那些需要能管用嗎？醫生做手術的時候電燈一下子滅了，我們嚷嚷的那些需要能管用嗎？天上的飛機發動機因為故障熄了火，我們嚷嚷的那些需要救得了乘客嗎？如果人家購買我們的發動機只是為了滿足我們的需要，而不是根據品質的話，那對於電廠的廠主、醫院的醫生以及飛機製造商來說，這樣做究竟好不好、對不對、道德不道德？」

「但這就是那些學者、領導人和思想家們想要在全世界推行的道德法規，它把一個親密和睦的小鎮都搞成了這副樣子，一旦普及到全世界的話，後果還用說嗎？你能想像得出自己在一個災禍不斷、欺騙橫行的世界裡工作和生活的情形嗎？你得工作——只要任何地方有人做砸了，就必須由你來為此做出補償；你得工作——其他地方一旦發生了詐騙、饑荒和瘟疫，就會影響到你的衣食住行和享受，永無出頭之日；你得工作——在填飽柬埔寨人的肚子、供南美的巴塔哥尼亞山裡的孩子上完大學之前，你就只能拿到那點乾巴巴的定額補貼；你得工作——去滿足每個新出生的傢伙手裡握著的空白支票，去滿足你這輩子都不會見得到的人們，你永遠無法知道他們還需要些什麼，無法知道他們是能幹、懶惰，還是馬虎、騙人，你也永遠沒辦法瞭解，更無權質疑，只有不斷地工作、工作、工作——讓全世界的愛芙和傑拉德們來決定，你所付出的努力、夢想和生命究竟要被誰來享受。這就是要我們接受的道德法規？這——就是道德理想？」

「好吧，我們努力過了——並且也學到了教訓。從第一次會議到最後一次會議，我們的痛苦經歷持續了四年，最後只能以不可避免的方式來結束：破產。在最後一次會議上，只有愛芙還對此恬不知恥，她在會上的簡短發言既噁心又蠻橫無理，她說這項計畫失敗的原因是它沒有被全國其他的地方所認同，在一個自私貪婪的世界裡，不可能單憑一個社區讓這項計畫獲得成功——還說這個想法本身非常崇高，但人的天性實在配不上它。有個小伙子——就是那個頭一年因為自己發明的好創意而被懲罰的年輕人——在所有人都沉寂地靜坐時站了起來，他筆直地向主席台上的愛芙走過去，二話不說，朝她的臉上吐了口唾沫。這個高尚的計畫和二十世紀公司就這麼完蛋了。」

他滔滔不絕地說著，彷彿多少年來沉默的壓抑突然掙脫了束縛。她明白，這是他對她表達的敬意：對於她的好意，他沒有流露出絲毫的反應，似乎他已經對人的價值和希望感到麻木，但內心受到的觸動使得他說出了這番話，他對於那些不公平早就憋了一肚子的不滿，此時的傾訴說明他覺得終於遇到了知音，在她面前，訴求公正已經不再徒勞。剛才幾乎要被放棄的生命，似乎又被兩樣重要的東西帶回到了他的身上：他吃的晚飯，以及在面前出現的這個理性的人。

「可是，約翰．高爾特又是怎麼回事？」她問。

「哦……」他回想著，「哦，對了……」

「你本來是要告訴我大家怎麼會開始問那個問題。」

「對……」他把目光移開，像是凝視著一個他已經觀察了許多年，卻依然原封未動、令他不得其解的東西；他的臉色怪異，帶著恐怖不解的神情。

「你是要告訴我，他們所說的那個約翰．高爾特假如真有其人，究竟是誰。」

「我倒希望沒有，小姐。我是說，我希望這只是巧合，只是句廢話罷了。」

「你心裡有話，是什麼？」

「是……是在二十世紀的工廠裡第一次開會時發生的一件事情。這也許就是從那時開始的，也許不是，我說不準……那次會議是在十二年前的春天的一個晚上開的。我們六千多人聚集在露天看台上，看台很高，都快到廠裡最高的棚頂了。我們剛剛表決通過了新政策，正在一片躁動和喧嘩中歡呼人民的勝利，嘴裡警告著那些我們都不瞭解的所謂敵人，心裡卻惶惶不安。白色的日光燈打在我們身上，讓我們覺得冷森森的，情緒很不穩定，在那種時候，我們簡直就是一群惡狠狠的暴徒。大會主席傑拉德不停地敲著手裡的木槌來維持會場的秩序，我們也只是稍稍安靜了點而已，你可以看到整個會場的人群就像鍋裡的水那樣，在劇烈的震盪下此起彼伏。『這是人類歷史上的關鍵時刻！』傑拉德在喧嘩聲中叫喊著，『要記住，我們現在誰也不能離開這裡，按照大家都接受的道德法律，我們每個人都是屬於這個集體的！』『我不屬於。』有個人說著便站了起來。他是個年輕的工程師，大家對他都不太熟悉，因為他總是獨來獨往。他一站起來，人們就一下子鴉雀無聲了，因為我們看到的是他那副昂首挺胸的樣子。他長得又高又瘦——我記得當時還在想，人群裡隨便上來兩個人都可以不費什麼勁兒就把他的脖子扭斷——可當時所有人都被嚇住了。他就站在那裡，像是知道他沒有錯一樣。『我要把這一切徹底結束。』他說話的時候，聲音清晰，不帶一絲感情。只說了這一句，他便向外走去。在雪白的燈光下，他不慌不忙、旁若無人地穿過會場，沒有人出來攔他。傑拉德突然在他身後叫道：『你怎麼結束？』他回過身來說道：『我要讓推動這世界的發動機停止運轉。』說完，就走了出去。我們從此再沒見過他，也不知道他後來怎樣了。但幾年過後，我們發現在那些世代相傳、堅實無比的大工廠裡，電燈一盞接著一盞地在熄滅，發現大門在慢慢地關上，傳送帶慢慢地停止不動，道路變得空空蕩蕩，不見往日的車水馬龍，彷彿某種無聲的力量停下了為全世界輸送能量的發電機，這世界便像是丟了靈魂的身軀一樣，靜靜地倒了下去——於是我們有了猜疑，開始打聽他的下落。我們在當時聽過他說那些話的人裡面打聽起來。我們開始想他真的是說到做到，他把我們不願去看清的真相看得一清二楚，他是我們自己請來的索命的復仇者，是我們曾藐視過的正義之人。我們開始想，他一定詛咒了我們，而我們也逃不過他的咒語，再也無法將他擺脫——更可怕的是，並不是他在追我們，而是我們突然開始去找他，他卻只是像蒸發一樣地消失了。我們怎麼也找不到他，不知道他是靠什麼神奇的力量實踐了他的諾言，但這卻沒有答案。只要哪裡又莫名其妙地垮掉了，只要我們受到了再一次的打擊，失去了又一個希望，感到自己被困在籠罩全世界的慘霧裡時，我們就會想到他。在我們叫喊著這問話時，人們或許不明白我們的意思，但他們絕對能體會到我們的感受，他們也感覺到這世界上有什麼東西不見了。也許是因為如此，只要他們一覺得沒有希望，也就開始這麼說了。我很希望自己是錯的，希望這些詞沒什麼意義，希望在人類走向滅亡的背後沒有蓄意的復仇者。可是我只要聽到他們重複著這樣的問話，就感到害怕，我就會想起說要把推動世界的發動機停下來的那個人。你知道，他就叫約翰·高爾特。」

$

車輪聲的改變讓她醒了過來。這聲音極不規律，夾雜著突如其來的急煞車聲和短促、尖銳的爆裂聲，像是時斷時續的狂笑，使得車廂也隨之搖晃不已。她還沒看自己的手錶，就已經知道現在走的是西堪薩斯鐵路公司的軌道，列車已經在內布拉斯加州的科比市南方開始轉道繞遠行駛了。

列車的座位一半是空的，自從隧道事故後，幾乎沒什麼人敢冒險乘坐出事以來的這第一趟彗星特快。她為流浪漢安排了一個臥鋪，然後便自己回味著他所講的那一切。她本來打算好好想一想，想清楚明天要問他的所有問題——但她覺得自己的大腦僵硬，像是個觀眾，只能呆呆地瞪著眼前發生的一切，別的什麼都做不了。她曾經覺得自己已經看明白了眼前的這幅情景，已經想不出再有什麼問題，必須要把它甩到一邊去了。行動起來——這句話在她的心中急切地敲擊著——行動起來——彷彿行動註定要成為它本身的重要而絕對的目的。

在半夢半醒之間，她的全身在車輪的聲響中變得越加緊張。她發覺自己一次次從無端的驚恐之中醒來，在黑暗裡坐直了身子，茫然地想著：這是怎麼回事——接著，便自我寬心道：我們是在動著……我們還在動著……

西堪薩斯鐵路公司的軌道可比她預計的還要糟糕——她聽著腳下的車輪聲，心裡想道。列車正帶著她行駛在離猶他州還有幾百英里遠的地方。她一度迫不及待地想要跳下主幹線的火車，把塔格特公司的所有問題都拋到腦後，去找一架飛機，直接飛到丹尼爾斯那裡。此時待在車廂裡，她感到如坐針氈。

躺在黑暗裡，她一邊聽著車輪聲，一邊想著現在只有丹尼爾斯和他的發動機——像一簇火苗一樣拉著她前行。現在，發動機對她還有什麼用處呢？她想不出答案。她為什麼一定要這樣急急忙忙趕過去呢？她想不出答案。她心裡只是在想著要及時找到他。於是，她便抱定了這個念頭，不再問任何問題了。在沉默中，她知道真正的答案是什麼：需要這台發動機的目的不是為了推動列車，而是為了推動她能夠走下去。

從雜亂無章和尖銳的金屬聲中，她再也分辨不出那每四聲一次的重音，聽不到她正與之賽跑的敵手的腳步聲了，只覺得絕望的恐慌正向她蜂擁襲來……我要及時趕到那裡，她想，我要搶先趕到那裡，救下這台發動機。有一台發動機是他停止不了的，她想……他不可能停止……他不可能停止……他不可能停止，她想——她猛地從震動之中醒來，從枕頭上將頭抬起。行駛的車輪已經戛然而止。

她讓自己靜靜地待了一會兒，試著去感受她周圍的這種特別的寧靜，然而，這卻像是要竭力想像出虛無的樣子一般徒勞無功。現實的一切她統統感覺不到，只有它們消失後留下的空白：寂靜無聲中，彷彿列車上只有她孤身一人——當一切靜止下來，火車便似乎不復存在，這裡更像是一座大樓裡的房間，不，漆黑的四周使得這裡既不像火車，也不像是房間，而像是杳無一物的空曠——看不到暴力或災難的痕跡，彷彿這裡就是災難匿跡的地方。

她從這陣靜寂中剛剛緩過神來，便立即一挺身，像是反抗般地坐了起來。她一把撩起窗簾，窗簾發出的刺耳聲音猶如一把刀子劃破了寂靜。窗外只有荒原一片；一陣強風將雲吹散，一縷月光瀉落下來，然而，它照耀下的荒原卻猶如清冷的夜空一樣全無生機。

她將手一揮，打開車廂內的燈，按響了召喚侍者的鈴聲。燈光把她帶回了這個理性的世界。她瞄了一眼手錶：剛過凌晨。她從後車窗向外望去：窗外延伸出一條筆直的鐵軌，她看見紅色的信號燈，按規定被放在距離火車尾部有一段距離的地方，以產生警示保護作用。眼前的這些似乎可以讓人放心。

她再次按了按召喚侍者的鈴，然後等待著。她走到車廂的門廊前，打開門，探身出去，望向前方的列車。在長如帶狀的鋼鐵軀殼中，有幾個車窗亮著燈，但她沒有發現人影，看不到有人活動的跡象。她把門用力一關，回到自己的車廂裡開始換衣服，動作突然變得鎮靜而迅速起來。

她按的鈴沒有人理會。當她匆匆走過鄰近的車廂時，已經把恐懼、茫然和絕望甩到了腦後，一心想著要儘快採取行動。

旁邊車廂的小隔間裡不見侍者，下一節車廂裡還是沒有。她急忙穿過狹窄的通道，依舊不見一人，但有幾個車廂的門卻敞開著。乘客們坐在裡面，有些已經穿好了衣服，像是在等待著。他們用詭異的眼神看著她衝過去，似乎知道她想要幹什麼，他們一直在等著有人來，好把他們不想應付的事情給處理掉。她順著這趟死氣沉沉的列車繼續向前走去，奇怪地發現一路上都是亮著燈的包廂、打開的車門和空蕩蕩的走道：沒有人挺身而出，誰也不想多事。

她跑過列車上唯一的一節硬座車廂。這裡的一部分乘客累得七倒八歪地睡著，醒著的那些人則一動不動地在座位上蜷著身子，像是面臨打擊的動物，呆呆地毫不閃躲。

她在硬座車廂的門廊處停下了腳步。只見一個人正打開車門，探身出去，向黑漆漆的前方張望，並準備縱身下車。聽到腳步聲，那人便轉過身來看著她。她認出了這張面孔：他是歐文．凱洛格，就是那個曾經謝絕她的留職建議的人。

「凱洛格！」她驚呼了起來，彷彿在沙漠中突然看見了人，如釋重負的聲音裡透出驚喜。

「嗨，塔格特小姐，」他回答道，吃驚的笑容裡帶著一絲難以置信的愉悅——還有渴望，「我不知道你在車上。」

「過來，」她這命令的語氣像是依舊把他看成是鐵路公司的員工，「看來這趟車被凍結了。」

「沒錯。」他答應道，馬上變得服從起來。

他們就像聽到崗位的召喚，彼此心領神會，用不著再有多餘的解釋——在這列車上的幾百個人裡面，他們倆似乎自然而然就成了危難中的搭檔。

「知道我們停了多久了嗎？」她在他們向下一節車廂快步走去的時候問。

「不清楚，」他回答說，「我醒過來的時候，車已經停了。」

他們走遍了列車的前前後後，連一個侍者都沒有找到，餐車裡沒有服務員，煞車手和列車長也不見蹤影。他們偶爾對視一眼，始終什麼都沒說。他們聽說過棄車的事情，聽說過車組人員為了反抗被奴役，會突然集體失蹤。

他們從列車的一端跳了下來。四下靜悄悄的，只有風吹在臉上。他們敏捷地爬上了火車頭。車頭的大燈如同一隻手臂，向著無盡的黑夜興師問罪般地直伸出去，駕駛室內空空如也。

面對眼前這令人震驚的場面，她不由得脫口喝彩道：「真有他們的！他們這才算是人！」

忽然她像是聽到陌生人的叫喊一般，驚駭地止聲。她注意到凱洛格正感到有些怪異似的打量著她，臉上卻含著隱隱的笑意。

這台老式蒸汽機是公司能給彗星特快找到的最好的一台火車頭了。爐內仍有火光，氣壓計的指針已經降到很低，透過寬大的擋風玻璃，只見大燈正射向前方鐵軌間的一排排路枕，它們原本應該是向車燈飛奔而來，此刻卻一動不動地躺在那裡，像梯子一般，屈指可數。

她伸手拿過行駛登記簿，查閱上面記載著的最後這批機組人員的名字。司機的名字是派特・洛根。

她緩緩地垂下頭，閉上眼睛，想起了在藍綠色鋼軌上的第一次試車。在派特・洛根最後的這一次寂靜的行駛途中，他一定也像此刻的她那樣，想到了那一幕。

「塔格特小姐？」凱洛格在一旁輕聲說道。

她一下子將頭揚起來，「啊，」她答應著，「哦……好吧。」她平淡的聲音裡只有斬釘截鐵般的果斷——「我們得找到電話，叫另一組人上來。」她瞄了一眼手錶，「按剛才行駛的速度，我想我們肯定是在距離奧克拉荷馬州界八英里的地方，布萊蕭應該是可以聯繫上的最近一個分站點，我們離那裡大約還有三十英里。」

「我們後面還有塔格特公司的火車嗎？」

「下一趟是二五三號長途貨車，但就算它能準時，也要早上七點才能開到這裡。」

「七個小時裡就只有一趟貨車？」他情不自禁地說道，語氣裡流露出他對自己曾經引以為豪的這家偉大的鐵路公司的無比忠誠。

她的嘴角微微一開，笑容稍縱即逝：「現在我們的長途運輸可不是你那個時候的樣子了。」

他慢慢地點了點頭：「我想，西堪薩斯公司今晚也不會有車過來吧？」

「這我一下子記不得，但我想應該沒有。」

他看著鐵道邊的電線桿：「但願西堪薩斯公司的人能維護好他們的電話線路。」

「你是說根據他們的路況判斷，他們有可能維護不好。不過我們總要試試看。」

「對。」

她轉身欲走，卻又停了下來。儘管她知道現在說什麼都於事無補，但話還是脫口而出。「你知道，」她說，「最難過的是看到放在火車後面用來保護我們的那些信號燈。他們……他們對人命的關注程度，超過了這個國家對他們生命的關心。」

他像是特意強調似的迅速望了她一眼，隨即莊重地回答道：「的確如此，塔格特小姐。」

他們攀著火車頭一側的扶梯下來的時候，發現鐵道旁邊已經聚起了一群乘客，不斷還有更多的人從車上下來加入人群之中。這些原本一直在坐等的人們憑著固有的直覺，知道已經有人出來挑起了責任，那麼他們現在出來就是安全的了。

眾人都帶著詢問期待的神情看著她向他們走來。慘白的月光似乎消融了他們相貌各異的面孔，只是把他們共同的特徵突顯了出來：那是一種審慎的打量，有些害怕，有些乞求，還有一些暫時壓下去的粗魯。

「有沒有誰願意代表乘客說話？」她問道。

大家面面相覷，無人出聲。

「很好，」她說，「你們不用非得說話。我叫達格妮．塔格特，是這家鐵路公司的營運副總，那麼」——人群頓時出現了一片騷動，一些人在晃動著，另一些人則開始交頭接耳地嘀咕起來，顯然大家的心裡都覺得踏實了——「那麼，就由我來說好了。我們這趟車上的乘務人員已經丟下車跑了。沒有發生任何事故，火車頭完好無損，但卻沒人來駕駛。這就是報紙上所說的被凍結的火車。你們都知道這是什麼意思——而且你們也清楚原因是什麼。或許你們比今晚才發現這些理由，把你們拋下的那些人更早地知道這是為什麼。法律禁止他們逃跑，但現在這已經毫無用處了。」

一個婦人突然不耐煩而歇斯底里地扯著嗓子尖叫道：「我們該怎麼辦？」

達格妮停下來看著她。那婦人正往前面擠，想要鑽進人群之中，好讓自己的身旁能有一些人，填補她身邊的這片無邊的真空——那便是延展開去、與月光融為一體的荒原，靠著微弱的光線泛出死一樣的磷光。婦人在睡袍外披了一件外罩，外罩敞開著，肥胖的小腹便在薄薄的睡袍下挺了出來，那副猥褻不堪的樣子好像是認為人類的一切裸露都是醜陋的，並對此毫不掩飾。一時間，達格妮居然後悔自己還要繼續說下去。

「我會沿著鐵路線去找電話，」她繼續開口說，聲音猶如月光一般清冽，「路的右側每隔五英里就有一部緊急求助電話，我會叫人再派一組乘務人員過來。這需要一些時間，請你們待在列車上，儘量保持好秩序。」

「要是碰到強盜怎麼辦？」另一位婦女緊張地問。

「不錯，」達格妮說，「我還是找個人和我一起走一趟比較好，有誰願意去？」

她誤解了那位婦女的用意。人群中沒人應聲，大家都儘量避免與她和周圍的人目光相對。這裡沒有了眼睛，只有一雙雙在月亮下發出亮光的潮濕的橢圓形。瞧瞧他們吧，她心裡想道，瞧瞧這群新時代的人們，這群只知道索取和接受他人犧牲成果的人們。她被他們沉默之中蘊藏著的怒氣所震驚——這怒氣是在告訴她，她不應該把他們帶到這種時刻當中——而她則懷著從未有過的冷酷感，顯然是故意保持著沉默。她注意到凱洛格也在等待著，但他沒有去看其他乘客，而是一直盯著她的臉。當他確信人群中不會有人答應時，便平靜地開口說：「我當然會和你一起去，塔格特小姐。」

「謝謝你。」

「那我們怎麼辦？」那個緊張的婦人尖叫道。

達格妮向她轉過身去，以商界經理人特有的正式而刻板的平淡語氣說道：「可惜的是，目前還沒有出現過強盜襲擊凍結火車的案件。」

「我們現在究竟在哪裡？」一個大塊頭的男人問道，他穿了件貴得出奇的外套，一張臉格外的臃腫；他裝腔作勢地拿出了一副吆喝傭人的腔調，「是在哪個州的哪個地方？」

「我不知道。」她回答。

「我們要在這裡耽誤多久？」另外一個人儼然是一副被逼急了的債主的口氣。

「我不知道。」

「我們什麼時候能到舊金山？」第三個人問話時活像是警長在審問嫌犯。

「我不知道。」

此刻，在感到有人會安全地照顧他們之後，人們便像在黑暗的火爐裡炸開的栗子一般，你一言我一語地開始喋喋不休起來。

「這簡直是駭人聽聞！」一個女人跳上前來，衝著達格妮說道，「你沒有權利讓這種事情發生！我可不打算被困在這個前不著村後不著店的地方乾等！我需要交通！」

「閉上你的嘴，」達格妮說，「否則我就鎖上列車的門，讓你們在原地待著。」

「你不能那麼做！你們是大眾運輸工具！你無權歧視我！我要向聯合理事會告狀！」

「——那也得等我找到火車，把你拉到理事會那裡才行。」達格妮說完，便轉過身去。

她看到凱洛格正望著她，他的目光猶如在她說的話下面劃了一道線，像是給她提醒。

「去找個手電筒來，」她說，「我去拿我的手提包，然後我們就走。」

當他們開始沿著一節節沉寂的車廂向前走去找鐵路電話時，他們發現從火車上下來了一個人，急匆匆地向他們走來。她認出此人正是那個流浪漢。

「遇到麻煩了嗎，小姐？」他停住問道。

「乘務人員都跑了。」

「哦，那該怎麼辦？」

「我要找電話和分公司的站點聯繫上。」

「你不能一個人去，小姐，現在這世道可不行，還是我和你一起去吧。」

她笑了。「謝謝，不過我沒事。這兒的凱洛格先生會陪我去的，那個——你叫什麼名字？」

「傑夫．艾倫，小姐。」

「聽著，艾倫，你在鐵路公司工作過嗎？」

「沒有，小姐。」

「那好，你現在就要開始工作了。現在你就是副列車長和代理營運副總。我不在的時候，你的任務就是負責這趟列車，維持秩序，不要讓那些傢伙亂來。告訴他們你是我親自任命的。你用不著拿什麼憑據，只要有人發話，他們就會老老實實的。」

「是，小姐。」他帶著理解的目光，堅定地回答。

她想起有錢便有信心這句話來，於是她從手提包裡拿出一張百元大鈔，塞進了他的手裡，「就算是預付的工資吧。」她說。

「是，小姐。」

她剛剛邁步走開，他便在身後叫了起來：「塔格特小姐！」

她轉過身說：「怎麼？」

「謝謝你。」他說。

她笑笑，微微抬起手做了個告別的動作，便接著走開了。

「那人是誰？」凱洛格問。

「一個被抓住逃票的流浪漢。」

「我看他做得來。」

「他行的。」

他們無言地從火車頭旁邊走過，向著車頭大燈照亮的前方走去。起初，他們踩著枕木行進，強烈的燈光從身後打來，這一切彷彿還讓他們有熟悉的鐵路的感覺。接著，她發覺自己開始盯著腳下枕木上的燈光，眼看著它慢慢地黯淡下去，她竭力想抓住它，想一直看到它那黯淡的光芒，但終於意識到了木頭上的微亮已經是月光而已。她的身體情不自禁地一個顫抖，回身望去。車燈依舊在他們的身後亮著，像是個泛著銀色水光的星球，看起來很近，但已經屬於另一個星系的另一個軌道。

凱洛格默默地走在她的身旁，她很清楚他們都知道對方正想些什麼。

「他不可能，上帝呀，他不可能！」她忽然渾然不覺地把心裡的想法說了出來。

「誰？」

「內特內爾．塔格特，他不可能讓自己和那群乘客一樣的人為伍，不可能為他們開火車，不可能去雇用他們，無論作為顧客還是工人，他都絕不會和他們打交道。」

凱洛格笑了：「你的意思是說他不會靠剝削他們來發財吧，塔格特小姐？」

她點了點頭，「他們……」她說道，他聽到了她的嗓音在微微地顫抖，那裡面飽含著愛與痛苦，以及憤怒。「多少年來，他們總是說他的發跡靠的是壓制別人的才能，不給別人任何機會，還說……還說人的無能正好符合他自私的胃口……可他……他並不想要人們對他唯命是從。」

「塔格特小姐，」他的聲音中多了一種奇怪的嚴厲語氣，「只要記住他所代表的是生存的法則，在人類漫長歷史的一瞬間，正是這個法則將奴隸制逐出了文明社會。當你難以辨別出對手的真實嘴臉時，只要記住這一點就可以了。」

「你聽說過一個叫愛芙．史坦斯的女人嗎？」

「嗯，聽說過。」

「我一直在想，那些乘客今晚的舉動一定是她很想看到的，這正是她的追求。但我們——像你我這樣的人卻對此難以忍受，對不對？沒人會忍受，也不可能忍受。」

「你怎麼知道愛芙．史坦斯追求的不是生存的法則呢？」

她感到自己內心的邊緣有某種模糊——如同她此刻在荒原的盡頭望見的一團團既不像光，又不像雲或霧的東西——她抓不住形狀，但它卻半遮半露地引誘著她去捕捉。

她沒有說話。他們那富有節奏感的腳步猶如在寂靜中被一節節張開的鐵鍊，腳步聲在枕木之間起落。鞋跟踩在木頭上，發出硬梆梆的、迅捷的聲響。

除了知道他是個從天而降的得力助手之外，她一直沒來得及好好看他，現在，她特意仔細地打量起他來。他的臉上依然有她記憶中喜歡的那種坦蕩、堅毅的神情，但這張臉已經變得寧靜晴朗，安詳了許多。他的衣服已經磨得很舊，即使是在黑夜之中，她也能辨認出他那件舊皮夾克上的一道道磨痕。

「你離開塔格特公司後一直在做些什麼？」

「哦，做過好多事。」

「現在你在哪兒工作？」

「應該算是臨時工吧。」

「那做什麼工作呢？」

「什麼都做。」

「你沒在鐵路公司上班？」

「沒有。」

這短促有力的聲音似乎極有說服力。她知道，他很清楚她問話的用意。「凱洛格，要是我告訴你，現在整個塔格特系統裡一個能幹的人都沒了，要是我同意你隨意挑職位和待遇，你願意回來嗎？」

「不願意。」

「我們下滑的運輸狀況讓你很吃驚，我想，你還想像不到人才流失給我們帶來了什麼樣的後果。三天前，我為了鋪五英里長的臨時鐵軌而四處找人，這種痛苦我就不和你提了。我要在洛磯山裡修五十英里的鐵路，現在想不出辦法來，但這條路卻非修不可。我在全國到處找人，卻一個也找不出來。我現在情願拿半個公司去換回像你一樣的職員，偏偏這個時候，我就突然在這裡的一個硬座車廂裡遇見了你——你明白我為什麼不能讓你走了嗎？你可以隨便挑職位，你想做地區總經理，還是營運副總裁的助理？」

「都不想。」

「你現在還在為生計奔波，對不對？」

「對。」

「看來你賺的錢並不很多。」

「我能自食其力——而且也用不著替別人賺錢。」

「你怎麼單單不願意在塔格特公司工作呢？」

「因為我想要做的工作你是不會同意的。」

「我？」她頓時停住了腳步，「老天爺，凱洛格！你難道還不明白？無論你想做什麼我都會同意的！」

「好吧，那就做巡道工。」

「什麼？」

「路段工，或者做火車保養。」他看著她那副表情，笑了笑說，「不行嗎？你瞧，我就知道你不會答應。」

「你是說你要當工人？」

「只要你同意，我馬上就做。」

「不想要更好的了？」

「沒錯，就做這個。」

「難道你不明白做這些工作的人有得是，現在缺的是更能幹的人嗎？」

「這我明白，塔格特小姐，可你明白嗎？」

「我需要的是你的——」

「——頭腦，對不對，塔格特小姐？我再也不會出賣自己的頭腦了。」

她站在原地看著他，臉色變得冷峻起來：「你和他們是一夥的，對不對？」

「和誰？」

她並不作答，聳了聳肩膀，又繼續走起來。

「塔格特小姐，」他問，「你還想當多久的大眾運輸業者？」

「我絕不會把世界拱手交給你所說的那個生物。」

「你剛才對那位女乘客的回答可要實際得多。」

在隨之而來的沉默中，只能聽見他們的腳步聲。她過了許久才問道：「今晚你為什麼要支持我？你為什麼要幫我？」

他不假思索，簡直是很高興地回答說：「因為這趟車上沒有誰比我更急著想趕到目的地，要是車子能走，那對我是最有好處的。只不過我一旦有任何需要，不是像那幫傢伙一樣只知道乾坐在那裡等著。」

「是嗎？要是火車全都停了呢？」

「我如果有要事的話，就不去指望火車了。」

「你要去哪兒？」

「西部。」

「是有『特別的工作』要做嗎？」

「不，是和朋友一起過一個月的假期。」

「是去度假？而且你還覺得這很要緊？」

「是最最要緊的。」

在步行了兩英里後，他們走到了路邊一根電線桿旁邊，那上面的小灰盒便是緊急電話。盒子被風颳得吊在一旁。她將盒蓋打開，在凱洛格的手電筒光照射下，他們看見了熟悉而令人欣慰的電話。但是，她一將聽筒貼近耳邊，他一看到她的手指狠命地在掛鉤上按了又按，他們就全都明白這電話已經不能用了。

她一聲不吭地把聽筒遞給了他，然後舉著手電筒，他在電話四周快速地摸索著，用力將它從電線桿上扯下，然後檢查起線路。

「線路沒問題，」他說，「電流已經接通了，只是這部電話機壞了。下一個電話可能就行了。」他又補充道，「到下一部電話要走五英里。」

「那走吧。」她說。

火車頭的燈光在他們身後很遠的地方依然可見，但它不再像星球一般，而是已經成了一顆在漫漫長空裡閃爍著的小星星。在他們前方，鐵軌延伸出去，隱沒在深藍色的夜幕之中，看不到盡頭。

她意識到自己是這麼頻繁地回頭遙望那車燈——只要能看到它，她就覺得生命還有一線安全的維繫——可現在，他們必須要離開它，跳入……是要跳離這個星球，她心想。她發現凱洛格也在回頭向車燈望去。

他們彼此對視著，卻什麼也沒有說。碎石子被她的鞋底踩得嗶嗶響，猶如在寂靜中燃爆的鞭炮。他故意冷冷地飛起一腳，將電話踢得滾進了溝裡，突如其來的響聲迴盪在空寂之中。

作，而且他還要領薪水，但別人卻不能要求他去把電話維護好。」

「該死的東西，」他冷冷地說道，嗓音並沒有升高，但憎惡之情卻溢於言表，「也許他就不願意去工

「走吧。」她說。

「要是你累了的話，我們可以休息一會兒，塔格特小姐。」

「我沒事，我們沒時間休息。」

「這就是我們所犯的最大錯誤，塔格特小姐，有些時候，我們應該別那麼拚命。」

她無奈地笑一笑，踏上一根枕木，用自己的腳步做了回答。他們繼續上路了。

踩在枕木上行走很吃力，可是他們沿著鐵軌的一側試著走了走，卻發現更困難。細碎沙石混合的路面非常綿軟，如同既非液體、也非固態的某種物質，在他們的踩踏之下向四周滑散開來。於是他們重新走回到枕木上，感覺彷彿是踩在河中央的一根根木頭上面。

她想到，人們修建橫跨大陸的鐵路時，心裡想的是成千上萬英里的距離，可這五英里突然間變得如此漫長，而三十英里之外的分支站點現在看來已經是遙不可及了。這張聯結著兩個大洋的鐵路和電力網，此時居然要靠一根電線，靠一部生鏽壞掉了的電話——不會是這樣，她心想，它應該依賴一種更強大、更精密的東西，它所依賴的是人們頭腦之間的聯繫，而那些人們明白，一根電線、一列火車、一份工作以及他們的自身和行動，所有存在的這一切都絕對的不可或缺。一旦失去這些頭腦，這台兩千噸重的火車就只能仰仗她的一雙腿了。

累了嗎？她思忖著。趕路就是再辛苦也還有一分價值，也還是籠罩在他們周圍的一片死氣沉沉之中的一小片真實的存在。在一個不明不白的空間內，在一片曖昧的土地上，在一團欲動又止的迷霧裡，這種努力的感覺是實實在在的，那就是痛苦，只是痛苦。唯一還能證明他們並沒有停下來的就只剩下疲累：他們周圍依舊還是那麼空曠，沒有任何東西可以表明他們是在不斷前進著。對於那些鼓吹宇宙的毀滅才是終極理想的說教，她一向無法理解，並且也輕蔑地不予接受。這就是他們的心願達成之後的那個世界，她想。

鐵道旁一出現綠色的信號燈，便有了一個可以讓他們走近和越過的標誌，但它在這一片隱隱約約的晃動之中，還是無法讓他們鬆一口氣。就如同那些雖然已經消失，但光亮卻還存在的星星一樣，它似乎也是屬於一個早已消亡了的世界。綠綠的光圈在空中閃著亮光，表示軌道暢通，在等待著車的到來，但四周卻沒有任何動靜。她心裡在想，那個宣揚不動便是動的哲學家是誰來著？這，也正是他的世界。

她發覺自己如同是頂著某種阻力，向前走得越來越費力，阻撓她的不是強壓，而是向後的拖曳。她瞧了瞧凱洛格，只見他也像是頂著狂風在走。她覺得他們就好像……現實中僅有的兩個倖存者，她心想——他們兩人與之孤軍奮戰的並不是風暴，卻比風暴更惡劣：那便是虛無。

過了一陣子，凱洛格首先回頭望去，她便也隨著他的目光轉過身，身後的車燈已經從視野裡消失了。他們腳下並沒有停。他的眼睛注視著前面的路，伸出手來在衣袋裡摸索著。她看出他的動作是自然而然的。他取出了一盒煙，向她遞了過去。

她正要從盒裡抽出一支菸——突然，她猛地抓住他的手腕，一下子從他的手裡奪過了菸盒。在這個純白色的菸盒上，赫然只印著一個美元的符號。

「給我手電筒！」她停住腳，命令道。

他聽話地站下，用手電筒的燈光照著她手中的菸盒。她朝他的臉上瞧了瞧：他稍稍顯得有些驚訝，同時又覺得很好笑。

盒上沒有印任何其他的東西，沒有商標和位址，只有一個燙金的美元標誌，盒裡的香菸也是如此。

「你這是從哪裡弄來的？」她問。

他微微一笑：「既然你知道問這個，塔格特小姐，就應該明白我不會回答的。」

「我知道它代表了一定的意義。」

「你是說美元標誌？它的意義可大了。作為邪惡最典型的特徵，所有卡通片中胖得像豬一樣的角色穿的背心上都有它，就是用這來表示騙子、貪污犯以及惡棍的身分。作為一個自由國度的貨幣，它代表了成就，代表了成功、能力和人的創造力量——並且正因為如此，它才恰恰被利用，成了一種恥辱。它被當成是詛咒的標記，印在了像漢克·里爾登這樣的人的額頭上。很巧的是，你知道這個標誌是從何而來的嗎？它就是美國這個詞的英文縮寫。」

他啪的一聲關掉了手電筒，但並沒有走開。而她依稀看得見他臉上的苦笑。

「你知不知道，美國是歷史上第一個把自己名字的字母組合當成是邪惡象徵的國家？你自己好好想想原因吧，好好想想要是一個國家這麼做的話，那還能指望它生存多久，又是誰的道德標準毀掉了它。它曾經是歷史上唯一一個依靠生產和貿易，而不是掠奪和武力來獲得財富的國家，只有在這個國家，金錢才象徵著人擁有他自己的思想，擁有自己的勞動果實，擁有他的生命、幸福，以及他本身。如果按現今的標準而把它視為邪惡，如果它就是用來詛咒我們的理由，那麼我們——我們這些追求錢並且賺錢的人們——就去接受它，並甘願被這世界所詛咒。我們甘願在我們的前額上帶著這個美元的標誌，把它驕傲地當做我們高尚的徽章——我們情願為了這個徽章而生活，並且可以為它去死。」

他伸出手去要那個菸盒，她舉著它，手彷彿還不願意鬆開，但終於還是把它放回了他的掌心裡。他似乎是有意想讓她看清他的動作，慢慢地取出一支菸，遞給了她。她接過來，將菸放到唇間。他自己也拿了一支，然後劃了根火柴，將兩人的香菸點燃，他們便繼續走了起來。

他們走過了陷在鬆軟土地裡的腐爛的木樁，穿過了一大團浮在空中的月光和瀰漫的霧氣——他們手裡握著的是正在燃燒的兩點光亮，小小的光圈不時照亮著他們的臉龐。

「火這股危險的力量，在他的手指間溫順馴服……」她想起了那個老人對她說過的話，他曾經說過地球上沒有任何地方生產那種香菸。「人在思考時，心中便會燃起火花——這時，點燃的香菸就自然而然地成了他的一種表達方式。」

「我希望你能告訴我這菸是誰做的？」她的聲調已經是在絕望地哀求。

他善意地笑了笑：「我就跟你這麼說吧：這菸是我一個朋友做的，而且是賣的，不過，他可不是大眾服務商，他只在他的朋友圈裡賣。」

「能把那包菸賣給我嗎？」

「我覺得你買不起，塔格特小姐，不過——你想要的話，行啊。」

「多少錢？」

「五分錢。」

「五分？」她驚愕地重複著。

「五分——」他說，又加上一句，「是黃金。」

她站住腳，瞪著他：「黃金？」

「對，塔格特小姐。」

「那好，你的兌換率是多少？折合成我們的貨幣是多少錢？」

「沒有什麼兌換率，塔格特小姐，只要是有形的——或者只有莫奇先生說了才算的無形的貨幣——無論多少錢，都買不起這包香菸。」

「明白了。」

他的手伸進口袋裡，拿出那盒菸，向她遞了過去，「我把它送給你，塔格特小姐，」他說，「因為你已經賺出無數包菸了——而且，因為你需要它的目的和我們的完全一致。」

「什麼目的？」

「就是在失意的時候，在流浪的孤獨之中，能夠讓我們想起我們真正的故鄉，它也一直是你的故鄉，塔格特小姐。」

「謝謝。」她說道。她將那盒菸放進了她的口袋裡。他看見她的手在顫抖著。

當他們來到第四個一英里的路標時，已經很久沒有說話了，除了堅持著吃力地挪動腳步外，他們已經是筋疲力盡。他們看見在遠遠的前方出現了一點亮光，它緊貼著地平線，遠比星星更加清晰耀眼。他們沒有言語，一邊走一邊繼續望著它，直到終於認出，原來那是矗立在空曠原野之上的一座巨大的燈塔。

「這是什麼？」她問。

「不知道，」他說，「看起來像是——」

「不，」她急忙打斷了他，「不可能，不可能是在這附近。」

她不願讓他一語道破自己期待已久的希望，她強迫著不去碰這個念頭，不去知道這念頭便是希望。

他們在第五個一英里的路標處找到了電話，那座燈塔像一團冰冷的火焰，高懸在他們南方半英里以外的夜空之中。

電話機可以用，她提起聽筒，便聽到了電話線裡沙沙的靜音，彷彿一個活著的生命的呼吸。隨即，一個聽上去睏懨懨的聲音無精打采地答道：「這裡是布萊蕭站的傑薩普。」

「我是達格妮．塔格特，是從——」

「誰？」

「我是塔格特公司的達格妮．塔格特，正在——」

「哦……哦……我知道了……什麼事？」

「正在你們的八十三號鐵路電話這裡。彗星特快被困在了從這裡往北七英里的地方，是被拋下的，乘務人員都逃了。」

停頓了一刻後，他說：「那麼，我又能怎麼辦呢？」

她簡直不敢相信，一時頓住了。「你是夜班調度員嗎？」

「對。」

「那就馬上給我們派另一組乘務人員過來。」

「一整組乘務人員？」

「當然了。」

「是現在嗎？」

「對。」

停頓了一刻後，他說：「沒有這個規定呀。」

「把總調度員給我找來。」她屏住呼吸說道。

「他度假去了。」

「去叫分部的主管。」

「他到勞力爾去了，要一兩天才回來。」

「給我把負責的人叫來。」

「現在我負責。」

「聽著，」她耐著性子，慢慢說道，「你明不明白，現在有一趟運載乘客的列車被拋在了野地裡？」

「明白，可是我怎麼知道該怎麼辦？規定上沒有講啊。如果是事故的話，我們會派事故車過去，可如果沒有事故……你不需要事故車吧？」

「不，我們不需要事故車，我們要的是人，你明白嗎？是能開火車的活人。」

「規定上沒講有車沒人，或者有人沒車的時候該怎麼辦，沒有關於半夜派一整組乘務人員出去找火車的規定。我還從沒聽說過。」

「現在你就聽說了。難道你不知道該怎麼辦嗎？」

「我憑什麼會知道？」

「你明不明白，你的工作就是確保列車的運行？」

「我的工作是遵守規定。要是我擅自派乘務人員出去了，天曉得會出什麼事？現在聯合理事會出了這麼多的規定，我幹嘛要自找苦吃？」

「你任憑火車在鐵軌上拋錨，會導致什麼樣的後果？」

「那不是我的錯，與我無關。他們可怪不到我頭上，我沒辦法。」

「你現在必須幫忙。」

「誰也沒讓我這樣做呀。」

「我正在要你去做！」

「我怎麼知道你該不該命令我幹什麼呢？我們本來就不應該給塔格特公司提供乘務人員的。我們得到的命令就是，你們的火車應該由你們自己的乘務人員負責。」

「可是現在是緊急情況！」

「從來沒人跟我提過什麼緊急情況。」

她不得不用幾秒鐘的時間抑制住自己的情緒。她看見凱洛格正一臉苦笑地看著她。

「聽著，」她對著話筒說道，「你知不知道彗星特快三個小時前就該到布萊蕭了？」

「哦，當然知道，可誰都不會對此大驚小怪，現在沒有什麼火車是準時的。」

「那麼，你是想讓我們的火車永遠停在那兒堵著你們的鐵道嗎？」

「我們最近的一趟車是從勞力爾發出的北向的客車，那也要等到十一月四日上午八點三十七分才會到。你可以等到那時候，值日班的調度員就會來了，你可以跟他講。」

「你這個白癡！這是彗星特快！」

「跟我有什麼關係？這兒不是塔格特運輸公司。你們出了錢之後就要這要那的，讓我們這些小人物多幹了不少工作，錢卻一分也沒多拿，你們只會讓我們傷腦筋。」他的聲音漸漸開始傲慢起來，「你不能用這種口氣跟我講話，你用這種口氣跟人講話的日子已經過去了。」

她一直不相信，一個她從來沒用過的辦法居然會在某些人身上奏效——這些人並不是塔格特公司的雇員，她以前從沒有和他們打過交道。

「你知不知道我是誰？」她冷冷的問話裡帶著一股威脅的語氣。

它果然起了作用。「我……我想我知道。」他回答說。

「那我就告訴你，如果你不馬上給我派人來，等我到了布萊蕭，不用一個鐘頭你的飯碗就會丟掉，我早晚都會到的，你最好還是讓我早點到。」

「好的，小姐。」他答道。

「召集起全組的乘務人員，命令他們把我們運到勞力爾，那裡就有我們自己的人了。」

「好的，小姐，」他又接著說，「你能不能告訴總部，是你讓我這麼做的？」

「我會的。」

「而且是你來負這個責任？」

「我負責。」

片刻的停頓後，他絕望地問道：「現在我怎麼去召集人呢？他們大多數都沒有電話。」

「你有沒有跑腿的人？」

「有，可他早晨才會來。」

「現在院子裡有沒有什麼人在？」

「庫房裡有個清潔工在。」

「派他去叫人。」

「是，小姐，等一等。」

她把身子靠在電話箱的一側等待著。凱洛格在笑。

「要管理鐵路——這可是遍及全國的鐵路，你就打算靠這個？」

她聳了聳肩膀。

她再也不能將視線從燈塔上移開，它看起來是如此的近，簡直唾手可得。她感覺到自己不肯承認的那個念頭正在她心裡劇烈地翻騰：一個人有能力去開發利用嶄新的能源，他所研製的發動機讓現在所有的發動機形同廢鐵……再幾個鐘頭，她就可以和這樣聰明的頭腦去對話了……只要再過幾個鐘頭……這麼著急地趕過去，要是已經沒有必要了呢？這只是她想要，是她唯一想要的……這是她的工作嗎？她的工作又是什麼呢：是繼續去淋漓盡致地發揮她的才智，還是把這輩子都耗費在揣測一個不稱職的夜班調度員是怎麼想的？她為什麼要工作？就是為了能維持她一開始在洛克戴爾車站當夜班員的水準嗎？不，比那還要低——就算在洛克戴爾的時候，她也比那個調度員強——難道最終的結果就是終點比起點還要低？……沒有什麼理由要急著趕過去了嗎？她就是理由……他們需要火車，但不需要發動機？她需要發動機……這是她的義務嗎？是對誰的義務？

調度員離開了很久，回來的時候，聲音顯得悶悶不樂：「那個清潔工說他能去叫人，可沒有用，因為我怎麼能把他們送到你那裡呢？我們手裡沒有火車頭。」

「沒有火車頭？」

「對。主管到勞力爾用了一台，其他的都在修理廠待了好幾個星期了，扳道車今天早晨出了脫軌事故，要一直到明天下午才能修好。」

「那台你剛才說要派過來的事故車呢？」

「哦，它去北邊了，昨天那裡出了事故，現在還沒回來。」

「你們有柴油火車頭嗎？」

「從來沒有過那玩意兒，這裡肯定沒有。」

「你們有沒有軌道動力車？」

「哦……有，夫人。」

「讓你們的人到八十三號鐵路電話這裡來一下，把凱洛格先生和我接上。」她的眼睛望著燈塔。

「好的，夫人。」

「打電話給塔格特公司勞力爾站的列車主管，告訴他彗星特快延誤和這裡發生的情況。」她把手放進衣袋，手指忽然縮緊了——她摸到了那盒香菸。「對了——」她問道，「那個距離這裡半英里遠的燈塔是幹什麼用的？」

「是你現在的位置嗎？哦，那肯定是旗艦航空公司的緊急降落機場。」

「我知道了……好吧，就這樣。叫你的人馬上出發，告訴他們到八十三號電話的地方接凱洛格先生。」

「是，夫人。」

她掛上電話。凱洛格咧嘴笑了。

「是個機場，對吧？」他問。

「對。」她望著燈塔，手還握著口袋裡的菸。

「那麼他們要過來接凱洛格先生，是吧？」

她猛地朝他轉過身去，忽然意識到她已經在無形中做出了一個決定。「不，」她說，「不是這樣，我不是想把你扔在這裡，只是我也要去西部辦一件要緊的事，我想應該趕快才行，所以我剛才是想能不能搭一架飛機去，但我不能這麼做，況且也沒必要。」

「來吧。」他說著便向機場的方向走去。

「可是我——」

「假如你想做的事比伺候那些笨蛋們還要緊急——就別猶豫了。」

「比世上的任何事情都要緊急。」她喃喃地說道。

「我替你留下來，負責把彗星特快交給你們勞力爾站上的人。」

「謝謝你……但你要是認為……你知道，我不是在逃跑。」

「我知道。」

「那你為什麼這麼急著幫我？」

「我只是想叫你體會一下，做一次你自己想做的事情是什麼感覺。」

「那個機場不太可能會有飛機。」

「很可能有。」

機場的一邊停了兩架飛機：一架是事故後燒焦了一半的殘骸，連回收當廢鐵都不值；另一架嶄新的則是全國上下難得一見的懷特．桑德斯單翼機。

機場裡有一名睡眼惺忪的工作人員，他年紀不大，又矮又胖，如果不是說起話來有股學生樣的話，活脫脫地就是一個布萊蕭站夜班調度員的翻版。對於一年前他來這裡上班時就停放在此的這兩架飛機，他一無所知。他和其他人一樣，對這兩架飛機向來不聞不問。隨著遙遠的總部不為人知的動盪，和這家曾經頗具規模的航空公司的日漸衰落，桑德斯單翼機已經被人們忘記——它就如同大自然中那些隨處都會被人遺忘的資產……如同被遺棄在廢品堆中的發動機模型，就那麼赤裸裸地扔著，對繼承和接管的人來說，沒有任何意義。

從來沒人告訴過這個年輕的管理員這兩架飛機是否還應該保留，使他做出選擇的是兩個不速之客的那種不由分說的架勢，是作為堂堂的一家鐵路公司副總裁的達格妮．塔格特的名號，是他們大致透露的，在他聽來猶如華盛頓般重要的機密而緊急的任務，是對方提及的與航空公司在紐約的那些他連名字都沒聽說過的大人物之間的協議，是塔格特小姐親自簽寫，擔保返還桑德斯飛機的一萬五千美元押金支票，還有就是另外一張酬謝他的兩百塊錢支票。

他為飛機加足了油，盡可能仔細地做了檢查，找出一張全國機場的地圖——她看到猶他州阿夫頓市區邊的一塊可供降落的機場依然還有標誌。她一直緊張忙碌得顧不得去想別的，但到了最後關頭，當管理員打開照明燈，她即將登機的時候，她停下來望了一眼空蕩蕩的天空，然後看了看凱洛格。他一個人站在炫目雪亮的燈光裡，雙腳穩穩地張開，站在被一圈耀眼的燈光所環繞的水泥台上，在那圈亮光的後面，便只有無盡的黑夜——她一時難以說清，他們當中究竟是誰更可能去面對更加荒涼的渺茫。

「假如我出了什麼事，」她說，「你能不能告訴我辦公室的艾迪．威勒斯，讓他照我答應的那樣給傑夫．艾倫一份工作？」

「我會的……假如你出什麼事的話……要做的就只是這個？」

她想了想，對意識到的這一點也感到有些吃驚，淒然一笑：「是啊，我想就這些吧……還有，把發生的事情告訴漢克．里爾登，告訴他是我託你轉告他的。」

「好的。」

她抬起頭，堅定地說道：「但是，我想是不會出事的。等你到了勞力爾，給科羅拉多州的溫斯頓打個電話，告訴他們我明天中午趕到那裡。」

「好的，塔格特小姐。」

她正想伸手表示告別，卻發現這顯得很蒼白無力，隨即，她想起了他曾提到過的落寞時分。她拿出那包菸，默默地將原本就是他的一支菸遞給了他。他臉上的笑容凝聚著理解的千言萬語，火柴劃出的小小火光，在點燃兩支菸的同時，便是他們兩雙手久久的緊握。

然後，她便登上了飛機——時間和她的動作並未因此中斷，而是繼續進行著，彷彿是一段音樂般一氣呵成：她的手按到啟動裝置，發動機頓時發出山崩一般的轟鳴，使她暫時忘記了過去的一切。螺旋槳的葉片徐徐轉動，很快就消失成一片脆弱的漩渦氣牆，駛入跑道，然後是短暫的停頓，向前加速，開始做長長的、危險的起飛滑行，這筆直的滑行目標堅定，勢不可擋，把它積聚起的能量轉化為一點點艱難地抬升的力量——直到在不知不覺間發現大地開始跌落，筆直的線路在不間斷的延伸中自然而然地便騰空而起了。

她看見鐵道旁的電話線從她的腳尖下掠過，大地向下方沉落，她似乎感覺到大地的重量正從她的腳踝上漸漸卸去，彷彿地球將會縮小，變成她曾經背負著，然後甩掉了的罪犯的鐐銬。她的身體搖擺著，陶醉在這個發現所帶來的震驚之中，機身隨著她的身體在晃動，下面的大地則隨著機身的晃動擺個不停——這發現便是她的生命掌握在了她自己的手中，再也沒有去爭論、解釋、以及乞求和搏鬥的必要——需要的只是去看、去思考，然後去行動。接著，大地成了廣闊的一片，隨著她的盤繞上升，變得更加遼闊起來。當她最後一次向下望去時，機場的燈光已經全無蹤影，能夠看見的只有那座燈塔，看起來像是凱洛格手中的菸頭，透過黑暗，向她閃爍著最後的敬意。

接著，她眼前能看到的便是儀錶控制板上的燈光，和機艙玻璃外的點點繁星。此時，除了指望發動機的轉動和凝聚著飛機製造者們的心血勞動之外，她已別無依靠。但除了這些還能有別的指望嗎？她想。

她向西北方直飛過去，要對角斜穿過科羅拉多州。她知道她選擇的是飛越大面積險峻山嶺的一條最危險的航線——但這是一條捷徑，只要有一定的高度就安全，況且和布萊蕭的那個調度員相比，再險惡的高山也不算什麼了。

星群宛如一堆堆泡沫，天空似乎不停地變幻和湧動著，氣泡此起彼伏地變幻著模樣，湧起的旋風突如其來。大地時而會閃現出一點亮光，看起來比頭頂那一片單調的藍幕更加明亮。可它卻如同被夾在深藍色的洞穴和黑沉沉的土地之間，正竭力站穩著腳跟，向她打個招呼後，便一閃而逝。

一條大河的灰色線條慢慢地開始浮現，在她的視野裡駐留了許久，不露聲色地迎接著她，猶如一根泛射著夜光的血管，從大地的皮膚下突顯出來，病弱無比，沒有血液在其中流淌。

她看見了一座城鎮的燈火，依靠電流發出的明亮熾烈的光芒，如同是撒在原野上的一把金幣，此時，它們似乎和那些星星一樣遙不可及。點亮它們的能量已經消失，在荒蕪的原野上製造出發電站的那股力量已經消失，她想不出任何辦法能再次得到它。然而，這些就是她的星星——她眼望著下方，心想——這些便是她努力的目標，她的燈塔，激勵她不斷向上的動力。別人一見到星星，便聲稱有一種感受，她卻是看見照亮了城鎮街道的電燈時才有如此的感覺——那些星星之間相隔了數百萬年，所以彼此互不相干，只是作為華而不實的裝飾罷了。她想要攀上的頂峰其實正是天空下的地球，她搞不懂自己怎麼居然會失去了它，搞不懂是誰讓它成了一隻囚徒的鐐銬，被胡亂地扯來扯去，又是誰將它那註定能夠實現的輝煌變成了幻想。但飛機已經越過了城鎮，她必須注意前方正在聳立起來的科羅拉多的重重山巒。

儀錶板上那小小的指標顯示出她正在爬升。發動機的嘶吼彷彿重載之下的心臟搏動，從包裹著她的金屬機殼穿透進來，震得她掌心裡的方向盤不停地顫抖，使她感受到背負著她跨越山巔的是一股多麼大的力量。此時，大地變成了一座褶皺縱橫、不停搖擺的雕塑，不時會有高聳的山峰鑽出來向飛機逼近。它們彷彿一道道黑色的裂口，劃破了她前方白茫茫的星雲，並且越撕越寬。她全神貫注，彷彿人機合為一體，抗拒著下方那一股要將她吸吞的無形力量，抗拒著突如其來地撞歪飛機，像是要把她和半壁山峰都從空中摔下去的氣流。這如同是在和一片冰凍之海做著殊死搏鬥，只要沾上它一點，就會喪命。

當山峰漸漸低落，霧氣充斥在山谷間的時候，一切便安靜了下來。大霧隨即瀰漫開來，籠罩了大地，她被困在空中，一動也不能動，只有飛機的引擎仍在耳畔轟鳴。

然而，她根本不必去察看大地，此刻，儀錶成了她的眼睛——這個縮小了的視野凝聚著能夠為她引路的優秀導航員的智慧。她心想，他們將自己的視野提供給了她，只要她懂得如何去看就夠了。他們為人們帶來了光明，自己卻得到了什麼呢？從提純牛奶到優雅的音樂，乃至可供讀取的精密儀器——他們為這個世界帶來了一切，然而他們得到了什麼樣的回報？他們現在又在哪裡？懷特．桑德斯在哪裡？她那位發動機的發明者，現在又在哪裡？

霧氣向上飄散——從豁然開朗的雲霧之中，她發現下面成片的山石上有一星火光。這不是電燈，而是在漆黑大地上燃燒著的一簇孤獨的火焰。她知道了自己此時的方位，知道這火焰便是威特的火炬。

她正在接近自己的目的地。在她身後的東北方向，聳立著那座被塔格特隧道貫穿的山峰。群山蜿蜒下行，漸漸沉沒在猶他州的堅實土壤裡。她降低了飛機的高度。

星星慢慢地隱去，天空變得更加黑暗，但東邊的雲層正開始顯露出薄薄的縫隙——由起初的絲絲縷縷轉成了隱隱泛光的亮塊，然後變成雖然尚不粉紅，但已不再是藍色的一大片，那是未來的陽光的色彩，是即將到來的日出的第一線徵兆。它們不停地隱現變化，漸漸透亮起來，使天空被襯托得更加黑暗，然後如同一句諾言正在奮力地將自己化為現實，在空中越伸越寬。她聽到一陣音樂在她的心中響起，她極少願意喚起這樂聲：那不是哈利的第五號協奏曲，而是他第四號協奏曲中在折磨中掙扎的吶喊之聲，彰示著主題的樂句猶如即將接近的遠景，正要噴湧而出。

她遠遠地望見了阿夫頓機場。一開始它像是一個閃亮的小方塊，接著便是一片亮如白晝的強光。機場的燈光是為一架準備起航的飛機打開的，她只好等一等才能降落。在機場上方盤旋時，她看見一架銀光閃閃的飛機宛如一隻鳳凰，從白色火焰中騰空而起，筆直的軌跡幾乎在它身後留下一串光影，向東飛去。

等它飛走之後，她便低低地掠過，朝著燈火璀璨的漏斗狀的跑道降落——她看見了撲面而來的一片水泥地，感覺到輪胎顛簸著停在了它的上面，隨後，她繃緊的神經鬆弛了下來，飛機在牽引下順利地離開了跑道，被安全領到了一輛汽車的旁邊。

這是個小型的私人機場，起落寥寥，服務的對象是依然留在阿夫頓的幾家大企業。她看見一個管理員向她匆忙地趕了過來。飛機甫一停穩，她便跳了下來。此刻，她已經忘了剛才數小時的飛行，心裡急得連幾分鐘也嫌太長。

「能找輛車把我送到理工學院嗎？」她問。

管理員不解地看了看她：「可以呀，我想沒問題，夫人，可是……去那兒幹什麼呢？那裡已經沒人了。」

「昆廷．丹尼爾斯先生還在。」

管理員緩緩地搖了搖頭，然後一翹大拇指，指了指向東飛去的那架飛機的尾燈。「丹尼爾斯先生現在正在那上面。」

「什麼？」

「他剛剛走。」

「走了？為什麼？」

「他和一個兩三個鐘頭前飛來接他的人一起走了。」

「是什麼人？」

「不知道，從來沒見過，不過，真夠開眼界的！他那架飛機太漂亮了！」

她又回到了方向盤前，衝向跑道，升入了天空，她的飛機像出膛的子彈，向著正在東方的天空閃爍遠去的兩盞紅綠機燈射了出去——與此同時，她仍舊一遍一遍地喊著：「噢，不，他們不能走！他們不能走！他們不能走！」

要就此了結——她一邊想，一邊緊緊地抓著方向盤，彷彿它是不能放掉的敵人一樣，她的想法如同一個又一個炸彈，被心中的一串怒火點燃——就此了結……和這個毀滅者面對面……看看他究竟是誰，要躲到哪裡去……這個發動機不能給他……不能讓他把發動機帶到他那個無人知道的緊閉黑暗之中……這次絕不能讓他跑掉……

一道光芒自東方升起，像是憋了許久的一口氣，終於從地球下面呼了出來。在光芒上方的深藍天幕之中，陌生人的飛機變成了一個小亮點，色彩不斷地從一邊到另一邊閃爍和變換著，宛如暗夜裡的鐘擺，一下一下地數著時間。

由於距離過遠，那個小亮點正慢慢地向地平線下落。她開足馬力，不讓那亮點逃出她的視線中，不讓它觸到地平線上然後消失。陽光像是被陌生人的飛機從地球下拉出來，灑進了天空。那架飛機朝著東南方飛，她跟在後面，迎著太陽飛去。

天空從透明的冰綠融化成淡淡的金色，在一層薄薄的粉色玻璃膜下，這金色映亮了一池碧水，她忘記了自己曾經在哪一個清晨，第一次看見過如此的顏色。雲變成了一絲絲藍色的長線，漸漸向下墜落。她一直緊盯著陌生人的飛機不放，彷彿她的目光是一條拖鏈，可以將她的飛機向前拉得更近一些。陌生人的飛機此時已經變成了一個小小的黑十字，彷彿是印在閃亮空中的一個不斷縮小著的記號。

接著，她發現那些雲並沒有墜落，而是在前方的地平線上堆積了起來——她意識到飛機正朝著科羅拉多的崇山峻嶺飛去，她即將要再一次與那無形的風暴搏鬥一番。她對自己所看到的這些毫無感覺；她沒有去考慮飛機或者自己的身體是否還能再次承受考驗。只要還能動，她就要跟住這個帶著她對世界的最後一線希望一起逃走的小黑點。仇恨和憤怒的火焰燒光了她心中的一切，她此刻只有一種迫不及待地想要去廝殺的衝動；這一切猶如一條冰痕，融合在一起，她只是鐵了心地要跟著這個陌生的傢伙，無論他是誰，無論他會將她帶到什麼地方，都要跟著他，並且……她的心中沒再去想別的什麼，但她那空蕩蕩的心底還埋藏著一句話：如果能把他除掉，她情願死。

她全身猶如一台設定好了的自動控制儀器那樣操縱著飛機——群山透過藍濛濛的霧氣，展現在她的眼前，凸凹不平的峰巒宛如罩上了一層死亡的藍色面紗，突兀聳立在她的前方。她注意到自己與陌生人飛機的距離已經縮短：他在接近險峻的山峰時放慢了速度，而她則將危險拋到腦後，毫不減速，只是努力保持著飛行的高度。她微微抿了一下嘴唇，等於是在笑：其實是他正替她駕駛著飛機，她心裡想道；他使她能夠在大腦一片空白之中，操作準確而嫻熟地跟住了他。

她飛機上的高度錶指標彷彿受了他的控制，一點一點緩緩地抬起。她正在不斷地爬升。她覺得自己的呼吸和飛機的螺旋槳隨時都會停止，而他則朝著位於東南方的那座遮住了太陽的最高峰飛去。

他的飛機終於迎上了嶄露出的第一縷陽光，一瞬間，機翼閃爍著明晃晃的光芒，如同迸發出一團白熾的火焰。接踵而至的是一座座峰頂：她看見射進石縫的陽光照著裡面的積雪，然後順著花崗岩石壁灑落下來；它在凸出的峭壁下面佈上了濃重的陰影，使山峰充滿了活力。

他們飛越的是科羅拉多最原始的一塊地方，這裡荒無人煙，無論人們徒步還是搭飛機都無法進入和居住。方圓百里之內沒有地方適合降落；她瞧了一眼油錶：只夠飛半個小時了。陌生人直奔著另一處更高的山脈飛去。她奇怪這個人為什麼總是選擇無人去走的路線。她但願自己能夠越過這條山脈——這是她所能做的最後努力了。

陌生人的飛機突然減緩了速度，就在她以為他要爬升的時候，他的高度下降了。聳立的花崗岩層向他迎面撲來，撞向他的機翼，但他的確是在做著長長的、流暢的滑降動作。她沒有發現它有任何的停頓、搖晃和機械故障的徵兆：那看起來完全是在有意的控制下的平穩的動作。它的機翼忽然在陽光下一閃，飛機便劃出了一道長長的弧線，陽光如水珠般從機身上灑落——隨後便流暢地兜著大圈在空中盤旋起來，似乎準備在這個看不出可以落腳的地方降落。

對於面前發生的一切，她看在眼裡，卻感到無法解釋和相信，同時，她等著看他拉起飛機，重新回到天上。但那飛機卻從從容容地繼續盤旋下降，朝著她看不見，也不敢去想的那塊地上轉了下去。在她和他的飛機之間，矗立著一排交錯的花崗岩壁——她說不清他降落下去會碰到什麼，只知道這看來雖然不像，但絕對是在自取滅亡。

她看到他機翼上的陽光一閃，然後便發現那架飛機如同一個胸口朝下、四肢張開的屍體，靜靜地在使它墜落的力量的拉扯下，消失在峭壁的後面。

她繼續留在空中，幾乎是在等待著它重新出現，簡直無法相信她目睹的這場災難居然發生得如此輕易而無聲無息。她繼續飛到了那架飛機掉落的地方，那裡看來像是被花崗岩的石壁所圍繞起來的一條山谷。

她來到山谷上空，向下望去。那裡看不見任何可以降落的地方，找不到飛機的蹤影。

山谷的底部像是一大片地球冷卻時期交錯生成、難以彌補的嶙峋的硬殼。巨大的山岩緊緊擠靠在一起，大塊的圓石看來隨時像要滾落，石壁上有又長又暗的裂縫，幾株虬龍般的蒼松從裡面探出軀幹，幾乎是和地面平行地橫亙在半空之中。地上連一塊巴掌大的平地都找不到，這裡沒有飛機的藏身之處，沒有飛機的殘骸。

她在空中急轉，稍稍降低了高度，在山谷上方打轉起來。在她無法解釋的光線作用下，谷底比其他地方看得更清楚。她完全可以看出那裡並沒有飛機——但這是不可能的。

她盤旋得更低了一些，打量著周圍——在一瞬間，她悚然想到，在這樣一個寂靜的夏日清晨，她獨自一人迷失在了洛磯山脈的某一個飛機從不會靠近的角落，隨著最後一點燃油在耗盡，她還尋找著一架根本就不存在的飛機，尋找一個像從前那樣轉眼就可以消失的毀滅者——或許將她引到這裡自毀的只是對他的幻覺而已。她接著就搖了搖自己的腦袋，閉緊嘴巴，把高度降得更低。

她覺得如果丹尼爾斯還活著，並且在她能夠救援的範圍之內，她不能將這樣一筆無法估量的財富遺棄在下面的荒山裡。她已經下降到了山谷的峭壁之內。在如此狹小的空間飛行極其危險，但她仍然盤繞和降低著高度。此時她的性命全靠她的視線，而她的視線在兩個任務之間不停地變換著：搜尋著谷底，同時注意兩旁像是要撕碎她的翅膀的峭壁。

她把這危險僅僅當成了任務的一部分，已不再有任何個人的意義在裡面。這樣的殘酷幾乎讓她感到很受用，這是輸掉的戰役中的最後一場戰鬥了。不！她在心中喊道，向著毀滅者，向著她離去的世界，向著她往昔的歲月，向著慢慢到來的失敗發出了吶喊——不！……不！……不！

她的眼睛掃過儀錶板，然後便呆坐著，啞然一嘆。她記得上次看的時候，高度錶還是在一萬一千英尺的地方，現在顯示的是一萬英尺，但谷底的面貌並未改變，飛機並沒有靠近它。它依然如她第一次俯瞰時那般的遙遠。

她知道，八千英尺這個數字表明的是科羅拉多這一帶的地表高度。她沒有留意到她降了多深，沒有留意到從高處看去曾是如此清晰和接近的地面，此時顯得那麼模糊和深遠。她是從同一個角度看著同一群岩石，它們並沒有變大，它們的影子沒有偏移，而那怪異的不自然的光線，依然高懸在谷底的上方。

她以為自己的高度計壞了，便繼續向下盤旋著。她看見自己的儀錶指標在向下滑，看見石壁在向上升，看見這一帶的山巒變得更加巍峨，群峰在空中靠得更近——但谷底的模樣依舊沒有變化，彷彿她所降落的是一口無底的深井。指針移向了九千五百尺——九千三百尺——九千尺——八千七百尺。

她看見一陣不知從哪裡來的閃光，彷彿機艙內外的空氣驟然無聲地爆發出一團冰冷的火球。她驚得靠在了座椅背上，雙手鬆開方向盤，摀住了雙眼。剎那之間，當她再次抓住方向盤的時候，亮光不見了，但她的座機正在打轉，她的耳朵嗡嗡的聽不見任何聲音，她面前的螺旋槳一動不動地僵停在那裡：她的發動機壞了。

她拚命想要把飛機拉起來，但飛機正在下落——迎面而來的不是一堆奇形怪狀的大石頭，而是一片她從來沒發現的綠油油的草地。不容再想其他事，不容再思索任何答案，她已經來不及從旋轉中擺脫出來。幾百英尺外的大地如同一面綠色的屋頂，向她迎頭蓋了下來。

她像是個不聽使喚的陀螺一般盪來盪去，半坐半跪地抓著方向盤，拚命想把飛機拉成滑行的狀態，試圖讓它的機肚著地降落，綠色的大地在她的四周旋轉，掠過她的上方，接著又出現在了她的下方，螺旋般地越來越近。她的雙臂緊拉著方向盤，來不及考慮有無成功的可能——在這轉瞬之間，她真切而劇烈地體會到了她所具有的那種特別的生存的感受。在這瞬間，她把她奉獻給了她的愛情，奉獻給了她對災難的叛逆般的否定，奉獻給了她對於生命、對於她自己無上價值的摯愛——她無比堅定而自豪地確信；她能夠活下來。

她聽見內心面對著向她飛速迎來的大地，在以她對命運的嘲諷和蔑視，吶喊出了那句令她忿恨的，在失敗、絕望和求救時所說的話：

「噢，該死！約翰．高爾特是誰？」

國家圖書館出版品預行編目（CIP）資料

阿特拉斯聳聳肩．第二部，非此即彼 / 艾茵．蘭德
(Ayn Rand) 著；楊格譯．-- 二版．-- 臺北市：
太陽社出版：早安財經文化發行，2012.09
面；　公分．-- (Fiction；3)
譯自：Atlas shrugged
ISBN 978-986-88710-0-7(平裝)

874.57　　101017034

Fiction 3

阿特拉斯聳聳肩

非此即彼

Atlas Shrugged

作　　者：艾茵・蘭德 Ayn Rand
譯　　者：楊格
封面設計：Bert.design
內文排版：陳文德・王思驊
校　　對：李鳳珠
責任編輯：柳淑惠
行銷企畫：陳威豪、陳怡佳

發 行 人：沈雲驄
特　　助：戴志靜、黃靜怡
出　　版：太陽社出版有限公司
太陽社部落格：http://heliosstudio.pixnet.net
發　　行：早安財經文化有限公司
台北市郵政 30-178 號信箱
電話：(02) 2368-6840　傳真：(02) 2368-7115
早安財經網站：http://www.morningnet.com.tw
早安財經部落格：http://blog.udn.com/gmpress
早安財經粉絲專頁：http://www.facebook.com/gmpress

郵撥帳號：19708033　戶名：早安財經文化有限公司
讀者服務專線：(02) 2368-6840　服務時間：週一至週五 10:00~18:00
24 小時傳真服務：(02) 2368-7115
讀者服務信箱：service@morningnet.com.tw

總 經 銷：大和書報圖書股份有限公司
電話：(02)8990-2588
製版印刷：微印事業股份有限公司
二版 1 刷：2012 年 9 月

定　　價：350 元
I S B N：978-986-88710-0-7（平裝）